雍正

天地古今
惟一啸

郑小悠/著

长江出版传媒 | 长江文艺出版社

图书在版编目（CIP）数据

雍正：天地古今惟一啸 / 郑小悠著. -- 武汉：长
江文艺出版社，2023.9
ISBN 978-7-5702-3067-9

Ⅰ. ①雍… Ⅱ. ①郑… Ⅲ. ①长篇历史小说—中国—
当代 Ⅳ. ①I247.5

中国国家版本馆 CIP 数据核字(2023)第 071900 号

雍正：天地古今惟一啸

YONGZHENG : TIANDI GUJIN WEIYIXIAO

责任编辑：胡金媛　　　　　　　　　责任校对：毛季慧
装帧设计：天行云翼·宋晓亮　　　　责任印制：邱　莉　王光兴

出版：长江出版传媒　　长江文艺出版社
地址：武汉市雄楚大街 268 号　　　　邮编：430070
发行：长江文艺出版社
http://www.cjlap.com
印刷：湖北新华印务有限公司

开本：640 毫米×970 毫米　　　1/16　　印张：31.25
版次：2023 年 9 月第 1 版　　　2023 年 9 月第 1 次印刷
字数：510 千字

定价：68.00 元

序 言

　　近几年我的运气很好，连续有作品出版，涵盖学术专著、历史普及读物、古籍整理多个方向。夜深人静想一想，每每有些不真实感涌上心头。掰着手指算算它们的来头，似乎总是充满了偶然性。结识汉唐阳光的尚红科先生，出版三部非虚构历史读物，是托赖张帆老师一言谬赞。整理《英和日记》，是借了邀请丛书主编张剑教授到国图讲座的东风。博士论文的付梓没有通过常规学术渠道，而是直接交给了微博上结识的世纪文景公司编辑章颖莹女史。至于这本格外跨界的历史小说，就更是如此。

　　和长江文艺的缘分，来自《年羹尧之死》序言中随意提到的早年写作经历——大学时代的我，曾在文学网站上连载过一部关于雍正朝史事的小说。阳继波先生看到后辗转联系，准备为之提供出版机会。对于这桩从天而降的好事，我起初很惶恐，拒绝了多次。虽然常把"曾经是网文写手"的标签贴在身上，但纯粹出于自嘲调侃，我深知自己的性情并不近于文学创作一路，少年放诞文字，实不宜灾梨祸枣，年已老大还拿来充数。奈何阳先生对我格外鼓励，且肯留下足够的时间，容我把旧稿大删大改后交差。既蒙前辈下顾若此，也只好将少作再翻出来，涂涂抹抹，靦颜向人。

　　小说原名取作《天地古今惟一啸》，写得是雍正帝即位后到权臣年羹尧被赐死之间的故事。因为是网络连载，旧稿冗长而随意，拉拉杂杂，全无间架结构可言。决意出版后，我将旧稿删去一半约三十万字的内容，并向友人戏称，这是拿出了武昭仪掐死亲生女儿的狠劲。但又另外添上康熙末年皇子夺嫡的一小部分，既为增加全书的戏剧化效果，又对后续情节的故事背景作出交代。所以这部小说，亦可视为我两部非虚构作品《九王夺嫡》与《年羹尧之死》的虚构版。

　　同一主题，两样写法。《年羹尧之死》这样的普及向历史读物，固不同于学术著作的严谨规范、繁文缛节，可以将叙事技巧融入问题阐发，个人猜测加诸史料辨析，但总还要带着镣铐跳舞，不能将一作二、无中生有。

写小说的体验则大不相同。虽然是虚构作品，但矜于科班出身的虚名，我极欲在书中塑造一种融情入境的历史氛围。大到政治制度，中到人物关系，小到生活方式，都想尽可能与写作的时代相贴合，哪怕为了情节需要，把非主要人物的履历略加改动，也会强迫症发作，生出愧对古人之感。不过正是基于这样的自我要求，小说写作给我带来的精神愉悦，又迥非他比。

一则这是场高难度的专业考试：逼着作者调动全部脑力，把能派上用场的历史知识场景化、细节化；把大小人物的命运经历故事化、冲突化；把一篇篇板着面孔的上谕、奏疏、碑传表记具象化、口语化，还要起承转合，情节自洽，实在不易为之，却格外迷人。

二则小说最重人物，务必千人千面，见情见性，虽比迹诛心而不以为过苛。所以哪怕清代留存的史料多而且细，作者在塑造人物形象，排布人际关系时，仍有很大发挥空间，魏收所言"举之则使上天，按之可使入地"，实在是个恰当的比喻。对于亦步亦趋追随史料，不敢越雷池半步的现代历史学研究者而言，骤然掌握这样的"大权"，那一种发自内心的洋洋得意，确乎难以描摹，而如何在写作中控制权力的膨胀感，又是一番对个人精神的磨练。

因书中涉及历史人物众多，我在文末附上了人物表，简要介绍其生平，以及出场时的大致年龄，便于读者直观感受。

本书得以出版，除得到长江文艺出版社阳继波先生的大力支持外，还蒙国家图书馆张志清研究馆员、北京大学张帆、赵冬梅教授拨冗指点；清华大学周思成副教授给出可行建议；我亲密无间的好友团成员王冕森、吴菲帆、冯宜君等七嘴八舌，填充脑洞。在此一并致谢。

郑小悠

2023 年 2 月 19 日于家中

目录

密晤

第一章

　　孟夏之季，草木繁茂。其时晨光熹微，京北跸路上两行高柳随熏风而摆，万点宫灯夹御道而红，数里之外平畴一望，即可见玉骢金钿千骑万乘，霓旌羽扇冠盖如云。久在这一带的兵民百姓尽知，这正是翠华出都、銮舆北幸——今上皇帝从西郊畅春园启程，往热河离宫避暑行围去了。

　　皇帝赋性雄烈，喜好戎马，虽已年近七旬，又曾中风，却从不肯耽于安闲。宵旰之际，仍不忘骑射祖业，必定年年出塞，于重峦叠嶂间弯弓射虎，才算心满意足。特别是这两三年，因青藏一线屡屡奏捷，他的心气儿就又高起来，把往前十几年儿子们夺嫡谋储、争闹不休的闷气略消了几分。今年是他君临天下的第六十一个年头，历数前朝，可称亘古未有。头两天，他把自己的第十四个皇子、先头在青海总领入藏军务的大将军王胤禵二次派回西路大营，又写朱谕给驻扎阿尔泰的北路将军富宁安，望他们早日合兵西向、放马天山。

　　京师里才送走了十四阿哥，老皇帝就带着嫔妃皇子、王公百官、八旗营伍数千人，浩浩荡荡离京往热河去。这一路经州历县，要驻跸六座行宫才能到达。而出京不远，即可见青山列翠，云树肩齐，吟鞭远眺，令人生出许多壮怀。

　　出京头一天，老皇帝驻在顺义州的南石槽行宫，第二天若赶得紧些，就能到密云县城的刘家庄行宫歇驾。可他兴味盎然，沿途或赏景，或射雁，或与迎在路旁的绅民里老共话农桑，几下里就耽搁了时辰，是以干脆下旨，往东一偏，驻跸在怀柔县东南九十里的丫髻山行宫。丫髻山形如年幼女孩儿头上的双髻，其西峰顶上有敕修的碧霞元君祠，堪与东岳的碧霞灵宫齐名并价。康熙五十二年皇帝六十大寿时，又有大臣于东峰修造玉皇阁作万寿道场，数日之内进香祝祷者有两三万人之多。老皇帝闻之大喜，特意在此地兴建行宫一座，敕撰碑文、钦题匾额，赞为"近畿福地""北方泰岱"。

老皇帝此行所带的皇子甚多，除留下七阿哥胤祐、十阿哥胤䄉、十二阿哥胤祹看家之外，其余成年皇子，连体弱多病、久不出门的十三阿哥胤祥也随同前来。诸皇子一色行服，各乘骏马，随在豹尾班侍卫之后。因为山间的跸道宽窄不定，是以行走的队列也不甚严谨，众兄弟不过三三两两，各寻说得来的人，斯跟着杂沓而行。

行四的雍亲王胤禛和行八的贝勒胤禩一路并辔闲谈，渐渐落在众人后头。左边胤禩四十出头年纪，容长脸，面色白净，细眉弯眼，观之十分可亲。再听他言词款款，也是不徐不疾不矜不盈的样子，要不看那腰间黄带，就说是位书香世家的翰林，也不算过誉。右边胤禛年长三岁，已经有些发福。他原本也是长脸，颧骨高耸清癯，可这会儿看着，却是地阁方圆，双目狭而小，然则内蕴真光，含神不露，一望便见聪明。他语速飞快，说起话来一刻不停，与乃弟的柔声细语、娓娓道来大不相同。

他们谈论并非别个，正是前日十四阿哥返回甘州大营之事。胤禛既是雍王的同胞母弟，又与胤禩相交最契，所以二人说起他来，无不是亲切热络口吻。胤禩先感慨一番大丈夫在世，最可喜不过立功边庭，成就勋业，何况我大清本就是马上得天下，作皇子的，正该有此历练。胤禛亦在旁附和，说难得他从小留心兵事，身子又强，胆气又壮，年齿也最合宜，真是作大将的遭际。又难为你和九弟替他八面维持，四处张罗，端的众望所归，将士用命，连延信、年羹尧这样有本事的人，也肯替他效力。

胤禩听他提起自己，不免微微泛上酸楚，旋又释然笑道："他虽有些偏得，总归要吃都护铁衣冷难着的辛苦，亲兄弟安坐京师，必得竭力帮衬才是。我们这些还算小事，阿哥替他在妃母跟前尽孝，他岂有不加倍承情之理？"

"都是分内该当的，哪里也值一提。"胤禛腾出一只握着缰绳的手摆了摆，将下巴一抬，朝前努了努，抿嘴笑道，"父皇为兄弟们不和睦的事，气恼了十来年，如今又是十四弟报捷，又见咱们一心疼他，龙颜已经喜悦多了。明儿个再看他兵锋所向，直下乌鲁木齐，自然愈发大喜，必能得彭祖之寿。"

"咱们何曾不是一心，这会子单看三哥的了。"胤禩将眼梢一扫转山道上独个带队前行的诚亲王胤祉，与皇兄相视窃笑起来。

二人正说笑间，就听身后一阵马蹄作响，紧接着便有呼唤兄长之声。二人自以为落在皇子班次最末，故而言语无甚忌讳，及听后头有人，不免心中惊疑，一齐回过头去。却见来的不是别人，乃是十年里头一次随扈出巡的十三阿哥胤祥。胤祥今年三十六岁，是皇子中数得上的美男子，他身段颀长，剑眉凤目微微挑起，颇有英凛之气，只是过于清瘦，且又面带潮红，气觉微喘，显出些许病态。胤禩是个最和气不过之人，虽与他素无好处，见此亦蹙眉关切道："十三弟是长途跋涉不惯，还是身子又不爽利？"

胤祥就马上朝二人打了个半躬，先谢过胤禩的好意，又报赧道："这条蹊路从没走过，实在不能熟惯，几次跑到岔道上，这不，就落在最后头了。"

"丫髻山行宫是康熙五十三年才修造的，你不曾来过，自然道路不熟。"胤禩闻言，晓得他不是特意来听小话，遂放下心，微笑着正要宽慰。一旁胤禛在马上纵送几下，近前插话道："行宫周遭的名胜不少，平日里香火很旺，你这南阳高卧久不出山的，等到了地方，不得好生逛一逛么？"

"还请阿哥指教。"

"最可看的自然是西峰碧霞元君祠，你先前代皇父祭过泰山，也可把两处的灵宫比一比。"胤禛兴致极高，口说手比又将丫髻山的景致描了几描。待前头御前侍卫传下话来，说万岁爷要在头道尖营小憩，这里三兄弟才住了话，各自整衣，赶到御前伺候。

申正时分，行驾到了丫髻山行宫。老皇帝毕竟是有年纪的人，寅初起行，骑了五六个时辰的马，这会儿已有了倦意，因见京中无甚要事来回，就命群臣散去，自与妃嫔在花园闲叙消遣不提。

诸皇子连年随扈，常于此地过境，所以并无游山玩景之心，多是招呼相好亲友饮酒取乐。唯胤祥是个有心之人，回到帐中稍歇片刻，就换上便服，带着两个心腹近侍，只作消闲一般，往西峰顶上信步攀去。他素有足疾，又长年不走远路，所以这一路走走停停来得缓慢，待到碧霞元君祠前，天色已近黄昏。因有圣驾临莅，祠前游人香客俱已驱散，唯有三五道童进进出出，行些取放柴米、洒扫庭院之事。门上管事看他面生，又是轻装简从，正要上前盘问，便见东角门处急匆匆跑来个白面无须的中年人，先向胤祥打千儿笑道："我们主子候爷多时。"再转脸儿朝门上人一点头，就引着胤祥主仆往殿前去。

本地自唐贞观年间便有道士结庐修炼，元时改奉天仙玉女，称为碧霞元君祠，而后香火日盛。前明世宗皇帝崇奉道术仙方，闻此山神气所感，数有应灵，特赐"护国天仙宫"门额，大张其势。故嘉万以来，每逢四月初八神降前后，京师妇女倾城而出，无论王侯贵家、士农工商，祈福求子者不计其数。到康熙朝复经敕修，更觉殿宇宏大，非同凡响。其形制与泰山祠相近，大殿五楹，九脊歇山式顶，瓦垄三百六十条，以象周天之数。殿宇雕梁画栋，晚霞照映下金光璀璨，蔚为壮观。

因见檐下高悬今上皇帝御笔所题的"敷锡广生"匾额，胤祥先在阶前肃然一躬；待要拾级而上，又瞥见旁边的御碑亭一座，遂踱至跟前，借着余晖细看碑文。一时才看了两行，就听身后四兄胤禛漫步过来边笑道："天暗，仔细看花了眼。咱们先屋里坐坐，过会儿秉烛夜游不好么？"

"让阿哥久等。"胤祥自失一笑，就与胤禛穿廊过殿，联袂往东路一间净室里去，边走边自嘲道，"我这一天价东张西望的，倒像个乡下人进城。"胤禛闻言大乐，调笑道："韬略故家传坯上，行藏高志似隆中。乡下人最不得了！"

说话间进了门，二人携手相让挨肩落座。彼时室内灯烛盈壁，龙涎香熏，已是待客气象。雍邸奴辈捧茗瓯进果饵，又忙了一阵，照例鱼贯退去，将门掩住。胤祥又定了定，听四下静寂无声，方笑道："路上见您同八哥的谈兴高，不便过去打搅。"

"我同他早没多的话了，不过虚应酬罢。"胤禛"咳"了一声，弹衣站起身来，在香炉前绕了两绕，喟然叹道，"我们当年要说不好也是假的，可这些年物是人非——"

"我倒很佩服他，也不论自己的斤两，叫人吹捧几句，就一门心思往高处奔。"胤祥嗤地笑出声来，又啜茶道，"待到登高跌重，仍不罢休，又举出个更没斤两的来，指着退而求其次，去作摄政王。"他是郁结已久之人，遂将话说得十分刻薄，连胤禛这个公认的刻薄人，也有些自愧不如，只是轻拍他的肩膀几下，含笑附和而已。

胤祥亦觉出言太重，兀自强笑了笑，又叹一口气，似悲似喜瞧着胤禛，略带颤音道："如今这个局面，旁人或可纵横委蛇，我唯指靠阿哥才有生路。"

说来本朝储位之争，堪堪是老皇帝一大心病。先者元后赫舍里氏难产而亡，皇帝念及发妻，匆匆将嫡子胤礽立为储君。也难为他矻矻庆衍，瓜瓞绵延，往后四十年里，单皇子，就长成二十余位，且是芝兰玉树，各怀其璧。满洲肇兴时，原无立嫡备储之俗，凤子龙孙捷己争胜、八旗勋贵站脚助威，俱是天经地义。可到了今上皇帝建规立制的年头，这样恣行无忌，却大大行不通了。先是太子骄纵，又禁不住强敌环伺的煎熬，与外亲大学士索额图伙结党羽，将有不安于位的举动。皇帝几番忍耐，到底不容大权旁落，遂先于康熙四十二年将索额图囚死，康熙四十七年将太子废黜。然则储位一经开缺，即成逐鹿之局。诸皇子攘臂纷争，满汉大臣率相奔走，直闹得宫府不宁、朝野不安。皇帝见势不好，也只得担个不信之名，仅过了半年工夫，就将太子之位归于原主。只是经此一遭翻覆，君储父子间的恩情早已耗了个干净。往后几年里，太子浑似惊弓之鸟，诸皇子却非曳尾之鱼，至于老皇帝，更是备甲枕戈，惶惶然有不能终考命、尽天年之忧。如此这般，自然不能长久，到康熙五十一年，皇帝将太子二次废黜，幽居咸安宫中，虽经群臣百般奏请，再不肯提建储之事。

再说当今皇子二十几人，除胤礽外俱系庶出。一废太子以前，年长诸皇子大说分作两伙，一伙是同太子好的，其中最亲密者，即是十三阿哥胤祥。他一出生，就因生母敏妃受宠而得皇帝的青眼，可十岁出头，敏妃就故去了。皇帝自己是个孤儿，推己及人，对这样的孩子颇多几分偏疼，落地没娘的太子如是，胤祥也是一样。是以他常嘱咐这两个爱子多加亲近，互相有个倚仗。太子性情暴躁，对诸王多摆架子，唯待胤祥有些如父如兄的垂怜。胤祥少年老成，沉稳机变，太子每以帝佐王臣、心膂股肱相期；且因自己高高在上不便，就让他代为笼络宰辅近臣家的俊秀子侄，日后为己所用。然则东海扬尘，沧桑莫问。两废之际，胤祥先以助太子为非失欢于慈父，继而身染鹤膝风顽疾，英发之年居家闲散。如今年长兄弟多有爵号，唯他一人仍是平头阿哥。

另有一伙，便是太子的对头，内中公推八阿哥胤禩为首，另有皇长子胤禔、皇九子胤禟、皇十子胤䄉、皇十四子胤禵诸人。胤禩的性情温厚仁爱，惯有贤王美名。怎奈外家位卑，齿序又不居长，皇帝原待他有些好意，可一闻他有夺嫡之心，又得孚众之望，便打心眼儿里厌恶起来，几次当面痛斥，欲将他的痴念妄想断绝了事。胤禩心虽未甘，到底不敢篡逆，只好将满腔的热衷略作收敛，另捧着如今圣眷日隆的大将军王、十四阿哥胤禵行事——此弟是个血气正盛汉子，一向最服他的八兄。

至于雍亲王胤禛，原是最聪明颖悟之人，早年却有些自视过高、不能合群。他与胤禵自幼同宫居住，本来是相亲相近的手足，可一个呼朋引伴，一个孤立自持，平日里行走一处，未免叫为兄的有向隅之叹。等到人大心大、成家封爵，就渐次搁起心来。只是他练就的城府渊深，心里虽另打主意，可面上看着，照旧十分热络。胤禵早年不得太子喜欢，几次龃龉，甚至动起手来。待到太子被废，群雄蜂起，他反倒拿稳了老父的心意，言必孝友，行尚安静，迥与胤禵等人的轻浮躁进不同。皇帝屡加称赞，将其封为亲王，作众兄弟的表率。如今储位空虚，他动心忍性数十年，断无抽身束手、降心相从之理。他二十年前就看重胤祥的识见高明、行事干练，只是碍于太子，不敢过从太密，等到胤祥受太子之累悒郁沉滞，他便常写书信劝慰帮衬，久而久之，倒成了无话不谈的腹心之寄。不过皇帝对皇子结交百般戒备，胤祥又为此吃过大亏，是以二人来往极为慎重，平日里淡淡的一如平人，唯背人耳目时，才肯露出亲切。

去年十四阿哥入藏功成，奏捷回京，礼部备陈大典，将他像迎国宝一般迎进城来。一时舆情纷纷，都赞他式遏寇虐、柔远能迩，简直是太祖太宗下凡转世，特来佑我邦家。他在北京住了半年，凡有军国大事，老皇帝大都召其议论，可不但没透立储的口风，连一顶亲王的帽子也不肯相赠。胤禵心里着急，就向相好的诸兄讨教。九阿哥胤禟替他揣摩道："你年轻，序齿又靠后，要是现在就立了你，必叫三哥他们不服。皇父年纪老了，禁不得这个。可等你灭了准部，进了伊犁，旁人就再不能比，哪怕皇父不肯，列祖列宗也不能答应。"胤禵听他说得有理，又几次奏请，极欲再赴西陲。前日心愿达成，他自己踌躇满志不说，就胤禵等，也多将欣喜之情溢于言表。

胤禛明明烦闷，当众却要作从容神色，待胤禵拿话来试，就更要带出几分欢快盼望。难为他避迹违心敷衍了一天，这会儿乍听胤祥直白白说出本衷，不免一阵失落，先闪过他殷切的眼神，一面蠕动喉头，坐立不安道："贤弟瞩望虽厚，我怕难保万全。老十四堪不堪大任另说，可他如今圣眷最优，也是大伙儿看在眼里。"

"圣眷虽优，怕不及二阿哥当年？"胤祥唯恐他心意不坚，当即措身近前低语道，"皇父春秋已高，岂有将储副之选置于万里之外的？不过他们自说自话惑人耳目，阿哥万不可听信浮言把自己误了！"

"你不知道，老九他们巴不得皇父再打发他西边去，说是克复拉萨不过寻常功劳，明儿要下了伊犁，哪怕乌鲁木齐呢，他这储位必定稳了。"胤禵撇了撇嘴，又想起皇帝近来龙体日健，像是耄耋期颐都不在话下的样儿，转思自家人到中年，要是再耗个十年八载，又何止大位没有指望。是以他叹息一声，一拍大腿道："髀肉复生，老之将至，哪抵得过他这正当年呢！"

"军前的事瞬息万变，皇父亲征噶尔丹，还要三次出口，他是什么孙武在世、白起重生，就能连战连捷、犁庭扫穴了？如今诸事都无定论，天命所归，八分还在人为。"胤祥冷笑一声，随手一弹盛果子的玻璃缸，听得"当当"两声，又故意激将笑道，"阿哥早先成日价劝我，怎么自己倒说泄气的话？您召我到这保生送子的应灵宫来，难不成是要求田问舍作阿翁了么？"

"哈哈，贤弟既肯为苍生起，我岂有不舍命相陪之理。"胤禛本有凌云之志，不过为十四阿哥的势派作酸，故发牢骚之语，才叫胤祥几句话说在心坎儿里，便将酸气逗引出来，吐尽了，重又抖擞精神，拱手失笑道："劳动贵步，哪能单为抱怨诉苦？是想咱们平日说话艰难，既出来了，得商量个便于见面的法子。"

"热河行宫地小人多，要想背人说话，比在京里还难。等到了围场，就便宜了。"

"可你这身子骨儿，能去行猎不能？"

"赶明儿个皇父在行宫阅看众人骑射，我叫您瞧瞧能也不能。"胤祥一阵朗笑，露出久违的豪爽，又伸出右手，晃了晃那戴了十几年的缅玉扳指，随又微蹙眉头，拇指食指一分，看着胤禛道，"要能想个说辞，叫他们不去最好。"

"好，这件事由我去办。你就善保尊体，等着一展英风！"胤禛抵掌仰身大笑，笑罢站起来，上前将门板紧拍了两下，便有贴身的内侍躬身进内，等他吩咐。胤禛见天已透黑，遂命若辈掌灯，邀胤祥同往碧霞元君殿一游。那老观主久得雍王府的布施，这会儿自是不多言不少语，带笑相陪。这殿内富丽堂皇，梁柱之间斗拱相围，上有八角藻井，内雕盘龙戏珠图案。殿中设石雕莲纹须弥座，上供神龛，内置碧霞元君贴金铜坐像，端的云冠羽衣，慈颜和蔼。又东次间神台供眼光奶奶并二侍女铜像，西次间神台供送子娘娘和二侍女铜像，各自安详端庄。二人看着，就感慨起十几年前随父南巡，同游岱岳玉皇顶的话；再与观主应酬几句，便命人将两乘肩舆抬至祠外。临登舆前，胤祥忽而拉住皇兄衣袂，问道："先前说过隆科多舅舅的事，怎么样了？"

"他不是常人，已经吹了风，再看机会。"胤禛低语回了一句，便不再说。二人各自会意，借着月色往行宫去了。

叙谊 第二章

御驾于四月下旬到达热河行宫,而后一住数月,预备到八月初秋草微黄时节,再前往木兰围场行猎。且不说皇帝在山庄一面避暑,一面会宴蒙古王公、料理日常公事,单说十四阿哥胤祯踌躇满志,快马兼程,不过半个月,就回至甘州,升座大将军行辕。

甘州古属雍凉,其地处河西腹内,南枕祁连,北依黑水,城虽不大,却是个人文荟萃、风光宜人的所在。且不说汉墓辽佛,前明的烽燧,只凭一湖山光,半城塔影,苇溪袅袅,古刹幽幽,放在承平时节,说是个塞上江南,也不算过誉。隆庆开边以来,这座古城百余年太平无事。及到康熙二十七年,喀尔喀内附、准噶尔犯边,就一变而成备兵御敌的重镇。先是甘肃提督由肃州移防至此,继而康熙五十六年,准噶尔大将策零从和田突袭拉萨,毒杀拉藏汗,则河西之地,烽烟又起。康熙五十七年,今上皇帝置廷议于不顾,乾纲独断,命皇十四子胤祯为抚远大将军,统兵三路平藏。胤祯除一度深入青海,扎营木鲁乌苏河渡口外,多数时候都将中军大营扎在甘州城内。如今他二度统兵,进城头一件事,就是急发令牌,召他的总粮台、川陕总督年羹尧前来,商议西征准部、筹粮备饷的大事。年羹尧在西安接着将令,自然不敢耽搁,忙不迭轻骑简从,星夜就往甘州而来。

奔波数日马不离鞍,待进了甘州城,年羹尧一气未歇,就直奔大将军行辕递上手本。胤祯在军前的派头虽大,却不能怠慢督粮官,因此随到随见,即请他行府商议军机。

年羹尧字亮工,号双峰,是汉军镶白旗下湖广巡抚年遐龄的次子。他是个少年早达的才子,二十岁中进士、成翰林,又娶权相明珠的孙女为妻，三十岁放四川巡抚，才过四十又作川陕甘三省的总督，仕宦之顺遂，仿佛叫老皇帝认作义子干儿一般。此人虽说是个文士，却自幼好武，且身形高大，面带雄壮之色。因为列藩开府日久，又常率兵剿匪平乱，故而步履铿铿，言谈间大有杀伐决断气魄。他既得军令进得正堂，先三跪九叩请了皇帝圣安，复与大将军见过军中之礼，便厮跟着往胤祯的书房去说机密军务。岂料才说了一盏茶工夫，就听廊下一声喊禀："回大将军，东山寺大人有信到了！"

年羹尧一向规矩严谨，这会儿正凝神和胤祯说话，忽听外间人声喧嚷，就将眉头狠皱了皱，暗道中军纲纪懈怠若此，实在不成体统。只是他身为下属不便多言，不过也斜着瞟了胤祯一眼。胤祯先要动怒，等听见"东山寺"三个字出来，却又消了气，向年羹尧说声稍候，即命来人进内。其人乃是京中随来的护卫，待至座前单膝跪地，先呈上一札，又赔笑道："二公爷遣人送信，说请主子即刻就看。"

胤祯吐气瞪眼一拍信札，年羹尧还当要扔在一旁不理，却不想他竟当即拆开，看罢又一瞪目，站起来着恼道："我与年总督有正事说，老先生要叙旧，请等一等罢。"

这护卫显系胤祯跟前极亲近之人，听他令下，却不就走，只晃着脑袋挤眉弄眼，连说"请爷三思"。胤祯是个爆炭脾气，抬起一脚，就端在他的屁股上，待他嘟嘟囔囔跑出去三步远，又带气高声道："去叫人预备，送总督到东山寺！"转而又向年羹尧道，"总归你要住两天，这会子你一个故交要叙旧，就在东门外寺里，你先去罢。"

其时红日西斜，晚霞初照，远处祁连峰顶若有火云片片，也是难得的奇景。偏是年羹尧满心疑惑，无意赏玩，单向引路之人连番询问："东山寺里住的是谁？怎么恁大架子？"

"是佟府二公爷，万岁爷派来参赞军机。"

年羹尧虽听称呼耳熟，却是百般记忆不起，这会儿也只得丢开不想，懵头懵脑随人前去。

东山乃是甘州城北龙首山的主峰，其山下尽是戈壁，唯此一峰，每清晨雨后，缕缕薄雾从山腰而起，隐峰顶于轻岚之中，望之若蓬瀛。东山寺建于西夏，有殿宇而无僧侣，香火绵延全仗城中善众并往来游客为之。其正殿名曰灵宫殿，又有个俗名称作"黑虎殿"，外人欲游此殿，需在四五里外停车歇马，沿一羊肠小道，步行于峭壁之间。年羹尧耐着性子走了几里地，及至山路尽头，却是豁然开朗模样。他常年戎马倥偬，并无优游之暇，乍到此远山近殿、毓秀钟灵界地，心里也渐起幽情。正要四下里观赏一番，又听殿西瓦屋内胡乐声起，呜咽如诉。他一时诧异，遂止住引路之人，独个循声前去。及至门前，就见两个十来岁的小童坐在石阶上无聊猜闷儿，看他过来，便拍拍衣裳站起身，打量他未及更换的官样服色道："这位老爷来错了，我家主人不见城里的客。"

"哥儿没见过，这是西安的年总督。"领路之人笑嘻嘻上前搭话。不料小童十分气盛，将头一偏，哂道："什么总督将军，除非十四爷来，旁人再没有多说！"

年羹尧原不是个好脾气的主儿，一听这话，拂袖便下阶去。他正待要走，就听屋内胡笳声止，房门吱呀一响，先一个老仆在前引导，继而随出一人。此人五十来岁年纪，褐缎夹袍青缎帽，剑眉长面花白髯，边往出走，边击掌大笑道："你差事当得也太红了，在我这耽搁片刻也使不得？"

"尊驾是……"

"原任翰林院侍讲法海。怎么？揆院长花园一别，制军步步高升，就认不得在下了？"

"陶庵先生！"年羹尧闻言大悟，忙搓着手几步上前，一个长揖笑道，"听说二公爷要见，我就想不起来，早说是您，就上天入地也不能忘。"

要说这法海的身份，实在非同凡响。他是今上皇帝母舅、一等公佟国纲的次子。其人虽是戚畹勋旧子弟，却能通经达史，于康熙三十三年高中进士，而后又选翰林。皇帝嘉其勤学，又是自己的亲表弟，遂命其入南书房、懋勤殿，为十三、十四两皇子课读。如今甘州城里人人敬怕巴结他，就为了他是大将军王授业恩师的缘故。

年羹尧与他年分长幼、科名亦有早晚之别，可毕竟是玉堂的前后辈，在京时也见过几面。且二人性情投合，都有些天不管地不收的直脾气，虽说宦海羁旅，日久路遥，如今边城一见，到底亲热挂念，是以各自上前拉住臂膀，说笑着相偕入内。待至阶上，瞥见那两个童子讪讪不敢说话，年羹尧便点指着他们戏谑道："先生既参赞军务，怎么住到这深山古寺里来？况您这应门五尺之童，真好利口！"

"城里一班俗物，好没意思。至于我这小童么，嘴里要没个三言两语，只怕我躲到大漠沙土里也不得清静。"法海大笑着领年羹尧进到屋内，见有两个身着蒙古袍的老者分持胡笳、胡琴立于一侧，又解说道，"这是喀喇沁王爷赠给先父的蒙古乐师，我闲来无事，常听他们吹奏解闷儿。"边说着要令二人退去。年羹尧止住道："河西边地，正是五族杂处，我与先生饮酒，该当胡乐相佐。"

"这是佛家清净之地，我自来就不曾饮酒。"法海先摇摇头，继见年羹尧面露微憾之色，又顿了顿，拈须髯笑道，"要饮酒也使得，就请亮工舞一回剑看，我便独担这个佛门饕餮之罪，不令弥陀怪你，怎么样？"

"先生跟前，甘愿献丑！"年羹尧本是风流洒脱、文武兼长之人，只是十余年专阃一方，总要端着长官的架子，再不曾放纵性情，今天好容易见着故人，很肯卖弄卖弄。二人一壁里弃茶温酒，说些京中趣事，待至微醺时节，法海先说声"亮工不可食言"，继而朝乐师颔首道："可与此公吹奏起来。"

一时乐声复起，法海半仰在座椅上击节而歌。年羹尧掀袍站立，先一拱手，又解佩剑而出，就着皓月初升，山风瑟瑟，到院中凭乐漫舞起来。法海初在屋内观赏，等到曲如疾风、人似凤鸁时，就不免披衣执酒走至阶前，近看霜锋雪刃，更觉目眩神飞。一曲舞罢，法海已看得呆住，及听两个小童跳脚叫好，才醒过来，连呼"真正大将"不已。

"雕虫小技，不入方家之眼。"年羹尧一厢收了势，额前已见微汗，接过小童递来的手巾自揩了揩。再进屋时，便见冷酒残羹俱撤去，另换本地的土产杏皮茶供他解酒。二人兴冲冲又叙了几句，年羹尧便笑问道："原听先生放了粤抚，又管粤关，真是人人争羡的好缺，怎么忽剌八又到军前来？我想您生长公府，久在内廷，到这荒蛮僻远之地，必定有些难过，偏是气色倒比早年更好。"

法海原本兴头，一听这话，就将茶盏撂下，换作一张苦脸，自嘲道："作这一任粤抚，真知书生无用。不怕你见笑，我三月到广州，先见珠江口遍布花船，实在不成体统，就下了劄子给广州府，叫他严禁。他面上应得痛快，不过三天就把人船两清。四月的水大，海水倒灌漫堤，我几下里忙着修堤，就有绅商来找，又贿买了我的师爷，一起进言。说广府几十年不见水患，抚宪一来就出事故，想必是有些不合天心的举动。如今船房遭禁，疍户失业，他们久在贱籍，除了江上营生，百业都不容纳，长久下去，岂非断人的生路？眼见水势愈大，一个月不见退去，我也急了，只好叫广州府又贴告示，免了这一款。怪道告示贴了七八天，那水果然退了，后来我才晓得，这五羊城的海水，原本几年就要漫一回堤，四月涨五月退，不过风候的缘故。我被他们诓这一遭不要紧，末了江上的花船不减反增，比来时还多了五成不止。"

年羹尧是个文吏两兼之才，一面暗笑他迂，一面强为宽解道："我才作川抚时，也和先生一样，几次叫下头蒙蔽，唯有百事留心，再得几个良幕辅佐，才堪堪好些。"

"地方上麻烦，京里部臣更麻烦得很。那些人我在北京看着，也不曾觉着讨嫌，等到了外任上再瞧，一个个都是四十里路不换肩——抬杠的好手！也是我不曾打点他们周到，所以今儿驳这一条，明儿驳那一条，又几次到御前啰唣。亏得皇上圣明，准我不当这个窝囊官。"

"先生乃是帝师王佐的大才，不宜此等风尘俗吏。"年羹尧方还强挨着，至此已是忍俊不禁。法海听他话带揶揄，倒也不以为意，兀自说道："去年有旨随大军参赞，十四阿哥又不拘束，倒正合我意。只有一件事情恼人——先我住在甘州城里，每天宾客盈门，说是请教学问。一干粗人，字也认不得几个，不过指望我同十四阿哥说两句好话。如今这混账世道，人人都是势利眼，今儿瞧这个得意，明儿看那个风光。人道我当年肯帮十三阿哥求情，如今又辅佐十四阿哥军务，也来说我是什么党，真叫我有话也说不出来！"

要说法海本支佟佳氏，乃是顺治、康熙两朝后族，人多势大，素有"半朝"之称。他的亲叔父佟国维、嫡长兄鄂伦岱，当年都是反太子的首脑，曾公然举荐胤禩为储君。唯法海不立党援，且最肯扶危济困。康熙四十七年太子一次被废后，他的学生十三阿哥胤祥因为与之相好获咎。皇帝震怒之际，无人敢置一词，只有法海挺身上书，声言皇子有错，需得诏告天下，按律治罪，岂有偷偷摸摸、不教而惩的道理；何况十三阿哥自幼诚孝，臣知之最深，可保其无悖逆之心。

皇帝意不能堪，当面责问。岂料法海浑不惧怕，叩头高道："教不严，师之惰，阿哥若有不是，都是臣的罪过。皇上要治阿哥的罪，亦须将臣一体处之，不然日后无颜与阿哥见面。"皇帝叫他气得打战，当即旨下吏部，将其革职拿问，末了落个罢官闲住，一晃就是七八年。

到康熙五十五年，皇帝想他是勋戚中难得的读书人，总不能一辈子闲置，遂将他的前愆一笔勾销，复起为广东巡抚。无奈法海实在不胜繁剧，不过两年工夫，又落个罢职回京。待十四阿哥命将西征，皇帝又将他召进宫去，好言托付道："你这学生人虽勇健，却有些莽撞之病。这会儿虽要历练他，命他统率大军，可也要防着他轻敌冒进，贪功求成。好在他素来怕你，你去罢，替我约束约束，别叫一起小人捧得他心忒大了。"

　　法海闻命之下，便觉肩头有泰山之重，又见皇帝龙钟老态嘴颤眼花模样，当即含泪答应："十四阿哥若为宵小所动，不肯作忠臣良将，请皇上治臣死罪！"他是个重信义的人，既然宫中一诺，自是力持不殆。故而一到军前，就督责胤禵用心兵事，不得恣肆妄为。胤禵此来征西，为国立功之念不假，可到底头一件动心的，还是万里之外的御座。所以一得闲暇，就要翘首东顾，念叨京里的人事纷纭。法海起初也肯听一听，往后就不耐烦起来，前日再听，竟至大怒，当即拂袖而出，跑到城外东山寺住下，任胤禵百般央告也不肯回。

　　他在寺中一住半月，因惦念皇帝嘱托，又不敢离开胤禵日久。正苦恼没有台阶下，便听说年羹尧来了。难得欣逢旧友百感交集，法海不免说出这些掏心窝子话来，再想起老皇帝的戚容，更是声色哽咽，借酒含悲道："皇上望七的年纪，每每要为儿孙操心。我的学生不孝，家兄辈也仗势撒疯，一味搅合——"他虽仕途屡蹶，到底无改忠赤之心，话到此处，不免感时触事，泣不成声。

　　这几句话说的是法海自家胸臆，在年羹尧听来，却也触着肝肠。他举家隶在汉军镶白旗下，是肃亲王府庶支、贝勒延寿的属人。康熙四十八年，皇帝大封诸子，将镶白旗内原系贝勒的皇四子胤禛晋封雍亲王。按照定例，胤禛既经晋爵，所管的属人也要增添。宗人府在本旗之内先作调剂，就将原属延寿门下的年家佐领，拨到雍亲王府，年羹尧也随着成了胤禛的本门属人。只是这样的事行在当年十月，他早在九月便由礼部侍郎外放四川巡抚，山水迢迢，一连十余年未曾进京，是以二人虽有主属之分，却无甚面会之机，年节礼敬全凭书信而已。倒是年羹尧的小妹，不几年又嫁给雍亲王作了侧室福晋，两家结了亲戚，渊源日渐深厚不假。

　　诸皇子为了储位明争暗夺，照理与他万里之外的地方大员无甚相干。然自康熙五十七年十四阿哥督师入藏，年羹尧奉命办理军需以来，他这个四十岁不到的巡抚就成了香饽饽。除顶头上司大将军王将他待若上宾之外，京里他的本主雍亲王也愈发上起心来，三日一信，五日一札，大事小事都要打听明白。这还罢了，不多时又有一个叫孟光祖的旗人，说是奉京中三千岁差遣，来成都向自己致意。这三千岁不是别人，正是如今的皇三子诚亲王胤祉。皇帝的长子、次子都获罪圈禁，胤祉名虽行三，实则居长，要照古人以嫡以长之说，也算是依次当立之人。虽说这孟光祖来由不明，朝廷又有皇子不得结交外官的戒律，可年羹尧略一忖量，终归存了个宁可信其有、不可信其无的心思，捎带手送了这姓孟的几匹马、几百两银子，打发他出川别往。不合此人一路要钱，等要到直隶保定府，就叫巡抚赵弘燮举发了。一面是皇帝动怒，将孟某处死，一面是雍亲王气得七窍生烟，写信将年羹尧痛骂。说他平日作为就殊无礼节，即此一事，更是现在负皇上，将来必定负我。信到最后，又命他把随任的十岁以上儿子、弟侄全部送回北京，形同质子一般。可去年轮他入觐，雍亲王一见之下，相待却极殷勤，款接之欢，如同老友重逢，丝毫芥蒂也无。

年羹尧办事精明，为人疏阔，眼下一个上司一个府主，亲兄弟面上热乎，心里较劲，自己夹在当间儿，真正难以两全。是以听了法海的话，也自闷声不语，半晌才长吁一声，择言宽慰道："先生一片赤心，是臣道的楷模。我想只要圣主景福齐天，龙体康健，朝廷万事都无妨碍。"说罢看法海心绪稍定，又斟酌探道，"先生与四王爷熟不熟？我外任太早，这本主也没见过两回，出兵后杂务又多，或有疏于问候之处，连家父家兄也埋怨我的不是。我想四王爷和十四爷是一母同胞，照说只有比旁人更近？"

法海想了好一会儿，他本是个言无不尽之人，可与胤禛实在无甚往来，只好就其所知说道："四王爷性子深沉，也不喜结纳；不似十四阿哥直率，肯同人交道。不过皇上近些年很夸他孝顺，没有那些急赤白脸要钱要名的毛病。旗下老礼儿，主仆之分最严，你是他门下最出息的，想必也有个爱之深、责之切的意思。"法海说着，见年羹尧仍是若有所思模样，干脆将手一挥，满不在意道，"十四阿哥那你不用操心，凡事都有我呢。"

二人言谈至此，便将烦心事暂且抛去，命人添酒回灯，又是一番畅饮。等到尽欢时节，已见东方之既白。

第三章

逐鹿

　　年羹尧当夜在东山寺歇宿，次日一早又回城中去见大将军王。他这里尚未开言，反是十四阿哥小心问道："亮工替我问过先生安么？他的身子可好？神气如何？"

　　年羹尧见他像是理亏模样，心中窃笑，又递上法海的手书一札，说道："老先生身子尚好，神情似有些不乐，又叫我带信来，请大将军过目。"胤祯听得气短，随即将信展开，见法海写道："阿哥勤习弓马，然于大将用兵之略尚未娴熟。年亮工命世才也，予所深知。今承总调度诸事，阿哥唯虚怀以听，方能不负委任，克成厥勋。"

　　胤祯看过也笑起来，将信递给年羹尧道："陶庵先生目下无尘，倒难为你们这样好，我更不敢不敬贤了。"两人各自谦逊一番，再议进兵筹饷大事不提。

　　且说年羹尧在甘州又住三天，与胤祯等商定了许多细事，而后辞过众人，又驰回西安总督任上，竭力调集马干料豆、雇觅驼只车脚，以备西征之用。这一天忙着接见属官，眼见日正当午，才要用饭歇一口气，就有家下人送进一封信来，乃本主胤禛的亲笔。他自三年前被雍王痛骂一遭，此后就小心了许多，旬月之间即有京信送到王府，或谈任上见闻，或是请安问候。雍王批回之语，多交给他留在北京的长子年熙，连同奏折、家信一并遣心腹家人往返传递。今见王府之信单送，年羹尧先以为是甚要紧之务，忙屏退从人拆看，实则仍旧款叙家常之语，不过因从热河寄来，才落了单。

　　胤禛信中先说离京之前，曾见过年羹尧之父年遐龄、长兄年希尧，知其全家上下各自平安。又说年家小妹在自己府中甚好，亦于书中代为问候。后头更是拉拉杂杂，说此次扈从圣驾前往热河，途经怀柔县丫髻山行宫驻跸。因去年正月里，年侧妃曾在碧霞元君祠祈福求子，当年孟冬就一举得男，可见保生送子娘娘果然灵验。那所生之子如今虽未及岁，可胎里带来的模样周正，聪明壮实，很讨众人喜欢，已经取了小名叫作福惠。这一回侧妃虽不得随来行宫，自己也替她上了三炷香，又布施了许多财物，算是还过所许之愿。

年羹尧前后看了两遍，见所言尽是家事，才松了口气。只道小妹与这位王爷虽非敌体的夫妻，倒也有些举案之好、画眉之情，想来在王府中不曾受过委屈。再者雍邸属人委实不少，内外做官的也有十来个，可唯独年家是主属而兼亲戚，往来走动之勤，忒与旁人不同。想至此，他又把对雍王的戒惧放下几分，一面搦管濡墨另作启帖，备言自己往返甘州，面见胤祯诸事。

回启送到热河时，雍亲王已经随着扈从人马开拔，途经中关、波罗河屯、张三营等处行宫，就到了围场的哨门入口，预备一年一度的木兰秋狝。木兰是满语哨鹿之意，这里本是蒙古喀喇沁、敖汉、翁牛特各盟旗的领地，康熙十六年皇帝北巡塞外时，看中了这块"万里山河通远徼，九边形胜抱神京"的宝地，各部王公乘兴献纳，将二十余万顷林海莽原充作大清国的长杨上林，供这位神武之君驰骋畋猎、瞭敌备兵、肄武绥藩。皇帝用了二十余年经营整饬，将木兰围场的规制格局大体确定下来。其据地势共分七十二围，满语称为七十二佛勒。围场外立定界碑，称为柳条边，照八旗方位，各设营房护卫。七十二围或山缓野旷，或密林丛生，或河谷密布，气象各不相同。围场平日由各营八旗兵丁看守，禁樵牧、禁伐植，周边的蒙汉百姓更不能在围中射猎。皇帝御驾莅临之前，要依祖宗关外行猎旧例，先以方位选定十几个佛勒，作为备猎之区。随后派定管围大臣率领骑兵，按预先选定的范围合围聚拢，引诱百兽入瓮。随猎的贵胄重臣不论老幼，都要着盔甲，配撒袋、插箭壶，又有持着火铳的近侍在御前相随，以为射击猛兽之用。

此次秋狝，皇帝派定了先在青藏立下大功的宗室辅国公延信和御前近臣、步军统领隆科多充当管围大臣，查勘各围水草，布置行围路线。二人都是此中的老手，先到围场不几日，便将诸事安排妥帖，请得圣驾前来。老皇帝一生好武，这些年体衰多病，凡在京师居住理政，总免不了头疼脑热、手脚不灵，可一到塞外围场，就立刻生龙活虎，矫健异常。这会儿见着二人奏报，也是倍觉振奋，即召诸皇子道：

"前头已经预备停当，这一去总要个把月才能尽兴。这回京里留值的人少，七阿哥等又老实，日子太长，怕他们不能应付。你们不拘是谁，回去两个，帮他们料理料理，不必都在这里伺候。"他边说着，边用眼睛去看胤祉等年长的皇子。这几个如今正得宠，谁也不愿意离开御前，遂都佯低着头，装没听见。再往下看时，就见八阿哥胤禩出列跪禀："前儿宫里有信来，说惠妃额涅①入秋后湿热积食，腹痛不止，仿佛患了痢症。臣实在不放心，想请旨回京探望。"

皇帝今天这番话，诸皇子本有预料，且都私底下盘算过了。胤禩早先谋储君不成，叫皇帝几番痛斥，看管最严，在老父跟前，每有背若芒刺之感，如今京中留下七阿哥胤祐、十阿哥胤䄉、十二阿哥胤祹几个皇子，都是迷糊不成事的人，自己要能回去，真如鱼入海鸟归林，说不尽的畅快。可他唯恐话说出来，要叫老父疑他捣鬼，且又想拉着最好的九阿哥胤禟同回，故而连日不得主意。这一天正犯踌躇，就叫四兄胤禛看出来，直绰绰问他缘故。胤禩晓得皇兄素有智谋，就同他实说。胤禛思量片刻，便道："这会子三哥自然不肯回去，我是可有可无的人，你要想回，我不回就是。你只托言惠妃额涅的病，有这个'孝'字在前头，皇父必无别话，不定还要夸你。"

"那老九呢？"

"宜妃母好挑理。你回去，她的儿子不回，她岂不要闹性子？皇父想着这个，也要把老五、老九打发回一个。他们哥儿俩什么话不能说，叫老九同他阿哥说下就是。"

"阿哥实在高明，我佩服至极！"胤禩闻言连连称道，又百般感谢。且说惠妃姓那拉氏，年纪已过七十，是皇帝大婚前的旧人。她亲生的皇长子胤禔先前因谋害皇太子而遭圈禁，就为这个，皇帝对惠妃也颇有些怜悯迁就之意。惠妃因为年长资深，先曾抚养过许多皇子，而于诸子中，又最疼爱八阿哥胤禩，胤禔被禁后，更如亲母子一般。现下既然抱病，叫胤禩回去参酌医药，亦属理所当然。宜妃郭络罗氏亦是宫中要紧妃嫔，又久得皇帝的宠爱，惯肯任性使气，她所生的五阿哥恒亲王胤祺、九阿哥贝子胤禟这回都随扈出京，故而胤禛有此主意。

果不出雍王所料，皇帝年老，最爱看儿孙孝顺，遂痛痛快快准了胤禩、胤禟之请，末了又看着十三阿哥胤祥，淡笑道："你的身子能

---

① 额涅：满语，即母亲。

不能行？不行就回去罢，病在大草甸子里麻烦。"

胤祥闻言一惊，忙出班跪下，又伏地向前几步，连连叩首道："这两个月在外历练行走，身子已经结实多了。臣长久不在膝下尽孝，实在战栗不安，求皇父准臣随驾伺候。"

皇帝略一沉吟，说声"随你"，便命众人散去，各自预备行围之事。

御驾浩浩荡荡进了围场的哨门，按照管围大臣所奏，先在正南阿圭图地方扎下大营。大营内方外圆，内城有皇帝所居的黄幔城，御幄居中而建，外加黄网城，又设连帐百余座，供妃嫔皇子并宿卫近臣居住。外城更是连绵扩大，设有连帐数百座，供随来的京官与各旗兵丁居住。皇帝见林莽而心开，进哨当日不曾小憩，就命前锋营各队即刻撒围，亲自张弓搭箭，射下十几只野兔，全当活动筋骨。

一连几天，皇帝都在东南界各佛勒行围扎营。这里的山势欹仄，树木丛杂，又赶上天气忽晴忽雨，道路泥泞难行，骑术欠佳的人，难免视为畏途。可皇帝的豪情甚壮，动辄亲挟弓矢，策马高冈，不但猎得狍鹿无算，还用鸟枪射杀了三头野猪、一只走单的孤狼。白天飞鹰走狗不说，到傍晚回营也不消闲，待管围大臣将众人所获计数论赏已毕，皇帝就命人拿各色猎物炮炙佐饮，蒙古王公并随侍诸臣不分部族年资，都在黄幔城前团团围坐，载歌载舞，通宵达旦。

然则皇帝毕竟是有年岁的人，如此这般五六天过去，未免也感劳累，遂于晚间传下旨意，次日在巴颜布尔哈苏台扎营，众人仍欲行围者听其自便，人马不支者亦准随营休整。既然皇帝有此一说，皇子班中为首的胤祉、胤禛二人自然都要奏请在大营随侍——除了亲近圣驾之外，二人的年纪都在四十五六岁上下，连日奔波，也着实不堪其苦。倒是几位年轻皇子，贪恋行猎之乐，不愿在营中拘束，第二天仍旧跃马弯弓，到佛勒上比试本领。又有侍卫们兴致高昂，自告奋勇大张巨网，去到伊逊河里操舟捕鱼。老皇帝嘉许他们的意气，一早寻得山顶平旷之地，备下膻肉酪浆，边与近侍诸臣饮食谈笑，边向河谷处行围捕鱼的众人远眺观望，虽山风如吼，亦视若等闲。

不一时，就见对面平冈之上，百千队中一骑纵出，浑如霹雳电光。皇帝心里叫了一个"好"字，忙要过黄铜千里眼欲看究竟，惜乎所遗者不过马后扬尘而已。又过了一盏茶工夫，便是群情雷动，鼓角争鸣情景。皇帝看得兴起，遂命跟前侍卫："瞧瞧对面坡上是谁，得了什么好物。"

侍卫去不多时，便引着一位行服马褂、执弓背矢的皇子上来，后跟戎装侍从，捧着好大一个托盘。眼看临近御座，皇子先将随身所带的刀剑除去，又亲自要过托盘来，走到皇帝跟前直挺挺跪下，将托盘过顶一擎，朗声道："臣方才射中一鹿，该当割尾进献。"

"是你呀。"皇帝欠身一看，案前长跪之人正是十三阿哥胤祥，因为来得匆忙，说话气息还不甚匀称，一身行裳未及更换，尘灰之上斑斑点点，尽是野兽的血迹。托盘中一条新割的鹿尾血淋淋十分粗壮，可见那鹿的体格着实不小。获鹿献尾乃是满洲旧俗，照理应予奖赏。只是父子二人芥蒂多年，平日又少独对，皇帝一时便怔住了，半晌才微笑道："果然你的身子健旺了些。"边说着看了看自己身上的佩饰，才想取下一件递过去，却鬼使神差住了手，改口道，"不过你早年击熊射虎不在话下，如今获鹿就赏，未免太轻易了。"

胤禛在一旁心里着急，却丝毫不敢挂脸，只好赔笑着说些"不减当年"的场面话。倒是胤祥自己早练就宠辱不惊的功夫，虽未得赏，照旧从容叩首，谢恩退去不提。

见他举动淡然，老皇帝倒有些怅然若失，只好端起案上奶茶饮尽，又转向众人笑道："十三阿哥病了多年，这会子竟一点儿也看不出来，到底是年轻的好处。照《黄帝内经》上说，他这四八之年，正是筋骨隆盛、肌肉满壮的好时候，要到五八、六八，就难免阳气衰弱，原本无病的还奔着下坡去，若是本来气体虚弱，再要强健可就难了。"皇帝说本无心，可话一落地，下手侍立的胤祉、胤禛二人，登时就把满脸的堆笑都收起来，好一会儿才缓过神，怏怏应声而已。实因二人的年纪都在五八至六八之间，精神体力也不如前，倒是十四阿哥胤祯年正四八，又在军营中打熬得好筋骨。皇帝如此说法，他们有心攀比之人，焉能不犯嘀咕。

皇帝见此情状，把个观猎赏景的兴味早散了多半，懒洋洋打了个哈欠，说声"风大"，便命众人散去，唯叫管围大臣隆科多和几个贴身侍卫陪着，回到黄幄大帐内歇息。

隆科多与法海同出一门，乃是二国舅佟国维之子、孝懿皇后的亲弟。此人虽无学问，却是勋戚中顶有力量的干才，且正年富力强，皇帝信之如腹心，倚之如臂膀，称得上御前第一等人物。他没有领侍卫内大臣的职分，按理不该管扈从之事。可皇帝看着几个该管的人，或是老朽，或是纨绔，或是心浮气躁，一个个都不堪用；只有这位妻舅又忠又能，是个最可用的人，所以不但叫他兼任步军统领、理藩院两件要职，还让他统管自己跟前亲近之事，取个浑名儿叫御前大臣。

等进得帐内，皇帝也不肯坐，只在毛毡地上踱着步子，心绪颇觉沉郁。半晌他才偏脸儿看了看随在他身后的隆科多，强笑道："我这些孽障，都养得过于要强了。"

"人人养子，巴不得要强。"隆科多一听说起皇子，心里就十分警觉，唯面上嬉笑道，"就外间大臣里，为子弟不习文、不学武、不知上进的事生气，一年不知气死几个。恕奴才放肆说一句，您这可算得身在福中不知福。"

皇帝原本烦闷，也叫他几句话说得破颜一笑，又摇头叹道："你看我才刚说四八之年身体健硕，五八、六八未免衰弱，一边儿三阿哥、四阿哥就都不吭声，这不是太要强之过么？焉知我才说了半句，要是再说四八之年行围接仗最好，若论经国济世，倒不如年长些稳妥，待传到十四阿哥耳朵里，岂不又一个多心的？"隆科多吃他先父佟国维的教训，于诸皇子谋储君一事极为小心，见皇帝将话越说越白，就连顾左右言它也不敢，只咧着嘴唯唯点头而已。

皇帝久不见十三阿哥射猎，今日一见，就生出许多感慨。想此子十岁丧母，和自己格外亲昵，早年每次出巡都要带在身边。后来为了废太子的事，父子间闹得冷淡生分，又拿他的病体说事，一晃近十年，都不曾相随左右。好一个聪强过人的孩子，也委实有些可惜。既想到十三阿哥，难免连上废太子胤礽。他的早运更凶，落生就没有亲娘，全凭自己亲爱教养。奈何他前世造下的业障，父母兄弟皆无善缘，虽自有不忠不孝、暴戾骄奢之罪，到底可恨之人不乏可怜之处。他这一想旧事，就再也收煞不住，又想起自己也是个六亲缘薄的命数，不但幼失怙恃，还连丧三妻，如今从小一处的祖母、嫡母、兄弟、近臣也尽数谢世，唯留自己一个孤老，虽然子孙繁茂，得享遐龄，那些怆然茕孑之悲，却要时时涌上心头。

他这里思绪飘忽，如在梦境，不多时便觉眼睛发涩，将几滴老泪止不住地滚落下来。这样举动，是他近年来常有的，所以近侍之人也不惊惶，只小心翼翼屏息而待，等他回过元神，才捧着一条热手巾蹑脚上前，请他拭泪擦脸。

皇帝一面缓了缓精神，吃一盏热奶茶，将余人打发出去，方慢悠悠向隆科多道："到明年七十整寿，我想诸王大臣一定奏请庆贺。别人还好驳回，那些耆旧老臣的请是不能驳的，总要有个君臣偕老、万民同乐的意思才好。回头既要吃万寿酒、摆千叟宴，就难免送些恩典给天下人，既是犯了国法王章的犯人都有赦诏，那皇子宗亲里有违误的，自然也要多担待些。唉，人活七十古来稀，正是个大关节所在。这话我先同你说下，可别到外头去传。"

"奴才不敢。"

"众人都怪我揽权，不肯立一储君分去忧劳。"皇帝又叹了一声，也不用隆科多附和，只一门心思自说自话道，"你不读史，不晓得古来高年的皇帝，建储从不曾一蹴而就。我侥幸得天之厚，也把子孙的福泽占去不少，岂敢有迈越古人的指望？如今朝中与我年岁相仿的，多已经休致了，许多话年轻的人难以明白——连我二十年前也是不明白的。所以总要再看，天命属谁，都是各人的缘法。"

隆科多在一旁倾耳细听，虽揣摩得辛苦，却仍旧云里雾里，不能得其精髓，只好随声应诺，以备得闲再品。

查仓

第四章

皇帝在木兰围场停驻了三十几天，一番游猎尽兴，到九月初回至热河行宫。又盘桓了十来天，眼看塞上秋深，寒意渐浓，就有旨启程南返，赶在十月以前，住进京西畅春园里。圣驾久在塞外，虽军国大事随时奏陈，由扈从诸臣分理，但京师宫府之中毕竟积下许多文牍庶务，要等他回京来办，是以连日繁忙，一晃就到了月中。

每年十月，都是京、通各仓粮食开兑的日子。按照本朝所定之例，京中王公大臣、官吏兵丁，一年内分上下两季到储贮漕粮的官仓去领俸米。上季是二月开兑，四月领完；下季是十月开兑，腊月领完。王公百官需得自备车马脚夫，到通州大仓厫去领；至于八旗披甲、内府杂职，因为所领米粮数少，又兼道路拥挤、脚费高昂，故得一道恩旨，在朝阳门禄米、南新等仓就近关领，也是省时省费的好事。

今年各仓开兑才半个月，亲自到通州坐镇的户部仓场总督张伯行就窝了一肚子火。实因通州乃运河咽喉，漕粮汇聚之薮，仓厫数目远较京仓为多，那南、中、西三大仓，共有仓厫七十六座，每厫收贮漕粮以一万一千六百石为额。按理说，东南八省漕粮陆续抵通之后，仓场官员即应督率吏役花户，将各色粮米分门别类，从速收进仓厫。一免那干圆洁净的好米露天久置，雨水一淋日头一晒，即腐烂霉变；二也能使漕船克日返程，不然数十万漕丁聚在天子脚下，不但拖累生计，也易滋惹事端。

事情说来简单，到临头却全然两样。先就是一干皇子公主、勋臣贵戚的豪奴，全不顾朝廷兑粮之法是取完一厫，再取一厫，依次取空之后，便于来年新粮收贮。这些人总以为仓厫阔大，放在上头的是新米，积在底下的是陈粮，所以每每兑粮时，将各廒粮米只取一半，数目不足则另拣新廒霸占。且他们府中积粟如山，从不指望俸米过日子，所以也不顾兑粮期限只有两月，常常一拖半年才姗姗来迟。闹得旧粮积陈，新米暴露，膏脂亏折，漕丁抱怨。可这些朱邸豪门的派势，莫说管仓的杂佐吏员不敢作声，就是坐粮厅的司官，甚或寻常仓场总督，也不过睁一眼闭一眼而已。唯有张伯行理学名臣，早年当江苏巡抚，就是个不畏权贵、直声震天下的主儿。他做仓场总督已有数年，先还冷眼看着，这会儿实在忍耐不住，干脆一本奏上，单等皇帝评理。

皇帝才从塞外尽兴回来，看见这些繁复的钱粮情弊，心里实不耐烦。可事情毕竟不小，张伯行话又说在理上，也绝没有置之不问的道理，故而御门听政时就与大学士等人说下，要派钦差彻查。至于派谁去查，皇帝想此事关系宗亲贵戚，钦差之中，非有得力的皇子必不能办，遂将几个年长皇子逐个品择一遍，才向众人道："这回就叫雍亲王领衔，他心思明白，又不怕人说，另叫恒亲王家的弘昇阿哥也去历练历练。唔，既然是仓场的事，自然也少不得户部，就叫尚书孙查济去。再者通仓兑粮的弊病不小，京仓也未必全无，既然要查，不如一体查个明白。那么八旗都统里也要有人，就是延信罢。"

班首的大学士马齐连连应着，低头琢磨了一会儿，又赔笑回道："京仓多在朝阳门、东直门内外，若要确查其弊，也少不得步军衙门。"

"那就叫隆科多去。再者兵部查弼纳是能做督抚的材料，也让他去学习。"皇帝一连圈出六个名字，才撂下朱笔，抬头向马齐道，"张伯行是个戆人，叫胤禛务必秉公细查，要让汉大臣挑出理来，我可不能依他。"

胤禛是个心底里最要做事的人，只为平日掩人耳目，充惯了富贵闲人，总要做出不在其位不谋其政的淡泊。眼下既得了这个大差，真乐得心花怒放。他思量自己于漕仓等事并无阅历，就这样懵懂着去了，难免被人蒙蔽，故而急得午饭也不肯吃，一迭声找来主文的相公，命他多带人手，先到户部去借旧例、成案誊写备用。等静下心，便取过内阁抄出的张伯行的奏疏，翻来覆去读了几遍，凡有不通不明之处，就将府中常去通州兑粮的管事逐一唤进，细细问个端的。

一连用了三天功，到第四天，胤禛就约了其他几位钦差，一早各自行路，晌午以前到通州坐粮厅衙门会合。张伯行带领仓场属员在外迎着，先听过旨意，又与众人寒暄见礼，继而到正堂落座，齐听雍亲王指示。胤禛深思数日，早已打定了主意，当即胸有成竹道："既是奉旨查仓，怕不能单听官吏说辞，非得亲履其地不可。只是京通仓厫甚多，要是逐个查去，未免拖延时日，不是办事之法。我想咱们既来了六个人，不如权作三班，分头去查，一俟通仓查过，就会同拟定奏稿，再查京仓为宜。"

他素来有个难打交道的名声，这会儿话又说得堂皇，虽不似八贝勒那样谦让礼敬令人欢喜，到底没人敢挑他的不是，故而各自应诺，奉承他所言极是。胤禛坐着欠了欠身，又续道："咱们几个人里，舅舅、孙大人、查大人都是庶务历练、老吏难欺之人，自然要带一带我们生手。不如打明儿起，我和舅舅一班，查西仓。"说罢朝延信一拱手，指着肃王府的行辈亲热道，"三哥同孙大人一班，查中仓。"转而再向亲侄弘昇，"你同查大人一班，查南仓。"待众人俱领首称是，他便又嘱咐："眼下正是关领粮米的日子，咱们要是扬扬赫赫钦差做派，定要耽误仓场的公事，也叫各府兑粮家人不敢照往常行事。不如安静些，虽不必刻意隐瞒，总是轻车简从，多看少说得好。"他这一番排布完毕，一应满洲大臣尚不觉怎样，唯张伯行心中暗赞道："难为他这样笃实周到，全不似未经庶务之人。"

西仓全名大运西仓，就在坐粮厅以北一箭之地。次日平明甫过，胤禛与隆科多即到木栅门前凑齐，各带一个侍从相随。张伯行先已在此等候，身后又有一司官、一笔帖式、一老吏，携带纸笔账簿相陪。司官先解说几句西仓各厫的储粮情形，随后六个人溜溜达达，就进了栅门往深里去看。西仓乃是京、通第一大仓，国初原有仓厫一百零九座，康熙年间渐次添增，如今已有一百八十八座之多。仓厫所建都在地势高处，四周有高大围墙，内外俱凿水井，饮水救火可兼两用；仓内又有龙须沟，夏秋雨水多时，便于疏泄积水。内中五厫一排，连脊并山横向相连，左右即是水道。各厫均以大城砖为垣，内则四梁八柱，两山插栿，中间排山柱直达屋顶。厫内地基以三合土夯筑，上墁方砖，又铺楞木松板，上盖席片防潮。厫顶各开气楼，以透郁热之气。厫内四壁围置樟木防虫，又用竹篾编成隔孔，钉在气楼上防鸟。这是前明的规制，入清后又有添补，其营建整齐、布置周到，也算是有加无已。

仓内近门以东，先有七座空厫，内贮的白粮、粳米已尽数兑完。往后十排，便是半满之厫，那些临近气楼的好米业已叫人领去，所剩积陈之米不乏成色尚好的，但发变生虫者也是举目可见，或在厫底，或在表层，多的约有五六寸厚，少的也有一两寸，实在暴殄天物。再往后看，不但有许多满囤未兑之廒，而且其中墙垣损坏、内柱坍塌、气楼不通、席片松板全无的坏廒亦复不少，其小损者尚能勉强积贮，大损者修葺不及，不过摆在原地充数而已。院子中间建有五间板房，乃是管仓章京、书吏的办公之所。板房四周广有空地，小山般堆满了今年抵通的新粮，虽用油毡盖住，亦抵不过两月来秋雨连绵。将油毡一角掀开，便有受潮腐坏的霉味。胤禛信佛，向有惜物之心，见此情形不免退后两步，双手合十，闭目连呼"罪过"。又见十几个布衣布褂、年轻力壮的小伙子推着板车，放着近处半空之廒不管，将这些露囤的粮食一车车往远处空廒里运，虽是初冬时节，仍忙得热汗淋漓。

胤禛原打定了不说话的主意，这会儿却有些忍耐不住。岂料他刚一回头，尚未把"张大人"三个字叫出口，就听前头乱糟糟的，似是有人拌嘴争闹。他那贴身的从人十分机敏，只待雍王一个眼风，就小跑着去看究竟。

原来胤禛等在仓内闲步查看的工夫，天色已然大亮，那些兑粮的人家陆续进来，手持本旗发给的米票，按照本主品级高低，分白、粳、稷、粟四色支领。所谓白者，乃是江浙六府州特供的白粮，俗曰糯米，全漕不过二十二万石，乃是俸米中的"上色"，除宫廷禁苑外，多供王公宗亲、大臣官员中的有力之家。那一起无钱的宗室、受穷的小官，俸米中虽也有白粮一项，只是所给甚少，糊口为难，所以常常舍去不要，宁以粳米、稷米抵换。那朱邸豪门喜做精细的克食点心，日常多用白粮，不但乐意抵换，碰见那不愿换的，还常有强压硬派之举。

这会儿在此吵闹的，就是为换粮的事。那强要换的不是别人，正是皇十子胤䄉家的管事。旁人前来兑粮，大多穿着简便，唯他崭新的袍褂，头戴二等护卫的翎子，前呼后拥，十分威风。胤䄉是温禧贵妃钮祜禄氏所生，母家贵盛在诸皇子中首屈一指，连废太子也不遑多让。皇帝看重妃的家世，对胤䄉也格外优容，虽说他的序齿只在第十，又粗俗无学骄纵贪鄙，可仍旧将其封为敦郡王，越过几个哥哥一头。既有皇帝偏疼，又有势大的娘舅，这里里外外便无人肯去惹他。胤䄉自知资质庸劣，也从不作夺嫡之想，日常只和胤禩、胤禟、胤祯等人吃喝一处，作个酒肉交情；另养着一府豪奴，四处惹是生非。

这王府管事才一进门，就先斥骂引导他的书吏，抱怨外廒的新粮怎么不等他来就空了。书吏倒很机灵，不敢说支给了别人，只顺口编个瞎话，说叫大将军王府里先支走的，才让他无话可说。管事又往里走，撇开剩下半廒的不要，另指着两个满廒的粳米道："这两廒各取好的给我，要有一颗霉的，仔细你们坐粮厅的大堂要散架。"那书吏知道他的来路，只好嬉皮笑脸答应，一厢说着，又往前去兑白粮。

及到囤储白粮的庑前，就见一个六旬老人带领一名后生，正拿着引票支领自家俸米。管事见他们粗布旧袄，显系贫寒人家的奴仆，便要与之抵换白粮。老人执意不肯，说我主人虽是远支无爵的宗室，却是个孝子，如今老太太年迈体弱，需用糯米煮粥进补，这一点儿白粮断不能抵给旁人。管事的百般不依，只要硬换，又扯出十王爷的大旗，又腰踹脚，以势压人。后生在一边气愤不过，就与他争论起来。王府跟来的人多，这会儿一拥而上，咋咋呼呼的，若非书吏拉劝，俨然就要动粗的模样。

雍亲王从人冷眼看得明白，也不敢多言，忙悄悄回去禀告。胤禛素来看不起胤䄉不学无术，却也不肯轻易得罪人，只向张伯行抱愧道："我们兄弟家里的混账奴才甚多，不合在张大人这里丢乖露丑。我原该去管教，可既担着钦差的身份，为这起小人大张旗鼓的，也太失朝廷的体统，还烦老先生去教训他两句，叫他知道朝廷的法度。"

张伯行每逢漕粮开兑月份，常遇见这样的事，是以心中苦笑，暗道"总叫你们瞧见自家的丑"。及听胤禛发了话，也只好点头答应，打了个躬，就亲带司官前去调停。胤禛又叫自己的从人在后厮跟，看着情形来回。岂知那管事原本是三等护卫的顶戴，本月得他主子的提拔晋为二等，才升了官，正在耀武扬威、不可一世时节，连见了张伯行这样朝廷大员，也不肯收敛，兀自大喊道："我与这老头儿换米，又不碍着哪条王法，不消你老大人多事。"一旁仓场官吏嗔他无礼，他干脆跳脚骂将起来，满嘴里他主子如何尊贵、汉官什么东西地乱叫。

胤禛听得从人回报，不免怒上心头，当即就要亮明了身份过去说话。隆科多拉住道："不过一个撒野的奴才，钦差要去，就成了正事，且须上奏，到时候十爷面上怕不好看。我想，如今的情形，大犯不着如此。"胤禛一听，那拱到丹田的火，当即就去了八分。他既有心大位，虽不肯像胤禩、胤禟那样，举凡三教九流，一应收在囊中，可也不能似废太子一般，尽树些要紧的敌人。他正在踌躇，隆科多哈哈笑道："王爷让人去同张静庵说，请他不用忍情，将人捆到衙门里打一顿，后头万事都有王爷，也就完了。"

"正是，老十要连这哑巴亏也不肯吃，我再骂他不迟。"胤禛闻言大笑，连赞"舅舅高明"，便叫人传话照办不提。

这甥舅两个一日辛苦，眼看天光到了下晌，因为次日还要到仓看账，便不回城中府邸，只在萧太后河畔的潞河驿住下。此乃运河边为首大驿，端的院落轩敞，富丽堂皇，比京城里贵官的宅第也不差分毫。胤禛先叫人备了酒食，稍息片刻，就打发人去请隆科多来，说要小酌消闲。

说来隆科多所任步军统领一职，全名叫"提督九门步军巡捕五营统领"，故又常唤作"九门提督"，这是个统率八旗、绿营马步军三万余、卫戍京城、兵刑两兼的要缺，与两汉执金吾相类，故汉官文士又雅以大金吾称之。除了执掌内城九门，守卫门禁，并城内巡夜、救火、保甲、捕盗、断狱诸事外，因任此职者必是天子心膂，又须多谋能断，故而今上皇帝也常将其充作耳目，探查京师情形、百官隐秘，有些前明锦衣卫的意思。

隆科多自幼在宫中长大，十六岁就做了御前侍卫，与那既是表兄，又是姐夫的皇帝亲而且近。一废太子后，他的老父佟国维因力保八阿哥胤禩为储，被皇帝十分冷落了一阵。隆科多见势不好，即自收敛性情，万事只以忠君为主，不肯同皇子诸王恣意往来。皇帝见他明白，便委以步军统领重任，迄今已有十载。近年则越发倚赖，大事小事，无不与之商议。隆科多感念皇帝的盛情，宫府诸事也格外尽心卖力。只有一节，他父亲佟国维先于康熙五十八年病故，留下一个公爵，如今无人承袭，三年来皇帝俱不肯提，他想得抓耳挠腮也不济事。如今皇帝年纪愈老，储位属谁，乃是朝野瞩目的头一件大事，隆科多位在枢廷，自然更加关切，万一是个不对头的来做新君，他这一个悬在头顶的公爵，怕不是要无翼而飞？只是他如今历练得万般谨慎，一天摸不透皇帝的意旨，就一天不肯在几个年长皇子中稍有依违。

胤禛是个见事透彻、又能动心忍性的人，他早知道这位国舅的要紧，虽不敢公然结交，可数年来凡事恭敬，总在众人之上。且他待隆科多的亲妹、宫中的小佟贵妃也格外孝顺，年节礼物仪注，都比自己的生母加厚。凡所提及，径以"额涅"相称，连"贵妃"两个字也一概省去。要是旁人问起，他便抹着眼泪哽咽道："我自幼长在孝懿皇后跟前，皇母盛年崩逝，我的福薄，不曾膝前尽孝。额涅是皇后的亲妹，我孝顺额涅，就同孝顺皇母一样。"这话传到隆科多耳朵里，自然也觉受用。

这一回同领要差，到通州查勘仓务，胤禛深知机不可失，特地将六人分作三班，方便与这御前的重臣一处交心。这会儿好容易将他盼到，自己忙在门外迎着，亲亲切切叫一声舅舅，见他拘泥着还要打千儿，赶紧一把上前抱住，嘴里说着"万万使不得"，就拉手请了进去。他一面亲自斟酒布菜，又一面打发了奴辈，等前前后后忙活完毕，方举杯笑道："舅舅平日里太忙，我是个闲人，不敢冒昧相邀。今儿好容易有个说话的当儿，可惜赶在外头，一杯薄酒，几个淡菜，也太简慢了些。"

攀交

第五章

隆科多虽称精干，可毕竟是勋旧底色，不甚读书，也不似雍王这样客套迂曲。他忙了竟日，正想酒喝，是以将杯一碰，就仰头一饮而尽，待放下杯子，才咂摸着后味问道："这是什么酒？倒是甘滑得很。"

"是我从家里带来的羊羔酒，山西汾州土产，年亮工封了几十坛子给我，舅舅喜欢，我遣人与您送去。"

"那我就沾王爷的光了。"隆科多朗笑一声拱手称谢，一面又夹了几箸红煨羊肉、几匙蘑菇煨鸡垫垫肚子，一面饮酒闲话道，"我常听上头夸奖年亮工这个人，说十四爷打胜仗，尽靠他的帮衬，可见是王爷教导有方。你们兄弟一文一武，一里一外，都这样出息，就连属人也比人强，实在叫德妃主子脸上有光。"

"唉，旁人提起这个，我的心里就难过，更别说舅舅来提。十四弟年轻，许多事都没有经过，我比他早生了十年，是皇母眼看着长大的，我但凡有些许进益，也不过是报皇母的慈恩。"胤禛凄然一叹，又把话头引到隆科多的亲姐、自己的养母佟皇后身上。佟皇后出身显赫，康熙二十年即以皇贵妃居六宫之首，二十八年病笃时立为皇后，旋即崩逝，谥以孝懿二字。胤禛幼时曾在佟皇后的寝宫景仁宫居住，要说养育之恩，属实不算虚夸。只是景仁宫住过的皇子甚多，并非单他一个，连八阿哥胤禩也在其内。旁人碍着生母健在，外家俱全，多将这一层淡去不提，唯胤禛近年来欲讨隆科多的好，又要合皇帝年老念旧的意，所以每每将此事挂在嘴边。

隆科多见他说得诚恳，也自触动了心事，遂停杯叹息道："娘娘在天有灵，若见着王爷的孝顺，心里自然安慰。唉，要说我们家两位主子，虽都是九天凤凰的命格，到底寿数短些，想起来叫人难过。两下里一比，孝康章皇后到底诞育圣主，香火有继。我姐姐说起来是正位中宫的名分，可这身后的福泽，就大不如了。"

胤禛心知他的忧虑，偏是明知故问道："舅舅这就差了。皇母生荣死哀，一应典礼都与仁孝皇后、孝昭皇后一般无二，有哪里不如人呢？"

"既不是元后，又不是圣母，外头礼数上不差什么，内里的实惠可就差得多了。"因只有他们二人相对，隆科多一天劳乏，几杯酒下肚，话也渐渐多了，当即冷哼一声，掰着手指头道，"孝康章皇后留下的承恩公，推恩给了我们大房，到如今袭过三次，都是痛痛快快的。孝懿仁皇后的公爵，我阿玛倒是得了，可如今黑不提白不提，怕不是要一代而终？皇上念着我阿玛是亲舅舅，尚且不肯施恩，后头的就更不用说。我还能指望哪位爷得了大位，管我叫一声舅舅？当今的三位皇后都是大族出身，往后还有圣母，这要喊舅舅的人，也未免太多了些。"

胤禛闻言豁然起立，以手指天高声道："旁人我不敢保证，我单认您是嫡亲的舅舅。"

隆科多先叫他这突如其来的举动骇得一怔，随后心中一热，又有十分的喜悦，只是不便托大答应，忙摆手道："惭愧，惭愧，我于王爷没一点儿功劳，当不起这样抬举。"

"舅舅每天承应皇父，参赞机枢，虽挂着武职的名儿，实则是个真宰相。如此大功，但凡不是个瞎子，谁能见不真呢。至于我，譬如才在西仓，舅舅若不拿我当真外甥帮衬，又岂能那样教导我来着？"

胤禛见他谦逊，又将好话连说了几车，直说得隆科多脚底下踩了棉花一样，晕晕乎乎，虽只三分微醺，倒似八分酣醉，不过咧着嘴，赤红着脸大笑道："外间都说王爷的眼高，不似八爷厚道、十四爷爽快，回头我再听见，就要同他们辩理，都是他们不知道王爷的过罢！"

"咳，人家说得也不为错，我确有个眼高之病。"胤禛自嘲一笑，又慨然喟叹，自斟自饮了一盅，忽而猛拍桌案道，"所以我只看舅舅是当世的豪杰。那些徒有显爵虚名之人，虽入八弟他们的眼，在我不过酒囊饭袋，断没有把臭屁当香闻的道理！"

隆科多也是个心极高、性极傲之人，旗下的勋旧巨公，尽不在他眼里，又兼着袭爵之事有些委屈，听胤禛这话，真觉投合得很，当即敞开心怀，将当今数得上的满汉权要，逐个评骘一番。胤禛日常虽肯留心人物，到底交际短少，不能深知底细，这会儿听隆科多侃侃而谈，连人也听得迷了，末了仗着五六分醉意，拊掌大赞道："我看舅舅识人的本领，最不济也值个吏部尚书，就作首辅，也不在话下。我若得了大位，断不肯叫舅舅屈才！"

此言一出，不但隆科多瞠目相视，连胤禛也后悔自己的操切，当即将酒醒了三分。可是话既出口，又不能收回，只得讪然掩过；又忙着劝了两回酒，就将席散了，各自歇息。

雍王既将衷肠吐露大半，这一宿，两个吃酒的人就任谁也不能入眠。胤禛一壁里忐忑难安自不必提，单说隆科多回至东厢下处，亦不能安枕而卧。自己先与胤禩相好不假，可这十年来有意避嫌，也就渐渐淡了；何况听皇帝的口风，待他也早无钟爱之意。至于胤禵，因生得晚，未经姐姐孝懿皇后养育，且他与胤禩本系一体，在宗室勋戚中广有人望，如今率军西征，又结下许多袍泽部属，由他承继大统，于自己虽无甚坏处，怕也说不上什么好处。

至于行三的诚亲王胤祉、行四的雍亲王胤禛，论年资圣眷，都算是旗鼓相当，却各自有些孤傲难拿的秉性，泛常之人不敢亲近，在朝的势力也不及胤禩、胤禵那样大。然则事至今时，隆科多不免又生出一个念头。他目下论信宠权要屈指可数，可论品阶爵秩，列于其上者又非止数人。若去凑那人多势众的趣，就凑成了，仍不过论资排序，倚任之笃，怕还不及今日。倒是那孤介不合群的，若能得自己一臂之助，届时必得委以重事，奉如上宾。照此说来，倒是这位舅舅不离口的雍亲王爷，最有可保之处。

隆科多辗转竟夜，待到五更梆响，就拿定了主意，复又假寐片刻，便自起身梳洗，用罢了早点整衣而出，已见雍王当院相候。潞河驿旧址在通州城东关，后为保障漕运移至张家湾镇，故而乘马去到坐粮厅衙门，总要两刻钟往上。这甥舅二人晨晖中并辔慢行，起初并无别话，待走出一二里，便是隆科多开门见山道："皇上先在围场的时候，说四八之年筋骨最壮，五八、六八阳气衰弱，我看王爷有些不乐？"

"这是《黄帝内经》上的话，人人知道，有什么不乐。"胤禛一打愣，赶紧摇头不认。隆科多却又不以为然地笑道："何止王爷不乐，连诚亲王也很不乐。又何止是我看见，连皇上也看得真切。"

这两句话说得胤禛惶悚之至，直呼："哪里，哪里——"

"论理御前的事我不该混传，既然王爷念着孝懿皇后，认我是个舅舅，我也得看着娘娘多尽几分心。至于有用没用，我的本事有限，可就不好说了。"隆科多边说着，边在马上欠身四顾。只见初冬的晨雾薄如轻纱，运河上已经小有浮冰，两相夹凑，显得阴冷寂寥。此际漕船皆已南下回空，张家湾一路的热闹已经减去许多，又兼天光尚早，往来行人二三里不见一个，即是两人的亲随，也慢悠悠跟在后头，刻意不往前凑。他这才放了心，侧脸看着雍亲王道："那天皇上心里烦闷，回到大帐中说：'方才的话不过说了半句。四八之年行围接仗最好，若论经国济世，倒不如年长些稳妥。'王爷听听这话，倒是乐不乐呢？"

"舅舅啊舅舅，您可真是我的亲娘舅！"胤禛一听这话，喜得两手一搓，身子大颤。他的骑术不甚精妙，如此猛一打晃，险些栽下马来，忙一把拉稳了缰绳，又将马脖子抱住，好一会儿才神魂粗定。他赶忙飞起眉梢问道："皇父还有什么话，舅舅再让我乐一乐罢！"

"王爷千金贵体，可仔细着了！"隆科多久知胤禛行事沉稳、喜怒有恒，从不见他如此失态，故晓得他心中欢喜异常，不由暗自得意，又吊他的胃口道，"皇上还说，天命属谁，都是各人的缘法。古来高年的天子，立太子都不能一蹴而就，明年七十圣寿，又是一大关节。这话我听得糊涂，王爷是最明白的人，你看是喜是忧？"

胤禛听在耳中，一时也没回过味儿来，前望通州城就在眼前，想着近城人多，不宜多言，遂将话头打住，预备得空细想。然此行能赚得隆科多之心，已经大称快慰，等到坐粮厅调阅账目时节，他便寻一个当儿，草草作书一封，交心腹之人带回京去，密送给十三阿哥。

在通州一连忙了三天，到第四天头上，六位钦差和仓场总督张伯行齐聚坐粮厅，一道商量给皇帝的本章。因其事繁且大，本章所叙也颇详尽，内中条分缕析，说了七款意见：一是通州各仓露囤霉坏之米甚多，请遣部院大臣会同张伯行，将变色之米减价粜卖；二是诸王支领仓米，确有挑三拣四、霸占多廒之弊，嗣后再有此事，令仓场总督将该王参奏，领米官员严加处分；三是每逢放米之季，令各旗派官一员，监视约束，勿许以次充好，强换强支；四是兑米本有两月之限，嗣后领米之家无故拖延逾限者，不予支给，仓场官吏勒索不成拖延不放者，交部治罪；五是将现存变色之米交予直隶总督，运至邻近各县，来年开春之前能食者减价粜卖，不能食者给耕种百姓充作肥料；六是仓米霉变，多因廒舍年久失修，且通州现有之廒，也不足用，请由工部确估其价，修理添增；七是通仓之米用少存多，难免陈陈相因，易于腐坏，而京仓之米所用甚多，请于京内再建一仓，每年漕船到时，将应卸通仓之米多卸京仓，损有余而补不足。

待本章写就，由内阁递至御前，皇帝浏览一过，便十分高兴，连称胤禛精细笃实，议论公允，不但将那陈年积弊一一看透，且有通盘整理之法，更兼上裕天庾、爱民惜物，实属难得。当即批了"依议"两个字，交户、工二部照此办理。

胤禛既得了夸奖，一发铆起劲来，返京后不及回府歇脚，就又带着众人到京仓查勘。京仓储粮虽少，名目却多。譬如朝阳门内有旧太仓和禄米、南新二仓，往北有富新仓、兴平仓，门外另有太平仓；东直门内有海运、北新二仓；城北稍远，还有清河的本裕仓。通计九仓五百六十二廒，以大通桥监督管理其事。故而六人仍作三班，马不停蹄赴仓巡查，会齐议事则在东便门外大通桥衙署。

这边胤禛等人忙碌办差不提，单说皇帝从热河回京才歇不足月，就不肯在畅春园空坐，又起了捕鱼涉猎的兴致。只是天气寒冷，不能再往北去，就带着近臣内侍并宫眷等住到南海子行宫，预备到禁苑去打野兔取乐。此地因系永定河故道，地势低洼，遂使泉源充沛，成泽国百顷，草木繁茂，獐鹿群集。元世祖定都燕京后，便相中了此地，取名下马飞放泊，自此就成了皇家猎苑。本朝以马上得天下，世祖皇帝并今上都喜好行围，故将此处着力经营，建造行宫庙宇，圈养狮虎，既供皇帝玩赏射猎，又作检阅八旗、操练营伍之用。

是以胤禛将京仓勘毕，并非去到畅春园复旨，而是直接到了南苑黄村，在德寿寺行宫荫榆书屋面圣。他们先用题本奏了京仓处置各款，款目多与通仓的相近，譬如霉米折卖、修葺仓廒，等等，皇帝亦批"依议"二字，原本不必面奏。不过他另有几番思量，想要面承圣训，所以和隆科多两人单递了牌子，皇帝亦予准允。

德寿寺行宫在南苑小红门西南，建自前明，顺治年间加以修葺。行宫不大，内有四层殿宇，荫榆书屋在后殿以东，是皇帝在行宫读书见人、日常办事之所。二人进内行礼请过圣安，见皇帝连日射猎，精神十分健旺，不免又是一番赞叹。皇帝也满面慈祥，笑呵呵很夸了他们几句，再问此来面奏何事。胤禛忙从袖中取出一封折子，向上呈递道："臣等本中所言，都是就事论事，能治标不能治本。臣另有些小见识想要请旨，却恐操切轻浮，妄生物议，不敢不先来面陈，指圣明指示。"

皇帝推说眼睛发涩，并不去看折子，单命胤禛口奏。胤禛答应一个"是"字，便徐徐道："臣此次前去查仓，深体荀卿'有治人，无治法'之说。臣看仓米变色霉变，故有雀耗鼠耗、仓廒损坏、露囤淋雨之过，可归根到底是管仓官吏或贪婪无厌，或办事糊涂，以致米石收贮疏忽短少，以次充好所致。臣查了康熙三十年以来各任监督的旧账，有任内亏空十几万石之人，也有全无亏空、账目明白之人，廉贪难掩，贤愚立判。臣想，要是单单查仓修廒，于办事之人没有奖优罚劣之法，怕不能足仓廪而明吏治，并非长久之道。"

皇帝听至此，就忍不住将折子打开，见上头赫然许多名字，任内亏空多者何人、少者何人，又有全无亏空者何人，捐资修理仓廒者何人，都一一开列明白。他将那亏空大的下力多看了几眼，就合上奏折，问胤禛："你的意见，是怎么个奖罚之法？"

"臣以为凡任内米粮加紧收贮、交代明白之员，应由仓场总督奏准，交吏部给予议叙，几个捐俸修廒的更应从优议叙。"

"仓监督是个难做的差事，倒也应该。"皇帝点点头，边喝着热奶茶又问，"那亏空之员，自然该有处分？"

"仓场是上上的优缺，碰上贪鄙之员，单一个处分，怕不足以示惩。臣想应照亏空之数，着落他们家产赔补。"

"你说抄家？"皇帝将手一抖，就把热腾腾的奶茶溢出来，溅了些许在手背上，见有内侍拿着手巾趋前伺候，却将其止住，自己胡乱抹了几下，皱眉道，"光是亏空就要抄家，未免有些过苛了。"说罢又转向一旁半晌不语的隆科多，问道，"你怎么说？"

"奴才以为雍亲王见得是。仓场是第一等的上差，光茶饭贴补就是别人的几倍，那许多见不得光的好处，就更不知有多少。漕粮打南边百姓手里征来，一路车船人马运到京城，是何等不易。好容易进了仓，却落下许多亏空，少了朝廷的兵粮俸米，就抄家，也是该当。"

隆科多自幼习武，故而音色铿锵，说话如同斩钉截铁，让人听着心旌动摇。本朝入关已经八十五年了，几与元朝的国祚相当，皇帝近年来异常小心，生怕应了"胡虏无百年之运"一说。而日常行政，每以省刑薄赋，行善安静为要，凡听见抄家二字就很不乐，更何况各官所犯又非大罪，单为亏空米石。可如今仓场的弊病实在不小，一味姑息，养下许多仓蠹不说，于国课也过于靡费。他左右想了想，一时不得主意，便向二人道："这是另出枝节的事，还是交部臣议过再说罢。"

胤禛虽尚有未尽之意，听皇帝如此说，也只好诺诺应着。他正要跪安下去，却被皇父叫住，又拿起案上的一道本，边执起青玉笔架上的朱笔，边向他道："眼看就是冬至，礼部列了各处代祭行礼的衔名，你们兄弟多在上头。孝陵我已经圈了五阿哥出来，你就到圜丘坛祭天去罢。这是大典，务必小心恭敬才是。"胤禛一听，忙伏跪谢恩，待退至行宫以外，就想法子去找胤祥单独说话。

至于隆科多，因有内廷行走管理侍卫的差事，便叫皇帝留住，先说几句别事，又问道："难得四阿哥办理庶务老练，是有什么人指点他么？"

隆科多心中一喜，遂将一应查仓之事，都备细说了，末了又道："倒没见有幕客跟着，不过雍亲王办事肯听人说，几次同奴才并张伯行几个参酌议论。"

"群谋独断，详虑力行，又耐烦琐屑，这是满洲王子①大臣里少见的好处。"皇帝点了点头，又沉吟一回，他原欲说胤禛"只是有些小题大做，不能容人之病"，想着隆科多也赞同亏空抄家之议，便收住了，又改口道："他这些年长进不小，比早先沉稳多了。"

---

① "王子"是清朝皇室对亲王、郡王的口头称呼。

染疾

第六章

皇帝在南苑行宫一住十来天，半理公事，半行游乐，眼看就到了仲冬时节。连着两日霰雪纷飞，南海子的树林水泊银装素裹，显得别有情味。皇帝这一向不过放鹰捉些个鹧鸪、用软弓打几只野兔，虽比宫里住着畅快，到底未能尽兴，这会儿一见着下雪，便想将筋骨大动一动，出身痛快透汗再进城去。内侍等探得他的心意，就出了个打老虎的主意，皇帝兴冲冲说了个"好"字，便命人将圈养在禁苑的老虎预备，八旗各营官兵照例伺候。

初六日一早，皇帝带着随扈的亲贵近臣先到晾鹰台扎下帷幄大帐，除御前侍卫并亲军、护军之外，另有虎枪营官兵百余人，手持长矛，依旗色各据方位严阵以待，谨防受伤的猛兽突袭大帐。不一时，就有禁苑养虎之人用巨大的铁笼将一只黄毛黑斑公虎运至晾鹰台下，一条杯口粗的大绳把铁笼缠了五圈，绳子一端系在铁笼门上，另一端放在百步以外的草地上。那老虎正在壮年，已空了几顿没有进食，如今禁锢樊笼，见着周遭人头攒动、犬吠马嘶，自是暴躁异常，在笼子里前冲后突，发出骇人的怒吼。这边一个久经阵仗的虎枪营校尉得了令，从草地里捡起绳头，飞身上马，拉着绳子绕铁笼反跑五圈，就见笼门骤而弹开。那虎先是一懵，继而纵身舞爪，咆哮而出，背着大帐的方向往远处跑去。皇帝站在晾鹰台上，居高临下看得明白，先头校尉去开笼门时，他就从侍卫手里要过御用的鸟枪，此时眼见老虎蹿出要逃，端起枪瞄准了连击两发。可惜北风甚疾，虎跑得又快，头一枪不过蹭着皮毛，第二枪就全然放了空。猛虎吃这一惊，登时掉过头，狂怒着向晾鹰台冲来，外围的虎枪营官兵恐其伤人，遂一齐挺动长矛，将虎毙于台下。

皇帝先发未中，不免有些懊恼，连命管苑大臣再放虎来。养虎人依法炮制，又将虎笼打开一个。此虎狰狞雄健，较前虎更甚，且性极狡诈，虽见笼门洞开，却不肯出来，只在笼内大张其势，不令官兵近前。带队营官把那各色虎豹俱都见过，是以一声令下，命营兵尽将手中的猎犬松开，唆其冲向铁笼，对着老虎狂吠不止。见虎仍不就范，众人又一齐向天鸣枪，才逼着它跃笼而出，顺风而逃。

皇帝这次并不用枪，另取了当年多伦会盟时与喀尔喀蒙古大力士竞技的牛角桦皮硬弓来射。皇帝善射，又膂力过人，年轻时纵横驰骋，曾有弓开十七力的伟绩，虽不及其祖太宗文皇帝的千钧之重，但与当世的武魁骁将相比，倒也不遑多让。他如今虽上了年纪，可仍有十二三力的把握，一时满弓紧弦，羽矢骤发，箭镞带风，直贯虎背。那老虎长啸一声，就要扑近处的骑兵，骑兵将身一闪，堪堪躲过。老虎带伤欲跑，却叫人犬一拥而上，堵塞了逃生之路，虽是左支右绌，终于体力不支，被几个勇士用枪钩住。皇帝闻报大喜，把什么旧疾也忘了个干净，忙从晾鹰台上疾奔下来，趁着那虎尚有一口气在，亲自将长矛刺入虎头，结果了它的性命。

皇帝一喜非常，又叫人再放第三只虎来，侍侧的近臣恐他劳累太过，便要上前谏阻。然他意气风发，也不顾内有淋漓大汗，外衣上血迹雪水混杂不堪，执意要放新虎。群臣不敢扫兴，只好任他又杀二虎，大乐而归。不料他回到行宫后宽衣太速，饮食太急，高龄之人禁受不住，当晚就发起热来。

他先也不甚在意，不想后半夜愈发厉害起来，不但高热不退，又加上呕吐干哕的症状。随来的两位太医都是跌打损伤见长，见此情形不敢遽发断语，只求另调内科的前来。皇帝虽烧得有些发昏，心里还算明白，晓得此地不是养病之所，遂连夜下旨，回驾畅春园调治颐养。

圣驾一经回园，住在左近，并内城的皇子重臣们自然都来请安。皇帝发热萎顿，自然不欲见人，不过听内侍奏上名字，闭目说几声"知道了"而已。如今御前太监中，以总管魏珠最得圣意，皇帝这一病，他就成了众人眼里的黄金饽饽，千方百计要拉住打听。魏珠是个善面人，见谁都嬉笑和气，然他的心机最深，又极爱财，故与九贝子胤禟最好，常受他的巨资厚礼，帮他传递内廷消息。

此次皇帝在南苑行围，所带都是十六阿哥以下的年轻皇子，那几个乌眼鸡似的好兄弟，除了胤禛为查仓之事去过一回，余者一概未蒙召见，如今于老父病状若何，都是两眼一抹黑。胤禵因有魏珠作眼线，较旁人最能捷足先登，遂趁园门请安之便，烦魏珠的徒弟递了一张条子进去。当日下晌即有回纸一张，说万岁爷此病是过劳伤身、寒邪侵体，来势虽汹，可他老人家的底子强健，将养数日应无大碍。胤禵得了这话，就从自家园子角门溜达到隔壁胤禩花园，商量要不要给十四阿哥去一封信，告诉此事。

胤禩低头想了想，便将字条扯碎了一扔，掸着手道："要说皇父这几年，也是大病小病不断，平白写一封信去甘州告诉，大冬天的，路又难走，等信到了，病也好了，还得再告诉一声，没的叫他分心。好歹有魏珠在跟前儿，且看罢。"

胤禵听他说得在理，便点头应了，却见胤禩又笑吟吟看着窗外残雪道："每每皇父一病，咱们兄弟处就成了是非窝子。这回四哥五哥祭天的祭天，祭陵的祭陵，都能躲得清闲，偏不知三哥在家做什么呢。"

胤禵闻言哈哈笑道："他能做什么，左不过和陈老头儿又问卦呢。"

他二人所言三阿哥胤祉，也是诸皇子中大位有望之人。论才具，他也算文武两兼，不但擅骑射、通经史，还精于天文历算，总将各色西洋奇技挂在嘴边，是以颇得老皇帝赏识，委派他许多编纂典籍、辨勘历法的差事，又常到他在西郊的花园走动，既为天伦之乐，又看儒生们编书。

可惜胤祉虽有万般聪明，唯是一处不尽人意：他从小养在宫外大臣家里，不知哪里教得不好，落下个口吃的毛病，到五六岁回宫时，说话还乌里乌涂听不清楚，见着父母长辈也躲躲闪闪，言语情态都不及兄弟们老练。长大后一面自矜身份才干，一面悚惧人情世故，说话办事总是别别扭扭的，叫不知底细的人难以亲近，就想上门巴结，也无措手之处。唯有一个忘年的师友最为要好，即是名世的硕儒、倒运的魁首——省斋陈梦雷。

这位陈老先生本贯福建侯官，早年中了本朝的进士，回乡探亲时赶上三藩乱起，福建耿精忠率部谋叛。叛军既以满门性命逼迫，陈梦雷也只得假意效顺，背地里却与同乡同榜的好友李光地谋划，以蜡丸为信，向北京密奏请兵，暗为接应。岂料李光地贪天之功，将奏疏中陈梦雷的名字隐去不写，福州克复后，自己声名鹊起、平步青云，而陈氏则以附逆获罪，虽侥幸保住了命，却落个披枷戴锁，发配奉天近二十年。幸而皇帝东巡祭祖，又想起他的满腹学问，遂将他带往京中，派在皇三子府中课读切磋，编修煌煌巨著《古今图书集成》。福建人乡音甚重，陈氏生得瘦削，性情枯涩，又遭放逐多年，哪怕重回帝都繁花似锦的所在，照旧是个孤高冷僻的怪秀才，儒林学苑中无一人是友，唯与胤祉主客相投，心腹相待。

陈梦雷虽然半生落魄，可壮怀却未全灰，眼看着李光地取功名如草芥，一路做到内阁大学士，班居汉臣之首，他实在恨极羡极，唯将一腔帝佐王臣的心血，全灌在胤祉身上，不见他升储御极，断断不肯罢休。依着汉人说法，废太子和大阿哥胤禔获罪囚禁后，胤祉依次当立，不过早晚而已。可自从西兵大举以来，十四阿哥威名日显，圣眷日隆，胤祉和陈梦雷就有些坐不住了。二人的学问广博，于扶乩之术也有些钻研。胤祉碍着身份，尚不敢放胆联络僧道术士，陈梦雷无官无职没有忌讳，便往直省访求请仙卜卦的名家，请至王府通灵施法，拜斗降仙，保佑胤祉长沐圣恩，先登储位。然则书生行事，总有些不谨不密之处，诚王府如此举动，早给一干耳目灵通的兄弟窥透了，言来语去，全当个笑话来说。

果不出胤禛所料，这会儿听说皇帝染病不得见人，旁的阿哥都忙着四处打探消息，唯胤祉到畅春园请安已毕，就在赐园净室内沐浴焚香，来问自己的命数。扶乩之礼须有六部三才之人，其中正鸾副鸾各一人，唱生二人，记录二人。那正鸾名叫周昌言，是陈梦雷从南方请来的有名的术士，余者五人俱是他的徒弟。这周神仙道骨仙风，一身四龙八卦长袍，大模大样的，见着三王爷来也不行礼。胤祉来前，他已备下一个沙盘放在室内正中，又制丁字形桃木架，悬锥下垂，架放在沙盘上。两名唱生各用食指分扶横木两端，再以竹圈固定柳木乩笔，由副鸾执着，挥舞成字，口中念念有词，说的是有请太祖皇帝附体下降，保佑大清江山云仍衍庆，万福来崇。

胤祉并陈梦雷伏跪一旁，并不敢看沙盘上形形画画的鸟迹虫丝，待听那副鸾叨念完毕，就有一个仙音响在耳畔，说出"天命在兹，慎密勿泄"八个字来。胤祉将一颗心悬在嗓子眼儿里，一听这话，登时泪流满面，忙就着金砖的硬地叩头，将"臣惶恐"三个字憋在喉咙中，半晌才挤出来。那仙音顿了顿，又道："陈梦雷乃是股肱之臣，所降神牌一副，叫他供奉就是。"这边陈梦雷也五体投地磕了七八个头，二人才直起身来，见两个记录生已将神批录下，果然是"天命在兹，慎密勿泄"不假。更奇者，沙盘之上多了一副精雕细刻的桃木神牌，上有"天降大位"四字，下有一男子小像，面目与胤祉酷肖。旁有小字，正是"敕陈梦雷供奉"字样。二人大喜过望，正要上前细看，忽见周道士走了真魂一般，腿一软，扑通一声栽倒在地。众人笑说上仙驾返天宫，就上前将他扶起来，清茶热水，慢慢呼唤回神。

胤祉心中虽乐，终不肯太挂在脸上，先将周道士等赏赐一番打发了，又自己擦了一把脸，见陈梦雷百般道喜，便作不经意之态道："鬼神之说，先生也不可全信，他既托太祖爷之命，我不能不加敬意，所以才行大礼。可真要是太祖爷降临，岂有不用国语，反说汉话的道理？"

陈梦雷早已乐得合不拢嘴，见他尚挑毛病，忙解说道："太祖爷微时，曾寄居在辽东李成梁署中，汉语是最晓畅不过，且知道王爷通经达史，能得汉臣之心，所以才用汉话下旨，勉励王爷登极之后大兴文治。"胤祉听他圆得周全，不免也笑起来。一面请他将神牌收贮，不可令人知晓，一面命周昌言等暂住园中，留为皇帝祛病祈福之用。

且不说胤禛、胤祉等各自忙碌，单说雍亲王从南苑回到内城府邸，正要收拾随身细物，以备冬至前斋戒之用。历来皇帝冬至祭天前，都要在斋宫中斋戒三日，清心寡欲，不沾荤、不饮酒、不理刑名，以示敬天行道之至意。胤禛等人代行祭天之礼，虽不能居于斋宫正殿，但也要住在陪祭王公大臣的净室之内，恪遵三日致斋之制。不合他先得了隆科多的口信，说皇帝射猎时感染风寒，高热不退，已经起驾回到畅春园去。胤禛听得心惊，意中又有两难：眼下离祭天斋礼不过一天光景，若是赶去园子问安，怕要耽误大典；若是不去，则不能明晰病况，预为余地。

他这几天不知怎么，心里总不安静，眼皮不住地乱跳。目下再有了这件心事，未免更加焦灼，一时半刻间就把口疮都生出来，喝一匙汤水也疼得冒汗。他深怪自己读经念佛的慎独功夫不到，皇帝近年小病不断，何以一个伤风感冒，就先乱了阵脚。可越是这样想，就越是辗转难眠，干脆坐起来，暗地里先告了罪，再用皇父的四柱八字去推流年流月。这一推不要紧，果然是大不吉利。他旋即拿定主意：十几年来，自己旁的好处都肯舍去，独把"孝"之一字当仁不让，如今听闻君父有疾，必得乱首垢面，亲侍汤药，才能不负这个孝子的美名。想至此，他一翻身下了热炕，离了暖烘烘的屋子，夜半冒雪出西直门，次日五鼓刚过，就跪在园门以外叩请圣安。又烦奏事太监代为陈奏，说皇父龙体欠安，众兄弟无不就近伺候，唯臣远赴南郊，实在于心未安，求皇父鉴臣愚孝，准许在园侍疾，另遣王大臣代行祀典。

奏事太监即将这话带进去，老皇帝病中多思，不禁生出许多安慰。只道祭天行礼是个顶体面能说嘴的差遣，皇子诸王一向争竞要去，难为四阿哥得了此差还肯撒手，说个孝心可感也不为过。他心有此想，嘴上却不肯说，仍摆出君父的款儿来，嗔怪胤禛不识大体，岂有将国家大典任意耽搁之理，该当从速前去为是。及见奏事太监诺诺应声，要向雍亲王去传口谕，皇帝却又将其叫住，温言道："同他说，我的病不碍事，他虽在斋所住着，每天打发人请安来，这里自有平安信儿知会他就是。"

胤禛得了这话，将心放下一半，又借着再议仓官奖惩定例的话，到畅春园以东的佟家花园去见隆科多，向他打听皇帝患病的实情。隆科多见他满面焦灼，风尘仆仆，连早饭也不曾用，不免失声笑道："皇上不过偶感风寒，太医都说没甚妨碍，王爷怎么唬得这样，连祭天大典也不敢去？"

"不是我驳舅舅，有年纪的人，谁能说得准呢。"胤禛神凝心会地摇了摇头，见隆科多满脸的不以为然，很怕他轻忽误事，忙凑前低声道，"要真有大事，不定一半刻光景就见分晓，我离得远，怕赶不及呢。"

"南郊再远，还能远过甘肃？"隆科多"嗤"的一笑，仰身靠在官帽椅上，大咧咧道，"王爷宽心去，漫说圣体没什么要紧，就有事，也在我的身上，不才总是做了十年的九门提督。"

"舅舅的大恩，容我日后仰报。"胤禛感激地打了两个躬，可仍旧不甚放心，又怕说得太细叫他不耐烦，是以沉吟半晌方道，"魏珠这奴才面上老实，心里却有算计，每日里狗皮膏药似的跟着皇父，最肯四处传小话儿，舅舅不可不防。"

"他是九贝子喂的雀儿，不过瞒着皇上，哪能遮了我的眼。"隆科多"喊"了一声，坐直了身子，歪头想一想，又感慨道，"皇上到底老了几岁，最恋旧，不肯把使惯的奴才往坏处想，旁人也说不得。"旋即又拍着椅子扶手，冷笑道，"这些阉人全仗主子庇护，要把大树倒了，就连个臭虫也不是，王爷且放心罢。"

"好，好，万事都仗舅舅。"胤禛最是谨慎，不肯在此久留，嘴里一面说着告辞，一面就往外走。待至门前，又似想起什么，转回身道，"万一有事，舅舅可同十三阿哥商量，他是顶聪明谨慎的人，必能助您一臂之力。"

隆科多闻言惊讶怔住，把那浑不在意的神情都收敛了，不觉站起身来，张大了嘴道："十三阿哥这些年门也不出，二位爷何时好来？"说罢又拊掌赞叹，"好奇兵！你们竟连我的耳目也瞒过了，旁人一定不曾料着。"

"情势所迫，有什么法子。"胤禛苦笑着拱了拱手，也不肯多说，就从佟园的角门出去，打点行装，赶奔天坛斋所。

等到了斋所，与陪祭众人寒暄一过，他便回至下处，搦管挥毫，写下两封信来。一封写得简便，是交代胤祥凡事留心，当断则断。另一封写给西安年羹尧的，下笔却颇费斟酌，有些点透不是、不点透也不是的为难。一壁里盘算半晌，他才有笔下的巧思，写如今皇上龙体欠安，或许有叫十四阿哥回京尽孝的意思：万一西边有这样的调动，想来十四阿哥一定属意延信接印，咱们一家人不说两家话，我又岂能不将此等大任许你？甘州距京窵远，西安居于其中，你需格外在意大将军行辕的动静，诸事明晰，方不负日后的重任。

第七章

跌仆

确如太医们所说，老皇帝虽冒了风，却并无大的妨碍，接连几日早睡晚起、清粥淡菜的将养，到第五天头上，他牛吼样的深咳就渐浅起来，浓痰也显得略清，身上虽还比平日热些，可毕竟高热了多日，那些躁闷交加、周身寒战的难过，挨也挨得差不多了。

康熙四十七年一废太子以来，他的身子再不像从前那样钢铸铁打般结实，每年总要病上两次：端阳前冒一回湿邪，隆冬时感一回风邪。到康熙五十七年，他的嫡母孝惠章皇太后驾崩，老皇帝操心费神，力不能支，更要紧的是伤感至亲长辈尽皆往生，自己说着来日方长，实则去时无多，几下里急火攻心，就又得了一场重病。这场病来得很凶，最险时嘴歪脸麻，手脚僵硬，连字也写不成，一连三个月，行动都靠人扶掖。可他终归是精武好强之人，年轻时打熬得底子扎实，好医好药慎加调养，就渐次康复回来，照旧听政办事，行围打猎不妨。

所以这一次在南苑的病，他也当作常情。病榻上辗转了四五天，觉着稍好些，就要下地活动，甚或要到院子里打一套拳来舒散筋骨。总管太监魏珠的心最细，想他是打猎劳累受风，体热也未全退，这两天连日有雪，地冻天寒，于年迈之人最不相宜，遂边掖着他在屋内缓步走动，边赔笑劝道："外头冷得很，再缓缓罢。"

"我倒成了怕冷的人了。"老皇帝刚要嗤笑，就顺着嘴角流出些涎水来。魏珠眼疾手快，忙掏出随身的帕子替他擦干净了。还要再揽时，他却轻轻推开胳膊，指着明窗外的雪景道："冬月雪最能解毒。兵营里有手脚麻木的人，拿雪水搓洗，专能活筋热血，比药还管用。"即见魏珠拧眉苦笑还要再劝，另几个有体面的太监也要附和同劝，遂不耐烦听他们啰嗦，自己直着腰摆手道："那就歇了晌午觉，等出太阳再去。"

几个人互相看了看，不敢再多言语。这一面伺候着老皇帝用膳歇下，大伙儿就在外头小声议论，说如今跟来畅春园的，都是些年轻的贵人、常在，讨万岁爷舒心快活使得，碰见正经事，就怯生生不敢说话；要是惠、宜、德、荣几位有年纪、有体面的妃主子在这里两个，总能劝得万岁爷不再抱病逞强。

这边正扯闲篇儿，就听见外头御前侍卫换班的动静。魏珠掸掸皮袍起身往外去看，见隆科多也不避雪，右手按着腰刀，径在清溪书屋院外来回走动，同侍卫们指指点点说话。隆科多自己是侍卫起家，自然对侍卫们办差好歹格外上心，这几天皇帝病着，他赶上换班的当儿，就要进来查看。这会儿迎面瞧见魏珠，因他佩着刀，不便进内，魏珠便笑呵呵走出去，拉手问好。

隆科多是个自视极高的人，打心眼儿里瞧不起这些阉人，不过碍着他们是御前近侍，又得宠，也只好勉强应付。先请了圣安，再问老皇帝的病情。听说已经见好，他心中不免微微一动，又说了几句外间大小事务俱都照例妥办、无烦圣虑之类的淡话，就各干各的去了。

魏珠再进暖阁时，老皇帝已经翻身坐在床边。他的身上还有些发酸，睡不着实，不过打个盹儿，起来吃一碗热酥酪，仍旧要去院子里走动。众人拦劝不住，只好伺候他净面擦脸，换上酱色暗云纹的棉袍、古铜色暗牡丹纹的斗篷，再蹬上青缎毡羊皮里的皂靴，戴好中毛薰貂缎的帽冠。好一番收拾，竟又显得这年近古稀、身染疴疾的天子容光焕发起来。众人这几日担惊受怕，乍见他这样精神，悬着的心又都放回腔子里，一面连声赞叹，一面又出散心解闷儿的主意，或说叫随来的主位们陪着听戏，或说看年幼的皇子皇孙们比试射箭。老皇帝对着玻璃镜看看自己的气色，心绪也大好起来，笑呵呵边听他们说着，边自往外走去。

外头的雪不大，雪花任情地散着，屋顶、地面、树木之上，各有一层薄雪，绒毛似的，晶莹透亮。老皇帝自小好动，一刻也不愿安闲，更别说连着几天闷在殿阁里，连日头也见不着。这会儿站在便殿的高阶上，任由西北风刺得脸疼，他也浑然不觉。他对身边的人并不忒讲规矩，跟年轻的侍卫们也十分亲热，相待如同子弟。所以一见他出来，几个刚换了班的侍卫都是一阵雀跃，有几个格外得脸的，就赶着凑近请安。

老皇帝心里痛快，也不肯叫人扶持，自己就往台阶下走。他边走边同左边迎上来的侍卫说："好干净雪，去看看南书房今儿谁在，问他们有诗没有。"不待他应声去办，又冲右边过来的人道，"前天八旗大臣来请安，没得精神见，叫他们明儿来罢。"说完又回头同魏珠笑道，"在南苑打的野鸡没顾上分派，宜妃的身子好些没有，多匀她几只补一补——"

他正四顾着和人说笑，不合就踩在台阶的小豁口上，因这几日进食寡少，腿软无力，豁口处又有积雪，只听"哎"一声，老皇帝的身子就势向右倾去。魏珠原在左手边虚扶着他，见此情形，忙要抢前半步，加上力道将他掖住。可魏珠的个子矮小，人又跟在后头，皇帝披着顶厚的云豹皮斗篷，他一把空抓了衣料，并没握住胳膊，心里一急，脚下一滑，反而自己绊个趔趄，手也大松开来。老皇帝原本只是厌歪不稳，叫他重重地往后一带，自己又往前一努，竟真个连跌几步，扑身在殿阶下头。

众人见此都惊得岔声儿，有几个腿快的忙奔过来，先看老皇帝的情形。只见人倒在地上，虽然满头虚汗，却无大呼大痛，单咬着牙关，想要以肘撑地坐起身来。两个侍卫参着手上前要搀，他微微摇头，一手扶额说了句"晕得很"。两人待要磕头请罪时，就见他上身一阵抽搐，连着干哕几声，随即身子一伏，就翻江倒海呕吐起来。先是胃里的积食，再是残渣黄水，最后连叶绿色的苦胆汁也从口鼻里不断涌出来，全然抑制不住。

魏珠心里怕得要命，可头脑倒很警醒，也顾不得礼节，一边招呼大伙儿连背带架，将老皇帝撮弄回暖阁床上，又使人飞也似的去召太医。几位内外科的高手都在畅春园值宿，所以来得甚快。可就这一半刻工夫，皇帝吐已止住，人却昏厥过去，任谁呼唤不应。众人遍体筛糠，也不知该去请哪位皇子、大臣，唯有二等侍卫阿齐图跺脚叫道："怎么不请隆大人来！"

魏珠一听，心里很不情愿——老皇帝摔这一跤，自己的罪过甚大，在场多是御前的相好，换别的外臣来问，或能众口一词，掩住不提；可隆科多是最精细之人，又一向不买自己的账，要他抬抬手过去，实在不那么容易。是以他脑筋一转，忙道："也该将近处的几位爷和大人们一并请来。"

岂料他话才出口，外头便传来一阵厚底官靴在雪地里嘎吱作响之声，紧接着明间里就是隆科多洪钟似的声音："皇上又怎么样了？"

魏珠生怕小太监说漏了嘴,忙两步赶出来,抱着隆科多的胳膊抹泪道:"万岁爷又犯了急症,大夫都说没有法子,咱们唬得什么似的,正要去请阿哥们和几位中堂、内务府大人来料理,可巧您这个做主的就来。"

隆科多才还是焦灼神色,一见他来,登时黑下脸,将胳膊一甩,断喝道:"就是你这阉奴大逆!"说罢大手一挥,就有同他一心的侍卫,将魏珠并他几个至近的管事太监当地按住。及见剩余的医官、内侍各个瞠目,隆科多厉声道:"我是十年的九门提督,办钦案的出身,什么事还想瞒得住我!他们激起皇上的病,原本该杀。现在龙体要紧,顾不上这几条贱命,可又要防着他们和外头奸党串通,只好先看起来。你们各办各事,回头阿哥们进来,我看谁的嘴碎!"

众人诺诺已毕,又引隆科多去看暖阁龙床上躺着的老皇帝。他此时双目紧闭,嘴里虽有嚅动呓语,却说不出一句整话。隆科多想着这位至亲的姻兄,待自己恩情甚厚,特别是这三两年里,委任之专,几乎无以复加。且他人生一世七十春秋,就不说是天子,也是风云叱咤、万里无一的豪杰,怎么一个小跟头摔下去,就到了这步田地!

隆科多心里想着旧事,不觉喉咙发酸,眼中也滴下几点泪来。可他终究非儿女情长之人,心里的事情又多,是以用手将眼角一抹,往后退了两步,跪地磕了三个响头,就站起来。待走到外间,看看外头已经暗下的天色,即向战战兢兢的众人道:"皇上病得凶险,不能不预备后手。"随后先叫来同自己早有交情的首领太监,并两名干练侍卫道:"你们快回宫去,悄悄将皇上又得急症的事启知贵妃娘娘,务必说缓和些,别吓着了她。"说完顿了一顿,想着自己的亲妹妹小佟贵妃虽然位居六宫之首,可资历不及几个年长皇子的生母,性情又温和,遂不甚放心,另叫那首领凑近了些,低声嘱咐道,"那几个老的,一贯仗着有儿子不服她管。你同她说,叫她心里有数,切莫声张,实在拿不准的事,就遣跟你的两个人来问我。城里园子里都有我,宫里能不能安静,可就看她了,千万要弹压得住。"

安排完这件大事,他又叫来几名样貌老成近侍,板着脸问道:"皇上病这几日,皇子大臣都在宫门外请安,并没人进内伺候。或是有什么要紧的朱笔、口谕,是我们不知道的?"

几个人一听问话,登时吓得跪倒,哆嗦着连磕了一串头,才哭哭啼啼道:"万岁爷贴身的事,只有魏爷几个知道,奴才们都是外路的小差事,哪能听见什么要紧话。求大人去问魏珠。"

"他是大逆奸党，哪句话能信？胡说八道！"隆科多瞪着眼一哼，就不理他们。先搓着手原地绕了几圈，又蹑手蹑脚进内，将龙床前半真半假施针把脉的太医们远远打发了，自己跪在床前泣道："皇上的圣寿原该千秋万岁，可为着列祖列宗江山社稷，奴才不敢不明白请旨，哪位阿哥是皇上默定的新君？"他把这话朗声问了三遍，可老皇帝神志昏沉，一句也不能听见，更遑论回言。

隆科多见状长叹两声，又深吸一口气，将手按在床边，直起上身，几乎贴脸对着老皇帝道："皇上总同奴才们说，所立的新君，必须要以皇上之心为心，是个坚固可托的人。年长皇子里头，您几次夸雍亲王诚孝；上个月通州查仓回来，又说他办事历练。您看他这个人——"

他这面自言自语，就见老皇帝蜡黄着脸仰在床上，虽然双眼合住，可嘴巴微张，喉头上下耸动，总像是要说什么话的样子。隆科多做了半辈子忠臣良将，这会儿硬生生要替一代英主当回家，也实在心虚惊惧到了极处。他生怕这十六岁就擒拿了鳌拜巴图鲁的主儿一睁眼睛坐起来，怒斥他是乱臣贼子。是以三九寒冬，通身大汗，滴滴答答的汗珠顺着额角淌下来，把龙床的褥子都浸湿了一块儿。他想用衣袖去擦，奈何又有新汗滴下去，只好作罢了。刚喘了几口粗气要起身，一不留神，又把床下放着的银唾壶抬脚踢翻。

其时已至夜分，寝宫里灯火通明，除了窗外越来越大的落雪声，安静得叫人发瘆。忽然来这一声脆响，把外头等候的众人吓得心都要跳出嗓子眼儿来。几位太医离得较近，更觉悚然，有两个资浅年轻的按捺不住，伸头就要往里去瞧，却叫院使刘声芳一把拉将回来，狠瞪了他们两眼。隆科多听这一声，索性把一身的冷汗都缩回汗毛孔里，又定了定神，才起身走出来，当众揩了揩眼角道："皇上的病实在厉害，言语也有些艰难。我请示了几回旨，才问出一句口谕，是命雍亲王从速回来，想必要有大事嘱托。"说罢看看外头雪夜，叫过一个骑术最好、口齿明白的侍卫，命道，"你即刻到斋所去传皇上的口谕，叫雍亲王快进园子！"

这一番排布完毕，已是四更时分。隆科多先欲等着雍亲王到来再作计较，可等着等着，他的心里就不踏实起来，左右张皇着坐立不定，殿里殿外负手乱走。那侍卫阿齐图是个得力之人，见他如此，便寻了一壶热烧酒近前，请他小酌提神。隆科多因他是个心腹，且素有智谋，遂拉他走到殿外廊下，借着月色一盏饮罢，闷声道："这会子雪大路滑，雍王得信赶来，少说也得两个多时辰。这院子里的奴才固然叫我震吓住了，可别处未必没有耳朵长的，要到相好的阿哥跟前献勤递话。若是明天一早园门不开，或是不叫人进内请安，他们岂有不疑心的？再不然皇上先宾了天，叫我一个人在这儿，担的干系也太大了，阿哥们乱闹起来，外头也不及准备。"

"不如干脆把皇上大渐的事遍告阿哥们，准他们进来，您老洗脱了嫌疑，就好行事。他们赤手空拳来，怕怎的？四王爷落在后头，更显得正大光明。"

"有理。你小子倒是个大将之材！"隆科多当局者迷，叫他几句话，颇有拨云见日之奇效，于是用手在他的肩头重重一拍，又将酒壶塞给他道，"拿去罢，怕喝多了误事。赶明儿自有好酒请你。"随即又往龙床前探看一遭，就叫人取了纸笔，亲自写下两道手令，用蜡丸封固。复将衣襟一掀，取下随身佩戴的钥匙，交予阿齐图，细细吩咐："这是我九门提督的印钥，烦你赶快带到衙门里，让当月官换出大印金牌。先发这道急令，调左营官兵到西郊集结操练。你自己住在衙门里安静别动，一等信到，就拿我的金牌去北海白塔山放信炮。各营各门听见炮响，自会放炮响应，备战戒严。这件事你办得漂亮，一定是个头功。"

又过了半个时辰，想着阿齐图快马将已进城，隆科多才在袍褂以内换上软甲，别上短刀，顶着已经大如鹅毛的疾雪，逐次叫来可信之人，命他们将皇帝突发急症之事，告诉各位西郊园居的皇子，就说皇上病中口谕，叫众皇子连夜进内，不许稍有耽搁。

且不说众皇子睡梦中乍闻大变，各自惊惶，单说那位去给雍亲王胤禛报信的侍卫，一路冒着大雪纵马疾驰，不到一个时辰就到了天坛西面的斋宫。这会儿夜静更深，陪祭王公大臣多已各自就寝。唯胤禛心里有事，几番辗转不能入眠，干脆盘膝坐在热炕上，铺纸抄经，养心平气。

眼见漏尽更残，忽听一阵马蹄声急，胤禛倏地跳下炕来，顶想开门去问究竟，可到底忍住坐回炕上，顺手抓起一本书来乱翻。紧跟着就听外间脚步杂乱，待叫门之声甫起，他便连说几句"快进来"，而后整衣立待。那侍卫进门先传旨意，令雍亲王即刻进园。听胤禛叩头答应过了，他便转到下手要行礼，却让胤禛一把拉住，叫他"不必啰嗦"，就急问皇帝的病情。那侍卫又不曾亲见龙颜，如何说得清楚，总归三句话不离国舅大人。胤禛先还犯嘀咕，再琢磨他的口风，想是隆科多已能在园中行权，一颗心才稍稍定下两分，遂拿稳了身份向侍卫道："祭天毕竟是大典，随我在这里的王公大臣有好几位，等我叫他们来稍做安排，就和你一道进园子去。"

这一厢安顿停当，嘱咐镇国公吴尔占代行祭天之礼，胤禛就拣了八名精干侍从，同他往畅春园去。胤禛的骑术在皇子里不过中下，加上雪疾天黑，路滑难行，这一路跌跌撞撞地赶到西郊，没有马失前蹄，已属万分侥幸。及行至高粱河广源闸西万寿寺时，便觉天光微开，前有一人在道旁将他们拦住。胤禛借着晨曦勒马细看，来人正是胤祥跟前的心腹护卫。他上前抓住雍王坐骑的缰绳，待他翻身下来，便跪下磕了几个头，再站起来凑前低语道："万岁爷已经不能言语，众位爷都在园子里伺候，三爷八爷已经斗起口来，隆大人尚能维持。我们主子说，王爷此时若去，不过一同混闹；不如在此听信儿，后发制人。"

胤禛翻来覆去琢磨半晌，也以为此言或许不错，遂从跟着的八个人里点出四个，即随来人返回畅春园，往来传递消息。自己带着余人暂在万寿寺歇马，虽是心急如焚，但不过望着佛像默诵弥陀而已。

承诏

第八章

因老皇帝连日病着，多数皇子和年长皇孙们都住在左近的赐园之内，一为每天到畅春园问安以表孝心，二为打探消息方便。如今众人各自一团心事，夜间都不能安眠，所以叫隆科多派去的人火急火燎一招呼，没半个时辰，就陆陆续续从园子各角门进内，聚在寝宫院外的小广场上，三五一伙，翘首以待。

他们兄弟之中，有皇三子诚亲王胤祉、皇七子淳郡王胤祐、皇八子贝勒胤禩、皇九子贝子胤禟、皇十子敦郡王胤䄉、皇十二子贝子胤祹、皇十三子胤祥、皇十五子胤禑、皇十六子胤禄、皇二十子胤祎，这十个成年皇子赶到。废太子胤礽、皇长子胤禔已经幽禁，皇五子恒亲王胤祺冬至大节正在遵化的孝陵致祭，十四阿哥贝子胤祯远在甘肃领兵，十七阿哥胤礼轮在紫禁城值班，自然都不能来；余者二十一阿哥以下的，还在幼稚之年，来了也无甚用处。唯胤礽的长子弘晳、胤祺的世子弘昇，是老皇帝心爱的孙辈，年岁也老大不小，所以一并召来，和众叔伯混在一处。

这十几个凤子龙孙又各带随侍，所以一经到齐，寝宫以外就从方才的严整肃然，变得挨挨挤挤，热闹不堪。闻讯才到的内务府官员顾头顾不了腚地一劲儿张罗，可这些人的心里实在焦躁，又兼大雪纷飞寒气逼人，故而没有一个肯听招呼，也顾不得什么天家体统，都急赤白脸，吵着进殿去请圣安。

内务府的官员们维持不住，只好将隆科多请了出来。他是位高权重的近臣，又是皇子们的嫡母舅，说出话来自然比旁人的分量重。是以他才一露面，下头七嘴八舌说话的人们就安静了不少。待他朝众皇子行个罗圈儿礼，一向最会说话的八阿哥胤禩就先赶上去扶住，哽咽着唤一声"舅舅"，再拭泪道："夜间召我们都来，一定是皇父的龙体又有些欠安。舅舅日夜在御前代我们尽孝，自然无所不知。还请您指点，这会儿是怎么个请安承旨的章程？"

论理，在场年纪最尊、爵位最高的，乃是三阿哥诚亲王胤祉，胤禩一上来就越次发言，不能不叫这位兄长不痛快。可胤祉其人万般聪明，只是口讷，言语不甚便捷，也只好等胤禩说完，与他同道的胤禟、胤䄉又附和一过，才自恃身份上前，却不接着胤禩的话说，另外问道："皇父的精神怎么样？我们这会子进去，便当不便当？"

隆科多原想以老皇帝病重不宜惊动为由，将这一干人拘在外头不动。这会儿见两个为首的人先磕绊起来，心下一喜，就改了主意，叹息几声皱着眉头道："皇上的精神顶衰弱，时睡时醒，人多了进去，一定不便；人太少了嘛——有什么要紧的话，又怕生嫌疑。"

"我听说民间的宗族里有事，也少不得请母舅来做见证。只要有舅舅在，谁进谁不进的，哪还有什么嫌疑呢？"隆科多一番话说完，胤祉、胤禩正琢磨答对之言，就听廊子转角处有人缓缓说话。那一带黑漆漆的，众人张望了半天，也看不清说话人的面目，全靠辨别音色，才晓得是十三阿哥胤祥。他一向体虚畏寒，刻意找了这个地方避风，又从头到脚裹得严严实实。且他带来的从人最少，别人身前身后都有宫灯数盏，映如白昼，他只叫人打了一盏羊角灯在前头，照着脚下的路而已。他这话说得很圆融，又是给众人台阶下的意思，隆科多听了十分高兴，忙上前两步打了半个千儿道："不敢在各位爷跟前托大，阿哥这样说，叫我臊得慌。阿哥身子弱，外头站久了使不得。"说罢又转过身去，看着胤祉道，"王爷带着年长的兄弟进去，叫十五阿哥往下的各位爷在外间暂候，如何？"

胤禑、胤禄、胤祎三个皇子，都是汉人妃嫔所生，年纪又轻，从来大位无望。皇孙们等而下之，更不必提。这会儿叫他们殿外等候，自然都没二话。胤祉见状领首，由隆科多在前引路，他打头带着胤祐、胤禩、胤禟、胤䄉、胤祹、胤祥几个，屏气凝神，鱼贯而入。待至老皇帝卧寝的暖阁以外，就见龙床前幔帐重垂，内有太医，并大小太监多人，都是眼观鼻鼻观心，声欸不闻。七阿哥胤祐忠厚胆小，又有残疾，与老皇帝纯然一派父子恩情，见此光景，只觉眼涩鼻酸，手脚发软，他虽是平日里从不出头之人，这会儿倒率先伏跪槛外，哀哀抽泣起来。胤祉等见他如此，也不能干站着发呆，遂都提着袍角跪下，口中声言请安。

老皇帝人事不省，自然不能理会。隆科多向前唤过太医院使刘声芳来，刘院使摇头叹气，冲着众皇子摆摆手，做了个噤声的手势。胤祉等自然不敢多话，只好向内磕了几个头，由着隆科多将手一让，又垂头丧气地走到外间。边走着，胤禩就轻轻一扯八哥胤禩的袖口，凑近低声道："你看御前忙活的人里，怎么不见魏珠几个？"胤禩叫他说得一怔，可来不及细想，就听胤祉问隆科多："昨儿一早我在宫门请安，里头传出来，说皇父的病已经见好，把我进的吃食也赏收了。怎么平白又添了急症？到底症候是怎么样的？用了什么药？"

"都是魏珠几个狗奴才不经心，竟让皇上吃了一跌，想必碰着要害内损，就到了这步田地。药已经吃不进去，单靠行针通络。"隆科多说着，就瞥了常同魏珠称兄道弟的胤禩一眼，恨道，"我早将那些混账东西拿了，等得了空，必得将他们严办。"

胤禩心里不悦，要开言再问。胤禩一个眼神将他止住，自己先连连称赞"舅舅办得极是"，又字斟句酌问道："不知舅舅几时进内？皇父可有什么要紧话？"

"皇上言语吃力，只叫传——"隆科多说到这稍顿了顿，想想时机未到，总要稳妥为上，是以又补道，"叫传雍亲王和各位爷都来听旨。"因为胤禛单住在天坛斋所，与众兄弟近在西郊不同，所以他这样说，无意的人听了，本来不觉有异。可此时的皇子们各怀心事，就是一杯凉水放在舌头底下，也能叫他们咂摸出百味千品来，遂有几个脑筋快的，就生出何以单说雍亲王的疑惑。不过心里想着，却不能行之于色，只好仍作忧心忡忡之态，一个个蹙眉蹙目，搓手捻髯。

正当他兄弟几个等在外间，五脊六兽地难过，就见一个内侍蹑手蹑脚走出来，到隆科多跟前禀道："万岁爷的喉咙才又动了几动，发出些声音来。"众皇子虽是心不在焉模样，可各个都把耳朵竖得像只兔子似的，凡有话音，无不入内；是以内侍一言已毕，大伙儿的目光就齐聚在隆科多身上，叫他想糊弄过去也难。胤禩是头一个好替人打圆场的人，当即招呼了大伙儿凑过来，自向隆科多道："想必皇父要有口谕，咱们一同进去恭聆圣训？"

事情到了现在这个地步，胤祉这个做长兄的，就是达摩祖师转世，也不能不心炙神飞起来。他想着胤禛虽是劲敌，人却不在这儿，又没有代庖的替他张目，可以暂不计较。最可恨这胤禩叫皇父连番痛斥，老实了几年，到底野心不死，这会儿多嘴多舌做好人，也不晓得是为他自己，还是为他的死党十四阿哥胤祯，总归不能叫他牵着走才是。想至此，他便另作言语道："皇父力气有限，咱们这么多人都围上去，既不成礼数，又难为他老人家说话。不如拣两个人听旨，余下的等传罢。"他说着话，就去拉一旁七阿哥胤祐的胳膊，意思咱们两个年长的一同进去。不料胤祐老实，并没回过神来，倒叫九阿哥胤禟劈脸儿挡住去路，气哼哼道："三哥说拣两个人去，这不诚心把八哥和我们挡在外头？"

"你这话又是疑心谁？"胤祉的口齿一向跟不上，这会儿不知怎么，倒十分敏捷起来，虽然心里突突突打鼓一样，可仍旧将脸一沉，摆出皇长子的派头斥道，"四弟、五弟两个亲王都不在园子，你们倒一定要在御前，这是什么道理？"

"恒亲王离得也太远了，雍亲王倒是可以等一等。"隆科多巴不得再拖下去，等他的兵来。正好就坡下驴，掇了条板凳坐下，掏出鼻烟壶来，慢悠悠嗅着，是不欲入内的意思。如此一来，胤祉着实气得肝疼。眼下他的年纪、爵位，都较众人高出一大截，只要把胤禛等人拦在外头，老皇帝发昏一指，自己承继大位，便是顺理成章。若是再等胤祯，岂不横生枝节？可隆科多既是顺着他的话说，就叫他难以驳回，只好将气撒在胤禟身上，狠狠剜了他一眼。

胤禟心里得意，连说几句"舅舅公道"，回过头去掩口窃笑。胤禛一眼瞥见，正要止住他的轻狂，就见稍远处的胤祥跛步过来，像是冲着自己，又似冲着隆科多，微蹙眉宇叹道："只怕皇父时好时坏的，不能等人。"说着掏出帕子擦了擦眼角的泪痕，又向胤祉、胤祐打了个半躬，恳切道，"咱们兄弟一体，在里在外有什么要紧？四哥、五哥都是孝顺人，想必也不会多这个心。再者舅舅里头主持，岂有信不过的道理？不如都在帐子以外跪候，有什么话，听舅舅传罢。"

胤祥本是兄弟中最千伶百俐一个人，凡事都有主意，只是近年深居简出，从不在人前多话，唯一开口，见地就与常人不同。胤禛听他这话，心中无尽欢喜。他以为佟家一向和自己最好，隆科多碍着老皇帝的眼睛，这些年虽少有往来，可毕竟还有许多旧交情在。且这一半天的光景也看得出，他是有偏着自己、压制胤祉的意思，所以由他御前听旨，而把胤祉打发出来，真再叫人称心不过。更难得胤祥这个妙人，十几年孤立自持，赶上这紧关节要的日子，倒也识得时务，肯帮自己的忙。他是以边思量着此人日后可用，边上前拉住手道："贤弟这话，可说到我心里头去了。"

隆科多听胤祥替自己发了不能发之言，自然也是大乐，只是一劲谦让道："这怎么使得，不如再请几位大学士来承旨。"

"中堂们都住得远，又年老，哪里赶得及。这样的关头，舅舅是国戚，岂有不多担待几分，以报圣恩的道理？"诸皇子除了胤祉之外，都争相上前抬举他，你一言我一语说得他推辞不过，便慨然承当起来。

隆科多领着众人二次进了老皇帝寝宫，待他兄弟们按次跪在重重帘帐之外，就自己趋至龙床以前，眼看着近侍之人搭起最里一层帐子，将老皇帝的脸露了出来。与夜间相比，那张面皮已经明显青紫起来，口鼻诸窍都急促向外呼气，发出呜噜呜噜的声响，像是急欲说话，却什么也听不清。隆科多先唤了他好几声，实在不得要领，又往旁边看了看伺候的人，各个如聋似哑，纹丝不动，遂附耳去问嗣君之事。众皇子伏跪在地抻着脖子，紧盯他掩在帘帐中的背影，眼珠一点儿也不肯错。大伙儿揪心扒肚，足挨了一顿饭工夫，却见隆科多满头大汗退将出来，摇头叹气道："实在听得不真。"此言一出，众皇子当即汗下如浆。胤祉就地软成一团；胤禩眼前一黑，天旋地转了几回，才勉强站稳身形。

一干人无可奈何，又退到外间，如此反复两回，天已经亮了。内务府跑前跑后预备，来供应这许多人的早饭。趁着这一通忙乱的当，隆科多抽身到了清溪书屋院外一个不显眼的所在，正要叫人去问步军衙门官兵调动的情形，就听身后有轻微的脚步声临近。他自幼习武，又多年执掌宿卫，最忌讳身后的响动，遂不由自主将软甲内别着的短刀抽出半截。猛一转身，却是胤祥稳稳当当站在那。胤祥看他已经露出的刀柄，不免微微笑道："真难为您。"

"阿哥怎么不去用膳？"隆科多四下里看了看，见周遭的人都上下忙活，并不向这里张望，才约略放心，边将短刀照旧藏好，边有一搭无一搭和胤祥说话。

"舅舅传旨极便，何苦拖着？"

"等兵。"隆科多斩钉截铁打断了他，将两个拳头攥了攥，又把身子背过去，低声道，"回去罢，看人起疑。"

"舅舅当断则断，皇父龙体怕不等人。"胤祥点点头，又在雪地里随意转了转，像是疏散筋骨的样子，再慢慢踱回众人歇脚的配殿。就这个工夫，即有隆科多的心腹之人来报，说阿齐图已到步军衙门传令布置，驻扎西郊的左营各部俱已集齐。隆科多如释重负地点点头，待皇子们饭罢稍息，又招呼着到寝宫里去问安。

众兄弟折腾了半夜，一时如三冬抱冰，一时如炎夏握火，早已心力交瘁。待吃过早饭，就愈发显得疲怠。像胤祐这样身体孱弱、腿脚不灵的，几乎是瘫坐在椅子上不能动弹，一说叫他再去，几乎愁出了哭音儿。就是胤祉、胤禩几个跃跃欲试的人，满腔的雄心壮志，也有些再而衰、三而竭了，不过强撑着精神，再随隆科多进内。

又过了这大半个时辰，隆科多近前再看老皇帝的脸，已经肿胀得十分厉害，仿佛手指肚一按上去，就要陷一个坑。太医又给他指了指老皇帝小腿往下各处，说也肿得骇人，不过用锦被盖着不得见罢了。隆科多晓得事情不容耽搁，干脆横下一条心来，摆手命内侍等往后退了退，又把那问过几遭的话说了一遍，再将耳朵紧凑到老皇帝的脸前头，叨叨念念半晌，才霍然用满语应道："是，是，奴才听得清，是四阿哥胤禛！"

后头皇子们跪得腰酸腿僵，正想着又要白白等候一回，忽听见这句话，都惊得激灵一下子。隆科多的声腔很正，中气又足，他脱口而出"四阿哥胤禛"，别人都听得真切。唯有胤禩心有旁骛，自然而然就把"四阿哥"上头，多添了一个"十"音，又把"胤禛"听作"胤禵"。既说是十四阿哥继承大统，胤禩心里先是一灰，又是一喜。灰的是自己终不能得天独厚，君临万方；喜的是朝野人心都在十四弟这里，且他一向肯拿自己当个主心骨，如今皇帝虽当不成，当个主持枢机的亲王，必定十拿九稳。因为十四阿哥远在甘肃，他自然要替这个最亲近的好弟弟作主意，恍惚间见众人都愕然跪着不动，便先站起来，向隆科多道："既这样，快叫兵部发六百里加急的旨，恭请嗣君回京。"

"八贝勒说什么？"隆科多闻言一怔，转念就晓得他听岔了自己的话，忙从龙床边走下来，改用汉语正色道，"皇上才有口谕，说皇四子胤禛为人诚孝，自能承继大统。是四阿哥，花里雅苏王[①]！"说罢也不等众人应答，他就招手叫人吩咐道，"快些沿路去催，请雍王爷赶早进园子来！"

胤禩懵懂之间，浑然不敢相信，跌跌撞撞往前几步，像是要到龙床边去问老皇帝的意思。胤禑、胤祄比他的脾气更急，这会儿也气啾啾站起来，越过众人要向前去。隆科多将脸一沉，横身把他们拦住，质问二人何以失礼若此。余者看他们各有激怒之色，忙都站起来拉劝。

---

① 花里雅苏王即满语雍亲王意。

正在不可开交之际，就有外间的侍卫来禀，说雍亲王已到园子外头，正往清溪书屋来。

隆科多听着心中一宽，便不肯再与胤禩、胤禟纠缠，单向侍卫道："我这就去接。"一旁胤祥却将他拦住，说："舅舅去接，怕落个私相授受的话。"隆科多点点头，顺势拱手道："那就烦劳阿哥去接一接。"胤祥答应个"该当效力"，就带着侍卫出了寝宫，虽说已是汗透重襟，可心里真有十分的畅快。

胤祥待走至半路，就见迎头里的胤禛直着眼睛，急匆匆大步向前，招手叫了一声"阿哥"。他仿佛才被从梦中叫醒了一般，平地里打晃，好悬绊了一跤。他当即连赶几步，两手抓住胤祥的双肩，如鲠在喉好一会儿，方回过神来，口中问的却是："皇父的龙体怎么样？"胤祥先冲他使了个"放心"的眼色，再反过手来掖住，急催他快走，又似埋怨道："阿哥怎么才来，皇父苦等着你了。"

胤禛边解说着路滑难走，边同胤祥到了寝宫。这里无干的众兄弟、内侍看见他，都像看见个天外之人似的不知所措，竟是请安问好的巴结不是，不理不睬装没看见也不是。幸而胤禛的心思不在他们身上，他一入正殿就叫隆科多拉住，让他到龙床前看老皇帝。实因方才胤祉、胤禩等都不服气，声言要面承皇父的口谕。隆科多满口答应，却说要与雍亲王一道才算公允。此刻三人既已凑齐，自然相偕而入。及见老皇帝昏迷失语、呼唤不应的情态，胤禛先就伏地落起眼泪。那一兄一弟纵有怒火万丈，也不能公然作色，以不孝之状落人话柄；只好忍气吞声，也陪着哭将起来。

升退

第九章

往后又过了几个时辰，老皇帝仍旧昏睡不醒，由着太医们胡乱救治。众兄弟游思荡魂般各寻一个地方，或倚柱，或凭栏，都似老僧入定，一声不吭。间有要更衣如厕，或是到院外透气、叫下人取东西的事，即由侍卫相随，再不能随意出入、交谈。隆科多一面交代内务府官员，让他们悄悄先预备一应丧服仪物，以备不时之需，又几次陪着雍王进内看视，四下里照顾，忙得脚不着地。及到下晌，便觉老皇帝脉息浮散，寸部如丝，一呼一吸如同叹气一般，叫旁边人看了也跟着胸闷心慌。再到黄昏时节，刘院使就悄无声息地走出来，冲着隆科多摇头叹息。众人复又进去，就见几位太医、近侍跪伏垂泣，龙床上的老皇帝瞳孔散大、手脚皆凉，正是睡梦中痰壅气闭，抛却了万里江山。

一见老皇帝崩逝，胤禛先就撕心裂肺，捶地痛哭，惊得外间寒鸦四起，绕梁柱而飞。其余兄弟在内的跟着号哭，在外的也跌跌撞撞赶进来，顾不上齿序爵位，就地胡乱一跪，也都大哭起来。隆科多陪着哀哭了一会儿，就匍匐上前，拉住胤禛的胳膊，高声正色道："王爷才没进来时，大行皇帝已有旨给诸位阿哥，说王爷居心诚孝，必能克承大统。还请王爷节哀，先正大礼，再赶办大行皇帝的丧仪。"

胤禛既到畅春园，隆科多并许多兄弟、侄辈，待他的礼节就已不同，只是不得一个机会，当众明白告诉。这会儿众目睽睽之下说出来，胤禛就像叫雷击了似的，挣开近侍人等扑到龙床上，抱着老皇帝的双足，哭得鬼泣神惊。隆科多也不再劝，只叫人搬来一把交椅，欲搀架他先坐定了，受众人的礼，然后再议别事。

这边胤禛呜呜咽咽，尚在谦让推托；那边隆科多放眼一看，暖阁中却不见了最要紧的八贝勒胤禩。他登时心里一沉，忙叫人四处去寻。几个小太监出去转了一圈，不一会儿就来回报，说八贝勒在廊下站着，也没穿大衣裳，一动不动的，任谁都不理睬。胤禛深知胤禩的性情，意活心软，最要面子，断不至于当众破脸儿硬来，所以不待隆科多说话，他就擦了擦眼泪，亲自走到殿外。他先叫了两声"八弟"，见胤禩头朝外站着浑然不理，便替他掸了掸身上的浮雪，又向人要过一件外氅来，给他披在肩头，方带着哭腔道："我晓得你孝顺，在里头忍不得情。可天实在冷，冻出病来还怎么守灵呢？还是进去罢，趁没有外人，咱们兄弟一道，再哭一回皇父。"他一言未尽，就情不自禁地大哭起来，一手扶着柱子，几乎站立不稳。

胤禩从小和这位四兄交厚，早年无话不谈。先头十四阿哥二次离京时，他也曾几次试探，都叫胤禛三句两句糊弄过去，从来没有着实的话。他只思量着和十四阿哥乃是一母同胞，十四阿哥尽得朝野人心，他这做胞兄的，岂有不肯拥戴的道理？哪料到胤禛的心术如此厉害，竟悄无声息地拢住了隆科多替他出力——这位舅舅自当了九门提督，惯以孤臣示人，不然如何能得皇帝的倚信？这半晌胤禩看着众人纷纷攘攘，自己只在脑海里思量那些乱麻一样的旧事，一会儿清明，一会儿糊涂，总是百思不得其解。待老皇帝宾天，寝宫里哭得震天动地，胤禛又俨然一派嗣君模样，他的心里更是又恼恨、又烦乱、又惊怕，想着这么一位深不可测的新主登基，自己的前路实不可问。是以在寝宫中待不住，就恍恍惚惚走到外头凝神发怔。一时听见身后胤禛的声音，他才转过身来，像看个生人似的看着皇兄顿足失声，心里虽有一万句想要质问的话，终究不敢担悖逆不孝之名，只好长叹一声，跟着又回了寝宫。

两人刚进正殿，就听里头乱嚷嚷的声音。胤禛连忙赶将进去，就见先头给自己预备的交椅，已叫九阿哥胤禟一屁股坐了上去，又大咧咧叉着两条腿，横指着隆科多道："快把魏珠放出来，他一定知道皇父的手谕在哪！"

隆科多并不跟他对口，只一挥手，命两名侍卫道："这是新主子的座位，快扯他下来！"两个侍卫刚要动手，胤禛、胤禩已从外头进来。胤禟愈加气大，身子前倾，对着胤禛瞪眼咬牙道："明是你们做局，当谁是个傻子！"

"皇父灵前，你敢抗旨！"一旁的胤祥忽然断喝一声，似是把十四年来的积郁都喊出来，吓得满寝宫的人都噤住声，倒咽了两口唾沫。

胤祥三两步走到胤禛跟前，行了个五体投地的大礼，郑重道："请皇上先受臣等之礼，再议大行皇帝丧仪。"

"贤弟这是——唉，叫我何以克当！"胤禛抹着眼泪又谦了两回。那面两个侍卫早缓过神来，将胤禵连拖带架拉下来，腾出交椅。胤禛定定心，整衣落座，下头胤祥、隆科多为首，紧接着胤祐、弘晢等皇子皇孙，并太医、近侍之人，俱伏地叩拜不已。

胤禩这半晌也琢磨过味儿来，他所倚仗的，不过年齿最长、依次当立。可这是群龙无首时的说辞，如今既糊里糊涂出了个遗命，众人又多认下，自己这个虚名就再落不实了。若是一口气顶着强项不拜，只怕眼下就有大祸。他心里想着，就拿余光去斜胤禛、胤禵、胤禩三兄弟，见他们或冷眼、或眦目，兀自站着不动，不觉大生怨恨，暗骂三人尽是蠢物，给人送殡，却把自家埋在坟里，倒要看你们的现报。他想至此膝下一软，自也跪在地上，边哭边拜道："请皇上节哀，办理大行皇帝丧仪要紧。"

"阿哥说得极是。那就烦阿哥辛苦，揽总操办皇父盛殓，并近御之事。"新君见他也服帖了，当即又松了口气，先离座将这唯一的兄长扶持住了，又看着胤禵道，"那么外头张罗的事，就委贤弟统筹如何？"

他一连说了三遍，胤禵别着脸儿，都不答言。新君也不同他搁气，另拍拍十二阿哥胤祹的肩头，温声叫他起身说："你办过皇太后祖母的大丧，皇父的事，怕要多操些心。"胤祹是个老实人，此刻吓得头也不敢抬，不过诺诺而已。新君见他晓事，自然领首称道；随即照此给诸弟侄逐个安排差事，譬如回宫安设几筵、肃护宫眷，以及驻守畅春园，等等，信手拈来，如同打了腹稿一般。待至最末，他才俯身将胤祥挽起来，执手道："舅舅要先进城去，沿途整治御道关防。还烦贤弟代掌禁卫仪仗，咱们一道护送皇父的灵柩回宫。"他言及于此，眼泪就止不住地淌下来，放下众人不理，又扑到龙床上痛哭了一遭。众人懵懵懂懂的，也只好陪着举哀。

正哭到伤心处，就有内务府总管带领一干执事，捧着大行皇帝的全套小殓冠服，并孝子们的丧服进内。大伙儿先各自换孝，再由胤禩等依次接过大行皇帝的冠服来，跪捧如仪，由新君亲自带着执事人等为老皇帝抹身、梳发、穿衣、覆衾。好一通忙罢了，再往外看时，虽说夜黑如墨，却叫几百盏宫灯照得明亮如昼；满眼的重孝丧服，配上接天连地的大雪，白茫茫一片，直叫人睁不开眼睛。隆科多见大局已定，遂将内廷宿卫之事交代胤祥，又引荐了銮仪卫、护军营、步军衙门的几名心腹给他，随即带领两队将校，披坚执锐，跃马扬鞭，向南而去。

再说紫禁城里，佟贵妃先得了兄长隆科多老皇帝大渐的信儿，可又嘱咐她不要声张。是以她的心里虽乱，却不敢叫人来排解，只是跪在佛堂里整夜念佛，连粥饭也不肯用。宫人们不知就里，也只能暗自揣摩，不敢多说多问。

乾清宫外的值房里每天都有皇子或是近支王公值宿，老皇帝摔着那日是皇侄裕亲王保泰值班，次日清晨就换了十七阿哥胤礼。胤礼只是个二十五岁的小伙子，十几年来诸兄夺嫡，本来不与他相干。可他的嫡妃钮祜禄氏乃是八王党魁首、一等公阿灵阿的女儿，他自己的性情又属好强热衷一路，所以胤禩、胤禵几个就常常招呼他看戏聚饮。在胤禩等人，不过图个人多声势热闹，在他则有几分为日后地步的倚仗之心。

胤礼到了值房，先遣两个贴身的太监去畅春园给老皇帝请安，岂知才吃过晌午饭，他派去的人就着急忙慌跑回来。其中一个说畅春园不知怎么回事，护军营以外又加了许多兵，城里来请安的人都不准进去，只在大宫门外磕头就完了。另一个机灵些，又补道，各位爷并几个年长皇孙都在园子里，听说连四王爷都从天坛赶回来了。胤礼听着这话，心里很犯嘀咕，遂派人到宫中侍卫处、内务府、南书房等衙门打听，不想这些人也都摸不着头脑，全似热锅蚂蚁样的原地乱转。直到晚间戌正时分，就有隆科多的大堂兄、领侍卫内大臣鄂伦岱掀门而入，满脸热泪都冻成冰花挂在络腮胡子上，咕嘟着嗓子大声叫道："皇上在园子里驾崩了，阿哥快去启禀主位们知道！"

胤礼才喝了一碗热奶茶，正要看几页书再睡，就被鄂伦岱炸雷一样的话吓得目瞪口呆。及见鄂伦岱跺脚再来狠催，才稍醒过来，却仍站在当地嗫嚅问道："那——妃母们要问大位的事，怎么说？"

"我也不得确信。"鄂伦岱叫屋里的热气一烤，胡子上的冰碴就化开了，滴滴答答往下流水，只好用随身带的手巾擦了两把，含糊道，"听说是雍亲王。"

胤礼满心里以为接大位的是十四贝子胤禵，乍听这话，不由大惊失色，一迭声问了好几遍"当真？！"鄂伦岱是个粗疏刚强的人，又是长辈，自己一肚子的疑惑尚不可解，这会儿更叫他问得心烦，遂将眼睛一瞪，没好气道："又没有旨，我怎么知道真不真，不信你自己问去！"

他本是气话，却给魂不归位的胤礼提了醒，心道这样天大的事，糊里糊涂到内宫去说，实在禁不住问，不如先到畅春园看看。是以他答应一声"正是"，就把鄂伦岱撂在值房里，自己穿戴整齐，只带一个跟着的人，冒雪骑马出了西华门。

其时天已经黑透了，胤礼不过借着月光，并值更兵丁堆拨房的隐约灯火而行。不想才到了西直门内，就听远处马蹄声乱，由远及近，愈发如闷雷滚过，少说也有几百骑的样子。折过这条街，又见西北方灯火通明，似携着连天的煞气。不等胤礼回过神，前头为首几骑已是气势汹汹飞驰过来。因为丧服尚未齐备，故而来者仍着行裳，头系白布孝带而已。为首的近前来把鞭子一举，开口刚想喝骂，就听后头举灯火的人喊了一声"是用黄缰的"，这才将鞭子放下，抹一把脸上的雪花，叫道："我们奉旨沿街警戒，前头是什么人？"

"十七爷的驾前，你也敢咋咋呼呼！"胤礼的侍从刚挺身骂了一句，便见迎面许多骑兵，又跟着大队的步兵，已经赶上来。为首之人通身重孝外罩油衣，一张长方脸沉得瘆人，马上几纵到了胤礼跟前。胤礼觑着眼睛借光一看，来者不是别人，正是隆科多。他见隆科多的打扮，知道老皇帝驾崩的信是实，当即缰绳一勒，掩面放声，险些从马上摔将下来。他哭了一阵待要说话，却被隆科多截住道："阿哥节哀。你不在宫里值日，怎么跑到街上来？这会子有旨戒严，快请回去。"

"有旨？谁的旨？"

"奉大行皇帝遗命，雍亲王已经在灵前正了大位。"

"竟不是十四阿哥！"胤礼毕竟年轻，无甚城府，一时万般惊诧，如痴似癫，浑然不觉就把心里话当众脱口而出。隆科多气得大"咳"一声，双脚狠磕了一下马肚子，将他理也不理，径直就往东去。倒是跟他侍从尚存三分神智，等众将校都走远了，就哭爹喊娘抱怨道："爷可闯了大祸！"胤礼叫他一嚷嚷，似从噩梦中惊醒过来，将马缰绳往南一带，狂喊一声："家去"！就败兵一样，奔回平安里西大街的私邸去了。

且说隆科多撂下胤礼不管，自带着人将进城的御道巡视一趟，又命心腹之人看过九门关防无事，便遣人向新君回报，说可以启跸回宫。畅春园处倒还安静，唯有胤禩、胤禟、胤䄉三人仍别别扭扭不听使唤。

新君倒也大度，并不强求他们办事，只暗地里叫人看其举动，不与人私相授受就是。

老皇帝的金丝楠木梓宫①虽然早已漆就，却停放在宫中，此时既要挪动，只好仍用生前乘坐的黄舆，将遗体供奉其中。新君攀着车辕哭号了一通，不顾众人劝说，定要随辇步送。胤祥想起隆科多的嘱咐，忙趁他哭天抢地的当儿，在旁小声劝道："夜深雪大，跟着御辇的闲杂执事之人太多，心术也难辨。皇上乘马前导，令诚亲王等步行扶枢，才是万全之策。"新君让他说得心动，待众人合辞再请时，便就坡应承。他自己擦擦眼泪，叫侍卫连扶带架撺弄上马，由胤祥带领数百护军陪着，在黄舆前头开道。余下胤祉兄弟，并在西郊居住的王公大臣、内廷近侍，一同伴着大行皇帝灵枢，走在已经清理了积雪的官道上，一步一哭，缓缓往西直门进发。

宫中此时已得了旧主驾崩、新君正位的确信。又有十二阿哥胤祹、十六阿哥胤禄、皇孙弘昇三人奉了新君的旨，先回紫禁城里，一则在乾清宫安设停灵的几筵，二则宽慰妃嫔，张罗上上下下成服接驾诸事。

这叔侄三个一身重孝进了内宫，先把妃嫔们哭了个死去活来。老皇帝是个好色却又重情念旧的人，虽然日常多由年轻宫人侍奉起居，可对早年的嫔妃、年长皇子的生母，也颇见关怀，时常存问，很有些老友契交的意思。所以乍听皇帝驾崩的消息，那宫中年资为首的惠、宜、德、荣四妃，一下惊厥过去三个，剩下一个虽睁着眼，却是空洞失神，周身抽搐，连眼泪也不能掉下来半滴。佟贵妃因为稍有准备，所以尚能把持，自己一面哭，一面指挥宫人摩挲这个前胸，捶那个后背，热汤热水好一通灌。等把众妃救醒过来，安慰定了，她才泪眼婆娑地问胤祹："那现如今，园子里是谁做主？"

"皇父病重的时候，是隆科多舅舅在跟前承旨，说叫——"胤祹说到这，就抬头去看靠在宫女怀里倒气的德妃乌雅氏。挨着德妃坐的是宜妃郭络罗氏，她是五阿哥胤祺和九阿哥胤禟的生母，一向得宠，凡有上台面的事都落不下，现见胤祹去看德妃，想那新君必是十四阿哥无疑，心里虽犯上一阵酸劲儿，可到底在意料之中，遂伸手拉住德妃的袖子，小声哭道："我就说，十四阿哥是个有福的孩子。咱们姐妹的下半辈子，可就靠着姐姐您了。"

"说叫雍亲王承继大统！"胤祹让她一句话吓得不轻，忙挺直了上

---

① 梓宫是皇帝、太后、皇后棺椁的专称。

身朗声宣告，竭力替她遮盖。宜妃最是快言快语，抓尖儿要强的秉性，如此一来，真个又羞又恼，气急败坏忽剌巴站起身来，指着胤祹凄厉叫道："你再说一遍是谁！"

那同来的皇孙弘昇是恒亲王胤祺的世子、宜妃的亲孙，眼见祖母变颜变色，大有不服新君之意，忙扯着两个叔叔跪在德妃跟前，齐称"宫中的事，全凭太后做主"。佟贵妃见状也灵醒起来，叫宫女搀扶着离座降阶，在德妃跟前拜倒。她这一拜，众妃嫔自然跟随尽拜，唯有宜妃进也不是，退也不是，兀自坐在原地掩面大哭。德妃一意念着老皇帝旧恩，心口窝阵阵绞疼。她没料着大儿子胤禛即位的事，心里也确乎偏些小儿子，所以惊骇之下，更连话也说不来一句，唯有颤巍巍扑下身子，和众姐妹抱头痛哭而已。

胤祹等人见她们都拿不出着实主意，又看时辰不早，只好拿场面话再劝几句，自己便退下去，分派各宫办理丧仪诸事，省得新君到了挑礼。这面紧赶慢赶，才将乾清宫的几筵设下，香烛排好，外头就有新君前导着大行皇帝銮舆，先行进宫的信到。胤祹等出去接着，又同新君一起在隆宗门等了半个来时辰，便是胤祉等人扶着盛放先帝遗体的黄舆缓缓而来。新君率众跪接，又哭了一阵，就将遗体停在乾清宫正殿之内。他连着奔忙了两日，精神却极亢奋，也顾不得稍歇，便命内务府总管道："明儿往后，瞻拜行礼自有朝廷的大典，不如趁天还没亮，先请诸位母妃来哭一哭，尽尽一家子的心罢。"

既有这话，不多时，就听东西六宫方向的哭声越来越大，几十位白裙白袄、妆容首饰一齐除去的宫眷，在宫女、太监的簇拥下，打着素色宫灯，趺趺撞撞而来。新君带着兄弟子侄站在丹陛下等候，大伙儿各怀心事，多是低头啜泣，听着哭声渐近，有几个好奇的，就不由悄悄抬头去看。只见佟贵妃侧了半个身子，搀着德妃走在前头，往后大略按着年资，是诸妃嫔杂错步行。唯有一乘四人抬的肩舆夹在中间，格外突兀，等走得近了，便有人暗扯住胤禟的衣角，低声道："是宜妃母。"

君临

第十章

　　新君见宜妃乘着肩舆而来，是在自己面前拿大的意思，心中甚为不快，可又不能发作，只好将后槽牙一咬，装作没看见一样，兀自扑倒，跪在生母德妃面前，顿首大哭。德妃胸有千言万语，口中总无一字可答，只好掩面绕过他，进至殿内去哭先帝。

　　妃嫔们这一哭，就哭到时近五鼓。内务府总管瞧众人都熬得上下眼皮打架，便斟酌着词句请示新君，是否到乾清宫以西的殿内暂作安顿，也叫皇子皇孙们稍歇片刻。新君点一点头，先送众妃各归本宫，自己就由着内总管引导，到了隆宗门外的养心殿。

　　这一处院落是前明嘉靖年间建成，地方不大，却四四方方十分齐整。迎头的琉璃花正门题额养心门，门槛内正中是木照壁，两侧又有琉璃影壁，往后就是古树参天、花木扶疏的小院。殿宇坐北朝南，是工字形样式，前殿面阔七间，上则黄琉璃瓦单檐歇山屋顶。因此处也曾作世祖皇帝、大行皇帝临时的居所，所以殿中亦有宝座之类的陈设，虽较乾清宫显得狭窄简陋，但这严谨密实格局，倒很称新君的心意。他先在前殿的敞间与东西暖阁转了两圈，又穿过工字廊看了后殿，即颔首道："这一处朴拙得很，离乾清宫又近，你们上紧将陈设都换了素，就做个庐墓之所最好。"内总管答应一声，正要去传，又听新君吩咐："请十三阿哥和隆科多舅舅来，再看南书房哪个值宿，也叫来暂候。"

　　隆科多正在宫城各门巡视，不及速至，胤祥尚在乾清宫左近，所以来得甚快。他进得殿来，先就欲行大礼，却叫新君一把扶住，紧着说："往后有你啰嗦，今儿大可不必。"新君重孝在身不宜高坐，不过铺了白毡坐在地上，以合"席薪枕块"之礼。他一时拉着胤祥对面盘膝坐定，方自捶着腰道："忙起来不觉着，这会儿浑身散了架似的。"说罢又探身关切问道，"你久不这样折腾了，身子还禁得住？"

"还好，还好。"胤祥先还拿捏不准和他说话的分寸，见他口气如此家常，便也松弛下来，从怀里掏出个油纸包，打开一看，是晌午在畅春园吃过的竹节馒首，随即双手奉上笑道："想着皇上从今儿夜间起，人前定要水米不进。实不得已，为此怀橘事君之举。"新君见而大笑，自己也从袖中取出两个饼来，连称"所见略同"。二人先欲叫人拿去熘热了吃，又恐宫中闲言流布，说他们做孝子的耐不住饿，是以因陋就简，干脆将这残冷之物胡乱大嚼起来，品其滋味，倒有得胜酒、庆功宴般甘美。

二人一边吃，一边就说起往后的事。新君先掰着手挨次数道："你看今天那些人的模样，西边的做何安置，是第一要紧。应照咱们早先说的，让人从速替他回来，另叫年羹尧相机而行，便宜从事。"

"这正是当务之急。"

"二来么，也要将眼前的人安抚安抚。当年世祖爷登基时有二王摄政，皇父御极时也有四个辅政大臣，我虽不是冲龄即位，定要人教导扶持，可要全然抛开旧例，也难免叫人议论恋权。我想过几回，不如立个总理事务的名目，选两亲藩两重臣来辅佐政事，就以三年丧期为限。两亲藩么，自然不能没有贤弟，另一个——要是胤禩肯服帖，倒可以用他的人望。"新君虽是几个时辰前才正了大位，可这两年窹寐辗转之间，早不知将这些折冲樽俎、运筹帷幄的事，排布了几千几百个来回，是以脱口而出，毫无窒碍。胤祥叹服不已，连连称是，又作谦逊之态道："臣的资望实在不足，又没有办过事——"

"诶，这可不是推脱的时候。"新君摆摆手，并不理会他的话，自将身上的饼屑掸了掸道，"大臣么，舅舅不能没有。另选一个识趣的耆老，足数就是。你看马齐怎么样？"

胤祥与马齐一家交情甚好，自然乐得如此，所以点点头放下他不提，另皱眉道："倒是诚亲王没有缺了。"

"又不是梁山泊大秤分金银，也不必人人有份。"新君满不在意地冷笑一声，随又恳切道，"从前的事，这会儿也难尽言，你放心，等皇父大殓一过，即刻就有封亲王的话。往后愈要贤弟多辛苦些，愚兄定不相负。"胤祥既闻此言，便不肯听新君的阻拦，当即伏地叩了两个头，哽咽道："皇上再造之恩，臣何以报，但有驱使，敢不竭忠尽力。"

正说着，就有新君从旧邸随带的太监叩窗，说隆科多已在外头候旨。二人遂站起来迎至殿门，待隆科多迎着风雪一进来，便一左一右上去，各执手道："舅舅太辛苦了！"说完就拉他到暖阁里，一同席地而坐。待他将宫城、内城各处值守一一回说无事，新君又搓着手连说几十个"好"字，方含笑道："刚同贤弟说，我初来乍到，大丧又要分心，必须有最历练政事的人匡正辅佐。现拟了总理事务的名目，虚位以待，舅舅你看如何？"

隆科多是喜事揽权的人，这等要缺自然当仁不让，遂豪言壮语应下了。他再问别的人选，不料新君才一告诉，他就立起眉毛道："看今天八贝勒的样儿，岂是尽忠朝廷之人？叫他参赞中枢，一定援引匪类和皇上作对。"

新君晓得，先帝驾崩这一档子事，让隆科多和胤禩等人结下死疙瘩，现见他愤愤之态，不免扑哧一笑，又奉承道："他的人缘虽好，可胆气不足，凡事患得患失的，以舅舅之才对之，岂不绰绰有余？"隆科多得此一言，总算气顺不少，干脆乘兴又献一策："众阿哥的名字，也该避一避圣讳，十四阿哥更该两字全避。"

"可兄弟们的名字都是皇父钦定——"新君心里虽肯，但总归要做谦态，一面斟酌着，一面就朝胤祥看去。胤祥亦附和道："这是尊君的大道理。只要太后准许，旁人有什么话说。"

三人志得意满，全无倦色，这一厢说得兴起，浑忘了还有南书房的汉官在外候旨。眼见五鼓已尽，宫门待开，新君才想起要加紧拟几道谕旨的事，忙将来人唤进殿内，又命胤祥、隆科多先去小憩。

这一日南书房值宿的是吏部侍郎张廷玉，他是已故大学士张英之子，现虽有六部的职事，可因其有过目不忘的本领，又极谨慎，所以仍在南书房行走，是先帝宠任的文学侍从之臣。新君自诩孤立不党，同百官少有往来，连张廷玉这样的御前近臣，也不过点头的交情。这会儿见他行君臣之礼，就先矜持着领首致意，又抹着眼睛说了几句追念先帝的话，再入正题道："明儿要有两道旨发出去，你斟酌着写来我看看。头一件先说十四阿哥，就说皇考大事，他做儿子的不来，自然于心不安，叫他和弘曙两个接旨之后，即刻驰驿来京。不过军前事务要紧，不能没人料理，辅国公延信是熟手，就着他速赴甘州，暂代大将军之职。川陕总督年羹尧办理军需粮草也最要紧，叫他同延信和衷办事。前方的情形朝廷不能尽知，年羹尧该驻肃州，或是该驻甘州，或是该在西安办总督的事，让他便宜安顿了再奏。"

"是。"

"第二道么，就说朕初经大丧，心中惶惑，朝廷政事纷纭，多有不能明晰的。从即日起，就命贝勒胤禩、十三阿哥胤祥，还有马齐、隆科多四个总理事务。内外大小事，都交这四个人面奏；朕有谕旨，也交这四个人传出。六部八旗大臣官员各司其职，凡有应办速办的事，都要尽心尽力，有条不紊，才算不负皇考的教养之恩。"

这两道旨要得甚急，不容张廷玉退回值房从容草拟。幸而他生就倚马高才，哪怕扬扬千言，也能挥笔成文。所以他干脆就着内侍送来的四件文房，将纸在殿内金砖上一铺，当着新君的面伏下身子，屏息敬书，不到一刻钟工夫，就将两篇稿子端楷写成了奉上。新君粗看一过，大加称道，赞他的辞章工稳，甚能尽意，更兼写得如此之快，实在是大方家、大作手。再上下打量其人，虽是一身的丧服，然眉目清朗，器宇雅正，举动雍容，望之可敬可喜。因此待张廷玉逊谢过了，便又与之闲谈道："先前虽也常见，倒没问过贵庚、贵郡？"

"臣是康熙十一年生人，本贯江南桐城县。"

"桐城县？和张敦复先生有亲么？"

张廷玉一闻此言，忙就地叩头道："正是先父。"

"怪道面善！要在你们汉人堆里，我该称呼世兄。"新君才要拊掌大笑，忽然记起是居丧，忙咳嗽两声掩住了，含笑道，"敦复先生是我的恩师，咱们倒没交情，说出去实在大笑话了。"说罢略想了想，又道，"照例过几天要颁大行皇帝的遗诏，等定了如何写法，就由你来执笔罢。"

待到天光放亮，外头就开了宫门，住在南城的汉官夜里并未听见北边的响动，到此时见着宫门护军穿孝，才知道大行皇帝先在畅春园驾崩，连夜送回紫禁城的信，一时又哭个惊天动地。内城旗丁老幼，多是夜间就叫净街兵丁的马蹄声惊醒，这会儿按照规矩，自是男摘冠缨、女去妆饰，家家挂白，户户举哀。至于王公大臣、妃主命妇则一应赶到乾清宫广场齐集，按着礼部官员的引导，或殿内，或丹墀，或丹陛，依着品级成服哭拜。

銮仪卫和内务府忙了一宿，将大行皇帝三大祭时所用的卤簿大驾全数安设，除了大件的辂、辇、轿外，还有天地、日月、云雨、风雷、五岳、四渎、五星、二十八宿各旗；青龙、赤龙、黄龙、白龙、黑龙各纛；绛引、传教、告止、政平、讼理各幡；青龙、白虎、朱雀、神武各幢；黄柄、红柄、白柄、青柄、黑柄各伞；鸾凤、红龙、黄龙各扇，以及篦头、画角、钲鼓、拍板、弓矢、仪刀、仗马、立瓜、方天戟、豹尾枪、金盆、金炉、金盒、金瓶、金镫、金交椅、金足踏、金水盂等仪物器皿，浩浩荡荡，绵延不绝，在积雪的映衬下，显得愈发明艳夺目。

新君连着两夜没有合眼，又跑了几个时辰的马，哭了几个时辰的丧，困意全无。他先同礼部、钦天监定了本日大殓时辰、仪注这件急事，又见胤禩、胤祥、马齐、隆科多四人。这四人中，胤祥、隆科多心如明镜，胤禩怨气未消，马齐一头雾水。等养心门外一会面，胤禩先满腹狐疑地和胤祥招呼一声，又把那位舅舅如同没看见一般，抬腿就迈进门槛。新君见他们进内，先交代下同内阁六部诸臣会议，拟上大行皇帝庙号、尊谥，并太后尊号的话，再将张廷玉所草的两道谕旨拿出来，递给满眼血丝、没精打采的胤禩道："你们看看，要还妥当，今儿就赶着发出去罢。"

四人既得总理事务的名义，自然先要拜谢圣恩。等行过礼，却是胤禩寡着脸另出言道："臣有两件要奏的事。一来诚亲王是为兄的，早先也曾奉旨办事，论年齿论爵位，臣和十三弟都赶不上，骤然越过他入枢，实在于心不安。二来舅舅虽是国戚，却是武职，如今天下太平，武臣辅政，怕也叫人议论。"

"职以任能，原不在为兄为弟，是文是武。"皇帝本是好言好语，见他这大不领情，又要在胤祉处当好人的模样，心里很是不悦，不过佯作和颜道，"我思量这一宿，两位贤弟都是年富力强、聪明能事的人，辅佐我最是得宜。至于爵秩么，自然也该封为亲王，才能服众。"说完不待二人谢，又转向隆科多道，"孝懿皇后家里的公爵几年没有人袭，自然该给舅舅。往后明发上谕、官私文书，也都以舅舅二字加在名讳上，才合我敬奉皇母的孝心。再者八弟说的也是，武臣执政，于咱们满洲旧制本来应该，现在看反有些欠妥。可惜满缺的大学士一时还不得，就请舅舅以吏部尚书辅政如何？"这一席话说得隆科多心花怒放，嘴角掩不住就往上咧，正琢磨着要说两句客套话，可还没有想出来，就听皇帝又道："那么十四弟和军前调动的事，就这样定了？"

胤禩将新君这番巴结冷笑了七八遍，暗道我早当你是房顶上开窗户——六亲不认的人，敢是八字里缺个好舅氏没有认准。他又猛然想起头天夜里德、宜二妃哭丧的情形，遂闷声闷气道："既碍着十四弟，怕不要请下太后的旨来？"

既说到太后，新君于情于理不能驳回，只好顿一顿，说道："大事既安排得了，二位贤弟随我到永和宫给太后额涅请安罢。"

且说众妃嫔从乾清宫哭灵毕回到寝宫，一个个如大梦初醒，哪里还能安寝。端的泪湿寒衾追念旧恩者有之，独坐孤灯哀伤前路者有之。最不能堪的，是那几位年过耳顺的老姐妹，都哭得神魂颠倒，几欲轻生。佟贵妃生怕德妃有个闪失，自同几位年轻的宫眷到永和宫陪伴了半宿，这会儿听见他们三兄弟来，正往外避，却迎面遇见新君。只见新君百般孝顺，就地行一大礼，站起来道："我自幼蒙孝懿皇后的深恩教养，妃母是皇后的亲妹，自与旁人不同。我想请太后的懿旨，尊妃母为皇贵妃。妃母统领六宫日久，不比太后当日同列人多，若有太后自行歉抑不便出头的事，还请妃母多多赞襄调停。"

佟贵妃晓得他加意笼络之心，自然不能拂他的意，遂答应了；又说了几句劝皇帝节哀节劳的好话，便回自己宫中去。这边三人进得永和宫后寝，就见德妃将哭软了的身子靠在大枕上，脸儿蜡黄，鬓发散乱，眼空无神，一夜之间，竟老了十岁般憔悴。她任由宫人举着盛粥的碗跪在地上苦求，却全然不理，及等新君连唤几声额涅，才长嘘一声，又对着亲儿子流起眼泪来。

新君先陪着哭了一阵，再好言劝慰一阵。等将这些例行的话都说完了，方转入正题。先说晚间大殓的时辰、仪注，因这些事情十分繁冗琐碎，德妃上年纪的人，心里又乱，如何动得许多头脑，遂有气无力地摆手道："你们商议就是。"

新君答应一声，又说尊封先帝妃嫔的事。德妃是厚道人，交代下有子女之人都要从优，余者也就由着新君自为。新君连连称是，说了一车必定孝养各宫的话，才又道："汉人向来有避天子名讳的规矩，咱们祖宗时候没有，到皇父一朝就有了。所以隆科多舅舅奏说，应将众兄弟名字上头一个字改一改，十四弟两个字都近，只好一总儿都改。儿子想，众兄弟头一个字或可改作'允'，十四弟的名字就改作允禵，妥当不妥当，还请太后定夺。"

"汉人实在多事。"德妃听说叫她的小儿子改名，心里很不乐意，可她毕竟不曾念书，见新君说得振振有词，也不知从何处驳起，只好抱怨一句作罢。转而却想起一件更要紧的事，她就撑起身子来问："先帝爷的大事，告诉十四阿哥没有？"

"正要差人告诉，特来回给额涅。"皇帝像是单等她这句话一样，当即接过腔来道，"儿子想叫延信去军前替了他回来，快马加鞭，不定能赶上满月致祭。"

"先帝爷这些年最惦记的是他，可偏偏他的福薄，临了都不得见上一面——"德妃想起伤心事，又不禁哀哀垂泣。胤禩心里猫抓一样躁，站在皇帝后头一劲儿皱眉头，却不见德妃理会，只好拿话点着她道："这会子风雪连天，西边的路一定极难行走。十四弟本就是急性子，要再催得紧，只怕他命也不要了，只管日夜兼程地赶，万一跌了碰了，又叫太后伤心。皇父最记挂西边军务，叫他从容安顿妥当再来，才算尽了子臣的孝道。"

"延信和年羹尧原是帮着他的人，军务上断不至于落空。额涅正难过，不必说这些外事。"皇帝斩钉截铁将他的话止住了，警觉地朝胤祥看了一眼。胤祥躬身缓缓补道："或是太后亲自给十四弟一道懿旨，嘱咐他早来奔丧，可要小心行路，想他就能仰体圣母拳拳之心了。"

德妃一夜里哭得头晕，才说话间，于新君身上也留意有限，这会儿听胤禩、胤祥两个先后接言，才聚起神来，一上一下打量了二人几眼，满不解地向新君看去。新君见状忙躬身解说："儿子拟请八弟和十三弟总理事务，也让外头百官万民看看我们兄弟的和睦。"

德妃满腹疑惑地"嗯"了一声，先要叫他们退去，张了几回嘴，终归替小儿子气不过，心一硬改口道："用人的事，照理我不该管，不过白提一提。先帝爷经历得多了，爱哪个不爱哪个，自然都有道理。"她这一句话，把叫先帝贬抑过的胤禩、胤祥都说了个大红脸，连新君也讪讪的，勉强应个"是"字，便拜辞出去。

闭门

第十一章

腊月里，京城里死气沉沉的。先帝宾天一个月，虽没有下雪，但地上、树梢上、房脊上，还多有白幡、白布的残片，七零八落，叫风一刮，也如同下雪一般。沿街铺面上的五彩招牌都摘了下来，门楣尚有对联留下的残红。家里有些积蓄的，大都关门闭户不开张了，谁也不想在这个节骨眼上找巡街兵丁的不痛快。

内城里旗人为主，虽然穷富贵贱不一，但到此时节，就把个八旗一体家天下的情分显出来了。许多有阅历的老人们絮絮叨叨同孙辈人反复讲着："怨不得先帝爷的庙号是圣祖，那些个圣明你们都不知道。那个怜贫爱下，那个通情达理，亲征还朝那个威风，南巡北狩那个气派——如今九州升平，海清河晏，都是托他老人家的福！"

还有一些好事的人，没人说还要四处打听，是以听到这里，就要插嘴去问老人家："您还记得当年世祖爷驾崩是什么样呢？如今先帝爷大事一出就封城门，看着实在吓人，还当是准噶尔要打进来了一样。我表姐夫的三舅在宗人府当差，听说封城门是防着十四爷，当今皇上和十四爷一母同胞——"

这里话音未了，就听"啪"一声响。"胡沁什么！快挺你的尸去！"说话的正着挨了媳妇一巴掌，知道回了嘴晚上也没好处，当着人面子难过，只得骂骂咧咧地走开了。

有心思说闲话的都是中等往上人家，真正穷人，这时节可难过了。人说大丧必遇大旱，果然不错。今年一入夏，京城、直隶的雨就下得零零星星，再没一天痛快。到秋天，就有二十几个州县二麦歉收。如今一众灾民聚在城外，各色粮食的价钱都翻着跟头涨。前门大街西面的粮食店街，是京城粮店云集的地方。大丧以来，几十家店铺的水牌几个时辰一换，到昨天，南米已经两吊钱一斗了。"再这样下去要饿死人！"一面是天灾，一面新皇整日价戒严不知何时到头，直闹得人心惶惶，越发要买些粮食存着才好。

往日四敞大开的粮店一个个都关了大门，一大早只开个小窗口迎客。看着伙计又换水牌，外面等待的人流不免躁动起来，有高大的汉子已经捏起了拳头，女人们也指指点点说个不停。站在店门口的伙计焦急地向南望去，他们也不明白，怎么派去买粮的人还没有回来。难道城门口真的连粮车也不让进来？米再不来，保不定这群等米下锅的人，是要闹事啊！

"又涨了！"前街一家店铺的水牌再换了新的挂出来，一个女人尖利地叫了一声。

"奸商！砸他的！"几个火气大的壮汉将粮食口袋往地上一摔，冲着伙计直扑上去，店门前顿时一片乱仗。挨次的店家眼看情形不好，连忙就要打烊。买主们自然不依，一下里挤一下里骂，整条街开锅了一般。

"让他们住手！大丧期间哄抢米市，还有王法吗？"正闹得凶，街口前呼后拥着过来几匹高头大马，后面跟着一队兵丁。马上的人五十多岁，方面浓眉，古铜色的脸，貌不出众，却是气盛神足、严威赫赫的样子。虽然穿着素服不知道品级，但那份官威，京城的人看得出，绝不是等闲之人。听着他的令，跟随兵丁们跑步上前，支起佩刀，几下里纵横吆喝，就隔开了撕扯作一团的人们，把为首的几个压跪在马头前。"这是国舅隆公爷！"怀抱文书的笔帖式在旁边喊了一声。两旁看热闹的人们面面相觑，哪想到这样人物竟亲自到街面上弹压事体，也赶忙跪下磕头。

"隆公爷"即是如今的总理事务大臣、吏部尚书隆科多。他本是总揽京城治安的九门提督，可这几天城里胡乱传言，说今上皇帝得位不正，都靠着他九门的兵，才能强登大宝。且这一把月来，他一个外臣，又常拿着威势压派天家骨肉。譬如先帝头七大祭，他就告了九贝子允禟的刁状，说他举哀时一滴眼泪也没有，光冲着廉亲王允禩挤眉弄眼。允禟气得当众掏出帕子来，挨个给皇帝并王公大臣们指着上头的泪渍看。

如此一来，未免要激起众怒。因为抱怨的人太多，连皇帝也不能不稍作表示。所以几天前就有旨意，说舅舅隆科多总理事务过于繁忙，九门的差事又最要紧，不如仍兼着职衔不动，另委原任护军统领衮泰代他办理日常公事。就为这，隆科多堵着一口气，却又说不出来。他眼见又有行权的事由，自然忍耐不住，单要看看京师的地面，离不离得了我隆某人的通天眼。

"我一下子耳目不到，都要造反？兵马司的人呢？巡城御史呢？"隆科多沉着脸，提着声音质问。

"回公爷话，小的米行这些日子短货，实在卖不出——"被砸粮店的掌柜拨开人群跪前几步磕着头，声气里委屈，几乎带了哭腔。

"这个奸商，每斗米卖两吊钱还多，里头小一半都是沙子！"旁边的妇人抹着眼泪一口打断了他，引来大家连声附和。

"公爷明鉴，并不是小的故意抬价，实在是去买粮的伙计回不来。公爷问问这一带的商户，如今家家断货，都是这个价钱了。"掌柜的满脸冤屈。再看其他几个店家，也都无奈碰头应合。

"这怎么说？"隆科多一脸狐疑坐在马上，他记着前天还在御前听顺天府说过，今年虽是大旱，但京城的粮米还接济得上，何至于难为到这个地步。

"听说城门封了，粮食也运不进来——"下面一个人小声嘟囔。

"哪个说的？"隆科多身子倏地一挺，马也跟着原地踏了几下。要依着他本来的性子，听了这样耸人听闻的话，原本就要发起雷霆之怒来。只是如今时局微妙，他又要加意学习宰相气度，是以自己就压下火来，欠欠身，吩咐兵丁道："去！把砸店打架的拿了，交给兵马司衙门处置。告诉这街上店铺，粮价都按着十天前的价，谁敢囤积居奇，都给我拿了！"

"公爷英明！"一片赞颂倒像是起哄，给他这各打五十大板来了个碰头彩。

这边隆科多脚步生风进到内廷时，其余三位总理事务王大臣已经先到了，都在隆宗门板房里闲坐候旨——只为养心殿里的皇帝正在召见前来奔先帝之丧的喀尔喀蒙古大喇嘛——哲布尊丹巴呼图克图。

总理王大臣里为首的八阿哥允禩现已封为廉亲王，管办工部事务。他刚去验看了祭礼的木器，虽然另换了衣服，身上还隐约带些漆味儿。坐在炕桌右边的十三皇子允祥封为怡亲王，他的身体一向虚弱，双颊总泛着潮红，加上热孝之中不能修饰，所以很露出几分倦色。靠窗坐的是大学士马齐，两位王子都默坐不语，他也不便开腔，只是一口一口地抽着烟，有一搭没一搭地看着窗外忙忙碌碌的苏拉太监们。

"二位爷，又出事了！"正在几个人没意思时节，就见外头的小太监先哈了腰，再就是隆科多自己挑帘进来，先朝允禩、允祥一个半躬，就径直坐在马齐对面。

　　"舅舅——"两位亲王闻声都站起来。允禩因为顾命的事对他很有芥蒂，此时见他拿大，就更不乐，不过看看允祥没接话茬。允祥倒不在意，只笑一笑，就招呼小太监奉上热奶茶，道："舅舅歇歇慢说。"

　　"城里米价竟到了两吊钱一斗，又出了抢米铺的事，幸得我旧使过的番役发觉快，我亲自去止住了。如今这些办事的人，真真木头做的，一个也指望不上。"

　　允祥这两天听了他几百遍的抱怨，只好耐性子勉强奉承几句，才得空问："哪有这么贵的米价？"

　　"都说外头的粮食运不进城来，还有说——"隆科多瞟了一眼允禩，就顿在那儿，没再说话。

　　"必定有人囤积居奇。"马齐放下烟袋咳嗽一声。他是久经沉浮、扬历中外的耆旧，断事比隆科多更觉老辣稳当。

　　"国家大丧，谁挣这不要命的钱！"隆科多一拍桌子，做出义愤填膺的样，眼睛却不住地瞥着允禩。他任九门提督十来年，晓得敢做这档子事的，除了几位皇子，实在难有别人。是以边说着，边招手叫人道："囤米的人一定在城外拦买商铺的米，我这就让人去城外，把为首的拿了严审！"

　　"隆公少安勿躁。"马齐见炕上二人都不出声，知道他们各怀心思，就忙叫住隆科多道，"还是先请过旨罢。"

　　"好，先请旨。"两兄弟异口同声，半尴不尬对看了一眼，就任谁都不吭声了。

　　过了一顿饭工夫，养心殿就传出话来，说有旨召见总理事务王大臣。待四人走到养心门处，便见哲布尊丹巴呼图克图迎面走出来。其人九旬高龄，行动已颇不便捷，由理藩院尚书在旁搀架着，一步一颤，面目上还带着泪痕。他和先帝的因缘最为深厚。当年喀尔喀蒙古被准噶尔部自西向东赶得溃不成军，部中便有向南投奔大清皇帝，抑或向北投奔俄罗斯沙皇的争论。这大喇嘛乃是土谢图汗的尊亲，佛法又最高明，亏他疾呼一声"莫若全部内迁，投诚大皇帝"，才有日后先帝三度亲征的伟绩，开疆拓土的功勋。先帝感其至诚明达，钦封为呼图克图①，随后驻京十余年，常在宫中传法。噶尔丹西蹿后，大喇嘛返回喀尔喀故土，临行前先帝与他执手相约，说等自己七十万寿之日，再与九十整寿的大喇嘛相会京师，同承天覆地载之恩，享八荒欢庆之乐。如今时移世易，物是人非。九十岁的外藩高僧尚在，不到七十岁的先帝反而弃却万里江山，情怅惘，意不得，怎不令人伤感。

养心殿布置得雪洞一般素净，皇帝坐在暖阁炕上，正回味方才见大喇嘛的情形。他即位已经一个月了，得意之态渐渐退去，种种烦难渐次涌来。可才见了这位久违的要客，他的心气不免又激动起来：远有祖宗肇基草创之艰苦，近有先帝抚绥藩服之伟烈，自己如今虽不免些阋墙的烦恼，可毕竟是个太平天子，许多事都可以从容处之。若能在继武祖业、克绍箕裘上多下功夫，譬如将准噶尔部一举荡平，则必能堂皇正大见祖宗、皇考于地下，余者小节耳，又何必多说。不过用兵西北，到底以选将派兵为先，十四阿哥是再不能用的，其余诸人么——

他尚在联翩浮想，允禩等人已经鱼贯而入，齐声问安。皇帝遂忙拉回神思来，先命四人起身，又道："才见大喇嘛，说起陈年旧事，实在叫人难过。"说着就用手巾拭泪不已。

允禩、允祥到底也是皇子，想起那些旧渊源来，心里也不免酸楚，又要各显诚孝，是以边劝说"皇上节哀"，边也陪着哽咽吞声。

隆科多见两人只管陪着哭，都也不提抢米的事，心里不由犯急。他很想再讨回九门提督的差事来，思量成败在此一举，于是越过二王发言道："臣才过前门大街，见米价连涨几天，已过两吊钱一斗了。城里的穷旗兵，还有南城的民人，多有闹事抢砸米铺的。这里头一定有人囤积粮米，居奇待价。臣等刚才公议过，预备请旨，到城外查拿。"

这话说得另外三人都是一愣，刚才虽说议了"请旨"，但"查拿"可是你一个人的主意，怎么成了公议？允禩登时拉着脸不言声，允祥也不想屈就，开腔道："大丧之期囤积粮米的，绝不是寻常人，查拿怕急不得，还要从长计议。这会子要紧的，是平抑米价，以息民怨。"

"不论什么人，一体都拿！"一看允禩不说话，皇帝就有些火气，

---

① 呼图克图，蒙古语，意圣者、活佛，清代专用于中央政府册封的藏传佛教高僧。

心道他又要做好人了。大丧大灾囤积居奇，除了自己几个好兄弟，旁人并不曾长了两个脑袋。今上自己当皇子时，仗着财势，也并非全没有与民争利的事，但逢灾囤积这类勾当，他自忖干不出来，此时问个说法，倒还理直气壮。只是他有些疑惑，允祥话说得如此迂曲，难道另有隐衷不成？

允禩早恨得隆科多牙痒痒，很怕他将是非引到九贝子允禟头上，思量不如先发制人了，拉扯个法不治众，遂道："十三弟说的是，能做这事，绝非常人。前儿齐集上香，臣就听诚亲王、恒亲王说起粮食的买卖，不过一听，也没有当回事。不想他们如此糊涂！臣没有及早奏陈，是臣的不是，请皇上治罪。"

他的话一落地，养心殿里就是一阵静默。皇帝迟了半晌，才阴恻恻地向马齐道："叫内阁拟旨给户部，如今诸王大臣中有人囤积粮米，以致京粮腾贵，朕都知道了。往后外府粮食抵京，无论王府官商，都不许出城远迎争买。叫户部严行传示，照旧不听的，就叫步军衙门一体缉拿问罪。再发通州仓存米二十万斛，平价粜卖。"待马齐答应着先去传旨，又转向低头不吭的允禩，冷笑道，"贤弟既晓得谁囤粮食，趁着通仓不及调动，就先招呼他们，上紧把囤粮平价卖了，小心亏了老本。"

"臣不敢泄露圣旨，只叫他们严守法纪就是。"允禩一腔冷气顶上来，也自诺诺而退。

这边隆科多晓得自己鲁莽，故将盛气略消了消，恨声道："城里还有风传，说朝廷为拦阻大将军王进城，将九门封禁备战，连粮食也不让进来。"

皇帝一听，连骂了几声"混账"，站起来原地打几个转，才气鼓鼓坐下，用手比着三、五两个数问："这两个老的什么意思？也和他们一路？"

允祥唯恐他的疑心病上来，立时就要理论，忙劝道："倒也未必，惯来贪财好货罢了。"

皇帝脾气上得快，头脑灵醒也快，又骂了两句"都不是东西"，便向隆科多道："前儿我叫人接办九门上的差事，实在大失了算计。依目下的情形，只怕舅舅还要再操劳些，兼回这个要职来。"说完不待隆科多满面春风谢恩，又向允祥道，"他们都张罗弄钱，咱们也要精心些。不如你先担个三库的差事，等熟了，再把户部也兼起来。"

三个人待要细说，就有奏事太监慌慌张张跪在门槛外头，禀说太后动了气，正掉眼泪，请万岁爷这就过去。皇帝闻言大不耐烦，掉过头猛喝一口水，又随手乱翻案上的折本。他左右思忖不妥，只好心烦意乱地抬起头来，拧眉看着允祥道："替我去一趟永和宫，瞧瞧是怎么了。"待见他张口结舌为难模样，又负气改口道，"那就知会皇后去一趟，或是你们不拘谁去，说我正见外藩。"

说归说，到底太后指名要见，皇帝不敢真正推托。先因圣祖宾天，太后悲痛欲绝，勾起痰疾旧症，又听见宫中浑传的小话，更加忧心忡忡。她原本是个温柔厚重之人，不合就执拗自专起来，既不肯受太后的尊号，又不愿移居太后理应居住的宁寿宫。穷其缘由，一来听说先帝本意立她的小儿子——边庭拜帅的十四阿哥为嗣君，今上皇帝有矫诏之嫌，老母爱幼子，代为气不过；二来皇帝一登大位，张口闭口孝懿皇后"慈抚朕躬，恩勤备至"，对隆科多更是舅舅长舅舅短呼不住口，反将亲娘亲舅，做了不打紧之人，实在叫人不是滋味。加之皇帝初登大宝，百事待举，许多话又不便出口，每天照例请安都是五鼓未至，太后还不及梳洗，说声免了，磕头就走，并无依恋承欢之意。即便特意请安，也和众兄弟一处，或是带着皇后嫔妃，少有母子说贴心话的工夫。回想十四阿哥在京之日，每每相见，总是母慈子孝情形，太后愈发忧思难解。

等皇帝赶到永和宫，他的发妻乌拉那拉皇后带着众嫔妃都已经齐集伺候。众人无所适从地站在殿外，显见是吃了闭门羹。这厢远远瞧见皇帝过来，就有太后跟前的总管太监战战兢兢传出懿旨，说这单叫皇帝进内，旁人一概不必祗候。

永和宫是太后作德妃时的寝宫，如今她虽已贵为帝母，一应铺宫陈设并无丝毫更张。后殿的暖阁里热腾腾冒着白气，宫人们麻衣孝裙，轻手轻脚收拾散落在地上的碎瓷片。及见皇帝进来，就都停下手里的事，眼观鼻口问心，默默退出殿去。

"儿子请太后额涅的安。"皇帝跪下磕一个头，又强挤出几分笑来。他刚要抬头觑太后的气色，就被迎头打断："又想叫人成群结队糊弄我？咱们娘儿两个也该说几句体己的话。"

"臣不敢。"

太后看着大儿子一副雷打不动的样，想着小儿子此刻必在城外受苦，眼泪便扑簌簌滚落下来，边擦边数落道："皇帝已经正了尊位，十四阿哥还能碍着什么？他回来奔丧，天寒地冻的，怎么能不让他进城？"

"额涅说哪的话，他还没到保定。"

太后一愣，见他应答便捷，气度从容，倒不像是说谎，想着自己的信儿未必尽准。她嗫嚅半晌，终究放不下心，只改作平气问道："那怎么听说封了城门？城里连粮食都运不进来，可怜见，怕不要饿坏了人么？"

这一句话，直气得皇帝血贯瞳仁。他想辩驳，又极力忍住，闷声答道："并没有关城门的事。粮食不足用，一来天旱本就缺粮，二来有人故意囤积，高抬粮价。儿子体贴太后的慈心，已经让户部备办过了。"

太后脸一热，擦净了眼泪，将声调更缓和下来，另换作商量口吻，问皇帝要给允禵留什么爵位差事。言来语去，是要替他也讨个总理事务名义。皇帝硬着头皮压住火，三言两语搪塞一阵，末了方道："这是朝廷大事，儿子总要和王大臣们商议。额涅放心，总不亏待他就是。"

皇帝待退出暖阁行至丹陛石前，便见永和宫的总管太监体似筛糠跪在阶下，中气十足先"哼"一声，又瞪眼道："你们当的好差！"总管体知皇帝之意，连磕了几个头道："是宜妃主子来过，和太后叨叨念念说了两顿饭工夫，偏不让奴才们靠前。"

皇帝早听人报，说宜妃之子允禟，近来常借哭灵请安，将外头消息递到宜妃处，再转至太后跟前。他厌极了这对母子，却一时不得措手，只好吩咐总管："她再来时，只准外头请安，或是和众位妃母一处请安。若要独对，断然不可。你们先想法子拦住了，再到养心殿告诉。"

第十二章

哭殡

眼见年关将近，虽说是丧期，登基大典不宜太过隆重，但适逢改元，毕竟也要小有一番庆贺。礼部奉旨以"雍正"为新君的年号，又细细开列仪注，由皇帝发到议政处，要他们和总理事务四王大臣合议。议政王大臣会议的议所在中和殿西中左门外，此时虽没了国初的权柄，到底威风尚在，气派之大，仅次于朝仪。

当日正值酷寒，议所里因烧着不少炭盆，倒还暖和。列座的诸王和六部满尚书、八旗都统都脱了外穿的袍服，听礼部笔帖式用满洲话念奏稿。不合飕一阵冷风进来，众人都是一凛，齐齐回过头去。只见门开了一道缝，一个司官模样的人缩手缩脚站在外头。按理各衙门无干官吏，断没有擅闯议政处的规矩。这司官原想悄没声的，叫本衙门主事之人出去回禀，谁知刚一露头，就引着议所里的人都往他身上看。来人实在窘迫，只好战战兢兢走进来，朝上面诸王跪安问候。

来人是礼部的堂主事，新近管部的十二阿哥履郡王允祹近视得厉害，于属员又不相熟，等人走到跟前，才眯着眼睛认出是自己衙门的官。他顿觉没有脸面，使劲挥了挥手，是打发人出去的意思。

"必是有急事才找到这来，外头天寒地冻，你且进来说话。"允祥是出了名的心慈怜下，见其人惶恐不可名状，随即点手叫过他来，顺带拿过他手里文书，又将自己的手炉递过去道："给你暖和暖和。"

来人感激廉亲王宽厚，忙叩头接了，才转脸讪讪地对允祹道："实在是一件要紧的事，部里急着请爷的示下。"

"这不十四弟的咨文么，"没等允祹说话，拿着文书的允禩已经脱口而出。待把众人目光聚过去，他却微笑着，将文书还给允祹，冲挨

079

坐的允祥道："想他也该到了。"

"他问觐见皇上的仪注？"允祹翻开文书，看了看，不耐烦地用手指着，向那堂主事道，"他前年打西边回来，自然有觐见先帝的仪注，部里照例就是，怎么考起我来？"

然则不等他说完，那面允祥就走到跟前来，抽过文书粗看几眼，随即扔在一边。他是精明强记之人，康熙六十年十四阿哥凯旋时，先帝曾命诚亲王、雍亲王两位年长皇子，率领王公百官出城相迎。为这件事，今上皇帝心里颇有些拈酸之意，只不便宜之于口，如今旧事重提，岂有不触霉头之理？唯允祹糊里糊涂的人，自然不能见此精微。是以允祥略一思量，即向众人道："十四阿哥这一问大不妥帖，也不能引前年的例。他是奔丧而来，不是凯旋班师，有什么仪注可说？又何以当了三十多年臣子，倒不明白面君之礼？"

"我看这一问也不是全没道理，他是军前立了大功的人，到底不是寻常人。"允祥话音未了，就有裕亲王保泰在旁抬杠。他是先帝的亲侄子，素与允禵兄弟交厚，故要替十四阿哥说几句辩解的话。

他这一起头，众人亦肯帮腔，允禩遂作勉从众议之态，向允祹道："既然礼部为难，咱们就连着这件事一道议过如何？"允祹巴不得将此事推托出去，当即朝允禩作了两个揖，忙不迭命本部司官取纸笔记下。

"十二爷可别错拿了主意！"隆科多看了看眉头紧锁坐着没动的允祥，一推几案先站起来，断喝一声，吓得允祹当即闭了嘴。自先帝驾崩以来，他的威势实在很大，一立起眉眼，众人便不敢作声。只有允祥心里暗笑，想了想，向允祹道："这件咨文还是搁着罢。十四弟要是催问，礼部再请旨定夺。"

十四阿哥先在甘肃时就接了旨，说他的原名胤禛犯了圣讳，奉太后懿旨改作允禵。他一路行来，只带了几十个王府护卫、亲兵，此时远远望见城楼，却无一人相迎。城外来来往往的商贾民夫看戏般打量着这些人——个个披麻斩衰，泥地里滚出来一样。允禵本是国字脸，在西边风吹日晒、心力焦劳的缘故，这会儿下颌已经凹下去。连鬓络腮的胡子，是他兄弟中的独一份，所以人称达摩苏王。络腮胡原就显得蓬乱，又兼几十天不曾刮过，连上前额长出的黢青发碴，只觉得一头一脸都是黑黝黝的。他半是急着进京，半是装癫卖狂，一路也不受督抚地方的迎送，凡到了省府名郡，就号哭穿城而过。各处百姓议论纷纷，前后打听了才知道，原来是大将军王孝子奔丧来了。

想起一年前大兵入藏、奏捷回京的场面，那是何等风光。如今物是人非，实令人有恍若隔世之感。他是先帝晚年的爱子，自奉敕西征之日，便得举朝瞩目，视为立储之兆。那竞奔门下请托打点的，每天把门槛也踏破了。朝野既这样议论，他自己也将储位视作囊中物一般，以为唾手可得。哪承想噩耗甫至，即有回京的旨意相随，他待要问明了情形再去，却叫年羹尧三两天一封禀帖，催得急如星火，无奈之下，也只得简从进京。

等到了直隶境内，允禵便负气给礼部行文，问见这雍正新君要用什么礼仪。可左等右等，并不见礼部的回信，他也只得气鼓鼓，如同外来督抚一般，自行进城了事。一时到了安定门内，就见真武庙前早候着一名内大臣传旨，让他先到梓宫前行礼尽哀，再进宫去拜见太后。

先帝梓宫已送至景山寿皇殿内，允禵跌跌撞撞走到寿皇门，就见允禩在此迎他。他满心的怨愤，也不顾四下人多，便恨道："你是总理事务的亲王了？倒很尊荣体面！"说着一窝眼泪喷涌出来，蓬头垢面就往里跑，把允禩一人撂在当地，自顾自痛哭哀号。

允禵进得殿去，也不要礼官赞礼，就哭着胡乱磕头，旁人劝而不得。正不可开交之际，就觉外间忽然肃静下来，不多时，便是今上皇帝在众人的簇拥下缓步入内。新君的规矩，百日释服期内，每天都要亲自在梓宫前献食三次，现在日近正午，正是献食的时辰。眼看允禵兀自哭个没完，跟进来的允禩也着了忙，又不好上前叫他，只能退到皇帝身后静观其变。允禵早知道是皇帝进来，可想着自己种种委屈，毕竟忍情不过，心一横，直挺挺仍跪在当地，仰脸朝新君看去。

皇帝初还冷眼瞧着，僵持了一会儿，终归还是要做出兄长的样子来。是以他长叹一声，说："你这一向辛苦了，回来就好，太后额涅很盼着你。"说着紧走几步，去凑合允禵。陪他同来的王公大臣各自咂舌，只好跟着过去。一旁诚亲王允祉最晓得皇帝睚眦必报的脾气，直在心里嘟囔"要坏事"。

皇帝走到跟前又唤两声。大殿里静得瘆人，只有允禩在旁紧说："十四弟急痛迷心，缓缓就好。"可允禵偏就不下台阶，看得允祥也急起来，点手叫过身后的一等侍卫、副都统拉锡，小声吩咐道："你和他素来过得去，快拉他起来给皇上行礼，这像什么话！"

拉锡哪要在这个光景里出头，没奈何被点到头上，只得在众目睽睽下上前几步，边去架允禵的胳膊，边哭丧着脸连声道："大将军王该当给皇上行礼。"

"你是个什么东西，也敢来拉扯我！"拉锡一面去架允禵，眼睛却紧往皇帝这边来看，哪料允禵急火攻心，应声而起，"嚯"一巴掌，正打在他的脸颊上。众人直惊得一齐愣在当地，连皇帝也半晌回不过神来。

"你疯了吗？"到底允裪见机得快，几步抢上去搡了搡仍旧挥着老拳的允禵，恨道，"还不过来跪下！"

"我是先帝皇子，当今天子的亲弟！他一个外藩掳来的下贱奴才，仗了谁的势，敢来拉扯我！"允禵攘臂顿足，先指着一旁的拉锡大骂，又直盯盯看向皇帝道，"如今大清朝都乱为王了，容得奴才这样欺凌皇子！若我有不是，皇上自可以来处分我；若我没有不是，皇上就该把拉锡正法，以重国体！"

"好好好，你既自认皇子，就该在皇父的梓宫前安静些！"皇帝脸上急风骤雨了好一阵，心头肉拧了又拧，终究没有当场发作，只咬着牙道，"怡亲王去永和宫，就说允禵到京了，请问太后的懿旨，见他不见。舅舅去传旨给今天不该班的王阿哥们，叫他们这会子都到养心殿去，我有话要说。"

不到一个时辰，先帝十五岁以上的皇子们，除了被幽禁的皇长子允禔、废太子允礽，到遵化看视陵工的皇十七子允礼，和前去永和宫的允祥外，都已在养心殿外候见。独允禵仍执拗着不和众人站在一起，背了手独个立在一边。别人虽是孝子守灵，不饰衣冠，可好歹穿得洁净，只有他滚在泥里的雄狮子一般，胡子头发粘起来分不清爽。乍一进来的九阿哥允禟瞧他这副尊容，差点笑出声来，扯扯允裪衣襟，一努嘴道："怎么刚回来就扮上《醉打山门》了？"

皇帝沉着脸，也站着。眼见众人要拜，便止住了，又请允祉坐在高凳上。随即斥退余人，将殿门一关，满殿里除了他们兄弟，就只有一个隆科多还在。皇帝迈步走到允禵跟前，掸掸他身上的灰，一手搭在他肩上，一手指着炕上的御座道："今天咱们兄弟到得齐全，舅舅也不是外人，你若不服气，拿出什么凭据来，这会子就请上坐！"

一句话说得众口哑然。别人瞪眼张嘴死盯着皇帝，允裪却极力低着头，使劲舔自己干涩的嘴唇，手心里黏糊糊的全是汗。他知道皇帝这不过是红口白牙的便宜话，允禵一兵一卒未带，就是先帝曾有什么言语给他，这会儿也全无用场。可话赶话既到了这个分上，他也真想见识，这大将军王到底在黄沙戈壁间练就了多大胆量，皇帝又能把同胞亲弟作何开销。

允禵正百爪挠心样焦灼，就见隆科多一跃而起，打最后几步走到最前，跪地高声道："奴才亲耳听见先帝的口谕，传大位于皇上。十四阿哥若敢有违，就是宗室的叛逆，自绝于玉牒！"

允禵是个禁不住激的人，他回京路上时，曾见着允禩派去报信的亲信，听说了先帝驾崩当日，御榻之侧谨承末命的只有隆科多一人。今上能够坐稳了大位，是否先帝遗命未可尽知，全凭国舅口含天宪、手握重兵倒是实情。所以允禵此一来恼恨皇帝还在其次，最切齿的就是这位顾命重臣。此时见他行动跋扈，毫不将众兄弟看在眼里，且一张嘴就要问自己"叛逆"的罪名，不免新仇旧恨齐涌上来，也顾不得许多，冲上去伸手抓住隆科多的前襟，向前一带暴怒问道："你说！皇父驾崩到底怎么个情形？遗诏何在？"

他此举一出，不但把胆小的兄弟吓得丢魂，就连坐着的允祉也颜色大变。允祉从小有口讷的毛病，一担惊受怕，就显得言语艰难。可此时自忖身份，又不能不有所表示，只好硬着头皮上前，"你你你"了好几回，偏就你不出下文来。皇帝的口快，不待他挤出一句整话来，便先来将他的军，说道："这里既有不服天条管的孙大圣，就换作玉皇大帝，也在凌霄宝殿坐不安稳。三哥带着兄弟们评评看，若说他闹得有理，就凭他闹；不但凭他闹，还需成全了他，让他当这个皇帝。"

"皇上是万——世之主，允禵是大——大不敬的罪过！"允祉一口气顺上来，赶紧匍匐在地。后面众兄弟也只有随同拜倒，嘴里呼噜呼噜，不知念些什么。

皇帝长嘘一声，上前先扶起允祉，又转对允禵道："既说他有罪，你倒说说，他的罪有几款？该怎么处置？"允禵磨蹭许久，也晓得没人帮他的腔，只好支吾道："允禵拜祭皇父梓宫无状，又君前失仪、殴打大臣——"

"你说的都是眼前事，他在甘州的所作所为，连你这要好的阿哥，怕也不全知道！"皇帝一嗤一晒打断了他，又绷起脸，恨恨指着允禵，一字一顿数落道，"他在甘州是极快活的，恣意酗酒淫纵，强娶人家有夫之妇不说，还引河水入城结冰，博佳人一笑。这是你做出来的不是？亏你疯疾尚浅，等真做出烽火戏诸侯的事来，我大清在外藩的脸面，都要被你扫尽了！"皇帝说得兴起，干脆在殿里负手踱步，侃侃而言。及走到允祉跟前，就停下来，俯身叹道："三哥你说，赶到寻常人家，出了这样不肖子弟，咱们为兄的，羞不羞、臊不臊，替他寒碜不寒碜？这事是不能拿到朝廷上说的，就家法，依三哥说，该不该治他的罪！"

"该——"允祉刚吐了一个字，就见皇帝一转身，仗着好口齿，疾雨落地般又道："带兵入藏的是延信、噶尔弼、岳钟琪这几个人，后头筹粮运饷的是年羹尧，你是做什么去的？你不过是到了乌鲁斯，就死了几千满洲兵丁，倒毙了几千马驼牲畜。你给皇父上的折子，枉叫用兵方略，平白令皇父操心着急——"

皇帝满脸爆红滔滔不绝，竟是越说越见兴头。隆科多在旁听着，眼见时机已到，正要带头请将允禵交部议罪，就听见廊下奏事太监的声音："皇太后懿旨，大将军王不必单见，叫他跟着皇帝，还有兄弟们一道来罢。"

永和宫正殿里，太后乌雅氏靠在宝座的迎手上，直着眼睛发了好一会儿怔，等总管太监回说皇帝在外候见，才勉强坐直身子，把方才允祥说过的话，又反复嚼了几遍。

"臣和十四弟是一个师傅教导，太后说臣作践他，臣心里一万个冤枉。可他在寿皇殿逞强大闹，惊动皇父的灵，皇上想不治他的罪，也断然不能服众。眼下大位已定，他难道敢做国家的叛逆？若不敢，闹又有什么益处？他要不能收一收脾气，好生做个忠臣孝子，不但臣和廉亲王不敢给他求情，就是太后，也未便落个溺爱的名儿。臣替太后想，这会儿您待他淡些，皇上的气就消些。若能教训他回心转意，旁人才好说讲情的话——"

太后虽不曾念书，可在宫里浸了这几十年，胸中多少也有些沟壑，很能听出允祥话里锋芒毕露的意思来。不过事已至此，她的小儿子注定成了砧板上的鱼肉，为娘的风烛残年，就管，又能管到几时？没奈何抹着眼泪，命人传了句违心的话去，叫允禵随众同来。

诸兄弟成群结队一进殿，太后打眼就看见落拓不堪的允禵，眼睛随着他的行走起跪而动，却不能多说一句额外的话。及见他也抬头看向自己，就赶忙收了泪，温言强笑着叫众人起身。

"过几天就是新春，可巧十四弟回来，虽说不能庆贺，也该一起来给您请安。儿子们还想改元前为您敬上尊号，请您移驾宁寿宫颐养，以合圣朝孝治天下的体统。"皇帝在路上已经盘算过了，此番若得太后应允，允禵治罪的事，或许也可以缓办。

"你们的孝心我领了，皇帝改元是喜事，喜上添喜的事，我怎么能不答应。可先帝的妃嫔多，移宫也要稳妥些，你们这会子也太忙，这些婆婆妈妈的事，等先帝爷奉安大礼之后再办也使得。"太后眼睛看着小儿子，口中不过囫囵作答。允禵见状，再忍不住满心的委屈，大叫一声"额涅"，就要越众而出，却被一旁的兄弟死死掖住，挣了几挣，不能动弹。

皇帝回头看他一眼，再看太后时，却见她全没听见一样，咬一咬嘴唇狠心道："十四阿哥在外头几年，性子越发学得野了，回来可要知道好歹，回头叫人参了，没得让你哥子为难。皇帝也要督管他严些，丢了祖宗和先帝爷的体面，我是不依的。"

"太后教训得是，他一向听廉亲王的话，儿子就叫八弟多约束着。"皇帝心里一阵得意，对允禵的气也消了五六分。他正要顺着再说几句体贴的话，就见太后按了按胸口摆手道："我的心里又有些闷，想躺一躺，你们都去罢。"

戡乱

第十三章

因为是在丧期，雍正元年的春节过得很冷清。等过了上元节，各衙门开印在即，旁人不说，户部上下就有些人心惶惶。大伙儿刚得了消息，说那位新朝新贵怡亲王允祥，这些天就要到部视事了。

本朝立国以来，六部衙门已有成例：凡在部的汉堂官①，不过应承办事而已，满堂官方有掌印坐纛的权柄。至于满堂官中，若有个朝廷股肱、勋贵重臣，那就更不必说了，阖部上下都要马首是瞻。凡是重臣宠臣，必然兼差最多，平日里忙碌不见身影，在部中就要倚仗一两个心腹司官做事。碰上这样情形，这一二司官就成了要紧人物，遇事说出个道理来，连四位侍郎，或是汉尚书也不敢轻易驳回，因此青云而上，指日可待。至于皇子、亲王管理部务，那都是入关以前的旧事，眼下在部的人从未经历。想来王驾一到，无论尚书、侍郎，就全是属官一样的摆设，倒是得力司官，反能借势高升。

有了这层盼望，户部里的司官们就日夜忙活起来，四处打听这位王爷的喜好。喜听什么话？与哪位大臣交好？爱清静还是好热闹？性情粗疏还是精细？办事耐不耐得烦？总之天上地下，犄角旮旯，无不在打听之列。谁承想，众人辛苦多日，全是白费工夫。允祥虽曾为先帝爱子，可一废太子时受其牵连后，深居简出，销声匿迹十余年。其

---

① 清代六部中的长官称为"堂官"，即堂上之官的意思，内分尚书、侍郎两个等级，相当于今天的正、副部长。堂官满汉并立，故有满汉尚书各一人，满汉侍郎各二人。六部内设的二级机构称为司，办事官员称为司官，司官分为三个等级，依次为郎中、员外郎、主事。

喜怒行事，除了内廷行走的国戚、侍卫、翰林外，六部中几乎无人知晓，不像允祉、允禩、允禵等人，早就明来明去。如此一来，可就愁坏了户部上下，凡为官作宦的人，最怕不是别的，正是不知道上司的爱憎。

为官的没头苍蝇乱撞，便宜的是作吏之人。六部衙门的书吏，十个里有九个是浙省绍兴府人士。内中父子亲戚，各有家学相传，那些招摇索贿的本领，上下其手的奥妙，外人委实不能知晓。康熙年间的左都御史董讷曾有一个条陈，说该将绍兴籍的书吏一体驱逐出京，另选各省识文断字的人，杂色混充，以革旧弊。唯此言一出，就在京城掀起大风浪来，群吏哗然鼓噪，说六部中缺了哪位大人都不打紧，若缺了咱们绍兴人，只怕朝廷也办不下去。要说书吏之弊，别的衙门尚在小可，唯户部乃天下钱粮之总汇，例案章程汗牛充栋，堂司各官不能谙习，故而查例作稿、账目销核，都听书吏的主张，由得他们内外勾结、恣意勒索。所以京城里早有说法：称阔书办者，必首户部；户书之富，可埒王侯。

户部的一项紧要职掌是收缴漕运送来的钱粮。康熙六十一年，六省漕运银米没能按数解到京城，加上前几年积下的，足欠了八十多万两银子，外加十万石粮食。漕运总督张大有在京驻有提塘官，替他传递入宫的章奏和各部的公文。漕项钱粮归在户部云南司管理，所以那提塘官①凡到户部公干，必得找云南司掌班的书办老葛交代嘱托、说项打点一番。这老葛是绍兴府山阴县人，与张总督幕下管钱粮的师爷同里同宗，也最肯帮忙。这一日提塘官来送咨文，先在司务厅挂了号，就往右廊后北夹道内的云南司去寻老葛。因一时不曾见人，他便在屋外转悠等候，赶巧又被从陕西司新调本司的员外郎李卫瞧见，点手叫到屋去。

这李卫不过三十六七岁年纪，长得身高体阔，腰大十围，仿佛是个行伍的样子。他本是徐州丰县的豪族，家里田连阡陌，积粟如山，可惜念书不成，就从捐班中谋了一个出身，补在户部任职。按理这样的来头，在部中应作吃亏是福打算，哪知他天生一股骄气，为人狡黠多智，做官前的阅历又多，所以不但不将同僚上司放在眼里，且常有出人意料的行止，动辄叫人难堪。众人背地里指指点点，说他能到今天，全凭先帝晚年不喜多事，不然早叫本部大人参革了。这回新君登

---

① 提塘官相当于今天的各省驻京办。

基，亲王茇部，只怕他的官也就做到了头。

这边李卫进屋刚刚坐定，才去出恭的老葛便赶了来。他是部中老资格的书办，最得本司掌印的倚重，全没拿李卫当一回事，只打个躬笑道："李老爷刚来不晓得，这位是漕督张大帅的提塘，送的是张大帅咨部的文书。"

"我不晓得，你又怎么晓得？"李卫横了老葛一眼，全没有年轻司官待老书办的客气，只诘问道，"你拆开看了，还是和谁打听了，便知是咨部的文书，却不是旁的？"

"葛爷说得不假，确是咨部的文书，已经在司务厅挂了号，专门送到司里来。"督抚们派在京里的提塘官，都是八面玲珑惯会办事之人，觑着这司官相貌粗鲁，又是个刺儿头，立时就加了小心，赶紧堆笑着把文书递上。

李卫大咧咧接过咨文来，刚看了一半便发起火来，手点着文书，粗声大气道："去年直隶荒歉，京里的米都不够吃，眼看将到二月，京通各仓又要开兑，部里叫你们把积欠的银米抓紧运来，怎么不但不运旧的，反而又欠新的？"

"李老爷少安毋躁往下瞧，下文说等秋粮下了，连新带旧一并解来。"老葛是老滑头了，不急不慌探头看着文书，似笑非笑徐徐言道，"如今脚价①贵，又短人工，朝廷也得体恤下头人不是？张大帅这个法子好，等秋粮一并运来，省人省事。"

"好个屁！左不过换着花样赖账，立春拖到秋后，今年推到明年！"李卫一拍桌案，张口就爆个粗，把那两人很吃一惊，心道衙门里的汉官老爷惯来都是文绉绉的，哪有这样的光棍作派？却见他顺手把咨文塞进袖里，道："分明是亏空的窟窿堵不上罢。我就找掌印去回，看告到堂上，是怎个说法。"

老葛见势不好，忙将他的去路拦住，冲那提塘官紧递了几个眼色。提塘官醒过神来，朝着李卫连连打躬，又谄笑道："我们大帅与部里是老交道了，几位堂官没有不相熟的。久仰老爷的高名，往后自当拜会。本司老爷们的各项补贴，一贯是我们孝敬，想您新到司里，去年的份例没有得着，明天我赶早送去府上，请您一定笑纳。"

"你们大帅好大方，连我这后来的都有。"李卫撇嘴一笑，又问老葛，"是大伙儿都有？"

---

① 脚价即雇用民夫的运输成本。

"都有，都有。"

"部堂大人和各司老爷们也都有？"

"这是旧例，哪个司里没有。"老葛说着，已经伸手去掀棉帘，做出送客架势，巴不得将他请到外头。哪知这李卫是个滚刀肉，不依不饶仍旧问道："听说十三王爷要到咱们部里管事，不知他老人家有没有？"

老葛气得干咽，却没甚法子，正要再解说两句，就听外头有那敲窗棂的声响。随后是司里的杂役叫道："王爷就往咱们部里来了，大人们招呼快去站班！"

允祥的大轿停在户部大门外的巷子里，没等他下来，为首的满尚书孙查济、汉尚书田从典，已是拂下马蹄袖，随着一声"户部堂司各官恭请怡亲王爷金安"，百十位大小官员齐齐行下礼去。虽说亲王礼绝百僚，但初来乍到的允祥十分客气，满面带笑先答一礼，再向前拉住孙、田二尚书道："本该一早就到，实在养心殿下来得晚些，辛苦诸公久等。我年轻，不曾办过部务，往后多多仰仗。"随后又让了几让，才相偕着走进大门去。

孙查济是八王一党的要人，对皇帝这番调兵遣将颇多疑虑，这会儿允祥越客气，他越是摸不着头脑，不过厮跟着，并无半字多言。田从典是个汉臣，在户部的日子又短，心中无事，自然显得洒脱，一路顺手指说各司的方位，又接口笑道："王爷太谦虚了，自当唯王命是从。"

一时进得大堂，允祥居中而坐，本部六位堂官左右列坐，各司满汉官员俱在外间廊下排列侍立。堂役等奉茶已毕，允祥便向孙查济道："我做皇子时，从不敢干预政事，与部院大人们也不认识。现在奉旨管部，并不敢妄自尊大，各位往后与我办公事，只当是同僚便好。户部是国储所在，朝廷的根本，我听说各王公为门下人捐纳官缺，都愿意捐到户部来；还听人说，有某司某缺，指名要补某位王子的门下，可有这个话么？"他边说着，边用盖碗撇去茶汤上的浮叶，等孙查济开口正要回话，却又将他止住，提高了声气续道，"这样的话四处传说，虽然未必是真，也实在不成体统。往后本部堂司有与皇子王公结交，甚至卖放官缺、徇情买好的，倘或被人举发是实，别怨我第一个动本参奏！"

"谨遵王爷钧谕。"孙查济心里明白，所谓哪个缺定要补哪位王子门下的话，全是冲着九阿哥允禟和他所说，遂竭力稳住神，欠身称是。待坐定了，又见允祥转颜笑道："我不过白提个醒，大伙儿都是久沐圣恩的人，也不至于如此。来，两位大司农先将众位与我引见引见，日后也好说话。"

几句转圜之词一说，大堂里又是雍容和睦气象。紧接着几位侍郎、各司掌印，满汉司官就挨次上前见过。正说话间，便有一个笔帖式探头探脑站在门口，是进不敢进、叫人又张不开嘴模样。允祥坐在正面，看得十分真切，随命跟来的王府护卫去问来由。孙查济闻声望见，正要将来人打发，不想那护卫的腿脚甚快，已经几步上前，同来人说起话来。一时间清了缘故，敢是户部所管的东四钱局鼓铸厅出事，几百匠役从夜间大闹起来，不但打了匠头，还要冲门上街，眼下步军衙门官兵已将鼓铸厅团团围住，特遣武弁到部中报信。

允祥听得一惊，他早晓得户部是最难摆弄的地方，盘根错节，无底洞一般。只是自己初来乍到，年纪又轻，原本打定了主意和气为先。不料下车伊始，就出这样乱仗，此时不能立威，往后万难震慑。想到这里，他倏地立起两道剑眉来，面沉似水直盯着孙查济道："怎么我一来就要闹哗变么？"

"王爷息怒！我就去处置。"孙查济暗道一声不好，打个千儿就要出去。允祥将手一伸拦住，又指着内外堂司各官道："诸位凡能骑马的，都同我一道见识见识罢。"

北京城里有两个"钱局"，一个叫宝源局，归工部；另一个叫宝泉局，归户部。宝泉局设有鼓铸厅，专管造币，下有东西南北四个厂，都在东城地界。如今出事的是东作厂，在东四北大街，离户部衙门并不算远。鼓铸厅关防极严，不论是铸造钱币还是工匠吃住，都在一道高墙之内。大门上着巨锁，非经该管官员准许，内中匠役人等，谁也不能出门。铸币的工匠都由匠头管辖，隶属匠籍，签有文书。文书期限未到，即便逢年逢节、婚丧嫁娶，也不能回家团圆。平日吃穿，俱是匠头供应，与外间不通买卖。匠人们虽是编户良民，但受匠头盘剥苛虐，如同奴隶一般。

允祥等人到时，平日门禁森严的鼓铸厅已经乱作一团，高墙之内呼声震天，仿佛攻城略地的一般。大片瓦砾从墙头扔出来，以致墙外步军衙门的兵丁不敢近前，端着刀枪兀自大声呼喝。好几个行人被飞砖砸伤，却无大夫医治，用粗布包扎的伤口渗着血，嘴里恨恨骂个不停。墙内工匠正在合力撞击大门，弄得大铁锁七拧八歪嘎吱作响。这几百人真要是冲将出来，只怕在此预备的百十个兵丁未必抵挡得住。外面兵民正没开交，就听一声惊呼："有人从墙上爬出来了！"再抬头看时，就见那两丈多高的墙头上，露出两个人的脑袋来，一手扒着墙，一手拿瓦块狠往外砸。

"预备火铳！"带队的步军总尉看见有人露头，立即招呼身后一个千总。千总闻命，就叫军士架起几支火枪，对准墙上人的脑袋，单等上司发令。

"先不要放枪！"眼见要出人命，还在马上坐看情形的允祥高喊一声；只是人声鼎沸，前头的官兵全然没有理会。见前头听不见，允祥又回身吩咐随来之人。可跟在他马后的几位都是户部文官，见着这样场面，哪里还能动弹。只有一个人最机警，闻声纵马而出，向前挺身传命道："怡亲王和户部大人们到了，钧谕不准放枪！"

那总尉赶忙下马，随他过去相见。允祥极赏识地打量了传命之人，才向总尉询问墙内的情形。

"回王爷话，这里的工匠不能出门，衣食都是匠头备办。匠头混账，将外头一钱的东西转卖两钱、三钱。工匠钱不够使，都背了债。前儿有个工匠年老眼瞎，文书到限，匠头说他钱债不清，不准他回乡，他就在厅里自尽了。其余的人不服，闹起来，冲进官厅里，如今两个匠头都在他们手里，连监督、库大使也给绑了。他们闹着要见户部大人，不然就往外冲，卑职带来的人少，正要去回隆公爷调兵。"

"这样的事怕也不是一天两天，你们都不知道？"允祥虽是个沉稳性子，这会子也忍不住发火。他侧身使劲一拉孙查济的马缰绳，孙查济正愣神，险些从马上折下来。他一时颤巍巍下了马，垂头丧气道："都是下官们见事糊涂，给王爷惹事。"

允祥见他满脸的不服气，遂冷笑一声，正过脸道："要怎么处，请大司农拿个主意。"

孙查济年纪虽大，倒有一股杀伐决断的狠劲，且又不想在这年轻王子面前跌了老体面，是以将牙一咬，腮帮子一鼓，高声道："工匠拘禁官吏，群谋作乱，正该一并全拿。有敢拒捕的，格杀勿论！"

岂料允祥还没答言，就有一个官闪出身来，马前单膝点地，朗声道："匠头张狂，勾结监督无所不为，工匠都是糊涂粗人，法虽难恕，情有可原。"允祥马上欠身往下一看，正是方才向前传令之人，心中暗夸一个好字，就问道："你是哪个司当差？叫什么名字？"

"云南司员外郎李卫请王爷安！"

"你知道匠头勾结监督的事？"

"回王爷，宝泉局监督一职例由各司保送，是个人人争先的美差。监督与匠头分肥，也是人尽皆知的勾当。至于怎样分法，王爷问经管的人，自然清楚。"

"难为你见事明白。"允祥边听边作颔首许可之状，又向孙查济冷笑道，"既是官逼民反，又何必格杀勿论？烦老大人亲自走一遭，就说是我的话，叫他们把主使之人交出来，为从的可以不问。"

孙查济见墙内沸反盈天的架势，坐在马上断然不肯向前，千方百计将推托之词说了一车。允祥听得不耐烦道："大人不敢涉险，想必是要我去？"说罢吩咐步军衙门的总尉，"把兵丁撤到后面，你们跟我到前头说话。"

"王爷千金贵体，不可轻身赴险。"李卫见众人都跪下恳求，自也伏地出主意道，"请王爷叫人写一张钧谕，加盖宝印，用箭射进去，里头若能遵谕安静，就是良民；若是仍敢抗拒，就叫放枪拿人，也不算是冤枉。"

"工匠怕不识得字，更不认得宝印。"

"既是监督和库大使也在里头，不怕他们不认得。"允祥见步军衙门将弁尚在迟疑，自己倒先认可，遂叫人把一样的话写了几张纸，又用过随身小印。果不出李卫所料，射进去半盏茶光景，墙内便安静了；又略等片时，总尉一道令下，就有一队官兵上前开门。

待到大门开启，就见几百个破衣烂衫、骨瘦嶙峋的工匠瘫软在院子里，沙哑着嗓子呜咽不能成声。还有几个躺在当地，四肢抽搐痛苦不堪，这是方才爬上墙头又摔下去的人，伤了筋骨不能动弹。一个头缠麻布的小伙子跪在最前头，拿别人的破衣裳将自己绑了起来，撕心裂肺地哭喊。几个匠头都带着重伤，监督和库大使也被捆得粽子似的，一见开门就扯起嗓子喊救命。

允祥早年随先帝北狩南巡，也见过许多拦舆喊冤的老幼、衣食不周的流民，但如此惨状，毕竟从未见识。是以大正月里，手心都汗津津的，定一定神才吩咐下去，先将监督、大使，并为首起衅之人，都押在步军衙门，等奏明皇帝，再交刑部问罪。

等着诸事料理妥当，步军衙门官兵撤去，允祥又叫出那李卫来，霁颜问道："料理钱局的事，可有什么长久之法？"

"回王爷，往后工匠食用，应叫库大使每月领取，一体发给，不准匠头从中涨价渔利。至于工匠欠债，原是匠头重利盘剥，若蒙王爷开恩，自可一笔勾销。再者工匠家凡有婚丧大事，哪怕文书期限未到，酌量给假也是人情。"

李卫一番话说下来，真叫允祥刮目相看。允祥遂笑道："你说得很是，回去写个禀帖我看。"又向孙查济道，"此人很有历练，还请借我用一用，讲讲公事的办法。"

孙查济哪敢说一个不字，只好瞪着李卫暗生闷气。李卫最是个肯逞能的人，这下得了意，一路口说手比，连篇累牍道："就卑职到云南司后所见，户部陋规之多，实在骇人听闻。仅漕运一项，部中所收的耗外之耗，就和正项钱粮相差无几。譬如茶果银这一个名目，仓场满汉侍郎每年各得银两千四百两，坐粮厅每人每年两千二百两，大通桥监督各五百两，几个笔帖式共一千八百两，库使各二百两，都从漕项里支取。另外仓场和部中书办、差役，哪怕厨子、小马，每人每月都有饭银八两，光饭银这一项，全漕每年就有六万两。还有各省地丁钱粮的平余银，部里每年少得十几万，多得几十万，尚书侍郎各得一两万，各司官也得数千。这些虽是官吏们私得的，征到小民百姓身上，哪个不指着朝廷的名义——"

养心殿里正是例行的引见。新君登基，要遣官致祭五岳四渎、历代帝王陵寝，派祭的官员多是四五品京官，奉差前先要面圣请训。因允祥见皇帝比不得旁人烦琐，只叫奏事太监奏过了，就溜达到养心门外等候。一时，就瞧见吏部侍郎张廷玉领着十几个人鱼贯而出，他存了心思认识官员，便有一搭没一搭同张廷玉询问这些人的职名。

张廷玉在吏部多年，记性又最好，是以随口一说，职名履历半点不差。恰其中一位须发皆白，看年纪足有六七十岁，故而允祥十分诧异，虚指此人低问："这样年岁也要派外差么？"

"这是派祭华岳的侍读学士，名叫田文镜。因为要派的人多，就顾不得年纪了。"

允祥想起自己在户部的烦恼，对这样老当益壮之员颇有些耿耿于怀，待要品评两句，就见内侍来请，故无多言，整冠随入殿内。皇帝刚正襟危坐着见人，这会儿已走下宝座来，边耸肩动臂疏散筋骨，边向近前施礼的允祥道："千金之子坐不垂堂，你怎么亲自戡乱去了？"

允祥积了一肚子火，原就要结结实实告孙查济一状，见皇帝迎头问起，就把头天在户部的事一五一十讲了，末了又添道："虽说不聋不哑不做阿翁，皇父他老人家也实在忍耐得紧——"

皇帝的性子更急，尚未听完，就拍案怒道："换作是我，就当场革了他们顶子！皇父仁慈，又不耐烦，才落得上到部院衙门下到省府州县，无处不有亏空。户部光漕项就有八十万的积欠，我去年查仓见得真真的，要奏请定例处分，却被皇父心软拦住。就这样一锅浆糊似的，等明儿用兵兴工，能不捉襟见肘？这一干老不羞只会巴结皇子，挟制朝廷，哪有经国裕民的能力？正该全班开缺，才出我一口恶气！"

皇帝说得兴起，立时就要下旨处分。允祥拦下劝解，又说了许多大位初定、宜静不宜动的道理。皇帝这才略消了气，眯着眼睛想了半晌，方道："户部暂用不得了，不如另立一个衙门办些正事。烦贤弟再兼一个会考府的名义，不但户部，其余在京衙门的钱粮奏销、亏空清理，也一体全办。六部司员随你挑去，必得历练出几个明白会理财的人来。"

允祥答应一声，转念中枢财政集于一身，未免有些忌讳，便又蹙眉道："只是臣的差事太多，恐怕办理不及，要再添派几员更好。"

皇帝很知道他的顾忌，拍着他的肩膀呵呵一笑道："只怕人多了又要掣肘。"见他并不答话，才又道，"那就内阁、吏部、都察院，各派一名堂官，你来掌总。这件事最要紧不过，需拿出上天入地的本事来了结。贤弟若不能办，就只有另遣大臣；要再不能行，我非亲自去办不可！"

匿灾 第十四章

　　自新君始立，由京城过直隶、山西，经风陵渡而至西安府的官道
就显得格外忙碌起来。年前十四阿哥允禵回京，就把沿线府州折腾得
够呛。刚过了节，川陕总督年羹尧从甘州奉旨谒陵述职，就把山陕两
省官员的心又提了起来。其中最操心的，要数山西巡抚德音。

　　太原府城并不在从西安到北京的官道大路上，年羹尧一行在山西
境内由南向北，自榆次过太安驿，就进入平定州境内。德音要想和这
位年总督见上一面，得离开府城，向东南远迎近百里。督抚平等，年
羹尧又是自行赶路，按照通常的礼数，他是不必这样谦卑的。然而这
位年总督的身份大不寻常。他是汉军旗人，进士出身，先帝十分看重，
三十岁就位列封疆，十四阿哥大兵入藏时，又做了川陕甘三省的总粮
台。更要紧的，他还是新君在雍亲王府的旧属，其妹先是雍王侧福晋，
现在又被封为贵妃。新君早年惯以富贵闲人示人，在朝在外，没见结
交几个要好的大臣，这位年总督，算是极难得的了。德音揣摩着这层
关系，很想借年羹尧进京的当儿，和他见上一面，有用没用，先过个
人情也是好的。

　　还有一个缘由，实因为太原、平阳、平定等三四个府几十个州县
大旱已经半年了。德巡抚一双眼睛盯着京师，心思只在谁能登大宝的
上头，竟把个旱情荒歉压了下来。起初以为天旱常事，下场雨就万事
大吉了，可这甘霖左等不来右等不来，直到新君登基，他反倒不敢上
奏了。哪有个改元报灾、成心给新君添堵的道理！紧接着，又有各省
抓紧清查亏空的旨意，山西各府州县有亏空的不在少数，但并不肯报，
只想悄悄地填上完事。是以虽有天灾，催征钱粮倒比丰年还急，穷民

小姓愈发难堪起来。

为了这个，德音也想去亲自迎一迎年羹尧。想那被灾州县时有不耐饥寒为盗为贼的，可毕竟不敢劫掠护卫森严的总督车驾。但贫穷百姓投亲的投亲，讨饭的讨饭，官道左近少不了扶老携幼的灾民，衣衫褴褛的饿殍。要是让年总督看在眼里，到皇帝跟前说上两句，自己也少不了麻烦。若是先去准备，预留地步，破绽自然露得少些。

当然，远迎年羹尧的话不便出口。德音想好了说词，他要去迎另一个人——为新君登基，奉旨到陕西祭祀华岳的内阁侍读学士田文镜。田文镜从北京出来，和年羹尧进京去，走的是同一条官道，算算日子，也是这三五天内经过太安驿。虽说他实在不算个要紧钦差，但是作巡抚的，借迎候钦差之名恭请圣安，倒比去迎接进京的邻封总督更像一回事。

德音到太安驿的第二天下晌，年羹尧一行就到了。德音闻报，早带着太原知府，榆次、寿阳两知县，以及参将游击一应武弁迎出驿馆。一瞧，好威风体面！不说别的，只前面八个引马的亲兵，便与寻常督抚的不同。个个目光炯炯，满脸煞气，一副百战余威架势。国丧期间，虽不便渲染排场，但这一行的车马之多，也足以让他艳羡咂舌。德音知道，年羹尧才兼文武，特是傲气，是以一见他的马到，就越过众多执事，径直走到跟前，堆笑拱手道："总督风尘辛苦！"

年羹尧一身素服骑在马上，他虽是进士翰林的出身，却生来高大雄壮，又兼四川剿匪、甘肃督粮，扎在武将群里十几年，气象愈发英武起来。他跟德音原不熟悉，听说他屈礼来接，知道必有所求，现在见他这样巴结，就更生出轻慢之意，在马上微一欠身，说声"有劳远迎"，才慢慢下马，随着德音走进驿馆。太安驿地居要冲，房屋院落都很开阔富丽，众人进到前厅，又客套一番才落了座。德音偷觑着年羹尧的神色，总觉得有些不对，待献过茶，到底忍不住问道："可是有些鞍马劳顿么？"

"谒见先帝梓宫怎么敢说劳顿？是有一事不明白，想请教抚台。"年羹尧呷了口茶，又放下盖碗，冷脸问道，"祁县、徐沟一带的官道，我前年回西安还走过一次，行商坐贾很是热闹，怎么如今人烟稀少，除了往来行路的，少见本地百姓？"

"现下正在农时——"德音早打好了腹稿。可他正要从容应对，就见亲兵来报，说京里来的钦差田大老爷这会儿将到太安驿了，已有长随先来。德音一听，大不耐烦，只好向年羹尧解说："是京里派去祭华山的一位。我见了平定州的帖子，说他前天就在寿阳歇马，本料着昨天要到太安，今天一早就走了。哪知道今天才到，竟和您撞在这里，真是不巧！还请稍待，他毕竟是个钦差的名义，既在这里碰见，我还要去接一接，迎请圣安。"

年羹尧是个独惯了的人，一听又来什么钦差，心里很不痛快，只碍着面子不便发作，说声"抚台请便"，就另与山西文武聊些晋省的山川关隘、赋税民情。

德音出去没有一个时辰，驿站外就是一阵乱吵，随即有亲信家人向年羹尧回禀，说德巡抚已经回来了，正和一个精瘦老头边走边嚷嚷。正说着，就见德音与一个六十岁上下的京官前后进来。德音冷着脸，早没了方才殷勤周到的好气色；那京官头发都花白了，一身夹棉袍上绽开好几个口子，侧颈上还有两个血道子，模样实在难看。年羹尧见着这个西洋景，不免大笑起来，强忍着问德音道："这位就是去祭西岳的田老爷么？"

这田文镜虽然年事已高，打扮又这样奇特，可声音很是响亮。他见年羹尧嘲笑他的狼狈，心中不悦，只冷言应道："想必是川陕年大帅？在下是田文镜。"

年羹尧多年不见这样倨傲之人，心中腾地火起，正要同德音说话，却见田文镜理也不理，气昂昂接着同德音拌起嘴道："平定、寿阳一带本来山险民穷，现在旱得寸草不生，沿途小民尽数逃荒，除了讨饭的，连个卖水做挑夫的人也不见，行路的都苦不堪言。就是如此，也不见一个衙门放赈，倒有衙役四处捉人催征——"

"是是是，沿途州县伺候不周，让老先生受了委屈，我给你赔礼就是，年制台在此，何苦这样东拉西扯的。"德音听这老头儿口无遮拦，已经急得跺起脚来。他是康熙六十年底外放的山西巡抚，此前曾在京中做内阁学士，说来与这田文镜也算同僚。只是此老性情孤介，和人少有来往，所以虽称同僚，却全然没有私交。方才驿站外相迎时，见他衣衫狼狈，问知是家道清苦，奉差办事随从人少；且平定、寿阳两州县山路难行，风沙漫天，驿站的马匹、挑夫，都备着年羹尧用度，也不曾派人相送；沿途百姓多去逃荒，一个奉了钦命的京官，路上竟连吃水都很艰难，一天的路走了两天才到。德音心里原本有些过意不去，正要叫人准备银两礼物，聊做慰问，不想这位田老爷的秉性实在难拿，说了几车好话，仍旧不能消气，兀自责备自己匿灾不报，地方官鱼肉乡民。德音的官比田文镜大得多了，三说两说，便有些承受不住。何况年羹尧在这里坐着，眼见真情泄露，心里如何能够不急？偏是田文镜占住了理，言辞又锋利，眼里又没有旁人，直逼得他胸闷气短，却没有法子。

"我奉旨离京时，皇上龙颜十分喜悦，说晋抚先奏省城喜降瑞雪，今岁必是一个丰年。田某并非要紧之人，不怕受什么委屈，只想不到中丞封疆大吏，竟如此欺君害民！"田文镜越说越是厉害。德音心里发颤，脸上先红一阵，又白一阵，也顾不得丢人，只朝年羹尧讪笑道："制台也帮小弟开解开解。"

年羹尧早叫他们聒噪得不耐烦了，霍然起身，冲外面喊道："驿大夫何在？"

"小的在！"外头伺候的驿丞早吓得面无人色，听他一叫，就跌跌撞撞跑进来，看看本省巡抚，跪在当地不敢作声。

"照规矩，我与奉旨办差的田老爷，应该哪个住正房啊？"

"回大帅，小的这里有正房五间，两位都可住正房。"驿丞一打愣，心想着田文镜虽然官卑，应的也不是什么要紧差事，可毕竟是个钦使，瞧性子又这么横，无论如何不能少礼。可年羹尧是何等人物？这些天来来回回打扫收拾，还不都是为了他，又如何能够叫他屈尊？好在这驿丞脑子鬼灵，脱口就能应对。无奈年羹尧却不领情，斜了一眼田文镜道："这怕不行。我自来不惯与旁人住得近，再者我随身带的，有进奉宫中的物件，也都要放在正房里才是。"

"年制台，田某位卑，本不敢与制台争长短，只是田某钦奉圣命，身上有御制祭文，并不是过路的闲员。"田文镜也不示弱，愣眼看着年羹尧道，"我本该昨天到，不合落了难，想与德抚台论说论说，既然制台也在此相叙，田某只好叨扰了。"

"好好好，这位老先生倒实在！"年羹尧一阵大笑，转向德音道，"既这么着，抚台就招呼这位落难的钦差罢。我戎马多年，风餐露宿惯了，随身带全了东西，行辕设在哪都一样。就此告辞！"说罢又回过头，指着德音再向田文镜道，"我也劝你一句，赶早离了山西地界，省得他送你一碗毒酒喝！"末了吩咐外头"装车启程"，便扔下目瞪口呆的德音，大步而去。

年羹尧进京当天，皇帝就在养心殿东暖阁里单独召对。按先前的旨意，居丧期间，皇帝召见督抚，都要总理事务四位王大臣引见陪同，可对年羹尧，皇帝只令廉、怡二王和隆科多、马齐四人在外间候旨，并不叫他们同见。

马齐自知是个帮闲的，本来无可无不可。隆科多心里却大不是滋味儿。前些天皇帝透出风来，眼下青海蒙古和硕特部的罗卜藏丹津、察罕丹津二首领不合，罗卜藏丹津诡诈弄权，已经数次寻衅，不服朝廷，日久难免一战。而现在西北诸文武中，年羹尧曾为十四阿哥调兵筹饷，对青海地理、各部军情均称熟悉；又是皇帝藩邸旧人，战端一起，必得大用。到时候他内恃圣眷，外拥重兵，自己在皇帝跟前说话的分量，怕就比不得如今了。想着自己尚未得一个入阁拜相大学士的名头，等三年丧满总理事务的名义一撤，便空剩一个吏部尚书，还成什么重臣！他越琢磨越是来气，自己有国舅之尊、上公之重，一言以定天下之功，反比不上个后生晚辈、边地外官，真真乾坤颠倒。想到这，他掏出袖子里的鼻烟壶使劲嗅了嗅，重重拍在桌上，把旁边伺候倒茶的小太监吓得缩脖一吐舌头。

"皇上和亮工也不知说什么体己话呢，背着我们也罢了，怎么连十三弟也要吃闭门羹？"允禩装没有瞧见隆科多生闷气，反去问旁边不说话的允祥。

允祥心里也有些别扭，面上却不肯带出来——他是先帝的皇子，和个外臣争风吃醋，传出去大没有体面。遂淡笑道："他要奏的事情多，皇上体恤人情，叫咱们白歇歇不好？"

"这倒也是，"允禩很想从他这里探出蛛丝马迹的消息，碰了钉子也不过一笑，又慢条斯理道，"我想年亮工这一回来，除了拜谒梓宫，一件大事是西边的军务。自打十四弟回来，西边就剩下延信和他两个堪用的人。亮工是个大将之材，延信也有百战之威。不过延信是咱们宗室，祖宗立下的规矩，凡有命将征伐，没有不用宗室的。"允禩顿了一下，看着另外三人半听半不听的样，忽然嗤笑道，"当年皇父说，舅舅也有做将军的才能。舅舅虽不是宗室，可比宗室还要亲得多呢！"

"朝廷哪有一天能离得开舅舅呢。"允祥知道他二人之仇早已结死了，听着这句风凉话，也不免笑出声来，忙掩住道，"我可不愿意提用兵的事，户部早忙得四脚朝天了。"

隆科多没工夫理会他二人，只自说自话道："一个川陕总督装不下他的文武全才，只怕早晚就要回京拜相。"

四个人各有各的心事，一时话不投机，都借着喝茶默不作声。正沉闷间，就见御前太监苏培盛从外头进来，拿捏着声气道："万岁爷有口谕给总理事务王大臣。"

"臣等恭聆圣训。"

"皇上口谕,年羹尧方才奏说,山西几个府州本有旱情荒歉,巡抚德音匿灾不报。着王大臣传旨问德音,到底有灾没有;若说没有,再问内阁侍读学士田文镜,看他是什么说词。"

四个人听得面面相觑,不情不愿叩了头。待苏培盛进去,隆科多率先站起来怒道:"好一个随奏即办,咱们倒成了年羹尧的听差了?"

"隆公息怒。"马齐看二王也都有些愠色,忙劝道,"这也是关系民命的大事,王爷们看是写个片子去问?"

"叫内阁去写,就说总理事务王大臣传谕问德音的话。"允祹耐着性子吩咐一句,稍待一时便道,"下个月奉安大典,还有工程要再验看,我现急着到工部去,有什么事你们议罢。"

三人还没回言,就见苏培盛又走出来。四个人无奈再跪下,只听他传皇帝的话道:"自允禵回京,军中应另派近支王阿哥效力,朕意可着九贝子允禟去,现问廉亲王、怡亲王的意见。"

一句话出,四人全愣在当地。允禩顶着一窝一窝的心火,抠着地缝在暗自怒骂。他恨得要死,活吃了人的心也有。允禟是他的臂膀兄弟,此去军营,又无实权,落在年羹尧手里,定与囚禁无异。前日皇帝刚派了十阿哥允䄉一个远差——护送死在京师的哲布尊丹巴活佛灵柩回喀尔喀草原,这会儿还在路上磨蹭。这才过了几天,就又故伎重施,要将允禟支出京去。可他再恼恨,也无济于事,头顶这个总理事务之名,叫他恰如烈马套上了黄金鞍,想不驯服也难。

一旁的允祥也没甚好气。按理这样大事,皇帝总要先打个招呼,怎么和年羹尧说风就是雨?皇帝脾气虽急,却不是轻率人,何以向年某示宠若此?所以连他也不肯说话,独把个苏培盛晾在当地。幸有马齐扯了衣襟小声提醒,他才闷声答道:"臣以为可行。"

他这一出声,马齐也赶紧附和应诺。允禩仍不言语,不过勉强磕一个头,算是认了。

垂头丧气回到王府,允禩边叫人"悄悄去请九爷来",边唉声叹气走进内院房里,一头扎在炕上不想动弹,连福晋在旁说话,也当没有听见一样。

允禩的福晋郭络罗氏出身名门,是老安亲王岳乐的外孙女。她自幼养在王府,最得外祖母娇惯,长成后泼辣厉害,生叫允禩落下个惧内的大名。她那一双长眼睛总是挑着,说话声音也高,就算当着客,也敢直闯丈夫的外书房。允禩的子嗣单薄,多有福晋不让他纳侧的缘故。

允禩少年时，与皇帝同住在孝懿皇后的景仁宫中，又曾一同读书，分府后又是近邻，本来手足之情匪浅。可自从郭络罗氏进了门，就与这位大伯兄互相瞧不上眼：一嫌弟妇跋扈不顺，挟制丈夫起了谋储争竞之心；一嫌夫兄心机深沉、性情古怪，常爱指点兄弟的家事。今上即位伊始，原有以亲王尊位、总理事务荣衔安抚允禩，使之服帖效顺，能为己用之意。允禩虽不情愿，可不肯丢贤王的名声，所以人前迁就，倒还说得过去。唯福晋是爆炭一样的性情，见胤禛久蓄深谋、言行不一竟至于此，实有满心的愤懑，又恨丈夫无能，故而逢有娘家亲戚前来贺喜，便当众啐道："说什么加官晋爵夫贵妻荣，怎知不是一道催命符！"

既是心里有这个疙瘩，凡允禩从宫里回来，福晋便格外留心。头一个月还罢了，等新君一改元，就有十阿哥派往蒙古出远差的烦心事。今天再看，则似又添烦恼。福晋一贯的脾气，凡允禩问而不应，她就要一声高过一声再问。允禩直烦得无可奈何，便兀自倒在炕上，有气无力答道："他要打发老九到军中去。"

"你应了？"

"这由得我应不应？"允禩回过头，看福晋火急火燎的样子，长叹一声，抚着她的肩道，"你去预备些体己的东西给他，也算咱们心意。"

"你还要怎么窝囊才好！"福晋猛站起身来，使劲一扯，差点把炕边的珠帘拽下两串，疼得搓手道，"他今天发落了老九，明天就轮到你！你还要怎么逆来顺受？他要给你喝砒霜酒，你也给他谢恩不成？"

允禩听惯了她的唠叨，也不肯辩解，只是烦躁摆手道："你让我清静清静，成不成？"

福晋憋着气站了许久，到了不肯罢休，又坐下道："总不能这么便宜！要走，也得等送了先帝爷到陵上再走，敢情单他是亲儿子呢！"

允禩正在愁容难解，听见这话，突觉眼前一亮，就翻身坐起来，点头道："这主意很是，总能拖一拖再说。"

夫妻二人说着话，外头九贝子允禟已经悄悄进了允禩的府邸。大出允禩意料，同来的竟还有十四阿哥允禵。允禵回京后，原疑他背负前盟，屈事新君，心里对他存了芥蒂，一直不曾来往。近来听人劝解，说八王爷在皇帝那里并不得意，凡有议论都叫隆国舅挤对。刚在九贝子府里吃闷酒，因允禩遣人说有急事，不堪允禟百般相邀，才肯跟来。

一进书房门，觑着这位八千岁一脸的愁苦像，允禵便生出一股恨其不争的恼怒来，也不待让，自掇了把椅子坐在对面，没好气地问道："佛爷这样愁眉苦脸的，是叫阎王欺负着了？"

"知道八哥心烦，你何苦还去怄他。"允祹自来和允禩最好，他是个有心计的人，生怕允禵满身戾气再闹起来，忙挥挥手，像在自家似的，招呼人上茶拿热手巾。

"都怨我无能——"允禩百般滋味涌上心头，踟蹰半晌，方怔忡看着允祹道："他要打发你去年羹尧军中。"

允祹将手里的茶盏一晃，滚水溢出来，烫得"哎哟"一声，起身惊道："什么时候的事？"

"就方才。"允禩说着话，泪水已在眼窝里打开了转，发狠压了两压，仍旧顺着眼角扑簌簌直流下来。

"八哥你真窝囊！"允禵一拳捶在官帽椅的扶手上，站起来紧走几步，又一捶允禩的胸口，高声道，"我去见额涅，就跪死在永和宫，也不能遂他的愿！"

见他这里拂袖即去，允禩忙小跑着出去将他拽住，揩泪道："早有旨给宫门上，谁敢放你进去！就算进去，他说得正大光明，军中需有近支宗室，九弟身份适宜、体格强健，在京里又没有紧要差事，连宜妃母也有五哥伺候，你让太后怎么驳回？难道硬不叫去？"

倒是允祹还有几分镇静，冲他二人摆摆手，反安慰道："八哥也甭哭，十四弟你也别恼，咱们一向看低了他，只好自食其果。如今身在矮檐下，走一步说一步罢。"

"先拖过皇父奉安大典再说。"

"要不准呢？"

"总得叫你去山陵磕个头罢？"

"他又不是你，有什么做不出的！已经叫他哄过一回，还不长长记性？"他们兄弟正愁眉苦脸说着，只见门帘一挑，八福晋独个儿就闯进来。这位嫂夫人的做派，允祹、允禵早就习以为常，正要请安问候，就听她高声道："人善被人欺，别学你八哥这顾面子不顾里子的毛病。赶明儿足足带上银子，就算到了西边儿，也未必是咱们吃亏！"

第十五章

备兵

次日皇帝再见年羹尧时，允祥、隆科多，外加新任理藩院尚书拉锡，也都一同在列。前面两位不说，这拉锡是正白旗蒙古人，先帝的亲信侍卫，早年曾奉命探察黄河源流，熟悉青海、甘肃一带地理民风，回朝后很得先帝倚重，唯有年羹尧不以为然。他在军中曾听人说，拉锡当年上溯黄河源时，与如今大不安分的罗卜藏丹津之父——青海的和硕特亲王达什巴图尔甚为相得，故而忧虑其阻挠军务。今日既在殿中见着，便知皇帝信用其人，竟与隆科多不相上下，心中遂大不喜悦。年羹尧的喜怒向来都在脸上，光他睨着拉锡的眼神，旁人就能瞧出七八分意思。

皇帝看在眼里，却不理会，只拿起一份折子来，递给允祥道："这是察罕丹津的信，说罗卜藏丹津狼子野心，早晚必反，请朝廷先发大兵预备。你们议一议，各抒己见不妨。"

"皇上初登大位，京里还不安静，恁远的事，要不是火烧眉毛，就不宜轻动。"隆科多很不愿意年羹尧出兵立功，趁允祥看信工夫，干脆率先说话。

"奴才也以为是。"拉锡见皇帝看着自己，忙躬身先回一句，而后顿了两顿，又道，"还有一层，罗卜藏丹津是顾实汗的嫡孙，在青海的威望不比寻常。他和察罕丹津不合，是一家子窝里斗，朝廷插手，怕有拉偏架的嫌疑。当年大兵入藏，罗卜藏丹津也算是从征的有功之臣，万一逼得他反了，往西去投准噶尔，岂不——"

"罗卜藏丹津排挤察罕丹津，是嫌先帝封察罕丹津为亲王，挤了他。"年羹尧没等拉锡把话说完，就忍不住张口驳回，且是任人不看，只昂然冲着皇帝道，"若是朝廷置之不理，一来罗卜藏丹津嚣张日甚，将成独大之势；二来也叫亲近朝廷的外藩王贝勒们寒心。朝廷驾驭藩服，总要计之长远，恩威并用才是。"

允祥先已看完了信，眼见年羹尧说得激切，隆科多又站起来欲驳，再觑皇帝时，只觉他听得仔细，却无分别轩轾的神情，是以略想了想，才开口道："总督说得不为不是，只是前几年大兵入藏花费甚巨，陕甘的兵民也疲惫了，不如等一等，待罗卜藏丹津反相暴露再说。"

大凡前方将领，最不愿听人拿着钱粮说事。年羹尧尤不耐烦，当即脱口道："实不该因噎废食，养痈遗患。"

允祥作了几个月的新朝新贵，别人巴结尚且不及，这会儿叫他顶得一愣，却不肯当着皇帝争执，只淡笑道："国家财赋，不是一个'噎'字可以道尽。十四阿哥出兵，银子花得淌海水一般，如今再张挞伐，实在不好措手。"

"要说去打准噶尔，倒是先帝爷的遗志；单为个罗卜藏丹津靡费钱粮，奴才以为不值，也叫那不安分的人又有话说。再者延信自打进藏回来，身子就亏虚得很，眼下再要出兵，也太劳累他了。"隆科多先接了允祥的话头说钱粮，而后陡然一转，就说到派将上头，且有非延信不能膺其重的意思。年羹尧叫他一激，立时就赤红了脸，待要开口，却被皇帝拦住道："今儿所说各自有理，你回去上紧筹划，也免得措手不及。至于进兵，还是再看再议得好。"

既然皇帝一锤定音，四人也只有各自应命。隆科多就着低头，往外斜瞟一眼，就见年羹尧胸前起伏，鼻孔直冒粗气。他料想皇帝昨日招年密谈，大约已经露出进军之意，说不定还许了他总领大军；今天被三个近臣一说，又动摇了心意，才引得年羹尧这样气恼。

因为青海事机万变，年羹尧在京中也不宜久留。他拜谒了梓宫、问慰了老父，再应酬些亲友杂务，不觉大半个月过去，就到了回任的日子。至于九阿哥允禟，甚至比他离京更早。允禩等人先想好的托词，皇帝丝毫不予理会，没办法，等不到先帝入土为安，这位热孝中的落魄皇子，就先西出阳关去了。

年羹尧前脚出了京师，后脚就接到消息，说山西抚、藩两员因为匿灾不报，都得了降革处分，另由内阁学士诺敏接任巡抚、侍读学士田文镜接任藩司。新巡抚诺敏是满洲正蓝旗人，今上即位时还是五品的户部郎中，如今踩了风火轮似的，三两下就成了封疆大吏。细一打听，才知他与隆国舅比邻多年，借其力荐，特加超拔。至于那田文镜，确乎无甚门路，只为他据实奏陈灾情，就落下个诚朴之名，凭皇帝一句话，让他就地署理山西藩司，专办赈灾事宜。

看着邸报上这两个名字，年羹尧的心里很不自在。山西是京师通往陕甘的要津，自古钱粮富庶，河东一带又有盐利。其地富商巨贾众多，西北的军需，多由他们备办转运，万一打起仗来，少不得也要地方官周旋帮衬。所以依着年羹尧的本意，这山西的巡抚、藩司两要职，原该由他保举才好。

前日在京面奏时，皇帝也问过他的意见。他当殿提了一个人，是他乡试的同年，内务府员外郎鄂尔泰。此人隶在满洲镶蓝旗下，学行兼优，夙怀大志，二十岁就中了举人。可入仕后却不得重用，沉沦下僚二十余年，常写些"看来四十犹如此，便到百年已可知"的句子自嘲。年羹尧向来倨傲，什么皇亲国戚、宰相状元，一概都不放在眼里，偏对这位时运不济的老同年颇有惺惺相惜之意，凡有机会，就要提上一提。

不料皇帝一听这个名字，也扶额大呼"记起来了"。实因为先帝在时，他那位十弟敦郡王允䄉常常违制去内务府索要东西，旁人不敢回绝，独有鄂尔泰以理拒之。允䄉气恼不过，将鄂尔泰叫到王府，言来语去说不对头，就要命人施以杖责。哪知鄂尔泰早有预备，当即抽出身带的匕首，眦目道："士可杀，不可辱。"允䄉吓得没了主意，不但老老实实放人出府，往后几年，也不再到内务府乱讨没趣。鄂尔泰既敢将这个虎须，自然大名远扬。今上时在潜邸，满心好奇，想见见这厉害人物，却被他顶了回来，传话说："皇子毓德清华，不宜结交外臣。"事情隔了多年，皇帝早已忘记，经年羹尧一提，才又想起来。因念他是满洲旗下读书之人，干脆连山西也不肯放，立升为苏州布政使，去和江南士子们打一打交道。

既然鄂尔泰另有重任，山西的缺，年羹尧也不便一味硬提。可这会儿听说用了隆科多的心腹，心里总归有些说不出的滋味儿。不过无论如何，离开京师，总让他有了鸟出樊笼的畅快。天子脚下，达官显贵委实太多，外间再大的风头，凡进了京，不知不觉也要收敛几分。年羹尧虽做过十年的京官，但封疆日久，又常在军中，再叫他受五更待漏的辛苦，充雍容揖让的风度，就很有些强人所难。到此时过境保定，坐在直隶巡抚衙门内宅，就不免要把那套端庄客气一风吹尽，改以高踞正位，侃侃而谈。

新任的直隶巡抚名叫李维钧，因他几番升迁都靠年羹尧的举荐，是以虽为地主，却是诚惶诚恐神情，颤巍巍陪坐在侧，听他的座主发牢骚：

"皇上信用总理事务王大臣太过了，听说现在吏部上下见了隆国舅，都像耗子见了猫。还有一些没廉耻的小人，当面称颂他是诸葛亮，他竟也常拿出来显摆！前儿皇上也拿这个说笑话，说你们二位一个托孤，一个治蜀，竟是两个诸葛亮。"

圣祖升遐之日，隆科多独承遗诏，传位当今，才有所谓白帝城托孤的话。李维钧是外官汉人，哪里敢接这个茬，听年羹尧说得热闹，也只能含糊笑道："大帅上马军下马民，再有一场大捷建功边庭，才是真武侯。"

"我看未必。"年羹尧轻嗤一声，想起殿前奏对时自己的孤立，一阵光火道，"他们在朝的都不欲战，我执意要打，怕没有十二道金牌等着？"

这样大逆不道的话年羹尧张口敢说，李维钧却不敢接，只好另赔笑道："大帅这次进京，圣眷优隆，人所共见。如今皇上跟前，大帅和怡亲王、国舅已成鼎足之势，这是明眼人都看得出的。"

"鼎足之势也有个曹魏和孙、刘之分。"年羹尧听至此，脸上才微微带了点笑意，旋又正色道，"皇上要清理亏空，怡亲王在会考府折腾得鸡飞狗跳墙，放出话来，在京各部衙门，连内务府也算，亏空了几十几百两就要抄家。还遍谕直省，从督抚到州县，都要动真格的。这一次山西不敢报灾，十成里三四成就是这个缘故。他这样大手笔，放在别处还好说，放在我川陕怕行不通。这些年川陕的兵戈不断，眼看青海又要打仗，我哪来的工夫同他看账簿子？等回到西安，我打算上一道折子，请皇上特旨免了两省的亏空，你看可行么？"

李维钧心里明白，川陕两省连年备战，大小官吏从中腾挪钱粮，最是趁手，哪里经得住查？若真查下去，只怕挨次全抄也不冤枉。如今既有再度兴兵的打算，请旨免去亏空，省得动摇军心，情理上倒还说得过去，却有和允祥打擂台的嫌疑。他是实心盼着年羹尧好，见这直戳戳不留后路的举动，不免有些忧惧，遂小心劝道："大帅不妨先写信和怡亲王说一说，情形现摆着，王爷若通情达理，亲自请旨减免，岂不落个八面光么？"

"我同他没有这个交情。"年羹尧摆摆手，全没往心里头去，也不肯再议此事，转而笑道，"如今舍妹封为贵妃，长兄也放了广东巡抚，这次回京，家父虽然高兴，到底有些一家子不能团圆的伤感。你是常进京的，还烦请多去探望探望。再者你当这个巡抚，也须做出两件大事来，别的不说，必得比那诺敏强些才好！"

年羹尧离京之前，钦天监已经择定了先帝梓宫启行的吉日。为要不要亲送梓宫到景陵的事，皇帝着实犯难。按隆科多造膝密陈的说法，先帝朝的几件宫闱大事，都出在巡行路途中，幸而先帝爷是天地神佛一齐保佑的主子，才见逢凶化吉，遇难呈祥。如今京师不靖，诸王不服，圣驾此去送殡，少说也要大半个月，其间一旦有变，就不得了。可不去呢，朝野又难免要有话说。他这皇位坐得本来艰辛，要是叫人在"孝"字上挑理，就真真地百口莫辩。思来想去，皇帝还是决定亲自护送梓宫，至于皇子皇孙、先朝嫔妃，则要一体随驾，谁也不能留在京里。

发引当天，皇帝先到景山寿皇殿行礼。远远望见殿门，就一发悲恸不能自胜。奠礼毕，众孝子合力将梓宫抬到大升辇上，算是"扶柩"之意；再恭敬退后，跟随梓宫走出正殿。在京宗室亲王以下、一品大臣以上的在寿皇殿外，二三品大臣在景山东门外，四品官员在朝阳门外，一齐跪送梓宫起行。又有皇太后率领先帝妃嫔和今上后妃从别道另行，在沿途搭建的芦殿等候大殡。

城内城外的军民都感念先帝厚泽，焚香祝祷，沿街叩拜。皇帝一身重孝，心事重重走在巨大的楠木梓宫旁边，看着满城哭泣不住的老幼妇孺，他既悲戚，又不免有些羡慕——先帝委实能得人心！大清一统区夏，能在立足未稳之际，得这样励精图治、又享国长久的圣主，可说是天意之所钟了。

一行人浩浩荡荡走了五天，就来到京东蓟州境内。先被皇帝派来修缮陵寝的十七阿哥允礼、大学士萧永藻已将此地的桃花寺、隆福寺两行宫布置一新，以备迎驾。可来打前站的隆科多压根儿信他们不过，又亲自带着侍卫、将校四处查看，把个一尘不染的行宫翻了个七零八落，连佛龛供桌下头都用刀剑劈刺过，说是怕藏刺客。允礼等人看在眼里，吓得心旌动摇，却只有干站着赔笑，一句多话也不敢问。

皇帝入住行宫后，满心惴惴的允礼先去请安。他的相貌很俊朗，言词也爽利，和皇帝年纪差得又多，此前并没有什么瓜葛。可皇帝见着他却不耐烦，随意问了几句就叫出去。允礼心里明白，这是先帝晏驾当日，自己夜奔西直门的莽撞事被隆科多告到御前，叫皇帝起了疑心的缘故。先前一道旨意打发自己督工修陵，也大有疏远闲置意味。

在景陵一住就是小半年，允礼先害怕、再后悔，深恐自己下半辈子就要空耗在这山林之间。这几天冥思苦想，原准备趁皇帝亲来送殡的当，面陈心迹，挽回圣心。可一见皇帝那冷言冷语的样子，真叫人一句掏心掏肺的话也说不出口。允礼心里难过，又没有主意，只好自怨自艾低头走路。忽觉几个人迎面过来，他因无心招呼，本想胡乱走过去不理，却被为首之人叫住问道："你怎么霜打了似的？"

"啊？"允礼打愣一抬头，见允祥正笑呵呵看着自己，忙请安问候；又想起心里的憋闷委屈，竟不住地哽咽起来。

"我远远儿就瞧着你不对劲。哎哎哎，怎么还哭起来了？"允祥伸手扶住他，顺势觑了觑他的面色。他们两人旧交不错，允祥早年得意，每每随先帝巡幸，不时带着年幼的十六、十七两阿哥。十六阿哥允禄是个贵公子性情，骑射舞乐俱是精通，只为人过于疏阔，办事上头欠些。十七阿哥行事利索，很有些刚明果断的意思，颇得允祥赏识，只是往后物是人非，相见日短，终究隔膜了。皇帝将允礼打发到陵上来的事，允祥本没有在意，眼下见他这副神情，心中不觉一动，倒想瞧瞧他和允禩等人交往如何，还有没有转圜余地。

"阿哥救我！"他这一问不要紧，允礼倒像海上孤舟乍见了陆地一般，扑通一声双膝跪地，一身孝服也不怕脏，竟来了个五体投地。

"我又不做寿，怎么还磕起头来！"允祥往后退了两步，讶异地盯了他半天，转念就猜出他的心思，展颜一笑，才俯身挽起他道，"这里人多不便说话，你晚间再来见我。"

用过晚点，允礼来见允祥时，却见帐房中另有一个人。此人和允祥年纪相仿，白面笑眼，一身的喜气，像是很熟惯模样。允祥指着那人对允礼道："这是伊学庭。"那人向允礼请了一个安，自称"内阁学士伊都立"。

"是伊老相国的公子？"允礼想了想，记起此人是允祥的连襟，先帝在时做到内务府郎中的，忙客气起来，报赧道，"有些日子不见，实在面生了。"

"我说你该见过。他可是咱们满洲里的神童，十三岁就中举人。我的二格格也指给了他的公子，还没成礼，就赶上皇父的大事。"看伊都立要谦逊，允祥一摆手笑谓允礼道，"前些日子皇上说，如今阁部堂官里，既不私不党，又有守有为的人，实不多见，必得从各衙门司官里破格超拔几个。我记得你那个亲家人很伶俐，又有科名，还是咱们满州大家子弟，往后还要他多上进，做朝廷的栋梁才是。你看看，皇上这话，何等爱惜人才。"

"正是！正是！"允礼听见这话，实在羡慕这个伊都立。伊都立之母姓赫舍里氏，是权相索额图的女儿，所以他虽是内阁首辅伊桑阿的公子，又少年成名，但太子被废、索氏零落之后，就成了太子党的余孽，一直不得升迁。不过，伊都立的夫人与允祥的福晋是亲姊妹，往后又从连襟做成亲家，如今时来运转，有允祥这棵大树可以升官不说，皇帝竟要以心腹待之，怎不令允礼生出这同命不同运的感慨。他这样想着，见允祥满面春风笑而不语，竟恍然醒悟过来，也不顾有旁人在，就掀衣跪在地上恳求道："还请阿哥代我向皇上奏陈，我早先实在糊涂透顶，罪该万死。您是不知道，如今舅舅把我当反叛一样盯着，前儿查看行宫关防，连刀枪剑戟都用上了，我——"他说着，半年来的惊惧委屈就全冒上来，一时涕泗交流，连连以头碰地道，"若得圣恩宽恕，允礼不敢不效死命。"

"好好好，你快起来，你的意思我都知道了，咱们兄弟犯不着这样外道。"允祥见他灵敏识得时务，心里很是欢喜，忙扶住他宽慰道，"我早间看你魂不守舍的样，也猜出八九分。舅舅惯来如此，连我也怵了他这一惊一乍的，并不是单冲着你。我下晌已经和皇上奏过，说你不过是年轻孟浪没有主心骨，并没有结党营私的心。皇上说现在正是用人之际，你自己上个折子，把早先同他们相交的事说清楚，自然不叫你多受委屈。"

"皇上和阿哥的再生之恩，我——"允礼站在那儿，并不敢坐，两手在胸前搓着，眼圈通红也不知说什么好，叫允祥笑话了句"怎么大姑娘上轿似的"，便更觉脸热。待皇兄慢悠悠呷了一口茶，才又老着脸问："不知现在可有效力处没有？"

"倒有一件不大不小的事，我正和学庭商量。"允祥知道他急欲立功，看了一眼伊都立，自己就不说话。

"皇上和王爷正为十四贝子怎样安置犯难。"伊都立看看允祥的眼色，朝允礼一躬道，"既不能叫他再受小人的挑唆，风一阵雨一阵地闹，太后那里也要有个说法。"

"不如留他在陵上！"允礼冲口而出就是这句话。允祥虽笑着点头称是，心中却暗自感慨：果然反戈一击的才更狠些。

一通大礼下来，先帝入土为安。皇帝自觉孝心未尽，还想多留几天，经群臣劝阻良久，才勉从其请，命诚亲王允祉代为善后，自己即行回銮。回銮前，他先夸奖十七阿哥允礼修缮景陵甚为尽心，将他封为果郡王，随同回京。紧接着又下一道旨意：留十四贝子允禵在马兰峪附近汤泉居住，守陵静心。

第十六章　乞恩

　　送了大殡回到京城，皇帝就效法前朝旧制，开始御门听政，亲理政务。各部、寺、旗、营，及议政处的奏题从此直达御前，不再由总理事务王大臣代为批答。皇帝御门听政的第一道旨意下给吏部，说往后凡有官员在任内钱粮亏空的，一律革职，不许留任；限期之内偿还完毕，可以提请开复旧职，逾限不能偿还，就一律抄检家产归公；旧年积欠的亏空一经查出，也不能免除，官员本人已经亡故的，就要着落子弟照数赔补。

　　消息一传开，官场上立刻炸了窝。从前明到如今，一部一司、一省一县，哪一处没有亏空？哪个官交印时不为亏空犯愁？其中不乏贪赃肥己的墨吏，但也实在有制度所限的不得已之处。实因在京各部院，在外省府州县各衙门，许多必需的公费并不在奏销之列，事出无奈，不得不四处腾挪，做些拆东墙补西墙的功夫。地方上若有小灾小欠，虽不值上奏，也不能把百姓逼得太狠，做官的或生些佛心，或是怕激出民变，稍一担待，就难免益下损上，亏了朝廷赋税。先帝在位时，虽知亏空太多了有损国用，却不肯向百姓担加税的恶名，又不能让做官的都去当叫花子，因此不过睁一眼闭一眼，图个不聋不哑不做阿翁；偶然查出个大漏斗来，发发龙威，惩办几个也就罢了。

　　今上皇帝是个眼里不揉沙子的人，看不得这样一团浆糊局面。大清立国才八十多年，就这样浑浑噩噩，上下相蒙，天长日久怎么得了？不过对地方上，皇帝还不敢逼得太狠，逼得太狠，就要出山西德音那样的事：当官的清不了账，自然向百姓身上找寻。但京城里的衙门不同，京官老爷，特别是旗下大爷们，既不临民，不能搜刮百姓，当年又多向着允禩、允禵等人说话，所以皇帝逼起他们来，是一丝一毫也不心疼，就逼得投河上吊，也不过空出缺来，另补新人罢了。

在京衙门里有两个亏空大户，头一个是户部，第二个是内务府。允祥在户部自是严威赫赫，又有那个深得他倚重的李卫，常在私下里说："户部私弊太重，恐怕一时难改。现在另有会考府纠察奏销，司官书史都是各部挑出来的年轻新进，大事尽可委托。若说户部自家的亏空，不撤了满尚书孙查济的差，下头人就有凭借。王爷不肯用杀伐手段，他们必得心存侥幸。"

至于内务府，风气最为奢华，又是一家一族世代办一样差事，盘根错节，从没人敢打他们的主意。哪知这一回见了真章，先拿几个小人物还不打紧，随后就有实权得宠的司官挨次抄家，紧接着苏州织造李煦被革职逮问，查出亏空银三十八万两。先帝的亲近家臣大财主，眼下一个个披枷戴锁，城门示众，往来官吏凡见过他们高楼广厦、烈火烹油过日子的，谁又能不肉跳心惊。

如今内务府管事的是十六阿哥庄亲王允禄，另有两位总管大臣：常明、来保。这三位都是新君即位后的新任，无债一身轻，又皆怕事，都不敢替旧家老人出头求情。是以下头人都慌了手脚，各自胡乱托人，什么内廷太监、后妃娘家、诸王门下，能钻的都钻遍了。无奈会考府针插不进，只好死马当活马医，仍旧求到户部孙查济头上。孙尚书自己是头一个亏空大户，这会儿借着人多壮胆，胸脯一拍，去找允祥摆老资格。说王爷整顿六部也就罢了，皇上家里院子里的人，总不能太难为了。允祥行权的心正盛，哪容得他买好送情，遂当场拉下脸来，说句"宫中府中，俱为一体"，就叫送客，引得一众年轻司官暗自窃笑。

孙尚书气啾啾地从户部出来，打轿就往廉亲王府去。他正署理着工部尚书，找自己管部的亲王光明正大，可以不必背人。他和允禩很有交情，门上知会一声，径直就到书房。他一进门便一迭声叫道："大伙都没有活路了，八爷还不管管。"说罢双膝跪下去，倚老卖老不肯起来。

允禩心里正有别事，叫他背后嚷嚷着吓了一跳，过来搀了两搀，就见孙查济硬挺着一动不动，便放开手，皱眉叹道："我要出头，更给你们讨嫌！"

"王爷不能见死不救！"孙查济见他故意扭过身去不理会，只好站起来，拿起案上一柄金如意道，"当年大伙儿都给王爷递这个，还不是您海量得人心么？怎么眼看着老人儿受苦，就能忍心不管？"他说的是康熙四十七年群臣议立太子的事。当年满朝文武齐保这位不嫡不长的八千岁备位储君，他也列在其中，虽然事情不成，允禩也受了连累，但拥戴之情，终究不比寻常。

允禩心里明白，现在这个关头，八旗旧臣都指着他这个总理事务的"佛爷"做主，得免赔补之累、抄家之苦。可眼下皇帝每每见他，都有七八个心眼子留着，多说不但无益，反而猜忌更甚。想到这儿，他抓心挠肝接过如意，看一看，又"唉"的一声撂回案上，握了孙查济的手道："诸公待我的盛情，我一刻也不曾忘。可上头执意要钱，我怎么拦得住他？不如你列个单子，凡是至亲好友，谁补不上这个窟窿，我卖了王府庄田，替你们还上就是。"

"八爷说这话，还叫我说什么呢。"孙查济听得感动，设身处地替允禩想想，几乎垂下泪来，唉声叹气道，"我想着八爷原本同皇上也很好——"

"那都是什么年月的黄历，曹孟德和袁本初还好呢。"允禩惨淡一笑，比了个孙查济能听明白的典故，又恳切道，"听我一句劝，别去管内务府的闲事。十三弟清锅冷灶时节，难道没吃过他们的委屈？户部终究是公事，内务府可说不好。"

"我竟没想到这一层！"孙查济一听这话，登时悔得打跌，忙请教以后的办法。

允禩想了想，掰着手指头同他逐个算道："十二阿哥管过好几年内务府，三哥当年开馆修书，账上也未必清楚；其余的阿哥，还有宗室里的王贝勒们，也很有几位办过大小差事。天塌下来个高的顶着，除了你们，叫他操心的人还多着呢。"他说着，连自己也笑起来，用手拍着大腿，啧啧感慨道，"要说磨砺性情这一条，我们兄弟里，唯他们俩是一对儿。当今的主子我不敢胡乱议论，就说十三弟，荒废了这许多年，成天捧着药罐子当茶喝的主儿，竟还如此心高，可实在叫我服气。"

果不出允禩所料，内务府轰轰烈烈抄家拿人，没几天，就把旧账翻腾到十二阿哥履郡王允祹身上。别的不说，康熙五十七年，孝惠章皇后的大丧就由他主持办理。内务府的老人都知道，逢上大喜大丧，自有从中发财的勾当。允祹虽也听闻，可要论侵挪多少，有什么门道，他是个老实没计较的人，总是面子过得去，也就撒开手不管了。

当时不肯细究，现下就没那么便宜。那几个随他办丧的要紧人，如今抄家的抄家，枷号的枷号，剩下三五个日日到他府里求情哭闹。他门下的人出去打听，说会考府已经调了内务府历年的账册查看，特别是孝惠章皇后大丧所用的物料。因为怡亲王随手翻看，说了"太贵"两个字，会考府一干心高气盛、只想往上升的司官，就必得手巾里拧出金线来才肯罢休。眼看事到临头，允祹也坐不住，正打算找个明白人讨教，看皇帝这顿杀威棒，到底要打到哪层算一站。

可还没等他腾出工夫打听，就有催债的找上门来。这天一大早，门上报说会考府掌印郎中塞愣额穿着公服前来。此人是个满洲进士，又很精明，如今算个头等当红之人。一听他来，王府长史的腿就有些发软，迎至大门尚未开口，就接了塞愣额递上的拜帖。塞愣额一副公事公办口气，拱手道："奉怡亲王爷的金谕，明天辰时会议内务府历年亏空的事，请十二爷的大驾。"

长史接了帖，要请他去签押房吃茶，塞愣额推声忙，径自就走了。等拜帖递进去，一向好脾气的允祹也不禁光火，将帖子扔还给长史，负气道："他这是要传我过堂？要去你去，我可不去！"

"只怕推托不过——"长史接过帖子来嗫嚅半晌。他知道，允祹一是嗔着会考府太失礼数，二是内务府那一屁股债，他也委实心虚。可当真不去，怡亲王处如何交代？自己是什么身份，怎么顶得起这个雷！

"我好歹是他亲阿哥，真要找我议事，他尊驾不该亲自来一趟？打发这么个势利眼来！"允祹撇下垂头丧气的长史气昂昂甩手就进了内院，走了老远又攘臂喊一句，"这要钱没人伦的混账世道！"

要说允祥托大，也着实有些冤枉，这实在是忙得昏天黑地照顾不到之过。眼下户部册簿山积，会考府方兴未艾，可这两摊子事，他都得插着空才能问及。更要紧的是皇帝那里：一则太后听说允䄉被留在景陵，就气得一病不起；二来年羹尧一日数奏，说青海罗卜藏丹津拒称朝廷所封的亲王名号，自立为汗，并约蒙古众台吉在察罕托罗海会盟，这已是反叛之行。察罕丹津在河州起兵相抗，却力不能敌，故而屡次向朝廷求援。这一内一外两件大事，皇帝时时要抓允祥商议办法，所以他连着几天住在宫中的值房里，人也熬得头晕眼花。

好容易有个闲，定了会考府的会议，头天晚上却又犯火牙疼，翻来倒去一夜未眠。晨起时又乏又躁，却没法子，还得打轿到衙门议事。他进门时，同管府务的大学士白潢、吏部尚书隆科多、左都御史朱轼已经到了，都在大门相迎，下头司官书办们更是齐声请安。允祥强打精神客套几句，便问隆科多："请过履郡王了没有？"

"你们谁去请的十二爷？"按允祥的意思，原要隆科多替自己去请才是礼数。可他哪里肯去，只随手又传下去，叫一个司官去请。这会儿扬声再往下问，就见廊下一个人颠颠跑上堂来，抹了抹额上的汗珠，打千儿道："履郡王府长史请王爷安。"

"十二哥不肯赏脸？"允祥本就虚火上升，肝郁气结，听见自己要请一个人，竟转了八道弯不来，脸色更难看得紧。那长史本来张皇，听他这么说，竟不知如何回话才好，支吾了许久，才吐出一句话道："十二爷叫下官来会议。"

"你会议？你好大面子！"隆科多先是一阵大笑，随即将脸一沉，不屑道，"你主子在内务府亏空了多少银子，你就会议得起？"

允祥脸色铁青，看了看那长史，一手捂着下颌，强忍着牙疼，转向白潢、朱轼二人道："我知道，外间我已经落了个刻薄名，这也没什么，干得这个讨债的差事，能不得罪人？可笑连十二哥这样厚道的人也恼我，可见是众叛亲离。本来想请他议一议，这内务府的积欠到底怎么个还法才周全、不伤众。他既不肯来，只好听我的章程。唔，这件事我自来担待，免得带累了你们几位的名声。"

朱轼是个忠厚君子，看他这样说，着实心里不安，斟酌着词句想要劝阻。但他却连说话的空也不给人留，只冲着隆科多道："从明儿起，先打内务府起，定四条规矩。头一个，日后凡有亏空，抄没家产还不能还的，就叫他们父子兄弟帮还，不帮的，一体抄没；二一个，不是父子兄弟近亲的，一律不得代还，需防着有居心叵测的借机邀买人心；三一个，因公挪移的，和因私侵渔的，一体追缴，不许听人借故躲赖；四一个，若有抗拒不还，徒赖自杀的，是他们成心败坏朝廷的名声，没一丝可怜之处，需着落他们子孙加倍赔补。不知舅舅意下如何？或是您与吏部、步军衙门商议了再定？"

"王爷说得很是，也不必商议，回头我告诉吏部和步军衙门，就照这个章程办！"隆科多见他都这样杀伐决断，自己更不能示弱，当即大手一挥，一人做了两个衙门的主。

允祥见状点头，又走到汗流浃背的履王长史身边，沙哑着嗓子道："回去代我请安，就说内务府的积欠，望十二哥拿出个榜样来，我们断没有不承情的。"

这话说出去的第二天，平日热闹的崇文门就愈发热闹起来。沿街两侧皆插镶白旗纛，下摆大小条案，放着各色器物。头一案放文房，什么紫檀的笔筒、钧窑的笔洗、青玉的笔架；下一个放玩器，什么豆青釉双耳三足的香炉、景泰蓝镏金的铜佛、簪花仕女的内画烟壶。再往下看，则金银首饰、东珠宝石、貂褂裘衣、金鞍紫缰，一应俱全，且多内府规制。最后更有田房契书，大红的官印在上，摆成几叠。

因为事情实在新鲜，那些进城出城的客商都不由放下自己事，赶到街边来看稀罕。连崇文门税监的官吏，那是何等见多识广之人，也没见过这样场面。三五一处议论纷纷，连手里查点外货的事由也停下来。不过大伙儿看归看，见这旗纛鲜明，排场盛大，到底有些胆怯，不敢上前询问。不多时，就见一位头戴瓜皮帽、身穿素袍素褂的中年人走出来，四下里作了个罗圈儿揖，方道："这是十二爷府里的买卖，王爷不合有些积欠，现银不措手，想请南来北往各位财东先生帮衬。"

这位是王府管当铺的属人，说话很有几分买卖家的客气，几句话出口，就把看热闹的人们听得兴起，不过稍一踟蹰，就有胆大的外埠客商肯往前凑。他看中那内府如意馆仿制的澄心堂纸，端得肤卵如膜，坚洁如玉，以五十尺为幅，自首至尾均薄如一，叫喜书擅画的人看见就撂不开手。他这里一上来打听价钱，后边的人也都壮了胆，纷纷围到近前，品鉴这些上方珍物。

城门边出了这等奇事，南城御史、兵马司并步军统领衙门的营官很快就闻着信，等赶来一看是王府所为，又都袖着手不敢管，只好各自差人禀明上司。旁人还则罢了，唯有隆科多以为允裪气不忿昨天的事，特意给他们难堪。他本来性傲，如今权大脾气长，愈发容不下一点儿碍眼之处，当即吹胡子瞪眼，拍案怒道："他好大的邪火！这样没脸面的事要是不奏不办，连我们也难说没罪！"说罢点了几名得力的校尉，带足兵丁番役，赶到崇文门大街，将一应买卖之人为首的锁拿，余者尽行驱散。自己另备好了一篇话，当即赶到宫中告状。

皇帝如今最肯卖隆国舅的面子，一听他的话，果然发下严旨，说履郡王允裪"治事不谨，辜负朕恩"，将他革去郡王，降为贝子。皇帝拿亲兄弟动了真格，余者无不震慑。禄位禄位，虽是禄在位先，但无位何以言禄？内务府的官儿们本来有钱，只要有个怕字，自然就肯出血。哪怕一时不能凑手，也都约定了年限，以俸银陆续抵补亏空。

丧母

第十七章

内务府起了头，京城的各部衙门，大多咬着后槽牙开始补亏空，唯有户部这第一个大户，尚没什么动静。一则历年的积欠太多，就清查也要费不少日子；二则户部毕竟是允祥亲自管的，眼见皇帝打仗的心越来越盛，他也越来越小心起来，真闹得一个个抄家罢官，谁还有心思办事呢。

这一阵子允祥在皇帝跟前，总说起李卫这个名字，皇帝就留了意。一次他再说起时，皇帝突然道："那就叫他出去历练历练。"允祥当然不舍得放手，一劲说"户部的差事难办"。皇帝拔擢新进的心很切，自然也不肯罢休，遂换了口气笑道，"是不易，可你来应付还是绰绰有余，不要过谦!"一句话说得允祥哭笑不得，他只好割爱道："皇上看中是他的造化，我也不能拦着人家进身之路。"

皇帝雷厉风行，不几日，就由吏部奉旨将李卫单独引见，奏对十分称旨。李卫是个极聪明的人，虽然在户部只有两年多，却算得上一个老手，什么册籍户口、地丁钱粮、盐铜茶马、关榷漕仓，凡户部所管的事，没有他不能发上几句议论的。加上他最会察言观色，心虽有七窍还多，却是五大三粗、直言快语的外貌言谈，很合满洲人的脾胃。所以皇帝一见之下，就很赏识，特旨任他为云南盐驿道，又授以密折专奏之权。

先帝开密奏之制，能专折奏事的，除天子近臣外，只有各省的督抚将军。今上即位后，又许了几位要紧的学政、布政使、按察使，而由道员得此殊荣的，李卫还算是头一个。不过，若是叫一个四品道员公然递折宫门，传扬出去，未免有信不过督抚大臣的议论。所以皇帝特地嘱咐他："有寻常事件，交云贵总督高其倬代递奏折；若是机密要事，就差家人送折子到怡亲王府，让王子替你转奏。"

这一遭君臣际遇，真叫李卫志得意满。他出自富豪之家，就算要到云南这样偏远的地方赴任，也不操心盘缠，只将打点行李、雇用车船之事交给家人去办；自己趁着吏部文书未到，仍旧时不时到户部去，再跟旧同僚交接应酬一番。这一天尚未坐定，外头陕西司掌印郎中布兰泰就来找他。这布兰泰是满洲镶白旗人，原与李卫同司相好，进门也不客套，拧眉攒目递过一份文书来道："有件事还得烦你给看一看。这年总督好大口气，竟要把陕西军营的亏空来个一风吹！"

他拿的是陕西布政司给户部的咨文，李卫接过来前后一瞧，也忍不住撇了撇嘴。实因咨文上写的是，陕西支绌西边战事多年，官民疲弊，目下宜抚恤不宜搜求，所以清理积欠亏空一事，恳请宽免。虽说是求人的意思，可措辞十分理直气壮，面上是布政司出名，实则就是年羹尧的口气。李卫看罢眼珠转了两转，就问布兰泰："你老兄打算怎么回文？"

"这样大事，司里怎么敢先拿主意，自然要请王命。"布兰泰皱眉摇着头，也不落座，只在屋里转磨犯难道，"不过话说回来，怕王爷到底要问司里的意思，我拿不准，还得请教你这个智多星。"

"我看老年说得不无道理。"李卫是个不讲究礼数的人，近日又得了好圣眷，更是轻狂起来，背着人，便称呼了年羹尧一个"老年"。他也不落座，只大咧咧地靠在椅子上，狡黠一笑道："陕西现在的情形，是不该催得他们太严。不过么——"他回过身，见布兰泰听得点头，就突然将眼睛睁得大大的，掇把椅子放在布兰泰近前坐下，故弄玄虚道，"这都是不要紧的。"

布兰泰见他话锋一转，更是聚起精神来问道："那什么要紧？"

"两条。"李卫比划了两个指头，又点点那咨文，师傅教徒弟般绘声绘色地说道，"头一个，公事上说，清理亏空，本就是千难万难的事，就看咱们孙老大人的情形，你就知道了。陕西是有难处，要破例。那江南就没有难处了？直隶河南就没有难处了？湖广云贵，哪一个是没有难处的？既然各家都有本难念的经，那还清什么亏空？听他们哭穷罢！"李卫说着，就学了孙查济会议时抱怨自己穷困的样，乐得布兰泰先前仰后合一阵，又不错眼珠地盯着他问："你是说这个口子开不得？"

"自然开不得，不然前功尽弃！再说，陕西穷什么？要穷也是老百姓穷，打了这么多年的仗，当官的早就捞够了。"

"有理！"布兰泰拍案叫了个好，又弓着腰贴近了问，"那第二个呢？"

"第二个么，自然看老年讨不讨王爷的喜欢！"

"嗯？有什么风声？"

"老年正是红的时候！"李卫故作诡秘地摇摇头道，"王爷最能体会圣心，这个时候，哪能派他的不是。"

"咱们哥俩你还打太极拳！快说快说！"布兰泰是个急性子，见他如此，忙又向前凑了凑催道。

"如今老年上奏的事，还有给六部的文书，从没有驳回的。可他这回用了陕西藩司的名义说大事，原本不合规矩，他这是做什么？"李卫是最要人捧的主，此时见布兰泰凝神蹙目满脸宾服，越发得意地笑道，"他这是试探，就算咱们驳回了，也就驳个藩司，不是驳他年大帅！"

"唔——"布兰泰若有所悟地点点头，又盯着李卫，等他再说。

"你还不懂？"李卫突然拉了布兰泰的手，把着他的耳根子低声道，"他们两位要是真好，干吗不写封信私下里说准了，再由老年亲自上奏过了明路？"

"多谢多谢！"布兰泰一下子恍然大悟，一时又拍大腿又拊掌连叹，说了好几句"苟富贵，勿相忘"之类的话，才作揖打躬，揣起咨文走了。

果不出李卫所料，布兰泰将咨文报上时，允祥说了句只管照例，就把咨文扔还给他，叫陕西司拟了驳稿。

可没过半个月，布兰泰就知道，这回李卫是失策了。年羹尧绕过户部又上了一个折子，皇帝竟自准了。允祥头天去西山大觉寺为太后拈香祈福，第二天下晌才接到这个信儿。他登时火冒三丈，琢磨着去见皇帝时，要怎样论说。没想次日一早进宫，在值房外隆科多先气赳赳拦住他，问道："年羹尧这样跋扈，王爷也不说话吗？"

"劳烦舅舅替我抱屈。"允祥微微一怔，以为他要说户部的事。却见隆科多冷笑一声道："我的屈也没处说呢。你还不知道吧？前儿内阁给吏部抄出一个单子来，十五个道府，都是川陕的，都是才守兼优、谙练政务。吏部一个月能腾出几个这样的缺来？都伺候他一个人还不够。"

"诶！果然舅舅比我还屈。"允祥漫应着他的话，一只脚就要踏进值房里去。就见从内宫里疾走出两个御前太监来，走到跟前气喘吁吁道："昨儿夜间皇太后的凤体不好，万岁爷在跟前服侍了一宿。现着怡亲王也往永和宫去，国舅知会礼部、内务府先行预备。"

二人听见这话，心里都是一惊，也顾不得再说年羹尧长短，就各自依旨行事。待允祥赶到永和宫外永巷时，就见院里院外的宫女、太监端药的端药、送水的送水，虽然穿梭不断，却都蹑手蹑脚，声欶不闻。其时才过端午节，天气很是燥热，皇帝跟前的总管太监陈福正在宫门口边擦着额头上的汗边向外张望，见他来，忙跟上去，将他引进前殿。永和宫是二进院子，太后日常起居都在后院同顺斋，前殿是年节行礼和待客的地方。这会儿永和宫的宫女、太监都忙忙碌碌拿着各式东西往后院去，前殿廊下尽是养心殿伺候的人，显见皇帝正在里头。

听说皇帝侍奉汤药一夜未眠，允祥以为他该很疲惫，且这样急着叫自己到内宫来，必定要说太后的病状，甚或后事。哪知一见面，皇帝的兴头儿全出他的意料，未待他行礼，就将案上一张墨迹尚未全干的上谕递过来，道："昨天晚间有年羹尧新到的折子，说罗卜藏丹津攻下了河州城，察罕丹津就剩了一百多人逃出来，叩请内附朝廷。"皇帝在殿里快速地走动着，语速也极快地说，"你看看这个有什么不妥没有，要是没有，这会儿就交内阁发出去。"

允祥心中大诧，忙接过上谕细看，见上面龙飞凤舞地写着：

"青海台吉兄弟不睦，倘边境有事，大将军延信驻扎甘州，相隔遥远，朕特将一切事务俱降旨交年羹尧办理。若有调遣军兵动用粮饷之处，着防边办饷大臣，及川、陕、云南督抚提镇等，俱照年羹尧办理，边疆事务断不可贻误。并传谕大将军延信知之。"

饶是允祥机敏过人，叫他这一番举动下来，也有些措手不及，思量半晌方道："罗卜藏丹津先头也有信给理藩院，说自己世受国恩，断没有谋反的心，察罕丹津出兵河州，为的是割据青海，背着朝廷自立，他与察罕相争，是为朝廷平叛。既然两边都说自己没有反心，内讧又闹大了，朝廷是否还要再调停调停？"

"备战更要紧，你不要跟年羹尧闹意气嘛！"皇帝斩钉截铁打断了允祥，转念又觉得自己话说得重了，顿了顿道，"调停也是要调停，省得说朝廷不教而诛。我已经批给年羹尧，让侍郎常寿做钦使，到罗卜藏丹津军中宣示旨意，叫他先从河州罢兵。"

允祥见他心意已定，也不能再说别的，答应一声就要捧了谕旨出去。皇帝却又叫他回来，叹口气，放缓了语气道："额涅的病很凶险，皇后她们都在后殿伺候，我也不便照常办事见人。这道旨一发，必有人议论为什么不用延信。可我昨天思量了一夜，也只有如此，才最稳妥。年羹尧实在是个有大将之才的人，你看久了就知道了。"

"甘州是要紧的所在，延信不宜轻动。况且他从入藏以后，身子就不很好；又一直在北路，若论川陕全局，是不如年羹尧熟悉。年羹尧也是皇父很信得及的人，自然有他的过人之处。"允祥深知皇帝不喜延信与允禵等人亲厚，所以一心要改宗室统兵的旧制，独用年羹尧这个汉军旗下的藩邸旧人。但延信现在仍旧掌管着允禵所遗的抚远大将军印信，又是曾在青海苦战的宗亲名将，无缘无故置之不用，实在不能令宗室满洲心服，皇帝也不能不有所顾忌。是以允祥略作沉吟，替他想了几条说词，又躬身道："回头议政王大臣会议上，臣就拿这个话和他们解说解说。"

"好好，有贤弟一个人，足可胜千胜百。"皇帝闻言很是高兴，才要拊掌一笑，忽然想起后头太后还在重病中，忙压住了。及见允祥的神情，是问太后病状的意思，便喟然叹了一声，摇了摇头，无可奈何道："舅舅不便进内宫来，只好劳动你多跑几趟了。唉，老十四怕是还要弄回来的。"

说起前一天太后陡然加剧的病情，即便是对允祥，皇帝也难以启齿。自景陵奉安先帝回来这两个月，太后的身体是每况愈下，平日里总喊心口疼，碰上阴雨天，或是吃得饱些，就更是疼痛难忍。太医院方子开了十几个，没有一个管用的，皇帝自己知道，这实在怨不得太医，说到底还在允禵留置景陵的事上。可这个口，他不愿意松。把允禩、允禟、允禵和他们要紧党羽分而置之，不能随意联络，这是他和隆科多早商量好的法子——凡九门提督抓住大伙的盗犯，都要隔别审讯，以防串供行走。允禩是他们领袖，又做总理事务王大臣，自然要留在京里。允禵是自己一母同胞，安置在景陵，已经是离京很近的地方，断不能再让一步。

头天一早他去给太后请安，太后的脾气又显得格外大，直截了当就是一句："你放他回来不放？要不放，就打发我也去给先帝爷守灵。"

"太后这样说，折杀儿子了！"皇帝当即跪了下去。旁边使唤的人也跪了一片。太后开始呜呜地哭，任谁也不理。皇帝事多心烦，也顾不得做什么母慈子孝的样子，忒有些不耐烦道："他不过是住在陵上，又不是什么处分。皇父的陵寝，总要一个兄弟辈的来照应，先头派了十七阿哥，并不见额涅生气。"

"他和你一个娘生养，怎么能和十七阿哥一样！再说，他是先帝爷命作大将军王的人，自然有些能为。你这初经乍到的，跟前难道不要几个辅佐的人？"太后一贯不是口舌锋利之人，单在这件事上，要使出全身的精神本事，和能言好辩的皇帝讲理。及到说起先帝，又不免伤心，愈发哭得接不上气来。

听母亲又说起"大将军王"千古名将般的能耐，皇帝心里很不高兴——当年允禵被举朝目为储君，还不就仗着这个"大将军王"名义？可就皇帝自己说，他无论如何也看不上这个同胞幼弟。为筹划青海战事，他特地把允禵的奏折找出来看，心里只骂他"狗屁不通"。眼见太后又是这般口气，他不由冲口辩道："朝廷人才鼎盛，肯辅佐儿子的很多，要是一劲儿地任人唯亲，反倒伤众。如今朝廷拜近支王子作大将军，早不是当年睿亲王、肃亲王的用法，不过重一个坐镇的身份，取个和将士同甘苦的名儿。先头允禵所带两千京旗，并不指望他们打仗，真正倚仗的，还是内外蒙古、川陕的汉将，还有西安的驻防满兵才是要紧。这些人各有将帅统辖，论军功论本事，都比允禵强得多呢。"

他原本不必为一个深宫妇人讲解军国大政，不料说到兴起，竟自娓娓道来。末了意犹未尽，又补道："额涅记得，当年我伯父裕亲王是个厚道老实人，叔父恭亲王更是个糊涂人，可皇父也派过他们钦命大将军。搁到允禵，也是一个道理。"

"既然这么容易，怎么不叫你去？"太后哪容得别人说他的爱子没有本事，当即反唇讥诮。岂料这话真正触了皇帝的霉头，他想用"儿子备位储君"的话去驳，却空口无凭，唯恐太后真发起怒来，又要扯出得位"正"与"不正"的说法。可真要咽下去不说，心里却忍不住气，遂抬头直视太后道："额涅不该问这么多朝廷的事！"

"你叫他回来，我才懒得问！"太后拿着靠枕重重往榻上一甩，想直斥皇帝不孝，转念又吞下去，跌坐在炕上，瞪着皇帝的眼睛一下暗淡许多，复偏过头去，恨声道，"你这样待自己的亲兄弟，也不怕人说——"

"那儿子就给他封王，让他在山陵尽孝！"皇帝叫太后激得一阵心火骤起，扔下一句话，起身想往殿外走。太后叫他气得发蒙，心头让巨石砸了一样，眼前黑了一大片，强撑着喊了一声，想把皇帝叫住。

皇帝闻声停了脚，回过身子打个千儿道："既要封他为王，儿子去和大臣们商议，看给他个什么好封号。不晓得额涅还有什么吩咐没有？若没有，儿子办事去了。"

　　太后的嗓子里像压了一团棉絮，哽着喉咙说不出话来，两手没处摆没处放的，只好捏着颈上的数珠，脸色由通红变得煞白，眉眼几乎拧在一起。宫人们全吓傻了，都趴在地上，死人一样不敢动弹。太后想叫人，又叫不出声，想流泪，也流不下来，一阵天旋地转，而后又听见皇帝退去的脚步声。她的眼前一片混沌，似有人影，却说不清是先帝、皇帝，还是允禵，人影忽大忽小，一会儿又颠倒过来，末了就一丝全无，漆黑如夜了。

　　等皇帝的脚步声全然消失在永和宫，一众丢了七魂三魄的宫人才醒过神来。见太后瘫坐着不动，忙拥过去，连声呼唤。又有腿快的跑去招呼总管太监，叫太医。太医请脉时，直说了两句不好，又叫人去奏报给皇帝。皇帝不得已又趸回来，看太后神迷气短，呼唤不应，自己也后悔不迭。只好让人取来要紧奏章，在永和宫昼夜陪侍。谁知下晌又接年羹尧的急奏，说罗卜藏丹津兄弟已经兵戎相见，察罕丹津丢城败走，请求内地安置。如此重大的军情，皇帝实在恨自己没有分身之术，不能回养心殿从容处置。可毕竟一个孝字当前，是无论如何逾越不过的，他也只能热锅上的蚂蚁一样，在永和宫胡乱将就办事。

　　再不过两天光景，六十四岁的皇帝生母、仁寿皇太后乌雅氏就在住了大半辈子的永和宫离开人世。当天，皇帝将她的灵柩移到宁寿宫停放——那是太后本该移住的宫室——自己则在后宫的苍震门内倚庐居丧。他让张廷玉拟写了一份遗诰，备述太后因为先帝驾崩而哀毁过甚，有损精神，以及不肯接受尊号、册宝的缘故。又说皇帝虽称至孝，也应该以祖宗社稷为重，因此一切丧仪应遵《会典》而行，不必另外添加，皇帝成服三日，即可照常听政。

第十八章

摊丁

太后的大事很快传到景陵所在的京东遵化地方。驻遵化的马兰峪总兵范时绎最近实在焦头烂额，他的职责很重，京东一线，都是他的防御范围。最近直隶刚换了李维钧做巡抚，一上来就忙着缴亏空，州县官人心惶惶，都在到处凑粮食凑银子。连着一年多天旱，夏粮没有好收成，却又不到蠲免的地步，衙役们如狼似虎下来，飞鸡走狗催迫老百姓交皇粮，正是"吏呼一何怒，妇啼一何苦"的乱仗。

打前明役法改作一条鞭，百姓都不必亲服徭役，但要交上一定的银钱，作代役之用，称为役丁银。朝廷为了便利，将民户分为上、中、下三等，下等就是家无寸土的赤贫。没田自然没粮，田赋可以不纳，但丁银却免不了。先帝时有滋生人丁永不加赋的善政，是将丁银的总额定下来，就照康熙五十年数目不变。从此以后，那添丁进口的家里便宜，无论添了多少，所缴钱粮都不加增。唯有短人减口之家受苦，反要按着人多时候的数目摊派，这在民间叫作"子孙丁"，是儿孙辈要为已死父祖交丁银的意思。京东各县的丁银、田赋比例不同，有五五的、四六的、三七的，最麻烦的是玉田、丰润两个县，都是丁、田各半，丁银过重，少丁下户承受不起。

州县将赋税钱粮催得紧，地主向佃户催租自然更紧，两下里都紧，穷苦人家就耐不住了，是以接连出了几件抗税抗粮的事，更有一两处为盗为匪、劫掠商贾的案发。范时绎身为总兵，剿匪是职责所在，所以巡抚李维钧就发咨文给他，要他去帮两县弹压地面。可李维钧哪里知道，皇帝早给了范总兵密旨，要他务必在遵化盯住允䄉，随时奏报。范时绎两头一掂量，自己就不敢挪动，单遣属下的玉田都司相机处置，若是盗情太汹，就再请添兵。

刚布置完这事，范时绎就接到北京的消息：太后驾崩了！他心里暗道一声"不好"，先派了几个精干武弁，跑到景陵边允禵所住的汤泉地方，瞧着他的动静。他自己再换了孝服，带着随身兵弁慢慢过去，做个报丧的模样。

等他到了景陵，红日已经偏西，却不见允禵在住所，问了门上人，知道是往守陵大臣办事的衙门去了。范时绎趱马又到陵寝衙门，远远听见大堂内有哭喊之声，便知京中的丧报已经到了。他递了手本入内，就见屋里摆设零乱，允禵跪地仰天，一声声长号不止。同留在陵上的大学士萧永藻和几个内大臣、散秩大臣全都聚在这里，各自散坐着，有的独个抹泪，有的劝慰允禵。这些被派来看陵的勋戚、大臣，俱都场面上不得意，各有一份酸楚不服气，这会儿触景生情，发抒心里的委屈，不怕落不下泪来。

"贝子节哀——十四爷！"范时绎进门行了礼，叫了几声。允禵也不理他，自顾自一味哭。范总兵干站着没法子，看看左右，因与萧永藻都是汉军旗人，便于说话，只得转身作了个揖道："老中堂和各位大人也请节哀。"

"去从你营里找几匹快马，我要进京！"没等萧永藻答话，允禵忽一下站起来，抹了一把脸上的泪，向前几步，推搡着范时绎就往外走。及等一只脚倒退着跨出屋门，范时绎才拿稳了脚下的根，勉强站住。他是汉军旗第一门阀的后嗣，祖父范文程在关外参赞机枢，草创擘画，是本朝的耶律楚材。伯父范承谟三藩叛乱时任福建总督，死在耿精忠狱中，被先帝颁赐了"忠贞炳日"的牌匾。父亲范承勋也官至两江总督。他这样门第，皇子王孙都要敬上三分，这会儿见允禵如此无礼，不免沉下脸来，定神正色道："贝子先歇歇气，不要失了身份。"

"我要回京奔丧。你晓得我的脾气，自然说走就走。"允禵也觉得有些过分，松了手，揉揉哭肿的眼睛，仍旧昂着头，指着范时绎命道。

"时绎不知道贝子的脾气，却知道朝廷的法度。"范时绎暗自揣度着，允禵是先帝皇子、当今御弟，虽说未必没有翻身之日，但自己职司在此，既是监军，又是看守，万一在座的守陵大臣里有皇帝心腹，现在稍一屈就，明天就要给皇帝知晓。是以思量再三，仍旧竭力端出上三旗贵臣的架子，一脸公事公办，称呼里连惯常的"爷"字也没有，只板着脸道："贝子奉旨在此，没有谕旨和部文，不能私自回京。"

"你说什么！"允禵闻言一阵狂怒，若不是人拦着，真要上去给范时绎一脚。他血红的双眼瞪得滚圆，几乎爆出血丝来，悲恸和绝望化作一股桀骜恣纵的戾气，大叫道："你是石头缝里蹦出来的孙猴子，死不了老子娘，不用去奔丧！"

"唉，十四爷可要慎言呐——！"萧永藻是年近八十的先帝时的老臣，也曾亲见允禵风虎云龙，持节拜帅，好个心高气傲的大将军王。如今困在这一方小天地里，连母丧也不能奔，还要同总兵斗口，知情人冷眼看着，心里也不是滋味。他原本不想多话，既怕惹祸上身，又恐火上浇油，可听着允禵越骂越不中听，也只好出来拉一拉，免得范时绎的奏折上去，告自己个不加劝阻、姑息纵容。

允禵哪里还听得进劝，他搓着手，原地打了三个转，想着这要是在甘州，一定军法办了这个王八蛋。可如今是自己人在矮檐下，马兰峪镇所辖兵额数千，一应是他的"现管"。再念身后山陵中躺着的老父，数百里外刚刚离世的亲娘，还有叫人四处驱散、连封书信也不能通的亲兄弟，实在叫他椎心泣血，百感交集。

"等旨意一到，十四爷自然可以回京。"范时绎看他铮铮傲骨、哀哀情断的样，也不免生出几分怜悯，遂放缓了口气，招呼两个亲兵吩咐："你们日夜看着驿道，钦使一到，即刻请来。"

"不劳你费心。"允禵却不肯领情，一摆手，推开身边众人，趺趺撞撞径自走出门去。范时绎看着他的背影渐远，正思量要不要叫人跟上，却见暮色中的允禵一个趔趄，向前栽倒在新生的杂草丛里，紧接着，又是一声撕心裂肺的呼号，在山坳中发出惨厉的回响。

第二天，准许允禵回京叩谒太后梓宫的旨意就到了，顺带还有晋封他为郡王的恩命。只是晋封的话说得很难听，显出皇帝一万分的不情愿。旨意说："贝子允禵原属无知狂悖，气傲心高。朕屡加训谕，望其改悔，以便加恩，但恐伊终不知改，而朕必欲俟其自悔，则终身不得加恩矣。朕唯欲慰我皇妣皇太后之心，着晋封允禵为郡王。伊从此若知改悔，朕自叠沛恩泽；若怙终不悛，则国法具在，朕不得不治其罪。"一个太监不知好歹，在旁说了句贺喜的话，就挨了允禵一个窝心脚。其余人叫他唬得一句多话也不敢说，垂头丧气送他上了路，便各自散去。

恭送走了允禵这位瘟神，范时绎才顾得上本职正差。他先派人到玉田县去，问了当地的盗情。然后详告巡抚李维钧，说景陵这边的大事已经办完，不日即将前去，请抚台宽心。李巡抚很快有了批答，说

125

是两县盗情事出有因，宜抚不宜剿，这会儿已由永平知府前往办理，不劳范总镇了。范时绎让允禵的事熬得心焦力竭，再没精神管这些事，正乐得悉听尊便。

永平知府赵国麟虽是新任，却是个有清誉的能员，一时领了宪命，就赶到玉田县去查访。他探得这些抗粮、为盗之事，归根结底是丁银太重、吏役科索、穷民难过的缘故，就与带兵的都司商议，先在市井通衢杖责了几个鱼肉乡里的衙役，又在各乡坊村镇都贴出告示，声明首恶重办、胁从不问的意思，还亲自捐出俸银，又挨家请缙绅富户出资，帮无力佃户买下秋粮种子。百姓们本是通情达理的良民，凡有谋生之路，谁人不务生理？渐渐的，便都各自回乡去了。剩下几个盗首，都司带着官兵一擒而尽，再不消多说。

这一桩差事办完，赵国麟亲自到省城保定复命。李维钧赏识他才具老成，问慰之余，就谈起玉田、丰润两县丁、田不均的事。赵国麟提及自己的家乡山东泰安府，从明朝天启、崇祯年间，就奉行"摊丁入地"之法①，很有益于穷民；若用此法办理直隶各州县的赋役，玉田、丰润这样的事，自然就能消弭。

晚间退至后宅，李维钧还在想赵国麟的话。他是浙江嘉兴人，仕宦途中在山东莒州做过知州，这两地也从万历以后施行"摊丁入地"之法，颇有成效。所谓"摊丁入地"，就是将一县丁银的总额，摊入本县的地亩，按亩均派。如此一来，本县赋役的总额并没有减少，却免了无田赤贫的丁银，改由田多的地主交纳；县衙门催征便宜，玉田、丰润这样的麻烦也就迎刃而解。他后来做直隶分守道，专管钱粮赋役，深知直隶京畿多是旗地，大富之家田连阡陌，平民佃户投充寄居，土地兼并较别省甚。所以无地穷民常有抗粮、抗租之举，甚至群起为盗也不稀罕。如今他新官上任，做了封疆大吏，原想找几件兴利除弊的事来振作立威，再加上他的荐主年羹尧屡次写信，要他多加留意，需使出个意想不到的手段来，令朝野侧目，给自己争脸。李维钧思来想去，打量着上奏请旨，在直隶境内通行摊丁入地之法，便可算得一个大举措了。

---

① 万历一条鞭法以后的农业税主要分为两部分，即人头税（丁银）和土地税（田赋）。人头税原本覆盖所有16–60岁成年男子，康熙五十年间"滋生人丁永不加赋"政策出台后，人头税总额被固定下来。所谓摊丁入地，即将人头税摊入土地税中，名下没有土地的赤贫男丁不再承担国家赋税。

然则功也大，怨也大，出头的椽子祸也大。李维钧是个聪明人，不能不晓得其中的阻碍，他一个巡抚恐怕难以承受。最要紧的，是此法虽然施惠于无地穷民，却有损绅衿豪强。更遑论直隶旗地众多，朝堂上的王侯贵戚、衮衮诸公，谁家在直隶没有良田旧产，谁愿替穷民佃户多摊丁银？自己一个条陈上去，还不成了众矢之的？

　　一件大事举棋不定，扰得他很难入眠，在床上辗转反侧思虑不住。他的夫人早亡，爱妾张氏本是家奴的妻子，因生得很有姿色，就叫他巧取过来，随在任上。张氏出身虽微，却有十分的伶俐，不但能帮李维钧料理家务，且敢在外人面前抛头露面、百般张罗。为借重年羹尧的威势，李维钧特叫这位如夫人与年府的管家魏之耀认了干亲，作干爹干女儿的称呼，自己对她也愈发倚仗起来。张氏见他夜不能寐，瞪着眼睛直发愣，便披衣起身，轻轻挑起幔帐，下地拨了烛花，才回来问道："老爷怎么睡不稳了？"

　　"心里有事。"李维钧也趁势坐起来，由着张氏给他捏肩捶后背。张氏的脸微侧着，在隐隐跳动的烛光下，显得分外撩人。那一种小家碧玉的精明灵透、娇俏媚人，让李维钧看在眼里，心中两摇三荡的动起来，连公事上的烦恼，也抛去九霄云外。他说着话，一抚她的玉臂，笑道："你想要个一品诰命不想？"

　　"傻子才不想呢！"张氏一双杏核眼波光流转，看他满面笑意，以为是玩笑话，遂别过身去，娇嗔一声，"现在这样，老爷还怕人说三道四，又提什么一品诰命，净拿这没影的事哄人！"

　　李维钧见她不信，又没了方才顾盼风流的媚态，不觉有些赌气，双手扳过她的香肩道："我现在就有一件大事，若做成了，不愁你没个一品夫人当。"

　　"这话当真？"

　　"怎么不真！"李维钧一把握住那半倚在床上的纤腰，使劲往怀里一带。张氏便"跌"在他身上，咯咯笑个不停，随道："老爷要打诳语，我可记着呢！"

　　"你激我！"李维钧手一松，略略打了个愣，看那靠在自己怀里的妙人儿，云鬓斜倒、乌髻摇曳、朱唇小启的样，不由再想，只用微抖的双手边解身上扣襻，边说："管他好歹，你等着就是了——"

　　床笫之间的口舌之快，毕竟不能作数。次日一早，李维钧还是要请巡抚衙门的首席幕友张师爷来商议这件大事。张师爷是诸暨人，六十多岁，原是年羹尧之父、前任湖广总督年遐龄荐给他的。此人久在督抚幕中，诸事清楚，又最谙熟人物掌故。李维钧是从州县官做上来的，对朝中勾当并不深悉，多亏张师爷辅佐，才能不出大错。

一时书房落座奉茶，李维钧便开门见山道："年公屡次要我做几件兴利除弊的大事，近日觅得一件，请老夫子帮忙参酌参酌。"师爷见他严谨慎重，知道事体非小，也自凝起神来听着。李维钧继而又道："老夫子知道，咱们浙省许多州县，在前朝就行了摊丁入地之法，穷民少累，人口也不必隐匿，朝廷催科①也更便宜些。"

"是这话。不但浙省，其他省的州县，凡绅衿不多的地方，也多有施行。晚生随年老大人在湖广时，就有所闻。"师爷半生在外，遍阅多省的风俗政体，又很博闻强记，听李维钧说起"摊丁入地"的话，不禁侃侃而谈，把个万历以来哪里奉行此法、哪里有所裨益的旧事，一一说得周详，直听得李维钧击节称赞，心里更多了几分坚定。李维钧待他说罢，就略倾了上身，做出恭敬的姿势，注目道："老夫子真是见多识广！那么依您来看，我现在请旨，将此法在直隶施行，或者再通行各省，可行得通么？"

"若做成了，倒是一件功德。"师爷敲一下手中的折扇，见李维钧面露喜色，却又一笑摇头道，"可东翁知道早些年，特为此事，就有廷争么？"

"略有耳闻，未知其详，请老夫子明示。"

"永不加赋的恩旨下过没几年，晚生正在年老大人的亲翁、两广杨琳制军幕馆中做事，曾随杨制军进京陛见。"师爷矍目回忆起旧日的情形，娓娓说道，"那时候一位姓董的御史就有本章，请旨敕下户部，行文直省各地方，查明各县地亩、丁银，按亩均派，行摊丁入地之法。本章交部议奏，户部驳了个'变更甚巨，难以施行'。这也罢了，更有混账的部员，将消息泄露出去，朝中物议汹汹，没有不怪董御史多事的。先帝英明，想着此法或有可取，不妨一试，就命杨制军先在广东试行。孟子曰'为政不难，不得罪于巨室'，这是晚生亲见的。直隶各府中，丁浮于地、穷民最苦累的，乃是顺天、保定、河间、永平、宣化五个旗地最多的所在，这件事办起来，怕就更不容易。"

"多亏老夫子教我。"李维钧先还听得入神，后竟渗出一身细汗来。他抿着嘴唇沉思许久，仍有些不甘心，试探着问："当今圣主似是真有兴利除弊、振作刷新之意。年公是皇上藩邸旧臣，想必不会误

————————

① 催科即催收赋税。

128

会圣心？"

"二世兄自然不会错。可东翁奏陈上去，主上就便恩准，却犯了众怒，成了孤臣，他远在西陲，保得住东翁安稳么？"师爷一番话说得极有城府，李维钧听着，心里早已寒了半截，只闷声道："那依老夫子的意思，还是多一事不如省一事好？"

"也不尽然。"师爷瞧他一腔热炭似的，叫自己兜头一盆凉水，泼得心灰意冷，也很过意不去，忙回旋道，"东翁知道，晚生素来有些过虑的毛病。这是于国于民有利的事，当做的，只不可急躁轻动就是。"

"先生是老成之言！"李维钧慨叹一声，起身漫步良久，才又开言道，"什么孤臣不孤臣的不说，仅就上奏一节，也很难办。若是题本上去，倒是光明正大，可部臣拘泥成例，嫌我多事不说，万一泄露出去，就要落得董御史那样麻烦；要是先密奏①——"李维钧住了口没言声，眉头渐渐锁起来。

"要是先密奏，皇上断之不专，还是要发部议，东翁更担了一个僭越渎奏之名，得罪部臣。"师爷接口替他说了出来，正中肯綮。

"唔，年公多次说，如今户部的王爷不喜欢外臣自作主张。"李维钧话到嘴边留了情，年羹尧和他抱怨怡亲王刻忌揽权，远不是这么轻巧的说法。

师爷又想一想，出主意道："东翁不如写一封信，讨一讨亮工的主张，他若愿意两下呼应，那是最好的。"

李维钧闻而颔首，笃定道："今天我就写信，急递西安。"

---

① 雍正年间各地督抚向皇帝报告重要公务，主要采用两种文书形式，一是正规渠道的"题本"。题本需按照一定流程向皇帝递呈，同时将副本送到六部中对应的机构。题本送到宫中后，由内阁协助皇帝进行"票拟"，通常批交给相应的部拿出具体意见，再由皇帝决策。题本之外还有大臣和皇帝进行一对一交流的"奏折"，因为保密性强，故又称为"密折"。奏折内容可以不经内阁、六部等衙门阅览讨论，由皇帝独自决断后批交相应机构执行。

筹饷

第十九章

待李维钧的书信到西安时，年羹尧已经今非昔比。皇帝那道川、陕、云南督抚提镇皆听节制的特旨一下，明眼人都知道，青海一旦有变，年羹尧就是理所当然的钦命大将军了。

罗卜藏丹津与察汗丹津会战河州，连带闹得河湟一带都很不太平。周遭藏民受了罗卜藏丹津的挑唆，时有烧毁谷草，抢掠财物的事。年羹尧日日接到这些消息，倒也沉得住气，只是遥勒官兵，不必理睬。

小打小闹的不在话下，他现在最麻烦的是三件事。一是塔尔寺的大喇嘛察布诺门罕，他是青海黄教的首脑，威望非同小可，若是他率众从逆，青海甚至川甘等地的僧人，怕就要跟着反叛，连各部王公们，也难保不会动心。

二是九阿哥允禟的事。近来皇帝给自己的朱批，除了过问罗卜藏丹津的动向，还有一件顶上心的，就是那位九贝子做何安置。允禟乃是八王一系的智多星、钱袋子，皇帝忌惮其人更胜于允禩、允䄉，所以专找个说词，打发到军前来，是要年羹尧做他的看守、挑他的毛病。如今九贝子已经到了西宁，年羹尧身在西安鞭长莫及，就叫驻扎西宁的总兵黄喜林与他周旋应酬。可这黄喜林本是带兵打仗的武将，从没有同北京城的皇子贵胄打过交道，皇帝一见这样的安排，就很不放心，虽不便说年羹尧的不是，但接连三催四问，恨不得将他的行动坐卧，日日奏来才好。年羹尧一心都在备战上头，原本无暇顾及这事，可皇帝如此看重，又不能不理会，实在叫人心烦。

第三仍旧是军需钱粮的分拨调动。他先曾略作试探，请求免去亏空，却给驳了回来，就知道户部是个数铁公鸡的，万万指望不上。他是个爽利不喜纠缠的性子，一经此事，便再懒得和户部讨价还价，唯存我自为之的心思。自己一边从川陕甘滇等处调用粮草，一边密折奏到御前，不过是打个招呼的意思，只待一个"知道了"的朱批而已。然而用兵西陲，仅仅军需正额足备，还差得远。青海乃苦寒之地，军兵疲弊，转运艰难，将帅手中若没有得使用的银钱，就决不能笼络军心。这一条着实叫他有些犯难，是以数日之间军报连连，他却闷坐在衙门里，仍旧一心琢磨来钱的法子。

这一天正思量着，外头家人来禀，说胡方伯到了。胡方伯即是陕西布政使胡期恒，胡、年两家通家世好，胡期恒与年羹尧之兄年希尧同岁，为人又很持正，所以虽是属员，却得年羹尧的敬重，视如兄长一般。听说他来，年羹尧不肯怠慢，亲自迎出二门，见胡期恒躬身行礼，忙疾走几步扶住笑道："没有外人，元方兄又跟我客套了！"

"我是来问公事，不敢不拜大帅的虎威。"胡期恒一身宁绸素袍，清癯端正，含笑站住作了个揖，便随进内宅花厅中去。落座后从袖中拿出一封信道："直隶李中丞想请旨通行摊丁入地之法，要我们帮忙呼应，他说另有信给你，不知道你的意思。"

"他的信我看了，说得不为不是，可我正要做刀头舔血的勾当，哪里顾得上他。"年羹尧漫然回应着，并不很认真。对李维钧，他原本自居恩主，呼来喝去，远不如待胡期恒这样尊重。及见胡期恒有些失望模样，又大笑道："他是我荐的人，皇上见是他奏的，又是好事，必也要给我三分薄面，不会驳的，用不着咱们多说。"年羹尧洒脱地在屋里踱着步子，粗大水亮的辫子在脑后一摆一摆，显得格外精神。见胡期恒的神情有些不以为然，就笑道："我已经给他回了信，让他不必去找户部，都是些毫无见识之人；与其和他们磨蹭，不如直接上折子。"

胡期恒原想事关重大，应当慎重做个主意，可看他这副神情，也不能再说什么。琢磨一阵，仍旧放心不下，又道："咱们这样交情，说些不合时宜的话，想你不会怪我。当今圣主最通下情，又好诛心，你再不耐烦，也要小心恭敬些。再者户部是天下钱粮总汇，也不能——"

"我都知道。"年羹尧先还认真听着，见他皱着眉头恳切陈词，就从桌上拾起茶盏递过去，先说，"歇歇气，喝口水"，又摊开手道，"老兄你想一想，就是匹千里马，只管驱驰，却没草吃，怕也不能。我如今恁大开销，都不敢去烦他们，只是四省自筹，偶尔要些协饷。

看人的脸色，遭人的驳回，我还要怎么个小心恭敬法才是？"

"你是在外的人，和枢府争长短，哪里有你的好处？"

"我不稀罕他们的好处，能不给我掣肘，就是天高地厚了。"年羹尧本来还带着笑容，提起这些，就不免有些动气。他想起几天前新接了皇帝的朱批，内中有一段很没来由的话：

"近日怡亲王甚怪你自春不寄一音，近日年兴与送饷部员回来，你又寄东西来问好，他才喜欢了。有便当时常问候，亦当闲寄手札才是。他甚想念你，时时问及，你当深知他待你才是。"

年羹尧康熙四十八年就外放四川做巡抚，此后只回过两次北京。他对允祥的记忆，全在早年做翰林的时候。当时的十三阿哥不过二十岁上下，整日与废太子同出同入，并没看出与当今皇上有多么亲近。这些年也不知怎么回事，竟好得如胶似漆一般，比那位隆国舅的好，还显得突如其来。众皇子群雄逐鹿、合纵连横的事，年羹尧离得远，一向看不大明白，也不愿看得太明白，可既然拉扯到自己，又不得不费些头脑。他将这几句话翻来覆去琢磨了三五遍，仍旧觉得不知所云：自己和这位总理王爷没有一点儿旧交，他一面驳我的本章，一面这样谦退亲热，到底是什么意思？

胡期恒见他说着话走起神来，忙就要告辞。年羹尧拦住道："先不说别人的好歹，我正要向你请教些正经事。洪武年间左都督宁正守河州的事迹，老兄可知道么？"

"记不得了，请赐教。"

"我从小就好时务，一直留心兵事。当年在翰林院，读先朝焦太史《献征录》，有这位宁正的本传。传中说明太祖北伐时，拜徐中山为大将军，逐王保保于临洮，又下河州，命指挥使宁正守卫。这宁正实在不是个寻常人物。"年羹尧说着，仿佛追忆故人一般，双手抱肩踱着步子，十分亲切地道，"河州当年也是汉、蒙、吐蕃杂处之地，宁正驻守时，粮饷转运艰难，官兵也多有逃亡。他上奏天子，叫中原商贾运来粮帛，换回茶马土物，粮帛交与卫所军士，令其自相贸易，从此商贾得利，军民富足。传记上虽没提，但我思量着，韦指挥从中略抽几厘，大约也不缺银子花。怪不得河州从此为乐土矣！"他说着，就好一阵开怀大笑，那得意洋洋如斗鸡模样又挂在脸上。他踅回身，端起盖碗，极有滋味一品，又咂摸两声，便笑问道："元方兄，你看咱们效法先贤如何？"

"亮工真是博古通今，荒僻之地，也只好如此。不过，要说设卡中饱么——"胡期恒是端正人物，素重义利之辨，对所谓"抽几厘"之说，实在不能认可，但也不好驳他，就止住话，思忖着怎样谏阻。

"有些事只能从权。老兄既然觉得可行，那就这么定了！"年羹尧不待胡期恒再说，已经一拍大腿站起来，"明儿我就叫人把告示贴到山西去，招募晋省的商贾到西宁买卖！"

李维钧那里翘首以盼大半个月，终于接到年羹尧的回信。信中说凡有兴利除弊的见识，只管先密奏上去，今上是个情愿做事的主子，不必畏首畏尾。只是直隶川陕地隔千里，若遥为呼应，反而有串通的嫌疑，不如单衔奏请的好。朝廷上如有争辩，我自有替你说话的办法。李维钧这下就心定了几分，忙亲自拟定了奏稿，备述摊丁入地的好处，然后交亲信家人密送进京，宫门呈递。

皇帝看了李维钧的奏折，想起两个月前山东巡抚黄炳也有同样的奏请。黄炳是汉军旗的公子哥儿出身，初任封疆，就上奏论说这样烦难的事，皇帝只当他是听了属官、师爷的撺掇，并非真有见地，所以并没有理会。李维钧却是从州县官一步一步做上来的干吏能员，且是年羹尧举荐的，同一件事由他说出来，皇帝自然要更经心些。他将黄、李二人的奏折都反复看过，又叫内阁找出康熙五十五年御史董之燧的题本与户部议驳的旧档，几下里一比，就有认可施行之意；再向几个做过州县官的大臣询问，就愈发有了定见。不过，凡这类关系国计民生的大事，绝没有不经部议就特旨特办的道理，所以他先叫了允祥来，边将李维钧的密折递给他，边笑道："送给你一件功德。只是有句话写得不好，看了可不要动气。"

允祥接过来一看，果然，头一页就赫然写着："部臣只知成例，不知变通，仰祈皇上乾纲独断。"因有皇帝那句铺垫，他也就生不起气来，反而扑嗤一笑道："说得也不为错。只是臣下照例办事乃是本分，要想有什么革故鼎新的变通之举，正要恩自上出。"

"哎，我早就说，这些州县上来的人，虽能办事，却不会说话，也不懂得朝廷的体制。再说这样的事，原也不能乾纲独断，正该集思广益才是。"皇帝轻描淡写地替李维钧弥缝了几句，方入正题道，"事倒是一件好事，只是很要得罪人。皇父在的时候原有御史奏过这件事，叫户部驳了回来，弄得灰头土脸的，你回去问一问就知道。虽说三年不改父道，可这是施惠穷民的事，皇父当年也是碍于众议，忍而未决，别有一番不得已。何况这是李维钧提的，也不比别人。"

允祥总理户部半年有余，对赋役上的利弊，已经很有心得，不待皇帝解说，也知道其中的关节。至于特地要卖李维钧这个人情，不惜拿在直隶圈了大片良田的旗下大族们做伐，自然是碍着年羹尧的缘故。皇帝好面子，不愿意直说，若说出来，倒像他有多迁就忌惮年羹尧似的。所以允祥也只会意地点点头，仔细斟酌了才恳切回道："自打催缴亏空起，臣看'得罪人'这三个字，早就是九霄云外的事了。既是利国利民的善举，又蒙皇上的首肯，无论是谁的奏请，臣不敢不尽力成全。只是这件事的干系极大，单是户部议了，怕不能服众，也难收集思广益之效。"

"说得很是，户部议过自然还要下九卿科道会议，到时候难保没有麻烦。"皇帝略一沉吟，随即释然道，"不要紧，部里的本章口气着实些，廷议我自有办法。"

没几天，户部就议准了李维钧摊丁入地的折子递上去，皇帝十分高兴，即刻下旨，将户部的本章发六部九卿詹事科道齐集会议。历来九卿会议，先由主稿衙门将奏稿分送各衙门传抄，再送本衙门与会大臣阅看。康熙末年的官场风气，不是本管的事，各部堂官大多不肯另出见解，去白得罪人，所以每逢会议，不过附和画诺而已，不愿作仗马之鸣。所以奏稿送到吏部，隆科多接过来只一扫，就递给本部一旁同他议论别事的右侍郎史贻直："这是赋役上的题目，不关咱们，我明儿步军衙门有事，你们谁去会议，替我告个假。"

史贻直是个办事留心的人，接过稿片看了半晌，就问前来送稿的司官："贵部的这个议覆，从日子上看，只有两天工夫，怕不是司里起稿，王爷和几位大人一同定拟的?"

"是我们王爷的金谕，蒋大人的亲笔。"司官十分仗势地答应一声。如今吏部虽居六部之首，可户部的声势很盛，官吏说话也少顾忌。

史贻直"哦"了一声，也不理会他的夸耀口吻，转对隆科多道："这是极大的一件事，人人有所干系，国舅还是亲自去会议，才显得郑重。"

"这个事七八年前就议过，也没有说法。如今青海大闹起来，哪里顾得上这些，户部也是喝凉水剔牙缝——"隆科多很不以为然地一耸肩膀，猛想起部的人还在跟前，才收了那句到嘴边的"多此一举"回去。他没意思一哂，向史贻直道："不要紧，你去就是；可别多话，省得人家说咱们专擅浮躁。这些事，谁管谁招怨，让御史们抢风头去罢!"

稿子送到工部，又是另一番景象。孙查济如今名义上兼着户、工两部的尚书，却只在工部管事。在户部，允祥全然倚仗新任的汉侍郎蒋廷锡，除了十天半月审贼一样叫他去问积欠亏空，其余的早已成了看客。这会子拿着摊丁入地的奏稿，他气得满脸的肉横在一起，腮帮子不住地哆嗦。管部务的廉亲王允禩只得好言劝慰："平白一件公事，值得发这么大火？"

"我还敢有火？"孙查济气啾啾嘟囔着，捻着八字胡粗喘着气，向允禩道，"王爷许是忘了，康熙五十几年就有人张罗这一出，户部本是驳回的！率土之滨莫非王臣，有田无田，都是朝廷的子民，该当一体服役，怎么有田的就该替没田的出丁银？况且这回是打直隶兴起来，您想这近京方圆五百里，多是咱们旗下的营生。入关八十多年，旗下的人口越来越多，地可没见多，如今还要替佃户出丁钱，这日子可更没有过头了！李维钧是什么东西？一个南蛮子，不过仗了年羹尧的势，就敢这样撒野！"孙查济越说越气，一把将抄来的奏稿抓在手里，使劲抖落着，"我好歹还挂着户部尚书的名，这么大的事，竟问也不问我一声！回头廷议，让我这张老脸还往哪放！"

"老大人莫气莫气——"允禩耐着性子听完他的牢骚，笑着从他手里取过奏稿，慢慢将折了的边角抚平了放在一边，亲自去扶孙查济坐下道，"你是有岁数的人了，警惕气大伤肝！"他说着，叫来随侍的太监，指着案上奏稿吩咐道，"给两位汉侍郎送过去，就说廷议让他们费心去听，孙大人身子欠安，告假。"

"我怎么不去？我偏得去说道说道，他们欺人太甚！"孙查济一听，立即挣开允禩的胳膊站起来，耸成一根一根的花白眉毛向上一挑，不肯相让。

"你还兼着户部尚书，反去把户部的事驳了，让人看你的笑话么？"允禩成日挂着笑容的脸一沉，按着孙查济坐下，随即又温言道，"既是当年就议不成的事，现在就能议成了？我料他照旧议不成！如今的主子是什么人，你还不明白？咱们还是避避嫌的好，旗下敢出头的多着呢。"

与六部大员的事不关己不作声不同，对摊丁入地这件事，都察院的御史、六科的给事中倒议论得很是起劲。自皇帝下九卿科道会议的旨意一下，科道官们立时就分成两派。赞同的不必说，自然是有感贫民困苦，一力称道这是救民水火的善政。可那不赞同的，说法就很多了。一些是洞悉世情的，知道凡事兴一利必然生一弊，良法虽好，却有难以便民之处，李维钧和户部的奏议尚嫌粗糙，应再详加甄别，以期长远。一些是家里头田连阡陌的，若是真兴起摊丁入地之法，恐要多交许多丁银出来，十分心疼。更有一流人物，自谓最会揣测上意，想着此事户部本是应准了的，如何还要发交九卿科道会议？难道上头另有什么想法不成？一时议论纷纷，单等九卿会议见分晓。

论政

第二十章

　　九卿会议多是过午才开，翰林、科道和一些事少衙门的堂官往往先到，忙碌的六部大员则要等当天公事办完，才急匆匆各自往金水桥西的议所里去。这天所议的摊丁入地一件，本是户部主稿，户部上下原该全班都到，不过允祥想着，自己一到，旁人哪个还肯多话，所以并不亲自前去，特委侍郎蒋廷锡代为主持。

　　眼见会议将近，赶来的九卿正堂只有吏部尚书朱轼，刑部尚书阿尔松阿、励廷仪三个；其余各部满汉尚书，竟是各告各的假，都打发了侍郎们过来。至于通政司、大理寺等衙门，本来也是帮闲，进了门一窝蜂请安问好，拉着同年同乡、亲友故旧，三五个一处闲聊，什么寻方剂、荐大夫、品鉴戏文、请教诗赋，无所不有。另有几位年岁大的，总是一劲谦让着往后头找座位去，打量会议的时间一长，免不了就要假寐一会儿，万一打起鼾来，坐在后头也略能遮掩。这样的情形老宦们经得多了，只道是寻常，年轻新进有不以为然的，也不敢多说。

　　新任的户部侍郎蒋廷锡表字酉君，虽有五十四五岁年纪，但面相不过四十几岁。他生得清标玉立、神采绝人，且兼能书善画，乐律精通，是先帝侍从文臣中头一等的风流俊雅之士，和张廷玉的气象雍容、端凝自持称为双璧。他虽是翰林院、南书房一路做上来的文学侍从之臣，从未经过外任，但一向留心实务，其父蒋伊、长兄蒋陈锡，都是康熙年间做遍了道府州县的能员，是以家学中自有经世致用一宗。且他早年在南书房时，与允祥很要好，所以皇帝特将他从礼部调到户部，虽然目下只是堂官中位次在后的右侍郎，实则有"当家"的意思。

　　见人将到齐，蒋廷锡先说了几句例行的话，就命一个嗓音洪亮、官话标准的书吏，将户部的原奏念了一遍。待书吏念完，蒋廷锡又理了理跟前的文书，冲众人一拱手道："原稿抄送匆忙，实在抱歉。昨天已经接了几位老爷的商签，与其叫人白念一念，倒不如各位亲自解说。这是干系国计民生的大事，还请不吝赐教。"

他这几句话说完，众人都默然不应。先帝晚年无为而治，为官的也最讲老成安静四个字。凡是朝会廷议，赶着先出来说话的，都要给人讥讽：若是贵胄大臣，就说他专擅揽权；少年新进，便是轻狂浮躁。总归没有什么好听的话。因此议所里一时静得出奇，只偶尔传出一两声微鼾，惹得人掩口发笑，特显出"鸟鸣山更幽"的意境来。

"在下有些小见识。"等了好一会儿，才有个二十几岁的清秀少年从后头御史班中站起来，先打一个躬，而后含笑发言。众人回头一看，见是年羹尧的长子、浙江道监察御史年熙，立时心里明镜一般，晓得李维钧如此胆大，必定有年家的仗势。这年熙年纪虽轻，却敢说话，头两个月御史轮奏，他就上了一个折子，请将山西、陕西两省的乐户免除贱籍、开豁为良。皇帝一纸上谕批到礼部，立即就准了他的奏请，海内讴歌天子善政，顺带着年熙也声名大噪起来。他前些日子受了李维钧的托付，又接父亲的信，要他在廷议时帮忙呼应。他先照规矩写了一纸方签送到户部，以备书吏朗读。这会儿见要签商的人自行解说，又等了半晌没人说话，他便清清嗓子，徐徐发言道："本朝的循吏、四川提学曾道抉先生论说此事最为透辟，他在河南沇县做知县时，曾有三弊三利之说，甚合地方情形，请为少司农和各位大人一陈。"

见蒋廷锡微笑颔首，年熙便侃侃言道："田赋、丁银分征，有三宗弊病。地方州县要知道丁口的确数，就要时时地查户口、编丁册。若查得紧，难免就要扰民；若查得松，丁口不得实数，丁银照数征缴，也就成了虚文，这是第一个弊病。照说人丁死后，名字应从册籍中开除出去，然则州县衙门的吏役贪贿舞弊，常常改名换姓，把富豪之家的成丁，转算在贫寒之家头上，富家担绝户之名，贫家承丁银之实，这是第二个弊病。穷苦之民不堪丁银之累，或欠缴，或逃亡，朝廷征不到应得的数目，就要里甲来代赔，州县官也动辄就要受处分，弄得上下交怨，这是第三个弊病。"年熙说到此稍作停顿，蒋廷锡见在座做过州县的人无不点头，便问："那三利呢？"

"若行摊丁入地之法，丁随地起，就有三件好处。第一件好处，是便于田地的买卖：买田就增加丁银，卖田就减去丁银，没有包赔之苦。第二件好处，是一县之内，丁口变化多端，田亩岁有定额，朝廷照田征税，清楚明白，吏胥侵渔作弊之风可以一清。第三件好处，是无田之家不纳丁税，穷苦小民不必逃亡，里甲不必代赔，地方官也免去一遭处分，乃是上下交利之举。"年熙口说手比，向着一众人等慢慢讲来，及至说完，方转向蒋廷锡，笃定道，"去三弊而得三利，确是个十分妥当的穷变通久之法。"

"说得很是，且有我们所虑不及的地方。"蒋廷锡原看过年熙送到户部的方签，这会儿听他条分缕析说得清爽，不由连连称是。他先请年熙落座，又问众人道："诸位的高见呢？"

年熙虽说年轻官小，却是年羹尧的长公子，他来个先声夺人，旁人原本想说话的，也都噤声不语。眼看议所里又是一阵静默，蒋廷锡干咳一声，只好招呼书吏去念余下的商签。然则未待书吏开头，就听九卿班首有人"诶"了一声，紧接着一位三十上下、穿着考究素服的年轻人就着座位略欠了欠身，向蒋廷锡拱手道："我没有得闲写片子，空口白说两句话，蒋大人不要怪罪。"众人循声望去，都吃了一惊，原来说话的是刑部满尚书阿尔松阿。

阿尔松阿姓钮祜禄氏，人虽年轻，却是一等一的大贵胄。他的曾祖是开国五大臣之首额亦都，祖父是康熙初年四辅臣之一的遏必隆，姑母是先帝孝昭仁皇后。近年廷议，多是科道、翰林肯于说话，除了军政以及八旗、外藩事务，少有事不干己的勋贵大臣来出这个风头，所以阿尔松阿才一开腔，就极引人注目。蒋廷锡也是一怔，直向与他并坐的刑部汉尚书励廷仪望去，见励廷仪轻轻摇头，以示毫无准备，只得回了一礼，笑道："就请赐教。"

"不敢当。照理这不是我本管的事，原不该多话。只是国家的大计，咱们做大臣的，都该尽心，原不在管与不管。"阿尔松阿先来了两句很堂皇的开场，随后站起来，他和年熙原本也是熟人，所以回头拱了拱手道，"世兄才说了是哪个知县的话，我也问过两三个做外官的，听人家说，摊丁之法固然有些好处，但也有两个顶不好的地方，一个是眼前之弊，一个是万世之弊，都是户部折子里没有议到的。"

年熙虽是年羹尧的儿子，可性情却像他外曾祖纳兰明珠一家的做派，有些左右逢源的意思。李维钧先有信来，说这件事必定有许多人阻挠，所以年熙心里有数，不慌不忙回了一揖，抿嘴笑道："竟有万世之弊，还请公爷指教。"两人虽然声音不高，也把几个醺然入梦的老先生都吵起来，一看是这二位发言，登时困意全无。

阿尔松阿头天才请教过几位精明善辩的夫子，备了说词，这会儿背书一样说道："各地的亩制不同，地有大亩小亩之分，丁随地起，已经不公了。何况各地土质也有肥瘠，直隶有洼地、苏北有滩涂、云贵有山地、陕甘有沙漠，这样的地，就算一家有几十亩地，也仅能糊口而已，哪有什么余财？若是按地派丁，叫这样有地的穷民怎么承受？这就叫眼前之弊。"

"那万世之弊何来？"

"现在把丁银摊到地亩里，今天的人是知道的，天长地久，后来人又怎么知道？不定以为民间只有田赋，没有丁银呢。到时候再有一等言利之臣，要向百姓重征丁银，岂不就是加赋害民了么？"

蒋廷锡看他表情严峻，语气激切，心里却有些不以为然，遂先说道："这件事如果议成了，必得有煌煌圣谕载于国史，立为万世之法。我朝爱民唯恐有差，从来没有加赋之举，想来日后圣子神孙代代相袭，也不会有违。"

"蒋大人说得是，后人办事，也需查着旧例来办。"年熙听他义正词严，心下便觉有趣，只道这动辄千秋万世、加赋害民的话，哪里是您这样没出过北京的朱门贵爵说得出来。所以他站起来冲阿尔松阿笑道："公爷忧国忧民，令人佩服。只是照直隶李中丞说的，地、丁分征，眼前就有民困，实在还说不到后世。至于田亩肥瘠，各省原本就有三等九则之分，丁银摊入上、中两等，下等不摊，也就是了。"

"没地不摊，地薄的也不摊，十停里丁银，倒要摊到两三停人身上，朝廷倒成了劫富济贫的山大王了。""没地的人里多是不务生理的闲汉，再连丁银也免了，他们越发连佣工也不肯，倒是助着他们往下流里走呢。""没地的也未必都是不务生理，小民薄产，一涝一旱就没有收成，地都典卖了，再征丁银，怕就要官逼民反。"年、阿二人既开了头，在座原本不说话的人也生出许多议论，一时间言来语去，议所里就热闹起来。阿尔松阿面子上有些支撑不住，憋了个大红脸道："倒是那没田没地的要紧，还是有产的缙绅要紧？何况直隶是八旗生计的所在，这么干，也不怕动摇国本？"

"民为邦本，本固邦宁！"一个年轻的给事中不知打哪个犄角旮旯突然冒出一句，可把阿尔松阿气得够呛，正抻着脖子到处寻这个人，就被旁座的同僚劝住。蒋廷锡也怕他们争起来难看，趁这个空，忙再问旁人的意见。又有几位科道挨次说了些琐细的小节，譬如摊丁入地之后，若有田产买卖、事后取赎应该如何办理等等。直说到远天雾暗，下起蒙蒙秋雨，几位大僚便有些不耐烦起来。蒋廷锡心中会意，也不肯再多耽搁，又说了几句"来日请诸公列名书押"的客气话，就请众人散去。

会议的本章一递上去，皇帝就很不高兴。这样一件大事，他原本是有集思广益的打算，若是平常人说话，哪怕不合他的本心，但凡说得在理，也并非不能容纳。可单单这阿尔松阿一说，他就气不打一处来。实因阿尔松阿的父亲阿灵阿论亲戚虽是自己的亲姨丈，却一向和允禩更好，号称八王一党的党首。且这一门人多势大，在勋贵中又有威望，所以皇帝即位后，不得已将阿尔松阿用为尚书，做做样子。原想他年纪甚轻，又不懂政务，虽居高位，就是个摆设而已。岂料他的心气竟然很高，碰见这样与己无干的事，也肯代人出头，洋洋大言。若是此时不加抑制，叫他说得口滑，日后必定肆行无忌，愈发要替允禩张目。皇帝心里越想越生气，遂打定主意，要将这件摊丁入地的事做实。

第二天辰初时分，皇帝照例在乾清门听政。他一落座就阴沉着脸，下头站班、奏事的大臣不知就里，只好各自加了小心。站在御案两侧的是御前侍卫，接下来便是四位总理事务王大臣和内阁大学士、学士，各衙门奏事的堂官列于东阶，手里捧着要奏的折本，《起居注》官则列于西阶，记录皇帝的言行举动。一场秋雨一场寒，人们站在潮滑的石砖上，都埋低了头，偶有一两个抬头偷觑了皇帝的冷脸，不觉一阵凛栗。

御门听政的进本次序着有定例，排在第一个的是宗人府，所以侍卫先引着东阶上侍立的宗人府丞到御案前跪进本章。宗人府的题本与别的衙门不同，是由黄绫子包着。皇帝接过来先瞥一眼贴黄，又"哼"的一声，对那府丞道："是什么事，你说说吧。"

"回皇上，是廉亲王允禩办理祭祀大礼甚属不敬，臣衙门奉旨议处的事。"

"议的是什么？"

"是——永远停止亲王俸米。"

"喔。"皇帝听这话，低垂着的眼睑"曙"的一跳，不置可否地答应一声。允禩所站的班次离他最近，听得很清楚，所以脸一下子就涨红起来。宗人府说的是半个月前的事，其时皇帝亲奉先帝和四位皇后的神牌安放太庙，照例要由工部在端门前安设更换朝服的帷幄黄帐。也是营缮司的官吏心不在焉，自己和几个堂官疏于过问，竟把这件例行的事拖了又拖，等礼部发觉一催，才想起来，急匆匆备办。然则新刷了漆的木头尚未晾干，气味显得很大，皇帝进去更衣，着实被熏得头晕。这件事当然可以算个错处，要往大了去说，议个大不敬也不算不通。这会儿大庭广众下被点出名来，允裪虽然没有颜面，却无话可说，勉强迈前一步跪下，嗫嚅道："臣无能，办事错误甚多，请皇上从重处分。"

"你要是无能，我让你总理事务，岂不是没有识人之明？"皇帝一脸不屑，声音寡淡得很。他也不看允裪俯首叩头，只有一搭没一搭地翻着题本，边道："当年人人都说你才具优长，是众皇子里最好的，我也未尝不是这样想。可见心要不在办事上头，才具也不得施展。"

"是，唔——臣知罪。"允裪一向最怕皇帝这个神情口气，心里一万个赌气，却既不能应承，也不能驳回，只好连连碰头，嘴里嘟嘟囔囔叨念几句，也听不清说些什么。

"行了，你起来吧。"皇帝一阵称意，抬起头对宗人府丞道："早说过，廉亲王有什么不是，你们议你们的，我一概不予处分，这回也是一样。"他说着就提笔来，在本章上批了"毋庸议"三个很漂亮的朱字，随手交给侍卫。

六部奏过之后，就是武职各衙门，先出来跪禀的是镶黄旗满洲都统。此人是个满洲旧族的武人，说不出文绉绉的场面话，只拣着大体意思道："奴才们奉旨会议副都统祁尔萨的折子。祁尔萨说我满洲原本的旧俗，谁家有丧事，亲友都去送粥吊祭。如今官兵人家有红白喜事，不论有钱没钱，都要送猪羊酒食，家里穷苦的，就算典了衣裳、赊了酒钱，也要比着去送，闹得倾家荡产，也坏了风俗。奴才们公议，祁尔萨所奏甚是，应如所请。"

"你们议得不差。"皇帝见他梗着脖子背书一样，忍不住一个莞尔，随即轻咳一声遮掩道，"满洲的旧俗，原该如此，孝子居丧，饮食不进，亲友送些粥饭，是体量他的意思，并不是为了设宴。"皇帝说到这，又瞥了允裪一眼，见他正出神，想是还在琢磨刚才的事，遂自拿了本章走下御座，慢慢踱着，而后口风一转道，"先前廉亲王遭母丧，百日将近，还叫人扶着行走，祭礼也要焚化珍珠金银。"说着就转悠到允裪跟前来，见他张口结舌的样子，心里又是一阵暗笑，转身向隆科多道，"当时我恐怕他伤心太过了，也再三劝慰。等到事情完了再看，他自己倒还胖了一圈，是吧？"

"是，臣也记得真。"

"九阿哥、十阿哥、十四阿哥三个人，也是指着馈赠粥饭的旧俗，成日里大摆筵席，从初祭到百日，每天用猪羊二三十口，排场大得很。皇考为了这件事，几次教训我们兄弟说，孝与不孝，无外乎一个诚字，要为了图一个孝顺的好名，就是伪孝。做儿子的，要紧的是父母生前尽孝，单单殁后大操大办，就说不得是孝了。我谨遵皇考的教训，办理皇考和太后的大事，也只有尽礼，并不敢稍有矫饰的地方，这总是大家都知道的。"

"皇上圣德纯粹，是臣等亲见的。"允祥听见这个话口，先就跪下附和。几个离得近的大学士、学士，也纷纷跟着叩首。远处的大臣虽然听得不真，见他们都跪了，哪敢怠慢，一时俱都跪下。皇帝满意地点点头，回到御榻上坐定了，先命众人起身，又道："祁尔萨奏得很是，朝廷没有粉饰之政，诸王大臣、军民人等，也要务实而行。回头内阁将他的折子和我方才所说的，都发出去，传示八旗知道。"

一时各衙门的事情都奏过了，照理可以散去，可皇帝却全没有叫散的意思。他不待歇一口气，就又开金口道："前几天发议政王大臣会议的事怎么还不见回奏？"问及议政处，自然该允禩这个名位居首的总理王大臣回话，可这一回听政两通折辱，他早羞得魂不归位，勉强随着众人应承而已，皇帝后来说些什么，全然没有听清。此时皇上劈头盖脸再问起来，他就更加不知所措，张皇了半天才不得不支吾道："不知皇上问的是哪一件——"

"真是笑话！"皇帝提着丹田气嗤笑一声，"自然是八旗兵丁拴养马驼以实军需的那一件，你是昨儿吃多了酒么？"

允禩这才恍然醒悟过来，搜肠刮肚想着应付的话。军务上的事，皇帝从来都不问他，他也避嫌不想多管，只在议政处随众列名而已。这件事交代下来他是知道的，可为什么还没有会议，他却不很清楚。他下意识将求助的目光送向对面的允祥，见人家不理，就只得硬着头皮答道："议政处还未及会议，王大臣们各自都有别的差事——"

"什么话！"皇帝勃然大怒，从御座上一跃而起，"军需大事，谁敢这样怠慢？"

"臣知罪——"允禩紧咬着下嘴唇，再一次顿首请罪。今上即位以来，他三日挨一小责，五日挨一大责，早已被挫磨得心灰意冷。凡说话，从没有一句能对得上心意，或冷言冷语，或雷霆万钧，已经习以为常了。他原是靠着温和谦恭的性子，积下了许多人望，皇帝也是摸准了他的脾气，才能如此尽情折辱。

"皇上息怒。"允祥起初瞧着皇帝只是要找允裸的麻烦，便不肯言声。及见允裸昏天黑地说得不着边际，惹得皇帝连议政王大臣都骂进去，就觉牵连的人多了，若再不说话，恐怕自己脸上也不好看。于是他趋前一步躬身道："这件事是廉亲王想差了，并不是王大臣们推脱。是臣以为既要商议八旗兵丁拴养马驼，就不能不确查旧档，再作计议。所以臣接旨之后，先行文兵部和八旗各都统衙门，叫他们备细查明了，再知会王大臣们会议。事情拖在臣的身上，请皇上下旨处分。"

"诶——这正是会做事的做法，说什么处分呢。"皇帝的脸色立时转阴为晴，缓缓坐下，抚着自己的八字胡朝允祥笑道，"这里头自然有许多陈年旧例，也不必太着急了，查细些好。"接着看看允裸垂头丧气的样子，就不再理会他，自转向众人道，"如今廷议也大不成话，前天九卿科道议摊丁入地，说的都是些什么？"他说着，拿起本章翻开来，指指其中的一句话，"有人说摊丁入地为难了有地的穷民——有地的人还能叫作穷民？那有米的也可以叫作饿殍咯？"

蒋廷锡虽是户部侍郎，却兼着内阁学士，所以班次离御座也近，见皇帝忽而提及廷议的事，口气又不好听，忙要出列跪伏。皇帝挥手说了句"不干你们的事"，又继续道："这还罢了。议这样大事，九卿尽是告假的，就不告假，也不肯发言，全凭科道小臣议论。难道做小官的时候还有主见，位列台阁，反没有心肝了？朝廷会议都是这样推诿塞责，外间的风气还敢问吗！"听政已经近两个时辰，皇帝也说得口干舌燥，这会儿终于说尽了兴，抓起茶盏紧喝了一口水，向允祥道，"这件事会议的说法虽多，尽是不经之谈，还是照户部所议施行。"

第二十一章

议储

又过了几天，就到了皇太后的百日。先前太后驾崩时，皇帝已经为生母择定"孝恭"两个字作为谥号，再系上圣祖仁皇帝的"仁"字，所以朝中尽称为孝恭仁皇后。皇帝叫钦天监选了吉日，要在中秋后将太后的梓宫亲自送到景陵，与先帝合葬。圣驾启程之前，要备办的事情自然是极烦琐的，一进乾清门，满眼望去，都是穿梭如织的太监、苏拉①，打点东西、收拾行装，忙得不亦乐乎。因为有这样一件大事在前头，寻常的政务原本要先放一放，所以六部中除了礼部之外，其他人倒可以稍微歇一口气。譬如吏部的例行引见就暂停下来。隆国舅忙里偷闲，原说趁着秋高气爽，告个假到城外去跑跑马，谁知刚走到西直门边上，就叫一个乾清门侍卫飞也似的赶上来，传旨叫他即刻到养心殿去。

隆科多在隆宗门外碰见也被急召去养心殿的允祥，显然，他也不是个有准备的样子。两人对视了一眼，因这里人来人往，都是抬衣箱、搬器皿的太监，也不便交谈，所以各自点头致意了就往里走。哪知一进养心门，氛围就迥然不同，再进到养心殿内，就见皇帝一声不吭盘膝坐在暖阁炕上，一见他们进来，立即对旁边小心翼翼的总管太监张起麟道："给王子和舅舅看座、看茶。完事叫殿里伺候的人都出去，你和陈福在廊子下头守着，没有旨意，任谁也不许近前。"

张起麟应声之下，没半刻钟工夫，殿阁里就只剩下他们三个人，殿门吱呀呀一关，殿内日光立刻也暗将下来。这样诡秘的气氛，今上

---

① 苏拉是满语闲散之意，用于称呼旗人中没有官职的勤杂苦役。

皇帝正位以后，还真是少有，倒像一两年前密谈筹划的样子。隆科多的一颗心原本还沉浸在院外众人忙忙碌碌、跑上跑下的场景里，皇帝忽然如此，真叫他这个经多见广、心如铁石的人，也陡然紧张起来，往旁边看了看允祥自然也是一脸惊诧，然则皇帝不说原委，他们也不便动问。又等了一时，皇帝才皱着眉低声道："昨儿下晌不见外官，单同章嘉活佛的弟子说了几句闲话，又请他问卜，看他支支吾吾的，就多问了两句，他说只怕这次到山陵去，要有一件大事。他这一说，我又想起来，之前年羹尧进京，说他幕府里有几个道士，随便讲些命理的学问，也说今年八九月间，是要有件大事。他叫我不要离京，就离京，也不要超过十天。当时太后的身子并没有很不好，皇父的灵又是三月就送过了，自然没往这上头去想。这会儿旨已经下了，要不去也不能，可心里有这件事，总是不安静，昨天一夜也没有睡安稳，所以急着把你们叫来商量商量。"

　　所谓"大事"，要是对别人说，或许还有许多的解释，只有这三个人的时候，就单剩下诸王谋变一解。允祥听罢心里也是凛凛生寒，斟酌半晌方道："这次是舅舅和廉王留京，照说是不碍的。皇上要是放心不下，臣回去上个折子告病，也留在京里——"

　　"不行！你也留在京里，要是路上有事，连个商量的人也没有。再说允祉、允䄉他们都去，你们都不去，我倒成了群小环伺了！"皇帝一口就打断了他，又自己气得一拍大腿道，"都怨我，就不该把老十四从景陵放回来！"

　　"皇上先别急，依我看，舅舅在京里看着允禵几个人，是万无一失的。允禵空有一个郡王头衔，是个没名没分没差事的人了，最多就是闹丧罢了。至于允祉这些人，从来不曾成事。这一路也不过十几天，您实在不必忧心。"

　　"奴才这个提督，一呼可聚两三万精兵，京城原本不妨事。皇上既这样忧心，何不趁出京前将他们都拿了！"隆科多一听这个题目，登时豪气干云，心道这两个人实在书念得太多，竟如此优柔寡断。如今大权在握，天下尽在号令之间，怎么还要为这样的事对着发愁！是以身子向前一倾，咬着牙出了个硬主意。

　　"皇父的服制未满，太后又是新丧，这会子没有着实的罪名就拿人，也太不好听了。"皇帝烦躁地摆了摆手，自己又想了想道，"我昨天想了半宿，只有一个主意，还算是远近兼顾的法子。"

　　"什么？"

"立储。"

"这！"隆科多惊得当即就站了起来，瞪大了眼睛道，"皇上春秋鼎盛，龙体康健，这是怎么说！"

"舅舅听我说完嘛！"皇帝一迭声指着绣墩命他坐下，又道，"自然不是二阿哥那样的立法。是写一张立储的密诏，放在宫里众人皆知、又众人不见的地方。不怕一万，就怕万一，也免得像皇父那样——"再往后的话，他实在也没法说得出口，总不能说，像皇父驾崩时那样，再出个仓促之际废立可以自专的隆国舅吧。

"皇上的圣意——已经定了么？"允祥虽然也惊得够呛，却没有隆科多那样莽撞，半晌回过神来，颤声问了一句。这件事是何等重大，竟说得如此突然。且即便是自己的身份，也根本不能细谈，总不成去问要立哪位皇子。抑或这是权宜之计，还是他早已深思熟虑，偏要借这个当口说出来？

"虽说是权宜之计，终归是件最要紧的大事，所以先同你们商量。要是觉得可行，我想，就在送灵前一天当着诸王大臣的面下旨，正叫老八他们顾不上准备。嗨，想想也丧气，谁叫我当了大半年皇帝，仍旧是个孤家寡人呢！"

"皇上圣德圣智通于神明，臣不能及于万一，不敢不竭力承奉赞襄。"听皇帝这样说，允祥顶顶后悔自己才问的那句话，他倏地跪伏在地，就势磕了三个头。皇帝赶忙下地来扶住，却见他有些战栗不能自持的样子，才待要问，允祥即以袍袖拭泪道："只是竟让皇上连去趟山陵也这样忧劳，比一比皇父连年南巡北狩，做臣子的实在无地自容。

"贤弟为了我已经操心至极，千万不要这样说，他们党羽固结得厉害，咱们慢慢来就是。"皇帝拍着他的肩膀好言宽慰几句，待他坐定了，又转头问隆科多道："那舅舅也以为可行么？"

"奴才自当唯圣命是从。"隆科多早叫这兄弟俩弄得一头雾水，但他大略也晓得一点允祥的意思，这么大一件事，怕不是皇帝临时起意那么简单，只是赶这样的时机说出来，似乎有一石双鸟的效用。想到这也忙跪下去，叩头领命。

"好！那么到时候还要舅舅来敲个边鼓。"皇帝也扶他起来，见他不解，便笑道，"老八他们怕你。"

皇帝恭送太后梓宫到景陵的前一天，出人意料地将总理事务四王大臣、诸王贝勒、二品以上的满汉文武大臣，全都招到乾清宫去。皇帝坐在西暖阁宝座上，在京的王公大臣小两百人，在暖阁和正殿里排得满满当当。这里头的人，有两三成是要随驾去遵化的，正在家忙着打点东西、收拾行装。皇帝政令极为严密，这样的时间，这样大张旗鼓地面见群臣，内监、侍卫中却一点儿消息也不曾透出来，这在先帝一朝，简直匪夷所思。

一时大礼行毕，皇帝才一说开场白，就把众人吓得直冒冷汗。实因他说的不是别事，乃是圣祖仁皇帝去冬崩于仓促之间，而又于临终前一言定下大计，命他承继大统的事！这一向半年多来，说起别的事还则罢了，单这一件事，乃是朝廷最大的忌讳，人人满腔疑惑，却绝不敢妄谈一回。不想今天皇帝竟当着举朝重臣自己说出来，殿阁里这些有干无干的人，霎时屏气凝神，任谁也不肯走神犯困了。

哪知皇帝才起了这个头，就话锋一转，说道："当年因为二阿哥的事，圣祖心力交瘁，日夜忧烦。皇父天纵英明尚且如此，我德薄才浅，万一也遇见这样的事，岂不成了祖宗的罪人？如今几个皇子尚在年幼，孰优孰劣也未尽保得一定，只是我身膺宗社之重，实在不能不预先筹划。"

说罢他将手拍了两下，就有宝座旁边侍立的侍卫走到后头小门，将帘幕掀了起来。众人抬头一齐看去，只见领侍卫内大臣马尔赛带着两名御前侍卫从中室里走出。马尔赛手捧一个挂着金锁的锦匣，他是个矮胖敦实的身材，因为恭敬小心唯恐有失，所以就这几步走，也显得颤颤巍巍。

待他走到御座旁跪定了，皇帝就站起来，敲了敲那锦匣道："思来想去，只好先写一道密旨封在这匣子了，再将匣子放在乾清宫正大光明匾之后。我现在身体还算康健，这件东西要白放上几十年也说不定。只是要大家都知道这件事，防备宵小而已。"皇帝说着，不由"唉"了一声，叹息道，"这也是不得已而为之的事，诸王大臣要有更好的法子，这会儿也不妨再议一议。"说罢侧脸就看允禩。

允禩虽该领衔回奏，但因全无准备，心里又开锅一样乱，一时就怔怔的没有作声。倒是后头隆科多抢步出班，长跪朗声道："圣祖仁皇帝恩待群臣如同子孙，皇上继承大统，臣等辅佐皇上，自该和辅佐圣祖一样。现在皇上已经为万世大计发下明旨，做臣子的自当遵旨行事，不敢另有异议。"他是自幼习武的人，虽然年过半百，但中气忒足。先前皇帝说话，只是日常口气，因殿宇阔大，后班几个年老耳背的大臣，总听得半真不真。这会儿隆国舅斩钉截铁、声如洪钟，真有振聋发聩的效用，一时间群臣相随舞拜，齐称谨遵圣训。

　　既然是众心所向，皇帝也不再谦逊，他先命群臣退去，只留下四位总理事务王大臣，同自己一起走到正中明间。殿内的至高处是世祖章皇帝亲书、康熙年间磨勒上石的正大光明匾。匾额高踞六七丈外，需一个身手灵便的侍卫，携着锦匣攀梯而上，稳妥安放。皇帝这一件大事办成，连日里的忐忑不定也缓和了些。此时天高日朗、殿门大开，一缕秋阳洒进殿内，带来不少惬意温暖。他虽对允禩存了一万分的戒心，但也觉干在这里没趣，遂先开口道："太后原与良妃母情分最好，这次送灵，本该叫你去尽尽心，只是京里不能没有要紧的王子留守，所以叫你和舅舅看家，还需小心些才是。"

　　"是。"

　　"老十四自从陵上回来，除了同众人一处齐集行礼，从不肯请见，难道要我求着他来？你们素来最好，也该多教训他，叫他知道好歹。"

　　"是。"

　　"九贝子已经到西宁几个月了，你也该问他缺什么东西不缺，要有缺的，也该替他置办置办。"

　　"是，臣遵旨。"

　　皇帝一连说了好几件事，允禩近来动辄得咎，今天又心乱如麻，这会儿生怕哪句话接差了，又生出事故来，所以一应里低着脑袋，诺诺连声。皇帝自幼与他同宫居住，分府后又是近邻，原本最是相熟，深知他是个长于辞令、惯能应答的人，不然怎么能博得那样的人望？不想如今在自己跟前，竟如此拙讷枯竭，皇帝一厢里先生出几分得意，转而又想起那"有大事"的卜卦，暗猜道：难不成他心里藏奸，或是有什么诡计，才显得这样老实？二人话说得这样干涩，其余三个人也难插得上嘴，只好往上瞧着那攀援的侍卫将锦匣放好，又慢慢退将下来。

　　第二天一大早，太后梓宫即由皇帝和大批的随扈王公大臣护送着，从景山寿皇殿起行，由地安门出东直门，一路向东而去。皇帝此行不住沿途的行宫，而是每日里搭建黄幄大帐居住。这是隆科多的主意，因为行宫本有专管，房屋又多，容易藏匿奸人。隆国舅实在是位尽职就业的宿卫能臣，他虽然自己留守京师，却对先驱前往的内务府总管、领侍卫内大臣等耳提面命，百般训教，又派了自己惯用的得力武官相随。告诫他们，务必紧盯着各站黄幄大帐的搭造，床柜等具凡有大空当之处，都要用刀剑刺过，沿途官道两旁的树林房舍，也要一一清理以备无虞。他甚至嘱咐允祥，途中若是骑马跟随乘舆，应该内着软甲、佩剑悬弓，以为防护。皇帝哭笑不得道："舅舅也想得太玄乎了，要是轮到他来舞刀弄枪，我这皇帝大可不必做了。倒是京师的防备更要紧，一切都要仰仗舅舅。"

皇帝八月十八日启程，一路急行，二十二日就到了山陵，随后连着几天到享殿前哭祭先帝、太后。因为礼仪过于繁复，又不曾间歇，七八天下来，就是年轻的宗亲、侍卫也有些支持不住，心道皇帝到底是四十几岁的年纪，竟这样不辞劳苦，累日亲往举哀，也实在诚孝感人。焉知皇帝心里计着日子，只道年羹尧算就的十日内回京可保平安，是万万不能做成，但赶在十五日内，总还有望。只是奉安大礼载在《会典》，原是一样也不能少，少了便是不孝，所以要想提早回京，就只好连日行礼不断。

皇帝惯忍常人所不忍，吃这些劳累，为的是心里安稳，终归不在话下。至于允祉、允䄉等人，又是鞍马劳顿，又是早晚行礼，各个累得心慌气短。且每逢举哀，皇帝一进陵寝大门，就自哭了个声震天地，倒把众兄弟子侄的哭声都比下去了，旁人就想哭闹，也没有缺空。总之一连数日，俱都礼数井然。

九月初一是安厝地宫、点主上香的大礼。此礼行毕，这一趟的正事就算办完了。所以到了八月二十六这天，哭得晕头转向的诸王大臣们合词奏请，说圣躬这几天哀痛过甚，劳瘁已极，请在二十八日暂且稍息，就不要去陵前哭拜了。皇帝先让了两让，随后才传出旨意，勉从群臣之请。众人幸喜得了这道"赦诏"，二十七日祭祀一过，就晃晃悠悠各回各的行帐，叫从人捶背按腿，准备一通好睡。哪晓得刚换了衣裳，就有御前侍卫来传旨，叫各近支王公次日辰初行宫观见。

大伙儿一头雾水挨了一宿，第二天刚在寝宫内排班站定，就见皇帝通红着一双哭了几天的眼睛，一语三叹，缓缓开腔道："这几天马不停蹄的，你们也辛苦了。我每天到陵上致祭，夜间满眼里都是先帝、太后的音容，又想起皇父的圣德功业来，竟是一刻也不能安睡。再思量后天的奉大典安过后，哪怕年年都来祭陵，也不能梓宫前哭上一哭，就愈发难受。前天怡亲王替你们转递折子，自己也再三劝谏，说我要是劳损身体，必不是皇父的所愿，再者诸王大臣也太劳乏了，今儿该歇一歇。我原也是这样打算，可有一件事很放不下，所以又叫你们来商议。我想皇父的陵寝关系重大，要是只按照定例派遣大臣守护，心里实在不安，所以想从亲兄弟里选派一个人封为王爵，从子侄里选派二人封为公爵，代我驻守山陵。挨个算了算，众兄弟里头、廉亲王、怡亲王的职任重大，断断不能走开。诚亲王、恒亲王、淳亲王，还有十二阿哥府里都有妃母住着，也不能不在家伺候。再往下就是十四阿哥，现在京里没有差事，要是驻在景陵，还能将太后额涅的孝一并替朕尽到，倒是一举两得。"

皇帝到此处顿住，目光就往下看去。他一席话说得极为堂皇，先帝皇子虽多，可国事、孝母这两款走不开的缘由当前，这桩守山陵的差事，一出溜，就出溜到十四阿哥允禵身上。虽然任人都知道皇帝有意为难他，可谁也不能挑出毛病来，一时就没人吭声。皇帝见他们无话，干脆就看着允禵道："既要常住，你带着家眷也使得。"

允禵见几个哥哥都不说话，心里咬了咬牙，只好自开腔道："尽孝虽是应当，可我的福晋近来患病，不便挪动。"

"听说你的福晋自你到甘肃前就常常生病，总是三天好两天坏的。马兰峪的风水最好，又有皇父、太后保佑，在这住一住，静静心，不定就大好了。"皇帝心里冷笑一声，转向允祥道，"可叫太医院挑选两名有能力的医生，一同住在陵上，为十四福晋调治。"

"她近来很有些不好——"

"要是实在不宜水土，再奏闻回京去就是，这会儿还是先来。"

皇帝说得斩钉截铁，按道理，允禵就该叩头领旨。可他的性情毕竟刚直，与皇帝又久有芥蒂，当众听着这道突如其来又不由分说的旨意，压抑委屈不免又冒出来。一时间青筋暴起，直戳戳站在当地不动，在旁人看，是要当场跟皇帝争执的架势。允祉见此情形，生怕又闹出什么花样，且实在可怜允禵的处境，是以仗着为兄的身份，向前解说道："既然福晋患病，不如叫他缓些日子再到陵上。"

"病有久暂，不知缓到哪天是头？难道一年不好，就要缓上一年？那就换个人罢。还能叫谁留下，我也没有主意，请三哥来指派得好。"皇帝闻听允祉开口向着允禵，当即将脸一沉，随后又自己拢住脾气，边用手巾去擦酸涩的眼角，边等着允祉说话。

允祉本是打圆场，哪料皇帝兜头一阵风，就把这个往死里得罪人的事吹回来。他登时就怔在那儿，芒刺在背，仿佛众兄弟的二十几只眼睛都盯着自己看，不觉打了个冷战，磕磕绊绊道："皇上虑得极是，该当的。"

允祉这句话出口，皇帝的心就定下来，瞥了恨恨地喘粗气的允禵一眼，也不要他领旨谢恩，就命众人散去。

第二十二章　守城

初一日行罢了大礼，皇帝连行宫也没回，直接起驾返京，当晚就住到蓟州马伸桥的黄幄大帐里去。单把个允禵留在陵上，任他摔盆砸碗，冲着空山平野发怒。

一连行了三日，进城前一天，大队人马驻扎在三河县新店。因为一路平安，允祥十成里的心已经放下八九成，所以驻跸之后，先到皇帝所居的黄幄大帐议过进城后的安排，就回到自己的行帐歇息。他这十几天来也累得狠了，又要跟着行礼哭奠，又要出出进进周旋于一众君臣之间，还要特意留心扈从禁卫之事，特是末了几天，最要防着允禵怒极生事，实在是身心俱疲。他回帐后才待歇一歇乏，十七阿哥果郡王允礼就带着一行抬食盒、端器皿的人前来，满面堆笑请安道："今天是寒露，阿哥天天操劳国事，一定顾不上过节气。我家里有去年制的枸杞白菊花酒，昨天叫人从京里送过来，您要得闲，咱们一道品鉴品鉴？"

"有劳有劳，还是你过日子讲究，差这么一天半晌的，我真懒得折腾。"允祥晓得他总对过去的事心有余悸，再者前日摊丁入地廷议时，那位跳出来发难的刑部尚书阿尔松阿乃是他嫡亲的妻舅，虽说从头到尾都不干他的事，却又叫他担惊受怕了一回。所以出京以来，一路之上，他就时时到自己这里走动奉承，话里话外解释个不住。允祥因有意培植他做个臂膀，倒也乐得受用，就叫侍从们接了酒菜，布置停当，兄弟二人在帐中对饮闲谈。

允祥一连十几天都紧绷着一根弦，现在松弛下来，心绪也很不错，待酒至微醺，便将行旅的倦意扫去一半，越发有了谈兴，遂对允礼笑道："酒菜俱佳，可惜是在丧期，不然该请蒋酉君他们几位好饮的来添酒回灯重开宴，一起领你的盛情。"

"阿哥也太谨慎了，又不是会宴招饮、歌舞动乐的，单请几个随行办事的大臣小酌消遣，谁敢去给您嚼舌头呢。"

"还是小心些好。"允祥含笑摆摆手，将杯中酒一饮而尽道，"难得浮生半日闲，我可不想节外生枝。"

"王爷！哦——十七爷。"这里话音未了，就有他贴身的太监带了一个御前侍卫急匆匆进来。侍卫先朝他行了礼，抬头就看见允礼坐在一边，嗫嚅着没有说话。允礼是很乖觉的人，忙站起来，就想告退的说词。这一来倒叫允祥有些不好意思，且因酒至半酣，也就顾不得那么多了，皱着眉头向那侍卫道："什么事？说。"

"有一件要紧的事，请王爷从速到大帐去！"

"哦？"允祥一听这话，头脑里嗡的一声，浑身的酒意登时化作冷汗都涌出来。他赶忙要过手巾擦了擦脸，也顾不得允礼在这，一迭声命人"更衣"。哪知那侍卫连他换公服也等不及的样子，趋前求告道："实在是一件要紧的大事，里头传的话，请王爷即刻就去！"

"竟真有这样的事？！难道是京信？又或是允禵那里出事？"眼看天交酉初，落霞满天，又是行旅之中，若没有什么不得了的事，确实不必这个时辰急着召见——难道真是那件"大事"出了？他简直惊疑到了极处，两步走出去掀起帐帘，侧耳静听。那周遭十几里都是皇帝和随驾王公大臣、官兵夫役的营帐，因为今上用法严厉，又好在礼仪上挑毛病，所以这数万人聚居之处，竟然十分整肃安详，没有任何异常的动静。离他最近的是允祉所居的营帐，虽说已经点起不少灯烛，又有仆役人等出出进进，但一个个步履安稳，也是日常景象。他正在这里迟疑不定，那急得抓耳挠腮的侍卫竟又凑上来。看他要再次催请，允祥狠狠瞪了他一眼，拂袖斥道："我知道了！"

回到帐子里，允祥从袖中掏出一张朱谕，烦躁地看了一眼。那是皇帝临出京时交给他的，如果事出万一，可以即刻将允禵等人拿捕看押。他紧捏着那张朱谕，在帐中疾步转了两圈。允礼哪里见过他这副面若冰霜的神情，仿佛又回到先帝驾崩的那一晚，当即周身僵战，唇齿哆嗦，不过勉强屏住气息，站着一声不吭。允祥转瞬间定了定心，暗道事体不明，过于激切最要误事，于是又将朱谕塞进袖中，尽量压平了声音向允礼道："我这会子要去面圣，改日再来回请。"说罢也不等允礼答应一个是字，就径自出营，带人往黄幄去了。

一路夕曛静寂，时有暮鸦飞起，全不似有什么变故的样子，允祥心绪也渐渐平缓起来，只道自己是多虑了。及至皇帝大帐所在的黄幔城外，就见礼部尚书张廷玉、理藩院尚书拉锡先候在这里，他的心里又是一阵诧异：张廷玉虽是随侍草诏的亲近大臣，但毕竟是个汉人，拉锡虽然通晓青海的军务，可原是与十四阿哥好的人，真有"大事"，难道也要同他们说吗？待进了寝帐，便见皇帝腾的一下从宝座上站起来，上前抓住他的胳膊道："你怎么才来！果然！果然是有大事了！"

　　"啊？"

　　"年羹尧下午到的折子，罗卜藏丹津扣住了常寿，在西宁城外放铳攻城！"

　　"竟是这么一件大事！"允祥听得一口气泄下去，腿一软，差点平地跌了个跤，忙干咳两声掩饰道："这是反相毕露了。"

　　"年羹尧原说要明春出兵，不想竟这样早，他折子里说，现在就赶到西宁督战。"皇帝话说得很快，紧张中透着几分欢喜，随即转向张廷玉道，"即刻给兵部拟旨，总督年羹尧往西宁办理军务，调遣兵将之事甚属要紧，需给大将军印，还要颁给敕书。叫兵部行文延信，把署理的抚远大将军印交人带去西宁，给年羹尧。延信改授平逆将军，仍驻甘州防边。再敕靖逆将军富宁安，让他屯兵吐鲁番和噶斯口，断绝叛军与准噶尔的联络，所有动静，均听抚远大将军年羹尧措置。四川提督岳钟琪授为奋威将军，也铸给印信，叫他协理军务。"

　　皇帝接到年羹尧密奏的时候，年羹尧正在日夜兼程赶往西宁。这一座明朝时修建的卫所兵城，此时已近乎于焦土。城池虽尚为官兵驻守，但城内许多蒙藏回民和喇嘛僧人都与城外相通，城外三两千一股的叛军，时常深入各处隘口，轮番攻城。年羹尧只带随身亲军几百人，悄然潜入西宁，用西宁城中旧有官兵固守待援。

　　这一年的西宁冷得格外早，十月初，当地已是天寒地冻光景，且时见狂风凛冽，雨雪不断。敌军连续攻城三日，此刻暂没了动静，城中的军士人少，守卫轮换不及，这会儿好歹可以挂枪歇马。官兵们便倚着城垛、靠着大炮，三三两两闲话着家乡风土、父母妻儿。有的刚说上两句就酣然睡去，有的说着说着就触动乡情，呜咽出声。

　　年羹尧在城上巡视守卫，他这几年常在川藏、甘青等地奔波，遇上大雪酷寒，身体也不免有损，时常膝踝作痛、肩胛酸麻。但为大将者，总要以刚强示人，所以即便在这样的冷天，也只用一身棉甲御寒，不再另着狐裘。按他素日的规矩，兵士们这样或谈或睡的懒散，是绝不能容忍的。可这天却有些不一样。一来他陆续收到各路提镇的呈报，甘肃的永昌、瓜州，四川的理塘、黄胜关，都已依照预定的筹划，分兵驻守，叛军即便情急奔突，也难以进入内地，或是潜逃入藏。再者靖逆将军富宁安所部，也根据自己的奏请扎营吐鲁番，扼制叛军西窜伊犁之路。富宁安是满洲重臣，先帝末年驻守哈密的大将，将他的部属也归于自己节制，叫年羹尧很有些志得意满。二来西宁城原驻的守军本来不是精锐，人数又少，这几日守城确实辛苦。所以他就不计较军容整与不整，甚或时而指示从人，为沉沉睡去的兵士盖上征袍，以免冻伤。

除了随从亲兵，年羹尧旁边还跟着一位五十多岁的老书生，却是紧缩在一层层衣帽里，很畏寒的样子。他是胡期恒推荐来的幕友，姓汪名景祺，浙江钱塘人士。这位汪先生也是世家出身，父亲在康熙年间做过侍郎。他少负才名，却前程蹉跎，考到四十多岁，才得了一个举人，是以本来自傲的性情，又多加了几分狷介狂放，自称悠悠斯世，无一人可为友。胡期恒是个温和诚实的人，实在和他做不成同调，却有些可惜他的才情，干脆将他引荐给了年羹尧。汪景祺一见这位雄豪不拘小节的大元戎，立即引为知己，也不避辛苦，就跟着他一路赶到西宁来。年羹尧并不厌烦这样的狂恣之人，戎马之余，在这天高皇帝远的小兵镇里讽古骂今，也是一件快事。

"武皇开边意未已，将士可怜啊！"听着城楼上絮絮的土音，汪景祺也被感染了。他是个多愁多病的老书生，久客他乡，在这胡笳声声之地，难免要生出几分伤感来。叹息几声，眼圈就泛了红，却万万不敢流眼泪——在这样寒冷的地方，一汪泪水下去，就要结成冰，让风一吹，脸上如刀割一样疼。

年羹尧虽是翰林出身，却是见惯了疆场的人，心早已硬透了，见汪景祺如此，也只笑一笑道："你这话差了。武皇若不开边，哪来咱们的千古功业？你偏要跟我来，也不尽是做边塞曲来？"年羹尧自说着，也不理会他，照旧看城上的士卒。见有一个小伙子，才十八九岁年纪，身躯结实强壮，面容却很稚嫩。连日的煎熬让他显得眼神木然，头脑也不甚灵便，叫年羹尧看了半天，才晓得面前竟是主帅，忙拖着沉重的甲胄行了军礼，却不知该说什么。倒是年羹尧先问他："你是哪里人？"

"是肃州人。"

"祖辈就是肃州人么？"年羹尧又细看那兵士，阔面、细眼、高高的颧骨，褐色的眸子，很像蒙古人的模样，但他汉语土话说得很好，全没有生硬的气息。

"从小抱给人，不知道祖辈在哪。"这是个老实本分的小伙子，说起身世也不觉得悲戚，平静木讷一如常态。可他这样的神情，又触了汪景祺的感慨，不免摇着头叹息：　"为人子而不能知其父，可怜呐——"

"真是书呆子！"年羹尧又嗤笑一声，走到一个背风的地方，对汪景祺道，"唐人有诗说，'一自萧关起战尘，河湟隔断异乡春。汉儿尽作胡儿语，却向城头骂汉人。'如今是胡儿尽作汉儿语，却向城头击胡人。你知道么？"见他诧异，便解说道，"那个肃州的兵原是蒙古人，大约是喀尔喀内附时候流落陕甘，可不是胡儿作汉语么？"

"倒比汉人的弃儿更可怜些。"汪景祺脸冻得发青，回头看看那个小伙子，不禁唏嘘道。

"罗卜藏丹津叛逆，他兄弟叔伯们都愿做我的马前卒，到城头去击胡人，照你这等书生看，不是更可怜了？"年羹尧说笑着，看他实在冷得受不了，正待要一起下城去。就见两个亲军顶风跑来，呼着冷气禀道："大将军，南门有人求救！"

"嗯？"

"有几家藏民在城下求救，说一大股叛军在南门二十里外的庄子放火，他们先听着信儿，赶来求救，请官兵到庄子上接应百姓进城避难！"

"有我的帖子？"

"没有。"

"射杀了。"年羹尧的脸陡然沉下去，一挥手，两个亲兵答应一声，就要下去行令。

"回来！"年羹尧声气里带着铮铮铜音，见二人齐刷刷转过身来，便道，"告诉南门将士，准备迎战。"

"既是求救百姓，如何就射杀了？"汪景祺忍了几忍，仍说出口来。他晓得年羹尧是个令出必行说一不二的人，可事关人命，他还是免不了几分儒生意气。

"那是细作。"年羹尧沉着脸，满腹心事道，"这几天夜里，我已暗地着人出城，护送百姓到就近城堡里去，南门外百姓，原该在南川申中堡里。有不愿去的，都发了我的晓谕帖子，一旦叛军掳掠，需得

156

凭帖来投，没有帖的，就是细作。"

"大将军真是高明，料敌先机！"汪景祺听得兴起，也顾不得冷，就要拍着手大笑起来。却听年羹尧吩咐人道："送汪先生回城。"

"啊？"

"细作叩门，叛军不远。且先备下一盘棋、一桌酒，等我退了敌兵，回去手谈几局。"

果不其然，等年羹尧到了南城城头，目之所及，三四千的叛军已从远处纵马而来。驻守南城的总兵黄喜林几步迎上来，单膝礼毕，将一个藤竹的单筒千里眼双手奉上道："罗卜藏丹津的兵太狡猾，又赶藏人来给他们打头阵。大将军细看看这伙叛军，十停里有八九停都是藏人，蒙古人都在后头，枪炮打不着。"

"只管狠狠打！"年羹尧一只手紧紧攥着拳头，露出狰狞冷酷的面容。他接过千里眼握在手里，却不肯用，只用自己的目力，去看远处的旌旗。眼看着连片的寒光就要拥到城边，他昂起头，一指黄喜林手中的令旗，咬着牙道："老规矩，一个藏人十两银子，一个蒙古人二十两。"

黄喜林听得眼睛一亮，令旗高高举起，落下时，十几门子母炮、上百只火铳鸟枪，还有几百只火箭一齐发出。霎时间，轰鸣声、撞击声、哀号声汇成一片。城下最前一排的藏人们血肉横飞跌下马来，鲜红的血液从颈中、腹中、手足中飞溅出来，在刺眼的日光下一闪，立刻就冻住了，像红雹子一样从空中降落下去。藏人们见这样情形，早被吓住，拨马就要回去，却见后面的蒙古人挥舞着马刀高声号叫，大有退后就是一刀的架势，只好硬着头皮向前冲去。黄喜林的令旗再一落，又一排魁梧的"肉墙"，在厚实藏袍的包裹下，发出撕心裂肺的呼喊，应声坠地。

一个多时辰的反复冲杀，叛军扔下几百具缺手断足的尸首撤走了，城头上也是一片死寂。不知什么时候，天上竟又飘起大片的雪花来，将士颓然倒在墙边，顾不得去看城下的白骨。年羹尧如释重负，长吁一口气，冲仍旧紧握令旗的黄喜林勉强笑道，"换班，叫他们回城休整。"

"是！"黄喜林答应一声。他刚要传令，就听身后不远处一声惊叫，吓了他一个激灵。上前一看，就见一个放炮的兵士张着嘴，满脸惊惶盯着自己的右手。在这极寒之地，兵士放炮时需以棉布护手，否则皮肉碰到铁膛上，就容易粘在一处。方才战事惨烈，兵士身上虽冷，手心里却都是汗，就不由自主将棉布褪了下去。有汗时还罢了，及至战罢汗落，又下了雪，他的神思还没有回过来，右手上的皮肉就死死粘在了铁炮膛上。他想拔，却丝毫拔不动，再一使劲，几乎连皮肉都要拔下来。一股撕心裂肺的疼让他顾不得军纪大叫起来，两旁的兄弟围拢过来，眼看白花花的雪片落在他手上，一只粗汉子的手冻得婴儿一样嫩红。兵士用另一只手抓住自己的右臂，目眦尽裂地嘶喊着，向旁人求救，困兽般的叫声让刚从战事中苏醒过来的将士们又陷入难以言喻的恐惧之中。

"怎么弄成这样！"年羹尧闻声也走过来，黄喜林所部是自己的精锐，他几乎认得每一个兵丁的面目。这会儿俯下身，用手微微一碰那红得发亮的手背，兵士猛地号叫一声。他一皱眉，慢慢将手撤回来，向黄喜林道："你怎么带的兵？不按规矩来！"

"大将军救命！"兵士痛哭哀求着，他是久从军旅的老兵，知道年羹尧杀伐虽严，却不是不体恤士卒的将军。

"冻掉了更麻烦。"年羹尧又俯身看了看，轻轻拂去那只手上的雪片，从腰间拔出自己的佩剑，"铛"一声扔在地上，朝黄喜林说了句"去手"，就转身往城下去。紧接着，一声惨绝人寰的大叫灌进他的耳中。年羹尧停住步子，向紧跟上来的黄喜林道："记五十两银子，叫他好生养伤。"

第二十三章

坐困

随着各路提镇陆续赶来，西宁这座危城总算固守下来，年羹尧不待休整，就开始派兵向青海各处的叛军出击。罗卜藏丹津进犯南川边口的五千主力首先被击溃，紧接着大军又出北川寨口，在七家寨、莽果寺等地歼敌甚众。眼看着罗卜藏丹津气势日衰，和硕特部那些同他交好的王公们，也愈发地坐立不安，纷纷派人到西宁与年羹尧联络，自称是受了罗卜藏丹津的裹挟恐吓，不得已才与朝廷为敌。年羹尧一面上奏，一面派兵接应这许多的老弱残部，既要防着他们诈降，又得护着他们不被罗卜藏丹津追击。再到年终岁末，四川、甘肃等处也纷纷报捷，所谓王师所至，叛逆束手。罗卜藏丹津自己也很惊恐，特意派人送还了早先被他扣押的兵部侍郎常寿，请求议和。表章递上，皇帝哪里肯依，仍旧急命年羹尧挥师西向，除恶务尽。

大军势如破竹，年羹尧在西宁城也比早先踏实得多了。他初到西宁时上奏的折子已经发回来，皇帝批得异常细致，密密匝匝满纸都是，至他写到"昼则综核军务，夜则分班守城，臣之未能就枕者已十一夜矣"处，皇帝竟连批了三个"好心疼"，亲爱眷顾之情跃然纸上。末了的朱批更是亲昵赞颂以至于极，竟像是手舞足蹈说出来的话。饶是年羹尧自诩大将风范，也不禁念出声来：

"朕躬甚安，实在胖大了，都中内外光景甚安宁如意。但你这一种待朕，朕实实疼你的心说不出来。尔之所奏一切折子，间或与怡亲王看，他皆为之坠泪。朕实在怪不过意的了，好生留着精神心力，不可太过劳了，一点不珍重，就是负了朕了——"

坐在一旁的汪景祺，看看竭力绷着脸、却按捺不住得意洋洋的年羹尧，极不屑一哂。天愈发冷了，漫天盖地的都是雪，书房里摆了许多的炭盆，烤得案上的文书军报都一劲地发酥。他这个南来的秀才依旧畏寒如虎，紧缩在袍子里，只露出脑袋和半截手指，捧着热滚滚的奶茶大口牛饮。他本来喝不惯这个，等天冷得受不了，才知道这是极好的御寒之物，蒙藏诸蕃那样结实的身子也离不开。及听年羹尧念叨出声，他也忍不住偷眼去瞥密折，年羹尧的字体粗大工整，用墨浓厚，皇帝鲜红的行草朱批夹在行间，格外显眼。边看着，汪景祺便摇头道："大将军也是两榜出身，这样的话，是待士大夫之道么？"

"你也就是和我，换一个人，恐怕性命难保。"年羹尧听得虽然不悦，但在这远僻荒城，只有他一个操持文墨的人，所以不肯太计较，只漫然道，"我与皇上，正应了那句外托君臣之义、内结骨肉之亲的话。我劝你这呆性子要收敛些，过两天小岳他们到了，你再这样口无遮拦，留神告你的御状。"

年羹尧说着话，又去看那朱谕，见皇帝话锋一转，从叫他节劳珍重，转又写道："有九贝子在陕一切饮食起居行动，着实谨慎留一番心，少不可疏忽，第一要紧。"直看得年羹尧心里一动，想起前两天路遇九贝子的情形。

其时西宁周边已没了叛军，在青海的人无不高兴，只有九阿哥允禟一人向隅。实因为皇帝有密谕给年羹尧，怕他在西宁蛊惑人心，最好另找个更偏僻的地方安置。青海辽阔荒僻，除了一个西宁城还有些房屋人气，其余地方，在允禟这个皇城里长大的阔阿哥看，全跟野人待的地方差不多。只是圣命难违，他再不乐意，也没有办法，不过凭人在西宁往北几十里一个叫西大通的地方建了院子，连人带东西都搬过去。

西大通本是个没人烟的地方，只有前明的一个百户所，留下些军户住的房子和开垦的薄地，前一阵烽烟突起，也叫兵乱糟践得差不多了。只有一节，这里是西宁到肃州的必经之路，又驻了兵，所以年羹尧先前在晋陕两省召募的商贾，多有在此处聚集的。天下熙熙皆为利来，天下攘攘皆为利往，饶是冰雪严寒，路无遗草，仍挡不住一队队的驮马载着粮食、盐巴、砖茶、布帛前后往来，卖给沿途驻扎的军营，再采购了青海当地的土产药材，卖到内地去。

这一时房子修好，允禟就先行搬去，前些天年羹尧出城办事，便在途中遇见了他。既然遇见，也不能不聊作叙谈，所以二人就路边找了间干净保暖的民房，各自坐下。哪知年羹尧尚未开言，允祹已是唉声叹气，抽抽搭搭抹起泪来。

年羹尧见他如此，心里就暗暗笑起来。他是旗人世家子弟，又娶了高门的太太，所以此前在京时，和皇子王公都有来往，和八王一党的走动，还尤其要多一些。先帝诸皇子中，论谦逊和蔼、待人细致，首推是廉亲王允禩。其中他最拿人心的，便在这"会哭"上头。端的切时切地，感人肺腑，颇有些小说话本里刘皇叔的意思。至于允祹，因和八阿哥最好，就不免要学他的气度，去作一个贤王。怎奈允禩人品俊秀，声音亲切，每哭起来，别的不说，就样子也很好看。可允祹身子本来臃肿，这会儿穿一件素色大胖袄，就愈发显得横起来，再学着允禩那样抽泣拭泪，实在有丑妇效颦之嫌，令人发笑。

允祹一行哭，一行叹道："今儿见着亮工你，就让我想起这些年的情形来。我和当今，原本是最同心合意的，后来为了争虚名，才得罪了。说来也不是我们自家要争，都是小人撺掇。唉，不说也罢，你是明白人，自然都知道。"

"羹尧是年久在外的人，贝子说的话，我都不知道。"年羹尧见他边哭边说，起初还抬了眼皮瞟一瞟自个儿，往后越说越一门心思大哭不止，倒似有些情不自禁。想着他天潢贵胄落到如此地步，年羹尧的心里也觉恻然，只是碍着皇帝交代，仍旧板着面孔正色道："不过就贝子的美名，我实在没听见过，不单贝子，就廉亲王，也不曾听说。"

"本来就是虚名，误人误己，不曾听说最好。"允祹叫他噎得一怔，倒也应变得快，当即转口道，"我是说与皇上原本要好，如今到这个地步，实在是天大的误会。亮工你知道，我额涅年纪也大了，虽有五爷在跟前伺候，到底我不放心。人说父母在不远游，你看我，我这都远到哪去了！"他一说到此，又哭得凶起来，更一声一声叫"娘"。年羹尧晓得他是想回北京的意思，却不能接茬，只道："贝子这话大错了，如今大战正酣，贝子这个天潢贵胄一走，岂不动摇军心？常言说人子之道母不大于父，人臣之道父不大于君，要是心里没个轻重，就在京里，太妃也不能替您放心。"

"果然亮工是最懂得忠孝，令尊老大人积德，有你这么个令子。当年你拜封疆，皇父就骂我们几个，说你们这些不成器的，要赶上人家一半，也不枉说是我的儿子。"允祹见哭求不灵，就擦擦眼泪，又改作吹捧。却见年羹尧连称"惭愧"，笑道："贝子独个在这也寂寞，不如把家眷搬来，也便于照料？"

"搬家眷？"允禵深知，这家眷要是搬来，就是常住的打算，一时半刻回不得京去，所以心里陡然一颤，又摆手道，"家眷要来，还要许多盘费，还是我自己过日子罢。"

"贝子太过谦了，谁不知道您富可敌国来着。贝子不便说，我可以代为请旨，说搬家眷的事。"年羹尧说着就站起来，作告辞的模样，及见允禵满脸晦气寡言不语，又哈哈大笑道，"不怕贝子怪我拿大，要说贝子在我这里，虽是穷山恶水，还有两天安静日子，要在京里，怕还保不齐呢。"

"那是，自然要仰仗你大将军。"允禵听着，心中不免一动，他的口气神情虽然桀骜自大，断不是外臣待皇子的礼貌，但话却说得不错。这里山高皇帝远，端的是年羹尧一手遮天，只要自己应酬好了他一个，皇帝那里反倒好说了。想到此，他暗自喟然一叹，脸上却笑起来，起身说声"亮工仔细身子"，又上前拍拍他的肩膀，拿满洲兄弟之礼使劲抱了抱他的腰，就一同走出去。

既然回京无望，就要在西宁这里想个长远打算。所以一回到西大通的小院子里，允禵就叫人请了一对难兄难弟——苏努贝勒的两个儿子勒什亨、乌尔陈一起来商议对策。苏努是太祖皇帝长子褚英一支的遗脉，是宗室里有分量有功劳的人。他的子女极多，且素来与允禩等人交厚，是当今皇帝很忌惮的人。其中勒什亨、乌尔陈两个，最惹皇帝讨厌，所以随便一个借口，就打发他们与允禵同往军前。说是同往，途中却不能常见，动辄就有宫中派来的人看着，体己话只好偷偷摸摸地说。等安顿在西大通，三人虽是比邻而居，却小半个月还没找到相聚的由头。等来等去，允禵总算等到自己生母宜太妃的寿辰，指称遥祝，才将那两个人请到自己的院子。他是个会享受的人，又大方，那些派来"服侍"他的兵丁都愿意替他效力，所以时间虽急，整治却很齐整，一个不大的花厅，收拾得四不透风。允禵坐在主位，他的两个儿子弘晸、弘章侍立在下头，等勒什亨、乌尔陈一来，允禵就站起来，几个人一起向东遥拜，说些祝祷福寿的话，随后才安稳落座。

允禵是个壮实的人，却偏要做出病恹恹的样子，他穿着加厚的猞猁狲皮袍，持着一盏羊羔酒，待儿子过来搀扶着，才慢慢起身，缓步走到门口——那里站着两个宫中侍卫，他将酒塞在一个人手里，说道："跑到这鸟不拉屎的地方来，你们也跟我受苦。今天是我母妃的千秋，我高兴，你们也得陪我高兴高兴。喝了这杯酒，是赏我的脸，好不好？"

"九爷这话奴才们当不起。"那侍卫红了脸，接过酒，赶忙一饮而尽，不待允禟再说，便对同伴道，"既是太妃娘娘的寿日，不妨叫爷们高乐一天，兄弟你说呢？"

"正是正是，不知九爷肯赏咱们兄弟一桌酒不肯？"另一个人也很知趣，知道同伴敢说这话，必是得了不小的好处，所以也卖个顺水人情，嬉笑点头。

"酒我早给你们预备了，叫我的两个阿哥陪着你们去吃。"允禟得了计，招手叫过弘晸二人，会意地一挑眉毛，"你们到西厢房好生吃几盏，选两个看得过的丫头去服侍，需得不醉不休！"

"得嘞，谢九爷赏！"两个侍卫都是三十上下年纪，挑上这个破差事，也不能随带家眷，到西宁之后又赶上围城，连个母耗子也难找。一听这话，顿时乐得眉开眼笑，打了千儿，三蹿两蹦就跟着弘晸他们去了。屋子里只留下允禟三人，由他自己家的亲近太监伺候把盏。

"九爷破费了多少，让他们这样痛快。"乌尔陈年轻，绷不住话，夹了一箸牦牛肉，眨着眼睛看自己兄长。

允禟也不说话，只伸了两个手指头，"吱"地吸进去一口酒，摇头道："没戏没曲儿的，闷酒难喝啊！"

"二百两？那是不少。"乌尔陈又用小刀割了两块烤羊羔，不屑道，"这地方人唱曲儿跟狼嚎也差不多，本要叫两个山西买卖人带的小戏子来，想着您还在先帝爷的热孝里，怕不方便。"

"瞧瞧你兄弟，你们家老爷子那样的手面排场，他竟这么小家子气！"允禟扑哧一乐，斜看了乌尔陈一眼，转对勒什亨道，"二百两？我早叫四皇上抓回去了！"

"难道两千？也忒多了些！"勒什亨听得一愣，他知道允禟是财神，挖人参、通外洋、开当铺、放印子，对属下人敲骨吸髓，无所不做的，可也没料到他竟如此挥洒。先帝比起今上，就是大方的人了，六十整寿大赏宗室，赏到贝勒贝子一等，也不过两千两。怪不得那两个侍卫不怕挂累，答应得利落。

"我是要死的人，留钱做什么，不如换了大家高兴。"允禟幽幽盯着满桌子的牛羊肉，也不动筷，长叹一声，将荷包里的鼻烟壶掏出来嗅了嗅，"与其叫人这样折磨，比拿刀子杀了我还难受。"他说着，又指指身后站立的两个太监道，"把我一个人怎么样也罢了，把我这些跟随的人都带累在这，我心里也过意不去。要是能把他们弄回去，过一天平安日子，我死也甘心了。"

"主子又说这些伤人心的话。奴才们哪是怕带累的，只是心疼主子，金枝玉叶，在这里受苦。老天不长眼，给主子这样好人，摊上个没天良的亲哥！"两个太监都是他最贴身的，平素里仗着允禵霸道惯了，哪里吃过这些苦，心里早就愤懑到了极处，只是不得发泄。今天听允禵这一番话，又是感激，又想起自己苦处，都一齐趴在地上，哭得个涕泪交流，连带勒什亨兄弟也跟着难过，把眼睛都憋红了。

"算了，何苦这样，又没人心疼。"允禵又喝了一盅酒。青海这个地方，地势高，人的五脏六腑与在平地上不同，就说酒量，在京里是八两的量，到这少说也能一斤，只是羊羔酒总带了一股腥膻味，允禵每喝一口，就呛得一皱眉。他撂下杯子一拍勒什亨的肩头，"说正事，老穆怎么还没来？"

"老穆"说的是葡国人穆景远，他本是来传教的，进了宫廷，给先帝作通译，和皇九子允禵最亲近。这次允禵到西宁，他也跟了来。到了西大通，虽住得一墙之隔，却也成天有人看着，不得自由来往。苏努一家子都信洋教，勒什亨的三哥苏尔金还受了洗，如今途穷，再没有爵位名禄可以顾忌，勒什亨、乌尔陈两个也愈发相信西人的天主可以救他们于危难，所以特别敬重这位穆景远神父，时常问候照顾。

听见允禵问起穆景远，乌尔陈又想起一件难过事，竟有些哽咽道："九爷可别提这不开的壶了，真真当今的主子见石头也要踢三脚，他折腾咱们，好歹有些缘故，可折腾人家传教的洋人又何必！"

"洋人也碍他了？"

"前儿听穆先生说，闽浙总督上了折子，要禁教，把洋人们都赶到海里头去。又下旨骂我阿玛信洋教，是叛国。"

"欲加之罪何患无辞！说你阿玛的事，与信洋教什么相干，还不是为了那些窝里斗的事。"

他们这里正说着话，房门"吱呀"一声开了，就有一个守在门外的太监，领了穆景远进来。他是从后院土墙上的洞里钻过来的，所以满身的泥水和冰雪，浑身裹得豆腐包一样，只余一团花白胡子露在外头，已结了冰碴。穆景远在京城待了二十多年，汉话说得很好，见允禵在座，勒什亨兄弟已是站起来，忙哈着冷气鞠一个躬道："让九爷久等了。"

"你怎么了？让风呲了还是哭过？"及坐得近了，允禵细觑他的脸，才瞧出来，他的面色很暗，眼睛也是肿的，脸上似还有泪痕。等人捧过碗碟去，就见他哀叹着默默在胸前画了个十字，低声道："京里传来消息，礼部已经议准，要把所有传教士都赶到澳门去。"

"我是他亲弟弟，都弄到西大通来，何况是你们这些洋人！"允禵没好气地一敲桌子，大咧咧地向穆景远道，"你也甭操那六国贩骆驼的闲心，他虽不顾及先帝爷，可他自己最信和尚道士，想来也不会太难为你们传教的。倒是你跟我好，他是知道的，若再不做个长久打算，往后的下场，怕还不如你那些教友。"允禵正拧着眉毛发牢骚，眼看就要扯上正题，却听外头有人叩打院门，四个人一时就都不作声了。略等了片刻，允禵朝身旁的太监递个眼色，那人轻手轻脚开了房门出去，只说了几句话就踅回来，又紧闭了门，将一个信囊呈给允禵道："府里送来的，是八爷的信。"

"喔，"允禵一手接过来拆开，等看完了，就从荷包里拿了火镰出来，将信一把火烧了，才叹息道，"太后的大事已经办定了，十四爷话也轮不上说一句；咱们八佛爷更窝囊，安郡王家的爵位叫停袭了，所有的属人都拨给了老十三。"

"安王家停袭？"勒什亨听这话，激灵一下子。当年的安亲王岳乐，在顺治康熙两朝，是何等风光，连允禵这个外孙女婿也跟着提气不少。如今儿子还有好几个，却不叫袭爵，这是哪国的道理？再者安郡王家的爵位说废就废了，那自家就更不值一提。他越想越害怕，忍不住问道："八爷怎么不给求个情？福晋是跟舅舅家长大的，他怎么也得——"

"你还不知道我那没硬气的亲阿哥！"允禵猛一捶桌子，一下子靠在椅背上，气急败坏道，"他空挂了个总理事务的名，见着那一位，活像耗子见了猫，早叫人拿死了！别说安王家停袭爵位他不敢言语，就是停到他自己头上，他也照样不敢！"允禵也不看勒什亨惨白的脸，兀自和允禩搁气。他早知道有这一天，可没想到来得这样快，所以越想越是可怖，大冷的天，身上一股一股冒着汗。倏地一下，他看向画着十字、念不绝口的穆景远，一把抓了他的手颤声道："咱们只有一条路，你得帮我！"

"什么？"

"前儿我见了年羹尧，听他说一句话，倒还在理。我现在这个地方，只有依靠着他，才不至于遭难。我知道你和年羹尧的哥哥最相熟，烦你去一趟西宁，拜会他一遭。约他得了空，与我再见一回。"

第二十四章

防闲

　　西大通虽然消息不畅，但穆景远所说禁教的事却很准。事情的缘起在福建的福安县，本年十月，当地的几位官学生联名控县，说西洋传教士在县内大建教堂，传教惑众，败坏民风。知县是个才上任的，临来时就风闻本县的教士势大，小小一个福安，教堂竟有十五六座。每逢布道，男女混杂，教民被教士勒逼，不嗣父母、不奉祖宗，甚至有信教女子被妄称修女而不能婚配的。知县是个循礼不悖的儒生，哪里听得这个，立即请了闽浙总督满保的宪令，将所有传教士一并驱逐出境，押解去了澳门。

　　事情闹在一个县里，却叫总督满保上了心。他在福建多年，深感闽省地接海外，多有与海上洋人勾结，抢掠为患的事。而这类事每经审问，又必问出传教士帮助联络的情节。满保虽然是满洲人，却是从科举出身的翰林，本来厌恶洋教，一向有根除此弊的念头，现又揣摸着新君喜欢更张旧制，所以一纸封章上去，不单福建一省，更奏请举国禁教，拟将各省西洋人全部安插澳门，不准登陆。

　　其实不只满保，就是京官们，自罗马教廷发下不许中国教民尊孔祭祖的教旨，就舆情汹汹，多有请先帝下旨禁教，以正国俗的。先帝虽也气恼教皇不晓事，却还法外施恩，要在华的教士各自申明，顺从中国礼仪，而后由礼部颁发信票，留居中国。不肯顺从的，则加以驱逐。今上皇帝最恨宫中教士在皇子之间挑三窝四，加之满保奏折写得厉害，将耶稣会在沿海如何潜滋暗长，教士如何勾连外洋，教民如何忘本违礼，地方官民如何群情激愤，条分缕析，剀切备陈。皇帝遂拿定了心意，叫他把禁教的宗旨正大光明写个题本，发交礼部议奏。

待礼部议准，皇帝旨下，尤以科甲出身的地方官员响应最为迅捷。很快，北方各地的驿站递铺都不再准许教士使用，不能自备马匹的教士还没上官道，就被憎恨洋教的士绅百姓递解送官。在直隶，保定的法国教堂被知县罚没，改为义仓；古北口的葡萄牙教堂被驻扎兵丁抢夺了圣像，当众烧毁；宣化的教堂则被拆毁，砖土木石一体充公。至于近海的福建、广西等地，更由督抚直接下达宪令，将通省教堂改为义学、义仓、祠堂或是佛寺道观。虽然皇帝也下过旨意，命地方官不得苛虐教士，但真到了民间，又有谁去领会这个。波兰神甫邦库斯基在杭州的大街上被百姓投来的石块砸死，平湖县的卜文气神甫在县衙前被人揪住打伤，要不是巡捕阻拦，也就一命归西了。至于山、陕两省的大主教洛里姆，叫人像押解犯人一样押到西安府才得脱身，他吓得连夜跑到北京去，投奔那些在宫中执事的同胞。先期就在广州的教士送来更坏的消息，说年羹尧的长兄、一向与传教士交往密切的广东巡抚年希尧，自接礼部咨文，就传下严令，让在粤的教士立即前往澳门，不得稍有推诿。本年之内，粤省全境，不准许耶稣会士一人逗留。

穆景远身在西大通，虽然一时还没有驱逐之忧，但事关他们天主圣教在大清的存亡，自然也是忧心忡忡。加之他的保护人——九贝子允禟，如今也命运不定，思来想去，不得不死马当活马医，代允禟做一遭说客，去西宁见年羹尧。

要论允禟和年羹尧的交情，说来也不算很浅，不但早就认识，七弯八拐的，也还算是亲戚。年羹尧生在督抚之家，早早就中进士点翰林，是京城中出尖的青年才俊，所以一眼就叫慧眼识珠的大学士明珠看上了，将自己的孙女聘他为妻。而明珠的孙子永福，则蒙先帝指婚，娶了允禟的三格格。两家论起亲谊渊源，还比和今上来得更早近些。再者就穆景远而言，早年在京城时，与年羹尧的长兄年希尧最好，因为常到年宅讨论天文历算之学，也与年羹尧见过几遭。康熙末年，允禟几次打发穆景远对年羹尧加意笼络，听说年羹尧特爱宫中式样的小荷包，一次就送了数百之多。

不过允禟再急得怎么样，也难以亲自去见年羹尧，只好拜托穆景远去递个话。穆景远到了西宁，先找到年羹尧的乳兄魏之耀，奉上允禟预备的一千两银子，魏之耀也当他是老朋友一般，先嘱咐了些大将军连日商议进兵，未必有他顾之心的话，就将他引见进去。

穆景远上次见着年羹尧还是康熙六十年，一别三载，物是人非，再相见时，都大有隔世之感。二人叙礼让座，穆景远便先问候道：

"老大人和允恭兄都好？"

"家父尚健，多承惦记。"年羹尧满眼都是问来意的神情，心思并不在叙旧上，听他问及，不觉呵呵一笑："我看邸报说，贵教的人如今都聚在广州，家兄好不好，你们该比我知道。"

穆景远无奈仰起头，余光偷看气定神闲的年羹尧，在胸间画了个十字架道："允恭兄如今胆子小了，一点也不顾及老朋友。"他说着，突然诚挚感激道："不像大将军讲交情，许我在青海建教堂。"

"言重了，咱们谈不上交情。"年羹尧目光警觉一跳，穆景远在西大通传教、建教堂，他的耳目早有所知。以他的性情，凡事举其大端而为，这样的小节，从不屑于劳神纠察，但总不至于有意忤逆圣旨，包庇耶稣会。所以一闻此言，就特意板起脸来，扬着下巴道："你们私下的勾当，我早就奏过，不过要等旨意发下来，再毁弃遣散。"

穆景远却不气恼，只显出无可奈何神情，浑身七颠八晃，摇头蹙眉道："都说大将军是硬汉子，原来也怕惹事。"及见年羹尧嘴角微一抽搐，仍默坐无话，便站起来做出要走模样，语气里微带轻蔑："九贝子要将千金之体托付大将军，也是看错人了。"

年羹尧近来对那位九贝子很不高兴，只为允禟住在西大通这个要道上，拿着从京城运来的大把现银，竟在那里做起买卖。他的买卖公道，手面又大，商人们趋利而来，无不乐意和他交易。年羹尧为筹措犒军银两，叫自己的二儿子年富经理山西河东食盐生意，前往青海换取土产，可如今一到西大通，就叫允禟高利截去，实在叫人着恼。这会儿听见穆景远公然提起允禟来，更不想同他多说，借着他自家要走，就端了茶盏一抿，随口道："年某是朝廷大臣，要听朝廷的政令。尊驾要去，恕不远送。"

"朝廷大臣没什么不得了，不得了的是藩邸旧人。"穆景远湛蓝色的眼珠显得深邃莫测，他礼貌周全鞠了一个躬，不带出一点恼恨神情，声音沉稳，说出话来却捅人心窝。年羹尧一向追慕自立功名的大丈夫，最不喜人说自己爵列上公、职任专阃，是拜裙带之谊所赐，是以陡然大怒，茶盏搁在案上一推，气哼哼背过脸去，好一会儿才不耐烦地再问穆景远："你这洋说客到底来做什么？"

"九爷让我来给大将军赔礼。"穆景远倒不怕他的横眉立目，仍旧自说自话，垂着眼皮道："九爷说，往来青海的买卖人不容易，天寒地冻的，我的钱放着也没用，不如多给他们些。不晓得妨碍了大将军的买卖，实在罪过。他还说，如今连这些买卖人都肯赞助军需，报效朝廷，他是先帝皇子，更要当仁不让。若大将军一时银子不凑手，也请不要客气。"说罢从袖中抽出允禩的亲笔信递了上去。

"让我用九贝子的钱？"年羹尧听至此，笑得前俯后仰。他先笑允禩刻意营求，煞费苦心，又想到中枢户部的寒酸模样，更是忍俊不禁——国家无钱，却要打仗，直闹到为大将的要向对头伸手，岂不滑天下之大稽！一时笑罢，再细想想，若论这个钱字，真是不可或缺。西北四省地居偏狭，民力最不堪用，又是连年征伐，再要搜求，恐怕激出民变。可大兵一动，银钱就如河流海啸一般。允禩的家底，久为他所深知，乃是举朝第一富翁——当年允禩、允禵谋划储位，全靠这位九王爷，才做得来散财童子。所以听了穆景远的话，年羹尧不能全不动心，但这样的事，又决非小可。他边权衡着，口气也显得客气起来，却不接那信，示意穆景远仍自收好道："我忙着出兵的事，暂不得空说这些，先代我谢过贝子的心罢。"

对年羹尧而言，眼前最要紧的，确是调拨奇兵，深入大漠，穷追已经势单力孤，逃到柴旦木的罗卜藏丹津。说是势单力孤，可到底还有十万部众，其中精壮男丁也不在少数，所以年羹尧自己想着，需调集甘陕精兵两万，四路分进合击，待来年春草生长，即可一举荡平。但另有一个人想的和他不一样，就是那位受命协理军务的奋威将军岳钟琪。岳钟琪是岳武穆苗裔，将门虎子，康熙末年由年羹尧一手提携。其时南北两路入藏，他率领偏师，抢先进入拉萨，遂成川陕军中后起第一流人物。岳钟琪今年只有三十七岁，已经做到正一品武职，正有雄姿英发，立功自效之意。按照他的意思，调兵两万，筹粮办饷、人吃马嚼，就必定要待来春。海西辽阔，敌部尚有十万之众，两万人分路入境，敌军四散，反而不易剿灭。不如趁春草未生，蒙古兵马也无所供养之际，派精兵五千，捣其不备，直入敌穴，擒拿罗卜藏丹津。

岳钟琪自有密折专奏之权，所以二人的方略，也各自送到御前。皇帝拿不定主意，就叫允祥和隆科多前来商议。天一入冬，允祥原本多病的身体就有些不好，才告了三天的假，这会儿奉有特旨，可乘坐暖轿直至隆宗门下轿。隆宗门以内就是内廷禁地，所以门前来往接送文书、传达事项的六部官员很多，原不免嬉笑闲聊、打探消息的事。因为今上关防甚严，这些不合规矩的举动，近来已经少多了，大小官员、侍卫宫监，一个个只顾埋头走路，不敢交头接耳。然则允祥才一下轿，就听见里头传出大声呵斥人的声音，好几个苏拉杂役放下手里的活儿不做，探头探脑去看新鲜。虽未见人，但闻其声，允祥也知道这是隆国舅又发脾气，待走近了，就见他站在廊下，红头涨脸训斥吏部司官。这位司官少说有五十岁，低头弯腰哈着冷气，拿着文书的一双手抖得厉害，嘴唇翕动着却不说话。

允祥很怕冷风，连着几年冬天，夜间都咳喘不停，不但睡不安稳，且连带得肋间生疼。白天咳得好些，却精神不济，太医嘱咐，尤其要小心保暖，不能受凉。所以他也不肯迎着风说话，只挥了挥手，命人驱散了看热闹的闲杂人等。又略站住，听隆科多仍旧没有停口的意思，就自走到廊子里，扯了扯他的猞猁狲大氅道："舅舅不嫌冷?"

"王爷的尊体大安了?"隆科多回头一见是他，也有些不好意思，问候已毕，就朝允祥抱怨道："王爷瞧这起人糊涂不糊涂，直隶分守道是何等要缺，竟要题补一个家奴，还拟了稿子来给我看!"

"嗯?"

"就是那个叫桑成鼎的，人都说是年亮工的家奴，连籍也没出过。"隆科多"哼"的一声，朝那司官啐道："你和王爷回!"

"是按军功保举，所以——"

"军功保举军功保举，难道直隶也打起仗来了?"隆科多听司官还要解释，更是火冒三丈。他明知这是请过旨的，可仍忍不住要发作。吏部本来全由他说了算的，如今大战一开，年羹尧要风得风，要雨得雨，一张开单，题补的官员少则三五个，多则十几个。不但西北文武官员出于私门，连外省的也要插手，吏、兵二部竟似他的提线木偶一般，这让心气高傲的隆国舅如何咽得下这口气去。

"河清海晏的，这是怎么说。"允祥身上酸懒，实不想在这里久站，所以朝那司官一示意，就拉了隆科多往内里走，边掩口低声劝道："战事正紧，舅舅和下头人说这些，倒显得将相不和，再者这里人也太杂。"

隆科多很诧异允祥这些日子的口气改了不少，常常是维护年羹尧的话，自己愈发连个可抱怨的人也没有，所以这会儿虽压低了声音，仍愤愤然负气道："王爷也太能忍耐了。之前议准了要开捐纳，竟不开在户部，要开在西安和阿尔泰军前。再者这一次捐的人，竟要单立一班，遇缺即补，比两榜进士补得还快，这都是哪一朝的规矩! 照这么下去，只有我们都辞了差，才能配得上这出将相和!"

"诶，准都准了。"听他拉扯上自己，允祥心里有些不快，眼看到了养心门跟前，就不再多说，只清清嗓子，定定神，预备去见皇帝。

皇帝坐在暖阁里正闭目养神，他昨夜也没有睡好，一早又御门听政，回宫后就有些疲惫。但他的耳朵又很灵，听见脚步声就睁开眼睛，先饮了一口酽茶，待二人进来行礼，便打发了近侍人等出去，又觑了允祥的一脸倦色，抱歉道："坐坐，原该叫你再歇两天，实在有件上紧的事。"说着，就戴上一副玳瑁圈茶晶眼镜，从炕桌上拿起两份奏折，边翻看着又说："岳钟琪几个都已经到了西宁，议了追剿的章程。年羹尧的法子略缓些，要到开春再分四路进兵。这岳钟琪倒是个霍去病一样的人物，竟要自带五千兵，去突袭罗卜藏丹津的老窝。"皇帝说着看了允祥一眼问道："我记着岳钟琪和你是同庚的？"

"是。"

"真是英雄出于少年。我先同年羹尧说过，钱粮兵马可以尽你去使，岳钟琪这个人，却要珍惜着用。"皇帝笑了笑，颇有赞许之意，转而又沉吟道："实在他这个法子也悬了一点儿。不过士气可鼓不可泄，连年羹尧也说其志可嘉，这倒难办了。"

"奴才有一句话不知当不当奏明——"隆科多坐在旁边，双眉蹙得像两道立着的黑扫帚，方才允祥在外头和他作大公无私之态，让他觉得很矫情，心里愈发对年羹尧憋气。此时见皇帝游疑不定，便有一抒胸臆之想。

"舅舅怎么也学那起子酸秀才说半句话？又没外人。"皇帝叫隆科多一句话说得大笑起来，在他眼里，佟家的人都是关外朴质刚毅性情，自负少礼，平日里都仰着脑袋斗鸡似的，叫人一捧更要上天，从不会做委婉声情。方才这一句的谨慎试探，实在与他平日的做派不合，让人听了就想发笑。

"是！奴才这话憋在心里好些日子，说了怕有搬弄是非的嫌疑。不过奴才受先帝的顾命，蒙皇上特简总理事务，自想着又是孝康章皇后、孝懿仁皇后两位主子的至亲，与我大清骨肉相托，休戚与共——"

"得得得，这是怎么了？竟也扭扭捏捏起来！"皇帝听他这样啰嗦，更加笑个不住，半晌才忍住了，指指空荡无人的殿阁道："咱们这样谈，有什么不能直说？"

"谢皇上体恤。"隆科多话已出口，也收不回去了，只得紧了紧嗓子，斟酌道："奴才以为年羹尧这个人，实在过于狂傲，他主持四川已经十几年了，陕甘也有三四年，西北各省乃是用兵之地，文武各缺，钱粮转运都凭他把持，连他家的奴才也想放在天子脚下作道员，全不顾及朝野议论。照这样下去，罗卜藏丹津剿不剿得干净还未准，倒又养出一个平西王来。奴才以为，朝廷不得不预加防备。"

皇帝听得很是仔细，待他说罢，就放下奏折，摘了眼镜，似是而非应一声，顿了许久才又问道："要怎么防备？"

"奴才愚见，既然岳钟琪存了立功的心，不如让他们相互牵制，左不过一个汉军，一个汉人。"隆科多言至于此，也不便再深说下去，只嗽了一声，等着别人打破静默。

"也有理。"皇帝带笑不笑，转问允祥道："你说呢？"

"舅舅老成谋国之言，都是为朝廷着想，年羹尧这个人虽有才干，也是骄纵了些。"允祥说话的中气还颇有些不足，声音显得轻飘飘的，说一句，停一停，像在琢磨后话，又像在等皇帝插话。怎奈皇帝仿佛故意为难他似的，既不搭腔，也不带出喜怒来供他揣摩，只静静等他的下文。直耗得允祥没有办法，才续道："不过仅就目下，似不必先存了这个念头。皇上既已委任年羹尧，还是听他尽专阃之道，以求早日奏捷。一味掣肘，令出多门，恐怕于兵不利。不过臣同他生疏得很，怎么用这个人，还得圣心独运为好。"

"舅舅都是为了朝廷好，我心里明镜似的。"皇帝听着允祥这番婉转陈词，再看隆科多时，只见他满额上渍的都是细汗，下嘴唇咬得青紫，一时便体味出作帝王的妙处，实在能够左右逢源。他下炕来直了直腰，轻快地走了几步，忽一下打身后按住隆科多的肩头，转口道："不过王子也说得中肯，将在外，君命有所不受。其实多少满洲的大臣都跟舅舅一个心思，想着他到底是一个汉军，又是那么个性子。可既然仗已经打起来，想罢兵也不能。舅舅知道，我凡事只讲求个不愧于心。命将而尽其材，我就无愧了。他有些人财物上的需索，王子和舅舅尽力而为，也就无愧了。咱们凡事无愧，就要看他了。"皇帝边说着，就觉得身前的隆科多微微战栗，不禁朝允祥笑道："他久在外头，你们不熟。我做了他十几年的门主，还是知道的。舅舅信不过汉军旗，总信得过我？"

"是奴才多心了。"隆科多闻言很是惶恐，就要离座请罪，连嘴上也结结巴巴起来。他深悔今天脑袋一热，说得太多。年羹尧毕竟是国家干城，又是皇帝宠妃的亲哥哥，一击不中，多半要落个谗害大臣的把柄，实在麻烦得很。

"舅舅的用心，多了少了都是为朝廷，为我。"皇帝毫不在意地摆摆手，一把将他扶住，又向允祥道："你气色实在不好，早去歇着，不行叫太医院再换个方子看看。岳钟琪很可以大用，不过追剿的事，是疾是缓，怎么个发兵派将，还是听年羹尧调遣。"

第二十五章

制胜

京城里的事姑且不论，年羹尧在西宁筹划了多日，倒愈发觉得岳钟琪奇袭柴旦木的方略可行，待与诸将细加商酌之后，就大致拟下起兵的日子。议到最后，帅府的书房里只留下年羹尧和岳钟琪两个人，门紧闭着，里外三层都有亲兵把守，格外严密。院子里是几位穿甲戴盔的总兵、副将，一个个钉子似的立在阶下，都虎着脸一言不发。岳钟琪自幼饮食兼人，身量极高，比年羹尧还猛出半个头去，且生而骈胁，魁伟壮硕异于常人。这会儿每隔上一两刻，他就亲自推开房门，泰山压顶样走出来，大喊一声："叫总兵黄喜林！""叫总兵吴正安！""叫军前效力一等侍卫达鼐！"每个人进去，不过一盏茶功夫，就阔步走出来，丝毫不肯东张西望，多嘴多舌，只冷着一副面孔，急匆匆走出行辕大门。

"只有五千骑兵，一人三马，随军的夫役越少越好。黄喜林出中路，吴正安出北路，你和达鼐出南路，他们二人是偏师，你是奇兵，直取柴旦木。这下你遂意了？"都分派完毕，年羹尧双目凝视着窗外被扫成一堆一堆的残雪，兀自站着不动。

"全仗老师的虎威，学生不过奉命差遣！"岳钟琪早就大喜过望，只是强掩着，不肯露出来。他素来也自诩是儒将，又因年羹尧喜欢士人之风，所以平日背人，总以师生相称。眼前一切的布置，皆照自家主张，便觉一件盖世奇功，顷刻可以成就，继踵先祖岳武穆的神威，只在旦夕而已。

年羹尧很明白他的急切，却不屑他故作的吹捧。岳钟琪是自己一手拔擢的上将，连他的令尊——前任四川提督岳超龙，也受过自己的惠赠。三十几岁的副帅，存了争功夸耀之意，只凭年羹尧冷眼一看，是最清楚不过，自己当年不也有过少年得志，天地不拘之心。这些天琢磨着决战专委岳钟琪的事，他心里也有些不是滋味，不过想着是自家师生，总以互相玉成为主，何况自己身为主帅，不论如何叙功，任谁也跑不到前头。于是转过身正对岳钟琪道："你我之间何必说这些套话。富贵险中求，别太兴头了。"

"老师的大恩，学生终身不忘——"岳钟琪以为是欢喜太露，引得年羹尧不快，他极窘迫地张了张口，忙又挺着胸脯道。

"你误会了。"年羹尧接口打断他的表白，自己仍绷着脸，走到地图前，转以平日吩咐军务的口气道："这几千人有两个麻烦，你要小心。"

"请大将军明训！"

"第一，你得轻装简从。干粮草料虽然有富裕，可多了你也带不动。我想每人只带十天，剩余的你们路上想法子。"

"是！"

"第二，沿途不能遇阻，你路上所经的喇嘛庙，还有各部的营地，虽说是归附了，也难保他们不反复。万一走露了消息，这几千人，你有什么主意？"

对于这一层，岳钟琪是早有谋划的，却不好僭越先说，此时听年羹尧问及，若再谦逊，倒像自己全无主张似的。他稍移了几步，走到年羹尧身后，仍旧笔挺挺站着，放低了声气道："学生有一点愚见，还没有请示老师。"

"嗯？"

"若遇阻碍，格杀勿论！"

"敌军势众，怎么个杀法？"

"先令人深入哨探，稍有异动，不由分说，直取王公台吉大帐，纵火烧之！"

"要有蒙藏百姓、喇嘛番僧在内呢？"

"旦夕间良莠难辨，只有一体处之。"

"大清的祖训是北不断姻，这里头还有好几位朝廷的至亲，你不怕完事了京里参你滥杀无辜？"

"那就要凭老师做主！"

"好，不如此不能成大功！"年羹尧一阵狂放的大笑，露出满脸杀气，右臂在身前猛地一划，"你不必顾虑，只管去端了罗卜藏丹津老巢，余下的事有我。"

"是！"岳钟琪感动异常，胸中一股无可名状的激奋之情涌动着，昂首高声道："钟琪请立军令状，二十天内不能报捷，大将军摘了我的人头献于阙下！"

"要你的人头做什么？我要罗卜藏丹津的人头！"年羹尧大喝一声，随即将自己的金牌令箭从架子上抽出来，郑重放在岳钟琪手上："一切前方的调遣，听你便宜行事，我只等你的红旗报捷。"

"不敢有负大将军的重托！"岳钟琪单膝点地跪接了，眼泪几乎要涌出来，他深吸一口气，想站起来，却又激动地打了一个晃，被年羹尧一扶，才算站稳。二人又静坐了一阵，缓一缓神，才前后走到院中，冷风一吹，年羹尧又想起一件事来，看看左近没有外人，便问岳钟琪道："你挑选的这五千精锐，家里要怎么安置？"

岳钟琪早就等这一问，紧随其后笑道："此去九死一生，兄弟们也都知道，还请老师多体恤些个。"

"这是自然。不过，现下怕没那么多，你且容我两日，总叫大家出兵前见着。"年羹尧深知带兵的章法，碰上这些十之八九有去无回的勾当，没有大笔的现银，是绝不能办到。岳钟琪管不了这些事，惟有自己一力承担。他边说着，就见管家魏之耀从远处小跑过来，遂道："只是你要盯紧些，必须逐个发到，不要叫那起子混账营官克扣了。"待岳钟琪应诺而退，即向来至近前的魏之耀低声道："明天同我往西大通走一遭，别给旁人知道。"

西宁到西大通快马只要一天光景，年羹尧带了魏之耀扮作客商模样，悄然而至。二人都穿着大厚的皮袍子，连头带脚一齐捂了，又说得一口秦陇官话。允禵院前守门的侍卫也没细看，只当是往来谈买卖的人，收了几两银子的门包，就放他们进去。如今的允禵不比早先，他大笔现银随手赏出去，早已将跟随的人都买通过来，不说为他效力，总也不肯为难。特别是他做买卖这一条，众人因有赚头，更不管他，所以宅院四周，端的门庭若市，竟成了这荒蛮边镇的一景。往来尽是山陕客商，甚或连一家妓馆也开起来。

允禵平日无事，就与客商们闲聊，这些买卖家哪见过他这等天上人物，更兼这样随和可喜，所以无不极力赞美，又骂当今皇帝最是无情无理，把个佛爷似的亲兄弟，发配到西大通受苦。这正是允禵想要的话，所以这些日子，他也乐得悠悠荡荡，不似初来时那样身心苦寒。

方才听见门上来报，说又有个凤翔府新来的大财主求见，就叫领他进来。等走近了，允禟越看越是眼熟，及至他笑着摘去帽子，问声："九贝子好啊"，才恍然惊呼："怎么是你！"

"九爷不是要见我么。"待允禟屏退了近侍，年羹尧方坐在炕上，抻着自己腰间的小荷包笑道："这是三年前的惠赠，旧交信物，诚有缘也。"

允禟拖着肥硕的身子，负手挪了几步，一面感慨长叹，再转过身时，眼圈也红起来，过去抓着年羹尧的手，又哭又笑道："人说你是念旧的硬汉子，实在是说对了！"

年羹尧原不是来和他叙旧的，更不想理会他哭天抹泪诉可怜，是以单刀直入道："当着明人不说暗话，贝子先叫穆景远去见我，所说的事还当真么？"

"那是，那是！"饶是允禟见多识广，也没料到年羹尧这样无遮无掩径直来问，他微微一怔，随即拍着前胸道："我虽不得意，到底也同朝廷是一家子，赞助军务，理所当然。"

年羹尧素来不喜撇清买好，巧立名目，听允禟还说得这样冠冕堂皇，不禁大笑，指着自己的额头道："我可是冒着日后皇上知道，性命攸关来的，贝子还说是赞助军务么？"

"痛快！你这人就是痛快！"允禟"哐"地一拍炕桌，眼中透出长久不见的神采，一把拉了年羹尧，迈步走出客厅，七拐八拐走到内院西厢，再往前去，就传出杀鸡宰羊的声来。允禟解说一句"这是厨下"，就推开门，见内中厨役们惊讶惶恐，便指着再往里的一间屋子高声道："我带陕西来的财主见识好酒"。说罢自从腰间取出一串钥匙，开了门，二人相偕而入，将门关紧。

这是一间很大的屋子，四墙密闭，靠一小天窗取亮。挨墙尽是木柜，不过寻常粗笨家什，台面上排的全是盛点心饽饽的大匣子，少说也有一两百个。中间地上都是酒坛子摞着，屋里却闻不见香气。

允禟几步走过去，拣了最外头的饽饽匣子掀开，低声疾道："你来看！"

年羹尧紧跟过去，只见那匣子里都是五十两一锭的官铸元宝，齐整整十个一排，在这昏暗的密室里银光闪耀。他先赞一声"好成色"，又自打开五六个匣子，全是一模一样。

"这是我拿驴马一匣匣从京里驮来的，不易！"允禟边感叹着，又弯下身，打开一个酒坛子，却见里面也堆满了银子，只是杂色的，大锭、小锭，乃至散碎小块都有。他拈了一块银子，直起腰来，边掂着分量道："这是路上和这些日子买卖现挣的，足色不足色都有，也顾不得拾掇。人都说我爱财，到如今才知道什么叫做身外之物，真是一朝倒运，屁用没有。"他说着，将那银子轻扔到年羹尧手上，呵呵一笑道："我知道，这阿堵物于你有大用场，你这一仗，七八成都要指着它。我养心殿里那位阿哥，当家知道柴米贵，恨不得只进不出才可心可意，这不就苦了你们办事的人么。我这屋子里的现银，多少也没算过，三十来万总是有的，你拿去罢，若嫌少，我也再没多的了。"

"贝子是痛快人！"年羹尧打心里说不出是什么滋味，欢喜抑或懵懂，都是有的，就是一丝感激，也不能说全然没有。他朝允禵拱了拱手，一时不知如何开口，沉吟许久，方低问道："我帮得上什么忙？"

"咳，我能求大将军什么，还能叫你替我领兵清君侧不成？"允禵无所谓一摆手，也不顾年羹尧脸色大变，自是一副参透万物的模样，坐在屋里备着登高的小凳上，苦笑道："皇上恨我，是兄弟里头排第一的，我只求在这鸟不拉屎的地方，得你大将军的庇护，怎么样？"

年羹尧听他这句话，心略放了下来，思量着，若仅是在西北，这样的事确乎不难。可他终究还参不透允禵的真心，所以似笑非笑试探道："就不怕我侵吞了这些银子，再借天家恩怨杀人灭口？"

"你要是那样的人，我也只有认命。"

"好！"年羹尧双眉一展，将手中的银锭扔回坛子里，点了点头："贝子在我这里一日，我保你的平安！"

五千精兵领了赏银，各自欢天喜地。他们都是甘、凉等地的绿营兵，家贫而后顾无忧。岳钟琪给每人先发了一百两银子，许得战胜之后，再凭功加赏。这些地方的人番夷杂处多年，本就剽悍，加上男多女少，无妻无业者甚众，甚或还有兄弟共妻的习俗。所以一听说能得这样多的银子，都顾不得什么赴险不赴险，一时争先恐后，人跃马嘶，惟求一战下来，能发一笔财，先讨个婆娘再说。

岳钟琪带着这一干虎狼，也不必誓师训话的虚文，一径就向西北驰去。然而一出西宁城百余里，前哨探报，深谷群山之间，便有那湟北诸寺院之母盛名的郭隆寺横亘路间。郭隆寺是黄教名刹，坐落在往来青藏的必经之路上，康熙年间香火至于极盛，凡大小经堂、僧舍、昂次有两百多个院落，僧人数万，气象较塔尔寺更盛。三个月前，郭隆寺武僧上万人，汇合罗卜藏丹津部众强攻西宁，虽被击退，仍旧依仗天险，固守寺院，不肯屈就归附。这寺庙极其险峻，湟水群山相为护持，另有五座城堡环峙，易守难攻。岳钟琪原做了打一场恶战的准备，及等到了山下，举目遥望，便见山间白雪覆盖，静寂安详，只有钟声隐隐，如传纶音佛语。时有几个着红袍的僧人出出进进，都是担水劈柴的执事，全无杀气在身。

和岳钟琪一起进兵的是一等侍卫达鼐，他是正经的满洲近臣，早听见岳钟琪一意要将郭隆寺踏平的话，就有些不乐。满蒙本自相亲，满洲贵臣多有崇信黄教的，郭隆寺的法台章嘉活佛，更被清帝奉为国师，在京中人望最为隆重。这会儿看到寺内平静如常，达鼐就放下心来，马鞭遥指远处一缕一缕白烟，大松一口气向岳钟琪道："他们想是没有预备，咱们悄悄绕过去罢。"

岳钟琪两腿轻夹着马肚子，在山前来回逡巡几圈。他们父子久镇西陲，和黄教寺院打交道很多，本来觉得虚妄，再兼百战鏖兵，屡屡目睹他们与俗家人一同砍杀抢掠，更存了十分的戒心。且他立功心切，哪里肯放过扬武的时机，所以并不理会达鼐，只回身命中军守备道："分兵一千先行，其余排列山前，相机进剿！"

"这是章嘉大活佛的宝刹，搅扰不得！"达鼐还要再拦，岳钟琪已跃马而出，回身大喝一声："我带人在前，若有伏兵，你们就冲上去，先夺堡垒，再攻山梁！"官兵们久闻郭隆寺富庶无比，遍藏金银，一待令下，无不争先。出水蛟龙般的战马呼啸而起，踏过冻得结实的湟水，直奔郭隆寺而去。

果不出岳钟琪所料，喇嘛们的消息远比寻常蒙古王公们来得灵通，所以早有布置，寺院中故作日常的宁静，堡垒之内全是伏兵。随着清军一阵大动，堡垒里埋伏的喇嘛就呼喊而出，俱都身穿僧袍，手持藏刀，少说也有两三千人。岳钟琪的一千人因有准备，又都血勇正盛，更兼身在马上的便利，所以人数虽少，却渐渐占了上风，不过一个时辰，就突出伏兵的包围，先占取了最外的堡垒。等再要往里冲时，就见远处山间又一片绛红色如潮水般涌动，是几千僧兵挥舞军器奔杀而来。

"好个佛门圣地！"岳钟琪先带住缰绳定神去看，随即昂首大笑，对中军厉声道："只管冲进去，按首级请功！"

中军令旗一挥，后队的两千人也兴冲冲纵马向前。一时间，三千名绿营精锐和五六千僧兵混战一处，僧袍和血肉遮暗了天空，厮杀声震得山谷内鸟兽奔散。有清军跳下马来，和僧兵抱作一团，齐滚到冰冻的河上，盔甲袍服粘在冰面，挣脱不及，两人各挨一刀在致命处，至死都紧紧扭住。

僧兵虽然日常习武，但毕竟不是军旅，若论号令森严，进退有度，难及岳钟琪所带精锐之万一，不过凭着人多势众，一腔血气而已。时间愈久，愈觉难以支撑，死伤的人数也愈多起来。眼见红色的人群被冲出一个口子，岳钟琪带着两三百人先杀到寺前。

"军门，咱们发财了！"一个亲兵狞笑着，抓了一把大经堂供桌上的酥油花，碾碎了。他们都知道，蒙藏部众崇信黄教，凡家有余资，都要送到寺院中去，就算倾囊而出也毫不心疼。所以不待岳钟琪传令，就有心急的亲兵抓住活口，逼问宝库的所在，更有人四处去扒死伤僧兵的袍子，准备包裹宝贝。

"不许抢东西！"岳钟琪咬了咬嘴唇，他深知众人的心思，都想大发一笔横财，然而此去柴旦木突袭罗卜藏丹津，必得轻装前行才好。于是将心一硬，高声喝止了这些摩拳擦掌的饕餮鬼，再看一眼壮美富丽的大经堂，命中军道："都退出去，点火。"

转瞬间，郭隆寺中火光冲天，因寺中到处是盛放酥油的大缸，两壁又有贯顶的经墙，摆放着一函一函积年累月的描金大藏经，所以火一燃起来，就烧得格外浓烈，不一时，涂着金粉的殿顶也被烈焰吞噬，迎风发出毕毕剥剥的爆响，光芒直上天际。

"小岳太莽撞了，皇上的佛法还是老章嘉活佛开蒙，回去可怎么交代！"达鼐站在旁边的山坡上看护马匹辎重，瞧见远处的火光，跺着脚连声叹息。那些还在山间与清军厮杀的僧兵，见经堂被焚，都扔下手里的刀，呜咽着五体投地。清军的马蹄顺势踏在他们的身上，又是一阵哀号遍野。

疾行数天，三路兵马已近柴旦木之地，沿途将各部的散兵游勇边擒边审，探问罗卜藏丹津下落。领兵的参将、游击们撒开了花儿在大漠里横冲直撞，先是达鼐部一昼夜疾行两百余里，斩杀敌军千余人，俘获妇孺无数；次日黄喜林、宋可进又擒了两个蒙古台吉作向导，往西北山林里猛追，抓到了罗卜藏丹津的母亲、妹夫，以及八名跟随他叛乱的和硕特王公，差一步就撵上了落荒而逃的罗卜藏丹津。自午时至二更，纵横一百五十里，所获的马匹、羊驼，可以让全军的骑乘都换一个遍。

人不解带、马不卸鞍地追了八百里，按照罗卜藏丹津近身奴仆所指的方向，三路兵马汇合一处，到了桑托罗海地方。其时正值夜半，眼前是一望无际的密林，再向前便是腾格里沙地，需得三天三夜才能穿过。岳钟琪瞪着血丝充盈的双眼，兴奋得手舞足蹈——罗卜藏丹津已经被逼到绝处，必定藏匿在这山里。如今他水缺粮短，绝不敢逃向大漠戈壁，自寻死路。

兵士们累得上气不接下气，瘫倒在地上一动不能动弹。吴正安斜盔外甲，灰头土脸的踉跄而来，也不顾什么将军不将军，一屁股就坐在岳钟琪跟前，喘着粗气道："歇歇，歇到天亮了再搜山罢，兄弟们都跑得受不了。"

"不行！"岳钟琪年轻，虽然品级最高，但平日里对年羹尧麾下的一干总兵、副将尚自尊敬，可他此时却不客气，一抓吴正安的肩，将他连铠甲带人一同扯起来，自己也三晃两晃才站稳，借着月光一指前面的密林："你先带五百人进去，把岔路堵死，防备他逃。"

"黑灯瞎火，谁也没见过他怎个模样。"

"见人就抓，只要活的！"岳钟琪眼睛一立，拔出佩剑来戳在地上，飞身上马，驰到就近一个土坡上，居高看着兵士们点燃了火把，三五一群走进山去。

"真他娘的晦气，找了一宿，就抓这么几个喽啰，还有俩汉奸！"天至大亮，吴正安骂骂咧咧从林边走到山坡上，后头跟着的兵士押了六个人，四个蒙古奴仆的打扮，另两个都是汉民衣装。

蒙古人鲁直，梗着脖子不肯下跪，两个汉人却见机得快，一看岳钟琪的穿戴，便知不是寻常将弁，忙扑通趴在地上，满口求饶，叩头如捣蒜一般。

"你们是什么人，罗卜藏丹津在哪？"岳钟琪不耐烦听他们求告，一把拎起一个来，眼对着眼怒问。

"小人是山西的买卖人，被罗卜藏丹津掳来——"

"别他娘的胡说八道，你们这些老西儿钱迷了眼，谁的银子不敢赚！还掳去？一定是偷运盐茶给叛军，人都在他老营里！"吴正安最恨这样两头赚的晋商，听他说话就气不打一处来，一脚猛踢在那人腰眼上："快说！罗卜藏丹津逃到哪去了！"

"小人财迷心窍，不合去赚番子们几个钱，并不敢悖逆朝廷——"

"罗卜藏丹津在哪儿？"岳钟琪见没寻着正主，心里的一团火早已腾得老高，见这两个商人畏畏缩缩，期期艾艾的模样，更觉一股恶气直冲头顶。他大吼一声，就势拔出吴正安的佩剑，朝一个蒙古奴仆当心刺去，又猛地抽回。两个商人眼见那汉子应声倒下，自己早吓得面无人色，抱着头在地上趴了许久，才有一个略胆大些的战栗回道："他们四个都是罗卜藏丹津的贴身家奴，我们跟着他，前天跑进这山里，呆了一天一夜，昨天前半夜，听见大人们的马蹄声，他就带了两个人，朝大戈壁里逃了。哦！临走还换了女人的衣裳！"

"追上他！"围在一旁的将弁们挥拳舞刀高喊。搜了一夜的树林，众人原本疲惫不堪，但群情激奋，大有不擒敌王，誓不罢休的心气。

"大漠无边，粮食和水也济不上，还是不要孤军犯险。"岳钟琪心里暗叹一声，虽追悔莫及，但能以五千骑兵纵横数千里，袭破八万敌军，心知这一路也算不负差遣了。他朝着山林的方向看了又看，仿佛要穿透它，看向远处的戈壁。默然半晌，才对持着令旗的亲兵道："传令回师。"

第二十六章 覆土

塞外尚觉苦寒，畿下已近阳春。为着先帝入葬景陵后的第一个清明大祭，皇帝提早七八天，就又带着近支王公、满汉大臣前往遵化，预备亲行添土之礼，以展孝思。自从岳钟琪出兵大漠，他是掐着手指头算日子的，算来算去，终于算到清明前。这次出门，他又满是不情愿——倒不是怕京师有变，只是心里装着要紧事，就不爱离开老窝，总以为守在家里更踏实些。

銮驾到了姚家庄行宫，守灵的十四阿哥允禵，并内务府大臣已在此迎驾，扈从而来的王公大臣也要一同站班，待皇帝叫散时，再各回行帐。自上年九月太后安厝景陵以来，允禵并几个家眷孤苦伶仃住在马兰峪，终日饮酒，深居简出，再不过问政事。这会儿却一反常态，未等众人尽散，就走到允祥跟前径直问道："青海的战事怎么样？"

允祥叫他问得一愣，这些年他们连话也说得很少，当着众人，虽听他问得不善，却不便发作，只好勉强按着自己的额头道："一路劳乏得很，早歇着罢。"哪知允禵一股牛脾气又犯上来，一把抓住他的袍袖，高声道："我的格格和额驸到这里请安，说年羹尧骄纵得没边，竟让阿拉善额驸给他下跪！祖宗和皇父抚恤蒙古至诚至厚，才轮到他安稳坐在西宁城。我当年还不能这样逞强，他竟敢动摇我大清的国本，你们问也不问！"

"你操的心太多了！"允祥紧锁着眉头低声回了一句，一瞥身后低眉顺目，却竖着耳朵听笑话的王公们，不觉心头火起，正要拂去允禵的手抽身而去，便见行宫里两个一等侍卫疾趋出来，赶到自己跟前，咧着嘴笑道："王爷大喜！抚远大将军刚递了折子，青海大捷！"

"好！"允祥听得眼光放亮，猛一合掌，又紧握了握双手，问那侍卫："要这会子进去叩贺不要？"

"里头叫我们先来招呼各位爷，还有随驾的官兵齐集，一会儿自有大人来宣旨。"

不多时，随侍皇帝草诏的尚书张廷玉已从行宫中走出来，后跟奏事处的司官。司官双手托着一个夔龙暗纹的漆盘，上头放着年羹尧的报捷折子。两人在丹陛上停住脚步，下头几十号人已经重新按班次排列，连外头的护军营官兵也得了信，一时间井然肃穆，鸦雀无声。

"奉上谕——"张廷玉的声音极有磁性，缓缓发出来，略一停顿，下站的王公大臣登时马蹄袖打得山响，齐整整长跪叩头："臣等恭聆圣训！"

"抚远大将军川陕总督年羹尧奏报，二月初八日，遣奋威将军岳钟琪率军往剿青海逆贼罗卜藏丹津。二十二日至柴旦木，得男女驼马无算，其助乱之八台吉俱已擒获。今将罗卜藏丹津之母，及贼党阿尔布坦温布等八人，及归降之盆苏克汪扎尔等四人，俱解送军前。罗卜藏丹津所余仅两百部众，无处藏匿，料不能脱。今青海部落悉经平定，实上苍垂佑，列祖列宗皇考之福庇。著将年羹尧之奏折宣示诸王大臣，以为同庆之喜。"张廷玉的官话算是纯正，只是稍带了一点江淮尾音，及至说完，他将奏折一擎，算是宣示过了。随后微探了身子，看向跪在最前头的允祥，因为皇帝仍将允禩留在京里，所以代替诸王大臣回奏的话，就要由允祥来说。

"这等从古未有的大胜，实在是列祖列宗同皇上的圣德神威所致，臣等谨为皇上贺！"趁张廷玉宣旨的当，允祥早想好了一句说辞，说罢率众一叩，就算是回奏过了。哪知张廷玉却不急着复旨，仍旧站在当地，缓缓又开腔道："皇上还有问郡王允禵的话。"

方才侍卫话说得很快，允禵听得一阵懵懂，待张廷玉念着上谕，他才慢慢转过弯来，心里似有几千只虫在爬，满不是滋味，只好跪在那垂首抠着砖缝不语。忽听见叫他的名字，就很有些不知所措，嘟囔了一句"问我什么话"，呆怔怔地就没动窝。等一旁的十二阿哥允祹狠狠碰了他两碰，才满不情愿答应一句："臣允禵恭聆圣训。"

"年羹尧数月之间清剿罗卜藏丹津十数万叛军，兵锋所向，海西诸部束手。皇上问郡王，同为大将军，昔日坐镇之功与年羹尧孰大？再者郡王曾向人言，若欲令我总理事务，需将年羹尧罢去才使得。问郡王，若依你之言将年羹尧罢去，今日大功何人可成？"

张廷玉眼睑低垂着站在阶上，也不看允禵乌紫的面色和暴出的青筋，他的声音不带一点质问，却叫众人都替允禵悬起心来。允禵的心里先是翻江倒海一般，末了垂头丧气压着脖颈，来了个徐庶进曹营，一言不发。

"郡王——"张廷玉实在是个沉着有静气的人，只轻呼一声，是叫允禵务必回话的意思，却不催促，自己稳稳站着，允禵不说话，他便也不见下文。

"臣不及年羹尧。"沉闷良久，允禵总算憋出六个字来，刚要长舒一口气，就听张廷玉又开口道："皇上再问郡王，朕方才接年羹尧奏捷的折子，问过随侍的礼部诸臣，青海平定，勒石告庙之礼，有什么旧例可循。部臣奏说，应循圣祖平定三藩、噶尔丹之例，遣官告祭天、地、宗庙、社稷、列祖列宗陵寝并奉先殿，勒石太庙、文庙。朕不敢与圣祖比肩，似觉所议太过，问郡王以为如何？"

允禵知道，皇帝要将此番平青海，越过他的入藏之功，去比先帝的平藩、征准之役，方才的折辱已经受了，再说这些，自然少了许多难过，干脆心一横头一低，大声应道："部臣所奏合宜！"

允禵回过了话，张廷玉的差事就算完了，仍旧捧着奏折趑趄回去，奏事处的司官则走到允祥跟前道："请王爷也进去说话。"

行宫里，皇帝刚接到战报时的兴奋劲头已经缓下来不少，但脸上仍留着许多志得意满。见他们进来，便大步迎上去，扯过年羹尧的奏折，翻开了啧啧有声晃着脑袋："着实不易啊！你看看，着实不易的！大戈壁里来无影去无踪，竟是一群飞将军！真不知道要怎么赏他们才好！"

"功以爵赏，理当从优。"允祥在外头就想得出，行宫里的皇帝一定兴头得像个顽童。他自然也很欢喜，遂笑道："只是年羹尧的爵位已经是三等公了，要是单晋为一等公，恐怕不足以宣示圣恩，不如再加些什么，凑个好事成双。"

"对！"皇帝痛快地一拍桌子，向张廷玉道："即刻写一道旨，年羹尧晋为一等公，再加赏个——精奇尼哈番！年遐龄推恩也是一等公，加太傅！"

"是。"

"岳钟琪在诸将中勋劳最著，授为三等公！"

"是。"

"其余大小官弁等回京再议，也必得从优褒奖才是。哦！先从户部拨二十万两银子，交给年羹尧赏兵。这几道旨意今天就定下来，发回给礼部、户部，叫他们上紧速办!"他一边说，一边左转右转停不下来，饶是张廷玉最镇静持重的人，也不禁莞尔，只是赶忙掩过了，躬身应诺。

清明当天，皇帝要亲行先帝入葬后的第一次覆土礼。此礼本是明制所遗，满洲入关后，两朝君主都是幼年承统，没有亲自成礼的先例。所以礼部只好去查《明会典》的记载，奏呈去后，皇帝自己又改了改，再发给礼部看时，大小官员就齐赞圣主仁孝通天。原来这位四十六岁的今上皇帝，竟要自己从宝城负土，一路膝行着爬土坡，直担到宝顶上去!

一大早，皇帝就带着王公大臣来到景陵的明楼前，高大的宝顶赫然在目，下面便是圣祖仁皇帝和孝诚、孝昭、孝懿、孝恭四位皇后以及敬敏皇贵妃长眠的地宫。依照制度，群臣到此止步，只有皇帝带着他指定的两个担土之人——怡亲王允祥和郡王允禵仍向前去。等过了石五供，就有掌管陵寝的大学士萧永藻，以及两名一等侍卫等候在此。一个侍卫捧着托盘，上面放了两块黄棉布，另一个侍卫也是同样物件，只换作四块素色棉布，后面是二十六个竹篓的内盛半篓新土，再后面是十三名侍卫，手里各擎一条黄色扁担。

三人叫托盘子的侍卫们帮着，用棉布将靴底裹住。他们边忙，萧永藻暗里就看皇帝，他是老臣，见过皇帝年轻时候的模样。那时节的四阿哥十分清瘦，如今年过不惑，倒发福了不少，步态也不比之前那样轻快。这景陵宝顶，从宝城上算起，到顶有六七丈，膝行下来，实在很不容易，更不要说负土。正胡思乱想间，三人已经忙活完了，萧永藻赶忙伏跪到一边，由身后十三个侍卫各担两篓土，送至宝城底下，便都退了回来。

依照《明会典》所载，皇帝只需在宝顶正中跪候，由钦定担土的王公将土从宝城面东的石道担到宝顶上，交与皇帝，由皇帝亲行添土之礼即可。今上这跪行负土之礼，实在闻所未闻。允祥和允禵一前一后，先担着土篓上了宝城，随后将两篓合为一筐，帮皇帝负在背上。皇帝回头看了一眼埋头添土的允禵，一咬牙，仗着春装肥厚，慢慢匍匐在地上，背着篓，一点一点，朝宝顶上挪去。

清明本来多雨，可这一天却刮大风，把宝顶上的浮土扬起许多，叫人睁不开眼。这还不算，那宝顶下缓上陡，越往上爬，就越艰难，身子也忍不住东倒西歪起来。皇帝是好胜的人，虽知道众人远在明楼以下俯伏在地，未必看得见自己身影，却仍然竭力硬撑着不肯懈怠。好容易到了顶，他早已喘得直不起腰来，费了九牛二虎之力将土篓卸下来，土倒出，铺在宝顶之上。随后又匍匐退行，回到宝城上。

允祥见皇帝担这一个来回，已经累得汗渍在脸上，手也破了口子，深悔自己没有极力谏阻，忙指了指一旁供担土者行走的石级劝道："过会儿还要去隆恩殿行礼，还是——"

"我覆三次，余下的你们抬上去。"皇帝大口喘着粗气，却不肯听允祥的话，定了定神，又示意允禵拿筐来给他背上。允禵的心里很明白，皇帝今日此举，实在是仗了昨天的青海大捷之势。武功方盛，孝治又隆，一点儿皮肉之苦，又能算得了什么？他和今上虽是一母同胞，早先也你来我往多有联络，但现在回想起来，自己仿佛从不曾看明白这位兄长的心思，倒是他当皇帝的这一年多，还看得清些：其人之隐忍狠绝，真是旷古少有。自己往后是个什么下梢，实叫人不敢去想。

添过土，皇帝再到隆恩殿行大祭礼，在宝顶上担着土三上三下，早累得他软成面团一样，还哪能顾得什么拜与兴，不过伏在地上，由着赞礼官喊一声"举哀"，和众人一处呼天抢地罢了。

一切礼仪完毕，回到行宫的皇帝已经疲惫得无以复加，但情绪却极亢奋，不肯稍作小憩，一面由着懂推拿的太监给他捏肩按背，一头兴冲冲对允祥道："我昨儿叫令亲翁大礼过后请见，这会子就叫他来。"

"旨意我去吩咐给他，您还是歇歇——"允祥知道说的是兵部侍郎伊都立，可瞧他坐也坐不直，胳膊一动，就"哎哟"一声叫疼的模样，想他实在不便接见大臣。不料皇帝丝毫不怕麻烦，摆手道："不要紧，我要交代他两句，细处你们再议。"

不一时，伊都立便在暖阁门槛外头报名行礼，才待要进来，就见允祥亲自走到门口，道："你不必进内请安了，就在这伺候。"说着一挥手，余人就都麻利退了出去。伊都立知觉事情要紧，忙一叩首，跪在门外竖起耳朵听里头皇帝说话。

"怡亲王的格格早指给了你儿子，因为大丧没有成婚，这件事我一直惦记着。"皇帝却不急着入正题，反和他拉起家常来，口气极随和可亲，"如今过了周年，在室孙女的孝就满了，你的儿子就赏他和硕额驸的衔，择个吉日和格格完婚。再者他虽然年轻，也要历练历练，另挑一个散秩大臣的差事给他，在宫中随班行走。我膝下也没有公主，看待格格就同公主一样，一切婚礼所用，叫内务府替你操持，只是嫁到你们家里，可要好生待承。"

"皇上的恩典太厚了，福僧额还没有二十岁——"允祥刚要站起来谦辞，皇帝一摇头，做个眼色示意他别说话，自己又道："也不单为他是额驸，就伊老相国的门第清望，也很配得上。"皇帝这几句话，加上这些切实的恩惠，早叫伊都立诚惶诚恐不知说什么才好，找到一个话缝，忙就地连磕了三个响头道："奴才父子是何等人，得皇上如此厚恩，奴才粉身碎骨，不能报答万一。"

"粉身碎骨也不必，如今西边大捷，再有这桩好事，就是双喜临门，你往后尽心供职就是。"皇帝笑了笑，喝一口茶，转作严正语气道："去年初叫十阿哥允裬送喀尔喀大活佛的灵柩回去，他也不请旨，就装病停在张家口，听说还有纵使家奴为非作歹，骚扰地方的事，真是混账至极！这件事原叫廉亲王写信给他，自然是百般庇护，直拖了一年多。现在不容再等，你回京后拟一个本，就用你们部里的印。"

伊都立登时听得如坠五里雾中。照理说，宗室王公们的好歹，无论如何挨不到兵部身上。他跪在暖阁外头，看不见皇帝颜色，应答只能靠心里揣摩，可他是个极敏捷的人，刚又得了那样的恩惠，脑筋稍转了转，就干脆叩头道："奴才遵旨。"

皇帝满意地嗯了一声，遂道："今儿行礼乏了，有什么不懂，你问怡亲王。"说话间，允祥已经走出暖阁，向伊都立道："你跪安罢。"

伊都立擦着一头的汗走出去，也不敢回住处，只在行宫外等着。及见允祥从里面出来，便一脸愁云迎上去问道："这王子们的事跟兵部也不相干啊，稿子要怎么个起法，王爷还得指教指教。"

"怎么不相干呢？张家口是何等要冲，草场驿递，兵马进出，哪件不是兵部太仆寺管的？"

"可王子们的事——"

"你看你，怎么还较起真儿来了！就让你起个头，后头的事，就不相烦啦！"

祭陵已毕回到京师，皇帝又将青海平定的有功之文武依次封赏，并以此事遣官告祭各处坛庙、祖陵，大张旗鼓，唯恐天下不能尽知。赏功庆贺热闹了小半个月，皇帝就收到兵部的题本，参奏敦郡王允裬奉使口外，不肯前往。又捏称有旨令其进口，竟在张家口居住。张家口乃是内外分界，向无未经奉旨，任意出入之例，请将允裬严加议处。皇帝翻了翻，并没有照例将本章交给宗人府，只批了"廉亲王允禩议

187

奏"几个字。

允裸自接到青海平定的消息，便有些坐立不安，他从皇帝洋洋得意的神气中，看到了前所未有的轻蔑。像允裸私自住在张家口这件事，原本也有一年光景，皇帝隐忍未发而已。现在青海初定，就由兵部率先参奏，实在是个很糟糕的兆头。然则一拿到兵部的本章，允裸又犹豫起来，他虽然明知皇帝是要去治允禵的罪，但再三琢磨，终究心软起来，不肯做以兄弟为壑，剖白自己无私不党的事。他甚至暗自安慰自己，允禵是个没甚主张本领的纨绔，皇帝原不会当他是个不得了的对头。且他的舅族钮祜禄氏势大，又与皇太后有亲，太刁难了他，于皇帝也没有好处。思来想去，他到底在笔下留了个大人情，请由兵部作速行文允禵，令其前往差遣之处。再者允禵奉使不往，擅自留居边境，乃是王府长史额尔金不行谏阻之故，请将其人交部议处。

皇帝见了允裸这个轻轻放下的折子，不免心头火起，只道这一群人真个党援固结，对自己全没有一个怕字。再像之前那样小训小诫，断不能叫他们知道利害。所以暂放下允禵的事不说，先召来诚亲王允祉，一见面就劈头盖脸问道："允裸在遥亭送死鹰的事，皇父的上谕，是三哥收着来么？"

所谓遥亭送死鹰的事，出在康熙五十三年底。其时先帝巡行塞外，走到密云县遥亭行宫时，刚刚从遵化祭奠完母亲良妃的八阿哥允裸派了一名太监、一名亲随前来请安。按照惯例，允裸祭母，是奉旨而行，祭祀完毕，应该亲自赶到一处行宫候驾复旨。但他当时正为母妃的死而心有不平——良妃作为辛者库籍的卑微出身，总被先帝用作斥骂允裸不堪为储君的说辞，良妃性情刚烈，禁不得儿子因为自己受辱，生病后竟不肯服药，几乎可说是自戕而死。所以祭祀完母妃的允裸，兀自就要回京。这一番举动，已经让先帝不悦，但更糟糕的，是他派人给父皇送去的礼物——两只猎鹰，送到御前时，已经奄奄一息了。先帝自两废太子后，一直体弱多病，常常感叹残年不久，收到这样的东西，不能不以为是诅咒。他登时暴怒，心悸欲死，随即将允裸派来请安的太监、侍从抓起来，众目睽睽下动了大刑，让他们招出谁是自己主子一党。折腾一通之后，又给在京皇子们写一道上谕，尽是怒骂允裸的狠话。

当时为首的皇子是三阿哥诚亲王允祉，所以谕旨也收在他家里。今上皇帝即位之后，要内外群臣将曾经先帝朱批的奏折都呈缴宫内，允祉送了许多折件回来，却留下几件要紧的谕旨没缴，皇帝心里有数，无事也不催他，今天当面发问，说得允祉直发怔，呆了半晌，方道："好像是有这么一件。"

"既然有，怎么早不缴进呢？"

"我见有旨说缴带朱批的折子，那——那一件并不是折子，是单一件皇——皇父的谕旨，所以就——"允祉凡一着急，就有些口吃，一时口说手比的费劲。皇帝见他一脸诚惶诚恐，像是怕追究的样子，不觉心里好笑，接口打断道："既有就好，还烦阿哥明儿亲自带了来，我有话说。"

第二十七章　拟罪

　　第二天允祉带着上谕一进宫，就觉得事情不妙。实因朝房里他的五弟恒亲王允祺、七弟淳亲王允祐都在座，不一时，连允禩也走进来——他虽还挂着总理事务王大臣的名，可并不像允祥、隆科多那样随时随地出入内廷，倒是和没有要职在身的闲散王公一样，在外朝房候见。今上即位后，这兄弟几个为了避嫌，很少聚在一处，这会儿眼瞪眼坐着，竟同生人一样，连话头也不知从何提起。特别是允祉，身上揣着那样要紧的东西，既不能向允禩透露，又揣摸不透皇帝要做什么用场。他本不是个心思深沉的人，这会儿越发坐立不安起来，口齿也不甚爽利。允禩为人精细，正待询问，却见门帘一挑，有御前侍卫进来道："皇上叫各位爷这就进去。"

　　允祐是个跛子，走路很不便，且今春的风霾极大，连宫里也暴土扬尘的，大白天黄沙四起，使人不能辨色，又打得面颊生疼，另外三人凑合着允祐，费了好大劲才到养心殿。殿里因点着灯烛，倒还明亮，皇帝原和允祥说话，见他们进来，便不再言语。四人先行了礼，还没等腿脚磕绊的允祐站稳，皇帝就迎头问允祉道："阿哥把东西带来了？"

　　允祉答应着，正要将所携的黄匣呈上，却见皇帝摆着手慢悠悠说道："我没记错的话，这件上谕当年是发给留京众阿哥的，恒王、淳王都随班在热河，虽知道有这件事，却没见旨意。廉亲王在汤泉，怡亲王在家里养病，也没同在京的阿哥一处齐集。所以与其各自传看，倒不如三哥来念一念，大家听听。"

　　这上谕里所写之事，允祉是再清楚没有，皇帝此言一出，他不免瞪大了眼睛，不由自主去看允裀。皇帝见着允祉的样子，心里实在好笑，遂用手一拍额头道："哦，三哥有些不便，还是廉亲王来念。"

允裀尚蒙在鼓里，满心疑惑接过允祉递来的黄匣，打开了，拿出这张他从未见过的朱谕。谕旨是满文的，有五页之多。他刚要往后头翻看，就又听皇帝催着自己来念。他心里觉得不好，却又不得不照皇帝说的行事，因外头风打窗棂的声音很大，又不免提高了声音，念道：

"谕诸皇子：胤裀因伊母二周年往祭，事毕，理应趋赴行在。乃允裀于朕驻跸遥亭之次日，以将毙鹰二架，遣太监一名、哈哈珠子一名来请朕安，言伊在汤泉等候回京，并不请旨，藐视朕躬。朕因愤怒，心悸将死。胤裀系一辛者库贱妇双姐所生，自幼心高阴险——"

允裀才读了不满一页，已经周身战栗起来，他的喉咙里仿佛卡了一个枣子，一点声音也发不出来，一张白净的面皮憋成紫色，眼泪不自知流了一脸。允祺和允祐两个都是老实厚道人，见他如此，都有些不忍卒听，各自手脚冰凉低着头，却不敢求情。允祉是拿了这件上谕来的人，见此情形，自然更加难受——不知就里的人必定以为是他和皇帝商量好了，一起来难为允裀！

"不必念了。"皇帝见他实在说不出话来，也就不再逼难，叫人将上谕拿过来，自己翻看过了，才说道："后头写，自此朕与胤裀父子之恩绝矣。日后必有行同狗彘之阿哥为之兴兵构难，逼朕逊位，或是朕百年之后，将朕的尸身置于乾清宫，而执刀争夺。允裀屡屡邀结人心，其心之险恶，百倍于二阿哥。"说至此，他皱着眉头向允裀道："这道谕旨后头，有接旨众阿哥回奏的话，上头有允祹的名字，他竟没有告诉过你？"

"没有——"允裀此时早已跪伏在地，哭得气噎声断，就着外间的黄霾赤光，尤觉凄惨。他知道为了死鹰的事，先帝是说过极狠绝的话，可这道谕旨里是什么话，他确是头一次看见。

"呵，看来他也没有那样胆大妄为。"皇帝点点头，看允裀现在的样子，想着这话倒也可信，便不再追问，只放高了声音道："你这下知道，皇父恨你党羽固结，邀买人心，到了何种地步！我给你封了亲王，叫你总理事务，只怕三哥还要怪我忤逆了皇父的旨意！"

允祉一听这话，吓得登时从椅子上弹起来，我我我了半天，也说不出一句整话。皇帝摆手叹了两声，叫他坐下，仍痛心疾首对允裀道："我从来待你怎么样，你敢说不知道？可你呢？照旧不知恩，不以事君事兄为重，照旧给允裪、允祯他们做靠山，隔得这样远，还要同声一气!"他边说着,就将允裪前几天奏上的,论及允䄉留居张家口一事的折子翻出来,交给允祉道:"三哥你们看看,老十抗旨悖逆这样大的事,换一个人是什么罪?允裪又怎么说?他竟说要治长史不行劝谏的罪。老十这个人你们都知道,惯当别人都是他的奴才一样,他听谁的劝?也就听允裪几句劝罢!"

允祉和允䄉一向不好,对允裪也不过泛泛,可这个场面上,他也实在说不出什么别的话来,只一味道:"皇上说得是,是议得轻了,确是他的不是——"

"既然他不肯改结党的毛病,我也不必再替他瞒着当初的事。"皇帝说着话,就将上谕合起来,抚平整,仍放在匣子里,递向允祥道:"回头交给内阁,叫他们端楷誊写几份,送在京诸王大臣阅看。"

"别——别别!"允裪听见这句话,登时抬起涕泗交流的面孔来,膝行几步到御座前,张口想要阻拦,却全然不能成句,只好摘去冠帽,用手拍着金砖大哭。哭得几至噎住时,才从喉咙里咕噜道:"求主子给我留一点儿脸面。"

允祺、允祐看他哭得这样可怜,真是站也不是,坐也不是,求情也不是,干看着也不是,四目相对,扎手不敢动窝。允祉是为兄的,自知说话的分量不同,更加不敢多言。允祥先已经接了那个匣子,见此情形,便将匣子仍放回御案上,提着袍角跪下道:"皇父谕旨里的话,臣当年没有随班恭读,也不知道。刚听廉亲王所念的,好几句都是家务事,他若能就此悔过,还请皇上稍存体面。"

"皇上开恩!"允祥这一说话,允祉等人也就找了台阶,一时噼里啪啦,全都俯伏于地,齐声求情。

"你那时候深居简出的,哪知道他把皇父气成什么样!连我探了他一回病,也叫皇父斥责是他的一党!"皇帝气哼哼一拍坐褥,对允祥抱怨道:"外头人常说我为难他,非把这道旨意发出去,他们才明白,我何尝为难他了,要说宽纵他,倒还有几分实!"

"是是是,我们都知道皇上保全骨肉的苦心,外头人懂得什么。皇上再开一次恩典,允䄉的事,叫廉亲王另议一回,以明心迹,要是还不能秉公,再把皇父的上谕交外间王大臣们看?"允祥跪得离允裪很近,他边说着,就用手去拍允裪的胳膊,允裪哭得有出气没进气,什么话也不能回,这会儿好容易缓过一口气来,哪里还容得细想,忙连连叩头,"嗯嗯"答应而已。

"那三哥和你们就做个见证,下次再有这样党同包庇的事,不要怨我连大内存的谕旨都发出去，叫他难做人！"

允裸哭得周身疲软，连路也走不利落，更兼外头大风呼啸，黄雾蔽日，他才出隆宗门，就觉胃里一阵翻江倒海的酸胀，忽而眼前一黑，赶快用手扶住栏杆，掏出帕子来一阵猛咳。允祉等忙招呼侍卫上前将他围住，拍胸捶背好一会儿，才咳出痰来，痰中又带着近乎黑色的血丝。众人唬得"哎哟"一声，就要将他扶去内值房坐着。允裸执意不肯，只命从人将自己搀架着上了轿子，才拖着半条命回到王府。

他当天又喝得酩酊大醉，随后两三天，都懵懵懂懂、呆怔怔的，也不大同人说话。到第四天，才稍微醒过神来，遂叫人准备纸笔，要再写议处允禩的折子。一时吮毫搦管，咬牙写道："允禩卑鄙性成，行止妄乱。文学武艺，蒙皇考训谕数十年，终于一无所成，平生无一事可以上慰皇考圣心，贻皇考一日之悦豫。抑且赋性阴险，既不自知其庸懦无能，又不肯安分守己。"待将这些数落人的狠话写完了，便要给他议罪。想起那道足以致自己于死地的上谕，特别是十几年前，为了那句"辛者库贱妇之子"拒不服药，含恨终天的生母来，允裸也实在没有胆量和皇帝僵持，遂又饮了一瓠酒，将心一横，写了个最重最狠的惩处办法：革去多罗郡王，撤其所属佐领，没入家产，解回交宗人府永远禁锢。

皇帝见了允裸这件奏折，心里倒还熨帖，特将"文学武艺一无所成"一句圈出来，指给等着他下旨的张廷玉看："这一句倒不是虚话。十阿哥的外家是世胄元勋，在诸皇子里排第一的，偏是他实在不成器，属人做了外省的大员，他还叫人跑到衙门去抢东西，恨得圣祖牙痒痒。令尊当年在上书房课读，自然知道这些事。"

虽然心里得意，但细想起来，皇帝又犯了踌躇。哪怕青海一捷叫他气壮了不少，但如此之重处置亲弟，毕竟是第一遭。他先在即位诏书中有言："皇考升遐之日，诏朕缵承大统。朕之昆弟子侄甚多，惟思一体相关，敦睦罔替，共享升平之福，永图磐石之安。孔子曰：三年无改于父之道。我皇考临御以来，良法美政，万世昭垂，朕当永遵成宪，不敢稍有更张，何止三年无改？"如今先帝宾天不过一年有半，自己就要悔去前言，将允禩这个亲兄弟抄家圈禁，是否令人心服？思来想去，皇帝便不肯独担这个重处昆弟的不美之名，他又将允裸的这件奏折发交宗室诸王公和议政王大臣会议，令他们各秉公忠，自出意见，速议具奏。

因有"速议"之旨，众人不敢耽搁，随即就定了会议之期。允裸是原本上奏之人，不便多言，允祥正在昌平的汤泉调养，连隆科多也另有公干，所以主持之人乃是宗人府的宗令裕亲王保泰。保泰是先帝的亲侄子，老裕亲王福全一向疼爱允䄂，保泰自然也和他好，二人会议前先谈过一回，保泰也不绕弯子，直问道："这是真把十爷舍出去了？"允䄂苦着脸摊着手，一句一叹气道："我有什么办法，我有办法能这样！"保泰气得跺脚，撂下一句："你议得这么重，叫我没法转圜！"就扭头走了。

到会议时，保泰将眼睛向上翻着，仿佛背书一般说了皇帝的旨意，随后就住了口，只等旁人去说。宗室王公，及议政处的勋贵，多与允䄂等人相好，众人一边传看允䄂的折子，虽不敢做仗马之鸣，但心里也大不服气。特别是一等公、刑部尚书阿尔松阿，允禩的生母温僖贵妃钮祜禄氏是他的姑母，嫡亲的姑表兄要被抄家圈禁，他哪有心甘情愿的道理。要说这些王公贵戚里，只有他任职刑部，虽不能通晓律例，干了这大半年，也知道议罪的章法，是要逐事叙明，依律定拟，如果律无明文，就要考究旧案，或是比照加减。然则别人尚未出声，他倒负气先开言道："旨意这么明白，廉亲王也议过，咱们还有什么好说？就是革爵抄家，永远圈禁罢！"他年轻胆大，这一句出口，就称了许多人的心，所以当即就有三五个王公站起来，朝保泰道："王爷叫人写了本，我们列名就是。"随后高声呼喊跟来的仆辈，就是一阵穿衣戴帽的混乱。没一刻钟，偌大个议政处，竟走得空空如也。保泰呵呵冷笑一阵，也自带着宗人府管事的王公、官吏一走了之。

会议的王公大臣虽多与允䄂好，终究也有乐意为皇帝效力的人，像果郡王允礼、顺承郡王锡保、领侍卫内大臣马尔赛等皆是。虽然当场不便争执，但事后自然要将会议上下的情形密奏御前。有说裕亲王保泰气色不善，心里不服。有说王公们私下议论，皇帝想折磨亲兄弟，又不敢担这个名，所以叫大伙替他当恶人。有说阿尔松阿抢先发言，实属包庇，是不许众人将允禩劣迹一一叙明，分别议罪的意思。更有一个奇的，说听见两个人小声议论，只道这样要紧的事，怡亲王为什么不在？说到昌平的小汤山去颐养，这话谁能信来？当今皇帝刻薄兄弟，凡不待见谁，就把谁支出京城，看着罢，不定哪天，就得有个意想不到的旨意。

皇帝听闻这些说法，实在恨得咬牙切齿。狠狠压了压火，想着终归要先了结了允禩的事再议其他，所以就召保泰等人入宫，也不说别的，只冷笑道："叫你们给允禩议罪，不过要看你们的见识心迹，就是先叫允祉议罪，也是要难一难他的意思，谁叫他们本是一党呢。允禩既有当治之罪，我自然以祖宗社稷为重，难道因为是亲兄弟，就不敢秉公执法，还要托赖你们？真是笑话！折子你们拿回去罢，允禩要治什么罪，我自有裁决！"不过两天工夫，皇帝就有旨意，命将允禩解送回京，严行禁锢，并派诚亲王允祉和隆科多，将其府中所有文书笔札搜检入宫。

先帝厚待宗室，从未抄过哪位王爷贝勒的家，更别说是皇子。这次虽然家属、家财另有旨意，并没说一体抄没，可就这搜检文书笔札一事，也叫跟随前去的步军统领衙门官兵番役着实兴奋了一阵。兴奋归兴奋，既然是隆国舅亲自前往，众人也不敢过于造次。今上即位后，为着清缴亏空，抄家籍产早就是熟门熟路的事，所以纸笔账簿、一应当用之物，都备得齐全，百来个兵丁番役跟着隆科多的高头大马，就往什刹海南官房胡同的敦郡王府而来。至于允祉的府邸，本在积水潭蒋养房，和允禩最是邻近，且他又要在隆科多那里摆身份，所以直等步军衙门的人都到齐了，封住前后左右正旁大小各门，才慢悠悠出得府门，坐着大轿一摇三晃前来。隆科多拿大惯了，见这位有名无权的三王爷如此，心里就不痛快，只是不好挂出相来。

允禩自己还在解京的路上，家里两个儿子弘暟、弘晙，一个十六、一个十四，都是半大孩子，又娇生惯养，哪里懂得处置这样的事。福晋赫舍里氏是继娶的，年纪还轻，自然也慌了手脚。所以允禩的事虽然前后议了小半个月，弄不好要抄家的消息早传出来，可府里始终没个正经主张，也不及转移资财、销毁书札。这边允祉、隆科多一来，就见弘暟兄弟俩带着一干属官跪在大门外，低头哭个不住。这一日仍旧大风，把个屋檐上的檐铃吹得叮当乱响，跪着的一众人袍褂零乱，辫发都飞得老高，浑身上下尽是尘土。允祉毕竟是当伯父的，见此情形实在有些不忍，然则隆科多紧随其后，他也没办法，只好狠心不去看顾，径入王府大门。

及到银安正殿宣过旨意，允祉见那一干虎狼撩衣勒臂只待一声令下的样子，忙虎着脸道："先传信后宅，叫福晋和内眷等回避了，不许丝毫啰唣！"他发此一言，除了自家带来的王府护卫，余者步军衙门的将校番役人等，不过散漫答应。隆科多在旁撇着嘴一笑，也不看允祉，只背着手缓缓言道："福晋和内眷处不许惊扰，可也要叫老成司员带领妇差，去看明了有没有书信收着。其余各院按房封锁，凡书籍契券信札，是带字的，哪怕鞋样子呢，也一体给我拣出来，谁敢稍有夹带，你们小心着了！"他话一出口，底下数十人应声如响，和着外头风声，把屋子震得嗡嗡直颤。允祉登时涨红了脸，好没趣坐下，再不说话。倒是隆科多转过身来，向他笑道："王爷在这里安坐，我自去签押房和内外书房看看。"

这边隆科多自带人去查看几个要紧的所在不提，单说允祉懒听外头哭叫喧嚷，只好在银安殿里枯坐，一面对着两个年少的侄儿说几句虚宽心的话。时间不长，就有番役陆续将内院所抄的东西连箱抬至正殿阶下，允祉也自移步过来，用袍袖挡着风，叫人打开箱子，随意翻看几页，所见不过是些亲友拜帖、居家账簿。正待回去，就见一名司员捧着一个木匣，顶着风疾步走来，对着自己点头哈腰笑嘻嘻问安，随后就往里看，是要找他的本管大人隆国舅的意思。允祉本来懒得理他，却一眼瞥见匣子雕刻精细，像是内用的物件，遂点手叫过他来，就要去开盖子。司员不自觉将双手向后一撤，激得允祉瞪眼骂道："好大胆的奴才！"允祉如今虽不得意，可毕竟是皇帝的亲兄，论行辈论名位，都是朝中首屈一指之人，他真发起怒来，司员如何敢于违拗，忙单膝跪地禀道："这是福晋院子里缴出来的，尽是书信。"

允祉叫他随至殿内，打开一件一瞧，心里就略噔一下，只因所书尽是国语，抬头乃是"兄胤禩"字样。再看其余，也都是允禩的笔迹，不过所写多是家常问候，倒不要紧。及看到第五件，上来说的是赠送马匹之事，正待要放回去，便见下头赫然一句："事已失机，悔之不及。"允祉不免"哎哟"一声，眼前就浮现出先帝驾崩，今上登基，允禩怒目忿争的情形。心道这件东西实在大有违碍，若就这样送到御前，不定要起多大风波。他只道允禩真是个蠢人，这样的文字竟不烧了，还留着等人来抄。一时也不及多想，先将这封信揣在袖子里，正想着要如何向那司员解说，就见隆科多已带着人，抬了许多箱箧进来。

允祉上前看时，就见这一众物什里，单有一箱符咒画幡最是显眼，隆科多叫过弘暄兄弟及敦郡王府管事的官员、太监，质问此为何物。弘暄兄弟只管哭，都不能说话，倒是一个管事的太监来得机灵，一劲磕头道："回公爷，这是我们主子为圣祖爷禳祷祛病的符。"

"雍正元年正月里也为圣祖爷祛病？你瞎话来得倒快！"隆科多冷笑一声，只一挥手，就有番役上前，将这几个人锁起来。允祉见着这样的东西，也再不能多说，及见司员将九阿哥的书信匣子捧到隆科多跟前，忽想起自己袖子里那封信，不觉一身冷汗渍上来，只有故作镇静，将信从袖子里抽出来，对隆科多道："我我我——才翻着一件要紧的书信，原要——"隆科多何等精明之人，当即接过信来，自揣在身上，笑着打断他道："王爷都说要紧，自然要单独进呈。"允祉叫他勘破了心思，实在后悔不迭，便别过头去，打着哈哈就往外走，一时大风吹过，身上的冷汗尽退，皮肤如针刺一样，又疼又酸。

这边隆科多忙着带人清点查抄的东西，那边允祥已经冒着大风被皇帝从汤泉急召回城里来，他尚且不解何事，就见皇帝没好气啐道："你再多受用几天，人该说你夺爵圈禁了！"

一句话说得允祥当即站起来，他是失意过一回的人，最忌讳这样的说法，不由得脸色发青，剑眉倒竖，脱口而出："什么人？"皇帝先宽慰两句"少安毋躁"，再将众王公会议的情形说了一遍，他自己也越说越是生气，拍案跺脚，逐个数落，先骂保泰忘恩负义，叫他做宗令还不知足。又说阿尔松阿不是东西，和他老子阿灵阿一样，仗着是国戚，几次敢替人做出头鸟。又说到现下宗室王公，并满洲大臣，不过表面上臣服，心里照旧都向着允禩。一时再看看外头的大风天，又怨老天爷不作美，去年旱，今年风，都到了初夏时节，竟还刮个没完。及等发泄完了这一过，又蹙眉伸出三个指头道："他原本与那几个人不好，可叫他揭出允禩底细那一回，也有些兔死狐悲的模样，这次去抄家，看他肯不肯替人遮掩。"

"有舅舅呢，他不敢。"允祥和允祉有旧怨，见提起他来，便显出不屑的神情，随即嗤笑道："再者他这色厉内荏的，就有心藏奸，也禁不住三句问，一回话，就露出形迹来了。"

"可说，就这样的人，当年竟也痰迷心窍，做入主东宫之想！"皇帝想起允祉心里一急，就结结巴巴的模样，不觉嘲笑起来，笑罢将气也消了几分，吃了两口茶，又问道："他一向自视高，现在也这样怕舅舅么？"

"舅舅原喜欢人怕，况他手里又有兵，谁不怕呢。"允祥想起前日允礼同他说的，如今隆科多当众遇见他们兄弟，连个虚礼也没有，倒要一干凤子龙孙先去奉承他。

"这会子有个怕也好，实在少不得这么一个人。"皇帝见他有些欲言又止的神情，便会意点了点头，又若有所思叹道："只是总拿兵震吓着也不像样，终归要在用人理财、刑名教化上立得住才行。"

戕命

第二十八章

十阿哥允䄉被抄家逮京圈禁的事，引起的动静着实不小。皇帝此前虽也屡次敲打允禩一派的王公勋戚，但拿着一父同体的亲兄弟下这样狠手，实在出人意料。一时朝堂震慑，允禩又憋闷得呕了几次血。皇帝初战告捷，本想借此机会，也抓个允禵的大把柄，一体处之。不过，允禵远在西陲，要想挑他的毛病，就非得假手年羹尧不可。是以皇帝写了一道密谕，给已经返回西安的年羹尧，叫他相机而行。青海的战事已经大体停当，留下岳钟琪收拾些许残众即可，大将军坐镇督署，布置善后之余，替皇帝操心些家务事，也不算过于叨扰了。

然而这样的旨意到了年羹尧手里，叫他着实有些为难——大战当前使了人家的银子，一回头就卸磨杀驴，这样的事，他自忖做不出来。不过圣命难违，年羹尧思量了两天，想得了一个办法。三月间，河州一带有几个外地模样的生人到处转悠，当时大战方歇，军士还很警觉，生怕是敌军奸细之类，就将他们捉了，交给长官审问。一审得知，这几个人乃是西大通九贝子手下管放牧的头目，奉允禵之命，到河州采买草豆，踏勘草场。河州守将不敢自专，将这件事呈报给年羹尧知道。年羹尧晓得允禵一向在甘肃各处都有这类的事，原本不甚在意，这会儿想起来，倒不妨做一个由头。于是他上了一个本，说河州乃边口之地，各部杂居，奸细最多，允禵并未向自己告知，就派人前往买卖、踏勘，有违军法，所以将其参奏。皇帝接了这个半疼不痒的本章，很觉得没趣，随手先扔给宗人府议覆，然后大笔一挥，来了个"俱从宽免"。他是极好面子的人，可不想人说自己是鸡蛋里挑骨头，拿着小错严惩亲兄弟。

年羹尧不想为允禩多费头脑，一则是拿人家手短，二则他另有一件要紧的事，须得用心计较——他当了十几年巡抚的老窝四川，如今把持在了对头手里，将他的成规尽改，甚至协济军粮也推三阻四。先前他一心迎战，无暇料理，现在腾出手来，焉能再置之不问？

　　实因自康熙六十一年年羹尧升任川陕总督后，四川巡抚便由汉军正白旗人蔡珽接任。蔡珽乃是汉军八大家之一的簪缨子弟，自负高才，兼有吏干，是年羹尧的翰林前辈。二人出身近似，原本是有交情的。皇帝在潜邸时，曾想结交蔡珽这个才俊，就让年羹尧之子年熙作个中人，代为沟通。待即位后，皇帝也以为年、蔡相好，自然和衷共济，所以仍旧以蔡珽为四川巡抚，作年羹尧青海之战的后援。谁知如此一来，就有了麻烦。年、蔡二人性情同类，都是负才而专己之人，若不共事，倒还惺惺相惜，一旦共事，难免冰炭不容。

　　大战之前，二人在皇帝那里你来我往，各自下了不少难听的话，虽说年羹尧略胜一筹，得了好些抚慰，但蔡珽也并没有伤及毫发。大战之后，年羹尧先上了一个折子，想在川陕，特别是四川，开矿铸钱以助军民之用。蔡珽却另有奏折，说铸钱需用红铜、白铅两项，四川不产白铅，开采非便，年羹尧所奏难以施行。年羹尧一闻此言，当即怒从中起，心话我在四川十几年，难道不懂得川省的山川物产，倒要你来教我！他随即就要上折，想着不但将这件鼓铸的事再用言语促成，还要扣蔡珽一个阻挠政事的罪名，连他一并参倒，换自己的心腹、陕西按察使王景灏去接任川抚。

　　奏折还未及写，就有他在四川的耳报神来，说最近川省官场接连出事，重庆一府竟有两位官员先后自戕。一个是他的老部下、重庆知府蒋兴仁，到省城去了一趟，就用小刀自戳而死，现在叫蔡珽报了病故。另一个是驻扎重庆的川东兵备道程如丝，此人年纪很轻，是蔡珽主政后提拔的，听说是做了亏心事，叫人冤魂吓得自缢而死。重庆地在要冲，道府是方面大员，出了这样蹊跷的事，蔡珽竟不通报自己这个川陕总督知道。年羹尧疑心陡起，就将参奏的折子先停下不写，再叫人到成都、重庆等处去，细细打听此事。

　　这一打听，就打听出一件大事来。原来程如丝并没有死，倒是蒋兴仁因程如丝的缘故死了。这程如丝也是个汉军旗人，做川东道前，原是蔡珽题保的夔州知府。夔州乃是长江上游第一个重镇，设有户部榷关，名曰夔关，向往来商船征收关税。这程如丝是个机巧通于权变的能吏，但为人贪酷，喜欢财贿，兼而又要做大官。所以到了夔州这个商贾云集、通达繁剧的所在，自然要大显身手，既饱宦囊，又悦上官，再为今后挣个前程。

程如丝一眼看上的，是湖广盐商这块肥肉。盐乃百味之首，居家饮食，无论富贵贫贱，谁也离不开这件东西。而民间食盐，要听官府经营，不但盐商要有官票，盐价要由官定，就是哪个地方吃哪里产的盐，也要由朝廷一体区划，否则即是私贩，再定个盐枭的罪名，问刑就同强盗一般，是要掉脑袋的。湖广一带并不产盐，按照盐法，一向是吃下游的淮盐，由两淮盐商供应。但淮扬路远，盐价又贵，靠西府州的百姓，往往愿意就近买食夔州府巫溪产的井盐。所以湖广的盐商，就从夔州买盐，由长江水道过夔关运至当地贩卖。夔州盐民赚了好处，官吏收了贿赂，至于淮盐在湖广卖得好歹，原不是四川官民操心的事。民不举官不究，几十年来任其行事，久而久之，就成了惯例。

程如丝任职夔州府，并管夔关以后，再看不上湖广商人这点贿赂的小钱。他找了几个夔州本地的商贾议论，想将这笔买卖抢到自己手上，赚个大头。夔商向来忌恨盐利被湖广商人占住，也乐得为府台效力。所以他们先找到湖广盐帮中为首之人，要以半价之数，将盐全买过来，不然就向官府告发，治他们贩私盐的大罪。湖广商人不听吓，照旧运盐过关。岂知程如丝真个心狠手毒，敢行敢做，竟事先探听了盐商过关的日期，埋伏官兵，调集乡勇，要将他们一网打尽。

瞿塘峡西门称为夔门，两岸高山凌江夹峙，北岸赤甲山土石赤红，南岸白盐山色似白盐，一是红装，一如素裹，隔岸相望，令人称奇。夔门以西峡谷曲折，水注多流，至此则劈门而东，浩荡倾泻，杜工部云"众水会涪万，瞿塘争一门"是也。其时已近冬月，水势较夏秋舒缓得多，十几只运盐的商船自西而来，商帮的首脑带着家人、伙计站在船头，欣欣然去赏两岸遍山的黄栌红叶。夔关设在夔门南岸，驻关的夔州府通判，以及吏役人等，都是他们的老熟人，打点的银子礼物早已备齐，顺水通关，原是不消多说。待船至关下，众商正要靠岸下船，与官吏寒暄，却见关上景况与以往大不相同。数十名差役雁翅排列，中间簇拥着一位青金顶戴、云雁补服的矮个子官老爷，正是那位平时里和颜笑语，一口京腔的程太守如丝。

关口高耸，又兼浪涌猿鸣，所以程如丝同人说些什么，船上人并不能听清。只见他口说手比了一会儿，忽然颜色大变，拂袖就进关去。随即就有一个绿营武弁，带着一队兵丁小跑着下关来，站在船前喝道："好大胆的盐匪，快将私货都卸下来，省得我们动手！"

商人们大惊失色，正待上岸解说，就见众兵弁都将佩刀拔出来，呼喝向前，逼令卸船。远途贩盐的买卖，伙计不能不带防身的器械，一时就有气盛的小伙子，去舱内取来棍棒刀枪。那武弁一见此物，大喊一声："好贼匪，竟敢持械拒捕!"便率众后退，自己将佩刀一举，紧接着一阵铜锣猛响，关头就架起十几支鸟铳来。继而两岸林中，又现出上百名山里汉子，都是精壮矫捷的猎户。一个个赤身披着兽皮，手中提着鸟枪，腰间别着匕首钩环。这些人平日打猎为生，闲来也充作乡团，常被衙门征调了剿匪杀贼。

商帮首领见此情形，早已顾不得其他，一迭连声叫水手开船。然则船尚未动，关头鸟铳已经一齐鸣放，火光一起，船上就有人哀号落水。盐船大而沉重，被人当了活靶子，哪里禁得住打，不一时，就打沉了几只。押船的人或被火枪击中，或情急投江，江面随即就被鲜血染红了一片。也有水手摇着橹避过火枪，让人能够登岸，可岸上猎户的鸟枪匕首，倒比关头的火铳来得更有准头，所以上岸的人们，也大半丧命。只有几个命大的，或被江流冲下去，免于中枪；或上岸后腿快躲进密林，未被发觉，算是死里逃生。待程如丝收兵之后，几个活着的人连滚带爬跑回湖北境内，又夜以继日赶到武昌府，去湖广总督杨宗仁的辕门前击鼓喊冤。

杨总督听报如此大案，本想即刻上奏。倒是师爷们将他劝住，说这是陕甘总督年大将军辖下的事，不宜听信商人一面之词，得罪权要。杨宗仁想想也有道理，就先写信向四川巡抚蔡珽打听始末。蔡珽一向赏识程如丝精明干练，且几次收过他的孝敬，事前又接了呈文，言之凿凿，说是剿灭拒捕盐枭。所以接到杨宗仁的信后，蔡珽很替程如丝遮掩，回信说，因奉了年大将军的密令，才有此作为。其时青海战酣，杨宗仁思来想去，终究不便去捋年羹尧的虎须，遂将一件死伤数十人的大案暂且压下，既没有上奏，也未向年羹尧求证。

那面蔡珽见事情未发，又收了程如丝数万两白银，将他一本保上，升作川东兵备道，改驻夔州以西的重庆府，与知府蒋兴仁同城办事。然这几十条人命的大事，如何能够一掩而止？一时川东各府州县，不免都有耳闻。那些被杀的商贾，原有在重庆等地安置家眷的，也陆续有人呈控到府，请求伸冤。蒋兴仁的心术不错，又年长资深，实在不忍如许多人做了枉死鬼，也不愿同程如丝这样趾高气扬的酷吏共事。所以密遣心腹，去到江边暗访，想要查清死者的数目、来历。不过夔州本地的商贾、民团，多受程如丝的好处，不但为他瞒住不说，且充作他的耳目，将重庆府密访之举报给程氏知道。程如丝害怕事情败露，忙致信蔡珽，请他拿出巡抚大人的威风来，先打发走蒋兴仁这个碍眼的人。

蔡珽原本不喜欢蒋兴仁迂阔，又有些卖老，每每在政事上刁难他，话说得十分难听。一见程如丝的书信，更是气恼，深怪他越境查案，无事生非。所以即刻发下牌票给重庆府，说为了亏空不清的事，叫他即刻到省回话。蒋兴仁临启程前，做了好几天的噩梦，等进了成都巡抚衙门的辕门，挂号厅递上手本，又到官厅等候，更觉这一路所遇办事、候见的本省文武同僚，有认识的，有不认识的，都对他冷淡异常，如避瘟神一样。

来人说一声"请"，蒋知府满心惴惴进了二堂，及见巡抚蔡珽，及布按二司、盐茶道、成都府、两首县俱都在座，忙先行了廷参大礼。蔡珽白面长须，端的相貌堂堂，此时昂然高坐，面沉似水，身子都不肯欠一欠，只"嗯"了一声。待其起身，也不命坐，就指着案上文卷道："藩司衙门核出你的亏空，仅渝关木税一项，就有两千七百五十两。渝关所管的，不过是竹木税，本应尽收尽解。亏空如此之多，贵府是侵挪到哪里去了？"

蒋兴仁听他问得不善，心里咯噔一下，忙沉住气回道："卑府先已呈文给藩台说明，这两千七百多两银子，原是康熙五十年至今，四任渝关的积欠。卑府接任以来，已经弥补了四成，近半年忙于筹备大军协饷，料理不及，还望抚宪暂宽时日，自当竭力筹措。"

"贵府很忙啊。"蔡珽见他辩解得理直，又拿为年羹尧筹饷说话，不免冷笑道："那怎么还听人说，你越境去管夔关的事？夔关事繁，却没有一文钱的亏空；渝关事简，倒亏空了小三千两银子。你这样无能，自己的一亩三分地还管不好，反去问别人的事。诸公都在宦海多年，见过这样做官的人么？"他边说着，就去看旁坐的两司道府，众人都是他的属官，又一向怕他严厉，如何敢说个"不"字，所以各自唯唯，都颔首称是。蔡珽见大家都来迎合他，不觉更加气盛，遂提高了声音道："可见你是有心刻薄贤能，专寻同僚的不是！"

蒋兴仁心里正琢磨着自己的亏空，却见蔡珽陡然一转，说起夔关的事来，不觉就怔住了。他晓得巡抚偏爱程如丝有吏干之才，但想程氏贪财调兵、杀伤人命数十条的行径，巡抚未必尽知，或是被其蒙蔽也是难免。只是事情尚属隐秘，堂上人多，话说明了，怕要泄露出去，叫程如丝有所准备。是以他先忍住气，斟酌半晌，打一个躬道："夔关的事，另是一桩大隐情，容卑府细细查明，再具详回禀抚宪。"

"不必故弄玄虚，夔关的事，我早知道。缉拿盐枭，正大光明，何用你再去查。"蔡珽"哼"的一声，一拍桌案："你休管旁人，单说三个月内，缴不缴得清你的亏空？若缴得清也还罢了，若缴不清，我已经寄信给川东道，到时候就叫他去你的衙门摘印。"

这蒋兴仁素来有些书生的迂气，他原本以为巡抚是清华翰林出身，一直做京官，不谙外间的险恶，所以叫程如丝愚弄瞒哄。不想二人竟沆瀣如此！他今年已近六十，岁数比蔡珽还大，自康熙四十三年就到四川做知府，历任近二十年，可说是通省的前辈，岂堪当众受此羞辱？他强挨了几挨，实在挨忍不住，就将帽子摘下来，擎在手里道："不劳再遣人去摘印，我这就将顶戴奉上。只是程某当日不过知府，竟敢调动绿营官兵，杀伤多命，抚宪这样替他担待，不怕朝廷怪罪！"蒋兴仁边说着，已经气得手抖须颤，一面将帽子放在蔡珽案上，转身就往外走。

蔡珽本来性傲，自做了这大省的诸侯，哪里听人同他这样说话，何况又是当众。他登时血贯瞳仁，将蒋兴仁的帽子抓起来，往下一摔，厉声向阶下的亲兵喝道："把这老王八蛋给我押回来！"

官场之中，无论上司下属的寅谊好歹，一向要讲究些雍容和蔼，才是士大夫气象。何况知府官居四品，乃一郡之长，在地方上，已经是好大的人物，就算督抚接见，也必须以礼相待，绝没有恶言辱骂的道理。所以蔡珽这句极粗的话一出口，把堂上众人都惊得呆住了，蒋兴仁立时停住脚，瞪眼回过身去。蔡珽还不解气，见他惶然张望，特将身子向前一倾，双手撑着桌案站起来，恶狠狠道："我知道，你自当是大将军在川时用过的老人，所以敢于倚老卖老，蔑视上司。我且告诉你，我和亮工大帅，原是二十几岁在翰林院的交情。你也不想一想，调动绿营兵弁剿匪，没有总督的钧令，能行不能行？大将军现在西宁统兵，你要不怕亵渎虎威，自可写一封禀帖去问问，看我欺你不欺。"

这一席话说毕，蒋兴仁浑身战栗如同筛糠。他方才掼纱帽时，原有致书年羹尧，以求公道的打算，却叫蔡珽兜头一盆冷水，浇了个透心凉。布按二司见势不好，赶忙离席去解劝蔡珽，成都知府过来拉住蒋兴仁，华阳知县去捡他的帽子。众人好说歹说，总算叫二人住了声，各自散去不提。

等回到下处，蒋兴仁越想越是难受。他所住的学道街紧邻着金河，是成都城里顶繁华的地方。二三十间书铺沿河营生，省内士子雅游至此，评文玩赏字画，说不尽的钧汝哥定，道不完的宋刻元椠。蒋知府临窗而立，本为排遣积郁，可见此情形，不免郁结更深。想自家十年寒窗，数十年宦海，兢兢业业，从无大错。如今年近花甲，叫巡抚当着半个省府的同僚指着鼻子咒骂，斯文扫地，竟至于此！更可恨的，不几天，消息就要传到程如丝处，自己再回重庆，不定要受怎样的羞辱，还有甚脸面高坐府堂，表率官民！

他边想着，情不自禁流下来两行浊泪来。随侍的老管事见主人心绪烦乱，不敢搅扰，忙吩咐跟来的长随去备办饭食。时在腊月，天气寒冷，长随买了清炖的羊肉送来，以备滋补之用。因羊肉连着棒骨，需要用刀切割，老管事先将菜肴及片肉的小刀一并送到上房，再下去端汤盛饭。哪知汤饭尚未盛好，就听上房一声惨叫，管事撇下羹匙去看时，就见主人一把小刀戳进咽喉，鲜血喷溅四壁上，身躯倾倒，已经浑然不知天地人间了。

第二十九章

结亲

　　重庆知府蒋兴仁自戕身亡，川抚蔡珽以病故上奏。然而这样的事，没有不传得满天飞的。年羹尧从西宁回到西安没多久，就听闻了这个风声，叫人再一细查，就打听了八九不离十。他心道这是把蔡珽逐出四川的好机会，忙一面将程如丝谋财害命，蒋兴仁气忿自戕之事上奏皇帝，单等一道旨下，就叫心腹王景灏去成都府走马换将，交卸了蔡珽的川抚大印；一面先发制人，派人用川陕总督的身份，密令新任重庆知府周天佑去摘程如丝的顶戴。

　　只是千算万算，年羹尧漏算了一件要紧的事。这程如丝虽然贪酷狠毒，在夔关惨杀数十条湖广商人的性命，但其人在川东，特别是夔州的官声倒很不错。且不说重、夔二府的商人占了湖广商人的盐利，一应都说他好。单说程如丝发了一笔巨财之后，也有收买人心之举。譬如头年川东的收成欠佳，他就叫人到成都等丰收的府县买粮，平价卖给重、夔各地穷苦小民。百姓得了好处，自然叫他是青天。那周天佑办事又不缜密，将去摘程如丝官印的消息不慎泄露出来，一时民意汹汹，不但重庆府的商民成群结队前往知府衙门前街拦住不许，连夔州府，和左近州县的人，也纷纷赶来，堵住城门吵闹。要不是周知府腿快，及时跑回后堂，只怕程如丝的顶戴没革，他自己的顶戴倒要给人踩个稀烂。

　　年羹尧闻讯气得要命，正要再发令牌，叫陕西这里的武将去摘印，不想却接着一封叫人犯愁的家信，将这事暂且搁下了。信中说他的长子年熙旧病复发，将有不起的危险。年羹尧的子嗣不少，但嫡出的只有两个，一个长子年熙，是元配纳兰夫人所生；一个七子年斌，是继

205

配宗室夫人所生。年熙少年老成，颇有克绍箕裘的指望，只是身体羸弱，二十出头的年纪，就常常生病，虽然竭力调养，也难以强健。所以这封家信传来，年羹尧虽然伤感，也不算全无准备，倒是随之而来的一道朱谕，叫他有些措手不及。只因那朱谕写道：

朕已谕将年熙过继给舅舅隆科多作子矣。年熙自今春只管添病，形气甚危，忽轻忽重，各样调治幸皆有应而不甚效。因此朕思此子非如此完的人，近日着人看他的命，目下并非坏运，而且下有数十年尚好的运。但你目下运中言刑克长子，所以朕动此机，连你父子亦不曾商量，择日好即发旨矣。此子总不与你相干了，舅舅已更名得柱，从此自然痊愈健壮矣。年熙病，先前即当通知你，但你在数千里外，徒烦心虑，毫无益处。但朕亦不曾欺你，去岁字中，皆谕你知老幼平安之言，自春夏来惟谕尔父康健，并未道及此子也。朕实不忍欺你一字也。尔此时闻之，亦当感喜，将来看得柱功名世业，必有口中生津时也。舅舅闻命，此种喜色，朕亦难以全谕。舅舅说：我二人若少作两个人看，就是负皇上矣。况我命中应有三子，如今只有两个，皇上之赐，即是上天赐的一样。今合其数，大将军应克者已克，臣命应得者又得。从此得柱自然痊愈，将来必受皇上恩典者。尔父传进宣旨，亦甚感喜，但祖孙天性，未免有些眷恋也。特谕你知。

年羹尧拿着这道旨意，实在丈二和尚摸不着头脑。朱笔慎密，又是家事，他也不便去找幕友们商量，就拿进内宅，到上房去见夫人。年夫人是英亲王阿济格支系的宗室格格，有县君的封号，天潢一脉，玉叶分辉，本与寻常夫荣妻贵的不同。且她自幼读过书，通晓满汉文字，年羹尧满文学得荒疏，但事涉军机，往往有满文的谕旨部文，他自己上奏，也不时要用满文，于是常请夫人帮忙翻译。翻译得多了，就要发些议论，甚或出两个主意。所以年羹尧姬妾虽多，却对这位小他十来岁的继室夫人十分礼敬，内阃之事，尤其要问夫人的主张。

夫人十几岁嫁到年家，就一直照顾髫龄丧母的年熙，虽非亲生，听见他病重，心里也难过了好几天。这会儿正看着丫头检点贵重的药材，生参多少、熟参多少、冰片犀角多少、冬虫夏草多少，要包好了寄到京里去。一边看，又想起年熙的病，不免唉声叹气，待见年羹尧从外头进来，就擦着红红的眼睛起身让座，边问道："家里又有信么？"

"先看看这个。"年羹尧一面坐下，将谕旨放在炕桌上。夫人见有朱笔，忙叫丫头服侍净了净手，又打发她们出去，自去细看。还没看到一半，就失声抬头道："什么叫，此子总不与你相干了？"

"上头一向喜欢出其不意，我也不明白这是哪一出，原本京里的消息，都是年熙打听，现在也没处去问。"年羹尧打了个咳声，一对浓眉皱在一起，用手按着额头半晌道："才在书房就想破了脑袋，难道是我上个月同吏部抬杠，要拉和我跟隆科多的意思？"这说的是吏部此前为青海战事议叙有功文武的事。他的二儿子年富以建造营房报了军功，开九卿会议时，吏部侍郎李绂发言说，年富建造营房，只能算是备办军需军械，应照文官的劳绩加级纪录，不能照军功从优议叙。隆科多一听正中下怀，当即以文职劳绩上奏。消息传到年羹尧耳朵里，惹得他大发虎威，几次在有京里办事部员的场所痛诋九卿，切责吏部，就差点出隆国舅的名字来。他知道，皇帝一向在自己跟前将隆科多夸得天上有地下无，是希望二人和衷共济的意思，或许这道谕旨，也是如此的用意？

"那也没有这样的拉和法！"夫人将谕旨看完，也不同往日那样，双手恭敬放在匣子里，只是随手一撇，拧过半个身子，闷声道："国舅自己有两个儿子，都老大了，就没有，他们佟家的子弟也多着呢，怎么过继起外姓来，真是没影的事。"说罢又转过来，掰着手指头问年羹尧："咱们家和国舅家，又不是寒门小户，多个人丁多张嘴。往后这个孩子，谱里怎么算？恩荫爵位怎么算？分家析产又怎么算？隆公爷应得也真痛快，还给取了个名字，叫得柱儿！我的天，这可是个什么名字呢！"夫人越说越生气，这事要不是皇帝办的，但凡换个人，她早一口啐出来，饶是如此忍耐，仍气得浑身哆嗦，眼泪扑扑簌簌就落下来，边发狠道："他要是这会子就没了，也轮不上咱们家发送了是不是？"

夫人一路说，也把年羹尧搅得心烦意乱，背着手在屋子里走了好几圈，才摊手道："我竟不知道这个谢恩折子要怎么写！"他也是满肚子怨气，又不能骂皇帝，只好将气撒在隆科多身上，说道："要说佟家，我只和法陶庵先生有交情，那是个有骨气的豪杰。中枢里这位国舅，成日当自己是周公霍光诸葛亮一样，弄得人见人怕，不想也这么能顺竿爬。什么我二人若少作两个人看，就是负皇上矣。他这两年，成日同我作对，这就攀起亲戚来了，倒不知五服里头算得上哪一服！"

夫人听年羹尧越说声音越高，知道他的脾性，是最容易激起火来，口无遮拦四处发怒。所以自己勉强止住气恼，擦了擦手，将谕旨展平了，照旧放在匣子里锁好，再站起来劝道："既然猜着是为了拉和的事，就少和国舅闹些意气，总归咱们孩子都舍出去了。出气的话家里说说，见了人，只说是皇上的恩典罢！"

"我知道了。"年羹尧狠狠压住了火气，又定定神，取过炕桌上的信笺铺展了，边道："实在没有人能打听首尾，只有找我那位老同年学庭兄问问，他现在红得很呢。"

把年氏夫妇的揶揄之辞放在隆国舅身上，说来也是冤枉。年熙过继隆科多为子的上谕一下，国舅家里的鸡飞狗跳，可远比西安总督衙门厉害得多。只为如今国舅府里当家的并不是他的正室夫人，乃是一位爱妾，名唤四儿。她本是个京郊贫寒人家投充旗下为奴的出身，父母俱不识字，所以只按排行取了闺名。这四儿虽然贫苦，长相也不过中上，却极有手段。她原是隆科多岳父的房里人，不知怎的，偏与个姑老爷勾搭上手，几下里暗度陈仓，竟如胶似漆，欲罢不能。只待本家的主人一闭眼，也不管隆夫人如何哭天抢地，痛骂不止，就一顶小轿进了公府大门。四儿进门连生一子一女，而后干柴烈焰，火烧火燎，大有宠妾灭妻之势。只碍着隆科多的老父、先帝的亲舅舅佟国维尚在，不敢过分逾越。

康熙五十八年，佟国维病逝，隆科多竟撇下夫人在一边，叫四儿代行子妇之职，迎送赐祭钦差，直把太夫人赫舍里氏也气得一病不起，第二年就故去了。待今上即位，隆科多爵列上公，身膺重寄，四儿便愈发招摇起来，居丧行礼、逢年过节，每每出入禁宫，形同命妇。这两年间，先逼死了隆夫人，又欲夺嫡子岳兴阿的爵位给己子玉柱，此外欺凌余妾，势压庶母妯娌，更兼包揽政事，贿门大开，直闹得满京城都知道，隆公家里有位极厉害的姨娘，是最能拿得住他的。

听说皇帝要把年羹尧的病儿子送到自己家来，这位四儿姨娘当即就跳起来，随手的盘子碗先砸了一遍，再命她的儿子玉柱去请乃父速回，只说自己头疼的病犯了，堪堪疼得欲死。隆科多才从吏部会议下来，就被家人赶到衙门，说一声"太太病得难受，请公爷速回"。等他快马加鞭回到家里，早有玉柱候在门首，趋前打千儿道："我娘头疼得厉害，单等阿玛回来。"隆科多边听他说着，边疾步往里走去，又问道："请大夫了没有？太医里刘裕铎最能治风头疼，怎么不去请来？"

"谁不知道小刘太医是京城里第一好的郎中，香饽饽似的，多少贵人要请。我原说要请，我娘说，她是个不上台面的人，请不起。"

"胡说八道！我要请个大夫，还有请不来的。叫人去请！"其时天已入伏，隆科多骑马骑得满头大汗，站住脚骂了儿子一句，就快步往里走去。世袭公府自有规制，四儿在家如同正室一般，就住在昔日佟国维夫妇所居的上房。说是病着，可里头一点药香不觉，玉柱走到阶下便停住了，只有隆科多一个人进了内室。就见里面几个丫头都直挺挺跪着，或捶腿，或揉肩，俱不得闲。四儿头上缠着一条玫瑰紫的抹额，正斜靠在引枕上假寐。她人虽也有四十来岁，却仍存徐娘之风韵，两条柳叶眉微蹙着，不时轻"嗯"一声，示意丫头推拿的力道错了。这会儿明明听见帘子响动，也不肯睁眼，只微启双唇，从鼻腔里挤出一句："还是报个急病，才回得快，赶明儿要说我死了，不定就更快了。"

隆科多每见了她，总是没有脾气，这会儿一闻娇声怨气，更是连居家的衣裳也顾不得换，就走到炕前，用手抚了四儿的前额道："是真疼假疼？我可叫人请小刘太医去了，真请了来，又没事，可实在不像话。"

"我这个病，什么太医也使不得。"四儿将隆科多的手拨去，两只眼睁开来一哼，翻身坐起来直瞧着他道："你一早出去，我又想起昨儿的旨意，就疼起来。那个年家的少爷，二十好几岁的人了，怎么就糊里糊涂算成了咱们家的孩子，往后袭爵承荫——"

"我不是说了，他是病得三天两后晌都没有，才有这道旨意，你想得也太远了。"

"性命的事，哪有一个准。年家什么好医好药没有，他又年轻，不定就调理过来。"四儿呷着嘴儿瞪着眼，头摇得拨浪鼓一样，见隆科多不理会，又道："就算他眼看要死，弄成咱们家的人，难道不晦气？咱们的丫头已经订了办喜事的日子，要是又闹出一场白事来，也太堵我们娘儿们的心了。"

隆科多为了这件事，心里也很不痛快，只道就算皇帝信命数之说，又兼年羹尧刑克长子，那年熙自有亲伯亲叔，或是本族昭穆相当又无子嗣之人，找一家过继，岂不便宜？全无来由过继到自己家里来。一则佟氏两世国戚，乃是当朝为首的令族，谱牒岂能随意混淆？二则他膝下嫡庶各有一子，都已成年，这四儿姨娘厉害得宠，往后袭爵分家，自己还纠缠不清。年熙乃是年羹尧的嫡长子，若无大故，自有袭爵之份，这会儿弄到自己家里，要是一口气缓过来，往后的麻烦，简直述说不尽。这两天他也细琢磨过皇帝这番奇异之举的缘故，要说为了年

209

富报功，吏部又触了大将军虎威的事，未免有些太小。难道还是为了大战之中，自己说年羹尧是汉军，不得不加防备的事？皇帝总记着这个，那可有些麻烦——

隆科多越想越深，不免怔怔出神。四儿不知就里，当他对自己的话不以为然，遂捏着手帕，抽抽嗒嗒哭起来。又眼巴巴望着隆科多，将左胳膊的袖子褪上去，露出一截保养得极好的玉臂来，指着上头一处细长疤痕——这原是她自己狠了心，拿簪子划的，却时常摆出来，只说是先头隆夫人造的孽。又背过身子去，隐隐吞声道："我一辈子是叫人使唤欺负的命，只有这一儿一女是依靠，要是柱儿不能得一个好前程，丫头不能体面出门子，我竟不知道还有什么活头。"

"哎呀呀，你这是说的什么！已经下了旨，我有什么办法！"隆科多被她摆弄得没辙，自走过去替她把衣袖拾掇好了，又将炕上一条新帕子递过去，一边强笑道："我不早和你起了誓么，你和柱儿往后，绝不能比旁人差咯。"

"红口白牙的，谁信！"四儿却不领他的情，只一啐，将脸一扭，半晌才转过来，凑近了低声道，"前儿蔡神仙说的，扬州程盐商那六万两银子，你要是应了拿来，就算不是混说。"

"那是户部的事，可不是玩的。"隆科多一听这话，就摆着手往后一撤步，正色道："你也别叫那姓蔡的书办总到家里来，让人瞧见，告到户部王爷那，他可不比别的人。"

"哎哟，那蔡书办可是六部里头一号的人物，什么事办不成，所以人才叫他神仙。莫说王爷是坐在天上的一个人，不会过问这些地上的小事，就是部里积年办事的老司官，也是不怕的。"四儿的眼泪这会儿早就干了，紧往前凑了凑，拉住隆科多的胳膊，嘻嘻笑道："他还从云南寻了一整副上好的缅翠头面。我想着丫头往后的妯娌们，家里都是做督抚的，自然有好首饰，等过嫁妆的时候，咱们家也不能在这上头后人呀。"

隆科多叫她磨得没办法，只好权且应一句"先看看"。

单说这四儿嘴里的蔡神仙，乃是户部山东司一名老吏。山东司除了办理山东一省的地丁钱粮之外，还带管天下盐务，是一个极要紧又极丰腆的所在。六部政务虽由书吏持其长短，但其中亦有显隐之别，更多攀比之风。吏、户两衙门，向来权柄最重，外间称为大部，所以老吏们也跃跃欲试，欲夺同业中第一把金交椅坐坐。

康熙末年，六部中为首之人，是吏部考功司张书办。因此人交通权贵，把持考绩，所以内外有加级、带处分的官员给他取了个诨号，叫作"张老虎"。张老虎威风了七八年，末了折在当今皇帝的近臣、吏部尚书张廷玉手上。其时，他初任吏部侍郎，一日坐堂理事，考功司的掌印司官送来一件咨文，说直隶巡抚的来文里，将元氏县误写了先民县，应当驳回，请示大人的意见。张廷玉是极聪明精细之人，接过文书一看，便笑道："要是将先民两个字误写元氏，自然是直隶的错误。可将元氏写作先民，必是你们司里的书办需索礼金不成，多添笔画，故意刁难人家。你去暗地里查问，看看这件咨文是何人经手递送，明天告诉我知道。"掌印是个新任，也是认真的人，回去一问，问出是张老虎亲信的徒弟所为。张廷玉不动声色，再叫他细细问去，待得了许多私改文书勒索外官的铁证，遂就大笔一挥，将这风光无两的老虎逐出吏部，虽有朝贵替他出头求情，也无所姑息。因为事情办得人心大快，张廷玉也得了个"伏虎侍郎"的雅号，贤名动于一时。

吏部走了张老虎，六部又成野猴山。直至新皇登基，首重财源，更兼厉清亏空，奏销军需，户部老吏就成了风口浪尖的人物。其中尤以这位山东司的蔡书办资历深、算盘精，上下周旋最称熟惯。所以六部吏员公推他做了盟主，号曰神仙，比那老虎更添一重厉害。

至于程盐商，乃是淮盐八大总商之一，名叫程功义。他受两淮众盐商之托，正在京城里四处活动，只为稳住两淮盐价。实因两湖地方例食淮盐，价格十分昂贵，雍正初年已经到了一钱五六分一包，以致百姓不堪，川盐乘势而入。像程如丝在夔关枪杀盐商，闹出几十条人命的事，其弊源就在于此。湖广总督杨宗仁体念民意，命盐商将盐价降至一钱银子一包，又严令各官不许收受盐商规礼，自己先将总督衙门一年四万两银子的盐规裁革，并上奏皇帝，拟做定制。这样的举动，湖广百姓当然乐意，却触动了两淮盐商的心肝。为此，扬州的八大总商一齐到两淮巡盐御史谢赐履的衙门哭穷，百般言说，只道湖广一下把盐价压去三四成，不但让盐商亏了本钱，就是朝廷税赋也大受损害。只求都老爷上奏天子，管管那个一心买好地方的杨总制，莫伤了两淮盐商捐资助饷、报效朝廷的忠赤之心。

一面央求着巡盐御史和湖广总督打擂台，手眼通天的淮商又凑出十万两银子，公推总商程功义北上京城来通关节。不为别的，只为程盐商的亲弟弟是捐纳的户部郎中，在部里人头熟悉。程郎中虽说是现任官，可并不管盐，也不算当红，遂改托这位蔡神仙，去帮乃兄疏通。蔡神仙拿了程氏兄弟三千两现银，并许多稀罕礼物，便嘿嘿笑道：

"如今咱们部里是蒋侍郎当家，王爷最肯听他的话。可他老人家是个世家的翰林，又等着拜相，一个好名声比什么不要紧？何况他跟着王爷办亏空的事，叫多少双眼睛死死盯住，只为挑他的错处。赶这时候去送银子，他要敢收，你们剜了我的眸子出来。"

一句话说得两人心凉了半截，只得又拿出一千银子，再向他讨主意。蔡书办瞧着礼金够数，就给他们指了一条明路。说当今天子驾前最得意的，只有怡亲王和隆国舅。王爷早年深居简出，如今行事也最谨慎，凡人都靠不上前。国舅虽不管户部，可要是开九卿会议，他的话分量就重了，或是写信给地方官说项，也必有情面。且他家里有位极爱钱，说话又算数的姨太太，与各部各省都有往来。从她下手，没个不成。总归破上五六万银子，定能叫你们如愿。

第三十章

生隙

隆科多怎样安慰如夫人暂且不提，单说年羹尧询问这件过继怪事的信，不几天就送到京里，交给了他的乡试同年、兵部侍郎伊都立。伊都立拆信看罢，就笑起来，心道大将军也有这样拿不稳的时候。他随即派家人到怡王府去，说有事请见面禀。晚间传回信来，说让他次日过午到内务府衙门以北的造办处见面。

伊都立虽在康熙末年做过内务府司官，可雍正改元后就升发了，再没到内务府衙署这一带转悠过。今天故地重游，还真看出许多新气象来。先帝一朝虽说也有造办处的名目，但不过内务府下设的一个小衙门，由郎中督率，承办些御用细物的制造。今上是做了几十年藩王的人，自有一套过日子的想法，对内务府一干旧人旧事旧规矩，死活看不上眼。所以登基伊始，就命允祥接手造办处一应事项，专照自己的喜好另起炉灶。这样一来，原本一个小小的衙门，虽说名字不改，职权之宽泛，就远非旧时可比。不但皇帝日常所需所用再不要内务府插手，就是外廷的许多要紧政事，如武备军械、舆图测绘，与藩属外邦之人往来联络等等，也一概都管起来。是以慈宁宫和内务府之间这片空地，如今热闹得烈火烹油一般，十几个崭新的作坊、库房拔地而起，大小官员、苏拉、太监、操着江浙闽越口音的南匠、叽里咕噜奇言怪语的洋人，手里拿着纸的、布的、瓷的、木的、绢的、绣的、金的、玉的，各色物什，往来如梭，真是皇城以内头一份有趣的景致。

允祥身兼许多要差，每天忙得不亦乐乎。虽是如此，他对造办处还是格外上心，大事小事亲力亲为，常为一件要紧物件的置办，连发三四次谕令。实因这里的事务虽然琐碎，却与皇帝的行动坐卧息息相关。今上虽非声色犬马、穷奢极欲之主，但一举一动之讲究挑剔，与先帝的力行简便大相径庭，眼界寻常的人实在伺候他不来。允祥自幼受先帝的宠爱，四次随驾到江南去，又与习尚奢华的废太子过从最厚，是以在器物服用的精雕细刻、品鉴赏玩上，倒与皇帝不谋而合。加之他的身份又高，权势又重，与皇帝的私交又密，所以使唤起这些最油滑势力的内廷官员、太监来，也毫无推诿蒙混之弊，而有令行禁止之效。端的叫皇帝在养心殿过得快意极了，为政之便不时谈论，甚或亲自指点，也不失闲暇的乐趣。

不过，紫禁城再怎么收拾，毕竟规矩森严，地狭人多，住久了就有些憋闷。皇帝做藩王时，在西郊有获赐的园囿，名曰圆明园。其地轩敞，又有山环水绕，是怡情避暑的好地方。虽然先帝丧期未满，皇帝还不能驾幸离宫，但他自登基以来，就拨了大笔银子，广建亭台楼阁，多植奇花异草，改换规制牌匾，设置护军禁卫，小两年光景，也拾掇得差不多了。只欠几间大殿，特别是皇帝寝宫的陈设，内务府不敢自专，行文请教到造办处来。所以这些天允祥的心思，也常在这件事上，一得空就亲自带着造办处的司官到各作库房里去挑东西。这会儿正看到各式大件瓷器的库里，什么瓶、盘、罐、瓮，青花、粉彩、珐琅、豇豆、龙泉、磁州、宣德、成化，还有本朝御窑厂自行烧造，应有尽有，价值连城。

饶是伊都立宰相公子见多识广，到了这地方，仍旧满眼看着新鲜。及至门口，就见许多年轻俊秀的内府包衣应差之人齐齐站着，手里拿着簿子和毛笔书写。不时从里头跑出一个小太监来，细声细气向排列的人传话道："把一个珐琅紫地的雉鸡登梅观音瓶，放在九州清晏东暖阁宝贝阁子里头第一层第三格。"他这里说着，就有人去记录，一连四五个都是这样口气，把伊都立看得饶有兴味，半晌才叫住一个传话的小太监笑道："烦请小公公就便去回王爷一声，就说兵部伊都立已经到了。"

那小太监也好说话，"哎"了一声，就跑进去，不一时又出来说："王爷请大人进去呢。"

库里面很大，因为墙厚，没有窗子，也不常进人，所以虽是伏天，却颇有凉意，又带着樟木的香气，乍从大日头底下进来，叫人通体都清爽起来。伊都立叫那小太监引着，绕过几根柱子，就见靠西墙的大樟木架前头放着一把太师椅，上覆坐褥。但允祥并没有坐着，单和造办处为首的郎中海望站在一旁，指指点点说话，再往后躬身侍立的，便是王府执事人等，和那些传话的小太监。

海望是皇帝生母孝恭仁皇后的娘家族侄，原本不大起眼，皇帝登基后着意提携，一步就做到内务府郎中，又因他是个难得的心细手巧之人，就特意指派到造办处来管事。他这会儿斜侧着身子站着，毕恭毕敬边指着架子上一对艳丽的瓶子边道："这一对儿掐金的福寿葫芦瓶，是上个月景德镇刚送进来的。"

"俗气得很，可惜了材料。"允祥摇摇头，又屈指算了算，感慨道："现下御窑厂实在不得一个懂行的人，看了这半日，也挑不出几件过眼的来。还有南边几个织造，也不及曹栋亭他们多了。"

"是是，王爷跟着先帝爷，什么没见识过，您的眼光高。"

"喔，你是说我太乜了嘛！"

"就借十个胆子，奴才也不敢呀。"海望把两只手摆得拨浪鼓一样，伶俐赔笑道："要不是王爷仁慈待下，时时周全，奴才们早叫皇上骂化了！"

"那就烦你们用心些，也给我长点儿脸嘛。"允祥叫他说得大笑，边负手踱着步子，边道："要说这上头的人才，现在数年允恭是第一，哦，就是年亮工的亲哥哥，你认不认得？那是个有巧思的人，和西洋人也熟——"他说着话，正好转过头来，一眼瞧见伊都立站在后头，便招手笑道："叫他们拾掇得迷魂阵似的，还怕你寻不着地方。"

伊都立也笑着走来，先打了个千儿问安，起身就拍掌叫好道："我在内务府当差的时候，每天下了值，就到这里打一套拳，本来再熟没有。今儿再进来，简直眼花缭乱，竟看平地里变出一座百工坊来！王爷真有点石成金的大才能。"

"又不是什么经国大计，小巧而已。"允祥叫他捧得心里好一阵得意，不过嘴上谦辞，一面坐下，让海望接着去选瓷器，又叫人给伊都立搬了凳子，再要了杯茶来呷着，才道："这比值房里凉快多了，所以请你到这来谈，就便故地重游。"

"是有一封年亮工的信请王爷看。"伊都立边说着，就从袖子里抽出信来，展开奉上。允祥接过一看，见上头笔走龙蛇，淋漓写道：

凤疾已愈，不图近稍转剧，计自去岁迄今，屡病屡痊，实堪厌闷。过承廑念，心感无涯，非笔能尽。另有寸言相渎。前奉上谕，有将余子熙过继隆公之说，捧读之下，不胜踟蹰，未知事从何起？余居边鄙，实难遥度。兄简在扆纶，又得朱邸之欢，何事不能看透。尚望示我以南针，无任翘企之至。

"哈哈，人道年大将军倨傲，这不是很客气么。"允祥与年羹尧素无交情，平日里看的都是官样文章，并没见过私下的尺牍。他今天的心绪很好，一时看罢就笑起来。边将信合上自己揣着，就对伊都立笑道："那就回复你的亮工年兄：天心莫测，朱邸亦难知之矣。"

"是是，我写过了回信再来请示。"伊都立知道他要将信拿去给皇帝看，遂不再问，只笑道："要说他这个人，也是过于早达的过，又在外头一方诸侯惯了，才显得傲。倒是对两榜的老同年，还有几分亲切。"

"你们这一科的北闱是个龙虎榜，蒋西君，还有刑部的励南湖、吏部的史铁崖、礼部的王枚孙都是?"

"还有大理寺的唐益功、江苏的藩司鄂毅庵也是。"伊都立掰着手指头又数了几个允祥都知道的人，方笑道，"忝居卿贰方面的不少，可要论上马军、下马民的本事，还是亮工出乎其类。"

"所以我也要多向他请教，可惜身份有些不便，只好借你们老同年私下里的笔。"允祥正说着，就见海望带着人又走过来，便不再多言，只含笑站起来，往樟木架子跟前走了走，指着一个格子向海望道："那个鱼藻鸳鸯莲纹的盘子还算雅致，倒可以放在勤政殿暖阁里头。"

待挑选好了圆明园寝宫的陈设，允祥叫造办处按类开列了清单，工整誊抄一遍，就带着海望到养心殿去见皇帝。

皇帝自青海大捷以来，这一向三四个月工夫，真个雷霆万钧，大刀阔斧，把前一年不敢做、不便做的事，着实做了大半：除了圈禁允䄖、震慑允禩之外，还将他一向很厌恶的允禩死党、贝勒苏努举家发往大同右卫居住；又严令户部、各省的亏空催追紧上加紧，借机革去不少顶戴；再以入春以来连日大风，天时不调，必是囹圄不清、刑狱不察为由，将阿尔松阿为首的刑部堂司官员召入宫中，连着训诫了三天，命该部百余名官员轮班条奏本衙门弊政，以备除旧布新之章程，更作进贤退愚的凭据。先帝驾崩未及两年，如今放眼望去，内之阁部八旗、外之督抚提镇，已经大半数都是新面孔，年纪轻的，不过三四十岁。更兼元年、二年连开恩科、常科，取了几百名新进士，可作一辈新人换旧人之望。

这一番振作下来，皇帝自然是意气风发，每日里都有兴致。这会儿见呈进这个来，虽然款目甚多甚细，他仍旧戴着眼镜瞧了好一会儿，用朱笔随手点过放在一旁，向跪在下头的海望佯作嗔笑道："一看就是王子的主意，你们怕没有这样知道我。"

海望忙叩了一个头，嘻嘻笑道："圣明无过主子，确是怡亲王每天下晌带着奴才们到库里去看，挨次看了小半个月才停当。"

"贤弟一天的正事也忙不过来，还为这些琐屑细事亲力亲为，倒叫我过意不去。"皇帝笑看着允祥道乏个不住，边命跟前的总管太监道："去传一声，留王子用晚膳。"转而又对允祥道："前儿送来抄没江苏吴存礼的东西，有几匣善本，你要看得中就拿去。"

允祥赶忙离座逊谢了一番，半是玩笑道："皇上的起居日用，乃是天下头一等大事，也是臣身上第一件要差，哪能说是琐屑。赶明儿个河清海晏，野无遗贤的日子，我倒巴不得把外朝的差事全交卸了，专一在宫中服侍圣驾。"

"那我真格再适意不过，可也过分的大材小用了。"皇帝被他奉承得哈哈大笑，笑罢将清单向前推了推，向海望额首道："就照这样先陈设起来，等临去时再瞧着改一改也使得。"海望心里一块石头落地，忙答应着膝行两步上前接过了，再叩头退出暖阁去。

这一面海望出去，允祥又拿出年羹尧的那封信来，交给皇帝，边笑道："要不是他自己疑惑起来，臣竟忘了请教圣意，把年熙过继给舅舅这件事，又是怎么个庙谟？"

皇帝一目十行看完了信，却不接他的话茬，只是兴味盎然反问道："先说说看，令亲翁要怎么个回复？"

"我叫他说天心莫测，朱邸亦难知之。"

"唔——还稍欠些火候。"皇帝眯着眼睛想了想，忽然促狭笑道："可说天心难测，兄既不能知，朱邸亦何由知之？怎么样？"他边说着，见允祥掩口失笑，又沉吟道："再叫他徐徐探问两件事，一件是四川程如丝的事，到底是怎么个情形。顺带再问问湖广盐价的事，究竟于民生有没有大碍。"

"只怕由他来问，显得唐突。一个京官，又不是户部，怎好兀的问起这个来了？"

"这也容易，可以不必急，先透出来自家想去谋鄂抚的缺，再问不就顺情么？"皇帝抚须而笑，听允祥称赞他"实在高明"，便更加得意起来，仿佛话本小说里神机妙算的人物。一面拈了玛瑙盘子里的冰湃荔枝品着，又改作正色道："年羹尧既写了信来问，倒显得心里还有疑惑，不然，我竟当他全懒得理会呢。老九的事，我多次同他说，是目下第一件要紧，需得随打听随奏来。他去年忙着备战，敷衍就罢了，头三个月上了一道本，你也知道，说允禟在河州买草，显见是明里参奏，暗地里开脱。上个月更奇，又上了一个折子，竟说九贝子已经知道收敛，跟前的人也知道畏法，像是要我与他撂开手似的。你说他这样聪明的人，硬装糊涂，是想做什么？"

"他们一向处得不坏，大约有些抹不开？他还是明珠家的孙女婿呢。"允祥很知道，雍邸的属人，多与允禩一派广有牵连，只是皇帝最忌讳这些旧事，他也不能点破，不过含糊应着，只说年羹尧的话。

"怕不单是如此。你才问我过继年熙的事，他在京里是靠年熙通消息的。年熙嘛，虽然聪明，可太年轻欠稳重，又好在人前走动，倒像他外家明珠、揆叙的行事。交给舅舅，可以拘束着些，不然恐要惹事。"皇帝刚才的兴头已经过去了，这会儿显得心思又重起来。他处置苏努一家时听人密奏，说年熙曾为苏努带信，联络他在西大通的儿子勒世亨。那勒世亨与允禵同在一处，又都是年羹尧的管辖，竟由年熙带信，岂非两地三家俱有勾连？皇帝想到这些，心里就老大不痛快，兼有隐隐的不安。可年羹尧毕竟是刚立过大功的人，想得太深，做得太明，自己那一车一车好听的话，岂不成了笑话？当年在潜邸时，年羹尧就曾有结交诸王、轻忽门主之举，自己写信痛骂，又叫他将子侄辈送回京师，以为震慑。现下拿年熙过继这件事再试一试，看他能不能知道警醒，如何秉承圣意，开销允禵。

皇帝边琢磨着，就干嗽一声，一只手不自觉捏着坐褥搓摩，向允祥强笑道："总是我待他的好心太切了，忘了他惯来的轻狂之气难改。往后也该恩威并用，叫他知道谁是他的主子。"

允祥见皇帝的情态不同，话外之音又见峥嵘，心里不觉一动，皱眉问道："皇上虑得极远极是。那么以后伊都立接了西安的信，是否叫他面承圣训更便宜些？"

"也不必了，他是部院的大臣，不该轮班的时候总进里头来，叫人看着不像，还是你多辛苦些。"皇帝边说着，已是转过颜色，站起来掸掸纱袍笑道："本来要说园子里的布置，怎么又说起这些没兴致的事，来来来，先看看那几匣书！"

说话间，就有总管太监张起麟带着五个小太监鱼贯而入，五人各捧书匣，小心翼翼放在案上。张起麟是个读过书的人，侍弄起这些宋刻元椠来十分在行。五部善本皆以楠木书盒盛装，略无缝隙。打开书盒，便觉一股浓香飘来，上下用两片樟木夹板以防虫蠹，内即旧团花龙凤纹锦四合书套。再将象牙别子打开，就露出磁青纸洒金书衣。允祥雅好藏书，在先帝诸皇子中最为有名，他的王府大街新府有大楼九楹，额曰明善堂，积书皆满，插架琳琅。平日里多请蒋廷锡这样苏州籍的大臣代他到江南买书，另外皇帝抄检官员家产时，凡有珍籍孤本没入内廷，也常择其善者赐之。

皇帝先将头一部拿起来翻看，揭开卷端，即觉纸绵刻软，点墨如漆，遂向乃弟感叹善本难得。待细看时，此乃元人郭豫亨所辑《梅花字字香》，其所见古人咏梅杰作，即随手抄录，然后集句，成咏梅诗七律九十八首。书系元刻，却有宋刻余韵，其行格疏朗，字画古劲，犹如梅之老干虬枝，意韵盎然。皇帝赏玩半晌放下，向允祥大笑道："要没看见就罢了，看见了倒有些舍不得给你。"

允祥亦是一阵开怀，连称君无戏言。皇帝边笑说"那是自然"，边拿起第二部再看，却是元刻本《唐陆宣公翰苑集》。他才瞥见首函上的签条，就将书放下，面露不悦之色，允祥有些诧异，将书接过来，觑着他的脸色问道："这一部刻印得不精么？"

"年羹尧一向推崇陆宣公，先前找江南刻工，自己校刻了他的集子，印得倒还像样。他奔圣祖丧时将书送来，想我作序。我原要自作，不过碍着大丧，总得耽搁些日子，可他竟说不敢上烦圣心，早替我拟就了！"皇帝说着话，干脆将脸全撂下来，连后头的好本子也懒得看，挥手命人拿出去，又撒气似的道："陆宣公这样的人，由君上论之，由臣下论之，岂是一理？笑话，他再将稿子呈进来，我也不耐烦看，更不必改，囫囵说个好字，叫他刊去罢。"

允祥是喜欢古籍的人，才看了两种就作罢，实在意犹未尽，不由得将目光跟着捧书小太监的背影向外张望。皇帝看他眼馋心痒溢于言表，也觉得好笑，遂把烦心事又放在一边，自用帕子擦了擦手，笑道："左不过要给你，回去看罢。对了，还有一件事相烦，可以算你的答谢。"

"不敢不敢，请皇上示下。"

"山西的巡抚诺敏、藩司高成龄新合计了一个法子，说于弥补藩库亏空，裁减地方陋规有益。能行不能行的倒可以再议，难得诺敏一个满洲旧族，人历练，又肯在政事上用心。可惜他是恭王府属，隔着他本主一层，有话不好直说。你要得空，多照应他的事，叫他安心替朝廷效力才好。"

养廉　第三十一章

　　且说青海奏捷之后，皇帝的心气全与旧日不同，对山西这等供应军需的省份也不再优容，屡次下旨严追各省府州县的库银亏空，凡有推诿包庇者，真格就要将督抚拿来开销。山西官场的风气一向不好，官贪吏墨，火耗收得又重，藩库积欠又多，太原、平阳、汾州各府，都是一笔烂账，不然也不能闹出前任巡抚德音匿灾不报，竭力催征，以致丢了官帽的事情。现在的山西巡抚诺敏是户部老司官出身，又因与隆科多比邻居住而得其保举，所以无论京里消息，还是本省政事，都比前任明白稳妥得多。且他又有一个很好的帮手，即是本省布政使高成龄。这是个从州县一路做上来的循吏，刑名钱谷，无所不通，在江西做知府时，就有"天下治行第一"的美誉。为了清缴亏空的事，诺敏、高成龄和抚、藩衙门里的几位老夫子屡次商议，才想得一个办法，即所谓耗羡归公抵补之一法。

　　所谓耗羡，本是一等陋规①。自前明一条鞭法后，凡属国家正项钱粮，多以白银征收解运，至于将民间所用的散碎银子熔铸成为官锭，其中所需的损耗，就被称作火耗。官府不能自己生出钱来，火耗当然也要在家家户户头上摊派。且这一个款目，原本没有章程定数，收多收少，尽凭作官的良心。再者多出来的火耗不入正供、不解国库，州县官凭此得利不说，还要往上孝敬道府、藩臬、督抚一干上司，名曰"节礼"。

　　此一事上下相习，迁延日久，虽然都知道是个病民的弊陋，然则

────────────

　　①　明清时期所遇谓陋规，即今天的灰色收入。

人人如此，省省皆同，一个也不能例外。实因本朝官俸微薄，各色衙门内外开销、迎来送往的公费均不足用，若是州县不收火耗、上司不纳节礼，自己枵腹办公不说，幕友家人无力供养、衙门开销左支右绌，竟是一天也过不下去。所以凡是州县官，能够体念民艰，只在正项之外加收一两成火耗的，就是境内百姓的福分，其人也可以被称为清官；遇见那贪得无厌的，就要加到四五成还多。至于督抚大员，若能需索有度，特别是不以节礼多寡来升降、褒贬下属，就算十分难能可贵；要是赶上欲壑难填之人，难免两手朝上，见面要钱，连财神见了，也要吓到一边。

这些俱是宦途的常情，虽然无人不知，却因为士大夫素来有个不言利的讲究，所以很少有人直白说出来。更有一干扭扭捏捏的巧宦，虽然一钱银子也不曾少取，但只要在官厅上听人说"火耗"两个字，就像在佛寺里说起夫妻间敦伦之礼一样，恨不得兜头就跑，或是口念弥陀不住。

诺敏、高成龄所想的，乃是个务求实效，不计虚名办法。山西全省一年的正项在四百万上下，火耗通加一成，就有四十多万两银子，留补欠下的二十几万亏空，算是绰绰有余。至于剩下的二十万两，二人合计着，可以分作两项用途，一项留为府州县衙门的公费，一项通解到省，到年终岁末，按照本省官员的官职大小、官缺繁简，酌量发放，作为各官"养廉"之用。两个人算盘打得很好，然而话一放出去，省里许多富庶地方的官员就不情愿，更有诺敏平素最倚重的太原知府金鉷先就力持不可。

再等折本奏上，皇帝发交九卿科道一议，就又叫六部大员从头到尾驳了个透心凉。群臣中，吏部侍郎沈近思率先发言，且话说得极为严切。他说火耗本是陋规，现在要把这个说不出口的陋规和正项钱粮一同征收解送到省，就是将陋规认作正项一样。在眼下看，是正项之外又添正项，那就难保日后陋规之外不又添陋规。这是加赋扰民之举，贻害可谓无穷。沈近思话一出口，在座的儒臣无不同声相应，主持会议的户部虽然知道皇帝私意首肯，可也不能当廷置众议于不理，只好将这话原封不动奏上。

皇帝一向以爱民自诩，看见奏议，不能不觉得刺眼，所以在御门听政轮班时，就虎着脸问沈近思："你是朱轼保举的人，只为作地方官有清勤的名声。想来你是从没有收过火耗的咯？"

听皇帝话音不善，沈近思倒很沉得住气，不卑不亢回道："臣是收过的。天下州县，无人不收，不收不足以养身家。"

皇帝被他大实话顶得一愣，声音愈加严厉起来："你在廷议上说，耗羡是州县官应得之物，督抚不该与属官争利。督抚之陋规，与州县之陋规，一样都是民脂民膏，还有什么谁应得谁不应得？照这么说，就该一体全革，是不是？"

"皇上责备得极是。然而做州县官的，不能不养父母妻子，不养便是绝了人伦。"

"一派胡言！"皇帝听了这句话，一下从御座上站起来，手指着沈近思向左近众人道："你们瞧瞧他说这话，竟是我要逼州县官绝了人伦！"

话赶话到这个分上，任谁也不知说什么好，面面相觑半晌，允祥才一躬解围道："皇上息怒。廷议固然有见浅之处，可也不失为公之心。圣祖在时，屡屡以加赋病民为诫，户部也驳过督抚奏请提解火耗的事。既然这次是山西提起来的，不如将廷议的折子发给他们，看他们如何说法。如此大事，也不必一议而下定论，若能再二再三，正见朝廷慎重之意。"

"那就把廷议的本章发给诺敏、高成龄，叫他们回奏。"皇帝知道沈近思为人耿直，那样拌嘴似的话，纯粹出于性情，且所议也是为了公事。见众人都是一脸不自在，他也只好收敛了脾气，将这一节转圜过去。

廷议本章的抄件送到太原府，先由布政使高成龄接着，他一看里头的话，大热天，顿时就溃出一身的冷汗。诺敏行事精明，但性情还算随和，二人搭档了这一年多，凡事都好商议。这件耗羡归公之事干系甚重，弄不好，叫人参个敛财害民，就是身败名裂的大罪。所以高成龄得了信，再也没有二想，一迭连声命人打轿巡抚衙门。

到了巡抚衙门，便有诺敏的管事家人回禀，说大人正在花厅会客，见的是首府金老爷。高成龄也顾不得是谁，紧随着来人一起进去。穿堂过院到了花厅前，就见诺敏带着太原知府金鉽站在阶下等他，问候已毕进得厅去，高成龄忙不迭掏出那抄件来，未及落座就呈上道："廷议严驳了咱们的事，上头没加一个字的朱批，就发回，叫咱们回奏。中丞看这——"

"我已经听说了。"诺敏垂着眼皮点了点头，却不再同高成龄说话，单用一只手揉着两个焗得油亮的"狮子头"，目视下手坐得笔直的金鉽道："该说的我已经说尽了，再说句不该说的。你这回进京陛见，总是——唉，咱们同官一省，一贯都能和气，你的性子我也知道，公私分明得紧，可你看如今——"他向来说话都很爽快，这会儿却拿捏得吞吞吐吐，说着说着，眼圈儿竟有些泛红，嗫嚅半晌，方勉强笑道："你知道我的意思。"

金鋐是个汉军旗人，四十几岁年纪，十分强干。他是诺敏一手拔擢之人，三年大计时给了卓异的考语，保荐大用，此次进京，正是要升官的征兆。然他虽然深得诺敏的赏识，政见却不一样，乃是太原城里头一个反对耗羡归公之人。此时见诺敏如此，金鋐心里也很不安，起身垂手道："现在中丞是有难处的时候，卑职身为属官，原不该再叫大人为难。可卑职的愚见，财在上不如在下，州县是亲民的官，宁可叫他们多留有余，也不便与之争利。照说今天发了养廉银子，州县的用度可谓充足，可天长日久，又要有不足之时。到时候火耗已经归了省里，州县们必定耗外加耗，再朝百姓要钱，或是挪借库银，又有亏空。"他边说着，不觉竟生哽咽，一个长揖到地："中丞待卑职的情分再不必说，卑职对中丞，也绝没有自外的心思。可进京面圣，也只能据本心奏陈，不敢因为是中丞的属官，就曲意承志。中丞若能容纳，卑职感激不尽；若不能，就请另上一道折子，说金某不堪大任，卑职也心甘情愿，感念中丞成全之恩的。"

他说得极为恳切，一丝矫揉造作都不见。高成龄听到此时也已明白了，金鋐此番进京，竟要力陈耗羡归公之弊。想想诺敏与自己的处境，他不免有些着恼，冷眼瞧着金鋐不作声。诺敏也沉默了好一会儿，长叹两声，命金鋐坐下，又转向高成龄道："我是户部的笔帖式出身，做的是文法吏的差事，没念过几本经典，不比你们两榜正途。不过有一句圣人语录，说君子和而不同，我也是深知的。想来咱们和金震方，就算了和而不同了？"继而又向金鋐笑道："你的前途无量，日后不拘到哪一处高就，总别忘了咱们同僚一场。书信笔札，常来常往罢！"

金鋐心下感激，竟不知作何言语，踟蹰半晌，又是一个长揖，才告辞出去。厅中单留诺、高二人，好一阵静默之后，高成龄才又拿出那抄件递给诺敏，诺敏边接了翻看，边闷声道："昨天晚间我接了怡亲王和隆公各自送来的信，说廷议驳了咱们的事，让咱们再作道理，总归圣意是向着咱们。我和这里的老夫子们上紧商议了半宿，原要一早请老兄，就赶上金震方来告辞。"

高成龄有些惊喜地站起来，眼睛瞪得老大。方才诺敏说已经知道了，他虽有些疑惑，却也不觉稀奇，毕竟诺敏是个满洲人，京里总有几个亲朋故旧，可以帮着打听消息。及等听见竟是两位总理事务王大臣专门来信，他可真有些喜出望外了，不由把一颗悬着的心放了七八分，虽知道诺敏未必愿意说，还是忍不住问道："中丞如今和怡亲王也有往来了？"

"并没有什么，我和户部的王爷虽是同旗，可另有本主贝勒，我们旗下的人，嗯——"诺敏的面容微有些僵，随即将手里的"狮子头"放在小几上，避开高成龄热切的目光，岔话道："昨儿和老夫子们商议，先头的折子是我上的，既说上头向着咱们，这篇与廷议打擂台的折子，就请老兄来写，如何？"

"好，关系钱粮的事，义不容辞！"高成龄心里托了底，答应得十分痛快，又拱手道："还要和中丞商量个章程来。"

诺敏边蹙眉想着，边用手比道："我这里老夫子们的意思，这道折子总要讲出三层意思来。头一个，州县官私征火耗，为的是弥补官俸不足，上司没火耗，也不能空着肚子办事，必得向州县需索节礼，一上一下，名目上看着不同，终归是一回事。与其叫上司勒索属员，拿人家手短，不如将全省的火耗收到督抚手里，再酌情分发给下属养廉。再一个，如今有贪得无厌的州县，火耗加到五六成，遇上一点儿灾，就逼得小民没有活路。要是将耗羡提解到省，就必定核出个数目，州县多收了也不能多留，何必担这个贪名，倒也可以纾解民困。第三个，大伙儿的意思，咱们也不必客气，就直言廷臣所议只晓得取悦州县，沽名钓誉，于国于民，绝无丝毫实用。其余的，老兄再斟酌罢。"他言说至此，长吁一声，身子向圈椅里头一歪，有气无力喃喃道："咱们这回得罪的人多了，我这两天眼皮跳得厉害，老兄，我看你也得早做预备了——"

高成龄心绪本来好了许多，叫他一句话说得身上一激灵，愣住好一阵子方道："中丞何不向户部王爷先讨个主意？"

"结交诸王，更险。"诺敏一个决然的手势打断了他，正色道："往后这话别再说了。"

说到底，现下的情形也由不得他在别的事情上多想，高成龄回奏的折子写得洋洋洒洒，很快就送到御前，待二次下到九卿科道会议，偏又被驳了回来。这样的事若是放在先帝时，便是皇帝原本想做，八九成也要俯从众意，罢开手去。实因先帝心中总有"多一事不如省一事，兴一利自然生一弊"的想法。凡做一件干系国计民生的大事，大家都说不好，天子高居九重，怎能知道一定是好？就算一道诏命下去，若是经办的人不能真心体悟，又怎么能够办好？难免生搬硬派，貌承心违，就算本意里要好，也必定添出许多弊端来。利弊相较，倒在可办可不办之间了。

今上的心思实与先帝不同。他自谓潜居藩邸四十五年，和乃父的生于深宫之中，长于妇人之手绝不相类，所见的人情世故、世态炎凉都比诸臣不少。如今身为君主，又能超脱于名利之外，观人临事分外透彻，所以这等兴利除弊之事，也只有他能看得真，说得透，做得成。就譬如这件耗羡归公的事，九卿二次驳回之后，他就准备抛开众议不顾，另出见解。他原让张廷玉拟好了一道长篇的上谕，想交内阁径直发出去了事，可思来想去两三天，就愈发觉得不痛快，非要和群臣当面辩一辩理，才能叫人心服。

往日御门听政，都是轮班奏事，轮不着的部院自可以不来。到七月初六这一天，可就热闹得多了，皇帝一口气将总理事务王大臣、大学士、学士，大小九卿、翰詹科道，还有外省入京觐见的四品以上官员，两百来人，全集在乾清门听旨。其时天光虽未大亮，可也闷热得很，像是憋雨的样子。那些冷曹衙门的官员，除了大朝，原本不常面圣，所以衣箱里的公服品类就少些，料子也不考究。譬如这样伏天，服饰充裕的王公大臣们，都穿羽缎或是芝麻地纱、亮纱的单袍褂，轻薄通透。至于家道艰难的小官，就只好用苎麻织的夏布或是实地纱，这会儿眼观鼻、鼻观口挨次站着，圣驾尚未升座，各自已经一身透汗。

一时大礼行罢，皇帝就举着九卿会议的本章道："高成龄奏请提解火耗的事，廷议仍旧固执前见，这又是谁的首倡？"若说御前奏对，问及意见，倒颇有人肯于应声。可到了这数百人齐集的所在，皇帝又如此直白白来问，就是再敢言的人，也难免脊背生风。静默移时，六部班中居首的吏部尚书朱轼才走出来，在御座前跪奏道："是臣的主张。"

皇帝笑了笑，不置可否点点头，稍待一刻，又有十几位大小官员纷纷出列道："臣也是如此主张。"

"言者无罪，是早说过的。"皇帝一摆手，仍命众人归班，却自放开声气道："就今天所议的，若有见解，也不妨当廷争论。可要是今天辩不过我，日后就不许再生异见，诸王大臣共作见证，如何？"众人随着他的话应声已毕，乾清门立时声欬不闻。几个近臣头两天才在养心殿是听他发了对廷议的怒气，不想此时倒是一派和颜霁色，只是他的脾气变幻无常，一时霁色也并无什么可喜之处。

皇帝见群臣都不言声，便目视朱轼笑道："你是老成忠厚君子，高成龄到山西前，是贵桑梓江西瑞州的知府，因你保奏他治行天下第一，我才将他超擢方面大员。他有耗羡归公之议，你以为不可，可见各出公心，没有私相授受，这是我深知的。这会儿有什么话，大可以直言无妨。"

朱轼既叫他点到头上，只好又出班行，向前奏道："臣素性不敏，只是一片愚拙，幸蒙皇上鉴察。"说罢长跪叩了一个头，缓缓道："臣的家道寒素，从知县历任至今，大略知道小民的艰辛。高成龄所奏将耗羡银提解到省，那提解之处，就须多发脚夫接运，一丝一毫都是民脂民膏。这还是小节，更要紧的，耗羡银一至藩库，若再动用，就如同动用正项钱粮一般，又需请示户部，层层核销，发拨甚难。如此一来，地方公费仍是不足，岂不有失便宜地方的本意？地方公费不足，日后不肖州县，总要巧立名目，另行加征。臣愚意，就算要将耗羡提解到省，也需在提解之初，将州县应得养廉数目，和州县衙门办公的费用，听他们足数扣存，不必解而复拨，再费周章。"

皇帝是个最怕热的人，却要顾及体统，是以在那里正襟危坐着，任由额角的汗不住地冒出来，也不肯随意擦抹，只好将冰镇的梅汤当作茶喝，聊作解暑之用。及至朱轼说完，才站起来，慢踱了步子，到背对群臣时，就用帕子揩了揩汗，也想一想辩词。他生性极好辩论，若有人愿与他当面锣对面鼓地说理，就以为是得了显露高见的良机。一时想定了，便转过身来，向众人道：

"前儿诺敏举荐的太原知府金鉷引见，也是这个说法。初听有理，细一品择，就有些见小不见大的毛病。你们往返议了这几回，道理各自都说明了，火耗不是正项钱粮，论理原该一文不征，才是爱民；可现在又不能不征，不征则衙门没有公费，官吏也不能养赡家小。既然如此，就不能不循名责实，有所限制。既要官能养廉，事能济用，又要防备不肖州县横加摊派，无耻上司肆意需索。所以这一件事，干系何止在于理财，更关乎民生吏治。诺敏、高成龄所奏的'与其州县存火耗以养上司，何如上司拨火耗以养州县'，实在是务实之说。何况各省督抚都是受朝廷厚恩的大员，贤愚贪廉我心里有数，他们哪一天操守不清，妄加征派，自然难逃我的耳目。至于朱轼方才所奏的，让州县衙门先将公费、养廉足额扣存，再将剩余之数解省一说，州县先扣，自然想着额外多征，先提到省，多征反而没有好处，这一多一少，一出一进，岂是脚力民夫的耗费可比？至于奏销报部的麻烦么——"

226

皇帝话说至此，偏过脸去看一旁站着的允祥："我有言在先，耗羡绝非国家正项钱粮，地方若要用作公费，督抚密折请旨就是，不必行文户部。"

"这是皇上通权达变，廓清吏治之法，并非朝廷加赋扰民之弊。日后若有督抚见理不明，将耗羡作正项钱粮报部，户部自当严行驳回。"

见允祥应声附和，皇帝点了点头，又问朱轼道："还有什么？"朱轼听他款款而谈，句句着实，胸中虽有疑虑，一时也难于措辞。又想着此议一成，万难更改，遂不甘道："圣意高明，臣心悦诚服。只是兹事体大，不如先下山西试行为妥。"

"诶，凡事只有可行与不可行两端而已，可行自然遍行天下，不可行又何必试行于山西？"其时天色已然亮透了，暑气愈发蒸腾上来，皇帝自觉话已说尽，就换了一张"朕意已定，势在必行"的面孔，不待朱轼再说，转而提高了声调去问旁人。事已至此，众人何敢多言，只有齐发颂声，叩拜如仪而已。

游冶

第三十二章

　　耗羡归公之议既定，皇帝心里很是轻松得意，就又提起一个月前应下的事。当时年羹尧的《青海善后事宜十三条》，与《约禁青海十二款》两篇宏文奏上，纵论青海一战后处置叛部，奖赏有功，编配扎萨克，增设驻军营镇，抚绥西藏喇嘛诸事。在朝宗室满洲大臣，特别是在京蒙古王公，对这两件奏疏的异议很多。譬如奏疏中说，京师所派官员到彼，如果是传达上谕，和硕特蒙古各部王公都要出境跪接；如果并非传旨，只是日常接见，就要以宾主平礼相待，哪怕微末如笔帖式也是如此。还有约禁喇嘛庙之款，提到黄教寺院每寺限蓄僧徒三百人，余者尽行还俗。青海许多大寺，康熙年间香火鼎盛时，僧侣都有成千累万，这一限，未免过于苛刻。

　　不单这两件奏疏，年羹尧先青海大张挞伐，特别是烧庙杀僧之事，就让各部蒙古王爷们很不痛快。再者先帝有许多公主、诸王有许多格格嫁给内外蒙古王公，皇帝与众兄弟有嫌隙，以致姊妹、侄女各自有偏有向，贤婿们也心思不一。所以这两年间，朝廷与蒙古的亲爱，就较先帝时寡淡不少，且传出今上亲近汉军、汉臣，疏远满洲、蒙古的闲话。皇帝听了虽然生气，可也没有办法。一则他膝下没有亲生的女儿，想同人家联姻也不能够。二来他素性喜静，骑射不甚精通，更兼政敌未除，心神未定，所以也不肯轻离京师，像先帝那样一连几个月待在塞外，与蒙古亲戚们把酒欢洽。

　　如今的蒙古之于大清，虽然早没有太宗年间的势均力敌，可真要失于笼络结纳，也是动摇国本的大麻烦。皇帝心如明镜，是以到了改元第二年，也不得不想个变通之策。一个多月前，他就命钦天监卜定吉日，准备让怡亲王允祥和皇十六弟庄亲王允禄，带着所有皇子，以及许多重臣、侍卫，代他到木兰围场行猎，并在避暑山庄接见内札萨克各部王公。然则耗羡归公之议三番两次不决，允祥离不开京城，此事一拖，也就拖到七月往后。

七夕佳节，皇帝特意召诸皇子到养心殿查问功课，问罢又说起木兰行围的事，定以中元之后七月十七日启程。今上皇帝子嗣不少，可大多夭折，如今尚有四子在世。年纪居长的名叫弘时，序齿作皇三子，是齐妃李氏所生，现已二十二岁。往下是皇四子弘历、皇五子弘昼，二人年纪相仿，俱在十二三岁。弘历之母姓钮祜禄氏，封为熹妃，弘昼之母耿氏，封为裕嫔。另有一个最小的，是年羹尧之妹年贵妃所生，排在皇八子，因为只有三岁，尚未取过弘字辈的学名，只以小名叫作福惠。又因他是康熙六十年生人，长辈私下里都随意叫他六十阿哥，取其粗养粗叫，便于长成之意。皇帝爱其母而及其子，一向最宠爱这个幺儿。

这一回木兰秋狝，皇帝不但命弘时、弘历、弘昼三兄弟整装前往，以收和睦外藩、学习骑射之效，竟还下了一道特旨，叫这个四岁的爱子福惠同去。这一来可叫允祥有些为难，更叫年贵妃格外担心。毕竟塞外天寒，起居也较宫中简陋得多，又要长途跋涉，动枪动箭的，就算有一众乳母嬷嬷随身照顾，可孩子毕竟太小，自离娘胎就没出过门，如何禁得起车马颠簸？要是万一得个急病，小命怕都难保。倒是皇帝很放得开手，向他们各自解说道："列祖列宗并前辈诸王，不是一小就长在马背上行围射猎，哪能有我大清的今天？早点历练，没有他的坏处。"

所以养心殿的训示，就连福惠也叫了来，这可把弘时几个高兴坏了，心说有他一道在，自可免去往日长篇大论、疾言厉色的苦处。果然，皇帝为了凑合小儿子不能长久安静，这一天只教导了他们一刻钟工夫，且是少有的慈父气象。先说此行不能贪图安逸，需得用心学习骑射，以示朝廷重视武备之意；再说与蒙古各部王公，特是姑父辈接谈，要不卑不亢，以礼以情，显出天家的威仪、亲戚的热络；又说木兰秋狝，不是尔等在南海子游逛嬉闹，那是真正的崇山峻岭，虎豹丛出，行围如同行军，务必令行禁止，不得自恃皇子，任性胡为；最后说你们叔父的身子羸弱，操心的事情又多，可他一向喜好游猎，只怕一撒开了就没有节制，大臣侍卫的话他未必肯听，你们也要时常劝说，叫他不要过劳。

皇帝才说完了这几句话，下边福惠阿哥已经站不住了，先是东张西望，盯着奇巧的陈设去看，过一会儿干脆将身子扭来扭去，又去拉一旁老老实实垂手侍立的弘昼，想要同他说话。皇帝见此情形，也有些忍俊不禁，先夸了一句八阿哥现在很老成了，就一摆手，叫总管太监带着福惠下去找乳母。又看了看自鸣钟，想着过会儿还要接见外官，遂叫其他三人一并跪安。倒是弘时见乃父的颜色和霁，忙趁便向前跪奏道："前听人说，年熙近来病得不轻。原先在潜邸时，他到府里请安回事，皇父多叫臣同他说话，所以明天想请旨出宫一趟，去他家里探望探望。"

皇帝虽对年熙为苏努传递消息的事小有芥蒂，终究看在是贵妃家的晚辈，早年常在王府走动，并没有十分怪罪。他一向不大喜欢弘时，可听这两句说辞，也觉恳切，遂点点头，叫他趁着这件事一并去圆明园看看修缮工程，不必急着当日回宫。

第二天上书房一下课，弘时就带着六个亲信侍从，一身便装，骑马到正阳门内西江米巷的年家老宅。年熙虽已奉有过继隆国舅的旨意，可他病势颇重，天气又很炎热，所以仍在原地将养，并未挪动别处。因先已得了信，年羹尧的老父年遐龄便带着家人迎接出来，弘时亦问候寒暄过了，叫人服侍老人家仍去歇息，自己由年羹尧留京料理家务的四儿子年兴引导着，到年熙养病的西跨院去。

弘时与年熙的年纪相仿，康熙末年，年熙每到王府替祖父、父亲送信送东西时，雍亲王常命他与之酬应，故而十分相熟。年熙自幼体弱，近半年来尤觉乏力、胸闷，继而周身肿胀麻木，小有劳累便心悸欲死。一时遍请名医，皆无效验，只是服用补药，稍作缓解而已。弘时一进他的院子，就觉浓重的药气扑鼻，再往屋里去，更是一阵阵辣眼。及到内室，就见年熙面色惨白倚在靠背引枕上，尽力就着劲儿向前一屈身，挣扎道："竟劳三爷下降，恕不能远迎叩拜。"

弘时连忙上前扶住，边说着"咱们至亲至好，该当的"，边在一旁坐下。奉茶已毕，就问东问西，倒有许多亲切之意。年熙多言伤气，遂由年兴代答了许多病状、用药之类的话，弘时先还仔细听着，渐渐的就有些心不在焉，把个容长脸儿拉得更长。年熙虽然病得重，心思却很清明，见他如此，便冲年兴摇了摇头，问道："三爷有些不乐么？"

弘时叫他一问，愈发满脸的寡气，万般不自在起来，咳一声道："原本不该跟病人诉苦。我现在宫里，空担个皇长子的名，可半点儿用也没有。竟还不如早先在府里，有什么话，能寻个三亲两厚说道说道。"

年熙见他的话里有话，想说又吞吞吐吐的样子，不免心中一动，勉强笑道："我与三爷就是最亲厚了，您出宫不易，何不说出来排遣排遣。"

"可说，我妃母也和贵妃娘娘最好，我对大将军也最钦佩，咱们就是亲表兄弟一样，原没什么碍口的。"弘时见他虽然病着，照旧如平日一样知情识趣，便将那份不好意思的心收起来，又叹又笑道："不晓得你听说没有，皇父先下了旨，叫我们兄弟都跟着十三叔父到木兰去行围，还要会见蒙古王爷。昨儿已经定了日子，十天后起行。老四老五他们都小，怎么行事也没人挑礼。我这么大一个人，又是皇长子，但凡在外藩或是下头大臣官员跟前有个行差踏错、言语不周，叫人笑话我是小，丢了皇父的脸，岂不是大罪？可你也知道，我一向没跟着出过远门，和外头的人都没有交情，哪里就能堵上人家的嘴了。手头里又紧，也拿不出什么像样东西赏人。"

年熙虽然年轻，却久在京里替他父亲管家，又做了两年实缺御史，要论见多识广、耳目聪明，比弘时这个不经事的凤子龙孙强上百倍不止。所以才听了这几句话，心里就已经明白，这位皇长子此来不过就两个字：要钱。只是不便直说出来，仍听他絮絮叨叨："还有一件麻烦。今年是我妃母的四十五岁千秋，不大不小，也是个整数。虽说还在丧期，可也不能太寒碜了不是。我妃母这辈子不容易，生了我们兄妹四个人，现在也只好指着我独个孝敬。我一个月只有五百两的月例，虽也分了几个属人，可跟叔伯们当年早不是一回事了。"

"三爷一片孝心，叫我们佩服。"等弘时说起他母亲齐妃，年熙倒有些不忍卒听。实因皇帝潜邸中，原以弘时之母李氏最受宠爱，先后生了三子一女，名位资历仅次于雍王元配、当今的皇后。待到年家小妹入府之后，李氏无论家世才貌，都远不能及，遂不免色衰爱弛之叹，带累弘时也不受待见。今上即位后，将原本同为亲王侧妃的年氏封为贵妃，李氏只封为妃，这让温柔谦退的年贵妃心里很过意不去，亦曾对娘家人有所表露。所以弘时要说别的，也还罢了，待提起这个话来，年熙便觉不宜缄默，遂看了看一旁的年兴，问道："不知需用多少，要是多，叫舍弟寄信给我父亲。"

"不多不多，这点小事，哪里就叨扰到大将军了，必得你能做主的数目。"弘时一闻此言，连忙摇头。说来诸王阿哥向府属要钱要物，在先帝一朝，实在家常，甚或强抢豪夺，也不稀罕。今上即位后，对这类事约束最紧，一经发觉，立加严谴。弘时的胆子小，又不见爱于乃父，实在想要银子用，也只好到年家这样又有钱，又熟悉，又肯担待的地方告帮。他见年熙的身体委实难支，也不好太作耽搁，既然事情已经挑明了，便伸出一个巴掌来试探道："先借我五千银子，等凑手时就还。"

"三爷说哪里话，岂有叫您还的。只是我父亲任上用钱处多，现银都不放在京里，五千实在不凑手。您既说十天后就要去秋围，那我这三五天内先兑三千送去如何？"

"也好，也好。"弘时见他虽还了价，答应得倒很痛快，心中亦自欢喜，忙又说了几句保重颐养的好话，便自辞去。年兴先送弘时到了大门外，再回去看他的长兄。只见年熙劳神半晌，气色愈觉委顿，自按着胸口猛喘，忙得下人寻汤觅药，一阵乱走。年兴只有十八九岁年纪，许多事并不很懂，这会儿虽看着他难受，心里一股疑团终不能释去，等他熬过这一阵憋闷，便自嗫嚅道："我听说三阿哥如今并不得意，皇上又不喜王子阿哥们同外臣来往，大哥要送他银子，何不先跟父亲回禀一声？"

年熙听他此问，不免苦笑一声，却实在没有力气多说，只摆手含糊道："也不是什么大事，就当替贵妃娘娘做个人情。"

弘时离了年家，没有马上到圆明园去看工程，而是另会了两个有交情的堂弟——八叔廉亲王允禩的独子弘旺，与九叔允禟家的老五弘旸。弘时生在康熙四十三年，今上皇帝的子嗣不充，前几个儿子又早夭，直到他七八岁时，才有了弘历、弘昼两个弟弟，三人年岁差得多，并不能作幼年的玩伴。当时胤禛、胤禩两府紧邻，最是知根知底，八阿哥素来惧内，嫡福晋虽不生育，却不许他纳宠，直到圣祖发话训斥，才选了两个侧室，生下一个儿子弘旺。弘旺比弘时小三岁，因为离得近，各自在家又是独苗，所以堂兄弟间竟如亲兄弟一样友爱。

然则时移世易，物是人非。康熙末年，雍亲王因有自立之意，遂与允禩、允禵等貌和神违，大有交面不交心的意思。即位以后，更是互为仇雠，手足之情尽弃。至于几个小辈儿的兄弟，当年不过十来岁，都是少年心性、胸无城府，对父辈的瓜葛不过一知半解，只晓得自己有一处吃喝取乐的同伴最好。直到这一两年，才渐渐看出端倪来，不敢再大张旗鼓肆意来往。只是弘时长久闷在宫里，除了偶有祭祀行礼的小差遣，一件快心称意的事情也无，好容易出来寻逛两天，真如同大赦出监的囚徒一般，先想要呼朋引伴，找个久违的乐子。因此头天一得了旨意，忙就让人送信儿弘旺，叫他找个僻静地方叙一叙，喝两杯。

因为皇帝潜邸扩建，允裸的新王府搬到了台基厂大街，离年宅没有多远，所以弘旺先在正阳门内相候，还带着允祹留在京里管家的儿子弘旸。等弘时一来，便兴致勃勃道："我领你们寻个有意思的去处喝酒，可要缜密些，咱们各自只带两个跟着的人罢。"

弘时听他说得诡秘，心里就有些打鼓，忙问："你先说是哪里，我叫人认出来可麻烦。"

"王府井大街往东，金鱼胡同。"

"要死要死，那不到了怡王府后身儿！"弘时一听，就把脑袋摇成个转陀螺，一劲儿骂他着了魔。却见弘旺嘿嘿笑道："你是长久不出门，才不懂得行市。就是那儿才最清静，步军衙门的人从不敢去搅扰。"弘时想了想，似觉有理，又禁不住弘旸紧在一旁撺掇，说那里如何清幽雅致，别有风韵，遂半推半就答应了，命跟来的四个蓝翎侍卫先到圆明园去打前站，自己带着两个贴身太监，上马同弘旺等人往东北边去。

金鱼胡同在怡亲王府北面，四周都是繁华闹市，惟独这里闹中取静，别有洞天。三兄弟带着人，并不肯从王府正门前过——虽说允祥白天几乎没有在家的时候，可前来送文书、递手本的文武官员甚多，难免被人认识，所以宁可绕个远，从东边又踅回来，到了一所宅院门首。这边弘旺的随从轻一叩门，里面就有一个老成管事，带着两个清秀小童子出来相迎，殷殷勤勤地牵过他们马去。弘时乍看这座宅子，不过四致整洁，并没有什么出奇之处，及跟着弘旺越往里走，便愈觉此间深堂广厦，粉墙翠嶂，是个富贵又不落俗的所在。

再往里走，就到了中堂，两个俊俏的丫鬟迎在此处，先敛衽行礼，复将他们请进屋去。再看厅堂陈设，虽有大家的堂皇，却令人适意体贴。三人落座已毕，丫鬟先将三道解暑的香茗，并各色冰渰鲜果奉上，什么樱桃、桑椹、荸荠、仙桃，长大黄皮的金皮香瓜、皮白瓤青的高丽香瓜、白皮绿点的"芝麻粒"、色青小尖的"琵琶轴"，七彩斑斓，应有尽有。随后便有四个十五六岁的婀娜少女，簇拥着一位十八九岁的华服佳人登堂。其体态之风流，丰神之曼妙，明眸之婉转，笑语之嫣然，真不啻月宫仙子，天府名姝。斯人斯境，弘旺、弘旸两个常来常往的，尚能含笑饮茶，倒把弘时一个久不出门的看得愣住，及见佳人翩翩下拜，呢喃问安，才恍然失笑，向弘旺道："你什么时候找着这样好地方？不然就是你安置的？"

"我哪有这个能耐！这位三姑娘的芳名，这两年是京城里最著的，多少人但闻其名，不晓得入门之径罢了。"弘旺口中虽作谦词，面上实难掩得意神色，一面叫那丽人在弘时身侧坐下，自同主人一般，命丫鬟置酒摆宴，必要尽欢而归。弘时未作皇子时，出入自由，原也惯习此道。如今住在宫中，拘束太严，才将这些见闻都荒疏了。今天既勾起来，也就顾不得其他，用手将三姑娘的皓腕一拂，竟自娓娓款谈。这厢几句寒温叙罢，堂下早有美酒佳酿，并各色珍肴传递上来。酒过三巡，一少女取过琵琶轻抹慢捻，一小童以紫竹洞箫相和，余下三位少女闻声起舞，宛若彩蝶穿花，蜻蜓点水。

既有美人作陪，歌舞相伴，兄弟三人觥筹交错，又是猜枚行令，哪里还记得时辰。直等到天色渐暗，三姑娘吩咐了丫鬟掌灯的话，弘时才蓦然醒过神来，一拍大腿说声"不好"，就忙着要走。一旁弘旺喝得步履蹒跚，上前将他拉住，连说"急什么"，弘时将他一推，边自念叨："原是叫我去看园子工程，竟忘得影也没了！"

"现在出城怕来不及，爷有酒了，骑马也不稳便，不如今天在这里安住，明儿再去。"三姑娘虽然陪饮了不少，不过面色殷红，愈发的艳丽，并不见十分醉意，一面款款起立，牵住弘时的衣襟挽留。弘时虽是恋恋不舍，却不敢真在这里留宿，只好温言解说："姑娘的好意我怎么不知道，只是昨儿已经叫人知会过那里管事的人，实在不能不去。"

"这一身的酒气，就赶着出城去了，也叫人看着不像。万一哪个说漏了嘴，更要麻烦。不如找一个说辞，明儿一早从容再去。"弘旺这一句话说出来，倒有十分的道理，弘时听着心动，又禁不住三姑娘在旁苦劝，一横心复归座位，与众人灯下再饮。

这一饮又近两个时辰，几个女孩子俱都钗松鬓乱，力不能支。正要布置安寝，就听房顶一声嗯哨，继而大门外人声鼎沸，紧接着一个小童气喘吁吁闯上堂来，惊叫道："有官差来拿人！"

一句话出口，把弘时几个吓得酒气尽消，困意全无，乜呆呆坐在当地，如同掉进冰窖一般。倒是三姑娘心神甚定，指了指东边小阁，小童会意，忙将三人又推又扯，送了进去。三姑娘才待整理衣裙，外头十几个大汉已经破门而入。为首的身着五品武官服色，一见堂上华服委地，杯盘狼藉之状，便冷笑道："有街邻指说你容留职官宿娼，特奉宪令拿办。"

第三十三章

柔远

　　放下三姑娘如何应对官役不谈，单说弘时几个，一听有人来拿，当即吓得魂飞魄散。幸有小童将他们引到厅堂一侧的小阁中，阁内有屏，屏后即有地道相通。又亏得是夏天，衣裤轻便，手忙脚乱刚进了地道，就听见官兵搜检厅堂动静，一口气跑出去老远，等身后没了声响，才稍稍定下心来。

　　那地道修得甚宽甚平，且有一里多长，几个人东西不辨只顾往前，等见着出口，问过引路的小童，才知已经过了东长安街。因三兄弟所带的侍从、所骑的马匹都不知所踪，且周遭步军衙门堆房密布，巡更查夜兵丁不时往返，所以不容他们久待。这里离台基厂廉王府不过里许，弘旸家在铁狮子胡同，也可以徒步回去，惟有弘时进退两难，实在麻烦。弘旺灵机一动，欲邀弘时到自己家暂歇一宿，说乃父宽厚，最好说话，就算问出端倪，也不至于怪罪。弘时心里愿意，可想着万一被人发觉，奏将上去，说自己未曾请旨，竟在廉亲王府过夜，叫他如何吃罪得起！正在犹豫不决，就听远处更梆作响，巡夜之人穿街越巷，眼看就朝这边过来，他再不及多想，就叫弘旺拉着，跌跌撞撞往廉王府赶去。

　　果不出弘旺所料，允禩见二人落荒而来，不过盘问几句，自然知其作为，却碍着弘时是皇子，又素来同自己最亲，不肯多加责难，甚至还指点他几句，次日如何打发圆明园办事的官员，叫他们不去多话。弘时感激无比，复又赧颜请教道："跟着我们的人，并马匹，还有随身使用的物件，许多还在那里，万一叫步军衙门的人搜去，怕要有大麻烦？"

允裪见他如此，便含笑安慰："步军衙门常做这样的事，不过是武弁番役希图些见不得光的孝敬，遇见真正贵家，必不至于莽撞。你且醒醒酒，定定心，明儿一早到园子看工程去罢。"

允裪一向人情世故极通，可到了这件事上，却大大失算。且说那三姑娘的营生一向缜密，往来又多贵人，步军衙门寻常不肯搅扰。可这大半年来，即有老辣番役访闻得知，说八王爷的世子看中了这个去处，已经成了常客。既然干系廉亲王府，何人敢于隐匿，遂将此事报在隆科多跟前。隆科多揸住这件阴私，先是按兵不动，只叫人盯住弘旺的往来。近来因见皇帝总为寻不着允裪的错处烦闷，他就想起这个由头。国舅是个极有担待之人，以为此事情节猥鄙，请旨办理反而不便，所以别出心裁，找来一名得力的武职，唤作梁守备，命他从所属中拣选精干番役三十名，趁弘旺去寻欢乐时，不必拿他本人，只拿住他流连勾栏的确据即可。

这梁守备实在是位能员，他晓得这三姑娘深宅大院，最能藏匿生人，且内中必有暗道。弘旺平素往来宴乐之人，一定都是大贵，若真抓住，不但面上难看，要放也着实不易。所以他先差了两名惯能蹿房跃脊的番子，将院内何处饮宴，何处卧寝，何处安顿随从人等，何处是马厩骡棚，一一打探清楚，又命十来个人把守住左近街巷岔口。当日眼见着弘旺等人进门，守备就命两个番子趁暮色潜至正堂房顶，单等屋内歌舞最酣时，响哨以为号令。番役们各司其职，拿住三姑娘，并弘旺的从人、车马、随身物件就是。

梁守备万事谋定，单单一件失算。他区区一个五品武职，哪能认得出与弘旺同来的阔少爷竟是当今的皇长子弘时？次日一早，他带着一应人物马匹，兴冲冲去寻隆科多报功请赏，岂料国舅才看了几个物什，就将眉头紧锁起来，略一沉吟，并不肯见押来的犯人，单叫潜在房顶上的番子近前，细问与弘旺同来之人的长相举止。两个番子都是办惯精细大案的老手，最能记人面目，待他们一五一十禀过了，隆科多心里就已全然明白。事到这般田地，要是换一个人，早就吓得魂不附体，必得赶紧将这烫手的山芋扔出去，掩住不说了事。惟有隆科多自忖天子元舅、朝廷腹心，全不把弘时这样不得宠的皇子看在眼里，反自谓得了一件允裪家的机密重情。他当即奏请面见，将事情原委一股脑都向皇帝说明。

皇帝听了密奏，不免气得手脚发麻，虽当着隆科多的面，亦是骂不住口。说来弘时身为皇子，最该毓德养正，竟不念国体所关、身名所系，趁着奉旨办事，到那万不该到的地方游逛，原该作君父的震怒。不过仅仅如此，尚不致如此怒不可遏。毕竟先帝皇子中，诱买民女者有之，癖好姣童者有之，欺男霸女、荒诞淫邪者实不乏人，皇帝自己虽无此病，可见也见得多了，并非全出意料之外。让他真正恼恨的，乃是弘时仍旧与弘旺、弘旸等人往来亲密，毫不做避忌之想。允禩一党罗列朝班、根深蒂固，自己心思用尽，也只把个可有可无的十阿哥允䄉圈禁起来，其余要紧人物，兀自岿然不动，甚或连年羹尧也不听招呼，将允禟庇护起来。弘时身为长子，又如此不作脸面，将自己的仇敌之子，倒作了亲兄热弟一般。一旦传扬出去，那不知内情的王公百官，岂不更生观望之心？或是说自己刻薄手足，连些小孩子的友爱之道也不如了。

他越想越生气，随即命人将弘时从西郊急召回宫，却又羞恼无地不肯见他，只令亲信侍卫背地里传旨痛斥，将其鞭笞三十，禁在宫内不许外出。当晚又叫总管太监张起麟去告诉允祥，说三阿哥弘时患病，此次不必随往木兰围场。

允祥一听这个话，心里十分诧异，只道前几天还在宫里和弘时碰了面，看他精精神神，全不像患病的样子。再者所有皇子都去的旨意早已传下去，忽然缺了长子，蒙古王公里有明白的人也要打听，到时候自己何以答对？是以向张起麟追问："三阿哥是什么病？倘若要紧，我也该遣人去看看他。"

张起麟久在御前，是个机灵极了的人，晓得这么一件丢人的事，哪怕他二人成日见面，皇帝也难出口相告，这才叫自己来传话。忙轻描淡写嬉笑道："没有什么大妨碍，是上马打滑摔了一跤，崴了脚，所以不能去。万岁爷说阿哥是晚辈，又不是要紧病症，请王爷不用费心。"允祥虽觉事情突兀，暗自疑惑，可既然旨意分明，也不便细问，姑以"不巧""可惜得很"应之。

且不说皇帝如何气恼他的不肖之子，单说允祥一行自七月中由京城北向，经过顺义州的南石槽、密云县的刘家庄、要亭三座行宫，便来到峰峦叠嶂中号称京师锁钥之地的古北口。古北口南十里称为南天门，其地两山夹峙，下有奔腾的潮河之水，如天堑横亘跰路。人马途经此地，计有两门通行：一门设于长城口，称为"铁门关"，关门狭窄，往来仅容一骑一车；一门设于潮河浮桥之上，称为"水门关"，浮桥一端有敕建的观音寺，又有精舍亭榭，供先帝御驾经过时打尖观景之用。因为刚下过几场雨，潮河之水清而且湍，拍石有声。清晨的日光透过薄如蝉翼的云絮，落在野花草木上，和着山风，不凉不热，十分明媚适意。山间时有雁过鹃旋，狼奔兔走，衬着一行人鲜衣怒马、旗帜高张，各与山岚石黛相掩映。

因为山路险峻，河谷纵横，允祥生怕不到四岁的八阿哥福惠有个闪失，只好忍住纵马弯弓的本心，亲自带着小侄子坐在仪仗舆车里，由同来的领侍卫内大臣马尔赛领中军旗纛开路前行。因此行的近臣侍卫，许多都是新朝新贵，此前并未随驾出游，故而无不性急。特特是五阿哥弘昼，自来一个猴儿脾气，片刻也不能多等，见前头行得慢了，就忍不住大呼小叫抱怨，也不顾兄长弘历阻拦，催马就赶到舆车前，扒拉开跟车的侍卫，笑嘻嘻叩窗道："父王再叫人催一催老马成不成，前头又停住了。"

弘昼与允祥的渊源和旁人不同，实因康熙五十八年，八岁的弘昼得了一场大病，雍亲王子嗣单薄，所以分外焦急，几番求医问药不成，眼看着此子危在旦夕。幸亏允祥自家久病，多识名医良方，才救得侄儿脱险。从此弘昼便依雍亲王之命，尊称叔父为父，以报再生之恩。雍亲王入承大统，弘昼虽然成了皇子，仍旧称呼不改，礼仪如前，言谈举动也较同侪少了许多拘束。允祥这会儿正在车中看京信，见他又嬉皮笑脸跑来打搅，只好抬起头来，先向一旁东张西望四处瞧新鲜的福惠说了句："瞧见五阿哥没有，不见一点儿稳重，往后学他不得。"随后又提着声音吩咐外头侍卫："陪五阿哥去前头瞧瞧，仔细路！"

一声应诺之下，就有两匹马嗒嗒地向前跑去，去了小半个时辰，就见弘昼一脸沮丧赶回来，跳下马，一把抓住车辕，自个儿翻身侧坐上来，一挑帘，摩挲一把脸上的汗珠，悻悻道："老马忒是个虚胖，走这山路，一会儿就要喊累，只好下来歇息。就算他不累，那马也累得难过，吁吁直喘，蹄子都抠进土里去了。这时停时走的，可得哪天才能到围场呢。您下一道令，换了他，叫我领中军，一准儿利落！"

允祥叫他聒噪得哭笑不得，只有绷起脸来责备："临来前皇上怎么教训你的？这样轻慢重臣，成什么话！他是领侍卫内大臣，就该当领中军先行。你们几个现下的安危好歹，都在我身上，这会儿不说好生学习骑射，倒要去当开路先锋，出了丁点儿错，我怎么向皇上交待？"

弘昼叫他训得一吐舌头，赶忙唯唯点头，正要摆帘出去，却叫允祥一句"慢着"又给叫住了，满不自在地瞪一眼旁边笑个不停的福惠，低眉顺眼道："您还有吩咐的话呐？"

"你的蒙古话佛脚抱得怎么样了?"

"哎哟——"弘昼心虚肺颤偷眼去看车外的弘历,这位四阿哥念书一贯用心,连蒙古文字也已识得不少,这会儿泰然自若骑在马上,虽双目悠然直视,可瞧那神情,明明是听见了这些话,在心里笑话自己。没奈何,也只有硬着头皮道:"自从皇父下了旨,我就总练骑射来着,没有得空儿——"

"喀喇沁是什么意思?"

弘昼脑袋里空空,只有咬着下嘴唇,佯作理袍子,却听福惠在旁操着奶音答道:"是守卫之人的意思。"

"阿圭图呢?"

"是有山洞的地方。"

"乌兰哈达?"

"是红色的山峰。"接连几个都是福惠所答,且不说一旁的弘昼早羞得无地自容,连允祥也不免吃惊,一把将他抱起来问道:"你是跟谁学的这些?有蒙古的谚达么?"

"是在车里听您和四阿哥说的!"福惠很有些孩童的狡黠与得意,小手抠着允祥衣带上的荷包揉搓不停,眼睛却不住去看弘昼。

"哈哈,我这两天不过同四阿哥说了几次,是有哪些旗的蒙古王公来迎候请安,要到哪些围场去行猎,叫你们先预备预备,竟叫这个小人精听了去!"允祥很赞叹这个小娃娃的聪明,全顾不得难堪发窘的弘昼,正要再夸奖几句,就觉得身下一颠,乘舆"杠"一声又停下来。

"回王爷,是马公爷的马禁不住他的分量,失了蹄,前头又停住了。"一个侍卫疾驰过来,到车外就着马上一躬,强忍着笑意禀道。

"您瞧瞧,您瞧瞧我说什么来着,可惜了那匹好马!"弘昼错身跳下车去,一个箭步跃到旁边的高石上向前眺望,转回来又蹿上车道:"依他这样走,怕还到不了木兰,就该着返京的日子了!"

"人伤着没有?先叫大夫去瞧瞧,不要催他。"允祥闻言也大笑起来,先吩咐了侍卫,又向弘昼笑问道:"你就这么不乐意回京?一点儿都不惦记你皇父和额涅么?昨儿我在请安的折子里写,臣等每日在御前行走,今当远行,不能觐见天颜,委实思念皇上。四阿哥说,这尽是众人的心意。哦,敢情这里头是没有你了。"

"不是不是,我哪能不思念皇父!"弘昼说着,一下又跑到车旁弘历的马前,一把抓了他兄长的缰绳嚷道:"阿哥你说嘛,是不是也想多在木兰几天？"

弘历叫他挡在前头，自然走不动，只好也跳下马来，被他拉着一并走到舆车边，只是一个莞尔，却不说话。

"我也想多待几天，学骑马——"车里的福惠看弘历不言声，也有几分心急，就在旁比画着叫起来。

"你们多一天少一天有什么要紧，我在外头倒要操多少心，回去要补多少公事！"允祥假作不乐长叹一声，侧过身子朝弘历道："这事我可没半点好处，四阿哥说罢！"

"侄儿们都极思念皇父，不过既奉旨出来，就必得将施恩蒙古，不忘武备的圣意尽到了，总归日子宽些好，还求叔王体恤代奏。"弘历是个少年老成的性子，开口前先作一个揖，话也说得有板有眼。

"就是！就是！"弘昼听得高兴，趁着车停的当儿，就钻进去，拿腔作势研了两下墨，麻利铺了纸，双手恭敬捧上玉管狼毫，嬉笑道："您趁着等老马的工夫，先写了请安折的稿子，我好拿给十六叔他们瞧。"

允祥叫他催得无可如何，只好拿过笔来，又打开头天接奉的朱批，略一思忖，用满文写道："和硕怡亲王臣允祥等恭请圣主万安。窃臣等于前日具折请安，蒙皇上朱批谕曰：'朕躬甚安，尔等安好？朕确为尔等忧虑，所忧虑者，当尔等肥壮而返时，恐怕认不出来也。'臣等当闻此谕，确不知应如何回奏。此次赴围众人，特蒙皇上殊恩，务必学习游猎。且臣等之旧疾亦得清除，身体亦将强健。倘若确实发胖而不堪寓目者，则将如何是好，臣等特为此事惶悚奏闻。"写罢就交给弘昼道："拿去给庄亲王看看，等到了两间房行宫再誊出来。"

"怎么不提多宽限几日的事呢？再说您也没有胖嘛，倒是老马愈发胖了是真的，马都叫他压坏好几匹，害咱们走走停停。"弘昼将那几句话颠来倒去看了，嘴里嘟嘟嚷嚷念叨。

"叔王这样说，总归是讨皇父欢喜的意思，皇父欢喜了，求什么是个不准。"弘历一瞟那折子，顿时笑起来，自己边回去上了马，边催着弘昼道："还不快送去！"

众人一路欢愉雀跃，再过两间房、常山峪二行宫，眼看就到了喀喇河城，这是由京师到避暑山庄间的最后一座行宫，亦是先帝每岁驾临时，蒙古各部齐集迎候的所在。离城十余里，便见前方大路旁旌旗猎猎，人马云集。翁牛特郡王和硕额驸仓津、喀喇沁郡王和硕额驸伊达木扎布两个领衔，一众盛装的蒙古王公排列分明，遥见允祥等人的仪仗旗纛近前，便齐齐扬尘舞拜道："内扎萨克王公台吉等，恭请皇上圣安！"

晓得要接见蒙古王公，京城来的这一行人已在途次尖营换好了衣裳。允祥一身金黄色朝服，前后两肩绣四团正龙，襞积饰五彩云龙纹，上绣行龙六条，下幅饰八宝平水，腰帷、批领、袖端皆以片金缘边，各绣龙纹。项挂三串绿松石朝珠，腰系汉玉黄带，头戴二层金龙朝冠，共缀东珠十颗，冠顶的红宝石在日光下熠熠生辉。他生得玉立颀长，剑眉凤目，本来很有英锐气象，只是秉政后极力遮掩，欲示人以平和蔼然之态。不过既然到了塞外，就要尽显出本色来，此时在密密麻麻的伞盖、旗纛中稳稳站住，矜持地看蒙古王公们行过三跪九叩的大礼，用蒙古语向众人道："圣躬甚安，且极惦念诸位，只是圣祖的丧期未满，出巡不便，特命我们来，代问王、贝勒、台吉好。"

内蒙古的王公们久与皇家联姻，又常到京里居住，所以礼节甚为熟惯，待请过圣安，又屈身用满语道："请王爷安。"允祥登时换了一脸殷切笑容，疾步走出来扶住为首的翁牛特郡王仓津道："咱们还客气！"说罢吩咐一旁的侍卫："去请阿哥们过来相见。"

说着话，身着朝服的庄亲王允禄拉着小福惠的手，并弘历、弘昼两位皇子，都从仪仗中走出来。皇子尚未封爵，并无冠服之制，所以每人只穿一件秋香色袍子，外罩绣龙褂，系金黄玉带，以红绒结顶，十分大方得体。这会儿见蒙古王公们都齐齐站着等候，忙迎上去。允祥携了两位郡王走过来，指着他们笑道："我十六弟你们见过多次了，这三位都是皇上的龙子，怕是第一回见？这是四阿哥。"

两位郡王见弘历虽不过十来岁，但举止十分端正，自是一派进退有度的天潢之风，遂不敢怠慢，先和允禄打了招呼，又忙依着当日见先帝诸皇子的礼数上前问候。

仓津所娶的和硕温恪公主乃是先帝爱女，亦是允祥一母同胞的亲妹，如今公主虽已故去多年，但仓津仍带和硕额驸之衔。弘历临来前曾经乃父训教，见蒙古诸额驸，俱当以家人之礼相待，是以谨慎还礼道："该做晚辈的给姑父请安。"

接着弘昼也有样学样，同他兄长一样见过，及到了福惠处，仓津已晓得这一干人的怀柔礼敬之意，又见他是个乳臭未干的小孩子，遂不再行礼，听允祥说过"这是八阿哥"，就弯下腰去摸了摸福惠的小脸笑道："阿哥才这么小，皇上就舍得叫来！"

福惠是个早慧的孩子，眼见这七尺多高的蒙古汉子，待自己与两个兄长不同，心里就不乐意，所以并不同仓津嬉笑，只仰脸看了看允祥，却不待他指示，就半似答话，半似挑礼地清脆叫道："福惠虽小，也是皇子！"一句话噎得仓津打了愣，竟再不敢小看这个奶娃子，忙照弘历兄弟的样与他见礼。允祥见福惠如此沉稳贵重，心里甚是欢喜，又恐仓津面上难堪，忙大笑道："好好好，我已经饿得前心贴后心了，怎么还在啰嗦！"说着就走过去，招呼众人上马，又向弘历弘昼使一个眼色，是叫他们与众王公多谈笑亲近的意思。几个人在满蒙数百兵丁的簇拥下，一路讲亲叙旧，就向城中而去。

第三十四章

绥藩

因为尚在圣祖丧期，仓津郡王所备的下马宴虽然丰盛，到底要略去歌舞。金顶大帐里众人分主宾盘膝而坐，四个穿着富丽的蒙古健仆抬了大长的黄杨木漆金条盘来，上头一只献祭般的整羊昂首卧着，黄灿灿，油光光，香气扑鼻。

"皇上总没忘了我们！"仓津举起盛满酒的大金杯，朝允祥一擎。他们上次见面还是先帝大丧的时节，孝子贤婿，披麻戴孝，哀哭擗踊，这会儿想起来，恍如隔世一般。先帝对蒙古人的好是毋庸说的，譬如他早逝的妻子温恪公主，就由先帝亲自送到翁牛特成婚。可今上的心思，他就有些摸不准了。若说性情，绝没有先帝那样豪气；论亲谊，也不似先帝在时，上有太皇太后、太后，都是内扎萨克的血脉，下有一众亲女嫁到草原朔漠。仓津这两年总听人说，当今天子轻视蒙古，也无意再行木兰秋狝。他也曾疑虑重重给自己的亲郎舅怡亲王写过信，信还没有回，就见他们一行人来，心中倒也宽慰不少。只是此情此景，让他不觉就想起先帝的亲切来，一边饮酒，一边叹息道："十八年前公主下降，先帝亲自到我的部落，王爷也是在的。不知道我这辈子有没有福分，再接一次皇上的圣驾。"

"诶诶诶，你们瞧他这话，倒像我们这些人，风餐露宿，长途跋涉，都是白来的，够不上他的脸面。"允祥很知道仓津的心思，听这半似抱怨的话，便大笑起来，端起一碗酒一饮而尽，又拿出随身带的小银刀来，也不客气，割着肉吃了几块，又用手点了弘历兄弟道："你看我没有体面不要紧，难道阿哥们都来，也不算凑你的趣？"两句话毕，众人俱都笑倒，惟有仓津红着脸讪讪道："王爷多心了。"

"怕不是我多心吧？"允祥方才还满面春风，等仓津连赔不是时，却突然变了脸色，"当"一声将小刀扔在盘中，凛得众人都住了说笑，单听他一人正颜冷语道："我问你，巴林王为什么不来？"

仓津叫他吓了一跳，先看看允祥结了霜一样的脸，又见旁边庄亲王也不知所措，忙解说道："他部中有要紧事。"

"他成天就是吃喝玩乐，部中的事都是公主管着，你当我不知道？"允祥"哼"一声直视着仓津高声道："公主是长姊，她不肯屈驾到这来请皇上圣安，我也请不动她。可连小王子也不肯来，这是皇上轻蒙古，还是你们蒙古人轻朝廷？"

二人议论的巴林郡王琳布，乃是先帝长女固伦荣宪公主之子，与仓津同为漠南重藩，都姓博尔济吉特氏。如今巴林郡王爵位虽由琳布承袭，部中大事则全听公主之命。公主素性严毅，有男子之风，且久掌草原军政，脾气愈发刚强。她和诚亲王允祉是嫡亲的姐弟，一向以孝亲著称，在诸皇女中最得先帝眷爱，一废太子后比照皇后之女，逾格晋封固伦公主。公主对今上抑压兄弟之举一向颇有微词，又因允祉的缘故，对允祥心怀芥蒂。所以此次喀喇城迎接请安，巴林部并无一人前来。

仓津的翁牛特王府离热河最近，算是半个地主，又是琳布的长辈盟长，这件事情虽不是他的首尾，可允祥要拿他做伐，也不算全然不通。他彼时实不晓得接什么话好，只得仍听这口若悬河的妻舅沉着脸道："公主的性子我知道，如今乌尔衮额驸故去了，更没人劝得了她。我不讨她的喜欢有什么要紧，不过是家里陈芝麻烂谷子事，说说就开了。可不该小事作大，伤了朝廷与蒙古的世亲世好。再譬如我那几位好阿哥家的格格，常使唤额驸帮她们探听消息，挑三窝四的，不过仗着皇上礼重蒙古，不肯轻易怪罪。换作旗下大臣子弟，看有几个胆！"

仓津下手坐着的喀喇沁郡王伊达木扎布正是允祉的女婿，这会儿早就汗透重襟。他本来辈分小，没有说话的地步，这会儿见允祥眼睁睁瞧着他，赶忙应声诺诺道："是，王爷说得是。"

允祥瞧他脸色蜡染的一样，心里不觉好笑，遂换了平和口气抚慰道："若说朝廷对蒙古，对诸位公主格格，也很不坏了。皇上并没有嫡亲的公主，也不能变出来一个不是？何苦听信小人言语乱猜疑，把咱们自来的情分淡了。我这回来，说是带着阿哥们演习武备，归根到底，还不是给你们当出气筒了？"他边说着，就拿起金碗来喝了一口酒，再用刀一挑着羊肉道："好好的肉都凉了，凉就凉罢，还有什

244

么堵心的事，不如你就一发说开了，总比外头凉，里头乌涂着好。"

"那年羹尧劫掠塔尔寺，烧了郭隆寺，又是怎么说？这两处都是章嘉大活佛的法台，他一个汉军旗人，谁指使他？"

"这事我不知道，你听谁说？"

"这样大的事，漠南漠北早传遍了。"

"年羹尧的折子我蒙皇上恩准一件件都瞧过，并没见他奏。"允祥方才一篇篇的话，满说得心安理得，到此时，虽说面上不显，却也难免心虚起来。双唇不经意一抿，手指微敲着台案道，脑子里突地闪过福惠模样，稍稍一顿，低垂着眼皮道："要么是你道听途说不真，要么就是年羹尧起先没有请旨，事后没有奏报，自己乱折腾出来。"

"要真有这样的事，朝廷打算怎么处置？"

"重修佛院，再塑金身。"

"那年羹尧呢？"

"塔尔寺和郭隆寺附逆罗卜藏丹津，难道不该惩治？"允祥的声气顿时又严厉起来，吓得仓津低头嘟囔道："可阿拉善额驸又不曾附逆，年羹尧怎么叫他下跪？"

"阿拉善额驸的事，皇上绝不知道。内外扎萨克但能竭诚效顺，朝廷定不相负。这件事我替你们作保。"

"王爷作保，我们没有话说。"仓津眼睛一瞟随来的王公皇子，见众人都一气点头，自己也好受了些。再瞧瞧满桌子酒残菜冷，大失待客之道，更觉十分不好意思，半晌方失笑道："今天的下马宴没有吃好，叫王爷阿哥们受委屈了，明天我再——"

"明儿到了热河，我们请诸位尽欢！"估量着仓津等人的心结暂消，允祥也算略略宽怀，一面又挤出满脸的笑容来，再一举杯，招呼众人同饮。

一行人在热河住了三天，除去与蒙古王公宴会接谈外，又照先帝旧例，做些拜祭庙宇、阅示驻防八旗骑射的事，随后就启程赶往木兰围场。允祥年轻时常随先帝木兰秋狝，早已将七十二围遍历多次，对哪围险峻、哪围平缓，哪围不过狐狼，哪围或有熊虎，心里很有底数。想着皇子们年幼，且是第一次到这深山老林里来，他就特圈出几个山小路平，林木稀疏的围来，生怕他们有个马失前蹄、伤筋动骨。领侍卫内大臣马武乃是先帝的老侍卫、大学士马齐亲弟，一辈子侍奉先帝行围几十次，见允祥如此铺排，不禁想起过去的事，颤着一脸花白须眉玩笑道："王爷如今这样谨慎，和早年大不同了。"

允祥因身前还坐着不及马腿高的福惠，所以骑得很慢，听马武这话，闲适中便有些怅然若失。想想他所说的情形，一晃竟有小二十年光景，如今虽是志得意满，可念及旧事，也不免昔时轻岁月，今也重光阴之叹，遂唏嘘道："那时候年轻气盛，哪里晓得天高地厚。有一年非争着和太子——哦，和二阿哥分围，要冒雪到最险的莫尔根约络佛勒去，不想还真遇见老虎了。那会儿不过十五六岁，非硬撑着要人夸一个好字，也没喊侍卫们上前，竟把个老虎射死了，虽得圣祖爷的夸奖，到底叫人后怕。"

他这一说，几位老臣都过来凑趣怀旧，也把一干头回来的年轻人勾起兴致，弘昼兴冲冲打马抢上来道："皇父老早就说，别看您现在的身子清弱，骑射本领可是叔伯里头出尖儿的。"

"出尖儿不敢当，总比你的三脚猫功夫强些。"允祥生怕他听了自己的话，也生出逞能的心，忙绷起脸道："这几天围猎需得句句听话，不许四处乱跑！"

"是是是，您都吩咐百十来遍了。"弘昼噘着嘴嘀咕一句，就见允祥身前的小福惠拧过身子仰头问道："那我能跟着叔王射老虎么？"他这半日一直坐在马上，新奇地看着沿途的山岗、老林、野草，和身边跃跃欲试的宝马、细犬、海东青。显然，和富贵拘谨的紫禁城相比，这里的一切，都令他血脉偾张，透红的小脸儿迸出细细的青筋，似乎能感受到祖先赋予的力量。

"今天不行，我们先四处看一看，看准了路，明天再行猎。"允祥拍拍他的头，将他摆正了身子往怀里带了带。弘昼心下倒有五分酸溜溜的，在一旁嘁道："一路尽顾着他，也不能尽兴。"允祥听了一笑，却不理会他的抱怨，回头对稳稳当当骑在马上的弘历道："庄亲王陪着仓津他们观礼，我要照看这个小人儿，明天头一围，你来发第一箭罢。"

一连三天行猎，众人所获甚多，可也累得腰酸腿软。当天一行人驻扎在围场东北界的胡鲁苏台大营，晚间烧雉佐酒，狍鹿为餐，载歌载舞，尽兴尽欢。宴罢归营，一觉都睡得实在，浑不觉入夜后霰雪纷飞，山峦溪涧已成银装素裹。

因为喀喇河涨水，将京中来人绊在路上，所以头天下晌本该送到的京信，及至入夜才快马递到。随侍在允祥跟前处分文书的是位年轻翰林，名叫尹继善。名字看着像个汉人，实则正宗的满洲官宦公子，姓章佳氏，字元长，其父尹泰现任左都御史，与允祥的生母敬敏皇贵妃同族。尹继善的学问甚好，雍正元年中了二甲高第，选为庶吉士，是满洲后进中公认的第一才俊。皇帝爱才唯恐有失，对这位少年佳弟子，每以社稷之臣相期，所以特意叫他到允祥身边执掌文案，以便尽早学习政务。因他年纪轻，人又清秀稳重，唇红齿白竟有观音之相，兼以风雅能文，所以宫中府中人人见爱，都称他为"小尹"。尹继善夜里接着京信，不便去扰已经安寝的怡亲王，只等天光放亮，才往大营前去。

八月的木兰午后尚暖，早晚则见寒意，特别是雪后，山风一刺，几与初冬相似。不过尹继善实有一件人所不能的本领——气血最足，从不怕冷。他的父亲尹泰曾任奉天府尹，十几岁的尹继善随父就任，隆冬大雪，出门不过一件夹衣，万一被人劝着穿上羊皮袍子，就不免浑身冒汗。所以现下这个天气，他也毫不以为寒冷，照旧一件夹袍，就走到大帐前，见那出来进去的执事人等各个棉衣上身，自己也觉得好笑。

眼前方圆百步的空场上，福惠阿哥正独个儿骑着一匹半大白色母马缓缓而行。他两条腿胯在鞍上，却够不着镫，双手紧紧抓着缰绳，身子却不由自主地往马背上贴去，竭力显出无所畏惧的神情。福惠随身的乳母、嬷嬷、太监、侍卫都站在不远处，张大了嘴不错眼珠盯着，看那马低一低头，抬一抬腿，就忍不住"哎哟""哎哟"叫起来。两个乳母一个扎着手，一个咬着帕子，都站在风口里，全不晓得躲避，叫风一刮，眼泪流个不住，脸都成了郎窑红釉的瓷器。他的首领太监岁数颇大，腿脚却很利索，几次跟着马的步伐来回来去地跑，可又怕惊了马，又怕分了福惠的神，才跑了几步就停下来，跺脚拍腿地念叨："好阿哥，好小爷，可别摔着咯！"

"都住口！做什么婆婆妈妈的。"允祥身子弱，稍感风邪便要生病，所以一见下雪，忙就狐裘貂帽上身。他原本站在大帐门口，负手看着福惠学骑马，见众人这样一惊一乍的，很不耐烦，先将他们呵斥得安静了，又高声向福惠道："蒙古人三岁就能随众驰骋，我大清皇子岂能叫他们看扁了？"一句话，说得福惠胆色壮了不少，身子试探着离开马背，又慢慢腾出一只手来，轻拂着马的后颈。那马是极为驯良的内廷御马，颇能感念驭手的心思，见此情形，自也欢快适意，竟嗒嗒地小跑起来。

尹继善从外头走过来，及到近前，不免凑趣赞叹些"阿哥真有我满洲旧风"之类的话。他虽是满洲人，但自幼饱习文章，把个骑射耽误了不少。前天围猎时，一头受伤的母鹿跑到他马前，正在进退无措，就听周围侍卫们起哄督促，只好摘弓搭箭连射两回，不想都放了空，第三箭总算着些边际，"咔"一声，射在母鹿身旁的树杈上，将那鹿惊得一溜烟从他马腿边跑开。众人一阵哄笑，把个心高气傲的清华翰林羞了个大红脸。是以这会儿在允祥跟前先行了礼，又赧颜笑道："我要早跟在王爷跟前，也不至于把祖宗的本业全荒疏了。"

允祥一向很赏识尹继善，见他这样说，只佯作不悦，眼睛仍看着前头骑马的福惠，边同他道："我听说旗下的举人考进士，都要先考骑射，就你这个身手，真不晓得令尊怎么辛苦打点？你看见现在的徐蝶园中堂，是康熙十二年的满洲进士。当年在上书房课读皇子，圣祖爷要考他的骑射，他竟直言说一向读书，不能挽弓。皇父震怒至极，当着我们的面就要将他杖责了发遣，过后念他的学问好，又是直性人，才罢了。就你前儿那一出，不用早，搁在三五年前，怕不要挨板子？"

"早先旗下举人的骑射考校最严，所以头科就没有考中，去年恩科，因有不拘一格的特旨，才侥幸取中的。王爷训诲得极是，日后一定加紧习练。"尹继善知道允祥不过同他玩笑，并非当真责难，所以并不惶恐，只赔笑着连连点头，随即将手里的信匣子一擎，言归正传道："有昨儿夜间递到的京信，请王爷过目。"

允祥"唔"了一声，这才侧过脸来看他，见他一身的夹衣，双手叫风吹得红彤彤的，就皱眉道："塞上秋寒，雪后更冷，虽说年轻，也不能由着性贪凉。我当年就是这样，身子吃了好大亏。"边说着，就命身后侍立的总管太监道："去找一件新的狐皮外氅来给小尹。"说罢自走到福惠的马前，轻轻一扯缰绳，那马就稳稳站住，又伸出双臂，亲自将他抱下来，边给这余兴未消的侄儿理了理衣冠，才招手叫过乳母道："带他换衣裳歇着去罢。"

"叔王我还想——"

"这会子要办事了，用过膳带你打兔子去。"

"好嘞！"本来恋恋不舍的福惠听见这话，立时乐得欢蹦乱跳，转身就跑，才跑了几步，又仿佛想起什么要紧的事，回过身来像模像样作一个揖道："叔王慢走！"

"好好，是你该慢走！"允祥也没料到他这番礼貌，满面笑容看他走远了，才转身向大帐中去。一旁尹继善紧赶几步啧啧道："王爷看顾八阿哥实在精心，您这样爱游猎，竟还一箭未发呢。"

"受人之托忠人之事嘛。何况我这个身子也不合纵性游猎，能散散心就很好。"允祥边说着，就想起福惠小大人儿的样子，不禁莞尔。一面跨进大帐，换了衣裳，在交椅上坐下，伸手要过信匣来，忽而又笑道："年亮工虽傲却有本事，年允恭虽呆却有巧思，旗下大臣多有不及。你这晚生后辈，要学人的好处。"

尹继善叫他突如其来说得一愣，又恍然醒悟，正要应声，就见他已经开了匣子凝神看信，遂在一旁屏息静待。信有许多件，有日常邸抄、所管各衙门着急的公文，还有王府转来他内外官员书札。前两样公来公往，倒不算要紧，最要紧正是那些私底下的，遂见他先将几封信札拿出来翻看。

私下的书札共有三件，头一件是山西巡抚诺敏的请安帖，恭恭敬敬，不过两句套话。诺敏是正蓝旗满洲人，姓辉发纳拉氏，祖上虽做过官，到他父亲这一辈，就渐次没落，只是先帝亲弟恭亲王常宁府中的闲散章京。如今常宁的儿子、贝勒满都护承袭本家爵位，诺敏就算他的属人。因为满都护和廉亲王允禩等人的交情甚好，所以今上看他满都护不顺眼，可对诺敏却极为赏识，不但听了隆科多的话，把他从三十多年的户部司官骤升为山西巡抚，还将他年近七旬、一辈子无甚仕宦的老父授以副都统之位，可谓百计笼络，煞费苦心。

除此之外，皇帝又极体贴地告诉诺敏，说他办事认真，纠参了许多官员，遭人毁谤在所难免，且他族中人少，在朝中没有倚仗，所以要他凡有不解之事，可以在怡亲王处打听，不必存有避嫌的念头。依照旗下规矩，诺敏既然是贝勒满都护的属人，与别的王公亲近，就显得不大适宜，颇有背主的嫌疑。何况中间还夹着他的荐主隆科多，更不便隔着锅台去巴结怡亲王。所以见了皇帝这个话，诺敏虽不敢回绝，可并不十分照办，只是隔三差五给允祥写过几封请安的禀帖，虚空问候，从未说及什么正经事。

允祥原笑此公谨慎得很，一心做个能员干吏，不欲掺和皇子们朝冷暮热的事。可他到底赏识诺敏的才干，耗羡归公廷议纠缠时，还特以手书相告，示其放胆再奏。他思量自己如此热络，诺敏岂有再不承情的道理，不想又接了这不咸不淡的请安帖，心中十分不乐，不觉自言自语："这人好大架子。"

第二件是他那连襟兼亲家、兵部侍郎伊都立的手札。内称年羹尧定于九月底由西安启程，进京陛见。皇帝原本有意叫本年觐见的督抚与年羹尧一同进京，是为大将军增色的意思。却接着四川巡抚蔡珽的陈奏，说督抚代朝廷坐镇一方，职任最重，要是一起进京，怕于地方政事有碍。皇帝以此言为是，就将初议作罢不提。年羹尧听说蔡珽阻挠，又把前仇勾将起来，在部属旧交中大发怨言，预备重提程如丝案，将蔡珽一举参倒。

第三件是直隶三屯营副将赵国瑛的信。此人是驻扎景陵，奉旨盯着十四阿哥允禵的武官，按品级，他没有单独进折的资格，皇帝遂命他将许多机密之事，先禀怡亲王知道。一见是赵国瑛的名字，允祥就将信放在一边不拆——凡是干涉他们兄弟的事，他从不肯自行先看，必定要原封不动交给皇帝再说。

待放下这一件，他又拿起邸抄来看，赫然在目的头款，便是郡王允禵福晋在陵寝住处病故，旨下廉亲王允禩等会奏丧仪。允祥心中一动，再看看赵国瑛的信，倒还真有几分好奇。不过终归按捺住了，略一思忖，将信递给尹继善道："这一件务必和我的折子一起直递御前，别叫多的人过手。"

第三十五章

夺情

赵国瑛信中所说，果然与允禵福晋病故之事有关。允禵在西边领兵数年，和西番僧侣多有往来，自己也渐渐崇信。今上即位后，他从急火攻心，转而心灰意冷，每每念及后事，就不欲循什么入土为安之礼，只想效法喇嘛教高僧，将火化后的骨灰和上佛像、金银、法器，殓入灵塔之内，供子孙瞻拜供奉。所以自福晋病势沉重以来，他就在自己所住的陵寝衙门内院，辟出一间隐秘的房舍，令两个巧匠吃住其中，日夜赶造木塔。木塔依喇嘛教灵塔样式造有两尊，每尊高四尺、宽二尺，共二十三层，下设莲花座台。造好之后，另在塔身镀金，并以金叶装饰莲台，留待福晋和自己之用。允禵满以为行事周密，哪知皇帝的耳目无处不在。福晋病故时，木塔尚未镶金，却被三屯营副将赵国瑛的属下发觉。这赵国瑛虽是个武人，倒很精明，深知兹事体大，干系帝王家的伦常典礼，所以忙不迭就将所探所闻写一密信，经允祥之手上呈皇帝。

皇帝见着此信，心里大为警觉起来。满人殡葬原无一定之规，到康熙年间效法汉俗，有力之家凡遇逝者，均以完体含殓，封树葬之。至于皇家，就更是如此。先帝、列后、妃嫔等，都以完体葬于景陵地宫及妃园寝，世祖、圣祖两朝皇子的坟茔，也星布于蓟县黄花山一带，制度井然，从无违背。若是听凭允禵依着喇嘛教风俗弄上两个塔，将嫡福晋的尸身火化殓在塔里，俨然是自绝父母，背弃宗庙。知道的说他信教信昏了头，不知道的又要议论皇帝和同胞兄弟闹别扭，刻薄到身后之礼、葬身之地也不肯给的地步。

皇帝越想越是光火，心道这个允禵简直凡事搅闹，连死了老婆也刻意出奇，拿来倾陷自己的名声。既然事出非常，就不能不果断从事，真叫他将塔做好，尸身火化，未免为时晚矣。所以皇帝一面告诉赵国瑛，叫他秘密布置，将木塔取走，工匠带回；一面又把允禵，并宗人府、内务府的王公大臣都叫了来，大怒问道："十四阿哥要背弃祖宗，你们知道不知道？"

允禵在京时，曾将身后之事的预备同允祿念叨过一两句，可他的年纪尚轻，身体又强健，允祿听他这样说，也只当他是心灰气短的缘故，并没有太当作一回事。这会儿叫皇帝兜头一问，自然云里雾里，只摇头说不知道。皇帝见状冷笑道："他不遵国制，反从番僧之教，要弄个什么塔盛殓骨殖，难道是一时起意，从没和你说过？我倒不大信呢。"

允祿听是这事，心里咯噔一下，当地默然不语。皇帝见状愈怒不止，拍案斥道："叫你们议定允禵福晋的丧仪，已经五六天了，也不见个说法，竟不晓得你们所司何事！赶明儿个丧仪还没议出来，他就要做出个大稀罕事，皇父、太后的先灵责备我不能教管他，你们又何以自处！"

他话说得这样重，允祿等人都只好跪伏请罪，皇帝也不理会，只撂下一句："你明儿务必将议丧的折子递上来，等我看过，就让你跟前的人带到陵寝衙门给他看。我已经叫人把塔先取回来，料他不能心服，还烦你写信劝他知道好歹。"说罢拂袖入内，把一干将头磕得砰砰作响的王公大臣都扔在外头。

按理说，十四福晋的丧仪并无什么可议之处，允禵现封郡王，郡王福晋的丧葬之礼载在《会典》，又有许多旧例，何须这样兴师动众另议另奏？皇帝既叫商议，自然是要个有别于成例的说法。也搭着允禵这郡王的爵位实在虚夸，甚至连个嘉美的封号也无，官书档册中只囫囵称作郡王允禵，与那真正的郡王并非一事。允祿如今正经军国大事轮不上过问，除了他工部的本管，余下专叫皇帝点名来给允禵、允䄉，并他一干"旧党"挑毛病。每回挑得深、议得重还则罢了，若挑得浅、议得轻，便要揪他个党同庇护，又是一顿好挖苦。所以这次议定十四福晋的丧仪，允祿又是一筹莫展。他晓得允禵夫妇伉俪情深，若议得太不像样，自己于兄弟分上实在过意不去。可要是全照郡王福晋的例奏上去，皇帝又必定同他刁难。所以踌躇了这四五天，还没有想定说法，哪知斜刺里又出来这么一档子事，实在棘手得要命。

允祿近年来添了淤阻出血之症，事情一激，或是连日饮酒、失眠，

252

上腹就疼得刀割锥刺一般，又动辄呕血，身体已大不如前。今天叫皇帝排揎一顿，再接着这件苦差，不免又难过得脸色蜡黄，只好自己勉强按捺着，同众人到了议政处。边听旁人议论，豆大的汗珠就从他额角滚落下来，身上却冷津津的，待执笔列名已毕，将笔交给一旁掌管宗人府的裕亲王保泰时，就听保泰哎哟一声惊道："这才过了中秋，怎么阿哥的手就冰浸了一样。"允裪苦笑着摇了摇头，一言不发就回府去。

奏议中所说，允裪本系有罪之人，蒙皇上额外加恩，才加了郡王衔去守护先帝陵寝，故与实封郡王有别，其妻亦不便依郡王福晋规制，应仍照前封贝子夫人礼葬为是。这样贬抑弟妇，允裪心里很不是滋味儿，可也没有办法，只好先将本章递上去，巴望有个"恩自上出"的说法。

皇帝这回倒很痛快，览奏批了"依议"二字，随即叫允裪的亲舅舅、内务府大臣噶达浑同着一名御前侍卫，携带此奏到景陵去见允裪。

论说再赴景陵这一年来，寒来暑往、经冬历夏，允禵那有棱有角的脾性已经磨得疲怠极了。在这松柏参护、肃穆森然的皇家禁地，他除了家眷奴婢、守护官兵，十天半月也没有一个外人可见；除了年节朔望拜祭行礼，十天半月也没有一件外事可做。一样的关山冷月、风露星河，他在甘肃青海看时，满眼都是英雄豪气，恨不能拔剑起舞，击节而歌；可今天再看，却是无尽的孤独与落寞，每日里除了对着落日喝闷酒，就是听着鸦噪吹山风罢了。

倒是从福晋病重到故去这一两个月，他的积郁一下发抒了不少。又是延医用药，又是请良工造塔，又是连番祭奠，又是招呼前来探望的蒙古女婿，着实忙碌了一阵。这一天他正在福晋停灵的阎村地方上祭，忽听留在住处的护卫来报，说今儿院子里突然来了一队兵，自称三屯营赵副戎的差遣，径直到了内宅后面小屋子，连塔带工匠，还有尚未贴好的金箔，一并强取了去。允禵一听，登时气贯瞳仁，三下两下撕碎了身上的丧服，就要飞骑去到赵国瑛的衙门理论。亏得那护卫机警，连滚带爬将他从马上拖下来，口不择言拦道："是奉旨！他们有旨意！"允禵一听，知道去也无用，只有捶胸顿足，大哭一场而已。

丢了魂儿一样的允禵回到景陵，不过三天，京里就来了人，由赵国瑛陪着，到了允禵的住处。门上人进内转了一圈，又出来告诉，说我们主子自阎村回来，就过颠倒了。夜间烦闷不能入眠，白天困倦不能会客。赵国瑛随向前来的御前侍卫悄声道："何止不眠，竟是整夜狂哭大叫，撕心裂肺的，比山上的狼嚎还要骇人。"说完却不肯走，反一本正经向门上人道："来人是钦使，不是会客，还请十四爷出迎。"

门上没有法子，只好又回进去。不一时，就见允禵的两个儿子弘春、弘明提着袍角一溜跑出来，先叩头请过圣安，又小心翼翼赔情道："我阿玛实在病得下不来床，见不得风，不能出来迎请圣安，还烦钦差进内相见。"

为首的葛达浑毕竟是允禵母舅，实不忍过于为难，顺势就点点头，招呼同来的人一齐进去。待到内院，方见允禵身着丧服，头缠粗布，拄着一根拐倚门而立。见着众人，有气无力说一句："我的头阿哥们已经代磕过了，你们进来罢。"说完自进了上房，坐在他日常所坐之处。几个人眼对眼看着，也只好跟进屋里，御前侍卫到底忍不住性子，上前正色道："有几句上谕，还得十四爷跪听。"再看允禵耷拉着眼皮浑然不理，葛达浑只好凑前低声求他："八爷劝您为长远计较，还得听旨才是。"

允禵瞥了他一眼，咬着后槽牙，拄拐站起身来，走到厅中跪下，却不说话。御前侍卫上手站定，将皇帝要允禵恪遵祖制，以礼安葬福晋的意思一板一眼说了一遍。允禵听完懒洋洋的，用手指着拐杖并头上的麻布道："多蒙皇上恩典。我现在一身是病，命已到头，恐怕在世不久，也承不得情了。"

侍卫不敢顺着他的话多辩，就将京中所议十四福晋丧仪的本章交给他。允禵打开一看，便觉气贯丹田，狠狠将本章一合，甩给葛达浑道："既说恪遵祖制，为什么将郡王福晋照贝子之妻的礼葬？何不干脆照庶人一样，随我怎样安置最好。"

"郡王也太无礼了——"那侍卫毕竟年轻，见他这番举动，刚要上前责难，就被葛达浑拉住，叫他"别激出事来"，随后向允禵赔笑道："王爷既要另外乞一个厚恩，我们替您转奏就是。"说罢不敢耽搁，只掏出允祥的信来交给他，就招呼众人慌手忙脚离了是非之地。

允禵也不肯送客，自回内室一头倒在炕上，喘了一盏茶工夫的粗气，才稍缓过来。再将允祥的信拆开，见还是劝他忍耐的话，便扔在一旁，靠着引枕闭目养神。待至浑然睡去，就梦见福晋飘飘荡荡自远处走来，似有话要同他说。允禵上前一把拉住，连连告曰："咱们原来商议得好，百年之后效法我佛，各将肉身化去，留在塔里，令子孙世世供奉一处。现在塔已叫人抢了，实在是我无能。我原想你受苦虽多，也不必这样疾走，现在看来，就我也要早走才好，否则不定再受几番折磨。"福晋飘在半空，亦如病时面苦，却哀泣劝道："咱们虽日日虔心为皇父、额涅、佛祖上香，近在咫尺，却不能得蒙庇护。倒是他事事得意，件件遂心，可见确有天子的命数。人总难同命争，我看你又犯急，所以来劝几句。还望保重身子，顾念咱们的儿女，不要再同他顶撞才是。"说罢就听西方隐有召唤之声，福晋抽出手，含泪掩面而去。允禵周身透汗惊醒过来，已是涕泪沾襟，又思来想去大半日，终究还是写了个折子，自称遵旨将福晋在黄花山土葬，只是现议的丧葬之礼未免太过简慢，望祈斟酌加恩，仍照郡王福晋礼行。

皇帝见了允禵的折子，心里又是一阵切齿，对着允祺冷笑道："他果然还是听你的话，要是没有令舅和你的信，单派我跟前的人去，他一定不肯遵旨，不定要一路打闹到京里，抢他那两个塔回去。"说罢不等允祺回言，就笔走龙蛇，以满语在折上批道："以往推重称赞你之人，无外乎廉亲王，故将你福晋之事交廉亲王与大臣等议奏，与朕无干。今你既有加恩之请，朕即准允，也为叫你知道，是谁待你的心真。"一面又旨下宗人府，一切允禵福晋丧葬之事，俱加恩照郡王福晋礼行。

允禵家的丧事跌跌撞撞办完，一晃就到了九月底，朝野上下最受瞩目的事，成了年大将军携战胜之威进京陛见。因为午门的献俘礼已在四月间已经行过了，是以他此次回京，原本无需另进仪注。可皇帝委实不忍屈待，特命部臣因人制礼，拟定章程，专用在年羹尧身上。

论物候，这一路自是侵阶暗草秋霜重，可论风光，正是花迎马首满目春。陕西自不必说，是他的辖境。再往东走，就到山西河东之地，此处虽非本管，却一向由年羹尧把持盐政以供军需，无论官商，都是他的私人，所以自黄河风陵渡上岸后，经州历县，仍如在自家地面般颐指气使。直到太原府境内，那烈火烹油的热乎劲儿才显得稍淡，实因巡抚诺敏的心思并不在应酬他上头，自己另有一件烦心事，正在焦头烂额。

说来皇帝一心要挑允祺的错处，年羹尧又不帮忙，只好另外叫人打听。到七月间就得了密报，说允祺家眷前往青海，过境山西平定州时，曾仗势与地方绅民冲突，州县官不敢招惹这样的人物，遂压住不报。皇帝一见这话，就同那原当活宝贝一样的晋抚诺敏搁起气来。心道你不过下五旗寻常出身，几十年不得升发的五品部郎，我对你如此

255

超拔倚重，你竟这样负恩，敢将允禵的事压住不报。所以一改往常亲密鼓舞的话头，就着诺敏一件奏报秋粮收成的折子上气起起批道：

"闻贝子允禵家人在平定州、水头二地骚扰地方，其随从太监大逞强梁，将民人打成重伤，此等之事尔若未闻，是何道理？若闻之而隐瞒不奏，殊负于朕，令朕心寒。或尔等同属一旗素来相识？或有何深恩厚情？或以允禵有何冤枉之处？抑或畏惧伊等尚有势力？此举殊属非是，著速查明，另折参奏。朕今已将旨，若不为所动，则尔自取重罪也。"

允禵家眷过境山西是在当年五月，诺敏正和京官们打耗羡归公的笔墨官司，无暇未顾及此事，亦未见地方州县的呈报。这会儿接着朱批，不觉魂飞魄散，只有急匆匆召了平定知州到省，细问根由。

平定州是三晋门户，境内有东西南北四天门，其地高峻险仄，往来行旅甚众，而官道蜿蜒山间，坎坷难行，车马倾覆时时有之。本地百姓多以石穴为居所，辟山间荒地为薄田，春种秋收，勉强糊口而已。当日允禵家眷过境，前导的太监护卫见着险路不肯走，宁可去踏种在山间的田苗。他们这一行人并无省里的官兵护送，也没有州县官往来迎接，所以当地百姓不知其为何方神圣，只道是寻常大户人家。平定地方头年大旱，如今好不容易要见收成，哪容得行旅之人这样糟践庄稼，所以就有位生员出头，带领乡亲挥锹抢镐，将他们当路拦下。九爷府的下人骄纵，山民们秉性也很刚强，几下里言语不合，便各自动起手来。既然动手，就难免带伤，等平定州知州董钧赶来时，当地带头的秀才已经挂了彩，允禵家人也多了些鼻青脸肿。

董知州命官差衙役将双方喝住，待问清外人的来历，就不免慌张起来，实不知如何措置。倒是随后赶来的九福晋董鄂氏为人明白，晓得自家如今的处境，要是再叫人将此事奏上，不但不能出气，反要落个骚扰地方的罪名。所以就叫跟前老成近侍，拿了几件内廷珍玩，并几十两银子几十串京钱，私下央告董钧。请他将珍玩自己收下，此案大事化小，再把银两交给乡民养伤，铜钱散给差役封口为是。董钧恨不得无事，再看这等成色的明珠翠玉，为官半世从未见过，所以满口答应。他做父母官的，找来百姓连吓带哄，又拿出银子，大伙儿也只好依从不闹。

董钧压案未报，诺敏忙着耗羡归公大事，自然就不知道。反倒是皇帝的眼线广，耳报灵，没过几天，就晓得允禵家眷一行在山西惹出事端。他要等诺敏的奏报印证，等了两个月也不见，这才发起火来。

诺敏惊惧之下，忙不迭派人越境赶到青海，要将已到彼处的九贝子府管事之人抓回山西质审，一面又向皇帝密奏前后情形。

皇帝见着诺敏的折子，心道此人果然是三十年的户部郎官，政务上精明，于内廷之事，帝王心术，真个一窍不通，身边也没个明白人指点。他折内所述情节，说是允䄍家人仗势为非，骚扰地方，到底不过踏坏农田，与民互殴，就算平头百姓，也定不上什么重罪。且自己的用心，是叫他先将此事公然揭报出来，定下允䄍一桩过恶。他可倒好，偏要远赴青海拿人质审，待问明定罪再上本章。关河万里，三头对案，一晃就要三五个月光景，叫性急的皇帝如何等得起？只好向他说了许多允禩、允䄍素行悖逆的话，又责怪他不将这样要事先向怡亲王请教，以致办得大错，再手把手谆谆教导："你此行大为不是，应当先奏他们不守本分、狂妄胡行之事，请旨后再取人来审才是。今既去取人，索性到来审明之后，将你此折所奏之言酌情增加再奏。且不可株连无辜，反掩其真罪，使人视朕着意寻衅一般。"

诺敏看这夹七夹八的天语纶音，实在心乱不得主意，他想要去问允祥，可又拿不定分寸，生怕皇帝的好恶一日三变，自己一头撞进凤子龙孙们的是非窝里，再不得清静。左思右想，又同两个亲近师爷商量了几遍，就给他的荐主隆科多写信去问意见。可等了十来天，却不见回音，只好又写信给留在京里的长子，让他到国舅府当面讨教。

哪知隆国舅近日在家也生闷气。只因前日他揭出弘时的事来，皇帝口中赞他赤胆忠心揭得好，心里到底不自在。弘时虽不得意，毕竟也是皇子。皇帝素日责难起弟侄宗亲，一贯口若悬河、句句占理，如今亲儿子这样不作脸的事叫人连根儿知道，端的让他这当君父的落个哑巴吃黄连，有苦说不出。故而此事奏上之后，皇帝几天避着国舅不见，即便见了，也是目光支离，几无正视。隆科多心知不好，只能暗自打嘴，骂自己逞强过头，连着举动也懒洋洋的，一改平日好揽事的做派，连诺敏这位老邻居、老相识也给吃了闭门羹。

诺敏哪里知道这些委曲，只是又盼国舅的京信，又等青海的来人，可左等右等俱都不到，正急得热锅上蚂蚁一样，却把个西安年大将军的虎驾等到了太原。两个人虽不对路，却碍着都是皇帝信宠的封疆，只好拿腔作势、虚与委蛇了两天。年羹尧声势张不起来，心里也觉无趣，故而从速出了山西辖地，一路往东而去。

郊迎

第三十六章

　　离开太原四天，就到直隶境内，因为巡抚李维钧本是年羹尧一力荐举，所以沿途道府州县，或受李维钧的指示，或是自家有心奉承，无不极尽铺张之能事。年羹尧本人自不必说，单是魏之耀等打前站的管家，道府一级的官见了，也有朝服跪地迎送之举，先生大人满嘴里乱叫。更有甚者，即便是大将军派出的传令营兵，骑着高头大马呼啸而过时，亦有州县官员跪地听命。

　　将到保定府，眼前又是另一番情形。直隶总督李维钧亲率阖城文武，朝服补褂在接官亭迎候，另有驻防旗兵并抚标绿营列队以待。远远见着令兵持旗飞骑而来，巡抚、城守尉、两司、首府、首县各官都在驿道旁分班恭立，待遥见大将军的中军旗纛，就如镰刀割麦子一般，同望车尘而拜。

　　年羹尧马蹄尚有百余步，就听见众人合辞请安之声。他高坐马上，睨视着眼前的一切，不能不生出拥大盖、策驷马，意气扬扬之感。哪怕心中也闪过些许不安，可转念一想，李维钧这个巡抚，若非自家的保山，如何能做得稳？就算再孝敬些，也是情理之中。一念及此，马是再不必下了，不过颔首还礼，寒暄两句，就进城去。

　　巡抚衙门前年羹尧下了马，吩咐众官散去。他一身便服，穿戴十分随意，却见李维钧镂花红珊瑚顶戴，二品锦鸡补服，打扮得朝觐似的又过来行礼，不觉心中好笑，就伸手扶住道："我路上匆忙，不及换衣裳，你也太郑重了。"

　　"应该的，应该的，大将军国家柱石，劳苦功高。"李维钧站起来挽了袖子，赔笑着将手一让。年羹尧一面走，一面招呼忙前忙后的管家魏之耀过来，笑问李维钧道："我们老魏的干女儿，你给扶正了没有？"

"小星既已认了高门，维钧哪敢作寻常人待呢，早已经扶正了，尚未请得诰封。"李维钧见他问及爱妾张氏，忙叫跟随家人道："告诉太太，就说大将军已经到了，问着她，叫她快来拜见！"

年羹尧听得大笑，想着堂堂首善的巡抚，竟成了自己奴仆的女婿，心里真有说不出的得意。脚下的步子也快起来，边摆手道："既已做了夫人，何必出来拜客，只引老魏到你的内宅去，叫他们父女见一见就是。"说罢又笑一阵，方随李维钧进了花厅，却是年羹尧坐在正位，李巡抚斜签身子陪坐而已。

一时茶果摆上，又客套几番，见李维钧还是满脸僵笑，年羹尧便随意道："人都说我托大，其实是看错了我。这不江苏藩司鄂毅庵是我的老同年，年初我叫人到江南办事，顺便向他致意。毅庵兄高坐堂皇，只问一句'你主子可好'，就没有话了。吓得我家的人说声'大将军问大人好'，赶紧跑了出来。我看你也该学学他，封疆大吏，何必这么拘谨？"及见李维钧诺诺不住，又闲话道："你这直抚做了快两年了，不晓得滋味如何？"

"托大将军的福，大体还算平顺，只是自从摊丁入地的奏议定下来，就被旗下大族埋怨。京畿五百里内尽是旗地，又有许多皇庄王庄，维钧一介孤寒，不敢不战战兢兢。年初面圣时，皇上叫我不必畏难，有麻烦时可以去求怡亲王的庇护。这实在是非常之恩，不过我私下忖度着，我本是大将军荐拔的人，大将军凡事自能照应我，不必烦劳朱邸。"李维钧边说着，就偷眼去看年羹尧的神色，见他先是有一搭无一搭听着，继而皱眉蹙眼，再往后，听见自己示忠示敬的话，就又舒展开，细嗅了嗅那成窑斗彩盖碗中的老君眉，不经意道："这有什么难处，直隶为天下之首，本该设一个总督做疆臣领袖才妥当。我这次进京原要面奏，将你改抚为督，以资镇御，也堵上那起人的嘴。"

李维钧先以为摊丁入地的奏折得了圣心，自然能够升官，不料骂他的人实在太多，皇帝虽百般抚慰，却把个升官的事暂且搁下，自己与爱妾许的愿，总是不能成行。听年羹尧说得如此轻快笃定，实喜得他眉目生辉，忙离座揖道："大将军恩情至厚，维钧实不敢忘。"

"你是常进京的，有没有听见，如今西边暂且无事，皇上是欲让我回去，还是留京？朝中各位是何意见？"年羹尧不待他多做客套，另外单刀直入来问自己的事。李维钧一时语塞，依他的意思，自然愿意年羹尧宣麻拜相，也算有个倚仗。可京中左右没有准信，听年羹尧问起，也只能以"尚未听说"答对。

年羹尧鼻子里轻轻吸进一股气去，继而重重呼出来，哂道："我虽人在外头，可也知道，如今皇上跟前，只有那两位说得上话，岂有不怕我进京分权之理？可他们把我看得也太小了，这会子就算叫我总理事务，我也怕担这个盛名。起五更行半夜，朝房待漏，御前伺候，话也说不痛快，气也喘不均匀，哪及得我在西安，一样累朝故都，却落得个舒坦随性。"

"听说国舅近来的声势小了些，一两个月没有言语。"

"刑部大牢都叫他关满了，还要怎么言语？"

"说是为了湖广盐价的事，国舅手伸得长了，引得圣心不乐。"

"他那一双猿臂，不说天天伸出来，一个月少说也要伸上一两回，这有什么稀奇。"年羹尧因为年熙的事，对隆科多实在厌烦已极，所以一递一句的，考语极为刻薄，直说得李维钧讪讪无言，以奉献果品遮掩而已。

在保定城盘桓了两日，大将军黄驹紫骝，直向京师而来。凡从保定进京的外省大员，一向由良乡经广宁门入城，可既然是大将军凯旋而归，虽不献俘，也要从北边的安定门进城才更风光些。于是礼部就在安定门外排好了班，上自内阁，下到八旗六部、各寺各监的堂司官员，都依朝会班次，一大早就在城门处齐集预备，专等大将军虎驾到来。

天近十月，已是立冬时节，京城里树光草净、风嗖河冻的干冷。上千官员等在曝土扬尘的官道旁，内阁和各部堂官还能在先搭的棚子里躲躲懒，剩下一应部寺司员，各旗参佐，哈着手，跺着脚，缩着脖子，聊上两句就难免喝一肚子风，只好哆哆嗦嗦，眼瞪眼互相瞧着。

待到日上中天，等了几个时辰的人们终于忍不住了，先还不敢派年羹尧的不是，只好私底议论礼部巴结权贵，太不要脸。几下里议论得声大了，就传到前后张罗的礼部侍郎三泰耳朵里——这仪注正出自他的手。三泰叫众人说的一脸酱茄子色，着实禁受不住，心一横走到管理部务的裕亲王保泰跟前，嗫嚅道："要不——再叫人去瞧瞧？"

保泰一贯只有自家摆谱，从来不曾让人。这会儿宗室里的王爷贝勒并无一人在此，只因他是管礼部的，所以被请来坐镇。他等得一肚子闲气，早抱着手炉在棚子里绕了一百来个圈，一见三泰过来，就要发作。待听他吞吞吐吐说了这句话，就愈发来气，一蹾那蝴蝶如意纹的瓜棱手炉在案上，骂一句"什么东西"，便向外大喊一声"备马"，怒容满面拂袖而去。一时鞍辔声响，四个护卫簇拥着保泰径直驰向南面城中，留下一干目瞪口呆的官员，仍在原处枯坐。

又等了大半个时辰，就见远处尘埃泛起，先有一骑快马飞驰而来。及至近前，众人才瞧见是一个千总服色的令官，手持一面令旗，在迎候队伍的最前头停住，也不下马，单高喊一声"大将军到了!"

听见这话，大伙儿才显得稍有活气。因保泰已经负气先走，只有礼部两尚书慌手忙脚招呼着排班。几位年老位高的大臣从棚子里走出来，有人已经打了两三个盹儿，让风一激，把刚要打出来的哈欠也憋回去，搓手跺脚整齐了冠带，慢腾腾往人群堆里走去。这边好容易安顿停当，就听官道远处喧腾开来，本有些阴霾的天被数不胜数的旗帜蒙住一半，显得愈发暗淡无光。长长的马队后面是大小不一的马车，支支扭扭发出长短不齐的和声。声音随着队伍临近变得越来越大，正在众人耳鸣目眩之际，只见八个精壮汉子在前引导，后头一等公爵的仪仗排列开来，拥着大纛旗下的年羹尧往近处行来。

百官就在眼前，年羹尧却不发令，先头引马的亲兵也只有继续向前。三泰眼瞧着事情不对，也顾不得自己是五十多岁的二品大员，忙一提袍子小跑过去，才要从中路插到年羹尧马前，就叫打头的亲兵横出佩刀拦在当地。他心里腾得一阵光火，却不敢真正发作，只好喘了口粗气勉强笑道："前头内阁六部各官排班迎候大将军——"后头的话不言自明，总是要年羹尧下马过去寒暄的意思。那亲兵却是个不管不顾的，只乜斜着眼睛问道："你是什么人？见大将军仪仗，怎么不跪？"

饶是三泰见识不少，闻此一言也惊得语塞，半晌才强压怒气道："礼部右侍郎三泰，请见大将军。"那亲兵虽是粗人，也晓得礼部侍郎官职不小，所以没有再问下跪的事，却是半句不答，扔下三泰不管，自跳下马来，稳扎着步子走到年羹尧马前，单膝点地禀道："回大将军，礼部侍郎来报，百官在前面迎候!"

年羹尧腰杆笔直坐在鞍桥，先"嗯"了一声，又吐出两个字道："走吧。"

说话间，车马人众径直向百官而来，众人无不愕然。三泰站在前头，眼看年羹尧马头已到跟前，却不下马，想起仪注上的款目，也只有事急从权，高喊一声"给大将军请安!"自己便先打下千儿去，后

261

头的人心里虽恼，却无人肯做仗马之鸣，只好有样学样，年羹尧马头所到，屈膝问安此起彼伏。唯有吏部班中的侍郎史贻直稳稳站住，待年羹尧马到近前，方拱手道："年兄一路辛苦。"

史贻直与年羹尧同科举人、同榜进士，他的年纪比众同年都小几岁，康熙末年尚在翰林院任职，未曾升发。因年羹尧的举荐，新君改元伊始，才连连迁转，不两年做到这少冢宰。史贻直是个美男子，不但仪貌详华，性情也很自矜，又因是同学旧交，故不肯学众人的媚态。且他所在吏部，这两年常与年羹尧为了保举官员之事抵牾，若再过执卑礼，日后公事上的交道就更难打了。是以神情淡然，不过道旁立候而已。

年羹尧一向看中科场同年，特是登坛拜帅以来，人前人后，愈发要摆玉堂高第的根脚，不同武人气象。这会儿见史贻直的称呼做派，不但不以为忤，反显出十分的亲切热络，当即下马上前，大笑着拉住手道："铁崖兄久不见了，照旧的好风度！"

史贻直见他礼数周到，才欣然改容，朗然道："大将军不以有揖客见怪，风度更佳。"一句话说得年羹尧仰天大笑，也不顾众人注目，单携了史贻直入城。

年羹尧家在城南，因要进宫面圣，就打发家眷先回，自己由礼部司官陪着，带了十几个亲兵往宫中去。一路遇着内城的宗室王公，见人下马问候，也不过持鞭拱手，就策马而行。自青海战胜，京城里就已经传开，说年大将军是白额虎转世，最有煞气，因跟随得道仙人几世修行才有今日，怪不得连喇嘛番僧也镇得住。闻听他今天进京，城里城外万人空巷，全往北城而来。房顶上、大槐树的枯枝上，都爬满了大小孩子，你推我搡地看热闹。一旦年羹尧坐骑经过，路旁老少就都跪下去，口呼"大将军神勇"。

一路风风光光，赫赫扬扬，待进了宫，来到隆宗门内，就见四位总理事务王大臣站在那里等候。远远看他过来，允禩先满面春风迎上去，一手亲热拉住，一手拂去他肩头的浮尘，上下打量着含笑道："亮工太辛苦了，和去年一比，实在见瘦！"说着就挟了他的手臂，并不待他的身子略弯下去，只往里拉道："皇上和我们都着实惦记你，瞧着你平安康健，真是佛祖保佑！"

听他这话，且不说年羹尧这样骄矜自负的性情，就是那真正虚怀若谷之人，都难免气壮起来。那边刚从承德回京的允祥也上前嘘寒问暖，谈笑致意。五个人雍雍穆穆，互相谦让着就往养心门走。这里的内侍一个个笑逐颜开伺候，待至近前将手让道："有旨叫大将军和王爷大人们进暖阁里说话。"

皇帝不同往日的盘膝而坐，偏是负手站立，等在西暖阁门槛以内。几个人鱼贯而入，照往日，是两位亲王在前，两位重臣在后，此时多了年羹尧，却是站在允祥右手，前三后二局面，一齐向皇帝问安。

"今儿真好齐全了！"皇帝笑得两眼眯成一条细缝，上前弯下身子，一拍年羹尧的右臂，再命几个人起身，坐在已经摆好的绣墩上。几个小太监手托金盘，上置金盏，为六个人都斟上热气腾腾的奶茶，一时饮罢，将外头的寒气退尽了，皇帝才殷殷切切看着年羹尧道："你大老远回来，本该咱们先说几句体己话，不过实在有几件要紧的公事，只得叫他们一并进来，好赶着办了。"一句话说得允禩等人俱不痛快，难不成除了办事，这正经的中枢宰辅，倒成碍眼的人了？允禩心里一阵冷笑，余光一扫旁坐的允祥，见他声色不动的样子，也只好起身回道："臣等听皇上的旨意。"

"头一件事，因你回来，我就叫了喀尔喀四额驸和六额驸也进京来。回头你同怡亲王、舅舅，两位额驸，还有理藩院几个人，议一议阿尔泰驻兵的事。先头议政王大臣们议的，你也看过了，总归他们纸上谈兵，不及你知道的明白。罗卜藏丹津虽说剿灭了，留着阿拉布坦这个祸患，还要小心防备。"

年羹尧板着面孔正色一躬，心里却极欢喜。国家大事，惟祀与戎。按理，这本是议政王大臣会议的旧管。如今排开众人，单指了他进来，又说大老远招喀尔喀两王入谒，是为凑他的缘故，就连允祥、隆科多也不过装点陪衬而已。想到这，他一股当仁不让的豪气油然而生，起身应口道："先头议政处所议，虽不是全无道理，可到底——"

"不忙不忙，等你们拟了折子来看，只这么空口一说，也记不得许多。"皇帝见他得意得厉害，当场就欲说话，又是挑出议政王大臣会议毛病的口风，忙打断了，一笑摆手，转向隆科多道："再一件事，吏部先头给西征将士们议功议赏，虽也议得公道，可总是他更知道哪个出力多些。回头吏部的会议，也叫他去听罢。"

"臣衙门必得用心向大将军请教。"隆科多心里虽不痛快，脸上却不敢显出丝毫别扭，只有一躬应承而已。

皇帝只当没看见他的神情，用手一指年羹尧，开怀笑道："你们怕不晓得，他的记性口才都极好，这些日子既在京里，虽不便再加一个总理事务的名号，可碰上承旨的事，也叫他和你们一处。或有会议具奏的事，也同你们一并领衔具名。内外同心，将相一体，才是太平气象。"

几件事说完，四位总理事务王大臣就辞出去，养心殿里只剩那郎舅两个说话。皇帝愈发换了亲切的神情口气，看年羹尧尚自肃然，便笑道："既没有外人，何必这么拘谨，仍旧像在藩邸一样畅快才好！"一句话说得年羹尧也大惬意起来，登时松泛了身子，将绷着的两条腿放开了，分在两边支撑那矮小的墩子。

"就该这样才是！"皇帝大笑着在胸前拊掌，站起来眉目生辉道："你这一仗打得实在有光彩！我原本想着好，不料竟这样好！真是岂有此理！"他见年羹尧也要随着起来，上前一把将他按住，笑得额前抬头纹都皱起来道，"我也算个会说话的人了，竟不知该怎么形容才好！"

"实在是皇上的圣明，折冲樽俎，运筹帷幄——"

"除了列祖列宗护佑，其余多是你的功劳！这些场面话当着外人说去。"皇帝才听他谦逊了一句，便忙不迭止住，只叹着气摇头道："可惜不得一二十个你这样的人去做督抚，要得了，何必我宵衣旰食的操心。"

"我大清得天地之所钟，自然代不乏人。臣这些年在西边，奉旨留意人才，文武诸臣中实有些出众的——"

皇帝是个心有七窍，意达八方之人，一听这话，就知道他要借机荐举，心思一动不肯接言，改口道："西北的人才，你早晚都提过，这会儿且先不说。你几番参蔡珽的折子我都看过，不想这人竟如此负恩！前儿已经叫刑部派官去问他，想必是要开缺。还有你同城的范时捷，做巡抚也欠些，想叫他不拘哪旗补一个都统，也算是荣归。这么一来，四川、陕西两个巡抚就没有人了。两省都是百战之余，疲惫得紧，该调两个年轻有力量，又懂得民政的人去，也好帮你。"

年羹尧一听，皇帝竟要派外头的官到川陕去，心里不觉一沉。他这些年辛苦布置，川陕甘三省文武，多用自家的心腹。只待蔡珽、范时捷两个一走，就再没有一个外人。此时另调两个不相干的巡抚来，一番经营，岂不付之东流？他在外长久的说一不二，凡听见不对心的话，一向张口就顶回去，这会儿对着皇帝，虽竭力压住九十九分的脾性，到底有一分压抑不住，故起身低头道："两省战后实在有许多要安顿的事，若不用熟手，恐怕不能胜任。依臣平素里看，如今的陕西布政使胡期恒，四川按察使王景灏，都有巡抚之才，又是随臣一路办军务下来的，可称军民两便。"

皇帝原要拿这件事做引子，再说允裪的事，岂料这次要紧的事刚一提，就叫年羹尧迎头一个钉子碰回来，那件顶要紧的，又如何说得出口？只好挨过心里的不乐，定定神，拍拍年羹尧的肩头道："这两个人都是你用惯的，自然能合得来。西边要紧，必得慎重从事，咱们再想想看！"说罢自失一笑，又换了轻快口气道："过几天十月初一是怡亲王的生辰，他有服不便做寿，可你也该带些土产去府里看看。要说这一年多，他替你操的心，也实在不比我少，说起你在西宁守城的辛苦，也着实为你掉泪念佛呢！再者你同舅舅已经成了至亲，也该多走动走动才是。"

第三十七章　沮劝

因为仍在先帝的丧期，允祥的生日过得安安静静，不排宴、不唱戏、不待客、不升正殿，只在日常燕居的便殿受了子侄、属官的礼。可以他现在的声势，一众姻戚、朝贵、僚属，人虽未蒙相邀，不便遽至，但拜寿的贺笺贺诗，特是一应礼物，什么寿联成副、绣屏成架、锦帐成铺、莲履成双，种种吉祥名色，或是文玩古物、珍籍善拓、奇石美玉之属，都绝不能少，各自装潢精巧，提前送至王府。

因有一天的假，早饭用过，允祥便和赶来拜寿的伊都立对弈闲聊，专候年大将军。实因年、伊二人俱是世宦子弟，又是顺天乡试的同年，早年就有许多来往，如今公事相通，年羹尧最喜人捧，伊都立最会捧人，自然更加交契，虽隔千里，几乎手札不断。

两人眼睛瞧着棋盘，心思却全不在棋上。允祥两指夹着淡鹅黄的象牙云子，蹙眉不动，伊都立先不敢扰他，半晌才瞥了一眼后头观棋的尹继善，轻呼一声"王爷"。

允祥"喔喔"两声回过神来，将棋子扔进檀木盒子里，胳膊抵在棋枰上，捋着须髯叹道："皇上这回可真是难为我了。年亮工外放得早，我和他并没有什么交道，他现在功成名就，就这么两下里空口说白话，我实在没有把握。"

"亮工就是个顺毛驴。"

"要我拉下脸来哄着他？"允祥的眉梢微微一挑，修长的手指轻轻一弹那楸木棋枰，含笑接住伊都立刚出口的话："那咱们还是一起见，好歹你们情分不错，还是你来哄着他更便宜些。"

"王爷没有机宜军务要说？"

"我没有军务同他说，只有人物财务。"允祥抿了一口案上的清茶，吐出来的气息幽幽隐隐，令人捉摸不定，许久方道："切记切记，我是不要哄的，你只哄着他就是了。"

又等了一炷香工夫，就见外头王府长史急匆匆走来，进到屋里垂手禀道："大将军已经到了街口，家下人先在门上递过手本。"

"开中门，请进。"允祥起身整了整衣服，边道："咱们到二门去迎一迎。"

"大将军补服谒见。"长史躬着身子没动，稍一沉吟，又小心翼翼道。

允祥闻言实有些出乎意料，先笑谓伊都立："他怎么这样客气起来"，又忙命随侍之人："快去预备更衣。"

眼见允祥面露喜色，长史心里愈发惴惴不安，及等一众人捧着补服衣冠进来，想着现在若不实说，回头更难收拾，只好怯道："请主子稍待，门上人说，年大将军所服乃是皇上特赐的团龙补服、黄带，您看这——"

话一出口，就见允祥放在挂珠上的手一抖，将盛珠子的托盘一推，哗啦一声，一百零八颗珊瑚珠子就势碰击出一阵脆响。论理，公服谒见本是尊敬之意，可年羹尧这一身特赐的打扮，已与亲王服色相同。若是允祥没有问清，也依着宾主同服之礼穿戴去见，旁人单看衣冠，截然分不出尊卑。如此用心，不言自明。众人都低着头，再不敢言语，只有伊都立仗着是至亲，又两边都熟，只好硬着头皮打马虎眼道："亮工也过于郑重了，毕竟还在丧期里，又不是整寿，这——"

"王爷可用特赐的金黄补褂、鹅黄带，方与大将军的所服相配。"尹继善的脑子极快，见允祥阴沉着脸不说话，忙上前补了个主意。亲王朝服、补服，外袍惯用蓝与石青，允祥蒙赐金黄，乃是朝中独一份，可一则丧期未过，二则不愿显得与常人殊，他虽受了这个恩赏，却很少穿戴。年羹尧既着特赐的衣饰，允祥以宾主之礼，自然可以奉陪，这一里一外，就又显出身份的不同。众人一听这个主意，都赞小尹的聪明，连允祥也笑起来，把赌气的心消了大半，摆手命一干端着顶戴袍服的侍从退去，复对长史道："去传话给大将军，就说我尚在守制，恕不能补服相迎，叫门上服侍大将军换了家常的衣服来见。"

"王爷体度从容，亮工实不能及。"伊都立一口气松下来，拱手说了一句奉承的话。

"受夹板气而已，不必说得那么好听。"允祥冷笑一声，却不肯再到二门去迎，只叫长史在大门上候着，自己到王府东路的九曲回廊之外等着人来。

不多时，就见年羹尧一身便服，由长史引着朝这里走来。允祥带笑向前迎凑，年羹尧亦急趋几步，等离得近了，口中说着请安，身子微向前倾，却不当真要拜，是等允祥来扶住的意思。不料允祥陡然站住，只说一句："亮工何必多礼"，叫他这礼竟不得不行下去。及见他一膝落地，才又紧走两步俯身相就，笑道："大将军太客气了！"

年羹尧叫他别了这两遭，心里极不痛快，可总归当着面，也不能过于任性使气，只好先说一句"羹尧奉旨来贺王爷的千秋"，随后就有些语塞。幸见伊都立也在一旁，便同他玩笑道："学庭兄如今在兵部当家，忙得很，不得空去瞧瞧我这百战余生的故交，也只好在王爷这里叙旧了。"

"诶，亮工家里这些天一定胜友如云，他这个侍郎只怕门槛都踏不进！说起来，我和学庭也是成婚以后才认识，虽是亲戚，倒不及你们的交情早。"

"正是正是，当年发了榜，旗下也没有几个人，我又年纪小，都是亮工兄带着，才能不错了礼数。"伊都立乍听这话，还真有些不敢接，又想起方才所说"哄着"的话，见允祥朝自己微笑点头，就忙应承下来。再看年羹尧时，已经得意的满面春风。

几个人闲说了几句笑话，把各自心里较的劲儿稍松了松，你谦我让进了花厅，分宾主坐下。年羹尧四处略一扫视，见这花厅的布置十分简朴。倒也不是原本就这样简朴，是为了年羹尧来，专门将原有华丽精巧的陈设撤去，免得叫他说出将士军前半死生，朱门几处看歌舞的话来。不但花厅如此，王府之内沿路各处，也都是如此。

允祥见时机已到，边饮着茶，仍接了进门时的话道："我原知道你们好，不想竟这样好。听说蔡珽实在混账不成事，亮工你何不提一提，叫学庭去川省接印，总强过外头调一个，合不合得来也说不准。"

"这怕不妥。"本是没话找话的闲谈，不觉叫允祥兜头说到人事上来，年羹尧脑子一醒，张口就驳回来，及说了，自己也觉太过突兀，忙找补道："四川西连藏地，南达苗蛮，十分紧要，需得熟手才好。"说着略带歉意又向伊都立道："学庭兄才具甚为练达，只是边事不熟，我前儿已经在御前荐了王景灏。"

"王景灏自然很好，"允祥仿佛单等着他说出这个名字似的，一听见就连连点头道："这一向的军需，有许多是他帮着操持？如此人才，又年轻，我看着实在眼热，很想调他到户部来帮帮我，先头已经和皇上奏过了，你看——"

"大战之后，地方需人，还是不内调的好。"年羹尧脸色陡变，一开口就把下头的话堵死。厅中众人都憋得脸色煞白，一句话没有枯坐了半盏茶工夫，单听见自鸣钟嗒嗒的响声，撞得人心里一颤一颤。

"亮工兄有难处，还得王爷体谅。再说我这点能耐，在京里趋奉办事还不致大错，真去做一省封疆，难保不误了朝廷的事。"伊都立左右瞧瞧，见二人都冷着脸不言声，只好自己站起来，先向允祥解说，又转对年羹尧笑道："亮工兄最会培植人才，王爷爱之又切，见不得你的精兵强将不得大用。"

"学庭说的是，我不过白问一问，自然还是以你那里为主。"允祥深呼了一口气出来，心里虽闷得很，面上还要做出大度的样子。停了一会儿，又似笑非笑道："还有件事，我怕说出来你未必欢喜，可也只好直说。陕西的捐纳是为战事开的，现在不能停。至于川陕地丁正项，山西湖广的协济，还有河东的盐课，今年过了下忙不提，等明年开春，还是照旧报部奏销为是。"

"王爷这样急，未免太不体恤地方了。四省大战凋敝，有多少花钱的去处，朝廷藏富于地方有何不可？"

允祥见他忽地站起来，脸都青了，自己干脆垂着眼睑，一下一下拨着茶杯中的浮叶道："大战凋敝是实，亮工你请旨蠲免，我没有什么可说。可四省地丁盐催茶马使用，不能总做战时的样子。你不比那起子没见过钱的黑心官儿，何苦枉担这个虚名？"

年羹尧此时满脸的青筋都暴起来，胸脯也一起一伏的，仿佛对面但凡换一个人，他就要一巴掌拍在小几上似的。勉强压了几压，方忍住没嚷起来，只一拱手道："羹尧虚名不怕，只怕不能循名责实。西边路远，一旦报部，少说也要经旬过月。现下各营调动、建堡修城开销极大，羹尧不得已要请圣命，仍准川陕库帑归本处调用一两年，还请王爷体谅。"

"请旨是大将军之权，我就不体谅，又能怎么着呢？"允祥闻言一阵大笑，打量着看了他半晌，指着座位示意他又坐下了，才道："咱们不过闲谈混说，不是议政，到底要怎么着，还是请了旨再说罢。"他原本还想问问允禵的情形，可话赶话到如此地步，自然多一句也不能谈，只有静静坐着发怔。

年羹尧一言不发又坐了坐，实在无趣得很，好歹寻了个说法，告辞而去。允祥将他送到阶下，待走远了，仍旧大步返回厅中，伊都立满心惴惴跟着，才要开言劝解，就见他拿起年羹尧用过的仿钧窑胭脂红瓷茶碗，狠狠砸在他坐的客位上，勃然作色道："好不识抬举的奴才！"

且说年羹尧一肚子火气回到家，刚到上房外的院子，就见夫人带着两个穿红挂绿的丫头，轻手轻脚从里头走出来，先摆着手不叫他说话，然后拉着他走到影背外头，低声道："老爷子才生了气，这会儿刚打个盹，先别进去。"

年羹尧虽然性情倔强，倒有十分的孝顺，听见这话只拧眉头问，"又是哪个不长进的在外头胡闹，惹父亲生气？"

"没有别人胡闹，是说你——"

"我又怎么了！"因夹着方才的不痛快，他这一声就难免大些，但听里头一阵呛嗽，紧接着就是年遐龄沙哑的音色："是老二回来了不是？还不叫他进来！"

一时便有一个丫头出来，战战兢兢走到他们夫妇跟前，蹲了身子哼哼嘤嘤："太爷叫二老爷进去呢。"

年羹尧无奈看了看夫人，只好跟着丫头往里走，夫人不放心，也随在后头。才一进里间，就见常在大引枕上靠着的年遐龄已经坐直了身子，瞧年羹尧垂手侍立叫一声"父亲"，便怒道："我听人说，你在西边，竟强纳了蒙古贝勒的女儿作妾？"

"并不是强纳，是——"年羹尧一时语塞，回头看了看夫人，却叫年遐龄两眼一瞪恨道："问你的话，你瞧格格做什么？也怨格格太贤德，才纵得你这样！"年遐龄亦是扬历中外做到巡抚的人，什么世面没有见过，现下虽老，可不糊涂，自捶着炕沿大声道："你以为只有你是做官的，我老眼昏花，连个外头的朋友也不配有，就该叫你成日价蒙哄？你如今的本事也太大了，这次进京——"年遐龄最近感了些风邪，话说得急了，就一阵猛咳，眼泪鼻涕一齐下来，夫人和一干仆妇忙赶过来服侍，年羹尧也只得跪下敷衍道："这事儿子做得糊涂，往后再不敢了。"

年遐龄见儿子不敢辩驳，总算稍缓过气来，喝了几口补药，又擦了擦嘴，续道："我一早叫兴哥儿递了折子，说我年纪太老，身子也不好，求主子免了你西边的差事，调你回京尽孝。"

年羹尧陡然一惊，不由自主站起身来，惶然看看夫人，见她也是不知就里的惊讶神情，急得一跺脚道："如此大事，父亲也该跟我说一声！如今青海的仗虽打完了，可罗卜藏丹津未死，阿拉布坦尚在，圣祖皇帝遗志未竟，朝廷再用兵也是早晚的事。儿子惟有急流勇进，克成大功——"

"你也把自己看得太重了！"年遐龄不容他把话说完，就抖着手指着他的额头道："天下人才，后来者居上，我看岳东美就比你强多了！"

"小岳是为将之材，节制三军还欠火候，何况他个汉人，又怎么能叫朝廷放心。"

"蠢材！蠢材！你们看看这个蠢东西！"年遐龄身子一倾，头一沉，险些没折下地来，幸而年夫人一把扶住，才坐稳了，只看着夫人泪眼滂沱恨道："你嫁他这许多年，晓得他是这么个蠢人不晓得？我说他不如小岳，难道是说别的？明说他功无可赏，爵无可加，是大不如人家！"

年羹尧叫老父指着鼻子骂得万般无奈，心里虽有不乐，到底嘴上服软，连连叩头道："父亲息怒。儿子也是读过书的人，知道做臣子的分寸。只是儿子现在要退，也忒的唐突了，一则皇上怪我不肯效力尽忠，二则对不起西边一众文武朋友。父亲放心，等儿子安顿好了善后，自然要请旨回朝，膝下尽孝。"

"等旁人都有了着落，只怕你就要没着落。"年遐龄见这气宇轩昂的儿子伏在地上，一颗舐犊之心，总归软下来，又想起家中诸事，自己拭泪叹道："你大哥虽惹不出大祸，可心从不在做官办事上头。你如今到了这个分上，再没有什么可求，倒该百般自制。你们一众兄妹，只有你小妹妹的性子最好，又随和，又知足守分，没有一处叫人操心。可她的身子又太弱——唉，我这把岁数，只盼你们都平平安安。"

年羹尧见老父如此，自也英雄气短，陪着掉下泪来，亏得夫人在旁劝解，又说过两天进宫去看贵妃，自然也有喜信。几车的吉利话说出来，总算说得年遐龄又困倦起来，夫妇二人安顿老父歇下，就往自己院中去。一路走，年羹尧即向夫人道："父亲年纪大了，只爱有的没的想，往后外头的事，少同他说。"

"老爷子经多见广，说得未必不是，你也该小心些。昨儿八王爷跟前得用的那个司员，叫岳什么来着？来见你，你竟不说不见了事。这叫皇上知道，不吃心么？"

"何止来见，还要送五万两银子。"年羹尧摊着手一瞪眼道，"我可并没有应准，且明儿就要奏上去。你们呀，也未免太把我小看了！"

三天后，年夫人听着内务府的招呼，去到宫中会亲。现如今年贵妃恩宠有加，年羹尧荣典无已，宫中一应人等，自然十分的奉承她。夫人依礼先去拜见皇后，又一路扬扬赫赫到了贵妃所居的翊坤宫，见贵妃站在琉璃花门下等她，不免紧走几步说声请安，就直着身子行下礼去。贵妃一把搀住，起头叫一声"嫂子"，眼泪就断线一样顺着脸颊流个不住，哽咽着说不出半个字来。

年夫人叫她吓了一跳，看宫人们也都十分慌张，忙紧握了她的手，掏出帕子来给她擦脸，边同着宫人一起将她搀扶进寝殿去，就听那掌事的姑姑诧异道："头几日听说格格要进来，主子就盼着，昨儿晚间一直念叨，欢喜得什么似的。就方才的工夫，也好好儿的。不知怎么，反倒一见面就哭起来。"

"难不成还有人给咱们娘娘气受？"论说年夫人，是正经宗室大格格的脾气，从小就不怕人。这会儿见贵妃哭得伤心，便觉十分疑惑，一边连连劝慰，一边问那宫人。

"没有的事，是我实在想你们，才一见，就忍不住了。"贵妃见她这样问，忙摇摇头，泪水也稍止了些，将炕上正做的织绣活计向里推了推，拉着年夫人挨身坐了方道："兄姊们几家子都不在京里，家中并没有能来会亲的内眷，入宫这两年，想见着父亲也不能了。别宫主位的娘家虽寒微些，也时有亲的热的来看望。只有我这儿，虽说看着富贵，却从不见团圆。"她说着，愈发耐不住心中的苦处，先还抽泣，用帕子掩着口不肯放声，越说着，竟是再想不到的悲从中来，只好将脸压在年夫人的肩头，哭得周身一并颤抖起来。

"好娘娘，好妹妹，好我的小姑奶奶！"年夫人叫她哭得也心里一阵阵泛起酸胀来，一边轻轻拍着她瘦削的身子，一边自己开解笑道："如今咱们家这么个情形，外人看着不定怎么眼热呢，怎么倒心重得这样？想我刚过门子那会儿，妹妹是怎么个爱说爱笑来着，我想家，还成日价逗我呢。怎么做了贵妃娘娘，反不如小时候了？早听说咱们八阿哥最聪明好学，又得皇上的疼爱。妹妹这样的全乎人，莫说宫里，就是天底下，怕也没有几个。这么着还要哭，旁的人岂不要哭死！"

贵妃叫她说得破涕为笑，这才由宫人服侍了净面擦脸，拾掇清爽，先问过老父、兄长并一家人的好，再要说话时，却叫年夫人上下打量得不好意思，脸一红笑道："嫂子紧看着我做什么，笑话我这样大一个人还使小性么？"

年夫人是直心热肠之人，看着贵妃如今的面容，虽还是清秀娟丽模样，但本就窄窄的下颌，越发削尖起来，和殿中几个小宫女那圆滚滚、胖乎乎、粉嫩嫩的脸儿相比，显得十分赢弱。且眉目间一缕幽愁，虽竭力笑着，却似扫之不去。年夫人看得心疼，只好握着贵妃的手低问道："是看娘娘又瘦得多了，不知道是想家不如意的缘故，还是去年夏天里落下了病根儿？"

年夫人所说乃是贵妃去岁小产的事。今上践祚时，年贵妃已有身孕，因为宫内宫外盛传皇帝得位不正，所以新君及后妃等于丧服典礼隆与不隆，哭奠举哀悲与不悲，侍奉太后孝与不孝，尽在先帝嫔妃和诸王大臣的众目睽睽之下，稍有疏忽简慢，就要落人口实。贵妃是皇帝的宠妃，又是年羹尧的亲妹妹，自然更加引人注目，不敢不小心尽礼，以避恃宠骄矜之名。由是则上祭跪拜早晚不辍，问安侍膳无日无之，及到随驾送葬，又要车马颠簸。劳心劳力了小半年工夫，便将一成形的男胎小产下来，可尚未容她难过将养，太后就病重崩逝，大暑天里一番周章又不能免，连她自己的半条命也送进去。好不容易缓和过来，却落下弱症，时常抱病，这会儿见年夫人问及，不免心里酸楚，却不肯叫娘家担心，反宽慰道："身子是弱些，仗着年轻，慢慢调理就好了。嫂子回去可得替我报平安，叫他们都放心才是。"

"放心，一定给娘娘带个平安信儿！"年夫人爽快地答应着，又提起兴致来哄逗她高兴，连说："我们难得回来一遭，你二哥带了好些的红花、雪莲、虫草，还有上好的蜀锦，前天已经递进来。娘娘从不肯张口，闹得我们也不知办些什么好。他又不像大哥那样细致，弄得粗了，可别见怪，纯是他亲自张罗，从不让旁人掺和。娘娘若爱什么，就随便使，东西有的是；不爱的就随手赏人，可别叫人说贵妃的娘家小气，不心疼姑奶奶。"

"小气还不要紧，我倒怕人说太张扬了。"贵妃听着她这喜滋滋的话，心里却又愁上来，抿嘴怔了怔，将两手叠着放在年夫人的手上，轻声细语道："哥哥嫂子疼我，本不该拂了你们的好意。嫂子也知道，我和哥哥虽不是同母，可骨肉之情，也不亚于同胞，他也不因为是女孩儿就轻慢了我。哥哥的性子从来都显在外头，我知道，旁人怕也没有不知道的。如今他已经是公爵了，这固然是自己本事挣的，可你看皇后主子的兄弟，不过一个侯爵而已。嫂子问我哪里不如意，我还有哪里的不如意呢，要说有三分忧心，也是哥哥打仗的时候，恐他有个闪失，等他功成名就了，又怕他那个脾气，落人的埋怨忌恨。"贵妃是读书明理的才女，自然也知道周细柳、岳鄂王的故事。本想说落个没下梢，可当着年夫人，总觉十分的不吉利，遂就势改了口。及见年夫人默坐着不吭声，便又道："我从不肯和人打听他的事，所以也不知道他在外头的情形，偶尔听宫人嘴里三三两两的闲话，说他再风光没有，竟有些说一不二的意思。"贵妃边说着，两只手突然颤抖起来，一下握住年夫人的胳膊，睁大了眼睛瞧着她，颤微微道："嫂子若当我是亲妹妹，就和我说一句实话，我哥哥在外头，人望怎么样，有没有不合规矩、招人嫉恨的地方？"她边说着，大滴大滴的眼泪就又流出来，眼睛里满是失神的惶恐，直看得年夫人心里发瘆，脸一白，懵懵懂懂站起身来，手捂着胸口，竟不知说什么才好。

贵妃见她如此，也恐说多了叫她生疑，忙起来拉她坐下，自己却不肯坐，挂着泪珠儿向年夫人道："嫂子需答应我一件事。"

"一定，一定的。"

"嫂子同我哥哥说，就说我求他，总要学一学郭汾阳，功成身退，善保爵禄名节，以全父子家人。若不能，我虽不怕被他连累，只恐于父亲和嫂子侄儿们有碍。"贵妃说着，不免又抽泣垂泪，直叫年夫人答应着劝了好一会儿，才转回心绪来。再闲聊几句家常，为年熙月前病故的事叹息一回，又讲到夫人所生的女儿，已经定了曲阜衍圣公的少爷，转年就要成亲。贵妃这才欢喜了不少，直说："给这样人家，比给京里的贵胄好多着呢。"随手就摘下腕子上的玉镯，递与年夫人道："你们的嫁妆自然不少，这个给侄女贴身戴着，算是我的心意。"

两人又说了几句体己话，便有宫人来回，说是与贵妃同住在翊坤宫的几位贵人常在，都要来看二舅太太。贵妃心里虽有十分的不舍，也只好依着众人应酬。待众人散去，年夫人也到了告辞的时辰，一时匆匆别过，各自回肠百转。

第三十八章 争气

单说年羹尧这一回进京，除了陛见述职，与在朝的旧交相会，还有一件要紧的家事，是要将长子年熙的灵柩送往祖茔安葬。年熙虽在六月初已奉有过继隆科多的旨意，且叫国舅改了名字叫得柱，可他的病体已经格外衰弱，所以仍在本家调养，到八月间，就不治而亡，竟未及再见父母一面。因是年少夭亡，且本家并无主政之人，所以丧事办得简略，需等年羹尧夫妇回京，再办送殡之事。

年氏祖茔和家庙都在城南五十里外的青云店镇，虽说年熙仍议定了葬在年家，但毕竟曾有过继的旨意，所以隆科多一家也要权作礼数，同来相送。出殡之日定在十月望日，其时大轿数十、车辆数百，各色执事接头彻尾，就有三四里地，和音奏乐，压地银山般出城而去。年隆两家，一则大功新贵，一则阀阅旧家，又都是皇亲国戚，论当下的煊赫，实属伯仲之间，是以不但本家，就是各自的亲友属僚，心里也都憋着劲儿，一个个争先致礼，不肯输了气势。那沿途所设的路祭棚，也不知何人事先知会，或是看准了有样学样，除了最前头几个是宗室王公之家所设，往下的竟是年家亲朋一色在路东，佟家故旧一色在路西，彩棚高搭，筵席大设，吹吹打打，赛会一般。

一路到了城门，两家谢过亲友，各自上马上车，往青云店去。一路无事，待到镇西的德云寺，就是年氏家庙。大殡一到，寺内众僧击金铙敲法鼓，撑幢幡擎宝盖，一齐出来接灵。又一番佛事演过，灵柩暂安，众人才各安其位，吃茶用饭。起先年、隆二人各自行路，各自招待亲友，并不曾见面，这会儿诸事办完，斋饭用毕，若是回城前再不打个招呼，就未免太失礼貌。是以年家先叫寺中住持和尚收拾出一间僻静的净室，设摆禅茶，以待这两位巨公。

二人净室见着，先叙过礼，各自道恼，又引随来的子侄上前问安。年羹尧一向不喜隆科多，又因佟家的亲友一路与他争先，心里早存着十二分的火气，脸也拉得老长，除必不可少的应酬外，没有一句多话。倒是隆科多和气得有些出人意料，不但将一贯的国舅爷派头收起不少，还说了许多软话。先说年熙虽然殁了，两家往后仍是亲戚，须得常常走动寄信才好。再说自己年纪大了，兼差又多，照应不到之处，幸勿见怪。又说亮工你年富力强，且是读书久经外任之人，我的堂弟法渊若一有信来，就将你夸不住口，可见你往后挑起大梁来，必定比我强得多。

因为天光已过晌午，次日尚有公干，隆科多说了这一套客气话，就先告辞别过，带着自家人回城里去，单留下年羹尧破闷儿似的乱猜。先头在保定时，李维钧同他说国舅近来的声势小些，他并没有往心里去。进京这十几天，他两次奉旨去吏部会议，隆科多俱以步军衙门有事推辞不到，任他将七八个道府官的实缺许人，他也以为是赶巧而已。直到此际面谈，他才倏尔觉出不对味儿来——难道此公真有些麻烦不成？

确如李维钧所言，国舅近来实有些圣眷稍衰的意思，除了弘时那桩莽撞举动外，还有一件，就是两淮盐商与湖广总督打官司的事。且说隆科多耐不住那位如夫人四儿的软磨硬泡，就收了两淮众商六万两贿赂银子，并一应首饰珍玩。拿人手短，自然就要帮忙。可他不管户部的事，也不好硬去插手，只有致信浙江巡抚黄叔琳、两江总督查弼纳二位，嘱其从中调停，为淮商抬价多说好话。

也是四儿奶奶合该发财，巧得很，本年六月，江浙发了一场几十年不见的大潮灾，海潮冲毁堤坝，将两淮二十九个盐场漂没于巨浪之中，沿海灶户死伤无数。新任巡盐御史噶尔泰一面赈灾，一面就上折子，说这大灾之下淮盐产量锐减，成本倍增，若仍依湖广总督杨宗仁所奏限价销售，则盐民不能聊生，盐商不肯将淮盐运往湖广，湖广百姓亦无官盐可食，请仍随行就市，听盐民盐商定价为是。户部以海潮冲没，淮盐减产是实，遂议准了噶尔泰所请。一面是国舅得财，一面是户部定议，一果二因混之不清，直叫朝野上下议论纷纷。不明内情的人，总是说国舅得财的人少，讲户部得财的人多，弄得允祥、蒋廷锡百口莫辩。

又过了半个月，浙江巡抚黄叔琳就被人举发，说他收受了淮商重贿。奉旨问案的钦差审了一遭，就将隆科多横插一杠的事大略问出来，却不敢深究，只以密折上达天听。皇帝知悉内情，自然气恼得紧，深怪隆科多贪婪无厌不说，还连累他贤弟的名誉、朝廷政令的清白。可一旦揭出来，兹事体大，要将这位传遗诏的总理事务大臣以贪贿重办，也实在耸人听闻。皇帝没甚法子，只好暗生闷气，大事化小，将黄叔琳解去浙江巡抚之职即告定论。

论说今上即位两年来，隆科多口含天宪，出纳王命，也实在有些威福自恣。有些事是替皇帝得罪人，有些事亦不免自己得罪了人，归在皇帝身上，两下里掺和着，分也分不清楚。皇帝初登大宝时，对他甚为依赖，实在为着京师不靖，全仗他的威严震慑诸王。这一向允禵远逐青海，允禩圈禁府内，允禵困守景陵，一众党羽日渐凋零，剩下允祺虽挂了个总理事务的名，战战兢兢惟求自保，再不必国舅肆行虎威、杀伐决断。至于皇帝自己，大位做得久了，也越发自圣自尊起来，年羹尧虽说骄矜，到底离得远，跟前有个同样的人，未免更加难忍难耐。

再说国舅虽然骄横无学，却是极聪明人，对皇帝的好恶，隐约也有知觉。他最晓得这位宝座上的外甥是何等样人——要好，便好得天高地厚；一朝不好，怕连陌路人也做不得。所以几个月来，他外头的架子虽不肯倒，行事却也略作收敛，特是对这位先头顶不忿的年大将军，着实客气不少。

只是他这一客气，倒闹得年羹尧丈二和尚摸不着头脑，原本撑了一肚子的气争强斗胜，现在反不知从哪里张嘴。不过佛事紧凑，族人应酬又多，也容不得他多想，就把这档子事一晃过去。一壁里连做三天安灵道场，年氏族众就从青云店回至城里。年羹尧到家安静，不觉又想起前情，他本要借着回礼，亲到国舅府去探一探——倘若这位顾命重臣真有个风吹草动，倒是朝局中一件大事。待差去送红单帖的人回来，才晓得隆科多不在家中，是奉有旨意，到咸安宫去探废太子允礽的病。

咸安宫地在禁城西隅，前明天启年间曾是皇帝乳母客氏的居所，康熙时另外改建。康熙五十一年十月，旧东宫二次被废后，就和妻妾一直住在这里，由特遣的大臣、兵丁看守。先帝虽然恨他不孝负恩，却难舍舐犊之情，故将他的子女另外照应，又常派人赏赐食物用品。外间时有将他复立，或是立其子弘皙为皇太孙的流言，所以内务府也不敢太过怠慢，日常供应算是足备无缺。

允礽做太子时，曾与今上有隙，两人一个脾气暴，一个言语刁，早先年轻气盛，大有冰炭不容之势。允礽自恃储君，全不把诸弟看在眼里，一次为了小事争吵动气，竟将今上一脚踹下石级，跌伤头颈，亏得一向与太子交好的允祥从中周旋，才免了场大是非。不过今上养气十年，既得帝位，再看这些少时仇怨，倒很有些汉高祖封雍齿、宋太祖待董遵诲的大气，对允礽这个落架凤凰，也颇加恩恤。不但没有送却他的性命，还将其子弘晳封为理郡王，赐居京北昌平州郑家庄新府，算是皇孙中头一号的高爵。

倒是允礽自己，听闻先帝驾崩、今上即位的消息，自知此生再无指望。他囚居日久，本来有病，自此疾患日深，本年入冬后，又愈发沉重起来，大有一病不起的样子。弘晳带着诸弟出宫后，他跟前只有侧室福晋及妾婢等服侍，执事人等无人弹压，行事也愈发懈怠敷衍，于病人将养更为不利。

相比之下，允祥对废太子的病倒真有些挂心。他早年以亲近太子获咎，要不是康熙末年受到四兄雍亲王的鼓舞，与之协力谋取大事，恐怕此生志业，也只好不争荣耀任沉沦了。新君登基，又是一派天翻地覆，允祥以拥立之功得以爵尊亲王、赞襄大政，较当年在废太子跟前的风光还更胜几筹。其姻戚部属，虽多为索氏、太子旧党，这会儿也纷纷还朝，着实扬眉吐气起来。两年间政务丛脞，他几乎顾不上追忆旧事，偶尔清夜难眠，才想起个一回半回。

忽听允礽病重，几至不起，允祥只觉中肠缠绵，坐立不安，连在皇帝跟前，也时有心不在焉。一次带领所管的汉侍卫引见，对着单子上的人名，看着张三，叫起李四，把几个侍卫吓得光磕头不敢出声。皇帝最是洞察人情，如何不知道他的心思，可说不上什么缘故，心里很不想叫他们见面，却怕他提出来不便驳回，所以干脆先向四位总理王大臣说："内务府奏二阿哥的病不好，我原想亲去，可不愿意见他行君臣的礼，说感激的话。这会儿天寒地冻的，那地方久不去人，必定卑湿阴冷，廉亲王、怡亲王的身子都不强健，吊丧问病实不相宜。还是舅舅替我去看一看，医药之事，万万怠慢不得，他有什么话，带回来就是。"

允祥暗地里措辞多日，叫皇帝兜头一盆冷水，生生憋了回去，心里很不痛快。一言不发回到隆宗门值房，就见尹继善带着户部堂主事候在门前，待他进去坐定，就呈上奏折匣子道："奏事处新发到部里，蒋大人说很要紧，请王爷定夺。"

允祥展开奏折一看，是户部头天奏上的一件要事。实因这两年户部三库清理亏空，共清出康熙三十一年以来积欠官银二百五十余万两，钱九千余串，涉及历任堂司官吏，现任的、升调的、休致的、亡故的，足有几百上千人。允祥上年追缴内务府和八旗的亏空，真格杀伐决断，一定时限不完，就着落家产赔补。如今追到自己衙门头上，投鼠忌器的事就多了，实不欲大张挞伐，闹得人心不定。

蒋廷锡猜中他的心思，也在一旁紧发言道："王爷当家不易。亏空这事，固有贪墨不法，侵吞挪移的混账，可年长日久，也不能一概而论。家父当年做地方官，有急事缓办，缓事急办一说。户部干系国计，与内府衙门不同，催得太急，未必就有实效，万一乱起来，咱们的差事就太难办了，只怕大负圣恩。"

允祥听得正中下怀，一劲儿点头附和："清理之初，我就怕弄得这样，所以先奏过，要是查出积欠太多，还请皇上略微开一开恩，不然事情也过于棘手。皇上大约怕我畏难，姑且也应着，果然，这句话没有白垫。"

他一面说完，就向几个亲信司官商量主意，有机灵的人就提："各省孝敬户部的杂费向来名目最多，其余部院十分眼热，告状递小话的不少。王爷自管部就说要限制，碍着官吏们家道艰难，才体恤留到现在。眼下不如学山西诺敏耗羡归公的法子，拿这些部费抵还积欠亏空，十五年为限，待亏空填清了，再渐次革除。"

众人一听，俱都说好，允祥遂命司员照此拟稿，各堂列名上奏。这是一件顶大的事，不想皇帝并未商议，就批得如此之快。所以他立即就聚起精神来，暂将允礽的心事放在一边，翻开折子去看。就见朱笔淋漓，夹批满纸，末了是一段狂草的满文，好些字画连在一起，不仔细分辨竟认不真。待反复看了几遍，才读通那圈圈点点都飞到天头地脚的朱文：

"欠朕两三百万两银子，尚欲奏请将来余平饭银分十五年陆续代为完补耶？历年经手俱有堂司官员，此时若不彻查追补，便宜了事，任意侵渔之徒得保清誉，脱身事外，简直没有王法！岂有此理！孙查济等该管大臣司官历年亏空何时偿还，如若不还愿领何罪，王、大臣当令伊等自行决断再奏！"

允祥看罢心里一沉，晓得皇帝不定发了多大脾气，才将朱批写得这样潦草。他只好先将奏折揣在衣袖里，向尹继善道："去告诉内奏事处，看皇上得闲时，说我请见。"尹继善答应一声，挑帘出去，不多时回来，脸上颇有些尴尬神色，边躬身道："奏事处的人说，今儿养心殿留大将军用膳——"

"喔？那就说我后响请见，有要紧正事面奏。"

"这——王爷怎么忘了，前儿就有旨，后响皇上幸西苑，看出征回来的侍卫们射箭，您自然要随驾同去。"

"看西边回来的人射箭，大将军去就是，我去干什么？充个赔笑脸的篾片儿相公？"允祥闻言颜色大变，气哼哼推案而起。户部亏空的烦心、这几日朝年羹尧的火气、夹着不能探望允礽的懊恼，几桩不痛快齐涌上来，让他实在按捺不住，当即将眼睛一觑，戴上自家的猞猁狲帽冠，道："那就再同奏事处说一声，我这两天没有歇好，这会子身上恶寒，头疼气热，先告病了。"说罢疾步而去，径直打轿回府。

连着三天没有进宫，倒是允祥自己有些闲不住了：该说的话半句没有说，想办的事一样没办，净在家里干坐着赌气，岂不叫年羹尧看了笑话？他正琢磨怎么找个台阶下，再到皇帝跟前想法子回旋，便有御前总管太监张起麟奉旨前来探问，一面送来许多名贵药品，末了又传上谕，说怡亲王要是不忌讳，也不妨到咸安宫去看一看，切不可过了病气。

允祥听得一怔，先拜谢了赏赐，说了身体无甚妨碍，即日就能办事的话，再起身问道："咸安宫那边，不是已经叫舅舅代为临视过了？"

张起麟传完了旨，忙挪到下手，边赔笑道："万岁爷的意思，是看您自己个儿肯不肯去瞧二阿哥的病，您定了要去的日子，奴才再叫人知会理郡王和看守的大臣知道了。"

"有劳有劳，那就后儿一早。"允祥如释重负搓了搓手，先命人看座上茶，又神清气爽同他开玩笑道："今年雪少风大，天干物燥，你们该多煮些银耳梨汤备着，若是皇上肺火太旺，就多进些润一润，不但外间王大臣，连我也要感你们的盛情。"

张起麟最是谨慎，虽称谢座，仍在下头侍立，听见这话，当即扑哧一声，掩口笑了半响方道："万岁爷前儿也同奴才们闲话，说王爷告病未必尽是旧疾，大约是气躁，肺火太旺，合该多进些银耳梨汤。"

允祥听罢，亦不免哑然失笑，又一哂道："倒是今冬和往年不同，因有西岳肃杀之气，才见京师凌厉之风罢。"及见张起麟茫然不解其意，更自大笑起来，又说了几句闲话，才叫人送客不提。

探病

第三十九章

　　这边才说入冬无雪，当天晚间，一场鹅毛大雪就从天而降。且一下就是连日带夜，到允祥前往咸安宫时尚未停歇。因为雪下得疾，且执事人等都无预备，所以许多要紧宫室的积雪都清理不及，更别说咸安宫这样冷僻的所在。怡王府的轿夫虽然脚力稳健，平地里行走如飞，可到了这深一脚浅一脚，上软下滑的雪地里，就差得多了，直把允祥晃得头晕。所以他才到咸安门就命人住轿，自己裹紧了玄狐外氅要走出来。里面弘晳先已听人传知，早带着几个成年的弟弟，和府官、首领太监出来等候，迎头见轿停了，轿帘正启，也不顾积雪，忙上前行礼拦阻道："天实在冷，还请王爷到内殿门再下来。"

　　"你几时回来的？很好，是该回来。"弘晳自去年到郑家庄去，虽然隔上个把月也要回京向皇帝请安，但允祥见他的次数不多，一来是忙，二来也要避些嫌疑。是以此时见着，颇有欣慰之感，边说着欠身将他扶住，握着手道："我也坐得闷了，并不是为了礼数。"说罢又拍拍他的肩膀，示意他侧开身去，自己就走出轿来。

　　轿外风紧雪疾，因为大雪天难以觅食，乌鸦成群结队地盘旋在殿宇之上，发出刺耳的叫声。这一片宫室少有人来，所以积雪上的脚印也显得单调零星，除了人迹，还有不少野猫、黄鼠狼上下奔窜的脚印，和乾清宫、养心殿前行人如织，残雪易消的情形大不相同。已经身处花团锦簇之地两年的允祥，乍到了这样冷清的所在，如何能没有感慨。他边走边听弘晳哈着白气絮说自己父亲的病状，口头"嗯嗯"应着，心中却不住地长叹。及走到允礽居住的二进宫室门口，他忽然停住脚步，仰头看着房檐上噼啪掉下来的雪块，向弘晳道："你记不记得，圣祖爷宾天的时候，也是这样的大雪。"

"正是，正是。"弘皙叫他说得一怔，也顾不得多想，只上紧催促道："王爷快请进，屋里还暖和些。"待允祥进得明间，脱去外氅，又低声道："王爷来的事，还没敢告诉我阿玛。我先去瞧瞧，这会儿要是醒着，还请您慢慢儿的进去。"

"为什么不敢告诉？"

"他十几年都不见人，前儿隆公奉旨来，提前知会了，吓得几天几夜不敢合眼，又何况是您呢。"弘皙边说着，先滴下泪来，见允祥喟然领首，就权且用衣袖揩拭了，蹑手蹑脚先走进乃父养病的内室去，不一时又走出来，将允祥向里让。先进了一个小门，光线就骤暗下来，因为棉帘子厚重，窗子也糊得严实，所以药香就愈发浓郁。允祥乍从亮处进来，觑着眼睛定了好一会儿，才看清床帐上蜷卧着的允礽。十几年不见，他已经老瘦得脱了相，不细看，根本辨不出面目。惟有眼睛睁得极大，盯着自己看了许久，忽然嗓子里发出咕噜咕噜的声音，一把抓住趋前说话的弘皙，拼着全身气力，就要翻下床来。

"阿玛！阿玛！十三叔是自己来看您的！"弘皙忙从侧面抱住他的身子，又叫一旁伺候的两个宫人过来，替他抚胸揉背，使其安稳。允祥也赶忙上前几步，一屈膝跪床前，握着他的手颤声道："阿哥误会了，我不是钦使，是自己来看您的。"

允礽一时明白过来，不再硬挣，由人扶着他半倚了靠背引枕，喉咙中又咽咽半晌，方能说出话来，只是声音呕哑，断断续续道："你——可别待得久了，主子要不欢喜。"

"不要紧，我知道的。"允祥勉强笑了笑，一面重新请过安，站起来又虚问一声弘皙之母侧妃李佳氏的好，就要在床边坐下。却见弘皙在旁欲言又止，外头又有人搬了一把太师椅进来，放在床尾老远的地方。见允祥疑惑不解，咸安宫的首领太监一脸苦笑跪爬几步到跟前，连磕了三个头道："奴才多嘴，昨儿内务府堂主事来传大人的话，说王爷的贵体最是要紧，还请王爷探望二阿哥时，稍坐得远些，别过了病气。"

"他们是奉了旨的么？"

"像是——没有。"

"那就多承费心了。要有人问，你就去回，是哪个大人说的，叫他自己来找我说。"允祥极不耐烦地哼了一声，那太监登时身子一矮，诺诺而退。

这边允礽喘过多时的粗气，才渐渐聚起神来，又执手打量了允祥几回，方问道："你的身子还不好么，我记得四十八年以后就常不好。"

"这几年好多了，只是气体还弱，常常外感湿邪，畏寒怕风倒是有的。所以他们总盯着我，聒噪得很，您不要见怪。"允祥含笑解说了，又道："阿哥的精神倒比我想得要好，等天气暖和些，自然更好了。"

"你早年的身子很好，都是叫我连累的——"允礽边听他说，神情就黯淡下去，也不看人，兀自叨念着："我连累的人太多了。"弘晳见状，忙在一旁解劝："叔父顶难得来看您，何苦说这些叫人伤心的事。"允礽仿佛没听见他说话一样，仍旧直着眼睛喃喃道："皇父宾天的时候，我原该同去伺候，可他老人家怪我不孝，不肯收留。当今的主子又看你的情面，容我苟活这两年，我有什么不知道——"

"阿哥怎么能这样想，要说不孝，也是他们先——"允祥一口截断了他的絮叨，站起来在屋里走了几步，实在不肯再说下去，红着眼圈抬头看着屋顶发怔。弘晳忙跟过来，赧颜支吾："我阿玛病得有些糊涂了，您别往心里头去。"允祥一腔郁闷实无可解之处，遂瞪了弘晳一眼，低声斥道："你都跟他说些什么！"弘晳冤得哎哟一声，也只好小声回道："侄儿何尝敢多说外头的事，偶尔说一两句明发的上谕，他倒猜得很准。"这一句话说得允祥哭笑不得，只心中暗道："可早没见这样精明。"

两人正说着话，就听见宫人的呼唤之声，回头一看，只见允礽的精神已经极为委顿，连引枕也靠不住了，身子径直往下出溜。一个宫人将他扶住，另一个就去端炉子上煨着的汤药。允祥伸手去接药碗，宫人却不敢递，只蹲身去看弘晳。这边弘晳正要拦劝，就见允礽忽地睁大了眼睛，浊泪满眶，摆着手嗫嚅道："你在这里坐久了，上边要不欢喜，早回去罢。"

"是，就依阿哥的话。"允祥见他又说一遍，明白他心里是何等的畏惧，所以再不忍违拗，遂将药碗仍放回托盘上，先走到床前，握了握他的手，复行了一礼。将到内室门前，却又想起一句话，再踅回来，对着他的耳朵，俯低了身子道："放心，弘晳他们都不要紧。"

这一厢出了内室，允祥又叫日常为允礽看脉的太医近前，细问了几句，太医知道他久病成医的人，哪里敢有隐瞒，直告不过虚挨几日的辰光而已。允祥默然良久，披衣径直向外走去，到了雪地里叫风一激，日光一刺，才停住步子，向紧赶上来相送的弘皙感慨："你阿玛的性子实在大变了，竟三番两次叫我早回，说怕皇上不欢喜。早年怎么着呢？都是我三番两次同他说，太子阿哥再这样，皇父要不欢喜，他也从不肯听进去一句半句。"说罢又自责："也怨我太不留心，若能常常过问，还不至于到这步田地。"弘皙边走边打躬道："不是王爷在，这也不能。"允祥一面又宽慰他几句，交代他等大事出来，虽然朝廷自有制度，但一应的花销也不小，或是用银，或是用物，尽可到自己家说话，不许半点见外。待升轿前，又正色嘱道："皇上以德报怨，皇子还没有封过，就封了你郡王，你们兄弟人前人后务必谨慎小心，尽忠报效，才有后福。"弘皙连说了一车知恩感戴的话，眼看着大轿出了咸安门不见影，才回去不提。

单说允祥不曾回府，即到养心殿请见，将在咸安宫内外的所见一句三叹尽数奏过，皇帝却是半听不听的样子，末了笑道："十几年才见一回，怎么坐了一刻钟也没有？"

"一来他的病实在重，刚说了两句话，就打不起精神。且又怕您不欢喜，不肯叫我多留。"

"这人，当我是他早年的暴性儿，动辄就不欢喜。"皇帝"嗽"了一声，不屑地扒拉着白玉盖碗，正要说两句讥讽之语，就瞥着允祥的脸色极为难看，话到嘴边忍住改口道："照这么说，他的性情倒是磨出来了，就是晚了些。"他边说着，边低头呷了一口茶，再抬头看时，却见允祥喉头耸动，两肩也不住地颤抖起来，忙惊问道："这是怎么了？"

"看今天咸安宫的情形，我就想起自己来，要不是皇上救臣于将死，只怕如今还赶不上他。"允祥边说着，已是泪下如注，继而从座椅上滑下去，伏地大恸道："臣孑然无依之人，惟有圣恩可以倚仗，求阿哥别像皇父似的，弃我如敝屣。"

皇帝先叫他吓了一跳，随即生出无限感慨，又不免三分自得，站起来连嗔几遍："说些什么昏话"，又俯身安慰道："我早不叫你去，难道是跟个要死的人计较那些陈芝麻烂谷子？不过是怕你抚今追昔胡思乱想罢。好好好，你先起来，他身后的恩荣，我给足了就是。"

"倒不是替他乞恩——"

"是不是的都不打紧，你先起来再说话。"皇帝见他仍旧跪着不动，没奈何递过随身的帕子道："过会儿年羹尧来见，瞧这是干什么呢？"

允祥闻言抬起头，见皇帝似笑非笑看着自己，只好接过帕子来擦了擦脸，却仍旧俯下身子，低声道："趁着他没来，臣还有一件要奏的事。户部清缴积欠的折子，还请皇上三思。"

"我就知道你要掰扯这个——"皇帝没好气地坐回炕上，刚要说话，就有奏事太监来回，说大将军年羹尧候见。皇帝"唔"了一声，先朝允祥说了句"得闲再议"，见他应着就要辞去，却摆摆手，指着暖阁帘后的次间道："到里头坐坐。"

年羹尧自回京来，几乎每天都要觐见，或是独对论事，或与总理事务王大臣一齐承旨，从来没有空闲。所以这会儿进来，自然也是熟门熟路，皇帝满脸嬉笑和蔼，先闲说了几句家长里短，方道："昨儿吏部开列了甘肃巡抚的名字，就照你的意思，放胡期恒去。至于川抚嘛，原也想照你的意见，放王景灏，只是怡亲王一向很待见他，想叫他到户部来帮帮忙，说得我倒有些拿不定主意。"

年羹尧听得眉梢一扬，心道允祥果然先发制人，略一思忖，干脆放下胡期恒、王景灏之事不说，改了话头道："前些日子臣奉旨给怡亲王贺寿，有几句话说得放肆，恐怕惹得王子不欢喜。"

"哦？还有这事？"皇帝顶惊讶的一愣神，继而摊手笑道："王子近来又闹起病，三天好两天坏，就算进宫来，也不便多累着他。且总有别的事，就忘了问，你们谈些什么？"

叫皇帝这样一说，年羹尧只好把辩驳的硬话憋回去，不然倒像自己无端生事似的，而另作缓言道："原为请安拜寿，议的正经事不多，只说了几句户部范围的事。怡亲王说停捐纳，臣深以为是。又说起内调王景灏作户部侍郎，还有川陕的正项杂项、山西湖广的协济，还有河东的盐利，都要按期解部的事。从朝廷上想，这自然是不错的，只是西边实在艰难，从康熙五十六年预备入藏起，打了六七年的仗，要没有几年的宽缓，实在是——"

"我当为什么，敢情是为这个！"皇帝听他这几句软和言语，恍然大悟点点头，一面将炕桌上的热奶茶递给他一盏，边叹道："钱上头你也要体谅他们。清理亏空的事，我把他催得狠了。户部自己的亏空就有两百五十多万，其余各衙门也很不少，都是几十年积下的。那一干老不羞，都是旗下人，无赖得紧，好言好语，断不肯拿出一两银子来填；追得急些，就各处挑三窝四，撺掇王阿哥们到大街上卖家当；

再要抄家拿问、着落子孙赔补，那就更不得了了，仿佛难为他们就是难为圣祖爷，或是要将他们的家私都充到宫里来给我当私房钱，那不但王子，连我也成了列祖列宗的叛逆了。这一阵王子想学山西诺敏的法子，将户部的亏空，拿部费分年抵还，我都没有松口。京官不比地方，不怕他们为了自己还银子盘剥百姓，不能就这样便宜他们。你说这样的情形，他难不难？这会儿要是单准了西边几省不必奏销，嚼舌的人不就更多了么？"

皇帝这里絮絮叨叨说着，叫年羹尧一听，都是为允祥解说委屈的话，内里就不免急躁，面上也露出心不在焉的样子，皇帝似乎看透了他，话锋一转，虽说暖阁里并没有旁人，却刻意压低了声音道："要说用你大将军这件事，除了我，也只有王子一个人是肯的。早几个月不便同你说，今儿索性说了。那会子京里的宗室满洲大臣，全说要用延信，多少人跑到他家里道喜。等用你的旨一下，又一股脑说汉军用不得，看我全不理会，才罢了。别人不说，就是舅舅——"皇帝话到嘴边一停，见年羹尧已听得入了神，遂一顿道："舅舅是头一个不肯，你都到了西宁，他还说要将岳钟琪多多培植，延信也不能用，免得你有什么别的想头。"

年羹尧闻言腾地站起来，从脑门到脖颈都涨成紫红色，他瞠目要辩，却叫皇帝按住坐下，可又如坐针毡，正百般不自在间，又听皇帝叹道："你是读饱了书的人，这有什么稀奇。自古名将，哪个不是自己在前头苦战，后头谤书盈箧。当年图海、费扬古，都是正经满洲，也难免有人说三道四，又何况是你。"

话说到这个分上，年羹尧实在不能安坐。他原以为隆科多是骄横逞强之人，不想竟还十分的阴险柔佞。先在皇帝跟前发此诛心之言，到青云店相见时，又做那温言款语，真个大奸似忠，莫此为甚。他越想越是光火，到底站起来，又俯身跪拜下去，先叩了一个头，又挺身昂然道："皇上圣恩至厚，臣无以为报。只是臣有几句话，恐怕有以疏间亲的嫌疑。"

"这就是你的不对了，你我之间，还有什么嫌疑可避。"皇帝一面佯作怪罪的神色，上前将他扶持起来，自己又坐回炕上细听。

年羹尧起身一躬，也不归座，只站立奏道："那臣就放肆直言了。臣在外间常听人说，如今国舅身兼文武，又有总理事务的名义，不但寻常大臣官员，就是皇子王公，也都怕他。又有一起小人，听说皇上信用他，就编排出许多耸人听闻的言语来。有说皇上同他都好酒，每天在宫内豪饮，等夜间宫门落了锁，国舅已经醉得不堪，常常宿在宫中，或叫人抬架回府。又传说他有个小妾，来路大不明白，却叫他纵的，惯以主母自居。这妇人在家凌虐嫡子，在外招权纳贿，实在不成话。这样的事，叫人街谈巷议，不但国舅自己，连朝廷的脸面也不好看。臣是皇上旧臣，虽在外头，实在听不得这些，早就想奏给皇上知道，只是这些内宅阴私卑琐的事，一则不能查证，二来也有渎圣听，所以才没敢及时奏陈。"

皇帝听他说一句，自己就狠狠点一下头，及至说完，就"咳"的一声捶着大腿道："你这话早该说！他虽说是我的舅舅，又是传遗诏的重臣，可人哪有十全十美的呢。只是他管了步军统领衙门十几年，从来只有他说别人的阴私，要不是你，别人又何尝敢说他。圣祖爷晚年说了几次，如今在朝的旗下大臣里，只有隆科多和年羹尧是人中之杰。有皇父这个话，我也不能不将他大用。只是这两年细细品择着，这不读书的豪杰，到底不如读书的人更懂得大道理。你今儿说得实在好，咱们是至亲，正该说这些至亲说的话。我也同你交个底，舅舅的年纪不小了，近来他自己也说，精神不济，忘性甚大。吏部和九门都是顶顶要紧的差事，他一个人兼着过于辛苦，回头你替我留心，看九门的缺还有什么人相宜。"

皇帝一迭连声说完，也不待他回话，自己就站起身来，边在暖阁里来回溜达了两圈，又倏尔站住，看向年羹尧道："老九在西宁还安分么？如今仗也打完了，军前需有皇子的说法就立不住了，总将他撂在那，难免惹人闲话。我想将他另外安置，省得在边地惹是生非，扰乱军心，你看怎么样？"

"这是皇上的家事——"

"舅舅都说得，他有什么说不得。"

"臣回西安几个月，除了河州买草的事，倒不曾听见九贝子的劣迹。若是没有其它便宜安插的地方，就叫他在西宁暂住也无不可。西宁守将尽是可靠之人，臣虽离得远，耳目也还顾得到，不敢不为皇上分忧。"

"你说得是，别处也未见得妥当。"皇帝说这话时，正调转过头去拿什么物什，年羹尧虽竭力去看，却觑不见他的脸色，半晌才见他转过身来笑道："怎么你父亲好好儿的递折子进来，说要你回京？这是你自己的意思，还是他的？"

"是臣父年岁大了，儿子都不在跟前，没人尽孝，照理，是该有个人在跟前侍养。"

"我说嘛，你是个进取的人，罗卜藏丹津跑到伊犁去，策妄阿拉布坦也给准噶尔窝藏起来，你哪有思退的道理呢，必定是你父亲的意思。"皇帝方才拿的是年遐龄的奏折，这会儿放在手里掂了掂，就交与年羹尧道："这一件先不记档，你回去还给他，再替我好生说说他，这件事做得着实不妥当。他要人服侍，就调你哥哥回来服侍，另叫贵妃多与他写几封信就是。你仍旧回去，勤练兵马，再多培植些大将之材，不定哪天就有用场。"

"臣定不负皇上所期！"年羹尧意气风发应声领命，眼见皇帝笑看着他，已是送客之意，心里却仍有一块石头没有落地，略一沉吟又问："那怡亲王所说的事？"

皇帝打了一个愣，笑着将两只手都翻起来，比划道："你跟王子是我左右手，谁过于委屈了，我也舍不得。这么着，王子想调王景灏作户部侍郎，这事他退一步，王景灏同你合得来，就叫他到四川去接蔡珽的印。至于报部奏销的事么，你就让一让，不然往后这交道可难打了，是不是？"

皇帝的口气极温和，却是不容置喙的话头，饶是年羹尧再有心要辩，也只得忍情道："臣不敢当一个让字，自然惟圣命是从。"

第四十章

示诫

　　这一边年羹尧前脚出去，就见东暖阁里次间的棉帘一挑，一头细汗的允祥走出来，却是满腔的郁结尽扫，如常含笑道："里头地龙烧得实在热，这听壁脚还真是个苦差事。"

　　"还笑得出！"皇帝一改方才的笑意融融，早换了面如深潭，"哼"的一声拍了手里的数珠在炕桌上，"晓得我这些天怎么肺火旺了？你听他说老九的光景，可见是有勾连无疑。再者朝廷用人理财的大权，咱们几番好言好语同他商量，竟还讲起买卖还起价来，我倒忘了川陕三省原是他家开的铺面！"

　　"此人的主意太大，心也太高，不宜久掌兵权。皇上还是调他别处安置的好，西边用将，可以慢慢物色。"允祥才说了这句话，就见皇帝沉闷不语坐在炕上，两眼直盯着殿角发怔。他此时的心里实在翻腾不安，想着年羹尧所辖的陕甘绿营，乃是天下第一劲旅，又有岳钟琪一干久历戎行的骁将，关内诸将可以敌他兵锋的，一时真想不起第二个来。再者川陕形胜，退可效昭烈据一隅，进可学秦王扫六合，比当年吴、耿、尚诸王近便得多了。况且他在当地经营十余年，四省文武官弁，大都是他的亲信，钱财粮物，都由他经划调度，凡此种种，裂土割据之势几乎旦夕可成，所差的不过名分胆量而已。现下实不知他和允禩的干系究竟有多深，要是真勾结起来，这名分还就不缺了呢。他越想越深，心里不免烦躁，也觉得屋子里热气蒸腾得难受，遂命人将窗子支开一个缝，又换了浓郁提神的新茶。

　　外头的大雪已经停下，天色晴霁，十分好看。皇帝叫冷风一吹，头绪就清明得多，待闲杂之人又退净了，方向允祥道："我才拿他父亲的话问他，看他并没有退身的意思。他这样的人，其实不必试，本来也是有进无退的性子。他的品级爵位，要调到别处做督抚将军，显见得不适宜，只有内调进来——"皇帝话说到此，忽然幸灾乐祸样的哈哈笑了两声，指着允祥道："你肯天天同他共事，我就下这个旨。"

允祥一听此言，也不免讪笑起来，倏尔仰面长叹道："那就是将满城的秋梨都煮了汤，也不济事了。"

"怎么样？呵，人都羡慕出将入相的荣耀，殊不知先为相后为将的倒也罢了，要是调过来，就是人己两受罪。"皇帝又低头想了想，念叨着："除非即刻叫他往西进兵，可时机到底欠些，川陕也太疲敝了"，末了松一口气，用手箍了箍额头道："同他说几句话，竟比同旁人说一车的话还伤神费气。"

允祥晓得，皇帝即位已近两年，心气同作皇子时已经判若两人，平素里对着群臣，颐指气使的恣肆惯了，再和年羹尧这样违心忍性的说话，自然大不痛快，也必定要记在心上。是以不肯再说户部亏空的事来惹他，起身待要辞去，又被皇帝"诶诶"点手叫住道："岳钟琪的长子岳濬二十岁了，去年赏了一品荫生，正在京里候补。他这样年轻，又是这样家世，补到六部也不会认真委他办事。我看就叫他在你跟前行走，也不拘做什么，要紧的是看看人，要像他父亲那样有本事，也不妨再给些大恩典。"允祥一听这话，当然是叫自己笼络岳钟琪以为日后之用的意思，忙会意点头，自去安排不提。

一时旨意传出，胡期恒、王景灏两个都照着年羹尧的意思放了巡抚，连李维钧也由直隶巡抚就地升为总督。是以外间愈发传扬起来，只说如今大将军在皇帝那里，真正凡事都说了算，连巡抚要职也能委若属员。因为年羹尧定了十一月下旬返程回西安，这会儿日期临近，京城里的大小官员，以及各省督抚将军坐京的家人，三天两头上衙门一般，往年羹尧家里奔走探望，真正座上客常满，杯中酒不空。

此外又有送戏的。年家平时在京的人少，年遐龄年老好静，家中不肯养戏子伶人。年羹尧爱热闹，又嫌陕西只有梆子腔可听，其余昆腔、弋阳腔、柳子腔等都没有好班，所以在京得闲时单辟了一个搭戏台的院子，粉墨登场，花雅争竞。凡京中有名的戏班，天天有人重金请来送到他府上，轮番作艺。这一向迭遭先帝、太后的大丧，今上又最能挑毛病，京城的贵胄重臣们战战兢兢唯恐不及，连累梨园弟子的生计也冷清了一年多。好不容易等来他这样的大主顾，就各自铆足了劲，将祖传的本事都使出来，竟像在他家里打擂台一般。有人要送大数目的金银珠玉，怕过于惹眼，也以送戏为名，将黄白之物放在戏班的衣箱里，日夜扛台出入，忙得不亦乐乎。

他这里朝欢暮乐鼓乐喧天，可把京里的近支宗王气得够呛。如今先帝的丧期将近两年，官民人等的孝早满了，唱戏原本无妨，可宫中并皇子皇孙们的孝还未满，众人守着清规戒律，看他这样高乐，心里岂能不气？至于说出口的，就是年羹尧受先帝厚恩，实与寻常大臣官员不同，如此大吹大擂，你的良心何在？

别人嘴里说一说也就罢了，惟有裕亲王保泰最不服气。先帝敬重长兄，对这位贤侄也宠爱迁就。康熙末年皇子争储，众兄弟以废太子胤礽、大阿哥胤禔的骄纵败身为诫，装也要装出个温良恭俭、礼贤下士，惟有保泰无甚顾忌，照旧张扬行事。《会典》所载皇帝大丧，王以下文武官员以上一年内不作乐，百日内不嫁娶。保泰身属近支，又在宫中长大，丧服若仅比照寻常王公，显然不能叫今上认可，所以他强忍了近两年，不曾莺歌燕舞。且因先叫年羹尧在安定门得罪得狠了，这会儿见他摆流水席一般日夜不息，心里更觉窝囊。

现下京里的戏班子以聚和、三也、可娱为首，有"三家老手，鼎足时名"之说，此外还有景云、南雅、兰红诸班，都能兼演昆弋。各王府另有家班，多从苏州买来俊俏童男少女学戏，有名的亦复不少。保泰为和年羹尧斗气，借着福晋生日，要学圣祖南巡和六十大寿时的排场，将京中大班尽行请来，在他王府的六角重檐大戏台上，连演《安天会》《白兔记》《邯郸记》《虎囊弹》等二十出戏，又广邀宾朋，巴不得年羹尧座上无人才心里熨帖。王府长史叫他吓得不轻，忙去请与他最要好的允祹来劝阻，岂料允祹才张口，就叫保泰翻着白眼拿话堵回去道："阿哥你一味委曲求全，落了个什么好？年羹尧骄纵得这样，也不见有什么坏。我给圣祖爷守了两年的孝，本分早尽够了，有人要挑礼，我有什么话说。"说完就不理他，仍旧叫人张罗。等到了正日子，果然大张排场，不到两天工夫，消息就传到宫里。

皇帝这两天正为众人极力巴结年羹尧，将政令的增减除布、官员的陟罚臧否都算在他头上大动肝火，再听说保泰的作为，便愈加震怒，不等裕王府的绕梁之音散去，就将他叫进宫来，劈头问道："听说你在家里唱戏做寿？"

保泰自幼在宫里长大，他和允祹年纪相仿，两人一道跟着今上开过几天蒙，因此最晓得皇帝的脾气。这会儿心里赌气，又知道瞒不过，干脆挺身答个"是"字。皇帝叫他顶得一怔，旋即伸手虚指殿内，怒道："我还在养心殿斋居守制，你就敢大宴宾朋歌舞动乐！"保泰也不怕他，将头一偏，嘟囔道："臣母妃康熙五十九年薨逝，六年不曾演戏。圣祖爷的服，按理只有一年，这会子早过了，不敢跟皇上攀比。"

皇帝从小就有算计，知道先帝与长兄棠棣情笃，常说些私房话，所以借着带保泰读书的便，每每在伯父伯母跟前露脸献勤。可他的性情实在有些古怪，出言又尖刻，哪怕特意买好，也不及温柔小意的八阿哥能得长辈喜欢。是以老裕王凡谈起这些侄辈，多称许允祹心性好，办事妥协。圣祖听在心里，叫允祹大得了好处。皇帝白使力不见效，暗生闷气而已。即位以后，皇帝命保泰掌管礼部、宗人府，算是大加重用，可恨保泰不领情，照旧与允祹同声一气。又心疼允禟、允䄉、苏努等人在外受苦，四处替他们抱委屈，凡在宗人府领衔给他们议罪，也是半推半躲，不肯与自己一心。

这会儿忆起旧事新情，皇帝不免又要泛酸，心里恼怒保泰，随即又转到允祹等人身上，遂恨声道："你要照寻常王公自视，不愿替皇父尽孝，就别怪我不顾伯父伯母的情面。"说罢极不耐烦地一挥手道："你宗令的差事先开缺，回家等信儿去罢！"

没过几天，宗人府就以丧期唱戏、迎合允祹为名，议了将保泰革去亲王爵位。皇帝大笔一挥，依议而行。虽说三年来皇帝今儿罢这个，明儿黜那个，闹得大伙儿早疲沓了，可老裕王在朝中是有名的人缘好，如今骤然革去保泰的王爵，宗室贵戚中难免就有微词。说皇帝自己刁难亲兄弟不算，连带把圣祖爷友爱手足、和睦宗亲的圣德也糟践了。

这话放在旁人还是窃窃私语，三三两两议论，惟有一等公、刑部尚书阿尔松阿心里不忿，且又胆大，专门挑人多的地方聚众去说。他要单替保泰不平也还罢了，偏谈起康熙年间几位皇子的旧事。说今上早年和廉亲王、裕亲王都亲得很，是跟旧太子二阿哥不好，闹到狠处还动了手。不晓得如今是怎么个道理，二阿哥在咸安宫得了病，他倒三番两次叫人去看，反而把廉亲王、裕亲王挤对得上天无路，入地无门。这阿尔松阿是第一等皇亲国戚，年纪虽轻，内廷的消息却多，他在这里"闲坐说玄宗"，由不得外人不信。

可这话又实在触了今上的大霉头，甚或比说他得位不正还叫他着恼。是以这一日御门听政时，皇帝不但齐集满汉文武大臣，另将年羹尧也召了来，开门见山道："昨儿已经有旨，将阿尔松阿革职发往盛京，现叫你们来说说缘故。"

下头许多人都料到阿尔松阿祸从口出，哪知皇帝不但不提近事，反而语出惊人道："我一辈子和两个人有不共戴天之仇，一个阿灵阿，一个揆叙。"

此言一出，先把头班站立的年羹尧听得一愣。那揆叙是先大学士明珠之子，于年羹尧既是姻家长辈，又是恩师上官，可称至亲至近。他虽与允禩等人有交情，可病故已经七八年了，何至于得个不共戴天的考语？

年羹尧正懵懂着，就听身后扑通一声。众人纷纷抻着脖子去看，见是八旗班中，揆叙的嗣子、正黄旗满洲副都统永寿吓得身子瘫软，向前栽倒。亏得邻近同僚眼疾手快，将他搀架起来。看他一头冷汗，脸色煞白，两股战栗不住，实在不堪至极。

皇帝也不多理，挥手命人将他扶出殿去，续道："一来他们千方百计为允禩谋取储君之位，激得皇父盛怒愤懑，几次伤了龙体。二来他们四处散布谣言，说我和二阿哥有仇，又假意和我相好，倒像我是他们的同党，一道陷害二阿哥。"待说完这个帽子，又掰着手指头逐条历数，说一废太子前，阿灵阿、揆叙仗着万贯家资宴会大小官员、士绅耆老、名伶戏子，四处传扬太子恶行，是所谓"千金买一乱者"；又看允禩柔奸软善易于挟制，就为其营谋储位，以逞私欲；自己虽受太子嫉妒，可也一向谨守弟臣之道，二人故意做出依附自己的样子，使朝野上下以为自己与太子为难。他说得拉拉杂杂，神飞口快，也顾不得什么忌讳，连阿灵阿诬陷长兄三嫂逾墙通奸的事都讲得历历如绘。听得群臣气也不是，笑也不是，怒也不是，叹也不是，真不知作何情状，来应皇帝的景。

皇帝越数落越是生气，待将旧怨说罢，先痛饮了几大口奶茶，又向群臣道："这两个宵小如此奸佞，气坏了皇父，又险些祸及祖宗大业。现在虽说都伏了冥诛，可断不能叫他们生荣死哀，留下大臣体面。昨儿我已经告诉允禵，既然他们铁了心要扶持你，这件事还得委你去办。你去将这两个人现有的墓碑磨了，阿灵阿的碑上改镌不臣不弟暴悍贪庸阿灵阿之墓，揆叙碑上改镌不忠不孝柔奸阴险揆叙之墓，让他们罪孽昭彰，也给诸王大臣做个警戒。"

群臣中多有饱学之士，所谓挫骨扬灰、仆碑毁祠，都在史书上见识多次，独这磨改碑文，另镌不臣不弟、不忠不孝字样，实在闻所未闻。遂各自蜡黄着脸，忍不住面面相觑。年羹尧并几个大贵之家，都与这两人有深交，可众目睽睽之下，也不能有丝毫劝谏，不过强忍着随众应声而已。

惟有佟家的长房长子、一等公鄂伦岱，自先帝驾崩后，就一直被派往蒙古出差，才回来不久，尚不晓得皇帝的手段厉害。他与阿灵阿是好朋友，又任性使气惯了，听皇帝说得如此刻薄，不免咬牙切齿，拧眉作色，想好了两句话刚要张口，就被皇帝一眼看见，当即冷笑道："阿灵阿罪大恶极，我原想叫他儿子为朝廷效力，去赎他的罪，所以才叫阿尔松阿作刑部尚书。可他败坏部务不说，还照旧谄媚允禩，一门心思同我作对，也该着是他的家门不幸。"说罢就点着鄂伦岱的名字，命他道："内阁已经拟好了旨，你拿给阿尔松阿，打发他到盛京看守祖陵，再不痛改前非，看他祖宗饶他不饶！"

鄂伦岱满头青筋迸出，一口恶气堵在嗓子里，使劲压着，才没有当众跳起来。待接过侍卫递来的旨意，也不叩头，径自咬着后槽牙大步走出殿去。等到了乾清门外，就实在忍耐不住，也不顾往来各色人多，便将那原该用双手擎在胸前的谕旨狠狠扔在地上，先还抬脚要踩，叫跟随之人大惊拉住才算作罢，兀自气哼哼向外走去。

皇帝声情并茂发作了一个多时辰，群臣才按班次退出。一离了内廷，就各自呼朋引伴议论开来，都说方才这一通实在吓人，阿、揆二公都是圣祖爷最亲信的重臣，在朝的人望又高，不想身故十年还被拿来作伐，更遑论在世的人了。年羹尧大步流星走在前头，绷着脸一言不发，才甩开大队人众，就觉后头三两个官员紧跟着他，等他放慢了步子，就小跑着追上来，先打千儿问好，又哈着腰赔笑道："圣上这番雷霆之怒，真能震慑那些不臣之心，这一定又是大将军的献纳，实在是既见忠悃，又见高明！"年羹尧为了揆叙的事纳罕惶惑，又不便随众议论，心里正烦躁得紧，乍听这几个后进小子浑不着调的谀词，立时虎威大作，瞪着眼骂了一句"放屁"，便自拂袖而去。

皇帝痛骂阿灵阿、阿尔松阿父子，偏稍带上揆叙，实有试探年羹尧深浅的意思，不料年羹尧本人并未作声，朝中却多有议论，说上头行此非常之举，是听了年羹尧的话，真把皇帝气得嘴歪。要论这一类说法，时下委实不少。譬如说督抚、两司之举用，都是大将军的意见；有旨大发库帑奖赏兵丁，也是大将军所请；连去年太后驾崩十四爷不肯出山辅佐亲阿哥的事，也算在年羹尧、隆科多头上。又说如今八王爷是马尾巴拴豆腐——提不起了，所以他的门下人有难处也不找他，都去求大将军当靠山。像那工部司官岳周，原是廉亲王亲信之人，上月就拿着两万两银子去登年羹尧的门，求荐为布政使。

凡此种种，叫皇帝听着，实在刺耳极了。他从来自负高才，视同侪若等闲，何况四十年藩邸潜谋于无形，又在千钧之际决胜于不争不费。如今高居九重之上，庙算万里之疆，哪里受得了别人说他是傀儡木偶汉献帝？他前半辈子的忍耐已经用尽了，如今再不必留着人不知而不愠的气量，凡有一点儿委屈，就一定要当众剖白出来。

眼看到了十一月十三，先帝两周年的忌日，皇帝命张廷玉洋洋洒洒写就一篇上谕，痛诉为君难，为臣不易之理。待说到外间小人传言，政令皆出年羹尧所请时。皇帝便向张廷玉高声指示道：“这一段你照着我的原话写：朕岂幼冲之君，必待年羹尧为之指点？又岂年羹尧强为陈奏而有此举？朕年纪长于年羹尧，胸中光明，洞达万机，庶务无不洞烛隐微。年羹尧之才为大将军、总督则有余，安能具天子之才智？”

张廷玉是倚马成文的大才，皇帝一路说，他坐在外帘高几旁，刷刷点点拟就初稿。及听这一段义正词严之后，忽然没了声响，遂不免抬头向内去看，只见皇帝说着话，已经气得满脸涨红，胸口起伏，颇不能自制之状，平复了好大工夫，才又愤愤道：“后头加上一句：外间造作浮言，加年羹尧以断不可受之名，一似恩威赏罚非自朕出，妄谬悖乱，深可痛恨，此不过欲设计以陷年羹尧耳。”

张廷玉边写着，心里替他的老同年狠吸了几口冷气，只不肯将喜怒行于颜色。待缮写完毕，约略算算，足有三千多字。皇帝提笔改了几处，就定下来，到十五日又在乾清宫召见诸王满汉文武大臣，叫人将谕旨上的话从头到尾念了一遍。

年羹尧站在班中，屡次听见提自己的名字。初还不以为异，越往后听，就越是心乱。实因谕旨凡提及他，虽无半句责备，却没有一件好事，不是荐举不当，就是叫人行贿，皮里阳秋，实堪玩味。待念到“朕岂幼冲之君，必待年羹尧为之指点”一句，他的心里便七上八下打起鼓来，加之此前撰叙的事，更觉浑身都不舒坦。再往后听，又说凡此种种，都是小人设计陷害，似是宽人心的话，却显得似是而非。饶是年羹尧绝顶聪明，顷刻间也如坠五里雾中，寻机去看皇帝的神情，也不见什么出奇模样。

这次朝会散罢，年羹尧原定的离京之期就临近了。难得没有调任削权之旨，仍叫他回川陕总督任上，带抚远大将军印。他遂将一颗心踏实下来，不再纠缠谕旨里的蹊跷言语，照旧风风光光离京西去。

再过保定城时，已经承他盛情升任直隶总督的李维钧礼数更加殷勤，带着大小官员出城远迎，马前叩首。年羹尧边说着圣躬安好的话，随手将一个奏折匣子递给他，笑道："有旨叫我顺路带给你。"

李维钧不敢怠慢，忙向上拜了拜，才将匣子妥善收好。再与年羹尧叙谈些京中见闻，并骑进城。年羹尧的谈兴很盛，从李维钧如何高升总督，到胡期恒、王景灏怎么荣任巡抚，又说自己在青云店和隆科多周旋应对，在怡王府和允祥擂台打了个六成得胜，及说至此，就侧脸问道："他金鱼胡同的新府你去过没有？"

"外官不奉旨，怎么敢登王府的门。"

"那真是个好地方，离东华门只有一条街。"年羹尧边说着，心里不免有些发酸，遂找补道："朱门高厦，宏伟谟烈，内里却特意简慢。他一贯讲究，必是见我去，才弄得这样。如此矫情违意，和杨广素绢断弦有什么两样？皇上如今竟同他这样好，我实在有些不明白。"

如此直言，李维钧哪里敢置一词，只好勉强赔笑，好容易才寻了话缝儿道："大将军一路劳乏，不如早歇。"说罢亲自安顿，送他到下榻之处。

小心翼翼应酬完毕，李维钧回到自己书房，喝一口热茶，平一平躁气，就将奏折匣子打开了，借着灯光细看。匣子里有三份折子，上头两份是公事，朱批也很冗长。他是年近六旬之人，本来有些眼花，加上方才全神贯注照应年羹尧，此时再一用心，愈觉眉胀目紧，头疼颈酸。待强撑着精神打开第三份折子，觑眼一看，只觉头顶囟门一阵凉意，手一松，将折子飘然落在地上。赶紧捡起来凑在灯下，又拿出御赐的玳瑁茶晶眼镜架在脸上，再细看那朱批时，就见上面朱笔炫目，赫然写道：

近者年羹尧奏对事件，朕甚疑其不纯，有些弄巧揽权之景况。卿知道了，当远些，不必令觉，渐渐远之好。

第四十一章

党庇

　　带着家口连走了近二十天，到十二月初九，年羹尧一行总算回到阔别三个月的西安总督衙门。年羹尧虽然生长京师，可从如今的心境说，这朴质浑厚的长安城远比那繁华帝都更让他舒心踏实。回了老窝，头一件事是给皇帝写奏报抵署的谢恩折子，述说自己奔走御座三十余日，受恩深重的瞻恋之悃。等折子拜发出去，再依次接见属官，处理公务家务。等杂七杂八理毕，就到了小年封印时节，各署官吏都从忙碌中松泛下来，欢天喜地置办年货。年羹尧也渐渐将离京时的不安忘却，又抖起长安之主的威风，连着几天大宴宾客，入夜才回内宅。

　　隆冬的西安朔风飒飒，总督衙门的墙宇虽高，也难挡这逼人的寒气。年羹尧回到书房，就见桌上放着新到的奏折匣子——旁的督抚拜接奏折，都要在辕门外放炮行礼，郑重其事，惟有他懒得啰嗦，只照寻常京信办理，直接送到书房阅看。随手将匣子打开，见头一份是他奏报抵署的折子批回来，翻开一看，原折下密密麻麻一片朱笔。他喝得醉眼迷离，实在难以辨认，且又嗔着书房里地龙烧得不热，遂将折子锁了，回卧室拥着姬妾睡下。次日晨起，先打了一趟拳，又吃了早饭，见过几个要紧官员，才回书房看那朱批。这一时总算心明眼亮，看得真切，就见上面长篇大论写道：

　　"据此不足以报君恩父德，必能保全始终，不令一身置于危险，方可谓忠臣孝子也。凡人臣图功易，成功难；成功易，守功难；守功易，终功难。为君者施恩易，当恩难；当恩易，保恩难；保恩易，全恩难。若倚功造过，必致返恩为仇，此从来人情常有者。尔等功臣一赖人主防微杜渐，不令置于危地；二在尔等相时见机，不肯蹈其险地；

三需大小臣工避嫌远疑，不送尔等至于绝路。三者缺一不可，而其枢要，在尔等功臣自招感也。朕之此衷天地神明，皇考圣明共鉴之久矣，我君臣期勉之。慎之。

凡人修身行事，是即是矣，好即好矣，若好上再求好，是上再觅是，不免过犹不及。治己求治，安己求安之论，到底是未治未安也。朕生平不为过头事，不存不足心，毋必毋执，听天由命，从来行之似觉有效，但未知收原结果如何耳。虽然，亦自择其易者行之，岂为眼耳鼻舌之累，以乱此意，以害此心乎？"

年羹尧看着头一段，一腔过年的热心，霎时冷了一半。再往下看，更觉模棱两可不知所云。皇帝信佛，在潜邸时由章嘉活佛开蒙，与京中禅密各宗各派的高僧大德都有往来。他的禅语佛偈都写得好，凡有话不想直说时，就开始洋洋洒洒谈因讲果，常使迷者迷于悟，悟者悟于迷。年羹尧实在不是个有佛缘的人，也揣摩不透他的意思，只好再看下一件。

另有两件并无原折，是专门的朱谕，一纸内写："舅舅隆科多行为岂有此理，昏聩至极！多处藏埋运转银子东西。朕如此推诚教导，自当感激。今如此居心，真属可笑！况朕岂有抄没隆科多家产之理？朕实愧见天下臣工也。你不要做如此丑态，以为天下人笑也。你先评他是极平常人，朕实不然，今看起来，岂止平常人而已。也可愧之，也可愧之。"

另一纸则写："舅舅隆科多密奏要辞九门之任，朕尚未议定。朕并未露一点，连风也不曾吹，是他自己的主意。今他既离任，九门之责熟练人没有，况你先已奏过衮泰与舅舅亦不甚亲密，朕欲将他或在九门。可将他打发回来，不要叫他本人知道此旨，不要叫他畏惧，只说叫你回去。"

年羹尧念了一遍，心里又踏实了些，只道皇帝还肯同自己说这等心腹事，是不见外的意思。转念又琢磨隆国舅的处境，在京时看他虽低落些，何至于就到了转移财产，防备抄家的地步？既是转移，就需缜密，他是京中第一耳目灵通人物，做这样的事，怎么又叫皇帝知道？想到这些，年羹尧才放下的心就又提起来，再咀嚼"你不要做如此丑态，以为天下人笑"一句，更是一身鸡皮疙瘩胀起来。正在悚栗不安之际，就有门上亲随来禀，说陕西驿传道金南瑛禀见。

陕甘两省的道员中，陕西驿传道因主办驿递之政，并兼理盐、粮两项，是个一等一的好缺。金南瑛原在北京会考府任司官，经怡亲王允祥、大学士朱轼保举，外放到陕西做官。他是八月底到任，因年羹尧已经离陕进京，所以并未见面。前些天见新属员时，年羹尧看此人年纪老，言谈又有些迂，心里就不耐烦。他想这样的要缺，理应由自己在本省的能员干吏中保举升补，乍来一个浑不懂的京官，除了坏事，还有什么用处？所以见面时并没有好气，三问两问，就把人打发走了，想着找个错处参罢了他，另换得力之人。

向例川陕文武，除了巡抚、学政、两司，或是武职的将军、提镇，并他自己的亲信可以随来随见，其余道府以下，都要等逢三、逢八的日子才见，称为"堂期"。这会儿听金南瑛莽撞求见，年羹尧十分不悦，就向回事之人一瞪眼道："什么东西就敢请见？你收了多少门包敢禀？"

亲随叫他骂得身子一矮，诺诺连道："小的吃了豹子胆也不敢。实在说得着急，又是要紧道员。"说罢就将手本、禀文递上。年羹尧刚要发怒，想想金南瑛毕竟是老资历的京官，遂勉强忍住，将手本往案上一撇，翻开禀文看了几眼，登时火冒三丈。几下将文书撕碎了一扔，掸掸手向长随道："让他滚回去听参！"又命主文的师爷："给胡元方写一封信，叫他写个详文送来，就说金某老病疲软，不胜驿道之任，应当请旨改调闲职。"

年羹尧所以光火，是为金南瑛在禀文里告了河东盐运使金启勋的状，说他以剿灭盐枭为名，请总督钧令夜袭郃阳县，杀伤无辜平民。

郃阳地近山西，与河东盐场只有一河之隔，所以民众吃盐便利，小商小贩肩背手提，就足令阖县之人食而有味。雍正元年，西安知府金启勋为了增收盐课，欲将所属郃阳县的食盐由"民运民销"改为"官收官解"，令当地绅民大不满意，以致冲入县城，砸毁县衙，闹得不可开交。陕西布政使胡期恒闻报，忙叫金启勋收回成命，郃阳盐务仍以便民为是。

年羹尧青海报捷之后，金启勋以赞助军需有力，被保举升任河东盐运使。郃阳原是他的眼中钉，这下更撞在刀口上。今年八月间，他指称郃阳境内私盐横行，请了年羹尧的大令，带领绿营官兵一千余人，夜袭县城，捉拿盐枭。事后向年羹尧报说，此行官兵未射一箭，未放一枪，单将十几名盐枭拿省审问，办得实在利落。年羹尧心里虽不大信，却不愿意同自己的心腹深究，且急着要进京去，遂大笔一挥，照例结案。

然郃阳本地绅民的说法大不一样，只道官兵在城乡村寨各处放枪放炮杀红了眼，夤夜时分，浑似大股土匪夺城，且当日除盐贩被拿外，其余无辜老幼被杀被伤、自杀自伤者亦复不少。郃阳人不肯甘休，就叫有头脸的绅士带着，到西安告。金南瑛新官上任却是正管，且有一股书生气在，虽经衙门老吏提醒，说那金启勋是大将军跟前的红人、又是财神爷，万万招惹不得，可他到底将状子接下来，派人到郃阳勘问。

这边才问出些许眉目，年羹尧就回了西安。金南瑛晓得近在同城，自己也瞒不住，于是写了禀文欲过明路。年羹尧原本嫌他碍手，见他上来就挑毛病，不免更加厌恶，遂将那说一不二的派头端出来，见也不见，就叫要借胡期恒的话撵人。

胡期恒接信本不欲管。他是个稳重人，不似年羹尧骄横，且一向不喜金启勋图利害民。可耐不住师爷劝他，说大人刚升巡抚就驳回大将军的事情，只怕旁人误会你们生分，大将军也有芥蒂。胡期恒想想在理，就依了年羹尧之意行事。年羹尧接着胡期恒的文书，即刻题本，拟将金南瑛在内一共七个人降革开缺，另补在省试用行走之员。

这道本章送到御前时，皇帝正忙另一件事，即挨次将在外要紧臣僚的折子挑出来，逐个同他们议论年羹尧。其中，议论的措辞又各不相同。跟那些与年羹尧全不相干的人，譬如湖广总督杨宗仁，便问他："年羹尧是何等人，就你所知奏来，纯之一字，许他不许？"

要是碰上那些与年羹尧素不和睦的人，譬如河道总督齐苏勒，便安抚他："近来舅舅隆科多、大将军年羹尧大露作威福揽势光景，朕不得不防微杜渐。舅舅只说你操守不好，而年羹尧数奏你不能料理河务，朕依此知卿之自主也。只有怡亲王深言汝之好处，况你与王素来并无交往，朕知之最深。今既奉旨，不必疑，可奏折之便问好请安亲近之，与你保管有益。况王公廉忠诚，当代诸王大臣中第一人也。"

至于与年羹尧有交情的亲朋故旧，譬如安徽巡抚李成龙，便告诫他："近日年羹尧擅作威福，逆奸纳贿，朕甚恶之。赏你翎子戴是你王子替你讨的，你当知你的功名身家都是你王子的好处。你若仗着你王子放胆乱来，王法无私，悔之不及时，你王子救你不下来。你若负了朕恩，坏了你王子的脸面，稍与朕声名有碍，你自己想一想就是了，应当作何处分。"

他边写这些时，允祥就在养心殿暖阁里坐着。前日二阿哥允礽在咸安宫亡故，皇帝先将其追封为理亲王，谥号曰"密"，且冒着大雪，率领诸王到停灵之处祭奠过了，又指派诚亲王允祉等一干兄弟、侄辈成服穿孝，外人看来算是哀荣备至。允祥感念皇帝的大度，遂不提要去齐集举哀的事，只在王府单辟出一间屋子，早晚上两炷香，此外照旧办事，言笑亦如往常。这会儿皇帝写了朱批就拿给他看，边得意笑道："你看这样写，能吓着他们不能？"

允祥逐次拿来看过，越看越摇头笑道："都这样说，我也支应不过来。"

"也不劳你挨个支应，不过是给他们吃个定心丸。这些人你还不知道？你说一万句君子不党，他照旧信朝里有人好做官。那就干脆指一条明路，省得他们撞了东墙撞西墙。"皇帝边风轻云淡说着，又拿过胡期恒的本章，随口问道："金南瑛是会考府放去陕西的官，你晓得这人怎么样？"

"是朱轼很说好的人，所以把他列作一等保举。"允祥听他倏尔发问，以为是留意人才，正要找补一句，说会考府司官都是各部选来的人，自己知之不深。却见皇帝微微颔首，转而又说起别的。

第二天一早，吏部就接了皇帝的旨意，说年羹尧近日参奏陕西驿传道金南瑛等七员疲软不堪，请旨开缺。金南瑛曾经大学士朱轼保题，在会考府行走，怡亲王亦曾奏荐，年羹尧遽行题参，必有错误，金南瑛仍着留任。年羹尧将金南瑛等人参奏，是要特意出缺，补用他人，此事断乎不可。再者本内所参官员系甘肃巡抚胡期恒详揭，胡期恒朕向来未识其面，著其即可来京觐见。

胡期恒接着兵部火票，心里十分忐忑，却不敢耽搁，急急忙忙将公事交代了布政使，就一路风尘赶奔京师。他原打算在保定与李维钧叙旧，却连面也没有见上，只有李府的管事家人出得城来，送了些随手用的东西，顺便嘱咐了"千万小心"四个字，闹得他愈发懵懂不安。他自康熙中就在川陕任官，虽已官至巡抚，却从未见过当今皇帝的面，此次未及轮班陛见之年，就被匆忙召进京来，更是两眼一抹黑，故而也不敢拜亲访友，吏部报到、礼部演礼之后，就在北京的山陕会馆暂住候旨。

才过两天就有旨意，命他次日到养心殿面圣。一夜未敢安眠，约摸到了卯初时分，就赶着起来擦一把脸，披挂了朝服数珠，带两个老仆，坐着雇来的马车，趁着漆黑夜色，冒着刺骨大风，赶奔宫门。

朝房里候旨的时间很长，作外官的往往受不了这个苦，再加上心里忐忑，这一等，就愈发坐立不安起来。直等到巳时将尽，才有人来告诉他："甘肃巡抚胡期恒入觐。"

带他觐见的大臣是张廷玉，皇帝盘膝坐在洞暖阁炕上，面无颜色，待胡期恒叩头已毕在垫子上跪定了，才问道："你是湖广武陵人，崇祯进士胡统虞是你什么人？"

"是臣的祖父。"胡期恒听皇帝问及祖父，连忙依制叩头，心里却越发的莫名其妙。只是不敢走神，赶紧拉回思绪静听。

"当年范文肃公向睿亲王进言，说'统虞乃今之许衡，断不可失'，可见你的家声。喔，你早年做道府也有政声，还有当地百姓建生祠的事，是么？"

"都是百姓的谬奖，臣一介寒儒，不过奉法为政。"

"那怎么官做到巡抚，就事事攀附年羹尧，连祖德名声也不要了！"皇帝话原问得平心静气，至此勃然作色，连一旁侍立的张廷玉也吓了一跳。

胡期恒本还想着，皇帝虽驳了他参劾金南瑛的本章，可见面又说起乃祖及他旧任的好事，是有意转圜，心里略松了一口气。不料兀地龙颜大怒，竟成雷霆万钧之势。他脑子一蒙，实不知作何言语才好，战栗许久才叩首回道："臣父与原任湖北巡抚年遐龄是旧交，臣与年羹尧自幼相识是实，可并无攀援依附之事。"

皇帝满面的山雨欲来之色，上身前倾厉声道："你起家不过佐贰，又非两榜出身，在川陕二十余年，竟能位列封疆，不都是年羹尧所荐吗！年羹尧不喜欢金南瑛，你就将人参罢了，这不是为虎作伥，替他排挤忠良！"

胡期恒是个外圆内方的人，起初心里惊惧，叫皇帝几句话一激，倒有了愈挫愈奋的劲头，也不看张廷玉攒眉凝目的表情，只管稳住心神奏道："金南瑛操守很好，才能确实不胜道任。臣若见识有误，参错了，不能不听部议处分，其余的不敢承当。"

"你好大胆！"只听"啪"一声脆响，一方翡翠镇尺被皇帝磕在炕桌角上折成两截，上半段飞将出去砸在窗棂子的雕花上。皇帝又咄咄逼人盯着胡期恒道："你既不肯认是一党，就说说，年羹尧在川陕任上，到底如何施为？"

"煌煌圣训在前，原不过'公忠体国，朝廷功臣'八个字。"

"没一点儿骄横不法么？"

话说至此，胡期恒就是再惶惑，也明了皇帝的用意：是叫他来揭年羹尧的短。一时心寒彻骨，却不及多想，将头一叩道："骄横有之，依臣愚见，尚属瑕不掩瑜。"

"好一个瑕不掩瑜!"皇帝自为君以来,政令严肃,海内风行,养心殿所悬"惟以一人治天下"的幅联,真是半字不虚。莫说寻常大臣,就是他那一干不归天条管的亲兄弟,近在君前,何人敢当面忤旨?原以为胡期恒是年氏至近的文官,由他来说出几条年羹尧的不好来,必定确凿无疑,谁想此人貌似文质彬彬,性情执拗如此,话又说得滴水不透。皇帝是最肯讲理的人,叫他几句话顶撞的,一时竟无理可讲,只好冷笑一声向张廷玉道:"拟旨给吏部,甘肃巡抚胡期恒,朕原本不识其人,青海平定之后,年羹尧说他可以胜任。先前年羹尧保举王景灏为四川巡抚,朕命其陛见,以为才具可用,所以此番举荐胡期恒,朕也不疑惑,特用为甘肃巡抚。上月见他揭参金南瑛等人情形,甚属不合,可见年羹尧正欲借王景灏之可信,而肆胡期恒之蒙蔽!胡期恒来京觐见,言语荒唐悖谬,何止不称巡抚之职,即便府道亦属不称。甘肃关系甚剧,岂能以此种人为巡抚?将他即刻革职,着岳钟琪暂行署理。"

张廷玉这里诺诺应声,心里盘算着拟旨的口气。胡期恒伏地叩了一个头,由着御前侍卫将他朝珠顶戴摘去,再叩一个头,便自退出殿去。他的周身抖如筛糠,如同冰窖里捞出来的一般,正跌跌撞撞走出养心门,眼前忽然闪出一幅奇景:竟是一个披枷带锁的重犯,被两个侍卫带着,也向这里来。远远看去,此人罪衣罪袄,面目不清,待走到近前看清面目,胡期恒不免惊呼一声:"是蔡若璞!"

来者不是旁人,正是前任四川巡抚蔡珽。要说他自被年羹尧参后,也真是一步步往绝处里走去。先因逼死知府蒋兴仁一事,被部议鞭一百,枷号三个月,后又扯出程如丝的事来,被定了死罪。因其身为巡抚大员,需得押解进京再问,是以一路千辛万苦,坐着囚车而来。蔡家本是汉军旗的高门,蔡珽之父蔡毓荣是平定三藩时的大将,率军先后克复岳阳、长沙、贵州、昆明十余重镇,称为入滇首功。后来因事获罪,几至论死,靠着先帝议功的特旨,才免死改发黑龙江。从纵横天下到囹圄银铛,蔡珽自幼就曾饱经,所以事到如今,也不肯做无益之悲,单剩下阴结郁愤,和鱼死网破之心而已。

一路晓行夜宿不提,待住进刑部大牢,一连半个多月,却不见有人提问。蔡珽心里正在焦灼,却忽得了一个春雷般的消息,说皇上有特旨,此案恐有别情,要将自己带到宫中亲自审问。他是个经透了世情的人,如今虽是两眼一抹黑,但一闻此信,即知要有大变,遂愈发打叠起精神,专等面圣之日。

第四十二章 反戈

　　蔡珽上一次进宫还是康熙六十一年赴任四川巡抚之前，如今殿阁依旧，自己却已枷锁在身。早春的北风呲得人脸上生疼，可他的心里却极兴奋，这一时刚转过养心门的影背墙，就听见有熟人喊他的字号。他的须发个把月没有剃，横七竖八遮在脸上，挡住视线，所以并未认出来者何人。待再往里走，便又见一个官服齐整的大臣走出来，向押解的侍卫低语了一句话，就自走开。

　　暖阁内的光线比外面暗了不少，蔡珽的眼神却骤然明亮起来，一下看清了皇帝的面目。他原是不信神佛的人，四川名刹甚多，他作了三年巡抚，除了不得已应酬，一向极少去拜寺庙。可这会儿乍见了皇帝，他却陡然升起善男信女似的虔诚，以往的觐见之礼这会儿全用不上，只是一扑在地，嚎啕痛哭，将那项上木枷扭得咔咔作响。皇帝被胡期恒顶撞得气尚未平，忽见他这副打扮，又如此哀鸣，顿起一身的寒气，半晌才森然道："你仔细失仪。"

　　"求皇上准罪臣叩头，罪臣就死而无憾了！"蔡珽这一句话说出来，半点没有溜须讨巧的意思，真格字字泣血。皇帝听得心一软，便道："可怜见，倒要担待你偌大岁数。"说罢一边示意侍卫给他开枷，一边又道："也该叫刑部先给他拾掇干净，怎么这个看相就到宫里来。"侍卫们心道这原是旨意安排，不然谁敢如此，边上前将他的木枷除去，仍留几条铁链在身上。蔡珽顿时捡了命一般，五体投地匍匐向前，捣蒜般不住地磕头。

　　"人都给我丢尽了，又作这龌龊模样，何苦来。"皇帝先不言语，任他折腾够了，才将脸狠沉下来，恨道："你也是两榜出身读书人，

304

怎么苛虐下属，到了逼人自戕的地步！"

"实在是罪臣催追亏空不得其法，看蒋兴仁屡有拖延之辞，想着国帑至重，圣训煌煌，心里着实犯急，就训斥得重了，不承想他会自戕。"

"还敢拿亏空说事，明是你勒索贿银不成！"

蔡珽跪爬两步，一脸的委屈，连声呼冤，边道："罪臣再不堪，受圣祖、皇上训诲数十年，也知道廉耻，何至于做出这样的事来！"

"那夔关的事呢？鱼肉商民，滥杀无辜，你用的什么人！"

"程如丝是四川第一好官，川东百姓有口皆碑，年羹尧颠倒黑白，起头就是构陷！"蔡珽一听问到夔关，激得周身震颤，昂然一挺身子，进出一句惊人之语。见皇帝黑着脸瞪住自己，又吐字如流道："年羹尧在川陕飞扬跋扈，臣等在他荼毒之下，仰不能见天日，俯不能保身家。他的党羽最多，又肯卖人情，不开了臣等的缺，哪有地方安插。这回要不是有旨押解罪臣入京，只怕早叫他治死了。罪臣身死是小，年羹尧若是称心如意，将川陕文武一应结成死党，那他谋反谋叛，就指日可待了！"

"你活够了，竟敢谗间功臣！"

"年羹尧何功之有啊！青海大捷，上赖皇上洪福，下有将士用命，年羹尧不过坐守城池而已！可他竟视天恩士气如无物，百般炫耀功劳，遍览史册，全没见过这样无心无肝无知无耻之辈！"蔡珽本是翰林院的底子，好文章好口才，加上几个月来心里已将年羹尧颠来倒去骂了成百上千遍，此时倾吐出来，真如行云流水，把押解他的侍卫听得满心佩服，只道这穿囚衣戴锁链脏头烂脚的老头，不但不畏惧怯场，竟还如此能说！

皇帝听着他慷慨陈词，心里只觉好笑，深知他对年羹尧真是恨极了，半点余地也不肯留。眼见他骂个不休，皇帝摆手止住了下文，慵懒地往后靠了靠，脸上虽尚有阴云，眉间确有将霁之色，先命侍卫道："把他身上的链子去了，叮叮咣咣的，说什么也听不清。"待几条铁链除罢，又冷笑道："你这样造作虚言又有何用？莫须有三个字，是能定大臣之罪的？"

蔡珽先谢过去刑之恩，深知自己已经号着了皇帝的正脉，再听皇帝嫌他"虚言无用"，就更拉开了话匣子，叩头有声侃侃道："皇上拿罪臣所奏的遍问川陕文武，一定人人都这样说。年羹尧在军中，事事效法当年十四阿哥的排场，当同列督抚都是他的属官，提镇副参都是他的家奴。皇上赐他的黄带四团龙补，他不但自己服用，还给他的儿子穿上招摇。又屈抑蒙古，连阿拉善和硕额驸见他也要下跪，又少发粮米，拖欠冬衣，闹得蒙藏藩人一齐含怨。川陕甘滇四省之人，凡是如他意的，都趾高气扬，稍不如意，就似罪臣这般寸步难行。罪臣先前亲自运送四川军粮到西宁，隐约听见人说，年羹尧还与西大通的九贝子颇有些来往，罪臣先不敢信，后头听人议论的越来越多。”蔡珽话越说越快，越说越是委屈，头杵在地上，呜咽得泣不成声，待气息稍缓过来，又补道：“年羹尧狂妄骄纵古今罕有，又自负小才，如今擅作威福，逞事揽权是小，只恐日后行事更不可问！罪臣祖孙三代受朝廷的厚恩，不敢不为皇上忧心！”

“我在潜邸认得你，还是他引见，怎么闹成这样？”皇帝叫他一番话说得心旌动摇，从宝座上缓缓站起来，随意踱着步子，走到蔡珽伏跪的地方停住，说出这样暧昧不明的话来。蔡珽哪里肯认他是在和年羹尧闹别扭，忙又叩头泣道：“罪臣与年羹尧，本来也算是朋友，可自从罪臣到了川抚任上，他仗着是保举的人，事事都要插手。罪臣蒙皇上朱批训诲，以战事大局为重，从不肯和他争竞。可这会儿再不如实说出来，就怕西边几省上下一气，要是圣明久遭壅蔽，臣万死难辞其咎。”他仿佛与地上的金砖有仇，以头相碰，砰砰作响，连砖也要砸裂了一样。待抬起头时，脸上已满是血污，血泪掺杂，看着实在瘆人。

“罢了，这些话我在别处也听过几耳朵，只是不曾受他荼毒的人，不肯说得这样白。”一时间，皇帝将那腔剑拔弩张的气势骤然松弛下来，“唉”了一声，长叹道：“一则年羹尧负恩，二来也是我过于操切，因他有两分才干，三分功劳，就爱惜太过，也骄纵太过，实在怨不得别人。”

蔡珽虽则手足酸胀，遍体酥麻，可脑子里极为灵醒，想此间机不可失，若不将年羹尧证到死处，往后必有转圜，所以血往上涌，还想再说几句厉害的话，倒是皇帝不肯再听，只顺着旧话道：“年羹尧一心想杀你，也不能什么都叫他如愿，你先回去，收拾收拾，过几天自有恩旨。”

果然，两天后就有一道上谕下给刑部，说“朕思蔡珽所犯，系年羹尧参奏。今若将蔡珽置之于法，人必以朕为听年羹尧之言，而杀蔡珽矣。朝廷威福之柄，臣下得而操之，有此理乎？”刑部尚未醒过闷儿来，吏部也跟着接了新旨，说蔡珽原本有病，又有蒋兴仁一事，所以将其革职。今见其并无疾病，且学位尚优，著即刻补授左都御史一职，内廷行走。

一个待死囚徒，一夜间就成了执掌风宪的七卿重臣，就连蔡珽自己也飘忽晕胀云里雾里。至于旁人，要不是眼睁睁看着那珊瑚帽顶、锦鸡补服穿戴在他身上，谁又不以为是《邯郸记》《南柯记》一样的传奇戏文？大伙儿看着新鲜可不敢多说，只有暗地里盘算：怎么年羹尧离京才两个月，皇帝就朝他板起脸来？单这胡期恒一落，蔡珽一起，就有多少人变作热锅上的蚂蚁，干转不成主张。惟有皇帝没事人一样，照旧一板一眼，言行自若。

新年一过，先帝的二十七个月丧期就渐次熬到了头。皇帝初登大宝时，为了居丧期间辅佐有人，特命允祺、允祥、马齐、隆科多为总理事务王大臣，协理政事。如今丧期将满，自然可以罢去不用。允祥对这事最小心，年前就说下到日子请辞的话。倒是皇帝笑起来，说我晓得你谦逊，可先别大张旗鼓提出来得罪人，且看廉王和舅舅怎么行事。又过了十来天，眼见要到二月，允祺、马齐也各自知趣，都上折子请辞。偏是隆科多处仍然没有动静，显见有恋栈之意。朝中从来不乏会观风望气之人，不日即有御史上奏，说先帝服制已满，总理事务名目不宜再设，四王大臣理当各归职守。

皇帝将四人召进宫来，拿了御史的折子给他们看，四人虽说各有主意，至此总归同声恳辞。皇帝一面点头，却未即刻应允，只说道："这是大事，也不能因为一个小臣所奏，就稀里糊涂办了，总要向诸王大臣有个公论。这些日子事多，过两天再说罢。"

他这面说完，别人都不吭声，倒是一向都不多话的马齐趋前跪奏道："奴才年纪早过了七十，实在老迈迟钝，昏聩糊涂，占着这样要紧的缺，全仗主子厚恩，才没有罢斥治罪。所以奴才先有两个不情之请，一是请主子将臣不职之处交部察议，给大小官员做个警戒；二是准臣告老归旗，另选贤能在圣主跟前辅佐。"

皇帝见他乖觉，心里十分满意，只道此公虽老，照旧是水晶琉璃心肠，不怨他一家几世立朝，辈辈大用。遂亲自上前扶住，执手道："你是耆旧元老，原不必亲自办什么事，单给众人做一个公忠体国、平和安静的榜样就是尽职。告老归旗大可不必，我看你的精神很健旺，比舅舅也不差什么，只留一个大学士，有什么不能应付？看舅舅还兼着多少要紧差事呢！"

隆科多近日受皇帝冷待，颇觉灰心，几次有辞去九门提督之意，又放不下权。这会儿见皇帝以挽留马齐为词，公然捎带上自己，心里大不痛快，干脆一狠心，上前负气道："奴才比马中堂小几岁，可精神记性也不济了，还请解去提督之任。"

皇帝虽然正中下怀，可见他说得直冲，似有赌气之意，不觉怔了怔，正想着是否暂缓图之，便听允祥在旁笑道："前儿见舅舅坐着车进宫来，真是破天荒头一遭，听常到我那的大夫说，怎么您也喊腿疼，不肯骑马了？"皇帝闻言心里发笑，先皱眉斥道："太医院混账，这也不奏！"转又换了关切神情，向隆科多道："提督总要骑马巡视，是太劳累了。不过九门的差事要紧，没有熟手不行，不如另找一个人先署理着，舅舅安坐指教他一阵，再说辞不辞的。"

话既到了这个地步，隆科多想再转圜也是不能，只好口称谢恩，忍着一肚子窝囊气和允祥、马齐俱退出来。允祥为了先帝驾崩今上登基的事，已经和他结了死仇，先时因他势大，只好压抑忍耐，这会儿见他宠眷也衰了，兵权也没了，气焰也泄了，不免有些幸灾乐祸的快意。及出了养心门，就停步回头，拍拍他的胳膊含笑道："舅舅欠安，坐车也颠簸，不如把我的轿子借您坐罢。"隆科多叫他气得半晌说不出话来，末了草草拱手说一句"不敢"，便自作昂首挺胸之状，大步流星往外走去。

待他气冲冲回到宅门，便有管家在外迎着，说内阁查大人、都察院吴都老爷来拜，正在书房坐等。隆科多"嗯"了一声就往里走，管家又一路跟着，说他的六弟庆复方才来了又走，是问大公爷的事，要不要合上一个折子。

隆科多不听还好，一听又是一脑门子的官司。管家所言大公爷不是旁人，正是他们佟家门里的长房长子、一等公鄂伦岱。鄂伦岱乃是八王一党的魁首，性情又极强横，早年先帝斥责允禩，他也敢当面顶撞，混不怕死。皇帝初登大宝，很怕这位大国舅横冲直闯惹是生非，遂将他远远派到蒙古整顿台站，直到去年底才回到京中。鄂伦岱虽也听说皇帝凌虐兄弟亲贵的事，可毕竟离得远。等回来先听允禩等当面诉苦，又见皇帝笑谈馨欬生风雷处置了保泰、阿尔松阿，他的暴脾气便犯上来，先在乾清门怒摔上谕不说，年三十晚上大醉一场，大年初一排班朝贺前，又在乾清宫院内撒起酒疯，当着侍卫处一众同僚掀衣小解，任谁也拦劝不住。皇帝一经闻奏，自然勃然大怒，又下旨历数他党附允禩的罪过，说他虽死不足蔽辜，惟念是两代皇后至亲，所以免其诛戮，发往奉天与阿尔松阿居住一处。

按例遇见这样的事，佟家各房有爵有职之人应合上一个折子，来数落鄂伦岱的不是，表明众族人忠君亲上、报效圣恩的心迹。可隆科多心里明白，佟家各房向来以推戴廉亲王允禩者为多，自己打拥立今上即位之日起，就在族里走了单。早先势大位尊则还罢了，如今圣眷日衰，连兵权也没了，再起这个头，一干族众不定攒了多少闲话说给他听。可要是不领衔上个谢恩的折子，皇帝那鸡蛋里挑骨头的七窍玲珑心一动，岂不又要给自己安个党庇逆兄，事君不纯的罪名？是以揉揉生疼的脑袋，站住脚，想了片刻，才向管家道："叫个妥帖人告诉老六，哪一房的事哪一房出头，咱们跟着就是。"

说完一面进了书房，就见自己的亲信智囊内阁学士查嗣庭、都察院金都御史吴隆元俱都在内，一个闲坐无聊，把玩案头今上所赐的笔洗；一个负手而立，评赏墙上张挂的先帝御笔对联。照规矩，御赐笔札物件，应当恭谨收贮，或是供奉正厅正房，可隆宅的上方之物实在太多，主人又不讲求礼数，只在书房、花厅等处随意放着，亲友僚属跟前，亦有彰显恩荣之意。

查、吴二人都是常来常往，自然不以为怪，见他进来，先问候过了，又谈些客套闲话。隆科多读书不多，不过稍通文字而已，却很羡慕早年索额图、明珠的宰相派头，也爱延揽些汉官名士在身边，替他出谋划策，鼓吹宣扬。因他久任吏部，识人方便，又肯在皇帝跟前开口举荐，所以一众翰林高第也不嫌他倨傲少学，都乐于上门应酬捧场，其中在京的，尤以内阁学士查嗣庭、都察院金都御史吴隆元为最。

查嗣庭是康熙四十五年进士，海宁查氏中首屈一指的才子。他当翰林时就是隆科多的座上客，常为之代笔，作些贺表庆笺文字。今上即位伊始，隆科多即举其内廷行走，不日又超擢为内阁学士，与张廷玉、蒋廷锡等俱是汉臣中的新朝新贵。查嗣庭今天拉着前辈旧交吴隆元同来，是想求隆科多为他说项个礼部侍郎的兼衔，以为日后谋得翰林院掌院地步。可尚未开言说正事，就见这位国舅总理大臣浑身的不自在都挂了相，遂不便贸然请托，只觑着颜面问道："公爷的气色欠佳，敢是过于操劳？"

"操劳？那是人家的事咯！"隆国舅与二人熟不拘礼，这会儿仰坐在交椅上，用手拍着胸口。他的心绪烦乱，又有一腔的委屈，满腹的块垒，不着意间，竟生出一句文人的浩叹，"白帝城托孤之日，正是死期将至之时！"

查、吴二人叫他说得愣住，想他平日言谈之间，从来都是与国同休，带砺山河的豪气，仿佛社稷安危没他八分也有五分，京师之重没他十分也有八分。怎么十天半月不见，口风竟凄怆若此！是以对视半晌不敢吭声，倒是隆科多自己坐直了身子，接过下人递来的热手巾擦一把脸，又掏出个牙雕鼻烟壶来，用银匙盛出一小撮鼻烟，放在虎口处，似贴非贴凑上去，耸动鼻子狠嗅了嗅，方舒过一口气来，放下烟壶解说道："才养心殿撤了我九门的差，过两天还要撤总理事务的，说我老得跟马齐也差不多，赶明儿连吏部也一道撤了拉倒。"

"公爷还不到六十岁，正是年富力强光景——"

"年亮工还不到五十岁呢！又怎么着了？"隆科多与年羹尧原不对付，可如今倒有些同病相怜之心，甚或也看作半个亲戚。遂将两手一摊，嗤道："看这会子蔡若璞兴头的，比他老子当年下了昆明城还要得意。"

查嗣庭本为求官而来，见这位大座主如此失意，自然张不了口；告别而去，未免过于势利；想安慰，又艰于措辞。是以搓了半盏茶工夫的手，方想出两句话来，强笑道："当年圣祖爷驾崩之日，京中有一句谶，叫惟有人冬耐岁寒。人冬者佟也，称赞公爷如松似柏，乃是国之柱石。现在开岁发春，小有波澜，不过清风拂面而已，公爷何必介怀。"

"皇上的性子，没人比我更知道，只好走着瞧罢。"隆科多懒得应酬他的虚话，随意拱了拱手，算作承情。

他这厢先命管家送客出去，自又叫来亲信家人，逐个叮嘱，令其将各处寄顿的金银再一一料理明白，务须谨慎周密，莫使人知。隆国舅是个外刚内细、顶顶精明之人，十几年九门提督做下来，京城的一房一树、犄角旮旯儿，都似饾版拱花，真真切切刻在他的脑子里。可这会儿不知怎么了，虽说一应布置停当，心里还是一阵阵发虚。独个呆坐半晌，又将了将周遭的人、事，琢磨或许应让家眷进宫，去同亲妹妹皇贵太妃垫几句话。可转又想起自己那位当家的四儿太太不上台面，也只得作罢不提了。

第四十三章

发赈

　　这一面打发了允禩、隆科多等人出去，虽已是下晌日头偏西光景，皇帝因另有一件棘手的事，所以仍召几位内廷行走的重臣入宫议论。

　　所议者乃是江苏淮安、扬州旱灾赈务。去岁两府亢旱，米价腾贵倍于平日，如今青黄不接时节，这一片富甲天下的金粉之地，平民百姓就越发难过。淮安府是河道、漕运两总督的驻地，南北通衢，运河要冲；扬州府更不必说，是淮盐的大本营，徽晋二帮云集景从，又何止腰缠十万贯而已。这样两个地方粮食不济，就急坏了江苏巡抚何天培，半年来斋戒祈雨拜城隍，好一通折腾，却不见老天爷有什么动静。他本想从苏州、松江两府平籴了粮米接济淮扬，无奈江南各府早不是"苏湖熟，天下足"的局面。前明嘉靖以来，这一带市镇勃兴，烟火辐辏，棉、丝、茶诸业大起，虽是鱼米之乡，却渐成粮少人多之势，又兼江南重赋由来已久，漕白二粮催科甚剧，如今苏、松几府的人，自己还要从湖广买粮食吃，并无余粮供应邻居。想来想去，也只好上奏请发外省赈粮救济江北。

　　国家财富仰给东南，这在朝廷看来，绝不是说说而已的空话。蔡珽如今是一等一的红人，正在急图报效，眼见皇帝犯愁，也不顾允祥还在跟前，就抢先发言道："江苏、安徽统归两江总督所辖，运粮近便，应敕下两江总督查弼纳，从皖省就近筹粮，来发赈济。"

　　蔡珽是个旗人，说起南方的事，自然无所偏倚，张嘴就来。张廷玉是安徽桐城大族，淮扬旱涝短收，按过往的情形，一定有许多百姓顺江而上，到自己的故里去讨生活，当地的粮价已经高抬起来，哪经得住官府再去买粮。他心里这样想，却不好直说，恐有偏袒桑梓之嫌，所以就不言声，只向一旁的吏部尚书朱轼看去。朱轼厌恶蔡斑的为人，遂不肯附和他，另外建言道："江苏、安徽固然同属两江总督的管辖，可依何天培所说，灾是淮安重于扬州，要说转运便利，倒是由河南沿河发去更快，况且豫省去年大丰，帮衬一些，也不吃力。"

张廷玉是个惜语如金的人，听朱轼说得中意，便不肯多言，只补了一句最叫皇帝高兴的话："豫抚办事得力。"

现任的河南巡抚名叫田文镜，除了深得皇帝宠信之外，朝野上下，实在人嫌狗憎。他原本是州县佐贰出身，熬到近六十岁，做了内阁侍读学士，今上初登大宝，奉旨祭祀华山，沿途揭出山西巡抚德音匿灾的事，所以得了皇帝的赏识。先将其超拔为山西布政使，次年改调河南，不久又升为本省巡抚。田文镜年已老迈，在朝又没有得力的师友亲戚作靠山，晚运发达至此，实赖皇帝一人之力。他在河南开荒垦田、厉清亏空，藩库虽为之大充，却着实开罪了不少人，得了个严苛深刻的恶名。

其中动静最大的，是雍正二年春天的封丘县生员罢考之事。其时田文镜正作藩台，主持加固黄河堤坝。修堤的人手不足，他就不理会朝廷对绅衿的差役优免①，叫沿河州县的秀才一体上堤做工。因为开封府的封邱县奉行最力，当地的秀才们就大闹起来，先在省城散发揭帖，又聚众拦了知县的轿子，最后一不做二不休，干脆凑齐了全县文武童生院试罢考，又冲进考棚，将赴考之人的卷子尽行撕烂，乱了个天翻地覆。当时的河南学政不是旁人，正是张廷玉的亲弟弟张廷璐。他是翰林世家、榜眼及第，如何看得上田文镜，又怎么不偏着读书人。所以张廷璐先看见考生们的揭帖，就同河南巡抚石文焯、按察使张保、开归道陈时夏等，一例作壁上观，等着看田文镜的笑话。

待笑话真闹出来，皇帝却出人意料全听了田文镜的话，不但把带头罢考撕卷的文生员王逊、武生员范瑚立斩开封闹市，还将学政张廷璐革职，巡抚以下降革有差。张氏两朝近臣、宰相门第，竟把个三公子折在田文镜手里，朝野上下俱都议论纷纷，咂舌这田某人的力量。张廷玉是极谨慎的人，心里虽有万般气恼，总不肯说一个不字，落人口实。

皇帝熟知他们的芥蒂，这会儿听见张廷玉夸田文镜，心里暗道难

① 明清时代具有秀才以上功名的读书人，或是退休回乡的官员，可以免除亲身为国家服劳役的义务，被称为"优免"。

得，遂不顾一旁蔡珽涨红的脸，只向张廷玉笑道：“说得是，河南去年的收成好，田文镜办事也最认真。河南若不足，再叫山东协济些个就是。”说罢又问一直没吭声的允祥：“在河南买粮，是朝廷发帑，还是先叫他们垫着？”

自罢考公案出了以后，除了皇帝，允祥从没听一个人说过田文镜的好话。特别是河南籍的京官，或是在河南任官的读书人，都将此人视作天上掉下来的煞星。先不说勒令绅矜们身亲力役，单说这半年多，田文镜先后参罢的州县属员就有十几个，一色进士举人出身。这些官员各有座师同年，所以如今举朝无人不知，此人是个专与孔孟门生作对的酷吏。连皇帝用人的名声，也叫他带累不少，说是急功近利，亲近杂途。田文镜前日又上了折子，说去年的秋粮正项，因为省府藩库周转不便，请将本该起运户部的四十余万两京饷暂缓解送。皇帝去问户部的意见，部员们好歹找了个空，同声一气向允祥道：田文镜又是开荒、又是催缴，日日敛财，闹得官民不安，且又吹嘘黄河安澜，粟麦大收，怎么到了起解京饷时，反说周转不便？其中缘故，断不可问。王爷岂能叫他蒙蔽了？允祥听了深以为然，此时见皇帝问，便将心一动，从容回道：“发京帑到河南要十几天，又空耗了脚价银子，不如叫他们先垫支着，豫抚是顾全大局的人，自然办得好。”

皇帝点头无话，叫张廷玉先退至外间，拟了旨，皇帝看过了，当即就送出去。这边又议了几件事，倒把皇帝说饿了。他素来晌午之后就以看折子为主，少有这么晚了还见人论政，遂向众人言说辛苦，又传了十几品晚点，君臣同餐。一时饮馔已毕，天就到了戌正时分，殿外已经黑得透透的，几个人待要辞去，就听皇帝笑道：“先前钦天监奏，说本月初有五星联珠①的瑞兆，昨儿初一没有，不晓得今天怎么样。你们既赶得晚，不如一起看看。”众人闻言，自然凑趣，都随着皇帝到乾清门广场去看天象。

乾清门外开阔轩敞，正宜饱览天河。因是初二，月光不明，只有穹宇繁星熠熠生辉。皇帝拿了个镶象牙的藤筒千里眼，兴致勃勃才擎起来去看，便脱口而出：“来了！”

京城里天降吉庆百官朝贺，河南的开封城里，那位巡抚田文镜却

---

① 五星联珠也叫“五星聚”，即水、金、火、木、土五行星同时出现在天空同一方的现象，古人曾认为它是祥瑞之兆。

313

正忙着和全省的官逐个较劲儿打擂台。他是监生出身，从县丞微员一步一步熬上来的人，地方积弊，一应全熟。在他看来，如今的河南，两司无能，道府尸位，州县疲软，师爷机巧，书吏奸猾，衙役捕快养贼自重，长随奴仆敲骨吸髓，缙绅秀才跋扈不法，小民百姓健讼放刁，上上下下简直一无是处，尽都在他这一把老骨头的整肃之中。

部文一向由各省驻京的提塘驿递即可，可发赈的事情大，所以户部又派了个七品笔帖式来亲自说明。笔帖式名叫佟泰，是个满洲人，从没到过河南，但他听书看戏惯了的人，岂能不知宋金故事？所以久闻开封府的大名，实在如雷贯耳。心想这样名城大邑，地在中原通衢，就算没有北京城那样巍巍贵气，总该是灯红酒绿，满目繁华的样子。

到了开封先办公事，一时文书送进，便有签押房的师爷来同他说，田中丞正会客，烦请上差稍待。佟泰是个好热闹的人，枯坐无聊，就告诉师爷，说先到驻防衙门去会亲戚，也不肯要人相陪，自己换了衣裳，溜溜达达往街上走。

开封的内城是驻防满城，康熙三十六年定了七百六十人的兵额，由城守尉统辖。向外是民城，才算开封府的属地。满城无甚意趣，及到外城，虽也称得上市坊密布，烟火丛集，可那些酒肆茶楼、店铺歇家的生意却不甚红火，街上往来的人大多板着脸，并不见欢喜神色。佟泰问着人，走了几条有名的街巷，便觉没甚逛头，只道这是个徒有虚名的地方，出趟外差，回去连个说嘴处也没有。

时近正午，他因腹中有些饥饿，就顺腿走进一家大门面的酒楼。这买卖十分气派，窗明几净，桌椅镂花，只是食客寥寥，伙计们都百无聊赖闲着。这会儿见个绸衣缎褙的外乡人迈着官步走进来，眼睛里都透着惊诧。待佟泰咳嗽一声，才有两个年轻伙计缓过神迎上来，操着半土半官的买卖腔招呼他落座。

佟泰看了一眼墙上挂的水牌，依次写着"套四宝""筒子鸡""鲤鱼焙面""羊双肠"等本地的名菜。他因为一概都没听过，所以不肯露怯，只迤迤然坐在临窗的八仙桌前，吩咐道："把你们拿手的菜上四五个，再烫一壶好酒。"见一个伙计下去预备，他便向那伺候手巾茶水的人问："青天大日头的，这是要净街，还是都改了兵营？"

这伙计是开封的城里人，在大买卖家学徒出师也有两三年，最能耳听八方见多识广。又兼这酒楼离满城近便，驻防的文武旗员常到他们店里吃喝，所以听熟了京腔，也见惯了这等旗下大爷的做派。他看佟泰身着缎面长袍，外套羊皮翻毛巴图鲁背心，举手投足，比驻防的官弁还有体面，且又从没见过，就在心里猜他是京城人物，只不晓得是过路上差，还是本省的新任。伙计琢磨着他的来头，手底下就越发殷勤起来，却不敢多话招事，只是恭敬不失俏皮地赔笑道："老爷见笑，现在是农忙，进城的人少，所以显得冷清。"

"这倒奇了。"佟泰以他在京城的观感，只道冬天难免萧条，现在河开燕来，正是大姑娘小媳妇满街逛的时节，怎么反倒冷清？不过转念一想，这开封城名气再大，和京城一比，不过也是小去处，怕不能同日而语。

他这里胡思乱想正等着酒菜，门口又进来两个客人，年长的四十来岁，看来是个常客，向迎上去的伙计嬉笑几句，就坐在佟泰的邻座，熟门熟路叫着酒食聊起来。

"你们田抚院吃了别人屙出去的东西，净出些没人味儿的举动！"年少的二十八九岁年纪，是个火爆脾气，因屋里暖和，就一把扯了领口，也不论左右动静，自顾自恨道："我也跟过好几位大人老爷，从没听说到任了不让在省城住，径直给撵下去。这倒好，老爷不许拜会上宪朋友，连我们也不得好吃好睡，稍要些东西，就说骚扰驿站。都他娘什么世道！"

"小声些，别给你们老爷招祸。"年长的行事小心，瞥了一眼左近的佟泰，用胳膊肘一顶同伴，压低了声道："你们黄老爷也是两榜出身，难保不和我们老爷一样，触那老伧头的忌讳。"

"看他敢！我们老爷可是蔡总宪的保山！"

"先头张学台还是张尚书的亲兄弟呢，还不叫他挤罢了官？我们老爷一贯小心，也落个革职留任。"年长的自斟了一杯酒，"吱"一声倒进嘴里，摇头道："黄老爷刚来，还不知道厉害。他打去年就立了规矩，不但新官到任不能在省城呆，就是各府州县现任的老爷们，凡是到省办事，都不许多带长随，也不许停留，不许拜客宴会。你瞧见没，开封城里有名的酒楼茶座戏园子，哪还有一点儿活气。"

两人正说得解气，就有伙计端了大条盘盛的本地名菜糖醋软熘黄河大鲤鱼焙面上来，登时热气腾腾，油光渍渍，香气散得四处都是。伙计因与那年长的熟稔，就一边布菜斟酒，一边接他的话道："我们东家的二舅爷在城南开客栈，如今买卖也不兴旺。听说是抚台大人的钧令，叫外府的老爷们凡到开封，有事回事，随到随见，不准耽搁留宿。要是一天之内办差不及，连老爷带跟着的人，都不许住在城里，需得先出城去，第二天再进来办事，说是怕跟随的人多，无故勾结扰民。我们东家和舅爷都说，几辈子做买卖，从没见过这样的令。不说大买卖家不能伺候贵客，就是街上挑挑儿的、赶脚的、套车的、卖小吃食的，也跟着少了好些营生不是！"

"这姓田的六十好几，也没儿子，是个绝户头，做官的心比旁人热了一百倍还不止，现如今谁放到河南，就是谁的晦气！"两个人喝了几盅酒，胆子就越发大起来，又骂了许多开封城里的怪事。佟泰在一旁听着，慢慢明白了二人身份：这两个原是同乡，年长些的是原任开归道陈时夏跟前的长随，年轻的则是新任信阳知州黄振国的家人。

吃过了这顿饭，佟泰仍沿着原路往回走，心道这田文镜确实有些魔怔，怨不得京里汉官人人骂他。等回到巡抚衙门，又见着方才的师爷，师爷十分客气，笑道："我们大人已经看过部文，请上差当面商量。"

田文镜今天的心绪十分不好，一早见了新官上任的信阳知国，才说了两句话，就惹得他大发邪火。新任官拜见巡抚，大多是个虚礼，可他一听来人是个进士出身，且是蔡珽的保山，就要先给个下马威，打打这书生的威风。因此仪礼一完便开口道："信阳三省通衢，最是冲要繁难，我料你断不能从容办理州务，只好听师爷书办措置。你的上司汝宁府也是个书呆子，只有上蔡令张球是明白人，往后你有不懂的事，要多和他请教，别仗着是两榜出身，就看低了同僚。"

黄振国是个有脾气的人，早听人说田文镜霸道，心里很不以为然，遂正襟危坐应了一声，就不再言语。

田文镜知道他心里不服，更要显示自己的民情熟惯，遂绷着脸又道："如今地方的第一要务，是招徕百姓，开垦荒地，上实国库，下固农本。信阳临近荆襄，多有山川沟壑可以开垦，你到了任，先要晓谕乡民，加紧屯种。"

黄振国也是做过知县的人，才刚"教训"的话不好驳回，及说到民政，就不肯听田文镜自说自话，遂欠身拱手，正色道："现在是春耕农忙，良田好地的劳力还不足，卑职愚见，新垦的事怕要等一等，待农闲时再提。"

田文镜叫他一句话堵住，登时就将花白的眉毛立起来。开垦荒地，是今上很看重的事，雍正元年就下旨户部，改订开荒之后三年起科的旧例，以水田六年、旱田十年为限，待收成恒定，再行缴纳税赋，并由官府发给执照，永为世业。又下诏："府州县官能劝谕百姓开垦地亩多者，准令议叙。督抚大吏，能督率各属开垦地亩多者，亦准议叙。"这原是皇帝重农务本的好意，各省因地制宜奉行开来，也颇有获益之处。可田文镜实与别人不同，向来旨意叫行十分，能劝令属官百姓行着六七分者，已经是卓然的忠臣，可到了他身上，偏是要行个十四五分，才自觉对得起皇帝的知遇之恩。他在河南力行开荒垦田之政，所属州县无论境内情形如何，新垦亩数稍有不足，就叫他一本参倒。黄振国在这件事上当面顶撞，他自然恼火至极，双手朝上一拱，厉声道："圣训煌煌，开垦一事，于百姓最有裨益。这件大事要办不好，难保我不请你回家去了。"

"卑职不敢违旨，可也不敢希旨。"这边黄振国正要再跟他抬杠，便有签押房的人来回，说户部的上差到了，有要紧部文送到。田文镜不敢怠慢，只好先收了气，打发黄振国上任，再叫人去请部差。不料佟泰等不及他的招呼，自己就先逛去，田文镜没有法子，只好取来部文先看，又请了几位师爷来，一起商议办法。

师爷们看过部文，各自愤愤不平，有气盛的，就先开口抱怨，说江苏富庶，不过两个府遭了灾，为什么不能自己调剂，倒要河南来籴粮？单是籴粮，已经抬高了河南的粮价，怎么还要河南垫补买粮食的钱？中丞圣眷优隆，哪能叫人这样欺负！

众人七嘴八舌，说得田文镜心烦意乱，只在花厅里转磨，等他的首席幕友邬先生开了言，屋里才静下来。单听他说道："诸位怎么不知吃亏是福的道理？东翁是河南的巡抚，也是朝廷的大臣，要是斤斤较本省的得失，又置'公忠'二字于何地？内廷诸公与东翁有嫌隙，早在天子圣鉴之中，这次东翁要能秉持大公，当仁不让，圣上一定嘉许东翁的大度，愈发另眼相看了。"

邬先生是绍兴的名幕，周游四方后到了河南，叫田文镜重金礼聘而来，时常讨教切磋。所以深知他的见解本事，决然不同寻常。此时听他的几句话，果然又高出众人一筹，恰合了自己取信于上的心思。因此猛一拊掌，叫好道："老先生说得极是！他们越刁难我，我倒要显出大公无私的境界来，难得难得，这舍芝麻捡西瓜的好事，竟又偏了我了！"

邬师爷见他明白，自也捻髯而笑，却又补道："还有一件细事，东翁也要想到，才能把这件功劳办得漂亮。"

"请指教。"

"东翁的仕途遍历南北，可知南方人吃不惯粟米么？"

"对，我原在福建做过官，当地人只吃稻米。不过淮、扬两府在

317

江北，情形或许不同？"

邬师爷游历天下，见识很广，当即告诉田文镜道：淮、扬两府的人大多也不吃粟米，河南所产的粮食，有粟、麦两种，既是籴给淮扬两府，就请将部文中的"米"字换作小麦，才合他们的习惯。

田文镜略一思量，就大赞邬师爷的周到。小麦是河南的上等细粮，比粟米贵得多，需得城居人家才吃得上，且每年又要供应漕粮，本地原就不足，若要大批的买来救济外省，叫他这当巡抚的，如何能不心疼？可既然已经定了顾全大局的主意，索性就送佛上西天，自家的委屈少不得一忍到底了。

田文镜这边和师爷们商议妥协，又写了回文，等见着佟泰，就交付给他，再向他说："垫款籴粮的事，鄙省自当竭力奉行，断不负朝廷的委任。只是南方人吃不惯小米，需换小麦运去。去年冬收的小麦这会儿再买，怕要费些时日，文镜一定从速妥办，请王爷放心。"

第四十四章

折冲

佟泰接信不敢怠慢，当日驰驿返京。到部后，先将田文镜的回文呈递上去，又禀明了回话。允祥听着纳闷，就问蒋廷锡："江南人一点儿小米也不吃？"

"鄙乡不吃，江北说不好。"蒋廷锡是苏州人，且是世宦之家，自幼丰衣足食，也不晓得庶民吃穿，听此一问，只是摇头。

"既然是灾荒，也不至于一点儿不吃？救灾如救火，叫他拨藩库银买粮，他倒要费些时日。"允祥本来不喜欢田文镜，所以又抱怨了两句，向蒋廷锡道："罢了，田中丞我也惹不起，明儿御门听政是咱们的轮班，请旨就是。"

第二天乾清门议政，皇帝听了蒋廷锡的奏陈，就先赞道："田文镜虑得周详，别省的事也不怕麻烦，可见是实心为朝廷分忧。"说罢又向众人道："江南人不吃小米，当年随皇考南巡时候就有耳闻，江淮一带我倒记不真。"

张廷玉不愿家乡受粟米抬价之累，才想将这吃力不讨好的差事塞给河南，却不合又叫田文镜得了一心为公的考语。他的心思深沉，平日里恪遵"万言万当，不如一默"的箴言，虽说已是皇帝须臾难离的草诏近臣，出言仍极谨慎，惟遇着田文镜讨好，心里大为不甘，上前一躬道："臣家多食稻米，但乡里人也常用小米煮粥。江淮歉收，小民饥馑，发粟赈济，想必也以食粥为主。豫抚办事周到，只是文书往返，未免耽搁时日。"

皇帝虽有疑惑，可听他说得言之凿凿，也不容不信，就再去看朱轼。朱轼是江西人，多在浙江任官，于淮扬情形也不明白，可厌烦田文镜的心，与张廷玉并无二致，故颔首附和道："江淮一脉，想来不错。"

"那就是田文镜孤陋寡闻了，倒不怨他，一个汉军旗的人，如何知道这许多细处。"皇帝"喔"了一声，却仍先为田文镜找了说辞，才向蒋廷锡道："既这么着，就再发文给河南，叫田文镜不必过于执拗，加紧买米，从速发去就是。另外山东的协济，也催他们快发。"

因为山东所籴的米少，所以不几天就备齐了，从济宁起运，沿着枯水的运河人拖夫曳，先送到淮安。江苏巡抚何天培先从苏州赶来，正同河道、漕运两总督在府城祈雨，正好亲自接着了粮船，将那一舱舱金灿灿的粟米换船装车，送往各州县发卖，以平米价。何天培是旗人，也不懂得粟麦稻米的分别，却听师爷们皱眉道："这样的粮食怕不好卖。"

赈粮既已运来，自然要按原命行事，待几万石粟米发到各县，传回来的信儿着实叫人头疼。实为缺粮的百姓不肯买粟米，或是发到手里，也都倒卖出去，转给淮安城里的大商大官的奴仆，买去喂鸡喂雀儿。何天培找来淮安府衙的差役询问，才晓得本地不产粟米，许多人见也没有见过，即便知道，也不当是人吃的粮食，只看作伺禽鸟牲畜的饲料罢了。

何巡抚没有办法，只好再写一道折子说明，这边才寄出去，就听说沿黄河西下的河南粮船也到了淮安。因为前车有鉴，何天培只当这河南送来的，自然也是粟米，故而懒得亲自到码头去看，不过命淮安知府："先去款待押粮的人，再烦他们将原船运回去，看别糟践了他们的好粮食。"

等淮安府到了码头一看，才晓得河南运来的竟是几万石小麦。何天培大喜过望，赶忙又补了一道奏折，二次奏报上去。

皇帝见了两道折子，登时明白就里，特传张廷玉到近前，先叫他看了折子，又道："田文镜办理购粮有功，交吏部议叙。"及见张廷玉诺诺欲退，又叫住道："令尊张敦复先生一向最能容人，怎么不学他几分，偏要和个外官过不去？"张廷玉自入值中枢以来，还从未受过如此重话，又不敢辩，只好惶然谢罪，自认侍君不纯而已。

皇帝还不解气，又明发上谕，直言朱轼、张廷玉两个，为了张廷璐的事，对田文镜挟嫌报复。臊得两位重臣灰头土脸，旁人也各心惊。次日听政已毕，张廷玉正满腹心事往值房处走，就听身后有人叫他，一回头，便见伊都立几步跟过来，向他抱不平道："衡臣兄何等人，竟因为田文镜受了挫磨!"二人的父辈是旧僚,早就认识,即便如此,张廷玉仍不肯发甚怨言,只一劲儿说些扪心自省的话。伊都立心里暗自发笑,嘴上也只好顺着他道:"雷霆雨露皆是君恩,兄真是透悟了。"

伊都立此来是奉旨觐见,所以一路闲话着到了隆宗门,才要分别,就见蔡珽面沉似水从里头出来。他如今的风头举朝无两,先兼了兵部、都察院、正白旗满洲都统不说,头两天又将朱轼所遗的吏部汉尚书缺一并揽在怀里。平日里赫赫扬扬,每一出门,必得是背着手走路,仰着脸看人,少有这样不得意面孔。这会儿见着张廷玉,倒似见了知己,先撒气似的"咳"了一声,方拉着手道:"一个田文镜,拉扯了朱、张二公不算,又把吏部发作进去。"

张廷玉因是个中人,不便问,就看了伊都立一眼,伊都立是个闻琴音知雅意的人,遂代他问道:"怎么还有吏部?"

"说我们埋没了他的功劳,合伙欺负他。运个粮罢了,竟要加三级。"蔡珽是朝中科名最早的进士,说起田文镜,自然也极气恼,却不敢高声,只一拍张廷玉的肩膀道恼,便自办事去了。

说来皇帝与田文镜从无旧交,只有改元伊始他奉祭华山时,和许多人一道觐见过一次,且他的仪表又不出众,所以三年下来,连他的高矮胖瘦、眉眼相貌,也早忘个干净。再者,他的为官办事,真道皇帝如何器重,也未必尽然,只是看着他不畏势力检举了山西匿灾,才青眼有加。

不想这田文镜一经抬举,就极为效力,圣旨说一,他便行十,纵受百般讥嘲,也从不来抱委屈,宁肯得罪属僚巨室,也要以天子之心为心。皇帝暗地里看着他,虽有许多迂戆操切之处,性情又过于刚愎执拗,常把一件善政办得人人厌烦,可就这无私无党、六亲不认一件,就什么贤达的能臣也比不了的。这样的人,自己若不保他,他必定没有活路,若保了他,往后遇着紧关节要,自然就有可使之处,不济也能给众人树个孤忠自持的榜样。

想到这,皇帝便在御案前停下来,翻开田文镜自述心迹的奏折,挥朱笔立就道:"朕就是这样皇帝,就是这样秉性,就是这样汉子。尔等若不负朕,朕必不负尔等。勉之!"

皇帝这边还想着田文镜的事,就听奏事太监启奏,说刑部侍郎伊都立候见,这才将神思拉回来,待他行礼跪定了,便开门见山道:"前儿听怡亲王说,你想着外放呢不是?"

伊都立一听叫自己御前独对，就开始揣摩由头，却不敢深想外放这样的好事，不过他素来机变多智，略一支吾，就流利道："奴才是满洲世仆，一身一命皆主子所赐，如今在京伺候圣驾，是奴才的福气，若是主子有旨效力封疆，自然也不敢推辞。"

皇帝听他头磕得响，话也讲得客套，便大笑起来，说道："就不必说这些场面上的话了。用人之法亲亲之道不可违，但凡有一个缺，满洲汉军都可用，自然要用满洲，汉军汉人都可用，自然用汉军。可惜这话说是说，实在满洲的人才太少，叫人着急。像你这样，不用说，也不会埋没了你。"

"臣何人——"

"诺敏突然犯了中风，只好回旗养着，空出一个山西巡抚的要缺，非你莫属。"皇帝先还款款说得慈祥，待伊都立感激涕零时，却换了严峻神情，蹙眉道："诺敏百样伶俐，只有一样糊涂，就是信不过我的话。所以他就不病，现下这个时节，放在山西也不宜，你晓得为什么？"

"恭请圣训指示。"

"三晋是京师门户，要防陕甘之变，岂能不用自己家里的人？"

"啊？"伊都立虽然知道年羹尧在京时几番惹得皇帝不高兴，可乍闻此言，还是惊得瞠目失声，又自知唐突，忙低下头，却不敢擦脸上的汗，只嗫嚅着连声称是。

"你不用吓得这样，不过先把话说下，有备无患。"皇帝见他惊惧，又把口气放缓了些，掰着手指头数道："你去之后，一则河东的盐政，一则大同的防务，都要收回来，现在又不打仗，哪省的事哪省管，不能都由大将军统筹。"

"是是，奴才明白！"

皇帝看他实在心胆俱颤，便不肯再当面多说，又嘱咐了几句勤政爱民、清廉自矢、用心察吏、不坠家风之类平常告诫督抚的话，就预备叫他跪安退去，及见他提着衣角刚站起来，忽然又想起一件事，叫住道："你跟年羹尧的交情不错，又多有书信往来，这是好事，不用听了刚才那几句话就胡乱避忌，叫人起疑。"

伊都立诺诺应声而退，一出宫门，就直奔怡王府去。因他是至亲，虽说允祥不在府中，亦有长子弘昌接着，招待他用饭闲谈。只是伊都立实在满腹心事，坐立不安，午饭才吃了两口，就停箸不动，同他说话，也嗯嗯啊啊的胡乱应付。弘昌是二十不到的年轻人，哪里猜着这里头的事，只好陪着枯坐，直等了两三个时辰，才候着允祥回府来。伊都立几乎一路小跑迎出去，也不等他换了家常衣服，就请他屏退了闲杂人等，急不可耐道："上午觐见，说诺敏中了风，叫我去顶他山西巡抚的缺。"

"还当什么事急成这样，这不是好事？"允祥一副心知肚明模样，见他一头一脸的热汗，全不似平时的小诸葛风度，便笑起来，正要伸个懒腰再叫人进来服侍，就听伊都立摊手急道："又说叫我去山西，是为了防备西边有变。这——这可真吓得我一句话也不敢回了。"

"话说得这么白，可见是信得过你。你沉住气，只要诸事请旨就错不了。"允祥也换了郑重神色，拍拍他的肩膀，自坐在太师椅上，略沉吟道："你跟年亮工有旧交，你去，他必不起疑，这正是皇上的圣明之处。"

"唉，没想到，真是没想到，竟这么快——"伊都立嘟嘟囔囔自念叨着，再抬头看允祥的脸，晓得自己话说得不妥，忙住了声，改口道："是我从没有放过外职，头一回，就担这样的重任，实在心里没底，所以急着来请教，看王爷还有什么吩咐。"

允祥想了想道："诺敏手里有几件事办得太拖沓，你赶紧替他了结了奏上来，最要紧是九贝子家眷在平定州伤人的案子。"这一句话又把伊都立的好奇心说上来，凑近了低声问："主子一向看重诺敏，可听今儿的话茬——他岁数又不大，怎么就中风了呢？"

"吓的。"

"啊？"

"他是小门小户的出身，有些事看不明白，也禁受不起，实在可惜了材料。"允祥边说着，略带惋惜地摇了摇头。

说来诺敏为了耗羡归公之议，原本备受皇帝的器重，在督抚中的风头，与直隶李维钧不相上下。可到了去年夏天，就有允禵家眷前往西宁，途经山西平定州骚扰地方的事，诺敏先未详查上奏，事后处置又不合上意，惹得皇帝大不欢喜了一阵。

再者皇帝曾在朱批中告诉诺敏，若有隐秘不便上奏之事，可以写信向怡亲王打听。饶是皇帝这样说，诺敏却生怕有试探之意，并不敢认真照办，只以外臣不能与皇子宗王私相授受之说推托多次。他话说得堂皇正大，皇帝也挑不出错来，却因为平定州一案，他留在北京的儿子向隆科多打听消息，就叫皇帝逮了个正着。遂在朱批中尽情讥讽道："你所奏甚有道理，朕竟失为君之道，像你这样铁石心肠之大臣，自然要求相当之大臣照应才是，所云依怡亲王照应之事，竟是朕信口胡说。朕览尔奏，每思前旨，后悔莫及，请贤臣宽恕朕之错误。"然后不待他回奏，干脆将他一家大小拨到允祥所属的佐领安置。

诸敏本来有头晕体麻的症状，叫皇帝夹枪带棒连着教训几次，愈发的气火俱浮，迫血上涌。这一天竟日的见人办事，回到后衙便觉乏累异常，不合又接着这道朱批，一时看罢，就吓得魂飞魄散，以致气血逆乱，当即就厥仆在地。家人又是请医，又是灌药，折腾了大半宿，总算将他呼唤还阳，可惜五十不到年纪，就落下个舌强语滞，半身不遂，连抱拳打躬都要下人帮衬，自然做不了这一省的巡抚。皇帝总算怜惜诸敏的才干，先命太医到太原给他看病，见不能好转，也只好叫他先回京来调治。又筹谋再三，叫伊都立去接任，兼取令年羹尧不加防备之意。

这边允祥随口说了几句原委，伊都立心里不免感慨，只说以诸敏之能事，尚落得如此地步，可见晋抚一职夹在京城与陕甘之间，委实是个不易做的差事，自己此行需得慎之又慎。他这边心里盘算良久，就见允祥已经换了便服净了手，悠闲喝起热奶茶来，遂定住神，又满脸挂上笑容，一个长揖到地，复道："才慌了神，光顾着自己的小事，不及给王爷道喜。"

"我何喜之有啊？"

"前儿议叙总理事务王大臣功过，皇上褒奖王爷任事忠勤，特旨赏一郡王的事，岂不是大喜？咱们大清立国以来，这样的荣耀，除了当年礼烈亲王，还没有第二个人呢。"

"我当是说什么。"允祥叫他说得攒眉耸肩，随手将那白玉错金碗放在小几上，咳声叹气道："这件事我正犯愁，已经辞了两遭辞不掉，明儿还要去辞第三回，实在麻烦得很。"

伊都立所说，是近日朝中一件大事。先帝丧期已满，总理事务四王大臣辞去职任，皇帝召集群臣评点四人功罪。其中将允祥大大夸奖一番，说他三年来赞襄治理之功甚大，若不加恩褒异，将来宗室诸王为国效力之心必至懈怠，所以特旨赏一郡王，听其于诸子中指名奏请授封。此外隆科多、马齐亦有劳绩，隆科多给世袭头等轻骑都尉世职，马齐给骑都尉世职。三个赏功的说罢，又将允禩痛骂了一遍，说他因为允禵、允禟、允䄉被疏远之事心生怨恨，不但不输诚效力，且每事烦扰，阻挠政事，惑乱众心，是为有罪无功，不予加恩。

谕旨一从内阁发出来，就令闻者咋舌。允禩挨骂倒在情理之中，意料之外是给允祥的赏赐实在过厚。所谓一门二王，即在开国时亦属罕见。允祥是早年吃过大亏的人，又亲见皇帝待年、隆的用心，哪怕恩遇荣宠冠绝当朝，亦常有如履薄冰之感，这会儿听他的亲翁说起来，仍是无可奈何情状，倒叫伊都立有些摸不着头脑，只好欠坐着讪笑道："这会子年、隆二公都不做脸，皇上的心最热，再不多疼着王爷点儿，竟是有恩无处施了。"

允祥一时默然不语，良久方道："这话见得很是。不过，皇上的心也太热了些，我再不以清凉相济，岂不是自踞炉火之上了么？"

二人又说了几句闲话，伊都立便别过回家，收拾行装等着吏部的文书。不料尚未出京，朝中就又出了一件半大不小却叫人心惊的事。始因二月初二所见的"五星连珠"天象，乃是一大吉之兆，皇帝颁旨以告天下，各地督抚将军提镇等官照例都有贺表奏上。贺表所写乃铺陈酬应文章，一贯是书启师爷们的擅场，皇帝日理万机，看与不看，常在两可之间。可这一回他就认了真，单拿出年羹尧的表文细看，偏是大将军的幕府粗心，把个颂扬皇帝勤于政事、夙夜匪懈的"朝乾夕惕"四字，错写成了"夕阳朝乾。"皇帝为此大光其火，敕下内阁切责年氏说：

"年羹尧所奏本内，字画潦草，且将朝乾夕惕写作夕阳朝乾，年羹尧平日非粗心办事之人，直不欲以朝乾夕惕四字归之于朕耳。朕自临御以来，日理万机，兢兢业业，虽不敢谓乾惕之心，足以仰承天贶，然敬天勤民之心，时切于中，未尝有一时懈怠，此四海所知者。今年羹尧既不以朝乾夕惕许朕，则年羹尧青海之功，亦在朕许与不许之间而未定也。朕今降旨诘责，年羹尧必推托患病，系他人代书。夫臣子事君，必诚必敬，陈奏本章纵系他人代书，岂有不经目之理。观此，则年羹尧自恃己功，显露不敬之意，其谬误之处断非无心。此本发与年羹尧，令其明白回奏。"

那句"年羹尧青海之功，亦在朕许与不许之间而未定"的话说得太重，把朝中那些原本懵懂的人一下都说得警醒了：看来年大将军不知从何时起，竟已失去了圣心，亏得早先虽想巴结，却够不上，实在侥幸，侥幸得很。

势倾

第四十五章

　　且说伊都立一路晓行夜宿到了太原府，先与诺敏交接了各项政事，又将他好言安慰，说王爷素来爱重老兄的才干，此番归旗，必无为难之事，等尊体将养得大安了，一定还有东山再起之日。诺敏这一场大病下来，心早就灰透了，不过歪靠在躺椅上，一手揉着两个焗得油亮的"狮子头"，觑着眼睛同他应付。等一应交代完毕，就从寿阳驿相别往京中去，宦海抽身，无事为福。

　　伊都立这边送走了诺敏，就双管齐下，一面命人严审已经提到太原的九贝子府护卫、太监，细查其在平定州扰民一事，一面去支应年羹尧。他先以新官到任为由，给年羹尧写一手札，自述"初膺疆寄，恐怕力不能胜。弟与兄昔为挚友，今作邻封，还望凡事照应，不吝赐教云云"。年羹尧回信也很客气，赞其素有能事之名，虽系初任，亦必游刃有余之类。

　　伊都立经这一回客套，再写信时便入正题，故作请教之状，去问河东盐务诸事。待信写罢却不送去西安，而是命亲信家人快马急递御前，请皇帝先行指示。不过数日，就得了皇帝饶有兴味的朱批，告诉他信写得甚好，只是开头可先捧上一句："至于游刃之能，为年兄不世出才具之所能，非弟辈铅刀伎俩之所能也。"伊都立见此心如明镜，晓得是要自己放低了身段与年氏虚与委蛇，再渐次查访其罪状。

　　因皇帝先曾有言，须将大同镇总兵马会伯笼络重用，所以伊都立也很上心，挨到本省文武陆续到太原相见时，就特意邀其内宅叙谈。这位马总兵是康熙年间的武状元，因读过几部兵书，又在宫中任过一等侍卫，就常常自诩儒将、近臣，与行伍出身的武官不大合群，也对时不时以势压人、越境发威的年羹尧颇为不满。半个月前，皇帝先有朱批给他，称许他军政娴熟，功勋卓著，不当屈身于年氏之下；令他渐次与年氏相远，将所辖一切防边、屯田、练兵之军务，俱与新任巡抚伊都立会商。所以这遭巡抚衙门见面，马会伯不过将本管公事言简意赅说了几句，就转过话头，起身向北拱手道："会伯奉旨，凡事都听中丞大人调遣！"

"岂敢岂敢，日后仰仗总镇的地方多着呢。"伊都立见他知趣，心中欢喜，忙站起来谦逊一番，又坐下倾身笑问道，"听说大将军给陕甘将弁兵丁发赏，动辄成千上万，所以人乐为用。要说北方各省，当推咱们山西最富庶，总镇久在戎行，一定更加排场？"

"嘿，中丞没有听说？大将军都为有山西才阔得起来，咱们又拿什么阔呢？"

"怎么说？"

"他叫他的公子指名向河东盐商发引票①，山陕两省的盐课一半收到自己家里，还能有个不阔？"

伊都立佯作不能相信的样子，蹙眉摆手道："这怕不能。巡盐御史岂有不问的道理？我在京里一点风声也没有听说。"

马会伯在武将中是矜持之人，可在伊都立跟前到底卖不起乖，干脆竹筒倒豆子，径直说道："管盐的都是年选，哪能自己人管自己人呢。"

"盐商们放着朝廷官引不用，又何必去用他的私引？"

"老西儿嘛，都是无利不起早，听说岳东美在罗卜藏丹津的老窝里还捉了几个！"马会伯啧啧两声，向西虚指道，"现在大将军的势大，他给的引又比朝廷的贱，自然肯用他的。"

"总镇见教得很是，可见我的迂处！"

伊都立一句奉承话说得马会伯极为受用，遂又多了几分炫耀之意，不待问，便故作诡秘之状凑向前道："不但盐，就是茶的买卖，他也一概揽着。先有私茶贩子坏了他的生意，吓得趁夜从黄河泗水到山西来，陕西的官儿带着大将军的将领跨境拿人。听说那茶变价好几万两银子卖给蒙古人，收在谁的怀里，还用说么？"

"这些细事，总镇哪里知道？"

---

① 清代食盐由国家专卖，引票即盐商所持的食盐专营许可证。年羹尧垄断山西河东盐场经营权，向盐商私发引票。

"咳，诺中丞是隆公爷的人，向来不买他的账，那些帮着拿人的勾当，可不是从我营里要的兵么。"

"好！总镇这样痛快，就算日后抖搂出来，也不碍着你。"伊都立一时抚掌大笑，又与马会伯细细商议，请他派出精干武弁，化作商人伙计模样，前往河东盐场并山陕各处行盐地方暗地查访，得其确据回报。

约莫一月工夫，众探报俱有回复，伊都立遂拟了折子，参奏年羹尧"擅给盐商印票，增引十万道；又差咸宁知县严士俊于山西拿获私茶，越境提人，将茶变价五万两；又擅罚茶犯王钦庵等银九万两，私令赎罪；又保题严士俊为河东运同，假捏商名，私占盐窝，招摇生事"各款。皇帝即刻发交部议，并遣吏部侍郎史贻直、刑部侍郎高其佩，前往山西运城查实具奏。

伊都立这一起头，各地督抚都晓得他的来路大，所以跟随参奏年羹尧的人就渐多起来。先还是密折，此后拜本明参的亦复不少。且不单寻常督抚，就是尽人皆知的年党——直隶总督李维钧、四川巡抚王景灏等，亦在被参奏之列。对这些奏疏，皇帝并无一字朱批，只挨个发给年羹尧本人，要他将诸臣所各条各款明白回奏。

皇帝这里尚自气定神闲，倒叫年羹尧的死敌，已经身兼兵部尚书、左都御史、正白旗汉军都统三要职的蔡珽颇为不安，寻机谏道："年羹尧久驻川陕，诸将皆其心腹。皇上近来责备甚疾，何不令山西、湖广、云贵等处整顿兵事，以防有变。"皇帝闻言先是笑而不语，俟他再要奏时，便负手自得道："若待卿言而后动，岂不晚了？"

及见皇帝责备之词愈加严厉，就连允祥也小心劝道："雷霆之下，恐有激变，不如稍缓图之。"皇帝亦是成竹在胸，哈哈笑道："贤弟只管放心，不必太高看了他。他这两三个月用了几千头骡子几百辆车，往各地寄放东西。偌大动静，怎么瞒得过人？他要反，只有聚财聚物聚人之理，哪能四处去散？明是留个退身步，要当富家翁罢。"说完即有旨给内阁：

"近来年羹尧妄举胡期恒为巡抚、妄参金南瑛等员、骚扰南坪寨番民，词意支饰，含糊具奏，又将青海蒙古饥馑隐匿不报。此等事件，不可枚举。年羹尧从前不至于此，或系自恃己功故为怠玩，或系诛戮过多致此昏聩。如此之人，安可仍居川陕总督之任？朕观年羹尧于兵丁尚能操练，着调补浙江杭州将军。川陕总督印务着奋威将军、甘肃提督兼理巡抚事岳钟琪速赴西安署理，其抚远大将军印着赍送来京。"

谕旨下到西安，饶是年羹尧百战之身，见此也如晴天霹雳，浑浑噩噩多日，就是写个谢恩折子，也几次艰于提笔。

他近来迭遭皇帝的申饬，又眼见陕西的要紧官缺都换了新人，且各有一番门道，一个赛着一个厉害。譬如新任陕西巡抚石文倬一到省城东郊的接官厅，就当着在省大小文武劈头传下口谕："你下旨与年羹尧，怎么连他也不知道朕呢？着他明白回奏。"说罢不等回言，又迤迤然道，"奉旨，大将军若在军前办理军务，自当照大将军体统行事，今既在省城，可照总督之礼行事。"待年羹尧忍着火气叩头答应了，便真如寻常同僚一般，称兄道弟说笑起来。

年羹尧在西安数年，一向唯我独尊，前任陕西巡抚范时捷虽是开国元勋范文程之后、赫赫汉军第一家，却在他的眼皮底下猫儿似的乖顺，日常接旨拜折，也如同总督的属官，不敢郑重其事鸣锣放炮。如今石文倬一经到任，就与他督抚平行、分庭抗礼，真把大小官员看得个目瞪口呆。

石文倬来了没几天，又有新任陕西布政使图里琛下车。此人乃是文武两兼之材，又身长八尺，仪表堂堂。康熙末年他曾奉旨出使万里之外的蒙古土尔扈特部，道经俄罗斯国时，与其女皇一见而为款交。今上即位后，命其为广东布政使，与年羹尧之兄、广东巡抚年希尧同城为官。年希尧是个通今博古、独不会办庶务的贵公子，所以本省政事多由图里琛来拿主意。

自胡期恒升任甘肃巡抚后，陕西布政使一职就由年羹尧所荐之人署理，自然凡事听年羹尧摆布。皇帝不肯容他如此，所以派图里琛来前，特意打开天窗说亮话："图里琛是在广东拿住你哥哥的人，叫他来拿拿你看！"果然，此公一经到省，便自雷厉风行，先将西安的藩库粮仓俱都把住，一日盘交不清，就不许管库官吏回家。年羹尧打仗用钱，一向公私混杂，哪里禁得住一笔一笔细查，所以不到半月光景，就把个陕西藩库爬梳成了筲箕漏勺，大宗小款样样都有亏空。

比这二人更叫他难受的，是新任西安将军、贝勒延信。延信本是肃亲王豪格一系的宗室贵胄，康熙末年入藏之战，他是允禵麾下北路军的主将，曾护送达赖喇嘛开辟绝域，由青海进军拉萨。今上因疑延信与允禵的私交厚，就拿一个贝勒的高爵赏功，将本该归他的抚远大将军印绶，交给了自己的藩邸旧人年羹尧，命延信仍领本部八旗兵镇守甘州一线，另以年羹尧妻子之叔、从来未经战阵的宗室普照担任西安将军。如今皇帝欲将年羹尧钳住不动，便又搬来与之势均力敌的延信到西安执掌旗营，浑如一把利剑，悬在他的头顶。皇帝对这步棋甚为得意，在给延信的朱批中直抒胸臆道："朕想年羹尧定料不及，是你来西安做将军的。"

皇帝三四个月里步步相逼，直把年羹尧逼得叫苦不迭。他亲信的川陕绿营诸将，尚各自驻扎在三省的隘口要害，西安城中只有督标各营，远不及延信所辖的西安驻防满兵人多，要说举旗叛逆，那是万万不能，况他也从没有这样的心思。

至于遵照旨意，离开陕西到南方去，又叫他断然不能甘心——他是个雄图伟烈之人，一生功业、袍泽部将，都在这西陲半壁。如今准部未平，宿敌犹在，竟叫他到那江南靡靡之乡去，在旁人虽不失为一桩美差，可在他看来，就算官爵富贵尚能保住，也是虚度待死，与蝼蚁草木无异。

这位逞强好胜的大将军，此时甚或想叫自己得一场大病，有个由头待在西安不走。他在给皇帝上奏时，屡次诉说自己身子孱弱，且越写越是可怜，只道："窃臣向有心跳之病，去年腊月忽然举发，较往日颇重。范时捷起身时，臣托其代为奏明事实。自入春以后，臣因饮食减少，夜不能睡，于二月初一二三等日吐血数次，渐觉头晕，虽力不能支，而亦必勉强办事。稍有余闲，即加意休养，以求痊愈。唯愿长为盛世之犬马，冀得永远效力奔走之劳。今病已渐退，而瘦弱特甚，精神不足。臣所办之事，只觉疏漏不能周到，是以于谢恩折内附陈病状，欲求圣主知臣为病所累，料理不妥之处，俯赐矜宥。"

然则皇帝不但不肯稍加抚慰，反出言讥讽道："六极恶弱，原系一事，若不弱，需戒恶。况你先曾奏朕'为善日强'，亦当自省也。"

年羹尧拿着这样朱批，回想前年在西宁守城时，即便说句手酸腿麻、天热少眠，皇帝亦有顶亲切的批语，又赏赐丹丸方剂，百般慰藉，朱批里心疼肉疼、爱惜垂泪之语，几乎无日无之。两下里一比，真有恍若隔世之感。每思及此，他实恨自己半世为官，于君臣相交之道全是个外路人，真妄称一代豪杰、风云叱咤。

心知顿足捶胸、上奏乞恩未必就能见效，年羹尧也只好听了几个管家的话，去学那些他原本瞧不上的俗官，将衙门里的金银古董、房屋契据、贵重家什等等，陆续寄顿别处，且防一日抄家，几代受穷。起先是往外送。自本年正月胡期恒遭革职起，年府的大管家魏之耀就从西安府，以及左近泾阳、三原等县的驿行车店里，雇了能驮辎重的骡子两千两百多头、大骡车两百多辆，四向而出，分赴四川、湖广、直隶、江南等地亲友的住所，能藏多少就是多少。待到年羹尧调补杭州的旨意一下，再这样大张旗鼓雇车出境，就显得过于惹眼，只好将剩余零碎的家私或打箱子，或装包袱，于夜深人静时送到西安城内的亲信家中，无论深宅花园，池塘地窖，不拘哪里，先安顿了便是。

且不说年羹尧这里六神无主，手忙脚乱，单说接任之人——那位从甘肃快马兼程赶往西安的新任川陕总督岳钟琪，也实在算得上日夜忐忑，五味杂陈。岳将军虽是将门之后，又征战多年，可毕竟是念书的将军，心思比寻常武人重得多，他知道现在各地督抚连章揭奏年羹尧的罪过，就连年氏的左膀右臂、四川巡抚王景灏也反戈一击，可见皇帝心意已决，早有布置。每思及此，岳钟琪便觉得后怕，自己如今是名声在外的飞将军，号称年党武班第一，若是一时失措，叫皇帝稍存疑心，只怕连胡期恒那样罢官夺职抄家了局的便宜也没有。

除了惊惧惶悚，这一路前来，也未尝没有几分说不清道不明的窃喜。岳钟琪还不到四十岁，年轻资浅，又一向都在外任，此前从未进京见过皇帝，一应功劳好处，都由年羹尧居中叙说。可皇帝近来对他的殷勤嘉许，又仿佛至交老友一般，屡屡在奏折中批曰："卿乃旷代奇才，国家栋梁大器，朕虽未见卿之面，中外舆论、一路次第来历、章奏、办理事件所效之力，明明设在目前，朕实知卿之居心立志也，朕实庆嘉。""陕省吏治废弛日久，兼之用兵十有余年，地方疲敝已极，总督一任非当代人物如卿者不能料理就绪，今陕甘唯卿是赖。"又将青海之胜的一应功劳，全然算在岳钟琪头上；至于滥杀无辜、欺凌番藏、糜费钱粮，种种恶事，俱是年羹尧的罪孽，与他纤毫无干。川陕总督执掌三省、军民两兼，多是满洲重臣充任，由年羹尧这样的汉军旗人承当已属少有，如今落到自己这个汉将身上，就更是稀奇。岳钟琪是个自视极高，又热衷仕途的人，得此良机，断不能不为所动。

等到了咸阳原上，遥望毕陌蓍草，又不免五内沸腾，背人时连连唏嘘。岳家入清后三代为将，他父亲岳升龙曾追随甘肃提督张勇平叛三藩，屡有奇功。先帝亲征准部，昭莫多一战，岳升龙领三百骑护送粮草，更是声震天下。此后提督四川，与番藏周旋多年，却因挪用布政司三万两白银做买卖，被新任的四川巡抚年羹尧查个正着。此时岳升龙年迈休致，双目俱盲，家中并无余资可以归还填补。年羹尧敬慕老将的威名，虽然查实了亏空，却不以常理参奏，而是自担干系，邀四川大小官员认捐钱粮，代岳升龙完结库帑，免其牢狱之灾。且又亲往岳宅探望，说服屡考文举不中、靠捐纳得了同知缺的岳钟琪改为武职，屡加举荐。世交之谊，涌泉之恩，至此就要分道扬镳，岳钟琪清夜扪心，不能不生背师卖友的惭愧。不过思及自家的性命前程，两害相权，也只有狠一狠心肠，冷一冷面皮，渭水过渡，沣水履桥，打马进了西安城。

进城以后，他仍住在自己的私宅里，想着下一步的办法。有个师爷给他出主意，说不如按着爵位品秩，先去旗营，拜一拜延信贝勒。康熙五十九年入藏时，延信是北路主将，岳钟琪是南路的先锋，二人会师拉萨，原本是相熟的袍泽。如今时隔数年，于西安将军的辕门再会，岳钟琪看着前来相迎的延信，竟有些手足无措，半晌才依旧礼拜道："给贝勒请安。"

延信也是感慨万千模样，向前双手拉起他，先脱口一声"小岳"，又赧赧笑道："看我糊涂！东美你封了公爵，又署督宪，眼看就要做我旗营的财东，这样顺口浑叫，太不成话！"岳钟琪被说得谦逊摆手笑道："贝勒还是照旧好，您当大帅的时候，钟琪还是偏裨副将呢。"

二人一边叙旧，一边联袂到了延信的书房，落座献茶屏退闲杂人等，反倒没了声响。默坐良久，延信才干咳一声开言："东美入主长安重任在肩，京里的意思，想来你都知道了。"

"钟琪唯贝勒马首是瞻——"

"可别，咱们各有各的事。"延信比岳钟琪大了二十岁，又是宗室贵爵，现下虽称同僚，总归要占几分上风，遂要先把定了楚河汉界。他平日的烟瘾甚大，就连见客也不能稍歇，这会儿心里烦躁，干脆从靴掖里掏出个白铜锅、乌木杆、翡翠嘴儿的"京八寸"，先叫人点上火，又将人撵出去，一边吞云吐雾朝岳钟琪道："咱们一起大雪山里钻过，连和亮工的情分也不比别人，哪想到能有今天。我上个月到西安就任，他来看我，还同我说，去年才罢兵，今年的火耗不足，怕难有余钱帮我这清水衙门，等明年有了钱，一定多给，不叫我犯愁。唉，都是个人的命数，不说也罢。你们从来就在一处，他的脾气秉性你也比我更熟，皇上叫你来接他的任，自然是信得过你，有些事，你还得多操心。"

"是，钟琪能得保全，已经是皇上的天恩，不敢不尽力以报君父。"岳钟琪也晓得延信老辣，自己的棘手差事只怕推不出去。何况他也不敢真推，叫皇帝疑他的心不诚。所以只好站起来，向东拱手，又坐下苦笑道："有贝勒在西安坐纛，自然也是给钟琪的倚仗。"

延信听他一意捧着自己说话，只觉心里烦躁，站起来在屋里走了两圈，方压低了声道："东美要来倚仗我，我倒不知道该倚仗谁去。如今已有了旨，我也不必瞒你，我和亮工原说过先帝驾崩以后十四爷的几件事，这会子皇上又想起来，偏让我和他对质。你说这有多麻烦！还有一件，也烦你帮我打听着，不知皇上从哪得了信儿，倒说亮工怎么还和九爷有瓜葛。阿哥们的事最是说不清的，我都不敢多一句嘴，他瞎掺合什么！"

岳钟琪登时一个冷战，也不由自主站起身来，又忙作揖道："这事还得贝勒处分，钟琪是汉臣，如何敢问！"二人互相推了几遭，延信也不便过于勉强，只好叹一口气，拍着他的肩膀道："那就先促着他早往南边儿去，千万别出岔子。"

易 途　第四十六章

　　回到下处，岳钟琪辗转一夜未眠，一早青着眼圈胡乱吃了早饭，就换了公服，到总督衙门去见年羹尧。递手本的人先到辕门，所以他亲身到时，大门外已有年氏的管家魏之耀领人迎候。一见了岳钟琪的面，再没有先前那样呼兄唤弟的亲热，一张脸似笑似哭，难看得紧。支吾半晌，才凑合着喊一声岳公爷，将他往里让去。一路先还无话，越往里走，到底憋不住，就嘱咐道："我们主子这几天的身子大不好，所以不能亲迎，您有什么话，还请说缓和些。"

　　岳钟琪心里一动，忙问要紧不要。就听魏之耀絮絮叨叨说道："仍旧是心悸手抖，夜里睡不着觉，比在西宁守城的时候还重些。亏得把皇上去年赏给的天王补心丹服了，才能强撑着办些交代的事。"岳钟琪心里感叹，口中也只得含糊道："该劝老师多歇息，别太劳乏。"

　　两人一面说，就到了年羹尧的内宅，这原是岳钟琪熟门熟路的地方，这会儿竟恍惚得辨不清南北，只好跟着魏之耀穿梁绕柱，一通乱走。及到内室，旁人俱都走开，只留了岳钟琪张皇许久，才挑帘而入。书房里家具仍在，书籍文玩一类却多当作行李拾掇起来，预备起运。岳钟琪知年羹尧有必走之意，心里稍觉一宽。他正懵懂间，就见年羹尧一身家常便服从里间出来，抬头扫他一眼，自坐下道："久等了，坐。"

　　岳钟琪不由自主屈身下拜，才说了句"给大帅请安"，便听年羹尧强淡然自嘲道："不敢当，你是大帅。"

　　年羹尧本是魁梧英壮汉子，长得很高大，虽是读书的翰林，可体魄强健不逊行伍。且他的音色响亮，声如洪钟，指点疆场惯了，即在殿堂之内，对着显贵之人，言谈举止也有一股横气。岳钟琪时隔一年再见，就觉他面色枯黄，颧骨处露出些细细的褐斑来，人也瘦了不少，稍一侧脸，那两鬓间的白发就露出来，叫他不忍卒睹。年羹尧先在西宁坚守孤城十一日不眠不休，也曾熬得满眼血红，心悸体乏，可整个人的精神挺拔。眼下再看，却是气息萎顿，那股煞气半点无存。岳钟琪行罢了礼，低眉垂眼掩饰神思，自坐在一旁椅子上，颤声道："老师面前，学生怎敢妄自尊大。"

"能见你一面，我的心里也安慰些。我的病不好，每夜出汗，饮食也少，有一天没一天地熬罢。"年羹尧惨淡一笑，摇了摇头，打开手边案几上长方的印盒，指了指内里的川陕总督银钮关防，冲岳钟琪一努嘴道，"我一见旨意，晓得是你继任，就极钦服皇上不拘常格。只是如此一来，你的麻烦怕也大了，旗下的大爷们不定怎么气不忿。眼下论准部，策妄阿拉布坦在北，必定要与噶尔丹策凌两相勾结。论青藏，达赖喇嘛年幼，几个噶伦彼此争斗，我原命周瑛带着两千绿营入藏，一要防着罗卜藏丹津西窜，二想青海告捷之后，或许可以设置长久。咳，想来我也是瞎操心，朝廷不定就因为是我兴起来的事，要拿着转运艰难说话，罢去不用。你往后总督大兵，我昔日的志向，就全在你的身上，北顾西防，万万轻忽不得。"他说着话，自己先哽了嗓子，眉毛一簇，鱼眼纹就极显眼，像刻在脸上一样，一根一根，沟壑可见。

"老师何苦这样沮丧，皇上将老师的总督改为将军，论品级，还是升迁了。"

年羹尧见岳钟琪满面泪痕，先当他念旧动容，现又听他说出这样违意开解的官话来，不免怔住。到底又耐不住心里的起伏，兀地向前一抓，紧握他的双臂道："我们难得相与一场，你需实实告诉我，我的事，皇上有私下的谕旨给你没有？"

"没有。"岳钟琪翕动着嘴唇，脱口而出。

年羹尧知道这是句再假没有的话，只好松开双手，颓然瘫在椅中，长叹道："我将来身家性命，想是再不能保。自己一死无碍，连累了老父，就大不孝了。"一面说着，不免呜咽失声，直淌下泪来。岳钟琪扎手无言，半晌才想起安慰的话，道："老师言重了。原本也是太热心，叫人说出闲话，往后要能诸事安静，自然就好了。"

年羹尧苦着脸点点头，用帕子略擦了擦面目，沉吟许久方道：

"旨意促迫，我不日就要起身。只有一件事，除了你，我也再没人可托。"

"老师吩咐。"

"咱们打仗的时节，赏功奖能，全赖我在河东盐场的几处经营。我用两个儿子的名，一个年富、一个年斌，化了一个叫傅斌的名字，权就充作盐商，由年富主持。如今叫山西的人揭出来，只怕难以保全，东美你且看在咱们两代世交，看在先头令尊老军门的面上，代我疏通疏通。"年羹尧素性亢爽，又少年早达，于人情世故上，向来说不上通。即便如此，他也晓得，岳钟琪得以高升继任，必定和自己有了异心。可转念一想，如今已落得这步田地，除去岳钟琪，旁人不但不能信，就算相见说话，也轻易不能。因此瞻前顾后许久，只好横了肝肠，照旧当他是挚交，将几句肺腑说出来，赌的也不过"良心"二字。

岳钟琪见他低情小意以子相托，又舍了脸，提起自己的老父，心里又翻上几分愧意。可想起自家处境，也不得不叫他落空，只有斟酌词句道："河东盐务是晋抚参奏，京里已有钦差部堂亲自查看，学生不能插手。往后世兄再要行盐，怕也不成了。"

"行盐自然不成，不过要保性命。"年羹尧见他踟蹰推诿，也无可奈何，且又从河东盐务想起伊都立来，自忖行事粗疏，交友不慎，实在怪不得别人。遂苦笑一阵，到底厚着面皮又道："咱们几十年的交情，我的事，凡可以照应的，还请多加照应。"

岳钟琪实在怕他再说，登时一硬心，起立跪在地上，先叩了一个头，又挺了身子直视道："老师待我之情，学生没齿不忘。可是君恩友义轻重自分，学生万万不敢隐讳存私。老师的事总在圣恩，照应二字，学生不敢如命！"

年羹尧本是烈性之人，英雄末路，气短屈身，也是不得已为之。待叫岳钟琪一句话点到山穷水尽之处，他那满腔的傲气，反又激上来，紧捏着拳头重重一击桌案，便再不作声。及见岳钟琪仍跪着不起，亦不肯上前去搀，只漠然道："总督衙门交接的事，烦你与师爷们去弄，我身子不好，先歇着去了。"说罢抽身而出，将岳钟琪晾在当地，再不理睬。

岳钟琪当夜赶写了两份奏折，一是将今天与年氏的交谈，凡能说的，一五一十奏报上去；二是把近日查访的，年羹尧南去的行李多少、家口多少、要紧奴仆何人，财物留于西安几何、寄放哪里，一一列明。

奏折送到宫中，皇帝体念岳钟琪的赤诚忠爱，倒也真真切切，遂在那密奏二人言谈情形的折上批道："此奏甚公，且亦真确，竟将年羹尧形象于纸上画出。诚所谓福薄小人也，朕殊代伊惜之。"朱批发回西安，岳钟琪的心只是略放下来。又等到五月中，总督衙门一切公私事务交割完毕，年家近千口人浩浩荡荡出了西安城，他才真正舒了一口气，在这九朝故都行起总督的大权来。

西安城一下里"送瘟神"，千里之外的边鄙小城西大通，允䄉的日子也愈发难过起来。接替年羹尧看管允䄉的是从京里来的都统，名叫楚宗。此人籍在宗室，是康熙初年大名鼎鼎的鳌拜逆党班布尔善之孙。这一支虽占个天潢贵胄的名头，因系罪臣之后，所以名爵不显；加上不擅经营，到了楚宗这一辈，日子过得很是紧巴。倒是他本人很会钻营，康熙末年投在财大气粗的允禩、允禟跟前，凑趣鼓吹，虚张声势。适逢允禟拜将西征，他为图个从龙在前，就央求七亲八故凑了几千两银子，说是赞助军装，才得以跟随大将军帅纛往前线去。哪知一眼看错了人，十四阿哥赫赫扬扬三四年，转眼间城头变幻大王旗，新登大宝的却是雍亲王。他原不是什么忠臣烈士，见势不好，忙将舵转过来，把早先所知所闻允禟结党诸事，添油加醋奏报新君，以示天日可鉴的忠心。这样一个活宝巴巴送上门来，皇帝自然乐得笑纳，可打心里头又极鄙夷，凡见了他粗鄙不通的马屁文字，就是一阵前仰后合。这一回派他到西宁，一是借他的自效之心办事；二来又存一番看戏的乐，要出他们旧党的丑。

楚宗来见允䄉，光想着如何刁难他去显自己的忠心，哪有什么愧对旧主之意。允䄉听见来人是他，更觉气怨交加难以自持，先猛捶了一阵炕沿，又一歪身倒在炕上，只恨自己有眼无珠不识人，养的都是白眼儿狼。他心里生气，就不肯出去见面应酬，谅楚宗不敢如何。外头的家人几次来催，被逼得实在没法子，只好抹着眼泪道："主子还是出去瞧瞧，钦差把桌子拍得山响，说主子不出去迎请圣安，是大不敬的罪过。"

"什么王八蛋钦差！"允䄉一阵雷霆作色，却禁不住众人跪在地下苦苦哀求，也只好委曲求全骂道，"去，叫那狗不识的滚进来！"

不多时，就见楚宗挺胸叠肚进了内宅，却不肯往屋里来，就站在院子正当间，瓮声瓮气叫道："有旨，贝子允䄉跪听！"

允䄉本欲不出门去，不合叫身边人连拉带拽弄下炕来，只好换了外穿的衣裳，却不肯做出恭顺服帖的模样，照旧昂首阔步大咧咧一推门，迎面走到楚宗跟前，又特意抬起下巴，显出十分倨傲的神情。他把那凤子龙孙的派头一摆，确也摄回楚宗三分气去，只勉力拿住声调，又说了一遍："有旨意，贝子允禑跪听。"

允禑冷笑一声，先直挺挺跪在地上，待楚宗将皇帝训斥他如何悖谬妄为，如何纵容属下，如何扰害地方等事逐一念过之后，便一掸衣襟站起来，再拍拍两膝的灰土，面无颜色哂道："谕旨责备我的字字皆是，还有什么可说？我是要出家离世的人，日后跳出三界外、不在五行中，自然没有胡行乱为的事了。"说罢也不理会，转头就进到屋里，"砰"一声将门关了个死。

楚宗见他豪横如此，也不敢太过逼强，干脆在左近找个地方住下，一门心思专研允禑的过错。又将允禑如何傲慢无礼，自己如何忠诚委屈之处，一一叙明奏上，专等皇帝谕旨。

万里之外如臂使指，坐在养心殿里的皇帝便觉京中初夏景致，真有郁郁乎大观之美。一时心旷神怡，周身通泰。然而微瑕之处，就是对年贵妃颇有不忍之心。是以这一日晚膳时分，不待御前太监呈上嫔妃的膳牌，皇帝便命人道："叫贵妃来坐坐。"不料管事太监不敢应声，反叩头告罪道："回万岁爷，贵妃近来着了暑气，才好些。"

皇帝并不理会他的话，放下筷子，守着食不言的古训，细嚼慢咽了嘴里的罐闷鹿筋，才道："太医院已经奏过了，不要紧。等折子看到六七分再叫她来，免得干等。"

年羹尧改谪杭州的事是明发上谕，一传十十传百，并没有什么谈论的忌讳。因此六宫之中，也无一人不知，无一人不晓。早先翊坤宫里昂首挺胸、意气风发的低级嫔御，并太监宫女，如今个个哭丧着脸，霜打了似的。倒是年贵妃本人，初听此信夜不能寐，可静心一想，倒多了几分坦然。只说年羹尧若能就此改易秉性，畏威怀德，这罢去兵权、悠游林下，也未尝不是好事，所以不但不难过，反而笑劝宫内众人："宠辱贵贱本无常数，唯在个人修德与上天命定而已。你们年纪轻轻的，何苦这样放不下？出去和人说话，还要打扮齐整、欢欢喜喜的好，姑娘家总苦着脸，也不嫌忌讳。"

这会儿御前太监传旨，说叫贵妃侍驾，且又百般赔笑嘱托。翊坤宫众人这才又多了活泛气，七手八脚替贵妃梳妆打扮，再往养心殿去。

暖阁中的皇帝盘膝坐在炕上，孜孜不倦地看着各处奏折，及见贵妃过来便先放下，自揉着额头笑道："先坐一坐，找本书瞧。"贵妃也不说话，只微笑着一蹲身，算是答应。轻轻走到炕尽头挨放着的绣墩上，悄然坐下，接过总管太监递来的清茶，低声温语道："有劳拿了王摩诘的集子给我。"

夏日天长，直到酉末时分，天才渐渐暗下来。小太监们各秉灯烛，点在殿中各处。皇帝因贵妃在，那全神贯注的心，早已散了两分，点灯的小太监虽然蹑手蹑脚地小心，仍不免让皇帝闻着动静停笔抬头。晕黄的光中，恰能瞥见贵妃侧坐的身影，她正手持着书卷细细品览。她的身段精致纤弱，却不失大家闺秀的端庄稳重，高高盘起的乌发上点缀了两只簪钗，显得含蓄而淡雅。一朵若隐若现的鲜花压在鬓角，衬着柔和的侧影，叫皇帝很有些心旌荡漾。他忍不住重重咳了一声，却不见贵妃应和，只好没意思地拿起笔，再看折子上的字句。

又过了小半个时辰，公事总算完罢。皇帝下地直了直腰，只留下一份奏折在桌上，余者都依人名放在匣子里，预备次日一早分发。贵妃也将书卷放下，走到皇帝跟前，瞥一眼他食指肚上的新茧，心疼地按了按，边道："皇上也忒辛苦了。"

皇帝见她皱眉，心里也是一热，便将右臂都送过去，由着贵妃揉按，边笑道："看的什么本子？"

"是蜀刻的右丞集子。臣妾宫里只有闵凌本，到皇上这来一饱眼福。"

"那你拿去就是，我也犯不着这样小气。"皇帝一阵开怀大笑，也不待她谢恩，就势拉住坐在身边，又问，"最近做诗了没有？"

"没有。"贵妃面色微红，摇摇头，轻吐出两个字来。

"做了不拿出来我可不依。"

"是没有嘛。"贵妃轻轻挣脱了皇帝的手，站起来去剪烛花。皇帝趁当儿拿起方才留下的折子打开，又向她招手道："宫里就是个房子堆，就是真王维来，怕也作不成诗。等入了秋，到园子里去，就不乏生情之景。你先来看看，这句话引得可恰？"

贵妃见让她看奏折，忙要推托，却听皇帝道："不是正经事，不过游戏。"便也起了好奇心，凑前一看，不知是哪位大臣疏漏，折子上给属官作一"人明白，做官颇好"的考语，却脱去一个"做"字。皇帝用朱笔在行间替他补上不算，又在下头写了一句："故人家在桃花岸，直到门前溪水流。因遗落做诗戏谕。"

"这是——典出哪家？"

"常建的《三日寻李九庄》，也忘了不成？"

贵妃托着腮想了想，方瞧出皇帝的戏谑来，掩口笑道："是将

'做'字拆成'故人',笑话此公失落了故人之家么?"

"正是,正是。"

"只是诗选得太偏,此公若非通人,怕是要给难住了。"

贵妃聚精会神看那文字,不想皇帝已将自己按坐在炕沿上。两人挨得很近,夏日衣薄,贵妃身上的淡香,让皇帝很有些心猿意马,遂伸手抽了那折子放在一旁,扳过她的身子嗔道:"书呆子,方才思慕诗佛入了神,都不肯轻移莲步,与居士红袖添香。"

"那不是怕分了皇上办正事的心。"

皇帝闻言大笑,也不再矫情掩饰,单揽过贵妃拥住,疼惜道:"你这丫头怎么又病了?看瘦的,是吃不下东西,还是又胡思乱想来着?你要有皇后三分心宽,身子也不至于这样弱。"

"还丫头呢,都要三十岁了。"贵妃叫他这一拥,先还有些臊,听见后话,就扑哧一声笑出来,细声细语道,"没有什么大病,只是忽冷忽热,衣裳加减不及,有些咳罢了。小刘太医的方子很好,早不妨事了。"

"那就好,我怕你是惦记——"皇帝本想说出年羹尧的名字,可又有些难以启齿,才微微一怔。贵妃却已猜中了下文,借着他两手一松,起身肃然一礼道:"臣妾的兄长性子骄矜,行事又不能检点,皇上至公至明,不会无缘无故冤枉了他。如今皇上虽革了他的总督,却肯保全他的爵禄名位,放在江南繁华去处,臣妾只有替他喜,没有替他忧。他要是能改过前愆,一心做个纯臣,正是他的福气了。"

"你真这样想,我倒放心了。"皇帝深感贵妃的明达忠爱之心,边扶了她坐下道,"很怕你想不开,又不肯说,闷出病来。"

贵妃起先说话时,也不觉如何,可等皇帝搓手拍腿作宽心之态,却是一股悲凉发自心中,眼睛里也泛出忧愁的光,两行泪珠滚滚而下。她很想问问眼前这个温情脉脉的夫君:"我二哥的事,能不能至此了结?"可她又怎么敢呢?这个等了四十五年才大权独揽、睥睨天下的人,怎么能容得一个女子,拿着他施舍的恩宠来要挟他的决断。

"怎么说着话又哭起来了?"皇帝紧紧拥着贵妃,用绢帕揩着她断线一样的泪水。他的心里很疼爱赏识她,此时此地,还多几分愧疚与怜悯。从做皇子起,他宠幸过的妻妾使女,少说也有十几个,可对年贵妃,是独有一番情意。若论颜色,她还说不上艳冠群芳,就与弘时的生母齐妃李氏年轻时相比,也不过伯仲之间。只是有一种温柔的神韵,让他觉得适意,所谓腹有诗书气自华,大约就是如此。他时常觉得可笑，年家几兄妹的性情迥异，实在不像一父同体，独有一处相近，就是这"不落俗"三字。眼下贵妃的悲态，让他颇有些手足无措，他只好避重就轻道："宫里的人情世故最叫人生气，要是有哪个糊涂混账人来委屈你，你不要替他们瞒着。"

"这是没有的事，皇上待我的恩厚，大家都看着呢。"贵妃一面拭了泪，仍旧靠在皇帝的肩头，双眸微合，用心体会这难得的柔情。

皇帝用双臂揽着贵妃的腰际，深吸着她身上温热的淡香，先低下头来，啄吻她的前额，边快慰道："皇父待我的隆恩，真正天高地厚，不但遗以大位，还赐以佳人。看我辈兄弟里头，还谁能有这样的厚福？"

贵妃眼睛一睁，正瞧见他的得意之色，自己早羞得满脸通红，轻轻一推，诮道："这个模样，竟说起圣祖爷来，也太不恭敬了。"

"好好好，责备得极是！"皇帝听罢捧腹而笑，又看看暖阁里自鸣钟，就与贵妃到后殿歇息不提。

第四十七章

遇友

　　且说年羹尧自西安出城，因为官尚高爵尚显，家口又多，所以车船轿马，倒也还算排场。这一路先南下湖广，再顺江而东。他在西北待惯了的人，又兼心绪大坏，身子有病，等到了江淮湿热去处，就苦起夏来，常常大早起闷得浑身盗汗，捂着心口喘不过气来。年夫人是个京城生京城长的宗室格格，一向最怕行船，每日里吐得筋酥骨软，周身无力；又想着一家人前程未卜，不免悲从中来，几回向丈夫泣道："咱们家和皇上到底是亲戚，又是旧主仆，何至于就到了这个地步！俗话说人在人情在，人家在主子跟前下你的话，你偏是折子来折子去的，怎么比得上？还该请旨进京去，当面诉一诉，有什么误会，不定就说开了呢。"

　　年羹尧听了夫人的话，半晌都没言语。他的一颗心早似那断缆孤舟，惶惶然荡在这滚滚大江之上。他未出西安城时，就接奉皇帝的朱批：

　　"朕闻得早有谣言云'帝出三江口，嘉湖作战场'之语。朕今用你此任，况你亦奏过浙省观象之论，朕想你若自称帝号，乃天定数也，朕亦难挽；若你自不肯为，有你统朕此数千兵，你断不容三江口令人称帝也。此二语不知你曾闻得否？再你明白回奏二本，朕览之，实实心寒之极！看此光景，你并不知感悔。上苍在上，朕若负你，天诛地灭；你若负朕，不知上苍如何发落你也。我二人若不时常抬头上看使不得，你这光景是顾你臣节，不管朕之君道行事。总是讽刺文章，口是心非口气，加朕以听谗言、怪功臣。朕亦只得顾朕君道，而管不得你的臣节也，只得天下后世朕先占一个是字了。不是当要的主意，大悖谬矣。若如此，不过我君臣止于贻笑天下后世，作从前党羽之畅心快事耳。言及此，朕实不能落笔也。可愧！可怪！可怪！"

此一篇话，极尽剜心剔骨之能事，可毕竟还有话说。然而时至目下，他虽又上了好几回折子去请罪问安，可尽如石沉大海，再无回音。只有皇帝屡屡发下来群臣参劾的本章，连名字也不隐去，偏要明明白白告诉他，这是范时捷劾你的三条、李维钧劾你的四条、王景灏劾你的五条。大到收受贿赂、滥杀无辜，小到穿错了衣裳、系错了腰带，都叫他逐条逐款明白回奏。可等他奏过了，却又杳无音信，并无一字回文。

年羹尧是个急性子，如今叫皇帝磨得真个左右不成章法。当日旨下时，他虽不大愿走，可到底不敢抗命滞留，恐怕皇帝疑心自己意存反叛，拖延调兵。自离陕以来，他的心里反倒坦然，却总想要剖肝沥胆，将一腔忠赤表白清楚。

这会儿听了夫人的话，他也深以为然，只道如今皇帝跟前，有蔡珽这样的小人在侧，自己远在千里之外，岂能不受制于人？若能进京一回，面陈心迹，总比这样糊里糊涂、互相猜闷儿的好。是以当晚水次停船，他独自一人，于荧荧烛火之下，辗转踱步了许久，又一口气喝尽碗中苦药，方坐下来援笔写道："臣跪诵上谕三道，辗转深思，汗流浃背，愧悔莫及。唯自知愧悔而感激亦深，感激既深而恐惧弥甚，难以具折遵旨回奏。然臣之负罪如山，万死莫赎，既不敢久滞陕省，亦不敢遽赴浙江。闻江南仪征地方，为南北水陆分途，臣于雍正三年五月十七日至仪征县，静候纶音，理合奏明，伏乞圣主再施大造之恩，曲赐生全之路。"文至于此，实难自持，几行泪落在纸上，不合就将墨迹晕开。只好擦一回脸，再屏住气，另誊了文字在白折纸上。

写罢叫次子年富近前，命道："这一回的折子要紧，须你亲自送进京去。到家替我请安，说我很好，请太爷宽心。你送了折子也不必再来，在家安静留神，来信也要慎密。"年羹尧诸子中，以故去的长子年熙最为稳妥干练，所以常在京中替他父亲联络。年富是庶出的，自幼随任，虽常在河东经营买卖，可性情十分骄亢，颇有乃父之风。年羹尧恐他气盛惹祸，嘱咐了好几句话，见年富答应得恭敬，方又道，"路过济宁时，需到衍圣公府拜望一回，说你妹妹的聘烦他们上紧来下。"

年富心知事大，忙依父命赶办。待将这请留仪征的奏折送到御前，皇帝随意一瞥就沉了脸色，一时并无别话，只命人叫蔡珽来见。

蔡珽如今圣眷无两，全仗倒年的功劳，所以一见此折，自然义愤填膺，正颜厉色道："年羹尧罪大恶极，皇上不加诛戮，将调任杭州将军，实在宽仁已极。他竟还敢抗旨，行这样诡诈拖延之事，真不知是什么心肝！"

"你说得是，他明里乞恩，暗地里仍旧不服。"皇帝一向听他说，自己不住地点头，又道："现在舅舅不知怎么了，成日价霜打了似的，办事也着三不着两。吏部事情最要紧，你是明白人，得多担待一点儿。"说罢不待蔡珽露出喜色，就指着年羹尧的折子向他道，"他这几句昏话，你们部里会同九卿议了再定。"

蔡珽既得了这句话，连家也不回，当即叫吏部书吏抄录了年氏折本送给各衙门先看，第三天过午，就召集九卿会议。九卿会议一向是主稿衙门的意见当先，何况如今蔡珽的气盛，旁人更不肯直撄其锋。所以说是会议，不过是他发了言，众声附和而已。随后拿出拟好的参劾本章，再由群臣列名了事。其文曰：

年羹尧受皇上莫大之恩，乃狂妄悖逆至于此极，种种不法，罪大弥天。今调任杭州将军，又奏称江南仪征县地方水陆分途，至此静候纶音等语，更不知其何用心。人臣如年羹尧，背义负恩，越分藐法，为天地之必诛，臣民所共愤。请将年羹尧革职，及所有太保并世职，一并革去。从前恩赏团龙补服、黄带、双眼孔雀翎、紫扯手等物悉行追缴。敕下法司，将年羹尧锁拿来京，严审正法，以为人臣负恩不忠之戒。

皇帝听蔡珽念着奏疏，自己就轻诵几声佛号，末了道："就叫年羹尧速赴杭州任去。至于九卿议的革职锁拿，等他把先头发去的各款回奏明白，你们再来请旨。"

既然皇帝不许逗留，年羹尧一行也只好从仪征再往南去。等过了长江再走两天，就到了江南第一大都会苏州府。这一日恰逢夏至，他虽没有在吴越之地任过官，可当年做翰林时，曾扈从先帝圣驾南巡，见识过苏州的繁华胜景。他自西安启程，一路心灰意冷，眷属家人也都郁郁寡欢。好容易赶到过节，又至此温柔乡中，他也存了些安慰妻儿的心思。是以当天晚上在城外水次停船靠岸，便向夫人和几个小儿女笑道："你们这些不见世面的侉子，晓得这是什么地方？"

"不就是苏州城！"天气闷热，夫人心里又有事，所以并不理会他；倒是几个孩子许久没见他的笑模样，这会儿颇要讨好，一个个抢着说话。

"这天底下再没有比苏州城更好的地方。"年羹尧见夫人兀自不语，就转过身来，单朝孩子们道，"你们也就到过京师、西安、成都，不知道这姑城才是人间胜境。当年我来，是赶上端阳节，和几个翰林前辈去看龙舟会。那船都是刓木雕的龙，彩绘了鳞甲，颜色艳丽极了。富裕人家的船上都用锦缎做旗子，比锦袍的用料还精细。船尾是一丈多高的龙尾，用锁链挂一个大木板垂下来，上头有一个会杂耍的美人翻来跳去地演戏，下头就是江水，一不小心就要栽到水里去。"

"那看的人是光看，还有什么玩儿的没有？"说话的是年夫人所生的嫡子年斌，今年不过八九岁，正是好热闹的年纪，听他父亲眉飞色舞描绘，也兴味盎然起来。

"那自然有。有一起子画舫船里的客人，就往河里扔瓦罐，再富豪些的扔银瓶，还有扔鸭子的，让人下水去抢，谁抢着了，就有重赏。还有龙头太子戏、独占鳌头戏、指日高升戏，名色多得很！水里岸上满都是人，与京里元宵灯会是一样的，却没有那些管束。何况——"他原想说吴地教坊美人莺歌燕舞，与京华更不同风，然话到嘴边，想着妻女在此不便，忙改口道，"何况满城戏台无数，一等一的名角儿花雅相竞，京城也赶不上。"

小孩子听得有趣，都闹着上岸逛逛，独有年夫人所生的小姐，如今已是待嫁之年，自忖不宜抛头露面去看热闹，心里甚没意思。年羹尧很爱这个女儿，不愿叫她向隅，遂说道："你也去罢。南边人过夏至，有女孩儿家互赠香粉团扇的风俗，苏州地方开化，大姑娘也都逛庙看戏，当年还有许多年轻媳妇围着先帝的御舟看侍卫呢。"

好容易盼到了第二天，天未大亮，孩子们就急着叫开船。至阊门在望，便停了船，由几个老成家人仆妇带着，去岸上游逛。年羹尧也与夫人并侍妾等雇了当地的小船进城，同观姑苏景致。岂知这等衙门都要放假的好节气，行船半日，虽见百柳千荷，风光甚丽，可管弦声色之娱，却不如年羹尧所想的热闹，不过是沿街之家摆出许多书籍、字画、绸缎衣服，来应"晒伏"的风俗。年夫人本来乏兴，这会子更泄了气，抱怨道："当年大约是为了迎驾才热闹，哪里年年都热闹了？光哄我们没见过罢！"随后说声闷热头晕，就进舱去，几个妾侍也不敢说话。不一时，又见几个孩子并仆妇等垂头丧气地回来，年斌迎面快语道："哪有说的那么好，我们刚要进一个有香火的庙里看看，就叫小和尚赶出来了。"

年羹尧正在懵懂，就听一个年岁大些的船家边抹头上的汗，边操着吴语道："藩台鄂大人说苏州人风气不好，要禁赌博、禁赛会、禁妇女烧香。中秋的虎丘盛会停了，端阳也贴了告示，违禁的都要枷起来。府里的小姐进庙，和尚自然要赶。"

"我说大节气的就这么冷清，敢情撞在道学先生手里！没的焚琴煮鹤，糟蹋了好风流所在！"年羹尧虽听个半懂，也不由大笑起来。进内又与夫人笑道："你看看，是我那好同年鄂夫子的令，不是我打诳语！"说完却怔了一怔，叹息道，"几年没见，到了他的地方，想去讨一杯酒，也怕给他白添麻烦。"

年夫人闻言，心里不免又有些难过，夫妻二人空听着水声都不言语。年羹尧只好又走出舱来，却见迎面驶过一大一小两只插官纛的船，头船上站着位四十多岁的中年人，纱袍虽是半旧，气度却很从容。年羹尧远看他就觉眼熟，待两船相错时，便惊喜叫道："这不是毅庵兄么！"

果然来船上不是别人，正是方才船家念叨的苏州布政使鄂尔泰。他是满洲镶蓝旗人，自幼极好读书，又至性聪敏，在官学中甚得前朝名臣李光地的赏识。二十岁北闱高中后，却时运不交，没有再中进士，终先帝一朝，不过沉沦下僚而已。今上即位后，也多亏了老同年年羹尧一力保举，才有出头之日。可他一向不喜年羹尧的桀骜，料之不是善终的名臣，所以虽承举荐，却不肯攀附往来，凡事淡淡的，公事公办而已。年氏败落后，那些他说好的人，皇帝往往有些疑忌，倒是鄂尔泰不曾沾惹，反而愈得圣眷，照旧安稳地做他这财富渊薮所在的天下第一布政使。

夏至日列在四时八节，衙门惯来放假，吏役各自歇班。鄂尔泰素不喜官场上的年节应酬，遂推说身体欠安，轻舟简从，出城去看河道情形，不想就遇见年家的船。若换作旁人，听见年羹尧这一声呼唤，定要推托说有公事，不肯和他接谈。倒是鄂尔泰心地甚厚，虽早先不愿同他来往，这会儿反抹不开面子不理，是以向前两步挥手笑道："大巧大巧，竟碰见亮工兄！"说话间命人将船往上靠了靠，一伸手，就将尚在犹豫的年羹尧拉到自家大船上，在舱中饮茶叙起旧来。

说了几句别来无恙、堂上安好的套话，年羹尧就想起他禁办龙舟赛会的事，遂调笑道："这么大热的天，老兄不在衙门摇着清凉扇等人拜节，倒坐着小船巡街，敢是查你的禁令不曾？"鄂尔泰听出他的揶揄之心，也不以为意，只微笑道："吴风过于奢靡，不禁不能崇教化、尚节俭，我是古板人，叫年兄笑话。"

"哪里哪里，毅庵兄行的是大道，谁敢说不是呢！"年羹尧见他正色，不禁抚掌大笑起来，虽照旧不以为然，却感相邀过船的好意，遂放下身段又问此行何往。

"衙门过节不办公事，我早有疏浚河道的打算，借便到城外看看。"

"老兄如此勤勉公事，我辈愧煞了！"年羹尧虽是个文武通才，却散漫不切规矩，又贪欢享乐，不及鄂尔泰严谨笃实，所以真心感佩，连朝对座拱手。鄂尔泰倒被夸得不好意思，又抚今追昔感慨道："我不及年兄的才具，只有以勤补拙。年兄殿试高中，又入翰林，而立之年就开府一方，雄才大展。不才年近半百才出为方面，人生将老，时不我待，敢不多做几件事么？"

"老兄这样历练过的，才堪为鼎器重臣，倒是我，忒轻浮了，不怨有今日之祸！"年羹尧越听他说，心里越钦佩起来，起身一揖又自嘲道，"若换先时，我必定听不进这几句话，还要笑你酸气。"

鄂尔泰见他词色间已带惆怅，便不肯多说，想了想方笑道："年兄大才，稍有蹭蹬，何必介意。我初经外任，虽有做事的心，到底不熟惯，也没有通人去请教。天意在这里遇见，有一件事，想请年兄替我拿个主意如何？"

"岂敢，老同年下问，自当知无不言。"

鄂尔泰见他答应得痛快，干脆叫人将船找个水次停驻，又换了冰镇的梅汤，上岸买了应季的鲜果，并苏州人夏至日要吃的麦芽饼布上，而后细谈道："上个月各府来送文册，别的人交代一过照例回去，独有松江府同知俞兆岳字岱桢的，偏要单留下说话。他说苏松几府的赋役实在太重，已经民不堪命，我朝几任两江总督、苏州巡抚、藩司虽多有上奏请减，可部议从来不许。这位俞老爷官声甚好，曾跟着朱高安相国办理海塘工程。他在松江任上，几次给当道诸公呈文念叨，却没人敢担待上奏。这次既肯当面和我说，自然是信得过我。我在苏州的辰光不长，可也知道江南重赋厉害，穷民过于为难。再者州县官催科不及，也易得处分。我想冒险再奏一奏请减的事，不知有几成胜算？"

说来江南重赋一事，不但鄂尔泰身在苏州，就年羹尧一个不相干的人，也久有耳闻。此事起自宋元，是说江南的苏州、松江、常州、镇江四府，并浙江的杭州、嘉兴、湖州三府，虽然地当富庶，但赋役之重，也甲于天下，每年丁银地课，竟有举国之半。所以江南代有民谣唱道："一亩田无七斗收，先将六斗送皇州。止留一斗完婚嫁，愁得人来好白头。"

且重赋之外，又有浮粮。譬如本地河湖港汊密布纵横，早先或有围湖造田，得以收成；如今河水漫溢，田亩不见，而田赋仍旧征收不免。又如明季大征三饷，本是因事而起的加派，战事既完，课税的名目却也留存不废。日久病民，不免怨声载道。入清后历岁经年，江南自督抚而至州县的官流水一样换，此等弊政却万难更变。间或有正直敢言之人寻机提上一提，奈何江南富甲天下，是朝廷口中第一块肥肉，户部三库年年虚席以待，等的就是南来粮船银船。是以先帝南巡六次，虽也有圣恩蠲免之旨，可多是旧年积欠，至于正项额数，是断断少不得一文。

年羹尧听他说罢，暗自盘算许久。他知此奏虽不合朝廷"以东南之财赋，养西北之士马"的惯例，可今上即位以来，倒一向愿意在刑名、钱粮两路上得民心，时机若选得恰当，未必就不能成。遂点头道："要能成行，实在是一件好事。以我的愚见，皇上自登大位，最愿意在理财上做文章，且是严于官而宽于民。如今天下太平，国库正在充盈，这时候奏请，倒有六七分能成。只是奏法有许多讲究，老兄位在藩司，上头还督抚、户部两层干碍，就有密折可用，怕也不能都越过去。"

鄂尔泰奏请减赋的心早已定了，所踌躇的，就在这个奏法上头，所以蹙眉摇头道："我所虑的也是如此，这件事几十年来屡议屡驳，督抚们怕不肯多事。何况如今两江、苏州的督抚都是满蒙大臣，自然重朝廷的赋税，轻百姓的苦疾，若与他们商量，只怕——"

"诶，与他们商量什么！商量了不敢应承，你反不能独奏。"年羹尧一句话打断了他，斩钉截铁道，"要依我，就隔过他们，硬奏上去。要虑的是户部，怡亲王那里你隔不得，闹不好安你个假借爱民、遮掩情弊。"

"我与年兄的计较一样。"鄂尔泰虽无年羹尧的强横，可遇事也最能担当，一面连连颔首，待他说完又沉吟道，"只是我和户部的王爷从无交道，也只好公事公办。"

"你先呈文给户部，蒋西君就是苏州人，又是老同年，自然连招呼也不必打，就肯替你敲边鼓。怡王最能揣测圣意，要成了，就是你送他的功德，他岂有不欢喜的道理。"年羹尧边说着，连自己也一阵失笑，心道如今与人出主意，偏会这些左右逢源之术，早先胡期恒、李维钧，并幕下诸友也是这样劝着自己，但凡能听进一二分，又何至于落到这步田地。

鄂尔泰并不晓得他的心思，只道言之成理。又说了几句闲话，年羹尧便起身告辞，二人同学旧识，惜别之情，不免难堪。末了年羹尧故作洒脱，拱手笑道："毅庵兄当年片纸不拜大将军，今天却能邀我这待罪之人过船，如此情谊，我铭记不忘。老兄居心见识，出将入相不在话下，还望珍重，不负有用之身。"

鄂尔泰感慨万千回揖过了，由着年羹尧带家人南去。自己也放下查河之事不提，当即回到藩司衙门，与师爷商量着撰写恳请减免苏州、松江两府钱粮的咨文，择日递往京中。

鄂尔泰的咨文一经到部，江南司不敢耽搁，就先送到蒋廷锡跟前。蒋廷锡生在苏州府常熟县的巨绅之家，于公于私，于名于利，都极想促成这件事，不过碍着桑梓的关系，也不能显得过于热衷。恰再过两天就是大暑，皇帝邀了几位内廷行走的亲王大臣到修缮已毕的圆明园闲游消暑，蒋廷锡亦在其列。他遂揣着部文而来，只为寻个恰当的时机进言。

第四十八章

蠲赋

圆明园建于康熙四十八年，是圣祖赐给今上的西郊别苑，是以园中正殿，仍奉有先帝所题的匾额。今上幼时中过暑气，成年后也一直苦夏，每到盛暑，就恨不得泡在冰窖里才好。紫禁城虽称鳞次栉比、堂皇盛大，却无浓荫森茂、波光涟漪，实在不是怕热的人所宜居。现在圣祖、太后的三年丧期眼看熬到了头，朝政也有百物俱举、欣欣向荣之势，皇帝便忙不迭地要到这西郊离宫居住。

因为三年未履其地，皇帝驾临之前，原存了几分世事无常、故园不在的感慨，连诗句都有了腹稿。然内务府承蒙怡亲王的指点，除将园子南边仿宫中规制，辟为殿宇官署外，余者皆是形新而神旧，体变而情故，并无妄行添减之处。皇帝坐在銮驾里草草一看，就很高兴，随即传下旨去，趁着宫眷们尚未搬来，要带几位亲信大臣，并南书房翰林们一起游园。

圆明园的景致首在湖山相映，其水发源玉泉山中，由西马场引过水闸，支流派衍成湖，经日天琳琅、柳浪闻莺各处水口，从蕊珠宫流出，入清河而去。园中大宫门，及前朝正大光明、勤政亲贤诸大殿，都近湖而建，诸多官署值房亦由石桥隔水相连，严正肃穆之中，平添许多雅致。

正大光明殿以北就是皇帝燕居的"后寝"，因其水分九汊，旁达诸景，因而取九大瀛海之意，名九洲清晏。从这里以西以北，就再不见高屋广厦，只有亭台馆阁错落而设，使西山之胜百无遮拦，宛若翠衣翠裙的闺秀，侧首探顾园中之人。

皇帝走在最前头的伞盖底下，向导似的，一路口说手画，大讲自己作藩王时优游行乐、摘句吟诗的故事。允祥紧随其后，因这园子重修布划，多是他亲自厘定，所以总需顺话答音，备皇帝的顾问。往后是朱轼、蔡珽、张廷玉、蒋廷锡几位，都穿着清凉便装，十分适意悠闲。几位汉大臣里，现下以蔡珽最为得意，听皇帝抚今追昔地感慨，特意越次几步到跟前，躬身笑道："先王以茂对时育万物，皇上这会子重修御苑，乃是不求自安而使万方安和，圣人之道躬履行之而不自觉呢。"

"这话谬赞了，不过是亦步亦趋效法圣祖的行事罢。"皇帝听着此言很是受用，负手大笑略作谦词。众人前呼后拥又走了里许，皇帝便回顾朱、张等人道："等太后的服满了，就要常住在园子里，你们天天进来的人，总住在值房实在辛苦；要是赁住民宅，又狭窄，也不便宜。前儿已经知会内务府和护军营，原先索额图的园子就给你们，还有阿哥跟前几个课读的翰林居住，关防也和圆明园一体。"

"臣等何人，得蒙皇上眷顾如此！"几位大臣及后头词臣们一听此言，都忙不迭伏地谢恩。皇帝先命众人起身，又道："怡亲王住在紧挨着东宫门的园子，已经赐名交辉园，往后有什么需用，不便向内务府说，就问他去要。"继而又对允祥笑道，"可不要忒小气了！"

允祥答应着就地打了个千儿，又转身对着朱轼等一揖笑道："奉旨伺候诸位大人。"大伙儿俱笑着回揖，连称"不敢"。皇帝见这样雍穆合衷情形，心里愈加欢喜，点手叫了内务府总管常明近前道："我也走乏了，与其空口说白话，不如你现在就带他们去瞧瞧新宅，打那儿散。对了，你们哪一位有才思，可先取一个好名字来。"及见众人一齐应声要退，又想起一件事来，找补道，"王子带廷锡到碧桐书院瞧瞧荷花水鸟，得空画些册页我看。"

沿天然图画渡河而北，山阜旋绕之中，便是前宇三楹、正殿五楹的碧桐书院。前湖之水流及此处，环而带之，以平桥相接，荷花荷叶布满汀洲。庭前是几株高大的梧桐，绿阴张盖，遮暗了小小的一方天。此间炎夏之中，本属月转风回、红妆翠影的清凉国土，又因挨着慈云普护的观音堂最近，是皇帝颇心仪的所在，龙潜园居时，常在此处读书礼佛。

蒋廷锡的父兄都以吏干名世，他自己早年却以风流才子著称。未第时驰马试剑，顾盼自雄，入值南书房后，又以擅画花鸟受知于先帝，凡有巡行，都要命他随扈，而后逸笔写生，藏入秘阁。今上即位后，深知他的才干远非丹青翰墨能限，于是不次擢用，至于户部当家的侍郎。因为户部职任繁剧，且身为大臣，总要慎重体度，所以他作画的次数就渐少起来；即便权贵敦请，也多令门生代笔。唯是皇帝还偶有旨意，叫他出入宫廷禁苑，挥毫以供御赏。今天皇帝游园的雅兴甚高，又思这一带景致最雅，荷花开得最盛，故而有此一说。

蒋廷锡闻命正中心怀，跟着允祥一路赏景闲谈，先将这荷香熏水殿、阁影入池莲的美景看饱，再讲些双勾没骨、用墨敷彩的画法。待说到允祥宾服称赞，便将随身带来的咨文取出递过去，边道："有一件公事，这两天没得便同王爷说。是苏州布政使的呈文，江南司看过，说事情大，不敢拟稿，就先送上来。我思忖着虽是好事，可要避些嫌疑，还得王爷决断。"

允祥叫他说得奇怪，待接过文书细看时，才晓得是请旨宽减江南浮粮，遂笑道："怪不得说要避嫌，原来是为贵桑梓讨情。"

蒋廷锡听他言词中带着揶揄，倒也不慌不忙，只笑道："江南的赋税重，各州县十成里能收六七成的，已经算是能员，可照旧要得处分。再要多收，就是酷吏害民。如今国库富饶，若能将这吴中第一大患循名责实宽减些个，于国帑无甚损害，于官民大有益处。绅民感激之心，一定和先帝的南巡盛典不相上下。"

允祥一时未置可否，转而问道："鄂尔泰的名字常听人说起，朱相也屡次夸他，表字是什么来着？"

"字毅庵，我们北闱的同榜。"

"贵科人才鼎盛！"允祥欣然称赞，却又皱眉道，"现在海内承平，宽减些账上的虚财好说，日后万一有事，库帑又不敷用，再要加可就难了。"

"那么，王爷要驳回？"

"天不早了，容我回去想一想，先叫司员备了两府的档册来看。"

蒋廷锡与允祥是早年在南书房并扈从南巡的交道，早已熟不拘礼，见他尚在犹豫，不免有些着急，遂丢了避嫌的心，极力撺掇道："档册早备齐了，就等王爷来看。我打量皇上这两天的兴致高，要请恩旨，需得赶早。"

见他这样掩不住的殷殷热盼，允祥也失笑起来，说道："还是少安勿躁，等荷花册页画就了进呈，想必兴致更高！"二人正说着话，就见远处一个小太监跑来，近前笑嘻嘻回道："张大人给翰林们住的园子取了个好名儿，叫澄怀园。万岁爷已经准了，让告诉王爷，知会造办处预备做匾额。"

"衡臣贵人语迟，倒是难得发言。"蒋廷锡道。

允祥听了一愣，看着蒋廷锡笑问："这怎么讲？"

"碧水涟漪，澄尔之怀。是圣祖赐他的字。"

允祥将咨文带回反复看过，又同蒋廷锡并江南司官员商量了几回，议定将蠲免苏松浮粮的事先面奏给皇帝，探定了口风再行文。不意他这里才一说完，皇帝就击节道："好事，你们核一个数目上本来！"允祥见他这般痛快，忙趁热打铁，告以苏州府历年正项钱粮，约有三十万两不能缴齐，松江府则在十五六万，两府合计，可蠲银四十五万两；至于各州县如何分派，交与苏州布政使办理为妥。待禀明了数目，又将那斟酌损益，唯恐日后捉襟见肘的顾忌说了。却见皇帝将手一挥道："这一次清理亏空也看得明白，朝廷的钱粮，要抓得紧，就不在乎这一点儿，自是足用有余；要抓得不紧，就多这一点儿，也不过是将民脂民膏，空填了墨吏的宦囊。何苦来，倒不如赶早施恩。"

"皇上圣训，实在至理！"允祥哪里肯扫他的兴，忙不迭颂了好一番圣，才又笑道，"只是这一个大恩典，还得皇上下旨得好，部里题来，怕有邀誉的嫌疑。"

皇帝晓得他善则归君的美意，大方笑道："若不是府库充盈，就想免，也不能。户部这两年受怨受谤得多，叫江南官民记着你们的好处也是该当。咱们兄弟一体，就不必三推三让了。"

不几日，户部就题了本，紧接着便有上谕，说此事先帝朝久未举办，都是部臣阻挠之过，并非先帝不欲施恩。自怡亲王总理部务以来，剔弊清源，悉心筹划，使朕得以仰体皇考圣心，蠲免苏松浮粮。《论语》曰：百姓足，君孰与不足。《易》曰：损上益下，民说无疆。圣人之言，亦朕躬之愿也。

一时恩膏大沛，海内讴歌，籍在苏松两府的京官，俱都上奏谢恩。消息传至江南，亦是官民雀跃、道路相庆。其时鄂尔泰正在城内紫阳书院与贡举生员们谈论学问。书院是康熙五十二年张伯行任苏抚时所建，在府学以东。其地阔大，前堂设朱子神位，中建讲堂，后建大楼，两旁建有书舍，正门上高悬先帝御笔亲题的"学道还淳"四字，十分堂皇风采。张伯行一代理学正宗，时常亲莅书院讲席，所聘董事山长亦皆名望大家，于是士心鼓舞，不但江南各府，就浙江、江西、福建、山东等地学人，也多有不顾弯远，负笈而来的。

张伯行以下，驻扎苏州的巡抚、藩司多系满蒙大臣，能与士子纵横论道者少，唯鄂尔泰是个讲求理学教化之人，所以凡在公余，就常到书院来看诸生，且不肯叫众人用官署俗礼相见，只以他的满洲旧姓，呼为西林先生。

这一日春风亭中正讲论得热闹，外头鄂府家人怀揣邸报，趁家主出来更衣递将上去。鄂尔泰捧读之下，自然仰天称颂圣德，且顾不得方便，急忙要将这蠲粮免赋之事，说与亭中生员士子们听。不料家人却唤住道："总督衙门也有话来传，请主子赶紧上江宁一趟，有面议的事。"

鄂尔泰一愣，以为总督不喜他私请部文成此大事，心中颇觉不安，遂请来山长交代几句，自领家人先回衙去，次日一早启程赶赴江宁。

到了汉府街的总督衙门才知道，两江总督查弼纳不但没有生气，反而相待甚是殷勤，在二门相迎拉手笑道："老兄好胆量，要换了我，断不敢去触户部的霉头！"

鄂尔泰晓得查总督是个实诚人，不至为口蜜腹剑之举，所以一颗心先放下来，一迭连声来告僭越之罪。查弼纳浑不在意，只同他说笑道："我接了好几路的京信，都说这一遭王爷很高兴，百般地夸你，这可实在难得。苏松两府的京官更不用说，自然没有不承情的。"

查弼纳是先帝信用的世家重臣，因素与隆科多相亲，又是苏努的儿女亲家，所以眼下虽在人前端着总督的派头，实则战战兢兢，唯恐叫皇帝划在哪个党羽里。他近来愈发看得清，这鄂尔泰乃是大器之材，日后不定就有相托之处，所以不但不以上司自居，反而待若契友，一面相携着花厅落座，一面格外亲切道："我一定请老兄跑一趟，头一件就为这事，怕你疑我怪你。必得当面说几句钦佩的话，才见我的真心。"

鄂尔泰被这几句话说得大不好意思，连连逊谢不止。查总督笑着搁下此话不提，又说起江苏历年的亏空钱粮有一百多万，是各省里最多的，不如也学山西等省耗羡归公，先把积欠填上，也好早日向朝廷交差。

鄂尔泰几次听督抚们说及此事，也有京里的朋友委婉指点，可他一任藩台做了两年，心知江苏的情形与别省不同，实难一例仿效。盖因山西等省的税赋少，耗羡多，有将耗羡加到正赋的五六成的，以致民怨沸腾，难以聊生。耗羡归公减到一两成，自然有恤养民生的功效。至于江南之地富甲天下，赋税又最重，州县征收耗羡不必多，只收到半成开外，就比他省收五六成的还富。要是效仿他省耗羡归公，官员们相率攀比，也去收那一两成的火耗，则于别省或称减负，于江苏实属害民。就为这一层，鄂尔泰特意不肯应和上司们的意思，这会儿听查弼纳当面再提，不得已离席一躬回道："制台明鉴，江苏的情形与别处不同——"

"是不同的，老兄爱民如子，我最知道。"查弼纳晓得他照旧一番说词，只好伸出两个指头来道，"可藩库的亏空，你们阖省的官每人要两万两摊在头上，不拿耗羡去顶，难道各个都去抄家？"查弼纳如今每日里踟蹰不安，叫皇帝逼着去揭隆科多的短。现下天气暑热，江宁城闷得蒸笼一样，把他个北边人挤对得火烧火燎、满嘴疮泡。这会儿也顾不得有客，一只手松了松领口，用折扇猛扇几下，叹道："我这里的老夫子都赞你说得有理，可许多事，我也没有法子不是？"

"是，制台的难处大。制台若不见怪，下官愿自行上奏陈明利害，圣主爱民之心有加无已——"

"好好好，老兄既这样说，我再不肯，就见小了。"查弼纳听他此言，不免哑然失笑，自站起来，看看时辰，就张罗留饭。待用罢了送客回来，有家人呈上新到的邸抄，查总督上眼一看，便觉大热天一阵心凉，实因头一道上谕就写着：

"年羹尧以总督补放将军，亦为升迁。伊前违旨欲在仪征县逗留居住，今又只将接任日期具奏，并不谢恩，有悖臣道。着革退杭州将军，任授为闲散章京，在杭州效力行走。其将军印务，着原任副都统、王府长史鄂弥达前往署理。"

浙江巡抚衙门在钱塘县所属的裕民坊，是明臣胡宗宪所遗总督署，故其东西各有一坊，东曰保障江藩，西曰澄清海甸，颇有兵戎气象。衙门背倚吴山，毗邻西湖，是个风光绝佳的去处，现任巡抚法海是个狂人骚客，又好携酒登高，按理说，在这样的仙境居官，也该过一个神仙日子。可他如今的心绪，却大没有这个兴头。

且不说他与年羹尧相交莫逆，如今年氏落魄，他这个地主也难当。前些日子皇帝曾有朱批问他，见了年羹尧何以处之。他思量多日，不得办法，只好以"礼貌照旧，留心访之"之言暂作敷衍。法海是佟家长房的二公子，早年以贵胄之身高中进士，虽然渊博持正，可在办事通达上，未免有些个缺欠。特是浙江一省，地当冲要，庶务繁冗，实非他这个老书生所能胜任。他从江南学政任上升转来不过几个月，就觉诸事都不措手，自己也越发心急起来。

譬如他上任未久，见各省纷纷奏请遍行摊丁入地之政，且浙省许多州县自明末即行此法，颇见成效，就思量着要在未行的地方，也一体行之。他做翰林时曾在上书房行走，是允祥、允禵二人的老师，如今京城里的靠山大，是人尽皆知的事，所以属官们凡事唯唯，都不敢说什么扫兴的话。然浙江是第一个出师爷的地方，他衙门里也有前任所留的老幕，最是明事理、通下情。幕友们见他新官上任就这样急迫，自然从旁相劝，说："两浙是文章之区、财富之薮，不比别处。譬如杭州府的绅士豪族最多，且大率田多丁少、人地分离，业主本人居住城镇，田产遍布各乡。要行摊丁入地之政，须得小心翼翼，令这样的人家心服。依学生之见，不如悄悄行下文去，叫未行的州县依着各自情形，筹划妥当，再张榜告示。不然体制乍变，只恐刁民奸棍从中作梗，万一人心惶惑，闹将起来，就难收拾了。"

法海是个急脾气，只当师爷们自己就是富裕上户，此时为着私利掣肘，所以并不理会，一意要在杭州先出告示。果不出众人所料，告示才贴出两天，省城钱塘、仁和两县的头面缙绅就在布、按、府、县各官处，拜托熟人走马灯样地前来说情。富户们呼号奔走，联络人众，到各衙门喊叫阻拦。就是他自己的内宅，挨墙地方也扔进几十封揭帖①，都是邻近各县绅衿联名恳请暂缓推定摊丁入地的话。他正坐在书房里生气，又有亲兵来报，说是黑压压一片人聚在巡抚衙门前街，叩恳请愿。法海爆炭一样的脾气，又在军中待了多年，哪里忍得这个，当即喝命家人："去调中军领着兵来！再到内城知会旗营，请他们拨人预备！"

他一个封疆大吏，实不乏些吓唬人的本事。一时，就有巡抚所属的中军游击带着百十个绿营兵执锐而来，将那围闹的人群赶了干净。可转过头再说，这交税纳粮的事，实在不是靠兵就能做成的。他头一天才行了权，第二天就又接报：城东庆春桥的买卖铺户一起罢市。

庆春桥本在杭州城外，跨在东河上，是南宋旧都遗物，《临安志》中称为"菜市桥"。元末张士诚时将其扩入城内，改作今名。桥两侧都是船埠，运载城乡各色货物，是以周遭米行、货栈、果铺、杂馆众多，商贾辐辏，是杭州城中一处颇大的买卖街市。法海一面骂着"蛮子可恨"，一面带着文武众官亲自到庆春桥查看。就见街上家家闭户、铺铺关门，连幌子都收拾起来，只有沿街的闲人指指点点、议论纷纷。

---

① 匿名的启示，文告。

法海气得无心多看，打轿就回了衙门。不得已又请出几位师爷来问道："眼下这个麻烦，如何处之？"

师爷们虽恼他刚愎自用，怎奈端着人家的饭碗，也只好互相凑合，遂斟酌开口道："眼看夏税该征，州县们所靠的，就是田多的中、上人户，至于少地穷民，原本指望不上。与其速行摊丁，将富户们都得罪了，倒不如先把夏税办妥，再慢慢从长计议。"

"各位说得极是，是我莽撞失礼，万望海涵。"听师爷给他找了这个下台阶的法子，法海从心里舒了一口气，遂拱手道："那就请替我拟一个告示，将摊丁入地的事先缓一缓。"

他话音未了，就有一位老先生站起来连连摆手道："不可不可，如此一来，恐怕穷民又要抱怨。何况朝令夕改也非美事，还是不张告示，暗地里缓办的好。"

"我怎么不想暗地里缓办？可若不公之于众，这四处投揭帖闹罢市的，又怎样了局？"法海自以为得计，就又犯起旧病来，斩钉截铁说罢，抬脚就走了。

第二天一早，新告示便贴在了四城门上。然则未及晌午，城里就炸开了锅。那田多地广、不愿摊丁的人虽然势大，却不及田少无业、情愿摊丁的人多。前者不过齐集百十人前来诉恳，而今城关外许多佃户，并城中做工、帮佣、学徒、闲散游荡的许多穷民，竟是浩浩荡荡五六百人，都围到巡抚衙门前街。

最麻烦的，衙门里不少差役，也是无田少地的城厢穷人，他们先得了信，就不免添油加醋传扬出去。这会儿见众人来围，也都放开了胆，在衙门以内声声叫嚷，说要请巡抚大人出来做主，还他们公道。更有几个好事胆大的，竟然呼朋引伴带着几十个人，跑到法海起居的内宅门口，隔墙呐喊起来。

法海听说衙门外又在聚众，正自气得搓手跺脚，忽听内宅门前竟有喊声，只当是外头人冲了进来，登时跌坐在圈椅内，手握着椅柄两眼瞪直。一旁家人混出主意，要他开了内宅角门，带着眷属偷跑出去，到旗营里面躲避。法海倒是豪气，闻言霍然拍案，立着眉毛骂道："你这狗才一派胡言！我是钦命的封疆大臣，就是大兵压境，也只成仁报主之分，岂能弃了衙署逃走？况且不过是些刁民土棍，怕什么！"他说着，随手摘下墙上佩剑，直冲冲走到内宅门前。亲随们吓得忙围上来。众人正拦挡着不叫他开门，便听有人来报，说旗营里已经派了一队兵，由左翼副都统傅森亲自带来。

听说他来，法海才将一颗心放回腔子里。官兵连劝带赶，约摸一个来时辰，围在外头的百姓也就纷纷散去。唯有衙门里闹事的差役，知法犯法，其罪难饶，因此都将他们捆去，交给杭州府审办。待一应事情办妥，赶来的文武众官进得衙内，都向巡抚大人道恼。法海既丢了大丑，也只好放下名士贵胄的架子，对众人作了个罗圈儿揖道："各位各位，实在有劳！"

别人尚能和他虚礼客套，只有杭州知府没法子，躬身下气问道："请大人示下，那这摊丁入地的事——怎么处呢？"

法海红头涨脸地长叹一声，想了许久，只好尴尬摆手道："搁些日子再议罢！"

他一句搁些日子不要紧，杭城各衙门就更摸不着头脑，也不敢行事。且说这前后两遭折腾，除去那几个衙役，余者不论首从，都没有什么麻烦，士绅百姓只当是官府亏了心，所以愈发没有忌讳，紧跟的一个月，就时常有人围着府县衙门讨说法。如此乱仗，原是法海自己做下的，此时却没有主意。赶上这么个巡抚，杭州城中几个有密折专奏之权的文武，自然要将麻烦事奏报上去。所以不过半个月就有旨意，叫法海交卸印信回京，另派吏部侍郎福敏署理浙江巡抚。

第四十九章

恤孤

法海调京的上谕发到时，年羹尧已经没了将军之职，褫为旗营的闲散章京。二人虽是旧交挚友，但若有职任在身，也不便私下相见。如今一道旨意卸了任，倒让法海少了许多约束，他借着交割差事的几日闲暇，布衣骡车，一主一仆，就到年羹尧在杭州的新住处去看望。

杭州满城在西湖西滨，建于顺治五年，驻兵四千余人，规模在内地驻防中堪称浩大。其地濒湖为堑，防城城墙以巨石为基，青砖砌筑，绵延九里之长。城墙高一丈九尺，宽一丈，以两匹战马能在其上并骑为度。城头设犬牙状箭垛，又垒筑炮台，上置红衣火炮和子母炮，炮口对着西湖水面。防城筑有五个旱门三个水门。正南的叫延龄门，门西即是"镇守将军署"的辕门。年羹尧家口太多，满城内实在没有恁大的宅子给他安置，代署将军印务的副都统傅森又怕他住得远不便监视，遂商量定了，叫他在延龄门外暂赁一处阔大民房安置。法海几下里打听，才找到年家新居门首。年羹尧得了信，也早早迎将出来。

二人上次见面，还是在甘州的古庙里，一别三年，宦海跌宕，如今已经物是人非。只是他们的交情未改，法海所到之处，总向人盛赞年羹尧是"天下第一豪杰"，就在浙江也是如此。年羹尧虽与隆科多不和，连带着鄙薄佟家是仗着国戚立朝，却单挑出这位翰林前辈，誉为"丈夫伟器"。

一时对面见着，二人各自疾行几步，一齐伸出双臂抱住，再没有多的话说。待互相端详许久，到底法海先开口道："亮工久违了。"这才说得年羹尧恍然醒悟，忙作揖让道："先生快请进！"

两人一径进了书房，年羹尧便命随至杭州的诸子出来，以伯父之礼拜见，又各自问过父兄眷属安好。即听法海喟然道："不想军前一别，世事竟如此大变。我先听见你到杭州来，想着正好我还做得几分主，不至于叫你太难过。这倒好，你才来，我就要走。想必我办的那件糊涂事你也听说了，这一回京，还不知要得个什么处分。"

年羹尧因有法海在杭州，本来稍觉放心，前日听他调京，不免又添一重忧虑。虽是如此，见他这样郁郁寡欢，也只能好言宽慰道："我早就奏过，您是不宜做外官的，留在京中主持台谏，就再恰当没有。何况尊兄失了圣眷，这次调回去，怕不是要顶公府的门楣？"

法海听见这话，越发恨恨叹了一声，将端着的茶盏搁下，捻髯低首道："十三阿哥来信也这样劝我，说回京未尝不是好事。话里话外，要是赶得好了，不定有个公爵等着我袭。可我怎么不晓得他的意思，要袭这个公爵，不得先举发几位家兄的罪过？我早年虽同他们有些龃龉，但也不至于这样没有人伦。"说罢伸出一个手指头来，在自己与年羹尧身前一画，哂笑道，"就这上头，你我怕不是一个德性？"

"都是不合时宜之人！"年羹尧先是一番苦笑，又黯然摇头道，"先生的命数里有个好学生，现在凡事不怕。不像我，如今一步一步蹚着河走，往后是什么样，实在拿不准。"

"西边未靖，准逆尚在，朝廷正是用人之际。你的本事我尚且识得，何况皇上。"法海自己心里有事，却见不得朋友颓丧，当即站起来扬声道，"要是一年前，这话我也不说，说出来，倒像我奉承你这权贵似的。这会儿我倒要说一句公道话，咱们冷眼看着这些王公贵戚、廷臣疆臣，论文论武，还有比得你年亮工么？朝廷若不用你，再用谁去！"

年羹尧手握重兵、圣眷优隆时，那上天入地、钻山打洞的马屁话，早叫他听遍了，若论这几句夸奖，实在不算什么。可这几个月来，他已将世态炎凉尝尽，再听法海的赞语，如何能不百感交集。是以站起来一躬到地，嘴唇翕动，半晌方道："我枉叫人称作结党，现在落到这步田地，所见的真朋友，竟只有胡元方和兄两个。先生此番进京，自然要面圣，又要去见怡亲王，还望代小弟陈说陈说。那蔡珽实在是个奸佞小人，必定是他陷害我，容我进京一辩，自然明白。"他一向不曾求人，说这话已是面红耳赤。幸而法海是个痛快人，当即拍案道："亮工放心，别的我不敢保，就十三阿哥，怕还要听我几句话罢！"

中秋前本是京师最清爽时节，不合近日秋雨连绵，总是淅淅沥沥

360

下个不住。交辉园与圆明园有角门相通，方便允祥日常出入，每每他所乘的轿子一落，就有许多进进出出的大臣官员，或恰巧赶上，或特意殷勤，都看准了时机过来请安搭话。这一日他正和人寒暄着往里走，就听跟着的大太监张瑞忽然说道："主子瞧前头那位大人，好像是法先生。"

允祥顺着张瑞的手指一抬头，就见远处一个珊瑚顶子的官员，自己打了把伞，昂首阔步正往外走。其人少说也有五十多岁，却是行走如风，踩起来的雨水溅到袍角也不顾及，直叫旁人侧目。允祥近几年没见着法海，又不知他到京的日子，此时因隔得远，倒是定睛注目好一会儿，才笑对张瑞道："还是你看得真！"边说着，边加快了步子向前去迎。

"在园子里这么个走路法的，也就他老人家一个。"张瑞嘻嘻一笑，忙跟上去；又叫一个年轻腿快的小太监，紧跑几步到法海跟前，将他引到这边廊下。

"阿哥安好。"

"先生好，先生好。"待法海走到跟前，允祥忙趋身一步拉住，不肯叫他行礼，随又站定了一躬，再上前执手问道，"先生几时到京？是才觐见了下来？"

众目睽睽之下，允祥这一番屈尊，早令往来的新晋官员们咂舌。法海却不在意，坦然受了他一揖，随意道："昨儿才到的，有旨今天一早觐见。"

"昨儿就到了，该先知会我一声嘛。"允祥见他说得轻巧，不禁一皱眉头。法海这一遭回京，原是办砸了差事，自己百般弥缝，唯恐他在御前得咎。不想他进京来，竟不先去和自己讨主意，就敢贸然请见。是以看了看他的神色，虽有些闷气，倒还不至于大坏，只好又问："任上的事都奏过了？"

"奏过了。为还有旁的事，就先叫出来，说另有要问的话，得空再说。"法海刚在四宜堂挨了皇帝的骂，虽不能大庭广众之下抱怨，自然也气不顺，遂道，"昨儿到京，门生里来看的人多，应酬乏了，就早歇下，没顾上遣人告诉。想着觐见下来再去瞧你也不迟嘛。"这几句话说得，连怡王府年轻的护卫、太监，也瞪着眼睛面面相觑，心道这是哪里来的太爷，不但充大辈儿似的一口一个"阿哥"地叫，单这"没顾上"三个字，也从不见有人用在自家主子身上。

"好好好，先生的胆子大，不要我多操心。这就跟我走罢，我那里专有一坛好酒奉候!"允祥也久不听人这样说话,乍听有些别扭,一想起法海的性子,反而觉得亲切。是以命跟随的人道:"同奏事处说,有事再去找我。"说罢拉着法海,热热络络就往交辉园去。

二人一路就着回廊踱步闲聊,允祥才就近端详了他的老师,笑道:"果然江南养人,先生去这几年,不但风采依旧,还少相了不少。"

"做学政也罢了,偏是浙江人难对付得紧,还不比军前自在。"法海一想起杭州的事,就是一阵心烦,先没趣地摆了摆手,又打量着允祥道,"看阿哥的气色,还有些清弱似的,怕是过于操劳了罢?"

"可不是,一天也不能躲懒。"允祥说着话,无可奈何地将手一摊,却又嘴角一抿,笑叹道,"我倒很记念早先那些个悠游林下呢。"

法海平生最喜直爽率性四个字,听了允祥这话,脑海里不免泛出杭州城年羹尧的落寞、马兰峪允禵的寂寥来,遂揶揄道:"阿哥抱入世之怀,向来所恨是不得施展。这会子身兼宫府,怎么反羡慕起林下来了?"允祥直噎得戛然无话,抬头盯着树上的松鼠看了半晌,才勉强笑道:"到底先生知道我。"

进了交辉园的门,二人相偕着穿梁绕柱,往允祥平日招待贵客的怡仁堂去。褪去朝珠换了轻柔的软缎便袍,二人盘膝坐在临窗的炕上,颇觉神舒意适。因早有人先赶回来传话预备,所以炕桌上杯盘罗叠,一应中秋时节应季的鲜果、蜜饯,配上各色月饼,已经琳琅满目摆上来。另有一尊仙人吹笙的青花方壶,稍一挨近,便觉阵阵清妙、酒香扑鼻。

允祥亲自执壶,一面斟酒一面笑道:"先生在杭城,怕是黄酒喝得最多。这是伊学庭到汾阳县给我寻的好汾酒,真正的河东桑落不足比其甘馨、禄俗梨春不足方其清冽,所以我请先生以鲜果来佐佳酿,倒比菜肴更能现它的真味。"斟罢才要举杯,就见一个小太监进来禀告,说万岁爷赏下克食来,请王爷去接。二人闻言离席,一同出去,果见御前的首领太监满面堆笑,说:"万岁爷口谕,河南田文镜进了几匣新鲜柿饼,滋味比京里的好,叫送一匣给怡亲王尝尝。只是这东西食性寒凉,可别进得多了。"

允祥接了东西,先赏钱打发来人回去,又兴致盎然对法海笑道:"这是佐酒的佳品,先生实在有口福,竟沾上田文镜的好处。"

如此繁华鼎盛景象,若在三年前,法海必定替他的好学生欢喜,可现在看来,却委实不称心肠。他是个直性人,从不晓得遮掩,等再坐回炕上时,一张长方脸便拉得更长,又伸手盖住允祥端起的杯盏,皱眉道："阿哥的风光日甚一日，可宰相肚里也要撑一撑船嘛。"

允祥自先帝驾崩第二日受命总理事务至今，预议政、参军机、综国计、承大审、接外藩，并执掌内廷、潜邸、皇子、宿卫诸事，大小政务，几乎无所不总。更兼口含天宪，联络封疆，造膝独对无日无之，若非"势倾内外，宠冠当朝"八字，断不能描摹得尽。是以这几年所听所见的，都是含着蜜糖的好话，堆着奉承的笑脸，再没有这般语气颜色。虽说忠言逆耳，可法海毕竟是他的恩师，这会儿也只好将杯盏搁在桌上，自顾自转着手上的翡翠扳指，似是心不在焉，又像若有所思。法海是个急脾气，见他不理，就"吱"的一声饮了杯中酒，不依不饶又要开口。

"我知道，您要同我说十四阿哥的事。"允祥轻吁了一声，先前的亲切热络早已扫尽，只碍着师生之谊搪塞道："他的事情不比寻常，太后健在的时候都管不了，哪有我多话的地步。"

"那就这么一辈子放在陵上，连个封号也不给？他好歹当过大将军，又和皇上一母同胞，这么仇人似的，岂不叫人笑话？"法海这两年常怨允祥过于城府深沉、行事机巧，听他拿着官腔和自己虚与应付，不由怄起气来，将脸一沉，捏着酒盅用力蹾了两下，摆出师傅的谱道，"阿哥于公是做臣子的，当守致君行道之忠；于私是做兄弟的，要合恺悌敦睦之义。怎么能不闻不问？你当年受委屈，也不是十四阿哥的首尾。"

"这话说得，我就记恨也轮不上他。"允祥叫法海气得手脚冰凉，别过头去按捺许久方压住火道，"好好好，细话也不多说。往后先生自己的事，就再麻烦些，我也可以应承。允禵的事，还请不提为好。先生是国戚，很该知道这里的深浅，何苦忒多事呢。"

"国戚何敢承当，早晚有爵除族灭的一天！"法海不听国戚二字还罢了，一听，不由得血往上涌，原本盘膝而坐的姿势也改了跪坐，将上身挺直了，几乎是居高临下模样。

"先生听谁胡说？"

"现在家兄发遣奉天，堂兄动辄得咎，还不是明证！"

"先生自幼叫鄂伦岱轻慢，怎么又替他说话？就同隆科多，也未见有什么好处不是？您虽是佟家的人，也是我的恩师，他们好歹，碍不着您。"

"疏不间亲，古之礼也！我要是仰仗王爷的教训好话苟且，再图些非分的荣耀，只怕夜间睡不安稳。"法海半点也不领情，兀自嗤道，

"阿哥如今本事越大，心眼儿怎么越小了？你就不愿和人鼎足而立，又何必把人往死里头挤！"他说着话，已是偏身下炕站起来，背着手在地上走了好几步，饶是天气清爽，也吵得面红耳赤，满头渍汗。他生就是佟家人的豪横秉性，当年连先帝也敢顶撞，况又念了一肚子书，比别人多了些会讲理的本钱。这会儿脾气上来，哪里还能刹得住？他也不管允祥气得脸色煞白，手指着窗外高声道："我在杭州见着年亮工，一个大将军，都成了什么模样！皇上圣训煌煌，但求天下英雄入吾彀中，你扪心说，年亮工算一个文武全才不算？何苦就容不下！"

允祥心里至此怒极反笑，冷眼看了看法海，就端起架子道："敢情先生不但替允禵叫屈，就连年、隆两个也一力要保？好好好，你在我这里把梦话一气说尽，赶明儿安生做你的官，少管闲事。"说罢拍手叫在外伺候的仆辈进来，俨然就要送客。

"你真不肯去进几句忠言？不怕别人说你擅宠揽权？"

"不劳费心。"

"那我去，不过是一条命！"法海说着话，拂袖就往门前走去。允祥叫他吓得一偏身侧坐在炕沿上，边催着小太监服侍穿鞋，边嚷道："法渊若，你干什么！"

"进园子请见！"

"你撒什么癔症！"允祥一听此话，登时一身冷汗下来，抬脚将那小太监踢在一旁，先要自己去追。眼看法海已大步走出门去，便自坐回炕上，一拍桌子断喝道："外头都是死人？把他给我拦下了！"

日近正午，外头小雨就着斜风，下得愈大起来。廊下站班伺候的人原本有些心烦，等听两人拌嘴一声高过一声，不免就竖起耳朵，努嘴斜眼，相视揣摩里头的情形。忽听珠帘乱响，紧接着法海气赳赳大步流星出来，也不穿雨衣，也不打伞，单甩着两臂直冲冲就走。外头人大多年轻，并不晓得法海身份，只说平日里报着名进去，躬着身出来的红蓝顶子见过无数，却从未见这样硬气人物，竟是并着肩进去，骂着街出来！几个人正目瞪口呆全无主张，又听见允祥在内摔案怒喝。怡仁堂十分阔大，众人站在阶下远处，那句"拦下了"的话，传到他们惯听戏文之人耳中，就不免想作包龙图惊堂木一拍，成个"拿下了"。故而当即有两个二十出头的蓝翎抢步上前，说一句"大人得罪"，就各伸出一双铁臂来，把个直戳戳正往前奔的法海左右架住，连拖带掖原路掖将回去。

法海凡事只要人来凑他，何尝受过这个？登时斗鸡似的昂着脖子，虽浑身上下淋个透湿，还在不住地挣骂。可他再怎么说也是五十几岁的人，哪里挣得脱两个精壮汉子，只好一路支支楞楞跟着回去。幸得总管太监张瑞是自幼服侍允祥的人，晓得这位老大人深浅，见此情形，心里"哎哟"了好几声，先瞪眼骂那两个愣头青道："该死该死！你们晓得大人是谁！"又朝怒发冲冠的法海打了几个千儿赔罪道，"小子们没见过真神，您老大量，还请再进去一遭。"

"你主子好风采，如今兴得他，五伦里头还有个一伦半伦没有！"法海恨极一啐，自知不能随性出去，只好叫张瑞连哄带央告、先去厢房净面换了干松衣服，才气鼓鼓又回到厅中；也不理负手站立一声不吭的允祥，径自坐在炕上，捏了碟子里的柿饼撒气般吃。

"先生息怒，是我失礼了。"允祥是个能屈能伸又要体面的人，方才外头的闹腾，他站在窗前尽收眼底，心里不免歉疚，见法海气昂昂仰脸不采，也只得换回一副好神色来，一个长揖到地，"还请先生大量，体恤我的难处。"

"岂敢岂敢，我是吃了讹误的废员，不敢受王爷的礼！"

"看来是要我跪下请罪。"允祥"唉"了一声，竟真要屈膝拜下去。这倒叫法海不能坐视，他忙站起来从侧面扶住，边嘟囔道："这又纡尊降贵来了。"

"先生肯不怪罪，我就磕几个头也值得。"允祥见他消了气，才又笑着坐下。先命人重整杯盘，又屏退旁人自斟酒道："先生一向扶危济困，当年宁得罪皇父，也要替我说话，这份恩德我终身不忘。这会儿推己及人，您心疼十四阿哥，或是什么旁的落难之人，我也体会得来。只是当今天子和圣祖爷并非一样的人，我的身份也比不得先生超脱。您这几年不在京里，怕不晓得我是怎么个战战兢兢法，这一揽子的保人都要我当，实在力不能及。"

"阿哥谨慎至此，真和当年变了个人。"法海叫他说得很是泄气，呆了好一会儿，到底不甘心道，"你别怪我刁难你，是我眼拙，实在看不明白这些年的事。二阿哥当年和皇上有仇，他一家子反倒好好儿的，外间戚旧们都说是你的力量大。"

"那是皇上眼界大，不肯做些没用处的计较。喔，就算卖我个人情，不过顺便而已。"允祥见法海全然不信，没奈何又找补一句，说罢再不肯顺着这个题目议论，先抿了一口酒，又停杯笑道，"我的力量大不济管管先生的事。想我胡乱打听一声，您一早觐见，皇上可说了些气话不曾？"及见法海把满腔盛气都沉下去，寡着脸儿不言语，便大笑起来，又问，"那问没问先生今后的打算？"

"问了。"

"怎么回？"

"还没等回，就另有一件事急办，让后天再来。"

"您看，这才是要紧大事，咱们掰扯半天，刚说到正题上。"允祥释然颔首，掰着手指数了数在京各衙门的缺份，含笑道，"我看您还是留在京里罢，现在都察院的汉缺是蔡珽，满缺还不得人，先生可有意么？"

"我和那姓蔡的弄不来！"佟、蔡两家康熙年间就有旧怨，法海现为年羹尧的事，更鄙薄蔡珽的为人，所以鼻孔里哼了一声，就偏过头去。

"我也厌烦蔡珽的为人，才请先生去，不然台谏重地，也太沦落得不堪了。"允祥心里早已想定了主意，不过哄孩子一样又向他解说了半日，嘱咐他再觐见时，务必小心恭敬，总归是自己在浙江办砸了差事，哪能立了功一样挑三拣四。

法海这一回倒真听劝，再进宫去，就做出一派服膺圣训的模样，听皇帝数落起他的长兄鄂伦岱来，也俯首回道："臣兄素来粗鲁荒唐，皇上教训得甚是。"他这么一说，皇帝也合了心意，颜色大缓道："到底是他不读书的毛病。如今朝中无论科名门第，你都数在前头，很该再多出几分力。叫你去做外任，是我的不是，既糟践了你的材料，也耽误了地方公事。按令高足说，该叫你主持台谏或是礼部，我看也还恰当。现在礼部没有缺，就是都察院罢。不过风宪重地，不是玩笑，你不贪不虐是好的，可太欠平和。你也是有岁数的人了，怎么还要少爷脾气？往后要做京官，更使不得了。"

告帮

第五十章

法海这厢面圣出来，虽则升官是喜，到底心中不快，只好垂头丧气骑马先回家去。及到门首，便有管事家人边伺候他下马，边禀道："才有两个哥儿来拜，说是年大将军的公子。老爷不在家，奴才实在不知道怎么处，这年家的情形——"

"人叫你打发走了？混账！看坏了我的名声！"法海未待他说完，就发起怒来，扔了缰绳还要骂。管事的忙摆手道："已经招呼了哥儿厅里用茶，只是没敢问来由，单等老爷回来。"

"这还罢了，请两位贤侄书房说话。"法海边大步进门绕过影壁，边自摘去顶冠朝珠交给下人。不一时更衣完毕，就带着一个贴身老仆到书房去。只见年富、年兴两个抢步扑上来，将自己的两条腿一边一个抱住，哭叫"世伯"不住。

这小兄弟俩法海从未见过，可想起年羹尧的处境，心里却格外怜惜，故而一手挽住一个，细细觑其面貌。只见他们都是二十出头年纪，年富是个浓眉虎目、宽鼻方口汉子，样子很像他的父亲；右边年兴面嫩些，近来在宫里当侍卫，倒历练得更显稳重，长相也没有那样见棱见角。

年富素来敢说话，这会儿先磕了两个响头，就挺起身来，直视着法海道："家父常教导小侄们，说世伯是朝中第一个相投的人。现在家父陷在杭州，祖父病在炕上，小侄无知冒昧，来求世伯担待。我父亲的忠心天日可鉴，求世伯将冤屈上达天听，替朝廷留一个有用之躯。"

一番话说完，年富的虎目中已经泛出水气。法海先别过头去不忍

367

看，可他到底是才觐见下来，想着皇帝说起年羹尧时那气啾啾、狠刺刺的架势，并前日允祥的嘱咐，也不敢贸然去管这桩泼天大事。不得已把两条胳膊奉拉下来，也不肯借口搪塞，只赤面报报道："枉叫二位贤侄高看，亮工的冤枉我怎么不知道呢，可实在我的情面薄——"他一句话说不下去，只好叹息几声，又拿整理衣裳来遮掩。

年兴见乃兄话说得急切，惹得法海局促不安，忙拭了泪，膝行两步再挨前些，恳切道："小侄知道世伯的难处，或是请世伯带小侄们去王府禀陈下情，成么？"

"贤侄真叫我没脸说话！"法海"唉"了一声，摆手道，"你们小孩子家许多事不明白，也说不清。"

年兴见他实在为难，也只好告了罪，又低声哀恳道："小侄们多年随任，阁部大人都不认识，还求世伯父指一条路，哪位大人与家父有交，又能得些确实的信儿，也好去求教。"

见法海仍旧犹豫，两兄弟又"嘣嘣"磕起头来。法海左右拦不住，只好箍着额头想了想，勉为其难道："不然去找一找张衡臣？他现在任事不管，每天守着替皇上草诏，自然事事明白，又是你父亲的会试同年。可他是个小心极了的人，你们不要过于冒失，只怕适得其反。"

两兄弟磕头谢过，也不容他留饭，径自告辞而去。等出门再商量时，年兴便出主意，说张尚书成日内廷伺候，白天从不曾在家，要叫家下人先拿话搪塞住，再去就没有地步；不如先叫人到他宅门前看着，等他回家时再去。

二人坐立不安候了大半天，到日头偏西，得听信儿家人报说"张大人回府"，才打马往护国寺西的张宅去。待到彼处递了名刺，就见门上家人客气笑道："二位公子不知道，我们老爷因为每天在御前行走，忌讳多些，平时无论京官外官，除非是要紧公事，从不在家会客。二位要有公干，白天衙门里见罢。"说完又作一个揖，就要关上角门。倒是年家一个小厮眼疾身快，侧身将门卡住，掏出一大块银子递去。一边年兴也赔笑拱手道："我们做侄辈的来给世伯请安，还请通融通融。"

张廷玉家规甚严，门上见此不但未露喜色，反而绷起脸来，径自将门关上。年富满面怒容翻身上马，也不理年兴，兀自松了缰绳，一路跑回家去。

回到家，年富忍不住去念张廷玉的不是，连在祖父跟前也挂出脸儿来。年遐龄八十来岁的人，虽成日萎卧病榻，心里却十分明白，知道年富随任最久，浑是乃父的脾气，便拍着炕沿教训："少学你爹，整日价满嘴里没有好人。"及见他诺诺答应，又不免一阵酸楚，要过他的手来摩挲着道，"你们安静些最好，没得连累亲友，又造孽。"

两兄弟答应一声正要退去，又听年遐龄呼唤，遂住了脚。祖父闭目低首如同自语道："你们一定要找人打听，就先打听宫里娘娘的信儿，看她的身子大安没有。"

两兄弟听着纳闷，又不敢问，不过唯唯而已。却听年遐龄的声音越发微小，如喃喃梦呓道："我两回梦见她不好。"

一时辞了祖父出来，二人就在家中花园乘凉。天上还下着雨，年兴茫然坐在廊子里，盯着房檐上的雨水，断线似的就着筒瓦滚落。年富一脚踏住廊外的石头，任由下半身淋得湿漉漉的，也是愁容满面。不过他性情坚毅，眼看弟弟灰心，自己就不肯丧气，先喘了几口粗气，又对年兴道："你京里比我熟，再想想，还有谁使得上手？"

"我看算了，不如听老太爷的话——"

"快想！"

"嘿！"年兴忽然福至心灵，眼睛也亮起来，一拍手道，"怎么忘了他了！"

"谁？"

"三阿哥！"

"谁家的三阿哥？"

"还有什么张家李家，就是当今的皇长子！"年兴虽说稳重，到底还是少年人心性，一想到兴头，登时拉住乃兄的胳膊道，"去年我回京里，就见三阿哥亲自到家来看大哥的病。他在潜邸时同大哥顶惯熟，一点儿也不拘礼，又问大哥借了几千银子花。想他当皇子的，问外官借银子，怎么不怕人首告？咱们同他打听信儿，他一定不敢不说。"

"对对对！你一说我想起来，父亲回京时，他也来借过几千。老魏还同我抱怨，说当今的阿哥，也跟上一辈儿的爷们一样，都是两手朝上。"年富一拍大腿，当即虎目灼灼，权当自己是西宁帅台上的年羹尧一般，跺脚大笑道，"没想到病急乱投医，也能撞上好偏方！"

年兴也愈发起劲儿出主意说："那宫里娘娘的事呢？咱们没有在京的女眷，走不成会亲的路子。不如写信叫苏州的大姑奶奶来省亲，就说老太爷病得厉害！"

哥儿两个一行计议定了，就先想法子去见弘时。年兴虽是侍卫，可他如今行动招眼，贸然面见皇子，自然万分不妥。幸而他家的老人和雍邸广有交往，几回闲话，就打听出弘时在灯市口一带置办了外宅，虽说胆小不敢多去，可毕竟是一条门路。俩兄弟守株待兔等了小半个月，终于将他等来。年兴闻讯而起，刚要拉着兄长去访这位小三爷，却叫年富一把推在椅子上，用吃奶的劲头按住他的双肩，又瞪眼道："你伺候太爷，我自去罢！万一叫人举发，总不能都折进去。"

"你瞧不起我！"年兴一向没有乃兄的力大，此时却来了劲头，上身一挣将年富的胳膊搪开，怒冲冲就往外走。然则才出去三五步，就见年遐龄颤巍巍站在外头，双唇翕动许久，方对年兴道："你听富哥儿的就是。"说罢长叹一声，仍由丫头扶着，一步一蹭转回上房院去。年兴先是浑然如在梦境，继而号啕大哭起来。年富也顾不上安慰他，一径出门上马，急往城东而行。

年富跟着老家人三拐两绕，就寻到了灯市口同福夹道深处一个半大不小的宅院前面。家人叩门多时，才有一个白净小厮慢吞吞将门开了个缝，一望便知，是个内宦无疑。这小太监似是刚睡醒模样，懒洋洋打了个哈欠，瞥一眼门前主仆，没精打采道："这位爷叫错门了——"

"镶黄旗下佐领年富，来给三爷请安。"

"诶？"小太监虽不晓年富何人，可听他认得自己主子外宅，心里就有些惊慌，一下里就要关门。年富伸手抵住门，笑道："小公公通禀一声，就说家父是现任杭州将军，特命我来送礼。"说着伸手掏出黄白之物，顺势递进门去。

小太监拿手掂了掂，自是喜笑颜开，说一句"稍候"，就回身进到宅内。不一会儿，仍旧是这个人，捂着红肿之处艳若桃花的脸小跑出来，将门"哐"地一推，立着眉毛怪腔怪调道："年二爷，您老快请进罢！"

这边年富进得上房，就见弘时面色铁灰坐在炕上，虽想摆出皇子的架子，无奈实在心虚气短。最可笑的，才慌手忙脚没有留意，炕角不远处，竟遗下一方葱绿色鸳鸯戏水的帕子。这会儿当着外人，拾不能拾，留不能留，直叫他满脸的铁灰又添了紫红，竟凑个猪肝颜色。只好乘人不备，把一只脚向前伸去，用靴子尖一踩，三蹭五蹭碾回来，就踩在脚底下。

年富看在眼里，心中狠狠讥笑一番，兀自正色行礼，口内说着请安的话。弘时勉强答应着，又叫他坐下，想问来意又不敢，呆了半晌，终于苦着脸道："好歹咱们有亲，令尊不能这会子来攀扯我呀！"

年富忙站起来，赔笑道："谁敢攀扯三爷！是为先前在京的存项不多，没给三爷凑齐了整数，特来谢罪。"

"什么时候还说这些——"

"三爷要肯担待家父一两件事，我们倾家孝敬，也是应该。"

"我虽担了皇子的名儿，平日里不叫皇上找寻，已经念佛了。有几个胆子敢多事，管令尊这样大案！"弘时叫他说得起急，也顾不得脚底下那方帕子，干脆站起来，满屋里搓着手转磨。他因为和弘旺等人到娼家偷欢，引得龙颜大怒，被关在阿哥所一个月不能出门，连他的老师、侍从也捎带受累，一应年节例赏都赶不上别人。此后更越发胆小，除了偶尔到外宅里出口活气，余者一概不敢兜揽。可如今羹尧的案子要发，他几回借钱的事，唯有靠人家一字不露才能掩得过去，所以虽恼年富莽撞，却不敢深得罪了他，也只好一劲儿咂舌诉委屈。

年富不会求人，见他叫苦推托，也只好硬着头皮道："不敢劳三爷保，只求看在和家兄的交情上，在近御的人里帮忙打听消息，就是天高地厚之恩了。"

"御前的关防最严，叫我上哪儿打听？"弘时先将头摇得拨浪鼓一样，再抬眼去看年富，见他长得极为强壮，足足高出自己一个头去，脸上青筋突起，热汗津津，十分焦躁狼狈。弘时见此情景，不知怎么，竟忘了彼此是一条藤上的蚂蚱，陡然生出些幸灾乐祸的心来。心道你们年家这几年何等威风，现在却来求我。他不是个城府深沉的人，这样想着，就不禁随口诮道："尊府的门路多，与其叫我打听，不如请贵妃娘娘说个一句半句，不顶旁人说上一车？"

"娘娘凤体欠安，且这是冒险犯颜的事——"

"你们自家人怕险，我倒不怕险了？你家的银子我说好了是借，早晚就要奉还。"弘时怕他久在此地叫人察觉，干脆将心一横，"哼"了一声，扭脸儿端起茶来，就是送客的架势。

年富脸皮儿甚薄，叫这两句话激上火来，不待行礼即去。弘时等他走远，在屋里摔盆打碗痛骂多时，待气出尽了，方从炕桌上扯过一张笺纸来，捵一回笔，发一回呆，又揉一回眼，才写出两串字，密密封讫，交给心腹人道："快把这封信悄悄送到杭州，交给年羹尧亲拆！"

放下年富负气回家不提，单说苏州织造夫人胡年氏接信后倒来得快。这位姑奶奶的岁数比年羹尧稍小，早年嫁给同旗子弟胡凤翚为妻。胡凤翚官运原本寻常，今上即位后，仗着是贵妃的姐夫，才得了苏州织造的肥缺，凡事都要倚靠妻族。所以胡夫人一接家信，全然顾不上别事，囫囵收拾几箱行李，就匆忙赶进京来。

听说贵妃的姐姐进京来侍父疾，又奏请进宫会亲，皇帝恐她传递消息，原本不想准允，不过怜惜贵妃多病思亲，迟疑一阵，到底首肯。进宫当天，胡夫人所乘的马车本要停在神武门外，从顺贞门步行到内廷去。不料才至近前，就听前头一阵嘈杂，尤以一女子的声音又高又厉，仿佛是同人争吵的意思。神武门是皇城后门，往东是皇子们居住的北五所，隔着北横街就是御花园深宫禁苑，其间并无官厅衙署。因此除去秀女大挑时热闹，平日里出入往来，多以内眷戚属为主，一向关防严谨，行动安静。胡夫人现下如履薄冰，前路叫人挡住，也不敢肆意争竞，只命随侍仆妇向前探问。仆妇去不多时，就来报说："麻烦了，麻烦了！前头是国舅太太的车挡路，侍卫们无旨不叫放进，国舅太太气盛，竟亲自下了车，正和人嚷着辩理。"

仆妇所言国舅太太并非旁人，正是隆科多家那位如夫人四儿。且说隆科多自辞去步军统领职衔，就愈发意气消沉。上月因为议覆胡期恒妄参金南瑛一案不力，皇帝说有意他包庇年羹尧，下旨把先前所赐的双眼孔雀翎、紫扯手、黄带、四团龙补一并缴进，不许再用。前日又革太保，预备将他打发到阿拉善修城开荒。隆科多深知今上为人行事，一时万念俱灰，整日酩酊不醒。倒是四儿还比他拿得稳些，晓得七亲八故求之无用，只有赶到今天——先帝佟皇贵妃的生辰，可以借着拜寿，在自家姑奶奶跟前求情。佟太妃在先帝诸妃中位分最尊，又有其姊孝懿仁皇后的情面，她若肯倾力救护，皇帝念及养母，不定还有一线之恩。

她一早就赶到神武门，想要抢在众人之前，先同太妃说几句话。偏这些守门的护军校都是见事机警消息灵通之人，皆知隆国舅日薄西山，又听说她是八旗里出了名的泼辣货，更存了鄙夷轻薄之心。所以一见是她的车马，就有两个年轻气盛的受人撺掇，气焰昂昂向前拦住，笑嘻嘻问道："这是哪府的贵眷？进宫来有旨没有？"

"里头坐的国舅太太，为着皇贵太妃老主子的千秋，和娘家太太奶奶们进宫会宴。"四儿跟前的仆妇，个个由她调教，端的能说会道，走上前一笑一福，本以为万事无碍。不合叫那小伙子眉毛一耸，明知故问："皇贵太妃家的爷们，自然都是国舅，尊驾是哪府上的？"

仆妇是个管家奶奶，原本只见人奉承他们，哪里受过这话。只是如今人在矮檐下，不得不耐着性子堆笑道："还能有哪个，自然是隆公爷的太太。"

这护军校嗗嗗牙抻抻脖子，扭脸去问一个年长的同伴："隆公爷的太太？许是我不上台面，怎么听说隆公太太早殁了呢？什么时候续弦，哥哥你听说没有？"

"公爷继娶太太，不得惊动半个城！"同伴嘿嘿一笑，又转头向大门前一队弟兄高声问道，"大家伙谁听说隆公爷又办喜事了？"这一干坏小子各自哄然，架得前头两个更壮声势，又腰指着仆妇骂道："哪来的婆娘，竟敢冒认皇亲，再不走开，叫你知道宫门的规矩！"

四儿坐在车里，将这些话一句不落听在耳中，饶是她暗自恨极，几度抓着车帘要扯开，终归忍住一口气，银牙咬碎和血吞，叩窗唤近仆妇道："同他们说，是公爷的侧太太到了。"

那仆妇趑回身去，照四儿的吩咐改口说了。不料两个护军校舌头底下仍不饶人，你一言我一语挤对道："早说侧太太不就明白了！"

"那就更不明白。"

"怎么呢？"

"历来主子们会亲，只有会正的嫡的，哪有侧的也能进宫？"

"对对，还是哥哥您的见识高。我说这位大奶奶，您也别难为我们当小差事的，还是请您家的侧太太打道回府罢！"

俗话道打人不打脸，揭人不揭短，二人话说得这样刻薄，就是木头桩子也有三分火性，何况四儿本来皮酸脸薄的人。这会儿心头酸辣，伸手就将布帘扯了老高，吊着眉毛偏身离座，立时就要下车。她本是汉人家的姑娘投充旗下，先曾裹了脚，后来忍痛放足，又常穿旗装旗鞋来显她的正宗。穿戴打扮好改，可步履仍有些不稳，一颤一拧，需人搀扶。俗话说情人眼里出西施，她这个仪态，在隆科多看来，实以为腰肢柔美，娇俏堪怜。可换作轻鄙她的人看，则未免婢学夫人，造作可笑。

见她走下车来，那远处的护军都指指点点笑个不停。近处两个先是一怔，继而一惊一乍扭过脸去，一个捂嘴坏笑，一个又是痰嗽又是整衣，先作目不斜视之状，再摆手道："使不得使不得！瞧瞎了小的狗眼，怎么敢见国舅的内眷！"

四儿经多见广，绝不似寻常妇道，向来只有男人怕她，没有她怕男人。所以见这些年轻小子装腔作势，她倒气定神闲起来，拿捏着走近住了脚，就睖着杏眼嗔道："哥儿们都是才挑进来当差的？先帝爷、皇太后大丧的时候，没瞧见我打这个门进去？今儿老主子千秋家宴，误了行礼的吉时，怕哥儿们吃罪不起。"

"您见笑，我们后生晚辈，没赶上那份儿体面。"年轻的见她盛气凌人，一时心头火起，也不正过身子瞧她，只一撇嘴道，"老主子的差事，我们大人传过旨，说佟府里诸位太太奶奶诰命夫人们要进放行。您老既不是，我们也没办法，俩山字摞一块儿，还请您回。"

四儿听他不敬，一股市井的泼气就往上涌。随行的仆妇见势不好，一边一个，先将她掖住紧劝，一面又堆下笑来，向前好言道："哥儿若不信，请进去问问老主子，就知道今天会亲的人里，有我们太太的名儿。"

"您这话说的，我们外头当差的人，进了顺贞门就是发配黑龙江的罪过，还敢往内宫里去？"

"你看你，侧太太使唤，是瞧得起咱们，别不识抬举。"另一个闲极无聊，愈发要找点乐子，遂比画着，朝四儿嘻嘻笑道，"您别忙，破上两个时辰工夫，等我们先回了该班的参领，再回统领，再知会内务府，再请哪位管事的老公公，进去给您打听打听。"

两人一递一句消遣，直把四儿气得花容大变。他正待大发大作，就见西边又来一乘四人轿，是她们佟氏本家的老姑奶奶。四儿如见救星，当即上去央告。可她先头隆盛时，在族里作威作福惯了，实在招人恨。人家当面不能驳她的脸，可进去了却说反话，只向佟太妃数落，说那四儿在神武门如何撒泼、如何现眼，大坏了咱们家的名声，还是不叫来为好。

佟太妃半生居于宫中，又做了三年寡妇，早已看尽白云苍狗，而今眼明如镜，心枯似槁。她知道当今天子与先帝不同，先帝一向以笼络巨室为务，且又念旧，不肯残伤太过。至于今上，就真是个房顶上开窗户——六亲不认。所以先头堂兄鄂伦岱发遣，眼下亲哥哥隆科多获罪，她也不过人后抹两回眼泪，及到人前，都只说自家人的不是，不肯有一句多余的抱怨。她一向不待见这个四儿，原先就不肯见她，这会儿听她硬来，知道是求救兵，自然更不肯见，且摆出颇严厉的神色来，当众对管事宫女道："叫人到外头告诉，快快儿地打发她去，没的把我几十年积下的一点儿老体面，也叫她扫尽了。"

太妃既说了这样的话，传到神武门外，护军们就更得意起来，七嘴八舌，把个四儿气得厉声嘶喊。因见后面胡夫人的车到，众人愈发嫌她挡路。四儿万般无奈，只好哭哭啼啼落荒而去。胡夫人听明白缘由，不免生出许多同病相怜的感慨，心道自家贵妃要和佟太妃一样，年氏一门怕就难保了。

第五十一章 忍情

　　胡夫人带着两个家下使女，沿着宫中长街向贵妃居住的翊坤宫走，眼看那黄瓦歇山顶、万字锦底门就在眼前，却未见有人相迎。等到门上听差的小太监跑进去许久，才见贵妃身边管事的大宫女夏天儿轻手轻脚走出来。她先也见过胡夫人，所以辨了辨面目就认出来，一面问候过了，就引她走到二进院西边的藤萝架下，低声道："姨太太进来的信儿我们早接了，可没敢跟主子回。"

　　"为什么？"

　　"姨太太晓得主子性情，心里忒能存事。前些日子听说大将军不好，就病在炕上起不来。把个值千值万的好药也不知吃了多少，咱们宫里上下有个头疼脑热，光闻着药味儿都闻好了；可到她身上，就像泼在盐碱地！"夏天儿二十出头年纪，瘦高的身材容长脸，是个有情义又心细的姑娘，因受贵妃的厚待，说到伤感处，就是一脸愁容。待见胡夫人惊惶，她又稳住了，找补道："主子听说姨太太进京，本来高兴，又怕会亲的旨意难得，一喜一悲，就是两三宿没有合眼。她心又软，怕上夜的人辛苦，睡不着也不肯起来，单睁着两只眼睛出神。好容易昨儿困极了想睡，咱们就不敢告诉您来的信儿，怕她又不能睡了。"

　　胡夫人感激点头，拉着夏天儿的手赞她办事周全，又问贵妃这会儿在做什么。夏天儿回说一早去寿康宫给皇贵太妃拜了寿，正在暖阁里歇着。说罢指了指后殿东楹的支摘窗，带着胡夫人蹑手蹑脚走过去看。不合一阵秋风，正从西边宫墙之上刮过，呼喇喇一阵，吹了不少凋落的树叶打在窗纸上。紧接着，就听里头一阵干哕声，一个十四五岁团脸儿的小胖丫头应声跑出来，见着夏天儿蹲身道："主子醒了，姑姑快进去罢。"

先者三四天没得安眠，一清早又乏于酬应礼仪，所以虽说歪在引枕上小憩，贵妃倒真昏昏然睡了小半个时辰。等醒来时，只觉头蒙体沉，想用手支撑着倚坐起来，却一下子吃不上力。辗转半响，炕下本来跪着捶腿、却也睡迷了的小宫女才闻声惊起，她急欲上前服侍，偏是毛手毛脚净帮倒忙。贵妃也不责怪，只吩咐道："看这丫头笨的，快叫你夏姑姑来。"

夏天儿听着呼唤，忙拉胡夫人一道进内。胡夫人心里虽急，却恐贵妃受惊，待到东暖阁外，就推夏天儿先进去，自己驻步门前等候。贵妃搭着夏天儿的手臂撑起身来，又喝了两口热汤水，惺忪睡眼中映见一个倚门呆站的妇人。她蓦然怔住，以为自己仍在梦中未醒，遂下死力掐了一下左手的虎口，又哑着嗓子问夏天儿："我恍惚看着门口有客似的？"

"那是姨太太呀！"夏天儿忙到门前，扯过百感交集的胡夫人，见她姊妹都张口淌泪不说话，只好指着炕角洋漆小案上的雾青葫芦宝瓶笑道，"主子最挂念姨太太，您看这个瓶儿，是头年您进上来的，主子一直叫摆在跟前，从来不肯替换。"

胡夫人这才醒过神，忍悲来行大礼。贵妃不去搀扶还罢，这边手才一碰夫人的身子，便一包儿泪径流下来，直哭得钗松鬓乱、满脸虚汗。夏天儿劝了这个劝那个，好容易将她们劝住，便听贵妃发急问道："今年不是姐丈觐见的班次，姐姐独个儿回京来，一定是父亲的身子不好？"

"先头有些热症，一入秋，就好多了，娘娘宽心。"胡夫人边说着，抬头就看夏天儿。夏天儿是知道眉眼高低的人，忙先打发了殿内众女子各色差事，自己再出到外间守候。胡夫人暗赞这个姑娘的心灵，先向外望了望，才道："是富哥儿的主意，不过掩人耳目罢。"

"好荒唐，怎么听小孩子的话来咒父亲！"贵妃是老生的女儿，在家时就是年遐龄的最小偏怜，入宫后又不能相见，所以孝思日炽，过于常人。她听姐姐如此说，不免气恼拉下脸来。胡夫人忙起立垂首抽泣道："实在要一个能见主子的女眷在京里，免得二哥叫人屈死。"

贵妃听她说起年羹尧，心里像针刺了一样疼，却开口止住，微摇头道："既然有旨准姐姐来看我，就是信我不会有串通消息的事。倘或辜负了圣恩，怕于咱们都没有好处。"

胡夫人见贵妃淡淡的不理会，猛想起神武门外四儿受辱的场面，暗道这嫁作皇家妇的，竟都如此绝情，是以讪讪笑道："娘娘真忍得情。"

贵妃心知胡夫人误会，却无从解说，只好将委屈化在心里，仍郑重道："我前儿听说，二哥家两个哥儿都革了职，这或许是受波累，也不定是自己不安分的缘故。姐姐替我禀知父亲，小孩子家年轻气盛，难免四处抱怨，又想跑门路。皇上的性子别人不知道，父亲是最知道的，这实在是取祸之门。请父亲略收一收疼孙辈的心，狠拢一拢他们的性子才好。"

胡夫人越听贵妃说，越是心意难平，不过心不在焉地答应一声，就拿冷眼向这暖阁中一扫。见那铺宫陈设，凡金丝楠木的竖柜，紫檀底座的大镜，米元章的字、黄公望的画，焚着龙涎的铜鼎，插着清供的玉瓶，尽是天家富贵气象。至于金银琺琅，缂丝织绣，更不过随手玩物，任意置之各处。胡夫人才进来时，还见明间正额悬挂御匾，上书"宫廷贤淑"四个楷字，墨迹鲜亮，一望便知是新赐。思及家中悲苦寂寥，她不免触景生情，愈发按捺不住，语带讥讽道："娘娘书读得好，又能生养，会行事，所以才有好圣眷。只要家里人不添麻烦，就是四角俱全了。"

这一句话不要紧，却把贵妃说得眼泪噼里啪啦连串儿掉下来，也不许胡夫人碰，独自蜷在炕上哭成一团。胡夫人吓得乍了手，慌忙告罪不止。她正要出去央告夏天儿来劝，就见夏天儿急忙忙走进来，蹲身禀道："齐妃娘娘往咱们这边儿来了，主子快梳洗了去接。"

"傻丫头，我这样怎么见客？快说我已经躺下了，等略好些就去回拜。"

"使不得。这话已经叫人说了两遍，她偏不肯回去。"夏天儿说着瞥了一眼旁边的胡夫人，低声道，"像有急事，穿着家常衣裳就来了，再拖一会子，人都要进来了。"

贵妃无奈点头，一面叫胡夫人避到里间，自己慌忙净了面，敷了眼睛。正要去迎，已见齐妃李氏扶着宫女的手，涕泪滂沱地哭着进到殿内。她是个老去的美人，虽有五十出头年纪，可身子仍旧保养得好。近前来两脚一软，身子一歪，就软怯怯倒在地中间，待贵妃过来扶时，就一把抓着她的手哭道："贵妃娘娘开恩，替我说几句话罢！"

"姐姐这是怎么了，快别吓唬我！"

这边齐妃哭了个天日不醒，一句整话也说不出来，倒是她随身伺候的宫女还明白些，跪在地上一手掖着齐妃，又向贵妃磕头道："前儿我们三阿哥同四阿哥、五阿哥，一齐到南海子演习骑射。才四阿哥、五阿哥和跟着的人都回了宫，只我们阿哥，不知为什么，说是让万岁爷送到畅春园里，叫人看起来了！妃主子唬得什么似的，又不敢去问万岁爷，想请娘娘一道去，也好有个倚仗。"

贵妃虽听得心惊，可哪敢随意掺合这样没头没脑的事，赶紧好言安慰她住了哭声，方拉手劝道："姐姐这会子忙不得，非得急事缓办才好。阿哥年轻，办事难免毛躁，一时赶在皇上气头上，教训他几句，也没什么要紧。今儿是皇贵太妃老主子的千秋，姐姐伤心哭起来，叫人知道，已经要有闲话，更何况惊动圣驾呢。这样的事，一定明儿就有旨意告诉，到底为什么，自然就知道了。"

齐妃哭得只剩一口气，心里什么主意也没有，听了贵妃的劝，倒还稍觉安稳，遂先哀求她相助周旋，又借了贵妃的东西梳洗齐整，这才回到自己宫中等信儿。胡夫人在里间听得心旌动摇，待出来时，见贵妃风曳细柳般倚在小几上，满是倦怠神伤之色，只好勉强赔笑道："娘娘如今历练得，行事愈发稳便。"

"这下晓得厉害了？"贵妃惨淡一笑，叫胡夫人坐在炕沿，自己靠在她肩上，低诉道，"你们安静些，不定皇上还看我一点儿薄面。要不肯，我就是一死以谢君恩，怕也没有用处。"

要说这弘时的运气实在不济，因先受了年富几句话，就自己坐不住，派人送信给年羹尧，嘱其将借钱的事守口如瓶。可他哪里晓得，那新任的杭州将军鄂弥达、浙江巡抚福敏，早在年羹尧住所周遭遍布眼线。送信之人一副远行打扮，又是单身高马，京华口音，一进杭州城，就叫人起了疑心，向巡抚福敏密报。福敏当即警觉起来，就用一个在逃伙盗的名目，将来人绑到衙门里，单留两个会用夹棍的番役，三问两逼，就叫他供出来由，交了密信。

福敏是皇帝潜邸旧人，进士出身，曾为弘历、弘昼两皇子教读，就替自己学生的前程着想，他也不肯给弘时遮掩。遂将书字封固严密，放在奏折匣内，连人带信，从速潜送至京。皇帝见信震怒，随即亲写一道朱谕，仍令人带往杭州，专问年羹尧有无与在京皇子勾结馈赠之事。再叫人传话给南海子行猎的众子侄，命旁人进城回宫，单把三阿哥弘时带往畅春园，由守园护军严加看管，不日另有旨意。

畅春园自先帝驾崩后，再无要紧之人居住，所以未加整饬，已经渐次荒芜。弘时暂住在紧西边一个小院里，周遭野草蔓藤甚多。他整日里魂飞魄散，水米不沾，夜里惊怕起来，险些就要上吊抹脖子，多亏跟前人看得紧，才作罢了。这天早间醒来，又在心神不宁，忽然恍见内务府总管大臣常明从窗外走来，是以激灵一下坐直了身子，趿着鞋跟跄走到门口，想叫住叙话，却不知如何开口。常明是个老道人，也不和他搭话，不过走进屋去上手站定，说句"有旨"，等他跪好了，才一字一顿道："着弘时随内总管回宫。"

弘时答应着连磕了三个响头，站起来低声下气问常明道："皇父恼我狠不狠?"

"请三爷赶紧收拾东西，大伙儿都在外头伺候。"常明笑呵呵上前打了个千儿，却不理会他的话，随后就退出去。约摸半个时辰，又带着几个中年太监进来，三拥两簇架着弘时到院子里，上了备好的小轿。

养心殿内，皇帝面沉似水坐在宝座上，弘历、弘昼两兄弟低眉顺眼侍立阶下。这边常明将人送到跪安出去，弘时便如下地狱的死鬼见了阎王一般，蔫头耷脑先问圣安。

"你怎么不抬起头来，瞧瞧我气死不曾!"皇帝见他这浑浑噩噩模样，愈发气不打一处来，先狠捶着手怒叱一声，又把御案上的信扔下去，向弘历努嘴儿道，"拿给他瞧瞧。"

弘时接信一看，吓得魂儿都飞了，再说不出一句话来，只是以头抢地，大呼"知罪"而已。弘历、弘昼吓得脸也煞白，心里鼓槌砸着似的，嘣嘣乱跳。他们年纪不大，但眉眼高低已经看得明晰，那日围猎半截被召回来，就猜着宫中有事，只是不敢胡说乱问。今天先到养心殿来，皇帝不问功课，偏说了许多严厉告诫的话，自然更加疑惧；及见长兄狼狈如此，二人忙伏跪叩头，连称皇父息怒。

"要钱要到年羹尧头上，你真是个穷死鬼托生!"皇帝站起来，暴怒地转着圈子，见弘时体似筛糠光磕头不说话，便两步抢上去，一把揪住他的领口提起来，厉声道，"人家今儿三千，明儿五千，叫花子样地打发你，你倒受用得好!"

"儿子并不敢和年羹尧勾结——"

"你想勾结他，也要人家稀罕! 你打小叫允禩疼得亲儿子似的，却没学着那样本事!"皇帝听他辩解，反而更恼，随手搋了他一个趔趄，骂道，"我成天嘴都磨破了，叫王子贝勒们不准拿人的钱，要人的东西，今儿可可来个现世报!"皇帝骂着仍不解气，抬手就是一巴掌，弘时也不敢躲，登时挨了个脆生。皇帝打得手疼，自己一抖右臂，又问："既已经要了钱，你又写信做什么？又与年富什么相干？"

弘时此刻哪还敢丝毫隐瞒，忙吐实道："年富拿这件事要挟，要儿子替他打探年羹尧的案子，儿子不敢！"皇帝看他的信，本已猜出七八分，问他不过印证，见他倒还老实，便自"哼"了一声不说话。

弘历见这个话缝，忙膝行几步上前叩头道："阿哥确是大错了。只是这件事干系大，还请皇父稍存体面。"

"自己做下的事，还想叫人遮掩，岂有此理！今儿叫你们来，就是替他传扬传扬，也教导你们，人必自侮而后人侮之，凡事都是自寻来的。"皇帝说这话时，脸已转过来，眼里森森泛着寒光，凛得两个少年诺诺不敢言语。

"早就有明旨，王子贝勒谁再敢勒索属人，必要革爵严办。何况年羹尧是你的属人？再者你这样丢人现眼，也不是头一遭。先和弘旺一起叫人拿住，已经让我在允禩、隆科多处没脸；现在又叫年羹尧侮慢至此，你——"

皇帝越说气性越大，面皮都憋得青了，也不顾弘时哭得浑身抽搐，就叫了常明进来，吩咐道："你去值房里告诉张廷玉，叫他拟一道旨，就说年羹尧之子年富为人甚类伊父，乃是大奸大恶之徒，朕前已有旨交年遐龄看管。听说他仍旧四处探听音信，出言不逊，先把他交到刑部看押起来，日后再议。"

"嗻。"

"明儿叫廉亲王和宗人府管事的王公到养心殿来，有话说给他们。"

"嗻。"

次日见着众人，皇帝十分言简意赅，迎头就说皇三子弘时年轻孟浪，不能恪遵父训，不可留于宫廷，要即刻遣出宫去，过继给廉亲王为子。见大伙儿面面相觑不知所谓，皇帝也不理睬，只单向允禩道："你家里的人少，只要不把银子都拿去买好，多养一个人不难。这个孽障不知率教，留在宫里把小阿哥们都带累坏了。他一向佩服你，干脆送给你当儿子，能不能救药，就是你们的缘法了。"

允禩此前一点儿消息全无，这会儿也听得糊涂。可他叫皇帝挫磨惯了，众目睽睽之下，只好答应下来，等着弘时收拾东西搬家。说来弘时也有二十几岁，是个妻妾子女俱全之人，这一道旨意传进阿哥所里，自然是妇人哭孩子闹，折腾得悲戚不堪，连不相干的人也跟着叹气。

更苦透了的是他的生母齐妃李氏。她年少时也如娇花般鲜艳，为胤禛接连诞下三子一女，从包衣宫人，得封亲王侧妃。哪知天道无情，偏欲笑美人迟暮，十几年长门恩断不说，四个骨血没了三个不提，如今连弘时这一根独苗，也要被皇帝逐出本支，另认父母，叫她怎么不生出万念俱灰的惨痛。

　　因为宫中有传言，说三阿哥倒霉是沾了年家的包儿，失子迷心的齐妃不敢埋怨皇帝不是，偏将满腔悲愤都发在年贵妃身上。她惊疯般跑到翊坤宫哭闹，一时间披头散发，寻死觅活，只要问姓年的讨个说法。贵妃素来安静要体面的人，从不曾经过这样的事，实不知如何是好。亏得夏天儿机灵护主，带着许多宫女太监又拖又劝，更去启知皇后亲自来弹压，才将齐妃糊弄回去。年贵妃受这一通折磨，委屈得气短声嘶，原本带病的身子禁受不住，到第三天夜里就发起高烧，一宿也不退去。熬到次日天明，干脆昏厥不省人事。

　　首领太监先回了皇后，又去奏明皇帝，命太医院掌院刘声芳并常给贵妃诊脉的医官刘裕铎来看。二刘虽称杏林圣手，一搭脉，也都渍出汗来。刘裕铎性情果决，虽知贵妃身子羸弱，虚不受补，也不得不添了熟参熬汤，叫宫人打开牙关，直灌进去。众人揪心扒肺等了一盏茶工夫，才见贵妃眉目微动，缓上一口气来。阖宫人等这才心神稍定，又不住地供佛念经，盼着贵妃逢凶化吉，有康复之望。

第五十二章

累亲

一时间年富下了大狱，弘时被逐出宫禁，皇帝实下一条心，尽快要了结年羹尧这桩大事，免得群情跼蹐，多生变故。是以他先一道旨下，招年羹尧的亲兄，原任广东巡抚年希尧从速进京。

单说那年希尧的性情与乃弟大不相同，一向温柔敦厚，少与人争，又爱与西洋教士们切磋，天文历算、视法几何，无所不好，虽非循吏中的佼佼，却是畴人中的奇才。因他有此异禀，且是潜邸旧人、贵妃亲兄，所以今上即位之初，便委以广东巡抚，并粤海关监督的重任，专做这项和外洋打交道的要差。怎奈他虽有偏才，却不是个大省封疆的材料，对下不能震慑老吏，向上又时常得罪大部，皇帝虽和这位舅子的私交好，却也有恨铁不成钢之叹，常在奏折里称呼他"傻大公子"，指教他如何为官行事。

年羹尧案发后，年希尧虽与乃弟远隔万里，无从勾连，可这天下第一等的肥缺却做不得了，一纸上谕，内调工部右侍郎。六部中，吏部贵而户部富，兵部武而刑部威；礼部清水衙门，工部执掌琐屑，故称一贫一贱。如今工部正在廉亲王允禩的管辖，后娘养的一般，日常办事动辄得咎，不似个朝廷官署，倒像个敌营似的，任谁也不爱去。是以年希尧这一调，虽是平迁，实同降转，这是尽人皆知的事。

广府富庶，又最信鬼神。寻常小家小铺，每天也要烧香三遍。家中门有门官，房檐上有"天官赐福"。哪怕房屋狭隘，亦专设神厅，正中供奉"天地君亲师"牌位，左供财神，右供祖宗，桌下还要供五方龙神、地主贵人。年希尧在此为官三载，也愈发地虔敬起来，如今前路未卜，心中尤觉惴惴。趁着和新任巡抚交接的这一半月，也不分什么朔望行香规矩，凡省城之内的天后宫、城隍庙、文武圣庙、风火神庙，都叫他拜过一遍。他还特意叫人花了几百两银子搭设浮桥，到八十里外的南海神庙祭拜海神。待到交割完毕，就不敢耽搁，一路车船马步，紧赶慢赶往京中而来。

不合才到了江苏境内，年希尧就接到刑部的公文，要他写一个亲供呈送到部，去证年羹尧的罪状；又叫他急速来京，当堂回话。部文词句严厉，是不容他不办的口气。可年氏兄弟的手足之情向来不坏，又有耄耋老父在堂，年希尧一个读书人，岂能不遵"亲亲相隐"的圣教，去和亲弟弟笔墨对质？但若是公然顶撞不办，只恐皇帝雷霆一怒，不但自己没有生理，更要连累老父妻儿流徙受苦。

年希尧的心重，且并非一个机敏会变通的人，思来想去，愈觉没有孝悌两全的生路。所以心一横，破指留一遗书，而后趁着夜色，屏去随从，褪去冠带，踩着布袜，悄然来至船尾。那舟船入夜后停泊港汊之内，水浅泥淤，不能溺人，因他自戕之心已定，遂只身探下水去。时在深秋，虽是江南，夜间也觉水冷，他生就的富家公子，哪里受过这样活罪，不觉失声一喊，就将双膝跌仆入水，溅得中衣透湿，浑身冰凉。他双手又一下子杵在泥里，扑腾半天，才哆嗦着又站起来，迈着筛糠般的腿，再往深处走去。

随他一起进京的都是久在一处的亲信家人，见他自接了刑部来文，人就魂不守舍，虽不敢细问，到底都睡不踏实。待半夜三更，听见船尾"扑通"一声水响，还当有贼行窃，等各点灯烛披衣而出，将灯一照，却见那水中蹒跚泥泞的背影，竟是家主模样！众人一时大呼小叫，几个年轻的忙弃了手中物什奔下船去，七搓八弄，将个二目凝滞、牙关瑟缩、落汤鸡模样的年希尧背上船来。拍胸捶胸，又一阵姜糖水猛灌，过了小半个时辰，他才长吁一声，总算回了元神，只是泪作泉涌，再说不出一句整话。

众家人见此情形，都陪着吞声饮泣，心说我家大老爷这样一个敦厚人，怎么竟有今天的境地？可见天道持公一说，再不能信。唯有一个久跟年遐龄的老管家孙七，拄着拐，一把鼻涕一把泪地站在年希尧床头苦劝。他是桑成鼎的后父，儿子先得年羹尧的荐拔，做了道台，本来半生富贵有靠，谁知到头来求荣反辱，身陷囹圄。老管家七十多岁，本来跟着年希尧在广州享福，这回百般央求进京，一来安慰年遐龄这个老主子，二来也要打探打探儿子的事。他是年老有体面的家人，说话自然直些，见年希尧如痴如呆，流泪不语，恐他仍有求死之意，遂带着大小家人齐跪下去，泣道："大老爷这样轻生，要老太爷怎么着呢！"

"要我去证老二的坏处，传扬后世，兄弟相陷，更不知要致父亲于何地了。"年希尧在枕头上轻轻摇头，一张脸浮肿着，看向孙七道，"我死也是不孝，不死也是不孝，才下了求死的心，又叫你们救了。唉，何苦又要为难我一遭！"

"大老爷何苦总往绝处去想？咱们家在潜邸多年，说句该割舌头的话，那金殿上的万岁爷总是咱们家的姑老爷，就没情分，好歹也有缘分，大老爷有什么躲不开的难事，总要先分辨分辨。哪能说也没说，就寻死呢。"

年希尧听了孙七的劝解，又辗转思想几回，也只好做死马当活马医之念，以泪和墨，就纸写道："伏念臣与臣弟乃至亲手足，是以凡证弟谓之不友；且臣父年老在堂，闻之必加忧虑，以子累父，谓之不孝。似此不孝不友之人，何以立于天地之间？唯有哀恳圣主宏慈，俯垂怜悯，免臣与臣弟对质是非，矜全一家骨肉，则臣父子兄弟世世感戴皇恩，靡有涯涘矣。"

拜折上奏已毕，年希尧不敢耽搁行程，只好边等着回音，边一路向北，到直隶后弃舟登岸，先到保定府去见直隶总督李维钧。头天，他先在前站拱辰驿住下，因为落水受凉一直没好利索，此时挨到北地深秋，又赶上大雨倾盆，就发起低烧来，拥被足睡了一天一夜才略觉好转。待吃了热粥稍定了定，就听家人来报，说昨天老爷病时，恰有山西伊中丞进京觐见，也住进驿里，说等老爷醒了，要来拜会。

要说伊都立外放晋抚未及一年，办起事来着实干脆利落，几下里先把年羹尧在河东盐场的买卖一锅端了，又将允禩家下太监殴打民人案严审参奏。两件事办得龙心大悦，此次进京述职，必然领功受赏。所以一路虽是冒雨而行，又碰上山洪，却走得意气风发，沿官道快马加鞭，不过六七天就到了保定。

二人原本不很相熟，因为伊都立与年羹尧乡试同年，到家里去过几次，才有数面之缘。年希尧只道他聪明儒雅，又与乃弟交厚，其余为人处世，并不深知，全想不到他是天下督抚中头一个拜本明参年羹尧之人。今既狭路相逢，不能全然没有芥蒂，便推病道："劣疾在身，不能迎迓，请伊中丞万勿见怪。"

不料话音未落，就听门帘响动，随见伊都立拊掌而入，边走边笑道："早不如巧，竟和允恭兄有同宿之缘！昨天就要来拜，听说兄路上受凉欠安，你看这是怎么说的。"

眼见人家大大方方进来，年希尧就不欲见，也没处躲藏。只是衣冠不整，措手不及，窘迫得倒像自家卖友求荣见不得人样。一壁里蹬上靴子下地拱手，报报道："一点小疾，怎好烦学庭大人亲自探问。"

"咱们两家世交，允恭兄和我亲兄一般，怎么当得起大人二字。"伊都立听他勉强寒暄，愈发亲热起来，近前两步执了手，神采奕奕笑道，"自兄到岭南，再不得拜见讨教。我京卿京尹一路来，不知道做外官的难处，这回实在知道了。山西的属员们常逢迎我的门第，我就同他们说，要论当今第一个掌节钺、建封疆的门第，非兄一家莫属，竟是父子三人，三个督抚。"

年希尧心灰意冷的人，早已虚不受补，哪里禁住他这样吹捧，自然越听越是心寒，却恼不得，不过连说几声"惭愧"，就垂首不语。

"允恭兄这样郁郁寡欢，是为了亮工的事，怕连累？"伊都立洒脱地坐在交椅上，定睛瞅了瞅年希尧的脸，见他一副愁容三分气短，不由噗的一下笑出声来，谆谆恳切道，"咱们旗下的旧俗，绝不似前朝，凡世宦勋戚之家，一人触了圣怒，动不动连坐族诛。老兄一家宫里有贵妃，又是潜邸旧人，本来也不必怕。要依小弟说，工部的差事有什么当头，不如请旨到刑部去，干脆就审亮工的案子，以明心志。"

这话说得虽不中年希尧之听，倒真是本朝的老话不假。从上头说，满洲原本丁稀人寡、以族立国，自入了中原，在汉人堆里，俨然一把盐面儿撒进汤锅里，战战兢兢，唯恐人少。是以旗下犯法，哪怕是谋逆的大罪，念及祖上功勋，也多罪止其身，甚少株连。从下头说，八旗满州之于皇帝，于公则为君臣，于私则为主仆，做奴才的，就算背了父子兄弟，也万万不能背主，故而什么亲亲相隐，是谈不上的。年家是前明的宦族，书香门第，后虽在辽东入了旗，到底是旗皮汉骨，和满洲世仆不同。所以年希尧听了这话，虽不便当面驳斥，心里却很别扭，只好淡淡道："伊大人体贴照料之意谨领了，只是我的才具下流，当不得这样要紧差事。"

伊都立见他不理，又改了话风再宽慰道："就便如此，也不必太犯愁了，听说现在亮工的案子，虽面上由刑部，内里都是蔡若璞多事，他叫亮工得罪得狠了。倒是王爷大爱老兄之才，必不肯叫他们罗织进去。"

"那就多蒙照应了。"年希尧一脸苦笑拱了拱手。伊都立见他倦怠，也不肯再扰，只相约次日同入保定府城。

次日平明，二人各带家人，并骑往府城而去。晓雾之中，只见一人意气风发，一手持缰，一手指东画西，不时将双手高擎北拱，帝德君恩颂不离口；另一人塌腰弯背，或是怔怔不语，或是诺诺应声，不时踟躇南顾，似是身探虎穴有去无回。眼看近城十里，却不见有人来相迎，二人不免纳闷。直到了城门口，才见清苑知县带着零零散散几个吏胥在此等候，见着面作揖打躬先赔不是道："我们制台和在省同僚，都在北关外接旨，实在怠慢了二位大人。请先到督署歇息，制台午前必回。"

年希尧此时断听不得接旨二字，一听，心里头就扑嗵嗵打鼓一样，干看着伊都立不敢言声。伊都立倒很自如，同清苑县含笑说了两句客气话，就拉着年希尧一道进城。这一厢才进了总督衙门，椅子还没坐热，便听衙署以外一阵慌张，随即就有李维钧的管事家人进来，哭丧着脸道："我们老爷接着钦差回来了。"

"哪位大人下降？"

"是领侍卫内大臣马公爷，并吏部蔡尚书。"

年希尧一听是蔡珽亲来，活像听见郅都、张汤、来俊臣的名字一般，瑟缩退避不欲去见。伊都立估量二人此来必有大事，遂将年希尧连哄带劝拖至大门。只见不远处仪从林立，车马如云，马尔赛、蔡珽一武一文翎顶灿然走在前头，一旁的李维钧是浙江秀才，本来身量矮小，这会儿虽穿着朝服，头顶却光秃秃的，实难比二人的气派。更骇人的，是他脖子上还系了一条晃眼的细链，虽不同寻常犯人的锁铐沉重，可搭在这一品大员身上，也实在刺眼得紧。

年希尧尚在懵懂，伊都立已经拉他下阶，至路旁垂手鹄立，待马、蔡二人上手站定，就齐拜下去，口中道："刑部左侍郎管山西巡抚事臣伊都立、工部右侍郎臣年希尧，恭请皇上圣安。"

马尔赛无可无不可的人，受礼已毕，便一手搀起一个，笑容可掬道："咱们碰得倒巧！"

"公爷一年不见，更见福相；若璞兄如今身兼九职，好羡煞人也！"伊都立先同两个钦差各自应酬几句，转眼见李维钧欲哭无泪模样，又换上抚慰探问神情道，"此番进城本来是拜老兄，怎么就——"

"还不是为了亮工的事，允恭兄别怨我说，他这官做得，也太带累旁人！他要真拿李制台当朋友，怎么自己出了事，还要往保定藏匿家私？皇上圣明烛照，万里之外都能洞悉，何况是京畿辇下？我们同僚一场，来传这个旨，心里也不过意。"蔡珽借着为伊都立解说，又要敲打两句话给年希尧听。年希尧一经相见，就如在梦中，哪里听得他见说什么，不过脚踩棉花一般，跟着几个人往里边走。

说来皇帝原本爱惜李维钧的才干，要他狠狠挖出年羹尧的罪状，便是反戈一击的功劳。怎奈年李二人交往过密，李维钧万不敢信皇帝这空口的保人。且他那位宠爱的后妻张氏又时常在旁劝说，只道年家内有贵妃皇子，大将军的功劳又大，皇帝如何忍心将他重重治罪？老爷要将那落井下石、卖友求荣的勾当做得太狠，莫说你在朝廷里做不成人，万一哪天他东山再起，可又怎么相见？

李维钧是做过多年州县官的人，常见县衙差役开脱犯人的样子。哪怕县太爷高坐，堂皇断喝一声"与我重重地打"，下头行刑之人也只当县官是个近视眼，自将板子高高举起，轻轻落下，板头点在地上，虚空挨在臀边，虽说打声喊得山响，仔细一验，不过皮肉小伤。李维钧打定了主意照此办理，随后三日一揭五日一骂，咬牙切齿连参几本，说的不过是些虚话。

可惜北京城里的皇帝并不同于那糊涂县官，他的耳目实在精明，不动声色看了几个月，就看出李维钧"阳为参劾，阴图开脱"的心思，是以几番震吓他："如欲尽释朕疑，须挺身与年羹尧作对，尽情攻讦，暴其奸迹与天下人尽知，使年羹尧恨尔如仇，则不辩自明矣""为年羹尧，尔将来恐不能保全首领"。直到有人揭出李维钧为年羹尧藏匿家产之事，皇帝就再不肯容忍，一道旨下给内阁，命马尔赛、蔡珽同往保定府，将李维钧革职拿问。又以蔡珽就地署理直隶总督，把年、李二人在直隶的房屋田产一并抄没。

蔡珽既署了直隶总督，此际旨意传罢，便要反客为主。他先向马尔赛一揖，又拉拉伊、年二人的手，拍拍李维钧的肩，半笑半叹慨然道："同是宦游人，难得凑在一处，只是来由不美。咳，不如借一杯酒，为李制台压惊，也占两位回朝升发的好事。"

"那还是先贺大冢宰出将入相！"伊都立凑趣一拊掌，大笑说好。马尔赛赶路辛苦，听见饮酒，自也情愿。只苦年、李两个，一个家亡人散，一个披枷戴锁，强颜说笑已是勉为其难，哪里还有心应酬吃喝。无奈身在矮檐，也只得听凭人便。

及至酒宴摆上，蔡珽一看，不过常用的官府应承席面。他这一趟差，罢年党、掌京畿，好事成双，兴致极高，三五杯酒下肚，就更来精神。他年轻时是个俊美书生，身言书判俱都拔尖，如今过了知天命的年岁，更显气度雍容。这会儿伸手一捻半白的美髯，笑向一旁昏惨惨食难下咽的李维钧道："我自中了进士，不曾出得外任，等做了二十五年的京官，才蒙恩外放川抚。去时奉差紧急，并没在保定盘桓，到回时，唉——岂知又遭人陷害，竟是因衣入京，自然也不能多留。所以这京畿第一等大去处，有什么风物土产，我竟一点儿也不知道！老兄是久宦此地的人，何不解说解说。"

"保定近在辇下，风土物产都和京师相近，没有什么奇处。"

"诶，风物哪里没有，连僻远小县都有，何况京畿首府！"伊都立一旁把酒说笑，见李维钧惶然无措，便同他提醒，"我恍惚听见人说保定有三宝，不晓得是什么宝物？"

"不过民间土物，唤作'铁球、面酱、春不老'。"

"头两个我晓得！"主位上的马尔赛早已喝得微醺，他本就是个酒糟鼻子赤红脸的大胖子，这会儿脸愈发油光光地涨起来，鼻翼一扇一扇，从里往外呼着酒气。同席几个人都文绉绉的，叫他插话之处本来不多，好容易说起吃喝玩乐的事来，倒对了他的路，是以搓手笑道，"铁球是个活血解闷儿的物件，跟'狮子头'差不多。面酱么，膳房供奉的酱都是保定府学的，把面粉团弄熟了装在竹木盒子里头发，再放酱池子里灌上淡盐水，少说也得太阳底下晒半年。那酱又稠又甜，色儿重，盛在碗里倒个个也流不下来，节下吃白肉蘸着最好。"他一厢说，伊都立就在一旁赞他的见识，直捧得他愈发兴头起来，仰头饮罢杯中酒，就问李维钧，"这个春不老倒不曾听说，想必是——啊？哈哈，怎不见你拿来送人？"

李维钧本来意气消沉，叫马尔赛荤的素的一通调笑，也只好打叠起精神来，哭一样咧嘴道："公爷见笑，春不老就是个寻常野物，因为冬月积雪青绿不减，南边唤作雪里蕻。保府天寒雪厚，此物每年三月才露出地来，比南边的更清脆些，所以取名春不老，不过家常佐餐小菜，不登大雅之堂。"

蔡珽自诩科名，素来看轻马尔赛这样的孔武粗人，听他荒腔走板说得可笑，更加懒得兜搭；转见年希尧停箸不食，也不言语，便连呼了两声"允恭兄"。伊都立一旁听见，见年希尧茫然不作理会，自将胳膊肘一点，轻声道："蔡公有话说。"

年希尧满腹心事，将他们云天雾地的闲聊浑没听见，这会儿猛醒过来，支吾半晌欠身拱手道："大冢宰赐教。"

"允恭兄魂不守舍的，想是为令弟的事忧心？"

"唉，让诸公见笑。"

"允恭兄为令尊老大人计，怕也要忍一忍情。"蔡珽不经意瞥了一眼伊都立，他晓得，今日一切的言谈举动，经这一位，必定都要传到怡亲王那里。这位当家的王爷，如今冷眼看着皇帝对自己言听计从，面上虽还客气，心里定不耐烦。所以此间言谈，总要正颜正调，断不能授人以柄。

伊都立心里鄙薄他是汉军旗的罪臣之后，不过借着年案死里逃生，何至于张狂如此，所以自己一意闪在后头，偏要捧他向前。遂也觑着他的神情，先布了一回菜，又笑道："大冢宰见得极是。昨天我还劝允恭兄请调刑部，来表自己的心迹，可他到底忍不过情去。"

"学庭这个办法实在好。"蔡珽先朝伊都立擎一擎杯，又向年希尧道，"我也劝允恭兄，工部的官不是好当的，廉亲王糊涂不晓事的人，老兄有一个难处不够，何苦又去填这个坑？何况我来前听说——"他拿腔作势欲言又止，忽而改向马尔赛道，"我和允恭兄素有交情，稍微透一点儿风，公爷看妥不妥？"

"咳，左不过要见邸抄的事。"马尔赛颇怜悯地看了一眼年希尧，赤红着长方大脸点了点头。

"听说廉亲王带着工部堂司合奏，要拒老兄进门，说是不肯与逆臣之兄为伍。你看，他素日一个贤德的名儿，最肯扶危济困、体恤下情，现在三法司连令弟的罪还没定，竟这样落井下石株连起来，真不知这贤名从何而来！"

"工部竟这样势利！"伊都立看看年希尧惨白的脸，愤然拍案道，"照此来说，允恭兄愈发要做出个大义灭亲的样来给他们瞧！"

"世风如此，也怨不得人，只好凭自己行端做正。"蔡珽一面点头，一面站起来，绕到年希尧跟前，拍着他抖个不住的肩头道，"头年我叫令弟那一参，几乎把命丢在成都，进京路上受解差之辱，在刑部大牢遭狱吏之羞，这会子还常做梦盗汗呢。幸得皇上圣明烛照，才洗刷了我的冤枉。可你晓得我当日身戴九条锁链入宫的时节，碰见了哪个？"

"哪个？"

"胡元方。"

"是复斋！"年希尧与胡期恒是总角相交的挚友，连号也取在一处，一个偶斋，一个复斋。胡期恒久任陕西，因为不肯卖友，受了年案第一大的牵累，被革职抄家，音信全无。年希尧为此抱愧伤怀了多日，这会儿听他提起，忙搁箸问道："瞧见他怎么样？"

"我囚衣罪袄进去，死而复生出来；他朝服顶戴进去，摘翎去顶出来，不过都为了令弟。如今胡元方下狱不说，最惨在胡夫人。听说原籍抄家之日，夫人就同着两个姑爷逃散出去，这会子叫人四处张榜捉拿，山川城镇，也不知零落何方。可怜武陵先生一代文宗，子孙落得如此地步。"蔡珽边说边叹，又揩了揩眼角，末了向年希尧道，"胡元方与令弟不过一友，允恭兄，你可要三思呀！"

第五十三章 笃旧

一席散去，次日清早，年希尧和伊都立两人由官道上路，待到圆明园递了绿头牌，便有旨意出来，说叫伊都立次日觐见，另叫年希尧先去工部报到，见廉亲王。

时过九月，序在三秋，又因雨水多，天显得格外阴冷。朝房外淫雨霏霏，风侵入骨，年希尧心里又寒，身子又僵，虽见正路上人来人往，热闹非凡，他这一身一心，却是不堪红叶青苔地、又是凉风暮雨天的寂寥。

允禩如今是个喝凉水都塞牙的背时之人，自也门庭冷落车马稀。他夜里没有睡好，清早起来见院中草木摇落露为霜，心里又是一阵烦躁，回到屋内膳也不进，单命人道："去将昨儿那半坛子柳林拿来。"

允禩因常跟福晋怄气，夫妻俩并不住在一处，两个侧室畏惧福晋威严，也不敢靠前，只推福晋身边一个叫白哥的使女，带着小丫头们过去服侍。白哥虽是包衣庄头的女儿，却有些小家碧玉的俊俏，且因常年跟着福晋，亦不乏几分见识，甚或还能规谏主人。这会儿听见允禩又要饮酒，便放下手里的活计，走过来委婉劝道："一大早就喝酒，要是有公事见人，可怎么着呢？爷还是先进了早饭罢。"

"胃里寒气，哪里进得下。烧酒不吃，就热些花雕。"

允禩心里喜欢这个姑娘，只是碍着福晋不便啰唣，所以白哥也不怕他，照旧驳道："那也不好。昨儿夜间叫人煨上了八珍羊肉汤，爷嫌胃里寒，趁热进一碗也好。"

"大秋天的，忒燥。"

"今年的雨水大，哪燥了？老话说先补重阳，后补霜降，秋补更比冬补要紧呢。"

"一个小丫头还充起大夫,啰唆!"允禩本来烦闷,听她对口,愈发焦躁起来,遂不再理她,一别脸坐在交椅上,冲窗外扬声道,"拿一坛子花雕来!"

他这里话音未落,就见门帘一挑,有管事的太监马起云进来,凑至近前,从怀里取出个小油包,低语道:"是西宁新送来的。"允禩眉头一皱,伸手接过掖在袖中,说声"到书房去",便抬脚走了。

眼看着允禩出去,一众贴身的太监使女才小心翼翼洒扫收拾起来。允禩原是个体恤下人的主子,在家的派头远没有他的兄弟们大。可这两年他的脾气变得极坏,下人稍有不周,他就仗着酒劲儿动气打人,唬得众人大气也不敢喘,只在私底下埋怨。

白哥斜倚在内室门边,想着允禩日来的颓丧,心里很是难受。要说允禩的为人行事,一贯温和谦逊,虽然贵为亲王,又曾总理事务,出门的仪从却仍用贝勒规制,王府的铺陈也十分简朴素净。譬如这几间起居之所,除去家常用物,桌椅文房之类,熏炉瓶缸不过半旧,古董珍玩全无摆设,与许多王府的奢华富丽相比,多了不少关外朴质之风。只是这番举动叫皇帝一说,就又成了"紊乱典章,巧取谦名",左右都不是人。白哥一个年轻姑娘,并不懂得国家大事,只诧异好端端的温柔敦厚人,怎么落得朝愁暮叹、恃酒纵凶的地步。

白哥正郁郁想着心事,外面才停了一阵的雨就又淅淅沥沥下开。她这里正要起身去关窗子,就见外头一个十几岁的小太监飞跑进院,隔着窗子上气不接下气道:"主子气坏了回来,马爷爷让姑姑小心伺候!"

白哥闻言一怔,忙掏出帕子自己擦了擦脸,抬脚才迎出门,就见影壁后头两个小太监将允禩一左一右拥进来。他步履踉跄,一脚一脚特意踩在水坑里,把雪白的靴子帮污得寒碜;嘴里咯咯笑个不停,时而念念叨叨,不知诵得哪路经文。后头马起云举着油伞紧跟着,也不敢说话,冲着白哥努嘴皱眉,是叫她赶紧来接的意思。白哥也顾不得雨,仗着天足灵便,两步跨出来将允禩搀定。正要好言安慰,就听允禩运足了中气大声道:"拿酒来,拿上好的!"

他这样气大,别人何敢阻拦,两个小太监一溜烟跑出去,少时,就抬掇了杯盏进来。白哥接过来才要斟上,却被允禩一把抢过酒壶,咕咚咚仰头就饮。众人劝不敢劝,拦不敢拦,只有跪下泣道:"求主子保重尊体!"

"醉死了，好歹是个囫囵尸首！"允禩一口气吞了半壶酒下肚，因喝得急，酒劲又足，眼睛就通红起来，脸也从额角一直红到了脖子根，眉边一根大筋暴出，秀才般白净的面庞上，登时有了三分狰狞扭曲。

他激愤如此，实因才看过西宁允禵的密信。信用的是穆景远替他们密定的西洋字码，在书房里取了底本对过，晓得年羹尧离开西安后，允禵已被皇帝新派去监视他的宗室楚宗看了个严严实实。他那里大树倾颓，银钱又散尽了，早已不做复起之想，只是先前有几封要紧的书信在年羹尧处，要是落在皇帝手里，怕就祸不旋踵。所以冒死寄信送京，让自己想一办法，或可稍取偷生之道。信写得凄凄惨惨，叫允禩何忍卒读，就算读了，眼下也毫无办法。只好借着两口酒，将信撕得粉碎，又叫人取来一个大杯，并一银箸，将那碎纸尽放在杯中，注了酒，捣鼓成浆，就势连饮下去。

这杯纸酒才下肚，外头又有回事的小太监进来，见他这副模样，也不敢说话，只好拉着白哥小声道："外头有新任工部的年侍郎来，说是奉旨请王爷训示。"

"主子这样怕难见人，请大人改日再来。"

"你说谁来？"允禩看着酒后浑噩，这话却听得半点都不糊涂，一按炕沿晃晃悠悠站起来怒道，"大声些！谁来？"

"是新任工部侍郎年希尧。"

允禩先打了一个响嗝，接着一阵大笑，点手叫过白哥来，将左臂搭在她肩上，向前歪歪斜斜走了几步，就命那小太监道："叫他书房里去见。"

年希尧因知工部给他下了逐客令，这会儿也是惊弓之鸟模样，战战兢兢枯坐了好大工夫，才见允禩一身醉态，叫人搀架进来。年希尧也管不了这许多，兀自报了职名行礼，随后站起来低头垂手道："希尧奉旨来领王爷的训诲。"

允禩与年希尧自来没有过从，更谈不上好恶恩怨。工部拒而不纳，不过为了讨皇帝的好，只是他和皇帝积怨已深，无论做什么事，都被一通"居心伪诈"的揶揄。这会儿皇帝又把年希尧支使到自己跟前来，如此调弄奚落，哪里还是比肩兄弟之争，倒像是如来佛逗弄孙猴子一样。他羞得欲撞南墙，却不晓南墙更在何处，只好借酒撒疯，东拉西扯起来；一会儿又扶了椅柄欲吐，下人们端着痰盂、醒酒汤等物出出进进，半点没有接人待客的体统。

年希尧是厚道人，久闻允禩风度翩翩，有贤王的美名，见他这样颓然自污，虽说先被刁难，倒也生出几分恻隐之心，只以礼恳切道："希尧到部之后，自当勉励奉差，王爷若有使令，尽管吩咐。"

"年允恭你骂我！"允祹一阵大笑，歪了身子手指年希尧道，"你这人心思不好，不及令弟多了。恨我就说恨我，何苦学那起子阴人，嘴里头全是蜜，肚子里揣着鱼肠剑呢！"

"王爷误会了，我哪里说得上恨——"

"我这里是个盘丝洞，往后你办公事，少到这来。"允祹说了这句话，酒劲就又反上来，涎唾涌上就地要吐。几个小太监一拥而上，正要拾掇，他那里已经跌坐椅中，鼾声如雷了。

年希尧只得朝上作了个揖，叫人指引着出去。外间细风斜雨，断线般疾落下来，他瑟缩着穿廊绕柱走到仪门，方见自己的家人在此等候，遂叹道："这一关可算对付过去了。"

次日又到圆明园朝房候旨，这回皇帝总算肯见他。可他心里怕得很，跟着引导之人一路走到九洲清宴殿，两条腿已经近乎僵住。挨挨蹭蹭进得殿去，先向御座行过礼，又转到西暖阁门槛前跪下去，哆嗦着糊里糊涂道："奴才叩请圣安。"

"久不见了，你近前来说话。"皇帝盘膝坐在临窗炕上，并不在年希尧的视野之内。他的音色淡然，并没有责备的意思，甚或透出一点久违老友的亲切。年希尧略稳了稳心神，小心翼翼提着袍角站起来，迈过门槛，在炕前的软垫上跪下。皇帝先没有理他，自己又写了几行字，才摘下茶晶眼镜撂在一边，问道："见过廉亲王了？"

"是。"

"他怎么个见你法？"

"正赶上酒醉。"年希尧知道自己从来瞒不住皇帝，所以一应都说实话。就听皇帝冷笑两声，也不容他喘气，紧接着问："你晓得他为什么这样见你？"

年希尧仰脸摇了摇头，这才瞧见皇帝的脸色极为灰暗，眯着眼紧盯着自己。皇帝道："他们受了为弟的惠，却要难为你这为兄的，良心上如何能够不愧？"

"奴才不明白——"

"我待你们年家哪里还有不足，竟要如此负恩！"皇帝兀地勃然大怒，一拳击在炕桌上，吓得年希尧傻子般怔在当地，连谢罪也忘了。他目光随着疾走疾停的皇帝转了一个圈，才俯首叩头，脑子里只有"罪在不测"四字嗡嗡作响。

"当年你们兄弟在外头做官，你父亲是我时常照顾存问不是？你一向做官糊涂，几次叫人参了，是我多方替你弥缝不是？我把你们家扶上马，送一程，送了一程又一程。年羹尧他自作聪明，以为能得皇父的意——笑话，天下之大，比他聪明的，何止百千？就凭他胆大妄为，眼里没主子，若换第二个人，又谁能似我一样容他？允禩能还是允禟能？"

皇帝一面说着，越发地百感交集起来，连珠炮价点着自己手心数道："你一家的子侄是谁教导？一族的官爵是谁提携？你一个废员，凭哪般就做巡抚？年羹尧一番功名成就，叫我听了宗室满洲多少闲言碎语？他开疆万里，立得好大功，倒叫我把蒙古额驸们得罪了一个遍。这也不说，我岂是拿着自己委屈和大臣争功劳的皇帝？可他也不能如此负我！"皇帝自说自话，说到痛极冤枉，竟触动肝肠，说得潸然泪下起来。

"臣弟性傲，大臣们奏他那些得意忘形的事，必定是有的。"

"单就性傲，我能这样恼他？"皇帝拿了帕子吸溜了两下，一听年希尧解说，又斩钉截铁止住，却压低了声道，"他和允禵勾结这类事，要说出去，你们一家的命，还留不留？我知道，你们兄弟好，心里头一定为他不平，怨恨我不念旧。"

"奴才岂敢——"年希尧闻着此言，再不知说什么好，不过头晕目眩昏然垂泪而已。

皇帝先还苦口婆心，见他总没有别的言语，便露出十分的不悦道："我话说得这样明白，刑部叫你同年羹尧对质的事，你怎么想？"

"他大罪通天，皇上如何处置，臣也不敢怨谤。只是老父年迈，要知道我们兄弟对质——"年希尧言至此，已是泪流滂沱，又不敢擦，只得就着咽声泪雨连叩首道，"皇上若开天恩，求将奴才作附逆诛戮，奴才结草衔环，不能仰报。"

"真是个迂人！"皇帝瞥了他一眼，随即闷不作声，稍顿片刻，用手拍了拍明窗的窗棂，及见总管太监躬身入内，便问，"王子来了没有？"

总管太监答应一声，又弯着身子出去，不一会儿就引着怡亲王允祥进到暖阁里来。允祥照例向皇帝行礼问安，并不往年希尧身上去看。皇帝倒是一面吩咐他坐了，又向年希尧道："你是我门下家里的人，该与王子见个家礼才是。"

"皇上跟前，哪有臣受礼的地步。"允祥闻言站起来逊谢。唯年希尧是个实在人，听他们说得不一，就不知如何是好，只得泪眼张皇看着皇帝讨主意。却见皇帝也站起来，上前按着允祥的肩膀道："这一礼不比别的，必得他当着我来行给你才是。年羹尧的罪你知道，若是轻纵了，朝廷之祸踵至，咱们对不起社稷祖宗；可我待他们年家的恩情你也最知道不过，千不念万不念，总有福惠阿哥在里头。朝议秉承大公，没有什么可说；至于我的一点儿私意，也只有贤弟可托。今儿叫他行礼，就是叫你日后照应他的意思。"说罢见允祥不语，皇帝又棱过眼来点着年希尧骂道，"王子是最通透的人，这话本不用说。偏你这个人太过痴愚，又不懂礼数，才劳动我操心。"

"奴才岂敢。"年希尧本来惊惧，叫他这一番话说得，更加惶恐不可名状，口中嗫嚅几下也不知作何言语，只好挪过身子去，朝允祥磕了一个头。

允祥知道他语讷，也不为难他，不过笑一笑，道："既然是皇上的恩谕，我也不敢过谦，且还要托大嘱咐你几句。你都瞧见了，现在连廉亲王也要拿你作伐，既这样，你我也不便露出形迹来，只要深知皇上待你的恩典就是了。回去好生约束子侄，不要乱说乱走，自己讨罪名。"

"王子教训你的极是，今儿的话连你父亲也不准说，若叫一个外人知道，自然是你泄露的！"皇帝接过话去，厉色再吩咐一遍，见年希尧诺诺连称"不敢"，才缓和了口气道，"你既然执意不肯和年羹尧对质，我也不忍难为你，看在你父亲效力多年，给他留个体面罢。"

年希尧如释重负谢了恩，浑身软得面条似的，叫两个小太监挟着才得出去。他刚走到影壁墙前，就见一个脸熟太监与总管太监张起麟说话，其人面色十分焦急，边说着话，边向里张望，待瞧见年希尧近前，不觉脱口叫道："这不是大舅爷嘛！"

年希尧久在外省，这会儿定睛看了半晌，才认出来此人是贵妃跟前管事的首领太监，心中十分亲切。他才要招呼，就见张起麟脸色一沉，遂不敢多言，只拱手含笑又往外走。走到墙根底下停住，装作掸袍子上的灰，又立着耳朵听了几句，才知道贵妃病势又重，那首领是来奏的。年希尧原本虚弯着腰，一听此言，真格两腿一软蹲下去，半晌才扶着墙站起来，黯然默祷而去。

这边张起麟带了翊坤宫的首领太监进得殿去，回说昨天夜里住在园内山容水泰的年贵妃又发起热来，一夜不好，早起愈发沉重。小刘太医说要用参，刘院使嫌太猛，看了半日，到底用了，这会子略缓一缓，才敢来奏。皇帝听得皱眉，要过太医院的印花笺子看了看，不过生黄芪、杜仲、甘草、旱莲草、女贞子几味，就递给允祥道："你是半个大夫，看看怎么样？"

允祥接过方子细看了两遍，就问那首领："照这样看，是肾脾胃气皆虚，宜温补的？"

"是是。"

"刘裕铎还算谨慎的人，怎么就轻用起参来？"

因那太监并不说话，只是一味磕头，皇帝就知道，用参又是救急。是以叹息一声，转命张起麟道："你代我去瞧瞧她。"

待张起麟与那首领一同出去，暖阁中又静寂了片刻。皇帝的心事颇重，向允祥幽幽叹道："福惠的母妃身子素来很弱，这回好便好，若不好，怕就难过冬了。"

皇帝今天这番举动，允祥早在心里转圈咂摸了三遍。贵妃圣眷甚好，他是知道的；且其为人谦和，凡与之接谈过的，都十分称赞。只是如今年案已成定局，内而台阁部院、外而督抚将军，折本雪片儿价飞到御案上来，千言万语，不外一个"杀"字。若叫他凭着贵妃皇子躲过此劫，日后战事一起卷土重来，那群臣议其罪者，又当如何自处？允祥念及于此，实在难以发言，只好顾左右而言他，又去评论太医院方子的好歹。

"年羹尧的事，莫说内闱小节，就再大些，也不能动摇，这你放心就是。"皇帝见他形色踌躇，自己倒舒了眉头，透过支摘窗看看外头秋色，忽而失笑道，"我这里凡有一举一动，外间不是鹤警狐疑，就是鸦聒雀噪，也实在叫人心烦。福惠如今还小，不懂事倒罢了，再大些，叫人说起母家，就未免可怜，也容易叫小人挑唆生出怨恨。所以年希尧这样无用的人，贤弟就卖个虚体面也不要紧，日后说起来，你侄儿自然也要承情。"

皇帝话说得十分恳切，且有许多非言词所能尽道之情，叫人不能不加动容。允祥去年木兰行围时，亦甚喜福惠阿哥的聪明，想此子日后必是个大器之材。如今他母病舅危，就长成了，也乏人依靠，皇帝既有托付照料的话，这顺水的人情岂有不做之理？所以他连忙站起身来，正色应诺，又说了许多推心置腹安慰的话，才算罢了。

等傍晚回到交辉园中，伊都立已经觐见下来，久候允祥多时。二人大半年没见，先叙过国礼亲谊，就往廊下去看伊都立带来的礼物。山右巨贾甲天下，原是南北两货齐聚之地。伊都立会做官的人，深知"京信长通，炭敬常丰"的道理，且驻京幕友十分得力，各部要紧堂司无不照顾周全，所以上下人等都称赞他是个会做的。这会儿见他的礼物丰腆，允祥心下欢喜，面上却淡淡道："你才有本章请减通省火耗，又带这些来，怕不妥当。"

"若不从耗羡上打算，只怕官声难越过诺敏，辜负了皇上、王爷的玉成之恩。"伊都立成竹在胸，笑呵呵俯身将那樟木大箱一开，摩挲着一张缎子般光滑的黄羊皮道，"我一向拮据，哪里办得来这些。先前年亮工盘踞河东，盐商们谁敢同他争竞？如今蒙皇上除去巨蠹，自然商力日苏，众口称赞。这些物件，都是介休几家大财东托我转递，不过为报主子的恩罢！"

"这还说得过去，不然叫人看着，议论我门前苞苴不绝，还得了么？"允祥看了看那皮子，也颔首说是"上品"，遂命人道，"明儿都送到造办处备用。"伊都立一愣，觑了觑他面色，问道，"王爷一件也不爱么？"

"我也不缺这个，就缺，等皇上赏赐的不更体面？"允祥大笑着将箱子合上，招呼伊都立到他的内书房去，坐下又笑问道："怎么样，御前得了什么彩头？下一任到哪里高就？"

"正要和王爷讨个主意！"伊都立颇不过意地一捻八字须，斟酌措辞道，"皇上说我年富力强，正好高章之改调闽浙，出了云贵总督的缺——"

"嫌路远出息少？"

伊都立叫他看透了心思，只好窃笑道："不是我挑拣，王爷晓得，家母年高，内人体弱，边陲远镇一去几年——"

"路虽远，也是我大清的封疆，满洲的不去谁去？这会子要打起仗来，派你驻防阿尔泰，带兵黑龙江，难道也嫌远不去？人家肯去的，就没有老父老母带病的家小了？"允祥实在觉得他贪心不足，是以眉梢一挑，口气下得颇重，见伊都立似有窘促不安之状，又往回找补道，"大臣升转也得循一循资历，你才做了大半年的巡抚，升到云贵已是特恩，难不成要去湖广两江？"

伊都立给他驳得脸红，正要自己找个台阶下，就见怡亲王福晋跟前的管事太监来回，说福晋留姨太太住两天，只怕旨意到了要远行，姊妹们就难见面了；还说姨太太的肺病厉害，请王爷帮着留心好大夫。

允祥晓得这话是专说给他听，遂扑哧一声笑出来，向伊都立道："你要太嫌为难，不如还留京里，怎么样？"

伊都立刚受用那起居八座、开府建衙的威风，哪里乐意做回仰人鼻息的京官？可再要多话，未免不识抬举，故而权且应诺，以待时机。

第五十四章　泊舟

　　先头已有旨意，升山西巡抚伊都立云贵总督，登了邸报宫门抄不说，连吏部的坐名敕书也拟好了。可没过几天，忽又将他改任山西总督，仍管巡抚事。山西是腹里省份，本朝蒙古向化，河套宣大并无边事，所以只以巡抚管理，如今忽改总督，显系因人设职。伊都立心中甚喜，又在京中住了几日，四处拜别过了，仍回太原做他的一方诸侯。

　　说来云贵两省地远民穷，苗瑶杂居，且动辄变乱，为官者一向视为畏途，如今伊都立请托不去，皇帝便将云南巡抚杨名时升任总督，来补云贵的缺。不过杨名时是当代的儒宗，好名誉、书生气重，皇帝从心里不喜欢他。所以思来想去，就将苏州布政使鄂尔泰升任云南巡抚，管总督事，杨名时则以总督管巡抚事。职、权交错，也是首创之举。

　　且说鄂尔泰自蠲免苏松浮粮事后，愈发得到皇帝的青眼，前已有旨，升任广西巡抚。然而命下不过五七天，苏州藩库尚未与署理之员盘交完毕，就又来了这道改调云南的新旨。新旨下晌送到布政司衙门，一应礼数完毕，又应酬了前来贺喜的同僚，鄂尔泰回到内宅，已是人定时分。他近年虽有圣眷，可如今宦海涌波、世事难料。一听又有新旨，鄂夫人坐在内闱，心中就不免忧虑，几番派人打听，都说外头热闹极了，至于旨意说的什么，终究未得准信。

　　鄂夫人姓喜塔腊氏，是现任江西巡抚迈柱之女，知书达理的闺秀。鄂尔泰中年丧妻，以夫人为继配，成亲后琴瑟极睦，相敬如宾。他是个笃尊道学的人，讲究修身齐家之道，闺门之内，不置姬媵，除了元配留下一女之外，膝下三子，都是喜塔腊夫人所生。而今夫人珠胎再结，已有七八个月，此时天入黄夜，因为心里有事不肯就寝，只好胡乱做些女红，又借灯光瞟一眼案上的《孟子集注》，听一旁的长子鄂容徐徐讲来。

"桀纣之失天下也，失其民也，失其民者，失其心也——"小公子正操着童音温书，就听门帘响动，外头鄂尔泰一身朝服补褂走了进来。夫人大着肚子，不便即刻起身，只撂下针线笑说句"可算回来了"，再慢慢往炕边去挪，要下地替丈夫更换便服。

见夫人挺着肚子过来，鄂尔泰忙摆手说声"自己来"。夫人到底不肯，仍旧唤了侍婢送进一件半旧的家常袍子，眼看着婢女替他换好，再亲自摩挲平整，才算作罢。她一面又打发公子睡去，方轻声问："怎么刚说放了广西就有新旨？可真叫人悬心。"

"是从广西改调云南，还叫入京陛见。"

"广西就够远了，竟又改了云南。"夫人听得一愣，继而忧心忡忡道，"你的肺病越发重了，时常还要咳血。我阿玛早年出过云南的差，一路翻大山过大河，水土不服得厉害，好好的人去，回来瘦得一把干柴似的。你这样身子，怎么经受得了。"夫人说着话，音色已见哽咽，掏出帕子来，背过头去沾眼睛里的氤氲。

鄂尔泰盘膝坐在炕上，他劳乏竟日，脸上早显出疲态，可心绪却很好，一面笑劝夫人道："诶，云南虽远，却是丈夫用武之地。我前年到昆明典试，一点儿都没有水土不服。现在国家鼎盛，归化苗瑶正在其时，云贵是重任，很遂我的心。只是——"他神采奕奕说着话，待看夫人的身子，又想了想，报报道，"路确乎太远，不如我请张抚台帮忙照应，你先在苏州待产，等出了月子再去？"

"你去做巡抚，偌大个衙门，没有堂客怎么使得？叫属员瞧着不像。再者我也不放心你的身子。"夫人摆摆手，自抚着隆起的小腹笑道，"又不是头一胎，哪有那么娇气。你先进京去罢，我带着哥儿们慢慢往南走。"

"宦游无定，叫你陪着受苦。"鄂尔泰心中感佩慰藉，又难言喻，只得搓了搓手，从炉上取了热水，倒茶递与夫人，又问，"今年咱们各色收项，共有多少银子？"

"三万还多些。"

鄂尔泰点点头，起身踱了几步，向夫人叹道："要是依我的凤志，只拿正俸钱粮最好。可到了地方上，才晓得官私花销太多，要是火耗节礼一介不取，竟连家口也养活不来。现在官不满任，实在受之有愧。

自接了去广西的旨意，就想和你商议这件事，又怕你笑话我迂腐。"及见夫人温言笑慰，静候其言，才又问，"这三万银子，除了日常用度，还有多少剩余？"

"咱们家的花销少，你又不好应酬，算下来，怕有两万还富裕些。"

"我先同张抚台议过，江南人自恃富足，平时不惯积贮，遇上荒年必然狼狈。我这两年仰仗苏松的父老扶持，才没有大错处。为官者家有余资，绝非美事，我想咱们既有两万银子，不如留三四千办盘缠，将其余一万五千两籴了谷米，交给张抚台，分储苏松两府的仓里，也不枉我为官一任。"

苏州布政使是天下藩司里第一个肥缺，小省巡抚也赶不上。若换作寻常妇人，丈夫得了这样美缺，能不怂恿他招权揽贿，已经难得了，绝不肯自家里掏出银子来去顶公项。鄂夫人生长宦门，又在江南富贵乡中随任，偏得布衣茹素，毫无铅华虚骄之气，听了丈夫这一番话，当即颔首道："要不是在苏州做官，哪来这几万银子，不定还有亏空。浮财即是祸根，你要拿去做积德的事，那是再好没有了。"

鄂尔泰这边又盘交了几日公事，就轻装简从，入京陛见。鄂夫人先在苏州打点家务，收拾行装，继而带着子女家人，先沿运河北上，再溯长江向西，一路赶奔云南。这一天船行竟日，夜泊江阴，夫人只觉腹内沉重，倍觉劳乏，就在舱中和衣躺下。到二更时分，不合忽然惊醒，继而下腹坠痛难耐，出恭时落红不止。她已育过多胎，心知这是生产的征兆，随身的两个仆妇都是接生老手，且又预备多日，见此情形，自去招呼乳母侍婢，将纱布、棉布、金针、刽药、人参、嗅盐一应备齐。待夫人吃痛声起，众人屏气凝神，正要接生，忽听船舱外"呲"的一声巨响，一团火星直冲天际，接着毕毕剥剥，四下里鸣锣放炮，热闹喧天。

鄂夫人身体虚弱，又是水次停船，乍听这样大作大响的动静，就心悸神迷，随之大汗淋漓，呼痛不绝。左右妇人无不慌张，一人跑将出去，连向外间男丁喊道："快看看是哪家放炮惊了太太！"

管事家人出舱一看，只见相隔半里多的水次里拴着几只华丽的客船，停泊时原本安静，现在不知何故，竟然是灯笼火把全点起来，照得四周雪亮。首船舱外站着七八个精壮汉子，围了一位穿皮袍的官人在船头，各持酒壶肉食，俱都喜笑颜开。另有三四个小厮模样的弃舟登陆，手持花炮，一个一个点放起来，直崩得火花四溅，星月失色。周围船家客商经此一乱，亦多披衣起来看稀罕，更显得热火朝天，吵闹不住。

鄂府长随原已睡熟，听说正要生产的夫人受惊，心道自家乃是巡抚门第，如何受得这般委屈？因此人人着恼。特有一二气大的，此时撩衣勒臂，就要到邻船上讲理。鄂夫人虽百般煎熬，到底心里明白，遂竭力维持，安抚众人道："不定人家喜事放炮，做什么大惊小怪。"

管家婆子一面替夫人擦着额角虚汗，一面忍气劝道："纵然太太不怕，也怕惊胎气，还是叫人问一问好。"

"只说行个方便，别拿官派欺负人家——"夫人断断续续吩咐着，口中已是呻吟不住。管事婆子答应已毕，就有两个年轻长随几步跳上岸去，向那放炮的小厮一拱手道："烦劳哥儿几个歇歇，我们太太赶上生产，听不得响动。"

"巧了，我们太太刚生产完，老爷有命，放炮庆贺庆贺！"答话小厮满嘴的油腔滑调，说着话抬手又把一串爆竹点起来，"呲"的一下，从鄂家长随眼前直蹿上去，火星子溅在衣襟上，登时烧了个洞。长随年轻气盛，伸手去扯小厮的领子，将他一把推个趔趄。小厮正在得意，这一下毫无防备，向后几步就摔了个仰八叉。他一时怒从心起，抄了一把炮灰，蹦起来就往长随脸上搋去。长随吃这一下，不免手脚齐动，两人就着炮声，登时扭打一处。

邻船头上几个壮汉见此，都跳上岸来打帮手。一时炮声歇止，人声沸起，两家仆役各举火把对峙，互相骂将起来。只是一问来由，就全都不说实话，不过责难对面无礼。这边正没开交，就见邻船上一个管事模样的跳上岸来，仰脸儿向着鄂府船道："我们老爷请你家主说话！"

鄂府家人面面相觑，见来人气度不似寻常，正思要回夫人，就听见大船内一阵裂肺呼号，遂再不敢去打搅，只得一位老管家，随着来人前去。来至跟前，方觉那船的形状奇特。只因船舱豁大，四面却封得严严实实，似有货物，又觉体轻。官船不像官船，商船不似商船，实在不知用途。老管家见过世面的人，心里虽然纳闷，到底不错礼数，上前打一躬道："这位老爷安康。本来不敢打扰，实是我们太太生产，听不得吵闹。小子们不会办事，得罪了贵纲纪，还请老爷见谅。"

那船头的官人五十来岁，宽面细眼、肩壮腰圆，穿着打扮确是个大富贵的模样。他今夜本极欢喜，饮酒不少，此时面色尚带红光；才叫鄂府家人一搅，就败了兴致，心里颇为气恼。此时借着月光，见那老管家的举止，亦是宦门中人，心里更存了较劲的意思。因此将脸拉下来，闷声闷气道："我家里有喜事，在这天高地阔的地界儿庆贺庆贺，有什么干碍不成？"

"老爷家有喜事，小的这里恭喜了。只是水次是公用的地方，各家有各家的难处。我们太太赶上大事，实在受不得惊动，还请老爷通融通融，等我们太太母子平安，一定预备厚礼，与您道喜道谢。"

"你这是怎么说话？我们放炮你家嫌吵，你们紧挨着我们闹血房，我们还没嫌晦气呢！"那边官人尚未开口，一旁的家奴接口就骂起来，话说得太不中听，又惹得老管家恼怒分辩。眼看各自吵嚷得声高，舱内又走出一个面貌气派的小伙子，附耳对官人说了两句。官人皱了皱眉头，啐道："要死的人，管得倒宽。"说罢气哼哼就进内舱去了。

舱内十分宽大，布置却极简单，里头是个五十不到的汉子大咧咧席地而坐。他身穿缎面皮袍，也是富贵打扮；可再细看时，就见交握的两臂上都缠着铁链，可知是罪囚无疑。另有两个年轻有体面之人站在一旁，服侍不像服侍，看守又不似看守。待官人进来，那汉子纹丝不动仍在地上坐着，只将手上链子哗啦啦抖着，笑道："才得了爱妾遇喜的信，兴头放炮，怎么又同人闹起来，你这凡事变脸，未免也太快了。"

"随你怎么刻薄罢。"官人见他出言嘲讽，并不理睬，才要同那两个年轻人说话，就听外头噼里啪啦，又放起鞭来，紧接着就是鄂府管家高声质问："看你们也是做官的人家，怎么不讲道理！"

"道理？我们钦差大人就是道理！"

"你们一无旗纛，二没有江苏地面的官船护送，就敢说是钦差！不过仗着我们太太好性，要说出根底来，先将你们问个假冒钦差的罪名！"

官人听他们吵得不着边际，心里暗骂一声"混账"，就要掀开舱帘去看。那罪囚一口喊住道："不过是小妾生了儿子，何至于大半夜里发癔症！与人家眷属行个方便，岂不给你的小子积德？"

"要你多事！"官人叫他一句话气得手脚冰凉，就要发怒。又听那罪囚哂道："儿子须得贱养，才养得活。不才家里多子多孙也有些名气，俱是那'不在意'三个字才养活的。老兄你这样折腾起来，可小心着了。"

"你不怕叫阎王拔了舌头！"官人气得一个哆嗦，跺着脚向外厉声命道，"爷今儿偏要痛快，给我放到鸡叫了再停！"

"你放不放我管不着，可你没听见？对面也是为官懂门道的人家，才你的家奴已经放出钦差的话，要是被人抓住了死问，你怎么答对？难道说是来拿我的钦差？"罪囚见他怒极，也不慌张，又将手上的铁链子甩了两甩，就大笑起来。官人叫他说到痛处，默然半晌，只好吩咐人不许再放。

岸上鞭歇炮止，星月之下，水面又恢复了宁静，只有微波轻拍河岸，卷起泛白的水花。不一时，鄂府大船上一声啼哭，一个胖嘟嘟的男婴呱呱坠地。鄂夫人浑身瘫软，长嘘出一口气来，待回过元神，看过爱子，便向身旁管事的仆妇道："明天备些礼，去谢人家的体恤照应罢。"

这邻船上的官人并非寻常，正是皇帝跟前的亲信重臣——议政大臣、理藩院尚书、都统拉锡。拉锡此来江南，也确实是个钦差无疑——他奉有密旨，带领两名御前侍卫，将年羹尧从杭州抄家密捕，押解进京。那船中的囚徒，就是年羹尧本人。

说来杭州将军鄂弥达是个新任，对许多要紧大事，还不敢很拿主意。可现任的浙江巡抚福敏不是寻常人物，他是满洲镶白旗人，进士出身，不但是今上做藩王时的属人，还曾在潜邸为弘历、弘昼两位皇子开蒙课读，和皇帝的渊源之深，并不次于年羹尧。他自到巡抚任上，就给鄂弥达出了主意，说年某素来傲性，且一贯信口开河，老兄不如将他发去守城，再散出风去，往来商民打听他的身份，自然好奇围观，待他说出些怨毒的话来，人所共见，就更能证其居心了。

鄂弥达听罢连赞高明，随即发下军令，派年羹尧看守杭州城东的太平门，并密令同班官兵察看他的言行举动，每天到将军衙门报知。不料年羹尧倒有十分的镇定，该班则早来晚走，值宿则按更巡行，无事则归家闭户，个把月下来，不但愤懑抱怨全无，就是往来行旅听着传言，跑来观看指点，他也不羞不恼，循例办事而已。

这一天正赶上年羹尧城门值宿。近冬时节，杭州也有了凉意。入夜巡过更次，他便回到值房，刚要睡下，就听见班头敲起门来。旗营同班的守卫早得了令，须刻意将他冷待，可私下里却多得他的银钱水酒，奉之若神。所以班头先在外哪哪狠敲了几下，大叫"醒醒"，进来却反身关门，贴近了小声告诉："将军衙门有人过来传话，叫您老前去，不知为什么缘故。不然咱们报个病？"

年羹尧见班头满脸大汗，不由苦笑道："老弟你说哪里话，你们吃醉了酒，上峰巡岗，可以报个病。我的事，哪是报病能够了结？"说着话披衣起立，趿了鞋，舀一碗凉水喝进肚中，又笑道，"再说那鄂将军，先我进京，他去磕头迎我，还排不到跟前呢。这会儿只有他怕见我，哪有我怕见他的道理。"

年羹尧略略收拾，就来到管事的所在。来人先验明了他的身份，才道："京里有大人奉旨到普陀山进香，说要见你，这就走罢。"说完各自上马，趁着夜色到了将军衙门。入内直趋大堂，就见杭州将军鄂弥达不过侧面陪坐，正座上是位五十多岁、顶戴齐楚的京城大员。年羹尧这两年进京都见过他多次，正是皇帝信宠的蒙古都统大臣拉锡。

这拉锡原本是先帝身边的侍卫，曾奉旨意探访黄河源头，于河湟地理部族等事最为熟悉，是以今上登基，为着青海战事，大加任用，以理藩院尚书之职，与允祥、隆科多同备顾问。年羹尧不愿受枢府遥制，可不好直接挑允祥和隆科多的不是，便向皇帝进言，说拉锡毕竟是蒙古人，且和青海各部都有交往，叫他参赞帷幄，到了紧要时节，万一走漏消息，于战事十分不利。他那会儿宠眷正隆，所说的言语，皇帝自然无所不听，又对其好言宽慰，说许多机密军务，自己都并不曾告诉拉锡。

待到时过境迁，"倒年"的风声一起，皇帝就把年羹尧昔日的"谗间"之词拿给拉锡本人去看。拉锡又惊又怒，跪奏道："奴才虽是蒙古人，可蒙两代主子的厚恩，怎能做出叛国通敌的事来！奴才与年羹尧没仇没怨，竟遭他无故陷害！主子若信他的话，何不扒了奴才的心出来瞧！"说着就哭得涕泗交流。皇帝看他哭得可怜，自也唉声叹气，命人扶起他来安抚道："年羹尧陷害朝廷的股肱贤良，又何止是你一个。且不说旁人，就是青海甘肃的蒙古王公台吉，罗卜藏丹津虽反，可旁人到底是忠心朝廷的多，偏他不分忠奸，一概刻薄。不但别人，就连阿拉善额驸，是皇父亲自教养，又许配了郡主的人，他竟然也敢苛待。也怪我忒纵容他了，叫蒙古亲戚含冤，险些坏了皇父抚恤藩部的大政。"

皇帝痛心疾首说完这番话，又拿出一道朱谕，交给拉锡道："如今年羹尧诸事败露，再留不得。只是他为人狡诈，党羽又多，若照常人捉拿，恐他转移杭州的家口财产，单靠福敏、鄂弥达两个，又嫌他们办不了这样要紧的差事，或是叫年羹尧看轻了身份。倒是你去一趟，将他拿回京来，一应细务相机办理就是。"

第五十五章

解 京

　　拉锡恨年羹尧刺骨，得了这个差，岂有不尽全力之理。他既久在宫廷，又多办外差，确乎机敏历练。受命第三天，便带了两个侍卫，和一干精壮家人，也不乘船，只沿驿道快马兼程，日行近二百里，八天即到淮安，又换小船走运河，五天四夜抵达杭州。及到杭城，也不知会地方，不过派人悄悄去将军衙门告诉鄂弥达，说钦差大人奉旨到普陀山进香，过境杭州，请将军去见。鄂弥达得了信，赶忙出城来见。见面说罢实情，就约了巡抚福敏先到将军衙门小坐，又遣得力家人往太平门去诓年羹尧。

　　年羹尧进得大堂，见正中高坐的乃是拉锡，心里就明白了八九分，一壁里上下打量他几眼，才道："我如今的身份不配恭请圣安，只是身为臣子，见着京里来人，到底不敢不问皇上的安。"说罢屈身跪下，再无别话。

　　拉锡满心怨恨，见他如此倨傲，愈发气不打一处来，也不看鄂弥达、福敏二人，独自离座起身，仰脸面南而立，嗤道："不但请安不配，你就问一问，也是不配。"此话出口，年羹尧已是挺身而起，紧盯着他的脸看。拉锡轻蔑一笑，说声"奉旨问你的话"，随后点头示意两个强壮武弁，将年羹尧按跪地上，自己又端起钦差的架子来，问道："皇上待你的恩典覆天载地，你的罪恶累累数之不尽，已是负恩至极。如今又有人奏你擅调官兵，借捕郘阳盐枭之名，致死良民八百多口，虽将你立斩也难抵偿，你还有什么可说？"

　　年羹尧闻言陡然一惊，抬头道："郘阳的事我先头已奏闻，确系剿拿盐枭，不合误伤平民数人是实，致死八百多口从何说起？"

"你还敢抵赖！难道钦差高其佩、史贻直是故意陷害你不成？"

"你知道什么首尾！我说了此事早已上奏，日后自然明白！"年羹尧将头一偏，不肯再同他说话。拉锡气得大怒道："你罪戾如此之多，还敢乖张狂傲，到底什么居心？"

"就像你说，自然是我的死期到了。"年羹尧见拉锡的傲态，越发要和他顶针，全无半分惧色。鄂弥达见拉锡发怒，深恐年羹尧再说出难听的话来，才要厉声喝止。就见拉锡将手一摆，命人道："果然不愧人说。来，将他锁了！"说话便有几个持锁扛枷的跟役从外头进来，上前要锁。

年羹尧兀地将人挣开，睚目道："你说往普陀山进香，现在又这样行事，岂不是矫诏！"

"哈哈，只怕你平日矫诏拿人的多了。我要无旨，莫说是你，就是寻常百姓，也不能拿问。要有旨，又何止是你，就是亲王贝勒，也随我来拿！"拉锡说罢了一阵大笑，将身上谕旨双手捧将出来，先供在高几上，拜了两拜，又递给福敏道，"劳中丞宣谕。"福敏接了谕旨，也拜了两拜，继而就念出来，不过是锁拿抄家的话。年羹尧闻言默然，只得由着差役们锁了。一应事罢，福敏就带了巡抚衙门一众差役先往年羹尧家去，趁夜抄没。

时已入夜，年氏一家老小俱都睡下。众差役喊门入内，先将前院各个房屋封住，就往后宅去。年家成年的儿子都在京里，此间最大的五子年寿未及弱冠，听见外面大嚷大闹就吓得抖颤，跌跌撞撞披衣出门，迎面碰上福敏官衣补服而来，正要上前跪拜，只听福敏一声"拿了！"身后便有两个跟差上来，一把将他按住。年寿不敢挣扎，不过惊惶饮泣。一时又有兵丁押了张定、王七、关瑞、翟四几个管事家人过来。福敏见状点头，不过向年寿说一句"本院奉旨抄没"，就命人将年氏妻女仆婢一应看管起来，封门把守。

又过了一个来时辰，拉锡、鄂弥达押着上锁的年羹尧一起到来。福敏迎出门去相会过了，就将年羹尧带到内宅上房。那里关的本是一众女眷，及见差役蜂拥而入，都大惊躲避。年夫人毕竟是宗室之女，又见过世面，此时虽也惊惧，到底强作镇定，先叫住本宅之人不必乱躲，复向为首的武弁怒道："你们是什么人？我们老爷虽革了职，我还有县君的爵位未革，由得你们放肆！"

此言一出，巡抚衙门的差役尚且冷笑，那带队的旗营官弁有晓得老礼，果然垂手不敢向前。年夫人两手各拉一个幼子，又上前两步厉声道："既不见上谕，又不见我家老爷，你们敢情是来抢夺钱财的不成？"话音未落，就见外头差役闪出道路，拉锡等人鱼贯而入。几个人听见夫人言语，并不答言。倒是后面年羹尧，见里头大人孩子哭成一团，自己先大声斥道："哭什么，都安生待着！"

这一喊不要紧，不但年家人吞声饮泣，就连官兵差役，也都面面相觑没了声响。年羹尧戴着枷踱到福敏跟前，昂首道："龙翰兄两榜出身，怎么不晓得大防之义？拙荆小女都在，就纵容兵丁入内，岂是读书人所为？"

"责备得是，我虑得不周到。"福敏和年羹尧是同旗的读书人，早年也稍有交道，叫他这样一说，不免显得尴尬，只得向年夫人打了个躬，说声"格格恕罪"，就命众差役退至上房院外，只命四个跟随的老年吏员抄取房内奏折书信，所得也不过数匣。拉锡伸手要取，却被福敏向前遮过道："亮工兄交际甚广，怎么就这些文牍？我听人说，你先知道保定李维钧出事，就把许多书信烧了？"

"正是。"

福敏不料他对答如此痛快，登时噎住了话。拉锡见状斥道："私烧书信，你眼里还有王法么？"

"谁没有一点私事？皇上天心，我不敢妄测，又岂知必有今天抄检的事？"年羹尧最不耐烦拉锡说话，见他开言，不免又起心头之火。正要再争，就听外头来报，说将违禁的物件已经抄得了，请钦差大人过目。拉锡点头，就有八个人抬上四个硬木大箱子打开，里头除了黄绫所覆御赐物件，还有数件四开衩衣服，并杏黄、鹅黄、金黄各色荷包、腰带等物横陈。拉锡取出一件看了看，沉脸问道："你不过一个公爵，擅用黄色，是怎么说？"

"盖绫子的是皇上赏赐，另有在京时诸位王爷给的，哪样是谁，我对不清了。"

"就没有你私造购买的？"

"有。"年羹尧呵呵一笑，随性答道，"这就是我一条罪罢。"

"你倒实诚。"拉锡又抖起一件衣服来，问道，"这件四开衩的袍子，又是为什么？皇上先赐过你四开衩朝服①，难道也赐过便服？"

"便服不曾赐过，只是拙荆是宗室格格，大人不见京里众位额驸都肯穿四衩的袍子？"

---

① 清代舆服制度中，宗室的袍服可以襟开四衩，普通官员只能开两衩。

"这我倒不曾留心，就由你刑部去辩。"拉锡不肯同他斗口，只拿眼睛去看那些箱子。他将黄绫所覆之物轻轻搬开，就露出箱底一只成色上好的翡翠镯子，却并未覆黄。拉锡将那镯子拾起来，上下看了两看，问道："此物想必也是内廷珍玩，既不是御赐，可是你自己采办的么？"

"这是我妹贵妃之物，赏给小女作妆奁。"

"哦？兄台家是哪位小姐于归？刑部所开拿获人口中，并没见已嫁之女。"福敏闻言一皱眉头，目光瞟向年夫人身后几位闺阁小姐，除了一个约有十七八岁，其余尽在笄年之下。正要再问，就见年羹尧指着那年长的道："长女已配了衍圣公府四公子，大定都下过了，京中亲友尽知。"

"各位恕我是个粗人，衍圣公家，是不是广东孔制台的同宗？"拉锡见福敏不语，却自笑起来，边把玩那翠，边向福敏问道。

"不错，孔制台是衍圣公的堂叔。"

"那就是了。我出京时皇上有口谕，说前有两广总督孔毓珣的折子，衍圣公府已经和年家退了亲，又奏年家嫁妆丰厚太过，必定是贪墨所得无疑。我心里也说，人家是圣人之后，什么好亲事说不成，哪有和罪臣结亲的道理。"

"竟有这样事？"年羹尧闻言大惊，再看夫人时，见她默而垂首，泣不成声。后头年小姐咬了咬牙关，站前一步，向她父亲道："孔家已来过人了，赶父亲病着，没敢回禀。这都是女儿的主意，并无母亲、哥哥的错处。"

年小姐这番话毕，竟连福敏也不免敬佩起来，点了点头，不待年羹尧发怒，自弯下身去，将几个箱子一一盖上，向拉锡道："既然要紧的东西都看过，家中也没有已嫁之女、寄宿亲友可以开释，今天这事就算料理了大半。还请钦差大人带了亮工并子弟、家人去审，内眷先寄在内城旧仓里，不许惊扰。这里细物查抄之事，就由巡抚衙门暂且处分，待开列过清单，再请大人奏上。"

"就依大人。"拉锡今天几回吃了年羹尧的气，都叫孔家这件事一举赚了回来，心下十分得意。抬手朝福敏、鄂弥达两个一抱拳，就将年家主仆老小该锁的锁，该枷的枷，一路长长的队伍，押往将军衙门去审。

待福敏将杭州各处年宅查抄清楚，拉锡便按旨意，先将年氏众家小押解回京。那年羹尧自西安来杭时，家人千余，大船三四十只。至此大厦倾覆，飞鸟投林，同押进京的，只剩妻妾子女近身仆人几十口，分作三船，由旗营官兵押解北上。至于年羹尧本人，则由拉锡独个带着，三天之后，偃旗息鼓，悄然离了杭城。那日夜宿江阴，拉锡接了京中家信，说是爱妾新诞下一个男孩儿。拉锡一路心焦，至此喜不自胜，遂命家人在河次上放炮庆贺，不妨遇着鄂夫人生产，又叫年羹尧挪揄一通。拉锡虽然怒极，只碍着年氏罪名未定，贵妃宫中尚在，也只好暂且忍耐，待回京去，再做主张。

拉锡江南一趟要差回来，就发觉京城官场的气息已经大变了样。上至王公贵戚，下到杂佐吏胥，人人面上严正，脚下奔走，都是忙忙碌碌的样子。实因目下有四件大事，件件叫人劳神。一是年羹尧捉拿逮京的消息已经先到，刑部大牢虚席以待不说，内阁六部也都接到圣谕，群僚各怀心事，预备廷议上的说词来定他的罪。二是先帝、太后的丧期已经过去，皇帝要补行立后册妃大典，这是今上登基以后的第一次吉礼，礼部、内务府等挨得上的衙门自然忙碌异常。三是秋天直隶大涝，京东、京南几十个州县都付于汪洋，数十万灾民涌向保定、天津、正定的府城，连京师里投亲、乞讨的饥民也日甚一日。眼看孟冬将至，天气寒冷，顺天府的粥饭施舍不及，街巷角落里，就渐渐多了饿殍。再者国家财富仰仗东南不假，可八旗生计则大多倚赖于畿辅，如今收秋粮的日子到头，眼见无数官田、旗地绝收短歉，在京城里高坐的八旗子弟们不免蠢蠢难安，四处托人，欲请朝廷多发赈济。四是眼下各省督抚走马换将甚勤，几路陛见的大员先后到京，许多待铨的新进、冷灶的京官，不免蜂拥鹊起，轮番打探门路，以求升补外放。

这一应督抚中，最显眼的是新任闽浙总督高其倬。浙江是富庶所在，高总督又有圣眷，是以他才过了保定府，就接到无数京信，托他举荐差事的委实不少。高其倬是个老成持重之人，接了信既不曰可，也不曰不可，而是一概拿着去问夫人的主意。

高其倬字章之，是汉军旗下大族子弟，他十九岁就中进士、选翰林，所以年轻时也叫最有慧眼的大学士明珠看重，嫁以孙女，和年羹尧成了连襟。后来元配亡故，高才子人到中年，又娶了好友蔡珽的小妹为继室。

蔡家小妹闺名蔡琬，字季玉，其貌丽才清，工于应对，是当世闺阁中第一等人物。至于这位闺秀的来历，就更是奇特。她的父亲蔡毓荣是康熙年间的重臣、平定三藩的名将，曾先率大兵克复昆明，而后就任云贵总督。蔡毓荣的才能甚著，却不合有个好色的毛病，他早听说吴三桂有一宠妾，诨名八面观音，美艳冠绝天下，待入吴府一见，果然名不虚传。忘情之下，就将此女收入私宅，后来诞下一位女公子，就是蔡琬。

蔡小姐容貌随母，性情则肖其父，更兼幼读经史，遍览山川，虽有倾国之姿，却无脂粉之气，是位见多识广的女中豪杰。高其倬自己虽是个少年得志的才子，及娶了这位夫人，就自认气短识拙，是以内阃家政全权托付，衙门公务言听计从，甚至一应要紧奏牍、酬应笔札，也多劳夫人代笔，且逢人并不避讳，使得这闺阁佳话天下皆知。

今上在潜邸时，曾久闻高章之的大名，不过碍着皇子不能结交大臣的戒律，不便与之来往。康熙末年，高其倬外任广西巡抚，后改云贵总督，边陲远地，数年不曾回京。皇帝每见他的折奏稳重，书法宛转，心中愈发赏识。只是听人传言，说这位高总督样样不错，只有"惧内"两个字出奇，不但家事任夫人所为，连要紧奏疏，亦皆夫人代笔。皇帝不喜官员受制妻孥，听见此说，不免就上了心。是以故作闲笔，去问同在昆明的云南盐驿道李卫，叫他细探高其倬的为人行事。

李卫仗着户部司官出身，又得允祥的青眼，自入滇境，就不把同僚上司看在眼里。他不过一个道台，竟是先告臬司、总兵的刁状，又径呼总督、巡抚为老高、老杨，泼赖争强，连皇帝也要骂他"羞不羞"。不过他任事甚有担待，政务又很熟悉，终归能得天子的信宠，这也使得他越发骄横起来，凡有同僚不遂心意，不但抬笔就参，还另外作书一封送到怡王府，来个双管齐下。

高总督早年白面书生，也是个玉立颀长、眉清目秀的人物。只是素喜读书，中年以后公务又繁冗，因此落下眼病，看人看物都觑着眉目，读书写字也几乎要将纸贴在脸上。他是两省的长官，莫说眼病，就是缺了胳膊少了腿，照理也无人多言。不合与这个促狭鬼李卫同城办事，就要受他的嘲弄，被他笑话"精光四射"。有时群僚会议，高其倬说着话，他就敢挤眉弄眼与人努嘴儿调弄，惹得众官欲笑不能，不过弓腰驼背强忍而已。

不但如此，李卫为了讨皇帝的好，还在总督署里安插了探子，将些阴私密事一并奏上。皇帝好奇心盛，见他写得有趣，就起了亲自验证的心。适逢高其倬进京陛见，自他进殿行礼，御座上的皇帝就不错眼珠瞧着他，待他叩头直起上身，便看他细眉长眼，面目可亲，虽然神情肃穆，却是个笑佛模样，大约年轻时的气宇，倒和尹继善八分相似。皇帝心里先骂李卫胡乱编派，再欲说几句问慰的话，不料言尚未出，就见高其倬将双目狠挤了挤，果然放出"精光"来。皇帝吞声一笑，忙又轻轻一嗽，问道："你这一路实在很远，沿途各处还安静么？"

"蒙皇上洪福庇佑，沿途各省俱都安静。"高其倬看皇帝面色和悦，心里也少了惶恐，一个没留神，就又挤了挤眼睛。几句客套说罢了，君臣就谈起公事，从苗瑶土司到军饷协济，由盐茶铜马到地丁钱粮，几将云贵两省的用人行政、军民两务说遍。高其倬到底是五十几岁的人，又在外头诸侯一方惯了，这样长久跪着，便觉腰酸腿软。眼见皇帝沉吟不语，以为他再没有话要问，一时心中暗喜。不料才一疏神，就听皇帝忽然说道："你差事办得不错，不过——"话未说完，就指着御座前站班的侍卫，向前努嘴儿。两个侍卫答应一声，几步下阶走到高其倬跟前，不等他回过神来，便道："奉旨，着高总督褪去上衣！"话音一落，就有人抬手去解他的朝服纽子。

高其倬满心都是公事，哪晓得这是做甚，当即惊呼一声用手去拦。另一个侍卫见他抗拒，就一弯腰，按着他的肩半压在地上。高其倬原本不认得皇帝，单听人说他喜怒无定，雷霆发作时，好骤然加罪大臣，遂不免大惊大骇，实不知缘何得罪，竟至于当殿用刑！一时天旋地转，不能细想，更兼腰臂吃痛，只好任人摆弄。两侍卫将他袍服、中衣层层褪起，却无绳索相加，只有一人摸了摸他身前生出的骈肉，就笑嘻嘻站起来禀道："高总督胸前是生了老茧，倒有半寸来厚！"

"果然李卫没有诳语！"皇帝一闻此言，便拍案大笑起来。他摆手叫两名侍卫退去，又向高其倬笑道："人言你有惧内之病，自己图受用，平时公事书启都由堂客处置。我听了不信，就问李卫。李卫倒是向着你，说你素日勤勉，案牍劳形，不但累坏了眼睛，连胸前的茧子也磨出来。今儿当堂一验，确乎不假。"皇帝边说边笑，即见高其倬满头大汗，惊恐难消，又忍笑抚慰道："你和李卫同僚三年，自然知道他那些不登大雅之堂的本事。你是持重君子，不必同他计较，再说要不是他，又怎么成全你的公忠之名呢？"

高其倬听着皇帝笑语，暗骂李卫光棍无赖成性；无奈皇帝替他说项，也只得连连叩头称是。皇帝见他恳切，心中欢喜，又道："蔡珽的气度很好，想必你的夫人也与他相近。过几天是立后大典，皇后跟前的引导女官，向来从内务府命妇里选出，这些妇人知书达理的甚少，侍奉大典怕不相宜。可巧你一家进京，不如就叫你的夫人去，一切礼仪，着她先到宫里学习，也算你们郎舅两个勤谨办事的体面。"

"臣代拙荆叩谢皇上圣恩！"才有泼天之惊，又逢意外之喜，这一阴一阳的，直把高其倬闹了个懵懵懂懂。待皇帝命退，他就糊里糊涂叩了几个头，张张皇皇辞出殿去。

高其倬才在殿里慌张，袍带衣襟不过随意披住，这会儿天气寒冷，他一身补服顶戴，却是珠歪领斜，胸前纽子张三系着李四，一路跌跌撞撞往外急走，欲寻个僻静所在收拾齐整。哪想刚出养心门，就和两个人迎面撞见。走在后头的他倒熟悉，是早年在翰林院的旧相识，如今的户部侍郎蒋廷锡。前头的四十岁上下，腰系金黄玉带，正是怡亲王允祥。高其倬看着面熟，可他离京日久，实记不起是哪位王爷贝勒，只得侧身让出路来，低着头没敢言声。

"是——章之兄？"他那厢正待蒙混过去，却搁不住蒋廷锡的眼尖，开口就叫他的表字。高其倬万般无奈，只好抬起头尴尬招呼道："酉君兄久违了。"见两人都紧盯着自己惊异，便紫红了脸，朝前头的允祥草草打了个千儿，就抢步赶出去。二人瞧他这遭贼劫似的模样，俱都哑然失笑，正要议论两句，就见里面一名侍卫出来催促，遂不多谈，各自整冠进到养心门内。及走至廊下，就听殿内传出阵阵笑声，又复报名进去，就见皇帝歪着身子，伏在宝座的左迎手上笑不住声；一旁侍卫内监，亦无不掩口捧腹，欲强忍而难抑。二人不解其意，只好照例行礼。皇帝拿茶水狠压了压，才笑道："你们进来瞧见高其倬没有？"

"见是见了，可他——"

"好好，咱们先说正事。"皇帝又是一番忍俊不禁，却不接话，咳嗽了两声换作正经神情，一抬手，殿内便又鸦雀无声。待无干之人鱼贯退下，皇帝才开口问道："直隶发赈的事，你们部议如何？"

允祥听问政务，也自正色起来，一躬身道："部里先议了照例，由直隶总督责成各州县勘灾审户，确查明白，或从直隶各仓发赈，或再请旨拨发库帑，遣臣部司官办赈。昨天臣见着司稿，又和几位堂官商议，想着直隶近在辇下，又是八旗生计所在，终究与别处不同。今年的水灾太大，荒歉太重，恐非直隶总督可以经理。再者京东京南几条大河决口，办赈之外又有修理河工的事，还碍着许多皇庄旗地，若不钦派重臣悉心查勘，一体筹划，只怕不能妥协。只是兹事体大，又不单是户部的干系，臣想先面奏请示圣意为是。"

皇帝听罢点了点头，自从宝座上站起身，踱了两回步子，又愤愤道："皇父最重京畿，年年亲自去看永定河堤工，咱们也都跟着，修堤的银子花得海淌一样，照旧一涝就决堤。可知那一干人都是当面欺君！"皇帝说到此处，面目愈觉严峻，问道，"这件事顶顶要紧，你看谁去最好？"

"京畿是国本，皇父耳提面命屡有教训，臣欲亲往，只是没有先例，不敢妄奏。"

皇帝早有此想，也知道他所说的，是除了领兵打仗、祭祀行礼之外，没有宗室亲王独个出京办政事的先例，遂开怀笑道："皇父连年巡视京畿，检阅营伍，体察民情，我原该亦步亦趋才是。可现在出京不便，本想叫你代我去，只恐你的身子弱，数九寒冬的受不了这份操劳。既然贤弟当仁不让，那就再好不过，还拘什么例。"说罢又看了看蒋廷锡道，"你们是商量好了同去？"

"是，正要请旨。"

皇帝素知他们一搭一档相处得好，且蒋廷锡早年在南书房时，亦常随先帝巡视河工，故而有此一请。可略一思量却摆手道："部里的事也要紧，况且——咳，就先说了你们也不会泄露，明年会试想点了他的大主考，那还是不出去的好。"

蒋廷锡闻言心下大喜，忙伏地叩谢。允祥也替他高兴，自然改口笑道："那还得皇上另赏个得力大臣帮衬才好。"

"就朱轼罢，他是乡里的秀才，做知县的出身，下情最熟，不会叫人蒙哄。再叫他从翰林院里挑两个明白人同去，历练些办河务的人材。"皇帝说定了此事，心里踏实不少，转脸又向蒋廷锡道，"你们部里先拟一道本递上来，就从天津截漕十万石，挑颗圆粒大的，或发赈或平粜，交给直隶总督分派，所有使费，户部先奏先销，不许耽搁。至于王子何时去，等钦天监看了日子再说。"

蒋廷锡应声一诺，自先跪安退去。皇帝松泛了身子，方对允祥道：

"昨儿年羹尧到京，你晓得罢？"

"是，今儿一早正瞧见拉锡。"

"先前各地督抚大臣的本章，年羹尧的回奏，还有刑部所审的许多口供，都已经发到内阁，等九卿再会议过，这差不离了。"

"是，臣先同朱轼从容计议，等着九卿会议过了，再出京去。不过，怕就不能陪着皇上过年。"

"你先去看看灾情，其他的事不急，年还是回来过得好。"皇帝的声音很沉闷，这几年他们兄弟事事倚仗惯了，赶上这样紧关节要时候，却不能一处商议，心里颇没有着落。允祥无可安慰，也只好连连答应了，又笑问道："才皇上那样的兴致，是为什么事？"

"不说也罢，叫你笑话童心未泯。"皇帝听这一问，不由大乐起来，嘴里说着不说，到底又忍不住，一手拍腿笑道，"你才见高其倬什么样？"

"像是遭了劫，连句话也没有就赶着出去。"

"这都是李卫的手段！"皇帝洋洋得意，边抽出一件折子递过去，边把方才的所为绘声绘色讲了一遍。允祥一下子嘴张得老大，想想高其倬丢魂落魄、受惊小媳妇的模样，就再顾不得什么君前失仪，也自笑成一团。

一应公干完毕，允祥打轿回府去，更衣吃茶稍歇片刻，便吩咐人道："去知会福晋一声，就说我要出外差，一两个月的光景。请她把贴身的东西拾掇出来。"传话的人入内未久，就有福晋跟前的使女同来回道："福晋留客用晚点，请王爷稍待。"

"什么客留这么晚？"允祥抬眼看看自鸣钟，已经过了申时，心里颇觉诧异。怡亲王福晋生产刚出了月子，她已是近四十岁的人，唯恐产后调理不周，所以近来十分小心，每天早食早睡，即便见客，亦不过午，不知今日何以破例。允祥这边随口一问，那丫头倒生出许多兴头，笑嘻嘻禀道："是新任闽浙高总督的太太，福晋爱她会说话，十分待见。"

允祥想起高其倬的窘态不觉莞尔，先打发了使女回去，待天色渐暗，才慢悠悠进了内院。福晋头戴貂皮抹额迎出来，抚鬓笑道："下晌有客来，耽误王爷的事了。"

"那倒不要紧，只怕你太劳乏了。"允祥进内落座，就见炕桌上放着一张精致拜帖，外书"妾高蔡氏端肃敛衽拜"，内则一笔端秀小楷，词藻工致，看得允祥连连颔首道："果然是位才女。"

"何止才女，还最晓事，模样更不消说，三十来岁的人，倒像二十五六岁似的。"福晋斜倚在炕桌上，一面称赞蔡琬，一面掩口笑着打听，"不知那位高总督的人物怎么样？跟这个妙人儿般不般配？"

允祥原本接了热奶茶要喝，乍听这话，手一抖，半烫的汁水就溅出来滚在手上，吓得捧碗使女"哎哟"一声，忙跪下请罪。允祥心绪甚好，也不责怪她，先擦了擦手，而后笑模笑样，连比带画，说书先生一般，将高其倬如何年老近视、如何精光四射、如何胸前有疣、如何叫皇帝勾结了李卫当殿验看诸事，一一道来。他惯来的好口才，内阃闺房之中，也曾挥洒调笑，只如今年长位尊，愈重规矩体统，就少了这般举动。一旁伺候的大小仆妇丫头，从不见他如此诙谐，一时眼界大开，都用帕子捂嘴笑得颠三倒四。福晋靠在一旁，更是手按着肋骨痛笑不止，若不说是皇帝做的，早就要笑骂这欺人太甚的促狭鬼儿。待他说完，众人又笑一阵。福晋则不免啧啧叹道："好可怜见的美人儿，怎么就嫁了个老头子！"

"诶，话不是这么说，高章之可是二十不到就选翰林，蔡家罪臣之后，当年也算高攀。"

"这样出众的闺秀，必定是好家教，怎么又成了罪臣？"一众女人叫允祥说得兴起，连捧茶捶腿的小丫头也伸着脖子傻乐。福晋一个多月闷在屋里，正不耐烦，这会儿精神甚健，一意拉着他再说。允祥挨不过她苦求，便将当年蔡毓荣与国舅佟国维结怨、获罪发遣的旧事随口说了几句，末了又道："我生得晚，不过听宫中混传，说当年皇父见押来的吴三桂内眷里有个叫四面观音的是绝色，就问：'像你这般颜色，吴邸还有么？'那女人回说：'另有一个八面观音，强我十倍。'八面观音从此就得了大名。你见的高家太太是她亲生，容貌自不必说。"

福晋听戏文一样叹两声："可惜了功臣成罪臣，要是没有家变，很该配个年貌相当的才子，就是小尹那样的最好。"

"要不是罪臣，少不得大挑记名。"允祥说着话，又拿起那拜帖看了看，也隐约倾慕起高夫人的才貌来。但他嘴角才微微一翘，福晋就看个正着，当即揶揄笑道："看她的年纪，就算选秀大挑，也挑不到王爷跟前了。"

"这也太没正经，人家是大臣的内眷！"允祥叫她说得脸红，再看一旁丫头们俱都窃笑难掩，不免干嗽嗔怪，又正颜道，"我同高总督没有交情，他夫人来见你，为什么缘故？"

"说是有旨点了她作立后大典的引导女官，和我来请教。我说这倒不巧，我刚出了月子，大典上能成礼就不易了，怕帮不上别的忙。不过也劝她放宽心，皇后主子最厚道，从不肯难为人。"

允祥闻言心里一动，只说他的四兄真好城府，竟将蔡氏捧得如此之高，遂微笑点头道："那倒是很体面。"

福晋哪知道这许多内情，只按着自己的肚子笑道："一个多月没出门，也该去见见风，不然都生了虫了。我才答应她，明儿也进宫去，带她一起拜见皇后。"

"也好，你替我请皇后的安。不过——要是那位才女子问起年家的事，你可得小心敷衍。"

说来高其倬和允祥原无交道，高夫人前来，是出于乃兄蔡珽的托付。蔡季玉从小没有父母，一切教养、择嫁，都是蔡珽一手操办，所以视兄如父，情谊最为笃厚。当日高其倬入宫觐见，季玉便回娘家看望兄嫂。开头各道思念不提，说着说着，就说起上年蔡珽在四川，如何叫年羹尧排挤参奏，如何入狱，如何枷锁进京，如何抄没家产，如何担惊受怕的事来。一边说，一边自然免不了伤情哭泣。

蔡珽素知妹妹不是寻常女子，不但高家的家事可以全担，就总督衙门的公事，十成里亦可决其五六，所以就将自己与年羹尧的过节一一道来，说到动情处，不免涕泗交流道："要不是皇上隆恩，洞察年羹尧有大逆之心，当殿把我赦出来，咱们兄妹就再无相见之日了。"

季玉性虽刚毅，听着兄嫂受苦，岂有不心疼之理。且她幼年曾遭家变，最怕想那妇哭孩啼、披枷戴锁的惨状。再者年羹尧统领大兵、节制四省时节，高其倬名义上虽是云贵两省的长官，实则也要听他调遣。二人同为总督，年羹尧却事事居高临下，高其倬是宽厚人，倒还不觉怎么，季玉惯来争强，每每就要生气。几下里凑在一处，叫她如何能不怨恨年氏？是以边拿帕子擦着眼泪，边咬了银牙怒道："果然天子圣明，不叫咱们家又遭人的陷害。"

蔡珽一行哭罢，又破颜笑道："好在一片乌云散尽，愚兄也有出头之日。这回章之也改了闽浙要缺，父亲地下有知，必定替咱们欢喜。"

一家人正说着话，就听外头管事家人来报，说姑老爷府里来人，有要紧事回禀姑奶奶。待高府家人进内，先满面春风朝上磕了两个头，方道："才老爷进宫领了旨回家，说万岁爷金口玉言夸奖老爷、舅老爷办差勤慎。又说过两天册立皇后大典，钦点了太太掌管皇后跟前一应礼仪。特来向舅老爷报喜，也请太太早些回府，一同商量。"

蔡珽闻言，自然大喜过望，忙命人排下家宴庆贺。三杯饮过，季玉就要拜辞。蔡珽知道她心急，也不肯多留，只嘱咐道："贤妹这回入宫，一来襄办大典要紧，二来愚兄有事，还需你帮着打听。"

"什么？"

"一是年贵妃如今的圣眷怎么样，二是怡亲王于年案到底是何意见。"

"贵妃的圣眷，入宫自然就有风闻。怡亲王那里哥哥身为大臣尚且不知道，宫人怎么会知道呢？"饶是季玉聪明，到底摇头不解。却见其兄诡秘一笑，向东指道："妹妹入宫谒见凤驾前，先到王府去讨福晋的欢喜，有些话，日后就好说了。"

到了进宫之日，季玉一早按品大妆，先乘了小轿，带着四个仆妇，到神武门等候。过了小半个时辰，才见东边怡亲王福晋的暖轿前呼后拥缓缓而来。待会齐了，又乘轿到了贞顺门外，随后同往皇后居住的钟粹宫走去。福晋是顶有脸面的人，钟粹宫既得了她来的信，便有管事宫女先候在东二长街，迎着笑道："小半年没见，奴才们借着小阿哥讨赏呢！"

怡亲王福晋四十得子，宗亲里早传为佳话，她自己亦深为自矜。这会儿听见宫人奉承，心里自然高兴，偏脸往后头一看，就有跟随的使女拿出赏钱，宫人们各说了许多道谢的好话。又瞧见一个从未谋面的娴静美人儿站在福晋身后，遂有为首的大宫女目视笑问："这位太太倒没见过，敢是您的妹子么？"

"好巧嘴，我哪又冒出这么俊的妹子来！这是高总督的太太、蔡尚书的妹子，赶明儿主子的大礼，就是她的引导，你们瞧着可好？"

"敢情好！正是万岁爷记挂我们主子的体面！"

"总得比翊坤宫的体面才好。"几个宫人一连声称赞季玉，不合有一个嘴快的，就说出与贵妃攀比的话来。怡亲王福晋全似没听见，只拉着为首的闲问皇后起居，一路说说笑笑，进了钟粹宫的院子。季玉因是初来，只在外面等候。福晋进去行过礼，又替怡亲王问了安。皇后站起来含笑答应着，又走到跟前用手按住她的腰身，环视众宫人道："看看，这都第几胎了，还这么苗条！"

福晋见众人叽叽嘎嘎笑成一团，自然也红着脸笑起来，先说了几句小阿哥平安托福的吉祥话，又说自己带了钦点的大典女官来，是闽浙总督的诰命，正在外头等候懿旨。

"哦！就是那个观音——"皇后张口就要说出"八面观音"来，叫福晋轻轻一嗽，才掩口笑道："这可是个有名的人，快叫进来我瞧瞧。"

一时就有宫人引着蔡季玉进来。因是初次觐见，她故而行全了跪拜大礼，又依着皇后的话向前走了两步，稍一抬头，便露出新月眉、杏核眼、樱桃唇，显出格外的秀丽。更难得的是举手投足神清气定，全没有寻常命妇初来乍到的局促。皇后将她上下打量了两回，就不住称赏道："难怪人说，还真是大家气象。"

第一眼看得投缘，后头的话自然好说，何况蔡季玉是最见世面的女子，要论眉高眼低、接谈应对，就是仕宦短些的男子也断不能及。是以不大工夫，便使皇后再不拿她作外人看待；又为说话便宜，就命人赐了座位。季玉几回推说不敢，到底却不过，只好斜签着坐在怡亲王福晋下头。

一行用过午膳，皇后叫季玉先送福晋出宫，再回来学习规矩。二人一路又说起册封大典诸事，季玉便问妃嫔公主们行礼的仪注，又特意提起年贵妃来。福晋因有预备，几次避而不答，待送至贞顺门，就自上轿回府不提。

季玉送了福晋，又往钟粹宫返。不料尚未进得院门，就听影壁墙后头两个小宫女偷闲聊天。一个人兴冲冲的，说起皇后宫里来的总督太太如何俊俏，又有学问，描得绘声绘色，像她亲眼看见一般。另一个先不应声，末了却搭腔道："这有什么，才给我们姑姑拿帕子时瞧见，美是美，可眼角里都透着瞧不起人。就算是总督太太，在宫里也不顶什么，何苦傲得这样？要说有才，还能比得过贵妃娘娘？要我看，就论美，也比不上。"

蔡季玉自出娘胎，就无人不夸她美，待至长成，又有文姬、道韫之名传布士林。于归高氏不几年，就随夫外任，主政一方，那一省文武官绅的内眷，自然逢迎推戴唯恐不及，何曾有人另置异词。故而她的自视极高，面上虽有礼貌，内里从不作让人之想。乍听这样的议论，心中不免冷笑，暗想那年贵妃不知何样的佳人，值得这样吹捧，早晚也要见识见识。

转眼离册后大典只有四五天光景，眼见出宫之日将近，季玉受了其兄托付，却未得时机去见贵妃，不免有些心急。这一天正陪皇后在御花园散步闲谈，忽然得了一个主意，便上前道："主子宫里的各款各目都已经预备妥当，倒是各宫妃嫔受册宝，和向皇上、皇后行礼的事，主子也要有底数才好。"

皇后这几天处下来，深感季玉虑事周详，心里格外看重。听她一说，就停下步子笑道："这些事外头有礼部安排，里头有内务府布置，各有各的例，原不犯着咱们操心。"

"衙门归衙门，例归例，虽说各有执掌，可主子到底是中宫呢。"季玉穿一身新做的猞猁狲松花缎面小皮袄，在残雪装点的御花园里，显得格外光彩照人。此时粉面含笑，斜侧里虚搀着皇后，满是贴心贴意地低语道："若在别处，这些事件件都要当家太太来管。这会子朝廷虽替主子省心，到底也要问问，才显主子的体制尊贵。"

"有你这样的太太，高总督真是福气！"皇后叫她捧得高兴，轻轻一拍她的手背笑道，"我一贯怕麻烦图省事，可没有你这样精细。可你说得也在理，别处不说，单就翊坤宫，还怕她的身子受不来呢。也好，别的宫里另叫人去问问。翊坤宫那里，就辛苦你去罢。"

第五十七章

营田

　　且说贵妃自那日大病一场，就再没见过皇帝，连福惠阿哥也不再来，说是怕吵吵闹闹的，耽误她养病。她晓得皇帝不肯相见，是不愿意提及年羹尧的事，又盼望自己绝娘家而亲君上，安生做个贤妻良母。可父兄之情，哪是说割舍就能割舍的；她连丧二子一女，膝下只有福惠一个娇儿，近在咫尺却不能见，怎不似剜去心头肉一样难过。每日里空洞洞睁着两眼，由昼及夜，由夜及昼，越发水米少进，形销骨立。见她这样难受，夏天儿几个只好轮番相劝，说："咱们二舅爷如今再指不上别人，唯有主子您，还能一靠。"贵妃听着这话，不过苦笑，心知皇帝心冰意铁，再不能改变，只是深感众人的好意，勉强听从将养而已。

　　一气养了月余，仗着年轻，又有好医好药，总算能够行动不要人扶；且因时近大典，又有许多仪注要学习，便渐渐地有心旁骛，不再苦想家事。宫人们见此，自然都很欢喜，正琢磨如何引着皇帝来解她心里的扣子。就见一个养心殿的首领太监把个封条裹住的首饰匣子交来，又传话道："这是杭州抄出来的贵妃娘娘的东西，请主子收好了。"贵妃拆开一看，正是昔日赠与侄女的嫁妆。她冰雪聪明的人，一见此物，登时勘透了，一注泪水倾泻而出，任谁也劝说不住。

　　又郁郁寡欢了几天，就听报说皇后遣人来看。贵妃先要亲迎，却叫夏天儿拦住，自己走到宫门外向季玉道："我们主子实在欠安怕风，请您进去说话，或是由我代为答应可成么？"

　　"那就劳烦姑娘。"季玉含笑点一点头，先问了几句翊坤宫预备大礼的话，夏天儿一一答对无误。不想季玉又问："现在贵妃连皇后娘娘几句懿旨也不能听，大典怕是也不能成礼？"

夏天儿叫她问得语塞。季玉却不理会，另从小宫女手里取过一张洒金拜帖来，笑着交与夏天儿道："外官愚妇，久慕娘娘淑德懿范，原有请教之心。既然尊体欠安，也不敢搅扰，还望姑娘代为请安。"说罢蹲身一礼，就要回去。夏天儿也是个伶俐姑娘，听她这几句场面话，虽挑不出毛病，可总觉得和旁人大不一样。她回过神来正要以礼相送，就见里头急匆匆跑出一个小宫女来，看着季玉问道："请问这位太太，是高总督的夫人不是？"

"正是。"

"我们主子说，久仰太太的芳名，请进去说话。"小丫头背书般说了这句话，就同夏天儿一起，引着季玉进到贵妃起居的后殿。待贵妃先问过皇后的安，季玉便移到下首款款而拜。拜罢抬头去看，只见眼前的年贵妃印堂晦暗，眼圈红肿，一身素缎弱不胜衣，实在是久病缠绵之相；只是眉宇间仍有一股安详温柔，不减闺秀气象。贵妃命宫人等拾掇茶点，又向季玉笑道："多礼了，请坐下说话。夫人贤名远播，我早就想一睹尊颜，今天十分有幸。"

季玉见着贵妃真面，就道那背后论人的小宫女何其糊涂，这样一个病秧子，何以说得上美来？推而论之，以色侍人者，色衰而爱弛，那李夫人倾国之姿，膏肓之日，尚不敢使孝武皇帝见她的面目，又何况如今的年贵妃。她心里想着，脸上却仍带出恭敬的笑意，逊谢道："臣妾幼失怙恃，又流离边地，不过随同兄长识两个字而已，娘娘谬赞了。"

"夫人也太过谦了。夫人诗文雄健，不让须眉，凡是闺阁里念过书的，人人都要称赞。"贵妃与季玉年纪相仿，又同在汉军旗下，所以早见过她的诗作，且知她自幼游历四方，心里暗自羡慕，只说自己及笄之年就嫁给雍亲王，朱门一入深似海，再也没有这样的见识。此际见着季玉本人，贵妃确是真心喜悦，边说着话，就叫人从暖阁里捧出一个锦匣来，亲手打开，尽是些带墨迹的花笺。贵妃略翻了翻，就从中取出一张，笑道："这些年闲来无事，抄录了历代闺阁诗文赏玩，或是教读公主格格，其中就有夫人的大作。"说罢将笺纸递给夏天儿，命她拿给季玉去看。夏天儿原不喜季玉高傲，见贵妃面露欢喜，如遇知音，也不觉改了成见，笑嘻嘻拿着走到季玉跟前。她正要说几句讨喜的话，却见季玉将那墨迹一扫，当即就沉下脸来。

笺上所抄的是一首七律，名叫《关锁岭》，诗曰："山从绝域势遥分，天限西南自昔闻。烽静戍楼狐上屋，风喧古木鹤惊群。横盘石磴危通马，深锁雄关冷护云。叱驭升平犹觉险，挥戈谁忆旧将军。"

此诗虽是季玉随高其倬入滇途中所作，实喻昔年平三藩时，其父蔡毓荣挥师南下的气魄。季玉幼时即遭家变，一门老小获罪出滇，途中父亲听她哭闹，就亲自抱着她，给她讲解沿途的山川关隘，哪里曾屯过兵，哪里曾打过仗，说着说着，就将她的哭声止住，甚至笑着去摆弄父亲项上的铁链。直到懂事之后，那一种山水迢迢的艰辛，前路渺渺的焦灼，才又从脑海中翻出，成了她不能抹去的痛楚。而将这半生的大喜大悲、心旌难平抛洒出来，便成就了她的诗情与志业。今在深宫中见着此诗，又想起兄长蔡珽与年羹尧的仇隙，并他被逮出川时的狼狈，季玉心中即大不悦，但又碍于身份不能发作，遂低垂着眼睑，淡然道："自古文章憎命达，好搜罗的却是富贵人。臣妾这一写，娘娘这一抄，就见着命里的天渊之别。"

贵妃素日仰慕季玉的清才，虽无缘相见，却暗地里推为知己。她今天原本身乏力怯，懒于待客，可一想着是季玉来，就命人请来相见。不想才一说话，就看出季玉的冷淡，再谈诗时，竟然变颜变色。贵妃并不知道蔡家的旧事，只隐隐听人议论过年羹尧和蔡珽的争斗，方才忘了这一节，现在想起，便自觉失口。她正思量如何弥缝，季玉又徐徐道："若说境遇，先父与贵妃的令兄，倒很相像。先父当年统大兵、临绝域，收复再造之功，并不下于年大将军。到头得罪了贵戚，也不过如此。娘娘朱门秀户中玩赏此诗，赏的是岭外风光、山川奇绝，怎知臣妾吟时，想的是功臣难为、家亡人散呢。"

季玉话说至此，就见贵妃的面色惨白，抖如筛糠，她心中顿时涌上许多古怪的念头，不知是称意还是怅惘。那厢夏天儿虽不明白她题中之意，却很气她的咄咄逼人，又见贵妃瘫坐炕上，遂自作主张道："夫人不知道上头是贵妃娘娘么？"

"多嘴——"贵妃先嗔怪了夏天儿一句，又看看站起来敛衽告罪的季玉，斟酌良久方道，"夫人的见识甚高，家祸从自取，全在不知前鉴上头。我虽不问外事，也知令兄蔡大人现在圣眷最优，还望能以家兄为鉴。"

"臣妾谢娘娘的教诲。"季玉心里冷笑着拜辞而去。贵妃目送她出去，眼泪就又涌出来。夏天儿一面安抚，一面朝外头狠狠啐道："又是一个势利眼，必定闻着风说主子不得意了，才傲得这样！"

"那你也太看低她了。"贵妃苦笑着止住泪，再将《关锁岭》的诗

425

句念了几遍，又拿起那退回的镯子摩挲叹道，"要说高夫人的阅历，实在让人佩服，我家的丫头能去学她倒好。别像我这样，生有恨而死不能。"

这一边贵妃嗟生嗟死，那边季玉回到钟粹宫，便向皇后回禀，说贵妃病体衰弱，怕不能躬行大礼。皇后听着有理，就将此事告诉皇帝，皇帝亦恐贵妃病中过于操劳，遂将她的仪注都免去不用。如此一来，那知道内情的也还罢了，一应不知情的外官，就愈发觉出年家的麻烦来。

这一日立后颁诏大典，王公百官来得齐全，凡属在京，全无旷班。至大礼行毕，礼部引班依次而退，先则循循有序，待退至太和门外，打头的诸王贝勒就各自寻轿觅马、招呼奴仆，后头的大臣们也七言八语，热闹开来。尚书班中以蔡珽为首，一身簇新的朝服披领，端的精神抖擞，意气飞扬。他如今身兼九项大差，在京的吏、兵二部，都察院、八旗，都是紧要所在，何况还遥领直督，为封疆首脑，实有开国以来少见的威风。朝野上下都传他不日入阁，将拜首辅。所以凡他在哪里一站，未待开言，便有许多人半真半假凑上来，或问好，或闲谈，说着说着，就议论起年案的事来。

蔡珽心里恨不得将年家满门抄斩才好，见此际人多，就愈发要显自己的主见，遂同来问的人高声论道："需得照谋大逆的例，父兄子弟并论死罪。"他此话一出，远近众人或与年家有旧怨、或曲意讨好的，自然附和响应；那事不干己，或是谨慎老成的，也不便出言违逆，不过一哂而已。唯有一个好管闲事的副都统叫傅鼐，听见是说年案，迈开大步就往前凑。此人是从小侍奉今上的潜邸旧人，性情与法海相似，最好抢白兴头上的人，会议时连允祥也敢顶撞。旁人知他底细不肯计较，皇帝念着旧情也懒得多问，是以越发显得他快言多语，与众不同。他看蔡珽睥视百官，凤毛麇翅，已经厌恶日久，这会儿又见他洋洋得意，侃侃而谈，就特意要去刁难。先站在众人后面不响，待听他说出"不但该斩全家，连附逆之党也该重治"时，倏尔高声嚷道："我看圣心没这个意思！"

"是阁峰兄。"蔡珽原本背对着他，听见身后的响动先要变脸，等转过身见是傅鼐，也只好将气收回几分。他知道傅鼐在潜邸时与年羹尧不和睦，遂不妨着是他来说话，一时语塞，半晌才笑道："阁峰兄侍奉圣驾最早，还请指教指教。"

426

"指教不敢。皇上是佛祖样慈悲的圣主，一定不肯株连不相干的人。"傅鼐一向倨傲，比蔡珽的声调还高上两层楼。蔡珽不想和他斗口，可面子又挂不住，只好冷笑道："年羹尧是谋大逆的罪，律有明文，说不上株连二字。何况他罪戾至此，自然有父兄不行教导、子弟怂恿撺掇的缘故。他的逆产几辈子吃用不尽，难道没有亲戚故旧一起受用？"蔡珽身材高大，眼睛又尖，这边和傅鼐口说手比；又见道旁大学士朱轼正走过来，忙一口叫住，分开人群过去道："中堂稍待，有事请教。"

朱轼此时逆众而行，正要往内廷走，且一路和人说话，原没理会这里的吵嚷。即见蔡珽招呼，也只得站住脚，和同行的官员交代两句，才缓步过来，向蔡珽询问缘故。

蔡珽先说了原委，又道："相国先在会考府辅佐怡亲王稽查亏空，曾有抄没家产还不能还的，令其父子兄弟帮还，不帮者一体抄没的话，深蒙圣意嘉许。您给评一评，钱粮赔补尚且有父债子偿、兄欠弟还一说，何况是神奸巨蠹的家属呢。"

"这是大事，该廷议上各抒己见，怎好大路当间争执起来。"朱轼叫蔡珽一说，已经心如明镜，及见傅鼐酸脸要争，忙摆手止住。几个人正在这里纠缠，就见一个中年太监匆匆走来，对着朱轼打个千儿道："请老中堂这就带着陈翰林到值房去，王爷已经到了。"

说来朱轼大典完毕，原要带一个精于水利的门生来去应允祥之邀，谈畿辅赈济修河的事。此人姓陈名仪，字子翔，顺天府文安县人，现任翰林院侍读学士。文安是京东三府十州县的咽喉，却因地在九河下梢而水患连年，百姓久在汪洋苦毒之中。陈仪少居乡里，除了读经书、作八股之外，喜好讲求经世致用之学，尤精历代河渠、水利之书。他二十几岁就中了举人，可惜运塞时乖，淹滞不前，只好留在家乡修纂县志。文安知县赏识他的志向，遂接济银钱，供他遍走本县并顺天、津门各处河湖淀泊，察勘海河一脉的水土形势。继而乘一叶扁舟，上下求索，游历京东、京南各府州县，于直隶水系的脉络、灌注及壅塞、溃决根由，都了如指掌。

一晃到了四十六岁，陈仪的大运又渐次起来，先中了进士，再选为翰林院庶吉士。因他的文采甚好，且能洞彻世情，言之有物，故而颇得翰林院掌院朱轼的赏识。朱轼从州县起家，最爱留心时务的人才，是以一经接谈，便生知己之感。见他自叹年过半百，衰老无用，就勉励道："先生有济世之才，宜自珍重待时。"

恰前日有旨，让朱轼和允祥一起到直隶赈灾，并勘查畿辅水利、朱轼当即就将陈仪的职名履历说出来。待允祥欢喜要见，朱轼却又道："可惜他职衔太小，怕不便辅佐朱邸。"允祥知道这是央他保举之意，遂笑道："中堂放心，是真能吏，我自然有话说。"

两人约好了大典之后到隆宗门值房去见，不想半道叫蔡珽等人绊住脚。好不容易走脱了，待到内值房，隔窗见允祥已经换了便服，正坐在炕上看书。引导的太监进内说声朱中堂到了，允祥便站起来。太监打帘说一声请，朱轼先自己进去，待要屈身行礼，已叫允祥扶住，见他仍旧一身朝服，不免诧异问道："中堂这么大工夫还不得换衣裳？"

朱轼没奈何，将方才的事说了，末了摇头道："蔡若璞的气势太盛了。"

"难为他走这个时运，也是天上有地下无。"允祥先讥诮一句，又呵呵笑道，"咱们到直隶去，还有跟他打交道的日子呢。先不说他，那位陈翰林怎么不见？"及听说尚在候命，就先叫人预备座椅新茗，才说一个请字。

陈仪本是乡间书生，入仕后虽有名望，交际往来的也尽是翰林文士、年兄戚弟，于宗王贵胄从无交道。何况允祥自雍正元年清缴亏空起，就在官场中得了个精明严厉的名声，没见过的人，无不惧其威势。是以陈仪在外等候时心里就十分局促，低着头刚迈过门槛，就自报职名，长跪问安。

允祥听他声音颤抖，晓得是心里惶恐，自微笑颔首，说声"不必多礼，请坐下说话"，再将手一让，就有太监过来搀扶。陈仪听他言辞和蔼，心中稍定了定；又不免有些好奇，待抬头看时，就见前头一个四十岁不到的清俊男子，身着缎面紫貂皮袍，正满面含笑瞧着他。遂又低头一揖道："殿下在座，小臣岂敢有座？"

"诶，往后朝夕相见，翰林这样拘谨，咱们都要别扭。"允祥边止住他的辞谢，边上下将他打量一番。陈仪年齿五十五岁，却因多年探寻河源、舟车劳顿，就显得老相，倒有六十来岁样子，尤其一双手青筋外现，全不似读书人的细腻。不过他的精神健旺，目光沉毅，是极有定见的样子。允祥暗自说声不俗，又朝朱轼一点头，即入正题道："朱相推许先生是济世之才，在京畿河渠水利上头更有高见，所以请你来教我。"

"不敢，不敢。"

"今年夏秋的雨水大，河湖泛滥，淹了直隶七十多个州县。有旨叫我和朱相去发赈治河，抚绥百姓，请教先生，直隶治河要从哪里着手？"

"朱子云，治河当从低处入手。"

"怎么说？"

"就京东说，天津是百川归海之处，夏秋雨水一多，南北两运河、东西两淀，都要漫堤。诸水汇聚天津，加上海潮倒涌，难以宣泄，自然泛滥成灾。所以加固河堤之类，不过权宜之计，要紧的是在开宽入海之口，更要紧是减少入海之水。"

"入海之水是怎样减法？我想京畿少雨，滴水如油，入海水多，实在可惜，可有变害为利灌溉沃野的办法么？"

"水聚则为害，分则为利；变则为害，疏则为利。南方人争水如金，北方人畏水如仇，实在是不能用水的缘故。若能在广袤旱田间探掘无数沟渠，直通河流，一河之水散于百沟，一沟之水散于千亩，灌溉田园，就直隶来说，现在这些水怕还大大地不够用，哪里还能漫堤为害、堵塞漕路、泛滥海口？只是各府州县力量微薄，要动这样的大工，必得由朝廷亲自主持，发国帑兴办。"陈仪初来时举止惶恐，待说到自家通明的学问，就半点拘谨全无，虽身在宫禁之深，眼前却有山川之阔，只觉双目炯炯，言之凿凿。

允祥早年随先帝巡查京畿永定、子牙等河数十次，虽多走马观花，可他是凡事仔细留心的人，眼见直隶官员年年请款修堤，河堤却屡修屡溃，就知道是河道、地方两重蒙蔽，将修堤筑坝做个致富门径的缘故。现听陈仪说得情理通顺，又与众不同，且确是从游历察勘中来，并非纸上谈兵之说，不觉倾身向前听得入神。他正在边听边想，就见旁坐的朱轼又问："依子翔的高见，若要兴工，是怎样的兴法？"

"水高于地的地方开沟灌溉，水与地平的地方抬高水位灌溉，水低于地的地方用水车灌溉。再筑坝以防雨水积聚，建闸洞以备蓄积排泄。高田种大豆粟米，洼田种稻米。初夏借河淀之水育好稻秧，到插秧时正值雨季，洼田里的水稻自然不旱。要是高田的雨大，就向稻田泄水，两相调剂，可以变害为利，不愁稻粳菽粟不能大收。"

"这样说来，治河之本，是在营田了？"

"正是。"

"依先生所言，可得一个辇下江南！"允祥听得大为欢喜，当即站起来，指着陈仪回顾朱轼道，"读书明理，空作了寻章摘句学问有什么意思，必得像子翔先生这样，才配得上士大夫三个字。"说罢不等陈仪谦辞，便上前执手道，"我和先生相见太晚，这次多亏了朱相。不知道先生的尊府在城里哪一处，要是得便，还望搬到交辉园暂住几天，替我好生写一道请开水利营田的本章。我也要找一个时机，将先生引荐到御前去。"

第五十八章

巡畿

　　这一年天冷得很早，到十月中，京师内外已经连下了几场大雪。地铺白毡、檐挂冰柱，把四九城都换了白茫茫世界。皇帝素来爱雪，只是那"六出飞花入户时，坐看青竹变琼枝"的美景，在紫禁城的广厦低屋、砖头瓦块中看不出十分好来，所以立后大典一过，即刻就移驾到圆明园去，一切公私应奏之事，也随至离宫办理。所以允祥、朱轼将水利诸务一应筹划完毕，也同到圆明园陛辞请训，以为三日后起行准备。

　　二人才一进园，就有御前太监笑呵呵迎出来道："万岁爷在湖边儿看跑冰呢，叫王爷和中堂过去说话。"允祥瞧他是特意等自己的意思，就顺手从荷包里取出一块银锭子丢过去，边跟着他沿湖往九洲清晏处走。

　　满洲发于白山黑水之间，冬日里向有跑冰的习俗，既可作嬉戏之乐，又当是演武之法。入关后时至三九，皇帝也要亲临太液池，看八旗将士跑冰。凡受阅军校，都按旗色分在两翼，身穿马褂，背插小旗，依次在冰上滑行，变换队列。另拣选身强力壮、善于冰戏者，或射箭，或击球，竞技争先，花样百出。这是军中大典，暂且不论，先帝闲暇无事时，也常在三海、御苑看亲近侍卫作冰上之戏。今上不如先帝好动，即位以来尚不曾行过此事，所以连允祥也诧异他今天的兴致。

　　冰封的后湖湖面已经结结实实冻成一块白地，北面岸上大张伞盖，下设半个屋子大的花梨木托床，黄油彩漆，云龙暗纹，高丽木的御座并圆盘帽架、抽筒痰盂等都置其上，显得舒适惬意。皇帝坐在御座上，一旁侍立着领侍卫内大臣马尔赛并一众近御武臣。湖上插着黄色的大纛龙旗，前面设一高门，门上设一球，称为天球；门下设一球，称为地球。更远的冰面上，几十个年轻侍卫持弓插箭，穿着带铁齿的乌拉滑子，十人一队，手持弓矢，在冰上雁翅排列，如游龙般滑行。待滑到门前，便张弓去射，先射天球，后射地球，白羽纷落，煞是漂亮。这会儿大约是皇帝欢喜，说了什么夸赞的话，冰面上的侍卫们欢呼鼓噪，得意非常。允祥在先帝时见多了这些玩乐的办法，见朱轼看得目不暇接，便给他解说："这叫转龙射球，人少没什么瞧处，等大阅八旗再看，要百十人成队齐射，才显得威武气派。"

二人说着就走到拖床御座前。待行过礼，皇帝就指着冰面上的健儿向允祥笑道："怎么样？你这打老虎的，还敢去试试身手么？"见允祥摆手连称"老矣"，又道："那你出去也不要逞能，冰天雪地河湖港汊，跌打损伤不是玩的。"

几个人又说笑了一阵，皇帝方换了正色道："折子已经看过了，道理很明晰。不过京畿水利前朝也举行过多次，总是因人成事、人去政息的多，所以还要嘱咐你们，毋欲速，毋惜费，毋听浮议。"

"请皇上赐教。"

"看你们的折子，是有毕其功于一役的意思。可欲速则不达，贤弟年轻，筹划妥帖从容行事，十年八年也使得。朱轼老成，需替王子把持住了。"

"臣等谨记。"

"征调民夫，使役兵丁，宁宽裕些，才能人乐为用。"皇帝说到这就笑起来，指着允祥回顾众人道，"王子自管户部就添了毛病，人一要花钱，他就心疼，还一定疑人家有亏空。"一旁近侍听着此言，俱掩口窃笑。允祥自己也哑然失笑道："是是是，不定多少人背地里骂我。"

"至于浮言么，你们这样从天而降的，地方官自然惧怕，又嫌多事，再一兴工耗帑，可说的闲话就更多了。你们当指示则指示，当赏罚则赏罚，不必顾虑，我没有不准的事。贤弟就便巡阅营伍，看看绿营将校的优劣，小处说给总督，要有可造之才，写折子来就是。"

二人听皇帝这样信任体恤，心中甚是感激，当即叩首领命。就见皇帝又指着湖上校射的众健儿道："今天得胜的侍卫，你们带十个去。贤弟代我巡视京畿，礼仪也不能太简慢了。"

三天以后，允祥和朱轼带了上百名官员、侍卫、太监、杂役、兵丁人等，离京往东南而去。若说本年夏秋的大水，也实在是一场奇灾，直隶七十余州县被水，京东、京西、京南的大川细渠，溃决泛滥者十有七八，沿岸穷民或投亲，或靠友，或乞讨，或卖儿女，由里到县、由县到府，三五相依十百相偕，成群结队，离乡背井。官府大开粥厂，乡绅解囊捐资，生怕流民衣食无着，啸聚为匪。

这场水灾不但来势汹汹，且绵延时日长，眼见诸法都不济事，灾民们便东奔西拥，向着保定、天津，乃至京城而来。皇帝连发两道上谕，先按分数蠲免了受灾各府当年的秋粮，又从在天津运河口截住南来抵京的漕粮十万石，就地散给百姓。所以允祥一行才到良乡，就见原本要进京城的灾民，现得了截漕放赈的信儿，都纷纷返乡。等到了固安再向南去，那扶老携幼之人就愈发绵延载道，因为冻饿病困倒毙途中的妇孺亦复不少。

一行人早起晚宿走了三天，就到了陈仪的家乡文安县境内。文安本是大小六十六河灌注之区，西水自霸州、保定、雄县、安州、高阳而来，南水自大城、任丘、河间而来，县境内泊淀纵横，村落田亩如在水间。放在平常年份，诸河东奔入海，尚要在此显一显威风，何况赶上这样大涝，一应堤坝尽被冲毁，树木民房随水裹挟。如今河无岸、水无渠，漫流四处，随着几场寒风，死死冻在地上。那些先逃离浊浪，现在领了赈粮回家的乡民，或刨冰挖河寻觅亲尸，或扒树掘土重建房舍，几下里哭爹喊娘、打幡出殡，叫人看着好不惨伤。这样的情形旁人尚且不忍卒睹，陈仪情关桑梓，更是一路痛哭个不住。

再向东去，就出了顺天府，来到河间府静海县地界。知府、知县早欲出境远迎，并备办各色供应之物，不想却接到总督衙门转来怡亲王的通行谕令，说："今积潦遍野，民不聊生，圣心焦劳，甚为轸念。司牧各官当以赈灾恤民为务，本府车骑所到，不得出境迎谒，尤忌供亿扰民，倘有违者，即行申饬。如有光棍奸邪假称藩邸，肆行勒索，着该管地方严加查拿，从重治罪。"府县二官不晓得这位亲王是真心不爱奉承，抑或是堂皇套话，只好提早到县境等候；又四处差人打探，若是在前的地方官都出境去迎，他们当然就去，果真有人碰了钉子，自己也好缩头。不料允祥一行来得甚快，还没等派去打听的差役回来，便有王府前导之人前来告诉，说明儿下晌王爷就到贵境。

二官听得发蒙，只得照不出境的办法迎候。次日未正时分，果见官道远处车骑如云、冠盖蔽日，心知是王驾无疑。众官朝服顶戴立于道旁，不多时，便见前引侍卫打马而过，高声问道："河间府、静海县到了吗？"

二人听他的声气不善，也不敢多言，忙出列应个"在"字。侍卫也不下马，说一句"王爷到了，叫你们过去说话"，便自趱马回队。二人闻言，忙提着袍带一路小跑上前，见迎头四匹马上各坐头戴花翎的年轻侍卫，悬弓佩刀，十分英武。随后居中一人，黄缰紫骝，行袍马褂，正是怡亲王允祥。二官顾不得群骑所过扬尘起土，忙在道旁伏跪，口称恭请圣安。允祥面沉似水，不待二人拜完便道："圣安岂是尔等墨吏随意请的？"见二人瑟瑟抬头，不明就里，又厉声问道，"你们设粥厂，是为救人，还是害命？"

说罢就有后跟的军校，带着一队七八个流民过来，各个衣衫褴褛，枯瘦无神。允祥指着这些人向静海知县道："我这一路来，就有几拨人告你，你们当面对质对质。"及见百姓惶恐不知所措，就有个机灵侍卫跳下马来，把个穿着破长衫的老秀才晃一晃道："你们有什么冤屈就说，王爷自然做主。"

其时百姓告状皆在州县，州县判得不公，则可上控，由县而府，由府而省，甚或京控叩阍告御状也是常见。另有许多家贫少资，不能离乡的苦主，常在官道通途守候，遇着上官巡视，就上前拦住轿马，呈状诉冤，时人称为"拦舆"。允祥在京时，许多京控之人打听着他的大名，就有府前顶状、半路喊冤之举，何况如今身临被灾深重之地。四野小民虽未准知他是谁，但见那金瓜黄伞、冠盖如云，也晓得来人官职大过府、县老爷。是以出京以来，沿路拦舆百姓一起接着一起，因灾而起的虽多，那婆媳不睦、邻里相争的家长里短亦复不少。幸而他早年常随先帝巡幸，这类事见得多了，遂不以为异。

这一路拦舆的饥民里，以静海县为数最多，都说家乡淹没，柴米全无，只有去县衙门设在各镇的粥厂吃赈。粥厂管事的胥吏贪图柴薪之利，将拨发的好柴拿回家去，另换了石灰块填在釜底。又勾结户房书吏，把天津拨来的上好漕粮换了糠秕下锅。糠秕本来难熟，拿石灰一烧，粥汤登时沸起。灾民饥寒难忍，顾不得许多啰嗦，几碗生糠下肚，难免肠腹涩胀，疼得满地打滚。穷民缺医少药，体弱之人禁受不住，多有暴疾而亡。

县城中颇有消息灵通之人，一面探得了何人作怪，就纠集百姓，到县衙去告。知县是个新任，一干应酬正忙，哪里顾得小民好歹，叫户书几句话对付下来，只嫌着百姓多事，随口打发出衙。家里死了人的不肯轻易罢休，才又争嚷几句，就惹得县官发怒，拖下去板子一打，落个骨断筋折。

奸吏见状愈发得意，原本还是五成米五成糠，此后竟将糠粃加到八成煮与人吃。百姓们叫天不应、叫地不灵，只得拖家带口，背井离乡他处乞食。这一干流离穷民中，也不乏几个家道贫难的秀才童生，虽然跟着乡亲逃荒，可毕竟念过书、见过官，不能全然自弃，等遇见允祥的车驾，便挺身而出，率众告状。

朱轼是久任知县的人，素来知道此等伎俩，且听一起一起喊冤的人多，遂向允祥道："静海县若真有昏官墨吏害民，王爷问得情实，不容不办。只看如何办法，要给总督留几分情面。"允祥见他说到蔡珽，便冷笑道："咱们出京十来天，蔡若璞好大架子，竟是贵步难移，连个面也不肯露。这样看，只好我去请他。"

眼见府、县二官跪于马前，那吃秕粥死了孙子的老秀才不免声泪俱下，将前情当众又说一遍；其余百姓同声一气，也都叩头不住号哭不止。直哭得允祥心头火起，鞭梢一指，问静海县道："县城粥厂，向例由正印官每天巡视。奸吏为非至此，你敢说不知道吗？"

"卑职本来在省候补，奉总督大人札委，署印不过十来天，实在不能知道。"

允祥据鞍一哼，又指河间府道："你所辖州县的粥厂，自然是你派员督察，你也是新来署印的不成？"

"卑府确是从保定奉调的新任。"河间知府期期艾艾回了一句。允祥被气得倒噎，回头向朱轼冷笑道："蔡若璞倒会用人。"

朱轼毕竟老成，只一点头，另道："可叫这一行官吏长随都跟在队后，不许私自回城。另遣人到县城四乡去看粥厂的情形，拿住以假混真的铁证。"

亲兵等依令而行，不过一日，就将静海县的户房书吏并管理粥厂的吏役尽数带来；又用几个大钵，将几处赈粥各盛一瓢，炭灰各取几撮，送到允祥跟前。因为天冷，那粥早已冻成冰坨，只有面上的渣子露出冰来，戳碎了往里一看，果然粒米不见，只有半碗糠粃。再将那炭灰找瓦匠一看，也确是石灰烧的无疑。允祥见状，即向朱轼切齿道："单就纵容墨吏污渎圣恩一条，就该先摘了静海县的顶子，至于勾连分肥没有，让他刑部去说。可既是总督委的好官，咱们也不便越俎代庖，我现在就下一个札子，叫蔡若璞河间府来见。"

蔡珽自署直隶总督，在保定坐镇的日子并不多，隔三差五就要到

435

京里去做他的九卿之首、经筵讲官。这会儿刚回到自己的一亩三分地，就接着要他速至河间府议事的信，也只好轻装简从，拨马往东。到河间府城又等了一天，才见允祥一行前来。一时城外摆队迎着，就听允祥当头问道："河间知府、静海知县，都是才委的新任？"

蔡珽听他这一问，心里就不痛快，只说你查你的河，怎么张口就管我的公事。那前任的府、县二员，都是李维钧用的人，俗话说一个将军一个令，一朝天子一朝臣，蔡珽一经上任，便拿着办赈不力说事，将他们摘印待参，另委新官。他先已风闻了静海的消息，暗自预备说辞，遂赔笑着打了个半躬道："前任办赈不力，所以摘了印。"

允祥"嗯"了一声，又说几句闲话，便同进城去。待到公馆落座，就又提起这个茬道："旧任不力摘印，新任也很不力，自然要一视同仁。"说完便自啜茶。朱轼接过腔来，将沿途所历一一讲过，末了说道："王爷本欲当场摘他的顶子，因念在是若璞兄所委，就要请你来商议。"

蔡珽心虽不乐，也只好做出义愤模样，先瞪着眼睛赤着脸，将府县二官大骂一顿。可他的心里却另有一番盘算。因想允祥满直隶转这一通，明说是为查看赈济、抚恤灾民，可单单这样的事，又何必定要他来？必定是为日后大张旗鼓兴建水利的筹划，断非一朝一夕能完。现在他刚一出京，心就如此之热，又要参府，又要罢县，待至习以为常，自己这个直隶总督哪里还有做头，不过人家的跑腿听差而已。蔡珽素来心高，凡事最喜自专，先在四川做巡抚时，就因不甘居于总督之下，才和年羹尧闹了个你死我活。如今圣眷正隆，举朝侧目，自然更不肯做个傀偏官。是以这两天辗转斟酌，想着无论如何也要先替这府县二人开脱两句，免得口子一开，以后再没有自己说话的地步。一面想着，就在座上一欠身，请将他们传进质问。

那知县是个捐班，花了许多银钱才打点出这个放赈的肥缺，哪知放屁砸了脚后跟，刚上任不到半月，就捅出天大的娄子。这几日虽未戴枷，也同囚犯一般，不过三四天工夫，就两腮凹陷，面露菜色，比那忍饥挨饿的流民也强不了几分。此刻见着总督，恍若救星临世，却不敢放声去求，只哆哆嗦嗦跪在厅中，不住向上磕头。蔡珽见他窝囊，心里实在有气，当即声色俱厉道："胥吏为非，你也眼瞎耳背？"

"卑职糊涂该死，不及分辨。"

允祥低头饮茶，眼也不抬诘道："有人告你主持分肥，还说你的缺也是贿买？"

"卑职实在冤枉，求王爷明察！"

"冤不冤枉，只有请你法司衙门去辩。"允祥并不肯多同他说话，只看着蔡珽道，"为官的不能察吏，已不堪用，要再有分肥贿买的事，合该交付重办。总督怎么说？"

蔡珽离座一揖，面上带笑道："天下的官，除了极聪明强干的，怕是十之七八都要受制于吏。至于分肥害民，既是新任，自然谈不上。王爷在京安坐时，尚且每天有人告状哀求，何况亲临这被灾之地，百姓滥闹乞恩也是情理之中。"

"喔，可见是我没经过事。"允祥听他开脱中带着轻视之意，心中大为不悦。正要将他驳回，就听朱轼在一旁正色道："贪墨赈粮是何等罪，何况还酿出人命。既有人告，就要交付法司问明。果真冤枉，日后还可以开复。岂能叫个不清白的官，玷辱了朝廷厚恤穷民的恩典？"

蔡珽叫他二人一递一句说着，心里愈发较劲，甚怪他们满口的大道理以势凌人，硬逼着自己开销属员，所以干脆站起身来，向允祥道："如今正是用人之际，再换新手，不能督责吏役也是枉然。再者朝廷办赈，向来只救垂死之民，十个里能救六七个，已经是善政。要是人人靠着吃赈饱暖，又何苦回乡种地？"

允祥听他寸步不让，心中愈加气恼，只道我今天不能令你就范，日后巡视畿甸、办理营田，哪还使得动地方官？遂将盖碗一扣撂在案上，冷声冷气道："总督一向有爱护属官的美名，蒋兴仁、程如丝的事就很明白。何况吃赈穷民十个里死了三四个，也不值什么，尤不值一个七品顶戴。是我少见多怪，多碍着总督的善政。"

蔡珽见他话锋越来越狠，连蒋、程二人的名字都提起来，心里虽极羞恼，也只得退了两退，先打了一个千儿，又站起来闷声道："王爷言重了，下官不敢承受。地方官虽有难处，可王爷是代天子巡行，论赏论罚，自可出于钧谕。"

"他们都是总督的属官，我一上来就多嘴，你日后可怎么行权呢？"允祥见蔡珽低了声气，自己也站起来，走过去一拍他的胳膊，又到那两眼猩红、呼呼直喘粗气的知县跟前，弹一弹他官帽上素金顶子。蔡珽见他满脸淡笑，只瞧着自己不言语，绷了好一会儿工夫，终归不敢闹得过僵，只得命随带的亲兵道："将他的顶子摘了，戴罪听勘。"

蔡珽先丢一阵，次日回保定的路上，越想越是生气，待至督署，也不寻众夫子商议，便将此事絮絮奏上；虽不肯明着诉委屈，到底宛转陈词，说出允祥滥接民间呈状，对地方官过于刁难的意思。末了请道："此事从前时日原迫，今更急不得。皇上若遣人暗查，倘得何处情形，亦求谕其密使臣知，以便同心筹办也。"

皇帝早知道他们一定要闹别扭，不过笑一笑将折子放下，并不多加理会。

一晃到了十月三十，就是皇帝的万寿圣诞。虽说不是整寿，却是先帝、太后丧期过后的第一个万寿节，不能不有所庆祝。如今皇帝折冲樽俎、步步为营，大位坐得日益稳当，所以心绪也很畅快。内务府见他有兴致，就奏请在圆明园搭台唱戏，诸王重臣俱陪宴庆贺。皇帝虽然谦逊两回，声言不可过于靡费铺张，可到底是点头应准了。及到管宴大臣请示所演戏目时，他却不看戏单，只随意笑道："就唱全本的《百老上寿》罢。"

说到这《百老上寿》一出戏，最令皇帝得意。那是康熙四十六年秋冬，圣祖心里忌讳太子胤礽，又不便发抒，所以日日烦闷，龙颜不悦。四贝勒胤禛看在眼里，欲使皇父欢愉，遂邀了几位通词曲擅声律的文士，在府中专写杂剧院本，又命南来的名伶随时教习排演，以备进御之用。这《百老上寿》系吉庆大戏，所演不过椿萱并茂，棠棣同馨，斑衣戏彩，橘怀获画之类，并无什么匠心孤诣。然而排场极为壮观，要用梨园弟子一百二十人轮番登台，取"上寿百二十"的美意；又将曲子谱得声调工丽，宫商五音不差唇吻。等戏排熟了，胤禛便请圣祖驾幸圆明园散心。那一日随驾之人甚多，各宫妃嫔、太子、诸皇子，及大学士、南书房翰林在班者无不相陪，实在叫他这作东的人风光至极。

这《百老上寿》一唱就是一天，因为演的都是父慈子孝、千秋万岁故事，所以甚合圣祖的心境，不但在御座上抚掌击节看得入迷，还连连称赞四贝勒用心出力，诚孝过人。可一旁陪坐的太子、诸王都大不买账。众兄弟青春正富，喜新奇精巧不喜铺陈俗套，随驾而行本来拘束，谁又耐烦听这连篇累牍的奉承大戏。那些有城府的，尚能觑着皇父脸色嘻嘻哈哈，说好道妙。像太子这样张扬外露的，就显出满脸的不高兴来；可又不敢离席而去，只好一会儿要吃，一会儿要喝，一会儿左顾右盼，一会儿更衣如厕，再没个安生光景。待看到两个时辰头上，就忍不住发起躁来，低声同旁座的三阿哥胤祉骂道："这老四真是骑马不带鞭子——就剩下拍马屁了。"胤祉是个通今博古最懂戏的人，哪里看得上这样手笔，故也同太子一唱一和嘲讽起来。二人说得起劲，不免声音渐高，其中三言两语，就飘到圣祖耳中。圣祖心里有气，又要给太子留脸，干脆愈发夸赞胤禛，赏给他许多御用贴身之物。后来圣祖六旬万寿，又专门叫他筹备吉庆戏目。

胤禛原无丝竹伶优之好，于传奇杂剧也不留心，唯有这《百老上寿》一出，倒像军功政绩似的，叫他想起来就能会心一笑。所以登基后头一遭排宴唱戏，自然要以此庆贺。管宴大臣不懂他的回肠九转，可戏目排单一传出去，允祉、允裪两个当事的人心里就明镜一样。

待到万寿节当天，皇帝御临圆明园万方安和。这一处殿阁是临水而建，屋宇在湖中曲折相连，其中有室内的戏台，宜作冬日演剧之用。皇帝的御座设在万字轩西暖阁内，近支王公并内廷行走大臣、侍卫等都在东西厢并廊下聚坐同观。那些在教坊司教习唱戏的内监，因为大丧清闲了几年，好不容易得以施展，自然铆足了力气为天子歌舞升平。可到了惯看花雅各部、昆弋名班的王公大臣眼里，这一百二十人的应承大戏，就着实拖沓无趣，从早到晚，听得人昏昏欲睡。

特别是允裪，天一冷，他脾胃上的老病就重起来。夜间失眠心悸，白天畏寒怕风，若是借酒驱邪多喝几杯，就勾得呕血便血，愈发不好。王公们听戏的东厢房地龙烧得很暖和，别人都不觉得冷，唯有他坐得一久，身上就起寒意，叫人取了手炉烘着也不济事。且这戏又冗长，皇帝的用心又有深刻，他越听台上唱着，就想起十几年前的事来，心里越是烦躁不安，身上就更不舒坦了。好容易等到戏罢宴收，他这里懵头懵脑地随众行礼，散班而去，便有内务府司官从后头小跑着赶上来，就地打千儿提醒他，说明天下晌有跟庄亲王允禄和内务府堂司各官的会议。是叫他别忘了时辰的意思。

挨了这一天的冻，等回到家中，允裪就发起热来。本想第二天告假不去会议，可怕皇帝知道了，又要说"我做个寿，他也病一场，不晓得是何居心"之类的话，只好力疾前往。

会议的题目是早定下来的。实因近年内务府三旗包衣生齿日繁，皇家的内帑养不起如许多人，皇帝就向王公大臣等询问撙节裁减之法。允祹在康熙年间署理过内务府大臣，对其中委曲颇为明晰，他原本不欲多嘴，可既叫皇帝问到头上，也不能做锯嘴葫芦。思来想去说道："内务府三旗每佐领有披甲钱粮七八十份，较外八旗实在显得多了。可他们的差事又少，不如减省些，与外八旗相当为是。"裁减披甲员额，就是断人生计，万不能莽撞行事，所以皇帝就叫允祹去和管理内务府的十六阿哥庄亲王允禄，并内三旗包衣出身的总管大臣常明、来保会议具奏——内务府肯依，替自己节省了钱粮最好；若不依闹起来，也是允祹的倡议，众人纵有怨气，自然就朝他去。

允祹一生最不肯做的就是"得罪人"三个字，所以临来之前已经心生怯意。他迈步进了议所，虽见众人到得齐全，却唯有允禄与他寒暄致意，余者一个个哭丧着脸，请安问好都是强打精神。一时各自落座，总管大臣常明就领头叫苦道："咱们是万岁爷家里的奴才，三亲六故都在一个窝儿里讨吃，比不得外头部院大臣，能够公事公办，翻脸无情。这挨家挨户革人钱粮的话，红口白牙的，我们实在张不开嘴。王爷一定要办，不如赏奴才一根上吊绳，干脆吊死了罢！"

他这一开口，众司官无不响应。有哭穷的，说张三家生养五男，只有一人披甲，要连这一个也革去了，那男妇老幼十几口子，岂不都要断炊？有叫屈的，说李四家满门忠烈，如今难得过上太平日子，却要将子孙的差事革去，四时八节连祖宗也祭拜不起，岂不伤了大家伙儿为国效力之心？有攀亲的，说先帝爷的内廷主位多是内三旗人，连王爷的外家也是，要是披甲钱粮减得太狠，难保不叫妃嫔娘家也受委屈，万岁爷和王爷们的孝心到哪里去尽？有唬人的，说内三旗下作光棍最多，咱们要是执意裁革，这些人一定四处撒泼混赖，闹大了怕是难以收拾，给人看笑话不说，连皇上也要怪罪。

众人七嘴八舌絮叨不住，把个本来就在病中的允祹说得头晕眼花，胸闷恶心。允禄是年轻的王子，人又厚道没刚性，从来弹压不住这些老油条，眼见允祹坐在椅子上一阵阵打晃，他也只有自己报报，红着脸上前赔不是道："阿哥别见怪，内务府先为还亏空的事，已经受了穷，现在又议裁减钱粮，心里难免有些委屈，并不是冲您为难。"

"看你说的，就是冲我为难，我也没法子。我又不是隆舅舅，带着步军衙门的兵坐在你们大堂上，一声令下，管谁是有体面，谁是没体面，都拿了抄家。"允祹自嘲一笑，摩挲了几下胸口，才将心神稳住。看着众人眼巴巴的样子，想着内三旗尽是皇帝的家奴，自己何必固执己见，替人伤众。遂长出一口气，起身离座道："我这几天冒了风，身上不好，不便久坐。你们说得在理，现在一动不如一静，各佐领的披甲数目，还是照旧例为是。"

他说完朝允禄一点头，正待要走，众人拦住，又求告道："内三旗的人实在披甲艰难，一个个精壮汉子闲在家里，不能为朝廷效力。王爷一片佛心，若能替我们请旨增添些个，就是您老普度众生了。"允禵叫他们聒噪得心烦，当即撂下脸道："岂有此理，你们也试得寸进尺了！"

众人都知道他好说话，所以不依不饶，有几个干脆跪在门前要赖似的求情。允禵头脑发胀，胃里作酸，实在不想同他们磨牙，只好勉强"嗯"了一声，匆匆忙忙离开议所。

常明等见此大为高兴，即日拟了奏稿，说内三旗生齿日繁，用度不敷，今与廉亲王议定，将每佐领披甲数加至九十份，以资养赡。皇帝本叫他们议减，要是议不成也就罢了，哪想到还有不减反增之事。所以将内务府各官找来好一通骂，说他们靡费钱粮，只图买好，一个个混账透顶。随后径直下旨，内三旗每佐领披甲减至五十份，现在多余之数不必裁去，日后出缺不补就是。

这道旨意一下，可气坏了内三旗一干等着披甲的闲散男丁。这些人或许本家贫寒卑贱，可七拐八绕，多能同内务府衙门做官管事的人论上亲戚，所以消息传出去不过一天，赶到常明、来保两人家讲理闹气的就有几十拨，吓得二人有家也不敢回。到第二天，又有长辈亲戚将来保堵在衙门里，指着鼻子一通臭骂。来保百般解说无用，只好作了个罗圈儿揖道："起头就是八爷的主意，跟我们都不相干！"

这话一传，顿时就开了锅。内三旗的无赖都知道允禵是个喝凉水也塞牙的人，正好可欺，所以一夜之间纠合了数百人，次日一早聚到台基厂大街廉亲王府。众人先是堵门吵闹，齐喊家里没有下锅的米，求王爷开仓赏饭。王府亲军护卫虽也不少，可全无准备，竟叫这群人三冲两撞拥了进去，仿佛抄家一般，直闯到中路银安大殿。护卫们醒过神来，一面到里头回禀允禵，一面就要去步军统领衙门招呼官兵。倒是允禵不愿多事，生怕闹得大了，又叫皇帝一通排揎，遂向护卫们道："来的都是些无知小人，听见断了钱粮，混闹也在情理之中。你们快去传我的话，叫他们赶紧散了，我不怪罪。要等九门提督的人来，任谁也不能脱罪。"他跟前的亲信心里不忿，嘴里嘟囔道："这些天杀的蠢驴！自己主子刻薄爱钱，断了营生，反跑来闹咱们。"允禵听他们连皇帝也敢骂，忙做了个噤声的手势，又叹道："我的身子不好，饶了他们只当积德。"说罢就打发人出去，仍旧闷头饮酒。

他自己虽不肯奏，办理府事的人却不敢由他的性子。亲王府长史秩在三品，职事和内务府大臣相近，是本府的大总管。康熙年间，各王府长史多由府主的近亲充当，便于说话，也叫属员敬畏。今上即位后，则一概换作不相干大臣，将此一职从诸王的管家，改为朝廷的监军。廉亲王府长史名叫胡什屯，也是皇帝钦派，内三旗人闯到王府时，他本人并未在内，可一经听人传报，就连忙跑到圆明园去，说有要事恳请面奏。

皇帝一听是允禩家事，自然格外留心，当即就召胡什屯入内。胡什屯见着皇帝，先磕了三个头，又道："今天一早内务府三四百人围了廉亲王府，几十个人冲进去，质问裁减披甲数目的事。这件事皇上才从园子里下旨，怎么两天工夫，那些无职无缺的人就全知道了？奴才心里琢磨，一定是有人挑唆的缘故。"

皇帝心比干多一窍地精明，一听就知道是内务府常明、来保做鬼，不禁怒从心头起，立即叫人传在圆明园当值的常明来见。御前太监由内务府正管，常明虽是上司，可素来很捧着他们说话，与众人都是酒肉朋友。所以传旨之人虽应声下去，却拖下来一盏茶工夫，估量着皇帝怒气稍息，又进来回道："常明才刚回城去了，要不要叫人去追？"

果如传旨太监所料，此时皇帝倒像忘了恼常明，不耐烦地说声"算了"，单冲胡什屯骂道："王府是什么去处，有人闯闹，他竟不叫人拿，还装得没事人一样，又要显他贤德，衬我的刻薄！"说完再生一阵闷气，又问道，"他这些日子在府里，听说多有饮酒责打下人的事，可真么？"

胡什屯才见皇帝发怒，吓得战栗不止，转眼再看，却又是十分沉稳有成算模样，心道人言当今圣上喜怒不定，真是不假。只是一念闪过，再不敢走神，忙低头奏道："奴才不常在廉亲王跟前照应，所以都是隐约听闻。他原本有些好酒，今年越发丧气，每天醒来就要酒喝，下人怕他闹酒，轻易不敢近前。月初因为酒醉生气，要打一个护军叫——唔，叫九十六的板子，因为打得重，有人请奴才去劝，等奴才赶到，人已经抬出去了，说要医治。奴才看他们神情慌张，或是当场打死也说不准。"

"你回去细查，查明白再奏。"皇帝点点头，摆手命胡什屯退去。

又让人传旨给城里的庄亲王允禄及常明、来保，叫他们次日到园子来见。

这三人心里有鬼，一夜不能安眠。第二天战战兢兢出西直门赶奔圆明园，大冬天，渍出一头皮汗来。及召见时，就遭皇帝迎头痛斥："几百人到廉亲王府搅闹，是你们谁惹下的？为什么不奏？"

"都是臣等糊涂！"允禄慌得两排细牙上下打架，一面叩头如捣蒜般不住地请罪。皇帝素知他秉性软弱，倒也不好太吓着了他，稍缓了口气正要再问，就听侍卫奏报，说步军统领阿齐图有紧要事情面奏。

待皇帝应准了，便见阿齐图进内禀道："昨天先有四百余内务府闲散闯闹廉亲王府，廉亲王并没知会奴才拿人。今天一清早不知怎么，又有近千人围到副都统李延禧家去。李延禧家人报到奴才处，奴才亲自带人赶去驱散。只是这些哄闹之人，都是内务府的，奴才不敢擅自主张，特来面请旨意。"

皇帝听罢气得跺脚，想砸东西又寻不着趁手的，只好运着丹田气一指跪伏在地的三个人嚷道："平日看你们老实，竟然合伙欺君！你们这会子就去，将为首的拿住严审，要敢开脱一个，明天庄亲王革爵，常明、来保菜市口正法！"

允禄等三人吓得屁滚尿流，也顾不得鞍马辛劳，忙扯住阿齐图飞奔回城。待到了李延禧家，只见这四进院子内外尽是狼藉，黑漆大门砸个稀烂，影壁墙上烂泥污水早已结冰，各院房门大开，棉布帘子都扯下来，屋里桌椅板凳全挪了地方，俨然遭了贼劫一般。李延禧站在院中，身上还算干净，身后站着两个子侄模样的年轻人，一个满脸淤血，一个臂缠白布，都是怒容满面。李延禧本是内务府出身，昨天众人去闹廉亲王府时，哄传是他吃里爬外，撺掇允禩请减披甲数目。所以那一干闲人带着亲邻戚友，一早又来他家搅闹。且众人寻思，昨天闹了王府尚无官兵来拿，今天不过闹一个官儿，又有什么惧怕？因此不但叫嚷论理，及那李家子弟对骂阻拦，就干脆动起手来，连抢带砸，反了贼营一般。

此时哄闹之人已被步军衙门兵丁尽数驱赶，前后两条街都叫按剑带刀之人围个水泄不通。四五十个为首闹事的个个被上绑，见着庄亲王等人也不惧怕，仍旧站在当地骂不住口。李延禧气得讲不起礼数，先冲阿齐图道了谢，又到允禄跟前气哼哼打个千儿，甩一句"王爷做主"，就偏头不吭声。

允禄叫皇帝吓得，站在门里乍着手不敢多话，只推常明、来保两

444

个向前。二人也顾不得人情，忙上前来，抓住一个绑着的，厉声问道：“哪个指使你们去闹八爷府的？”

“就是大人您！”被揪住的是个出名的滚刀肉，见他们不但不给自己人做主，反在这里装模作样，心中大为不忿，挤对得二人张口结舌答不上来。亏得阿齐图机警，忙走过来，一脚踢在那人迎面骨上，骂道：“胡呲什么！照实说，哪个指使你们来闹李大人家？”

“八爷说，就是他出的主意！”那人手缚在背后，龇牙瞪眼又冲着李延禧大叫。阿齐图遂不再问，转脸向庄亲王道：“请王爷示下，这些人您带回内务府去审？”

“你就受累罢，快别难为我了！”允禄闻言大皱眉头，摆手就往后让。阿齐图心里好笑，面上点头，又道：“要是到廉亲王府录亲供，怕还得您带着我们去。”

允禄心知推托不过，只好唉声叹气答应，带着几十名精干校尉，押了为首十来个人犯，浩浩荡荡赶到廉亲王府。

燃萁

第六十章

　　允裪喝了半日闷酒，这会儿正闭着眼歪在炕上叫水。满地的书、笔、纸、墨叫人踩得稀烂，砚台笔架也打得粉碎，一个银酒壶倾在炕沿上，里头的酒已经滴干了，地上倒是湿漉漉的。福晋郭络罗氏坐在炕上，钗松鬓乱喘着粗气，显见是摔东西摔乏了，不过一时哭一时骂几句"没志气、没筋骨"之类的话。允裪的眼皮抬也不抬，头栽在锦被垛里，任由涎水顺着嘴角往下流。

　　正这个当儿，外头一层层传进来，说庄亲王并九门提督阿大人来了。允裪权当没听见一样，倒是福晋擦了一把眼泪站起来，啐道："就他们指使的，昨儿连王府也敢抄，还来充什么好人！快请他们台面上的人别处喝茶，别在这个晦气地方污了贵步！"

　　王府管事之人经了昨天的乱仗，嘴上不说，心里都怪自家主子太过软弱可欺；听福晋如此刚强，无不痛快，答应一声，就跑下去传话。可不一会儿又跑回来，扑通一声跪在地当中，带着哭腔儿道："庄亲王说有话要问主子。"

　　"有话问？"

　　"就是请主子录亲供！"

　　福晋一听，当即把眉眼都立起来。实因朝廷律法，别有宗室一款，凡亲王贝勒干碍刑律，或系佐证，虽奉有旨意，也不必上公堂，只在府中录写亲供即可。福晋当允禄等人来，是为昨天的事过府赔礼，不想竟来问罪！她一时怒起，恨不得脱口而出一个"滚"字，好一会儿才咬着嘴唇压下去，也不看允裪，只命回事的太监道："就说王爷欠安，不能见客。"

446

"外头不但有王爷大人，还有兵，还押着人。"太监自抹着眼泪，却不敢领命，仍磕头道，"只怕王爷不出去，他们再不肯走。"

"我去瞧瞧。"炕上的允裪听得头疼欲裂，勉强撑臂坐起来，伸手想去要一碗醒酒汤。福晋却先夺过来蹾在小几上，怒道："你给他们脸！"见他瞪着眼不说话，又含泪拉手道，"你这样出去，一句话说不对，不又叫人拿了把柄？"

允裪狠撑了撑自己的太阳穴，又挪动身子取过醒酒汤来喝了，也不说话，径自净面漱口，更衣往外头去。

庄亲王允禄的年纪很轻，其母又是汉人，是以对储位从无念想，和一众兄长也都相安无事。他于琴棋书画、骑射算学都很精通，唯独胆小，也没有治事的能耐，这会儿奉了严旨来和允裪对口舌，实在有些迫不得已。待见乃兄步履微蹒，叫人扶掖着进了待客的正堂，他心里更多了好几分不安，勉强硬着头皮拉下脸道："有件事来请教八哥，说得不到之处，请您包涵。"

"不是录亲供么？怎么个录法，你们教给我就是。"允裪冷笑一声，看看一边铺纸研墨的书办、笔帖式，又见步军统领阿齐图正站着指点他们，便指着自己会客的正位道，"阿大人请上座？"

"王爷说笑话了，您请坐。"阿齐图心里有成算的人，并不理会他的揶揄。待众人都坐定了，才拍拍手。就有数名精干校尉将十来个闹事的首犯押跪阶前。阿齐图即向允裪笑道："提督衙门已经把昨天搅闹王府的人都捉了，首犯已经带来，不敢请王爷的尊面去验，烦您打发见过的人去瞧瞧，做个干证。"

"你客气了，我有什么尊面，就是去过你的大堂也不妨。"允裪哈哈一笑，就叫贴身护卫去看。护卫下阶认了认，回来禀说"拿得正是"。阿齐图便又问道："王府何等重地，放胆擅闯乃是大罪。提督衙门失于纠察，是下官的过失。可王爷既在府里，何不知会我们前来料理？"

"你成日价忙，我也是晓得的。这些都是无知下愚的奴才，少了钱粮，闹一闹，也是常情，何苦去惊动你。"允裪人前坐这半晌，酒也醒个八九不离十，又显出善解人意的贤王风度，再看一旁扫眉搭眼的常明、来保，便笑道，"再连累了内务府的老人儿，我更于心不忍。"

"王爷仁慈，可碍不过还有国法。今儿一早，这起子人又去闹副都统李延禧的家，王爷有耳闻么？"

"我今儿一起来就头晕，喝了几盅酒，现在还懵懂着。"允禩说着话指了指自己的脸。

阿齐图呵呵一笑，又道："那怎么有人说是王爷指点他们去的李家呢？"

"是哪个混账栽我的赃？"允禩闻言，将那长久都挂着笑的脸往下一沉，指着阿齐图道，"你把人带进来，我同他说！"

阿齐图先说"怕脏了王爷的屋子"，见允禩执意不肯，也不便违拗，遂命校尉将那十来个人带进来，分两排跪在近前。这些人被拿时少不得挨打，即在路上，你一拳我一脚也在所难免，所以各个鼻青脸肿，衣服残破，身上露出一撮一撮的破棉花来。阿齐图见他们跪定，就把眼睛一立，问道："你们再说一遍，是谁指使你们去闹李延禧家？"

李延禧的事，大伙原是乱中听人哄传，至于在李家咬出允禩，也多是为了泄愤。这会儿脸对脸见着本尊，看他凤子龙孙气派，毕竟有些不怒自威，所以再要混赖，不免舌根儿发硬。只是前言已出，翻供无益，遂有为首胆大之人，瞪眼挺腰喊道："是八王爷叫去！"

这边话音刚落，就有两个王府太监扯着嗓子骂道："你是什么东西，能听见王爷说话？"

"当面未准听见，有人传了王爷的谕也不一定？"阿齐图本是御前侍卫，因与今上早年认识，先帝驾崩时又有拥戴之功，所以新君改元后步步高升，半年前即取隆科多而代之，荣任九门提督。如今他已将大金吾派头拿得十足，听见王府太监无敌搭话，便沉下面孔，冷哼驳难。常明、来保也在旁连声附和，逼得允禩霍然起身道："那你把传话的人绑来，咱们三头对案，就在这儿审！"

"王爷息怒。"阿齐图见他变色，忙又挤出笑脸来，唤了昨天传话的王府护卫上来，问道，"昨天王爷叫你传话给闹事的人，你是怎么传的？"

"王爷有谕，搅闹王府乃是死罪，我可怜你们无知，暂且不奏不拿，你们快快散去，各自安分回家。"护卫是个有阅历的人，在下沉着跪禀，并无慌张。允禩欣然点头，又向阿齐图道："他是你现叫来的，可没有人嘱托教供。"

"那是，那是。"阿齐图朝他答应一声，转而拍案怒斥众犯，"你们好大狗胆，竟敢攀诬亲王！小子们外头搭了席棚，给我夹棍伺候！"

外间众番役齐齐答应，拥进来就将众犯往外拖去。允禩气得手脚发麻，青着脸怒道："你也霸道得过了，我府里是你动刑的地方？"

"下官是为王爷出气。"阿齐图正在得意行权当口，哪里容他分说，眼锋一扫，就见番役们手上加力，更拖得起劲。

那些内务府的闲人，吵闹砸抢是汉子，等到被擒挨打，已经成了狗熊，即说动刑，登时肝胆俱裂，都哭号着朝庄亲王、常明、来保求饶。三人戴罪之身，自己还要仗着阿齐图说好话，所以支支吾吾，都推手不敢吭声。众犯见求他们无用，又改了嘴里的话，齐喊"八佛爷救命"，好个王府厅堂，浑似杀猪般凄惨。

允禩实在不堪其辱，大喝一声"住手"；见番役们都也不理他，只好转向庄亲王冷笑道："内务府的人惯来好体面，叫外廷衙门说夹就夹，十六弟以后怎么服人？"

允禄正低着脑袋数珠串，冷不防听见叫他，手里一哆嗦，站起来只管苦笑。允禩见他没有指望，只好又负气向阿齐图道："你既说为我出气，我的气已经消了，替他们说个情，不必夹了。"

"为王爷出气是实，可到底要查出主使的人来。皇上为这件事十分震怒，说内务府的奴才吵闹廉亲王府，不知道的人不说奴才们混账，反倒说我和廉亲王过不去。王爷不叫动刑，倒屈了主子的心了。"阿齐图话说得滴水不漏，允禩怒也不是，应也不是，见番役们得了令，仍要拖人，情急之下，竟脱口而出："罢了，是我说的李延禧，你称心了？"

"王爷所言确实？"

允禩话已出口，无可转圜，见众人都眼睁睁瞧着他，干脆心一横，点头"嗯"了一声。阿齐图如同唐僧在雷音寺得了真经，当即冲录口供的书办一点头，请允禩画押用印，就带着众人辞去。

次日皇帝听政完毕，这一干人就来奏头天的事。皇帝心里气恼允禄几个，将他们撂在外头不理，只命阿齐图一人进内独对。阿齐图先说众人指认廉亲王是抢夺李延禧家的主使，允禩亦直认不讳。见皇帝沉吟不语，又低声道："奴才混猜，廉亲王素来奸诈，最肯代人应承，图人感激。看他昨天说话的口气，此事若果然是他指使，他必然不认；既认了，就未必作得准。"

"你说的正是他的为人。你回衙门去，再审那起子光棍！"皇帝听他把话说到了自己心坎儿，不免大加赏识，又嘱咐了两句，末了问道，"明年秀女大挑，你家里有应选的孩子么？"

"蒙主子下问，奴才长女应选。"

"十几？"

"刚满十七。"阿齐图是蒙古正黄旗下博尔济吉特氏，门第甚好，听见此问，心中一喜，忙屏气细听。皇帝见他拘谨，不由蔼然笑道："没有什么事，是看你的心地聪明，相貌也很端正，一定养得好女儿。怡亲王的长子刚没了福晋，你的女儿十七，很般配。等王子回京来，我替你说个媒。"皇帝兴致勃勃说罢，见阿齐图满脸的诚惶诚恐，满不在意地摆手道，"这件案子你放手去办，不必听庄亲王的，他是个没心胆的人。"

阿齐图心领神会答应了，再出园子已是踌躇满志，又快马赶回城里，将一众人犯隔别审讯。三木之下，哪里有个不说，许多人又翻了供，说那天闹李延禧家的事，并不是廉亲王指使，是看他家里有钱，大家商量了去抢。阿齐图得了口供，又上一本。皇帝召集群臣，将前后两份供状都给众人传看一过，方问允裪："一件事这样反复不定，到底是什么意思？"

允裪叫他诘得无言以对，只好叹气道："这些下愚之人，臣应承下来，不过想免他们一死。"

"你一向到处代人应承，不过图一个贤德的好名儿，这些人的死活，哪就在你眼里。"皇帝将头一转嗤之以鼻，见允裪不说话，又讽道，"纠集数百人到你王府嚷闹，惊了惠妃母的驾，岂不是我的不孝？这样大罪，凭你私意保全，国法安在？还烦你移动贵步，到步军统领衙门再认搅闹之人，挑出为首几个立正典刑，其余的按律治罪。你可要慎重些，人命关天，要有冤抑出入，可就辜负你的好名儿了。"

允裪人在矮檐下，只好咬咬牙，低头归班。皇帝心中称意，向群臣道："这件事实在混账，闹得京里谣言遍地，说我叫内务府抄了廉亲王的家！都是庄亲王、来保、常明糊涂至极。"眼见下头允禄三人垂头丧气出班而跪，又道，"庄亲王罚亲王俸三年，常明、来保革去内务府总管之职。来保连夜通传罪过更大，鞭一百，枷号三个月，以儆效尤！"

允裪万般无奈到了步军统领衙门大堂，见那十几个为首闹事的人都是皮开肉绽，各被刑伤，实在恶心得要吐，偏过头去正要不看，就见堂下校尉送上人犯名册，阿齐图站起来一拱手道："王爷请。"

"你已经动了重刑，为首为从，自然都问明白了，何必要我看。"允裪头虽正过来，眼睛却不肯往册子上瞧。却见阿齐图满脸堆笑不依不饶道："皇上当殿的口谕，须得王爷亲自指出为首之人。"说罢将手一让。允禵无奈，只好带着随来的护卫，一步三挨走下去，阶下立定了仰着头道："这些人我都没见，你们说是就是。"护卫们见众犯皮松腮凹，面目青紫，或说难以辨认，或是刚指出一个，被指的就大叫冤枉。允禵头痛欲裂，不肯久待，遂箍着额头向阿齐图道："人我认过了，你再问罢。"说完匆匆离去，留下几个随从听阿齐图再问。

岂知回府当晚，就又接旨意，叫他次日再进园子说话。允禵如今落下了病，凡听说要见皇帝，就觉得心慌，需服下天王补心丹才能动弹。可今儿虽吃了药，使女白哥替他更衣时，仍见他手指尖儿颤得厉害，不由心中担念。等送他出了门，自己就倚在熏笼上，断线珍珠价掉下泪来。正哭得伤情，外头廉亲王福晋带着两个丫头走来，拉着她的手进到屋里，自己先坐在炕上，又指着一个脚踏叫她坐在跟前。待拭了泪，就将她的双手叠放在自己膝上，蔼声问："王爷临去说了什么?"

"没说什么，只是叹气。"满府的人无不怕福晋厉害，尤其是那些模样周正的姑娘，见着她，更是两腿打战。只有白哥不同，她不过是个庄头女儿，入府以来却很得福晋青眼，见她服侍允禵尽心也不妒忌，反而时常赏赐吃用物什，又叫她的父兄到府里办事。特别是这些日子，她愈发觉得福晋的性子不像早先那样争强，除了暗地里仍旧咒骂皇帝不休，对下人倒是和气得多了。此时抬眼看去，见福晋一向齐整的双鬓，多出许多散发，鱼眼纹隐在眼角边，一笑，也显得折折叠叠。福晋看看桌上酒壶，闭着眼睛难过了一阵，再睁开时却道："他如今这样难过，倒有三分是怨我。"

"主子这是哪儿的话，明摆着是都怨——"

"不许胡说!"福晋见白哥嘴一抿，要说出骂朝廷的话来，忙拍了一下她的手止住，又幽然叹道，"是我忒好强，不懂得世道艰难。"福晋说着，自己也斟了一盅酒喝下去，又讪笑道，"可我这个脾气，自小惯了，再改也难。不入人家的眼，也没法子。你主子如今的日子难过，以后怕是更甚。我顶后悔的，是不许他多留几个人在跟前，不能多传些血脉。我瞧你是个明白有志气的丫头，以后就托你多照看劝解他罢。"

白哥服侍他们夫妇多年，从没听福晋这样刚强的人说过软话，心里实在难过极了。主仆二人先是各自抽泣，渐渐伤心难忍，不免抱头痛哭起来。

再说允裸到了九洲清晏殿中，尚未站稳，就听皇帝迎头断喝，拍案质问："你审的好案子！那五个人真是首犯？"

见阿齐图绷着脸垂手侍立一旁，允裸不免心慌，忙低头回道："臣当天并没见搅闹的人，就叫护卫辨认。"

"人命关天，轻忽如此！"皇帝取过一摞画供的卷子扔下去，指道："你看看，第三个人，说他头一天感冒风寒卧床，并没去你家里，单是第二天去了李延禧家，内务府的干证也说是真。要听你的话判斩，就要冤死一条性命！"

允裸心道"不好"，忙去翻那供词，就听皇帝冷言冷语道："原不指望你来明断，我已经叫人把他们解到刑部，再审再断。"说罢也不等允裸回言，又寡淡道，"老九不在跟前，我想你的用度该有些不足，可听说你给太监阎进发赏，一赏就是四百两银子，可见还有富裕。"

允裸虽知他府里多有皇帝的耳目，可不想这样的细事也能叫人知道，所以先是惊讶抬头，对着皇帝有一搭没一搭的神气，才俯首道："他长年服侍勤谨，又赶上家里盖房子。"

"哦，是家里要盖房子，不是为了打死护军九十六的事？"

"这——"

"你的酒量不济，何苦喝起来没够，不知道酗酒最能乱性？"皇帝见他一张脸憋成了紫茄子，说话更慢下来，身子略倾向前，半眯着眼道："你喝多了酒，就把顶撞你的人立毙杖下，又给监刑的重赏，想掩过去，是不是？"

允裸听皇帝说出这样的话来，才知道自己一举一动，日常行事，哪怕极尽小心，也无不在他的指掌之中，遂觉宫殿里全无火炭一般，登时来了个透心凉。皇帝坐在上头，或说他"专擅生死，非人臣之志"，或说他"外作仁慈，内藏杀戮之心，残刻狠虐，无所不用其极"。他听着都像过耳风一样，似听见，又似没听见。不知过了多久，就见一个热心肠的洒扫小太监过来，同他说"万岁爷佛堂去了"，他才恍然觉察，哆嗦着站起身来，擦着一头冷汗离了九洲清晏。

第六十一章 香消

　　允裪在西郊也有先帝所赐的苑囿，其地与九阿哥允禟的园子相邻，如今兄弟俩相隔万里，通个信也比登天还难，每见故园杂草荒芜、狐兔竞奔，他的心里就很难过。况且他畏惧皇帝如虎，恨不得远远离开，绝不相近。所以近来皇帝虽然驻跸西郊，他却仍在城中府邸居住，有事召见再来。可他此时的心绪极坏，头也叫西北风吹得生疼，再不耐烦路途奔波，只好命人先去园中拾掇几间干净屋子，暂住一夜了事。

　　园子多年没有住人，赶上数九寒冬，就尤显清锅冷灶。那管园的王府官员，不见本主督促查问，自然就要偷懒，屋宇花木虽偶尔收拾，到底不如常住的齐整。这会儿忽听他来，少不了手脚忙乱，嘴里抱怨。虽说七拼八凑将地龙烧热、熏炉点起，等人到了屋里，仍觉门窗透风，格外阴冷。

　　允裪这些天忍气吞声，虚火上旺，乍住在这久乏人气的屋子里，夜未过半，就内火外寒发起热来。半夜去找太医，怕人说他矫情，可周遭除了苑囿就是兵营，再没一个民间的大夫可请。只好强撑硬挨，将浑身上下裹得严实，拿滚热的烧酒喝了发汗，巴望来个蒙头大睡。可他的心事实在太重，又兼头疼欲裂，两杯酒下肚，除了脸憋得通红，心跳得雷轰一般，再没别的用处。

　　既然杜康难医病，美酒不消愁，他也只好在床榻上辗转反侧，胡思乱想。一时想允禟在西宁冰天雪地，一时想允䄉在景陵孤寒无依；一时想自己踌躇满志而笑，一时想皇帝百般凌辱而哭；一时想先帝爱恨交加，一时想母妃肝肠寸断。思来想去，渐觉天光露白，头疼体热积蓄到了极处，便是通身躁郁，喉干指麻，恨不得掀去被子不盖。等

453

实在躺卧不住，他干脆翻身坐起来，沙哑着嗓子命人："去把长史找来见我！"

长史胡什屯这几天心里犯虚，刻意躲着允禩不见，听说他住在西郊里，心里就踏实多了。岂料正在家中安坐，就有园里来人喊他去见王爷，几下里推托不过，只好磨磨蹭蹭前去。胡什屯是允禩封王后的长史，并没有到过他的私园，所以道路并不熟稔，入园后经人引导，穿廊过院走到湖边敞亮开阔之处。就见允禩靠坐在湖畔亭内的石椅上，貂裘重裹，身边放了两个大炭火盆。

待走至近前，又见石桌上排放着几个银酒壶，炭盆上还温着一个。允禩的脸色极难看，仿佛青紫之上抹了赤红，正饮水般自灌酒喝。引导之人禀过"胡长史来了"，胡什屯也只得趋前行礼，小心翼翼问道："王爷有什么吩咐？"

"吩咐不敢当，请教你哪天得了都察院的加衔？"允禩的声音很弱，嗓子里咕噜咕噜叫人听不清，可神情中的戾气是胡什屯从未见过的。二人虽不一心，向来也还客气，胡什屯遂也强忍着心慌，咧嘴笑道："王爷说笑话呢。"及见允禩扶着石桌勉力起身，就忙上前搀住，又笑道："奴才只有王府里的差事，服侍王爷第一要紧。"

"不是断送我的性命第一要紧？"

胡什屯在侧后搀着允禩的胳膊，自己又是低眉赔笑之状，原本看不见他的正脸。可冷不防他一个浑身打战中气不足的病人，竟然抡起胳膊猛甩过来，一声脆响，正中自己的右颊。这一巴掌打得足色，不但胡什屯跟跄几步绊到亭子外边，连打人的允禩也站立不稳，一个跟跄跌靠在身后柱子上。他先还有三分顾忌，这一巴掌打出去，倒把十成的怒气都激起来，又仗着酒气病体作胆，自己推开柱子站直了，用手指了胡什屯面门，向一旁随侍之人断喝道："把这吃里爬外的奴才给我狠狠打！"

满洲人最重主奴之分，性情又多悍勇刚烈。先帝宽待宗亲，纵容得一干王公贵胄全不把臣属的性命当一回事，动辄打骂苛虐。连允禩这样出名的好人，也曾有偏袒奶公、殴打御史举动。到了当今治下，这干凤子龙孙自保尚难，打骂属人的事就做得少些。何况王府长史是朝廷钦派的三品大员，并非护军、笔帖式之辈可比，是以众人闻命之下，都面面相觑不敢向前。胡什屯趁这个工夫，头脑已经清明起来，想到允禩如此暴怒，一定是为告发九十六的事，只好先站稳了，再忍辱向前道："王爷消消气，容我说两句话——"

允祹见众人迟疑不动，心中更恨，眼睛瞪得血丝爆出，嘴里大口呼出酒气。他一面颤巍巍扶着柱子往前走，一面挥手挡开上前搀扶的近侍，待恶狠狠走到胡什屯跟前，先用双手死命一推，又抄过小太监捧着的铜手炉兜头猛砸一阵。幸有两个护卫见机得快，一个上前将他抱住，一个拉着胡什屯紧往后躲。

亭子建在水榭上，一面是岸，三面临水。孟冬时节冰冻得结实，踩在上面原不打紧。可不巧允祹园居日短，管园的官员、杂役常常乘兴钓鱼，又以亭榭便于歇脚，就在这里砸了个冰窟窿。胡什屯心里惊慌，四处闪避，又叫那护卫一拉，不合磕绊在石阶上，一脚踩进河里。那冰面干滑，又多腐叶碎石，他几下子连跌带撞，眼看就滑到冰窟窿前头。众人眼睁睁看着，都大喊叫他留心，怎奈他再管不住自己的两条腿，就听"扑通"一声，将个七尺多高的身子重重跌进冰水里。

胡什屯身上的袍服厚重，一浸水，更愈发沉重起来，浑要将他的全身坠入湖底。幸而他体格结实，手脚灵便，又曾习水，几番扑腾，呛了半肚子水，到底勉强把头颈浮上水面来。只是湖水酷寒，碎冰划在裸出的皮肤上刀割一样疼，四处又都是冰，没有凫水的余地。他想扒着冰面爬上来，可冰面极滑，身上又湿，无论如何也使不上力气，只好尽力呼喊，等人来救。

岸上众人都吓得三魂不在七魄，有腿快的奔去找粗大竹竿，有胆大水性好的走到冰面上，四处踩踏，试探虚实。唯有允祹恨红了眼，满腔怒火未息，见众人又喊又叫，穿梭般在自己跟前乱晃，更加忍耐不住，遂拼着全身气力嘶喊："这样卖主的奴才，合该淹死，谁也不许去救！"而后几步向前，一把薅住取竹竿的小太监，抬手就是一拳。听小太监"哎哟"一声栽倒在旁，救人的都猝然停手，相顾不敢出声。再看水里的胡什屯，上下沉浮间已有力竭的征兆，再没人救，怕就难以支撑。

允祹跟前的首领太监马起云从小伴他左右，看他目眦欲裂、歇斯底里的样子，一把扑过去，抱腿哭道："主子醒醒，长史有个好歹，无论如何瞒不过去！"听他仍旧咒骂不休，马起云将心一横，自己三下两下脱光了上衣叫道："奴才不会水，愿意跳下去陪着长史一起死。"

众人见此无不动容，齐齐跪倒求情。允祹两行泪下，却说不出话来，忽而天旋地转，兀地栽倒。马起云忙叫人将他抵住，七抬八架送回屋里去；自己又带了几个壮小伙子，将只有半口气在的胡什屯拖曳

455

上岸。

这里又是给允禩瞧病，又是给胡什屯救命，正忙得四脚朝天不停转。不合又有内廷的人来传话，说皇帝冬至之日要亲往天坛祭天，在京诸王大臣尽数随驾。允禩急火攻心难以下地，理应由长史代为回奏，可胡什屯又如何能动弹得了？所以没两天工夫，允禩园中的乱仗就都传到圆明园皇帝耳朵里去，分毫也瞒不过。

不过皇帝此时心乱，又顾不到允禩身上。实因这几天年贵妃病势日重，已至膏肓。皇帝前向皇后询问贵妃的病情，皇后是个诚实厚道人，从来不会说谎，只好吞吞吐吐道："小刘太医好拽文，当着我的面只是背医书，叫内总管又问了几回，才肯说是挨日子的意思。"边说着，已是不住地拭泪，又絮絮道，"她进府不过十五六岁，虽说名分上是姐妹，我看着和自己的女孩儿也不差什么。她的心细，又识文断字，这些年替我操了不少心。可怜她身子太弱，才三十岁，竟到了这步田地。"

皇帝心里长叹了几回，脸上却不肯很显出来，只低头摆弄着手上珠串，又称赞皇后的贤德，末了才闷声道："之前因为她病着要静心，才把福惠阿哥放在你宫里。既然到了这个地步，就叫福惠多去请安罢。"

晚间皇帝无心看奏折，独自枯坐许久，回味着皇后的话，心里愈觉空荡不安。夜至二更，忽然命人传进刘裕铎来，再问贵妃的病势。这刘太医凤称杏坛的圣手，这会儿也只有摇头叹气。皇帝无甚怪罪之言，只是竟夜辗转，次日听政一完，就带着几个近侍，往贵妃所居的山容水泰漫步而去。

另一边皇后也命妥当宫人一早将福惠裹得严严实实，领去贵妃居所探望。昨夜又一场新雪，这会儿还飘飘洒洒落个不停。管事的宫人说雪下有残冰，唯恐阿哥奔跑摔跤，所以要叫个稳重的太监背着他。福惠一个四五岁的孩子，见着下雪就要撒欢儿，一面喊着"不要"，一面挣脱了乳母的手，一骨碌滚到雪堆里，太阳底下四仰八叉伸个懒腰，才在众人大惊小怪的呼喊声中翻身起立，用小手将身上的雪拍了拍，嘴里边叫着"看额涅去咯"，边向山容水泰飞奔。

孩子已经一个多月没见着亲娘，等到了贵妃寝宫外头，见到掌事的大宫女夏天儿，先清清亮亮叫一声"姑姑好"，又探头探脑向暖阁里看去，小声问："额涅还难受么？"

夏天儿从来把这孩子当作心肝来疼，乍一瞧见，真像见了个活宝贝，不知道怎么高兴才好。"哎呀哎呀"叫了几声，才将他全身拥在怀里，先攥住两只冰凉的小手，再把红通通的小脸连头焐在胸前，又喷又笑道："看又贪凉，也不拿个手炉暖一暖。"

"猴儿沉的，我才不要！"孩子被温暖柔和的身子拢着，心里熨帖得很，又把脸在夏天儿身上蹭了蹭，就挣开她，急着要跑到暖阁里去。夏天儿用胳膊一挡，食指放在嘴边嘘了嘘，说句"先别去，正睡着呢"，就拉他到了殿内东墙边的空地。福惠会意地靠墙一站，又悄悄跷起脚尖来。夏天儿心知肚明抿嘴一笑，忙从头上拔下一根簪子，就着福惠的脑瓜顶，在墙皮上一画。福惠转过头去，拿手比了比最上头的两道画痕，蹦着高笑道："这回长得比上回多！"

"可不是嘛，长了有小两寸！"夏天儿面上虽带喜气，心里却大伤感起来，又不敢让孩子瞧破，忙背过身去吸了口气。待要给福惠琢磨新鲜吃食，就听暖阁里传出痰嗽呻吟之声，紧接着一个小宫女蹑手蹑脚出来，压着声道："主子醒了，叫姑姑呢。"

福惠上次来时，贵妃虽也瘦弱，可还能行走起坐，言语清明，全不似这样地沉疴难起。暖阁的进深于成人不觉得宽，可对四五岁的孩子也不算窄，是以福惠站在门边，眼见炕上一个危病的女子，形销骨立，连挪动身体也要喘一喘，就再认不准那是自己原本秀丽的母亲。他呆了一会儿，就回头去看夏天儿，夏天儿紧在后面推他，连催"快去，快去"。

炕上的贵妃眼花头沉，本来看不清人的面目，可见着福惠却眼前一亮，只是欲叫名字，却喉咙发紧出不得声。幸而福惠见机得快，先叫一声"额涅"，又跑到跟前，规规矩矩磕了一个头，站起来偎在床边，两只小手捧着贵妃的脸看了许久，方颤悠悠道："额涅瘦了。"

贵妃费了好大劲，才从脸上挤出笑来，又哽了几哽喉咙，方说出一句："傻孩子，哪瘦了？"

"是瘦了！嬷嬷说额涅不爱吃肉，只有我去年打的兔子肉爱吃！"福惠属牛，平素虽然乖巧，骨子里却有个顶犟的小牛脾气撑着。见母亲不肯认账，就愈加坚定起来，皱着眉头道，"今年叔王不肯带我们去木兰，额涅又不吃肉了。明年我一定去，自己抓一只大兔子回来！"

贵妃边听他说孩子话，边盯着他的脸庞细看，是要把他的模样刻在自己头脑里一般。福惠的眉眼很像今上，鼻子往下的地方却像贵妃的父亲年遐龄。他说起去木兰打猎的开心事，小嘴一张一合，凑着小鼻子一翕一收，就让贵妃想起自己儿时随任武昌的情形。那是大江横亘的名城，东湖曲折，山峦清秀。贵妃是年巡抚最小的娇女，所以每逢公余，父亲就常捧着她瘦削的脸，嗔她不肯吃肉。又教她背"少年从猎出长杨""为报倾城随太守""所向无空阔，真堪托死生"；再令她的二兄龚尧相携，去磨山打猎秋游，得了獐狐野兔，就烤给她吃。

她一时恍惚，口中喃喃念出一句"老夫聊发少年狂"来。福惠虽还没到进学上书房的年纪，可平日里名诗好词也念了不少，又正是好胜争强要人夸奖的年纪，遂得意洋洋顺口接道："左牵黄，右擎苍，锦帽貂裘，千骑卷平冈。"不料贵妃听见"牵黄、擎苍"一句，头脑中兀地现出"鸟尽弓藏、兔死狗烹"八个字来，一个冷战，便觉胃里翻江倒海，紧接着将才喝的两口水都呕出来，前襟并锦被湿了一片。福惠先吓了一跳，边在嘴里喊着"额涅"，就跺脚甩了两只靴子，一骨碌到炕里头，举着小拳头替贵妃拍背。

一旁宫女们先听见福惠背诗，想着贵妃应该高兴才是，不知为什么又触动心肠吐起来。夏天儿先在这里安抚几句，就带着小宫女到外间端药，可才迈了一只脚到门槛外，就"呀"的一声叫出来。实因皇帝背着手从外头进来，后有两个御前太监相随。皇帝并未理会她们的跪拜，照旧走进内间来。福惠眼尖率先看见，赶忙就推贵妃，大喊"汗阿玛来了"。

贵妃刚刚吐过，脸蜡纸一样黄，这会儿勉力抬起重如千斤的眼睑来。殿宇深深，床帐半垂，恍惚见一男子的面目渐渐靠近，长脸、淡眉、细眼、八字须，似是她及笄之年就陪伴的夫君。可细看又不像，她的夫君面容瘦削，气宇轻捷，谈笑间眉目灵动，不见一丝愁苦之气；可眼前这个人已经发起福来，地阁宽大，神情沉滞，似有无限的心事又不肯吐露分毫。她极力定着心神，却满是不知有汉、无论魏晋的惶惑。等皇帝叫了几遍她的闺名，福惠又唤"额涅"，她才明白些，继而泪水恣纵，一串一串滚落下来。

"怎么一下病得这样，怪我忒疏忽了。"皇帝满腔的儿女情长泛上来，一面自责，一面要了手巾去擦贵妃的眼泪。宫人们挪动着贵妃的上身，往高枕上靠了靠，她原本躺着的地方，就现出一撮一撮脱落的长发。皇帝探身捡在手里捋了捋，又递给夏天儿，问道："你主子用的发塔，还是潜邸那个？"

夏天儿才答应了一声，就捂住嘴，将要涌出来的一包眼泪憋回去。等忍住了才掏出绢帕子来，将头发小心托住，随后一蹲身，就要带福惠退出去。皇帝摆摆手，将孩子揽在身前，又向前倾了身子，才听贵妃竭力说道："臣妾不该这样不梳不洗见您。"

"什么话，又不是汉武帝跟李夫人。"皇帝笑着宽慰她，又低头问身前的福惠，"瞧你额涅是个美人不是？"

福惠脆生生答一个"是"字，把周围凄风苦雨的人们都说得破颜发笑。唯皇帝又想起旧事来，倒不知作何言语。

且说当年贵妃尚未及笄就进了雍亲王府，年岁尚小，天癸未至，花烛之夜并不曾圆房，及至二八佳诞，方行周公之礼。一夜春宵苦短不提，次日一早，三十几年晨读不辍的雍亲王迟迟不肯移步出闺房，只是披衣而坐，笑呵呵看着年轻的侧福晋梳妆。大家闺秀初做了小媳妇，不免又羞又臊，磨磨蹭蹭拿起东放下西，披散着秀发挨了好一会儿，才上前推他的肩道："王爷快去，好叫丫头来梳头。"

"叫什么丫头，我给你梳来试试！"雍亲王说着话，将抽身要跑的侧福晋捉在怀里，按着她坐在妆台前，将一个木雕的梳具匣子从她手里要过来；打开一瞧，那方的、长的、月牙儿的，竹的、木的、象牙的，凡梳子、篦子，足有十一二件。他自己摸不着头脑，又不肯屈尊下问，只好随手拿了个秀气的木齿丹，打头顶上一拢，就听身前人"呀"的一声娇呼，七八根青丝顺势脱落下来。侧福晋爱美，又是小姑娘脾气，一把抢过梳具匣子抱住道："瞧您能的！通头的要那长的大的，这细的小的，是拢下梢才使得！"说罢看看飘落散下来的秀发，气得跌脚噘嘴委屈道，"瞧瞧，又掉了这么多，本来就成日价掉，照您这个梳法，过两天要成比丘尼了！"

"小丫头胡说，发为气血之余，掉头发，是你气血不足，怎么赖上我了？赖我不说，还敢毁僧谤道！"雍亲王自知理亏，乔张作致高声两句，就气短下来，拉着她的手抚慰道，"回头给你个好样子的发塔，把每天掉的头发都存着，等掉成了比丘尼，就拿出来给我看看，也好笑话笑话你。"

"女生四七，筋骨坚，发长极，身体盛壮。你才三十岁，正是强健的时候，怎么就病得这样，我还说太医院危言耸听来着。"皇帝看着垂危的贵妃，想起小儿女往事，也情难自禁地垂下泪来，半晌才揩拭着强笑道，"可得好好养着，等头发掉成比丘尼，还要给我笑话呢。"

皇帝又坐了一会儿，看贵妃精神实在不济，只好交代众人几句出来。迎头见着按例进内诊脉的太医院使刘声芳、御医刘裕铎两个，虽知无甚可问，仍张口问道："贵妃的病还有大愈之望么？"

刘声芳是个久在朝中侍奉贵人的老宦，一向最会说话，一听皇帝此问，忙叩头回道："贵妃得沐天恩慰问，感戴之下，不定气血俱通，五脏俱调。"

"我又不是药王菩萨，哪有那么大道行？"皇帝听惯他的委蛇虚词，不过摆手苦笑。想想没有再问的话，只好叹息两声，命传张廷玉候旨。

九洲清晏暖阁之中垂设珠帘，待张廷玉进内，皇帝就指着帘外座椅高几向他道："坐坐，替我写一道旨给礼部。"张廷玉整日待在内廷，凡属要紧旨意，大多由他草拟。现见皇帝踱步不止，心知所办必是急务，遂打点精神提起笔来，想着边听皇帝口述，边打腹稿成文。却见皇帝踱了半晌，又坐下去，沉吟许久方道："眼下贵妃年氏病重，她在藩邸多年，又育有皇子，还该加以优礼。就写——妃素病弱，如今渐次沉重，朕心轸念，着晋封为皇贵妃。"及见张廷玉一躬落座就要动笔，皇帝又将他止住，顿一顿道，"一定将贵妃在皇考、太后大丧上尽礼的事多写两笔。"

妃嫔册封旨意多系具文，不过翰林笔法，原不用这么郑重其事。如今朝中办理年羹尧案，蔡珽一干人吵得极凶，大有牵连其满门家口之意。张廷玉是日侍帝侧的近臣，料知皇帝并无此意，此时又见他神色怅然，礼仪郑重，心中越发笃定，不过稍加酝酿，就提笔写道：

"谕礼部：贵妃年氏，秉性柔嘉，持躬淑慎。朕在藩邸时，事朕克尽敬诚，在皇后前小心恭谨，驭下亦宽厚平和。朕即位后，贵妃于皇考、皇妣大事悉皆尽心尽礼，实能赞襄内政。妃素有羸弱之症，三年以来朕办理机务，宵旰不遑，未及留心商榷诊治，凡方药之事悉付医家，以致耽延。目今渐次沉重，朕心深为轸念。着封为皇贵妃，一切礼仪俱照皇贵妃行。特谕。"

写罢自看了两回，见无舛误，便持稿呈给皇帝去看。皇帝看过先点点头，又拿起笔，在"一切礼仪俱照皇贵妃行"句前，加上了"倘事出"三字。待再看时，却有不忍卒读之意，叹息着放在一边，又向张廷玉道："先头律例馆进呈新律，我看婚姻一款，除了'七出''三不去'之外，还有夫妻义绝一说，你知道么？"

"皇上恕臣不曾研习律例。"

"是说夫妻族属相殴相杀，夫妻之间即称义绝。"皇帝虽同张廷玉说话，却似自言自语，娓娓笑道，"明儿要杀年羹尧，放在寻常人家，贵妃递上状子，县老爷就可以断离了。"

张廷玉虽然亲近，到底是个汉臣，于宫廷家务岂宜多加置喙，只好伏地拜道："国法不同于常情，皇上此言，非臣所敢听。"

"说笑话而已，不用当真。"皇帝见他惶恐，也不便多发感慨，遂将才拟的谕旨发下去，叫礼部和内务府预备贵妃后事。

第六十二章 虎兆

晋封的旨意下了没几天，年贵妃就在圆明园病逝。皇帝伤怀悲悼，特地选了"敦肃"两字做她的谥号，又参酌《会典》，添加些礼仪，以慰逝者在天之灵。

按例皇贵妃位同副后，薨逝之后，皇子王公并福晋等都要到停灵之所齐集穿孝。现下正是隆冬，寒冷异常，这披麻戴孝的勾当，除了特意要拍马屁的人，谁个又能乐意。所以旨意传到各王府，诚亲王允祉打头就不痛快。他如今是皇家近支中第一个年长位高之人，礼仪上难免有些自矜。今上登基以来，压制宗室之事做得过多，对他这个为兄的，也无格外敬重，譬如这样穿孝齐集的苦差竟然不能免去，实在叫他生气。

至于廉亲王允禩，自那日痛责胡什屯后，他的病就愈发重了，窝在西郊园子里躺了十来天，连皇帝将这件事遍谕群臣，把杖毙九十六的太监砍了脑袋，他也全然顾不得了。这会儿将将能够下地，就赶上皇贵妃的丧仪。福晋原本要他告病假，可临事头一天，偏是少有来往的允祉气啾啾赶来探病，又当面撒气道："哪有作兄长的为弟妾穿孝的礼数？我明儿断不能去，你这病人去不去？若不去，咱们一处告假。"

允禩本不想去，听他这样说，自己反倒不敢不去，生怕皇帝挑起礼来，又扣个党同欺君的罪名。可他又不想得罪允祉，所以宁可自己委屈，遂苦笑道："三哥确实不宜去，何况荣妃母在堂，也不吉利。我的体面远不及三哥，不敢不去做做样子。回头主持的人问起来，我就说三哥另有要差去办，替您遮掩了罢。"

果然，到了齐集举哀之日，诚亲王允祉并未前往，廉亲王允禩虽去了，可缠着头，拄着拐，一脸病容，委实不堪。俗话说千人走路，一人领头。允祉托故不到，允禩又这个模样，余下人本来不服，见着榜样，就愈加懈怠起来，不但礼仪不肯谨慎，闲话也说了不少。皇帝耳目周到，自然有所听闻。他暗生闷气，可碍着伦常有恒，长幼有序，也大不便为了这样的事去和允祉较劲。只好横挑鼻子竖挑眼，找出些不是来，将礼部堂官各降几级，以儆效尤。

皇帝心中烦躁，又拿出九卿会议年羹尧案的本看，见本尾上写："伏请皇上将年羹尧立正典刑，以申国法。其父及兄弟子孙伯叔、伯叔父兄弟之子、年十六岁以上者，俱按律斩。十五岁以下，及母女妻妾姊妹，及子之妻妾，给付功臣之家为奴，正犯财产入官。"外间的半阴天扑簌簌下着大雪，皇帝隔着明窗看了半晌，才揉揉发涩的眼角，叫来九门提督阿齐图吩咐道："现在为了年羹尧的案子，京师里人心不定，或是钻刺打点，或是造作谣言，各处一定不少，你务必加意留心。"

阿齐图自办了内府披甲围闹廉亲王府一案，更得皇帝宠信，他自己亦精神抖擞，官当得十分起劲。所以上午得了这句话，下晌就加派兵丁番役，日夜盯住年家各处宅子，凡有动静，即刻回报。

没过几天，果然有一件新鲜事，麻烦到阿齐图头上。只因现在的年家，年遐龄老迈多病不说，年希尧行事也欠精明，加上贵妃薨逝以后，举家既要应付官司，又要到停灵之处守丧，所以再没精神料理家政、管束下人。家奴仆役中告病请假、私下逃走的，都渐多起来，那些暂没找到去处的，见家主无力，也难免借机偷窃、旷闲躲懒，颇有些树倒猢狲散的意思。

这一日天已入夜，内城里都静谧下来，家家关门闭户，街上空无一人。年家司阍的家人本有五六个，近来走的走散的散，只剩下两个，一人一天地轮班。这天当班的是个老仆，眼花耳背，天一晚，就忍不住犯困，实难照应大门并院墙的动静。晌午他京东老家的儿子前来探望，说现在连乡下人也知道，在年家做事没好处，他们要是闹个满门抄斩，岂不连下人也跟着丢了小命儿？您老在他家年久，不如联络几个管库管厨的人，拿些钱米物什，回家做个小买卖去罢。这老家人是个厚道禀性，又受过年遐龄的好处，不但不肯应允，反将儿子臭骂一顿赶回家去。独留下他孝敬自己的几斤羊肉，待晚上关了门，就在墙根处架起炭火盆烤肉吃，又拿出自己存的半瓶烧酒，自斟自饮。

闷酒易醉，又兼是有年纪的人，所以喝了不到二两，老仆就觉得头沉，一壁里靠着炭火盆，合着大棉袄，迷迷糊糊睡将过去。一觉睡了小半个时辰，等酒劲稍过，他蒙眬中就觉出些许寒意，想端着火盆挪到屋里再睡。可刚揉着眼睛要坐起来，就听火盆前窸窸窣窣的，似有些不同寻常的动静。他原当是闹耗子，也没在意，披了棉袄就往盆边摸去。此时正是三更天到，走街串巷的更夫又恰巡到年宅门口，更夫才将更梆敲得作响，不合火盆边"嗷"的一声怪叫，就见一个毛乎乎的活物腾空跃起，惊马般乱跳起来。

老仆叫这活物一吓，登时就醒透了，一把抄起身下板凳，借着残火微光，兜头向那活物打去。那物极是灵巧，向前一蹿，躲开板凳，却将尾巴扫在炭火盆里。火盆里的火虽灭了，余烬到底未灭，一下扫上，就疼得它惨叫起来，黑夜中两眼露出凶光，反身扑到老仆肩上就是一口。这一口实在厉害，不但把棉袄全撕烂了，连里头的肉也狠狠咬住，鲜血一下子洇上来。老仆呼痛正要再打，却见它大叫着，夺路往后宅狂奔而去。

如今年家人风声鹤唳，夜深人静听见门上呼喊，只当是来抄家。上房里年遐龄惊得浑身盗汗，颤抖不止；东进院年希尧闻听人报，也慌了神，不晓得该去安慰老父，还是到大门应付，一时乱哄哄的全没个章法。直等十几个家人灯笼火把齐点起来，跟着司阍老仆一路追到花园，才看清是个黄地花斑半人多长的大个野狸猫，叫人逼得无路可逃，蹿到一棵半高的树上，抱着枯枝大口喘粗气。

年家人多，这一乱，就沸反盈天，吵得四邻不安。阿齐图派来的番役探得动静，立刻就往他家飞报。阿齐图蒙皇帝这样恩宠，实在很肯尽心，一听年家有事，虽在梦中，也即披衣而起。待听说是个大个畜生，或是猞猁，或是豹子之类进了家门，他便觉得无趣；正赶了来人要睡，忽而又警醒过来。先前年羹尧青海大捷凯旋时，京里到处传扬，说他是个老虎转世，天生的煞神，跟得道之人修炼过了，才成个人形，又能做大将军。阿齐图想起旧话，略一思忖，就翻身下地，招来几个精干亲信，如此这般一一吩咐，随后穿戴整齐，赶到衙门升座。

其时天尚未明，他倏尔发下大令，调集五十名身强力壮的满洲兵丁，鸟枪火铳、强弓硬弩都配得齐全，一路张扬着往年家去。沿街居民正忙着洗漱打点、预备早饭，见此情形，心里各自纳罕，无不七嘴八舌议论起来。其中还有不少好事的，陆续跟在兵丁后面，往年家去看热闹。

待这一行人到了年宅，天光已经放亮。年遐龄折腾一宿未睡，此时周身虚软，歪在炕上不能起来。年希尧听见阿齐图带兵亲来，吓得真魂都散了，衣裳也来不及换，就跌跌撞撞迎出门来，却见门外不但兵丁，就连看热闹的也围了上百。年希尧打着躬要往里请，就见阿齐图满面狐疑问他："年大人，听说你家里竟进了一只虎，伤着人没有？"

他话一出口，就惊得年希尧瞪大了眼，一旁看热闹的闲人也炸窝般叫起来，东拉西问，再没一刻安静。年家邻里被挤在人群中，可逮着显摆见识的机会，仿佛亲眼所见似的，左顾右盼向众人解说："可不是！昨儿夜里再不知进来个什么畜生，嗷嗷叫得瘆人。他们合宅里喊杀喊打满院子跑，把我们都吵醒了！"

"军门怕是听错了，那不是虎——"年希尧赶忙解释，声音却盖不过众人的议论。所以他一句话还没说完，阿齐图已经将手一挥，高声道："老虎进城可不得了！你们快把那畜牲打死了抬走，看别伤人！"说罢带了那些持械的兵丁，连挤带操，将年希尧一并拥进院去。

及到宅内花园，阿齐图命众人在外等候，自己只带七八个亲信随年希尧入内。那里头一只大野狸子的尸首，已然横在当地，几个家人挥锹弄镐，正要在墙脚挖坑掩埋。年希尧遂向阿齐图道："夜间门上贪睡，不知怎么，就叫这畜牲跑进来，将一个人咬了一口，伤处已经敷了药，不打紧了。都怨我不能约束下人，一点小事慌里慌张，搅扰四邻不说，又传出讹误，竟惊动军门亲自赶来。实在是我的罪过。"

阿齐图闻言不置可否，脸上似笑非笑道："这畜生的皮毛甚好，埋了可惜，不如给我，赏给置不起皮衣裳的兵丁怎么样？"

"好好，军门请便。"

阿齐图笑着拱了拱手，才向前走了两步，又忙退回来，指着那狸子道："看这大小，比个小虎羔子也差不多，也不晓得死绝了没有？"说着话一把抓过亲兵手中的鸟枪，瞄准它的头就是一枪。年希尧被唬得倒退几步，心里蹊跷，却不敢问，任阿齐图带来的亲兵围上前去，将畜生的尸首抬在一个大木板上，又盖了厚厚两层麻席在上头，只露出一截黄黑相间的尾巴梢来。在外头等待的官兵一听枪响，只当真有老虎，赶忙就围进来，却见阿齐图泰然自若握枪站在当地，说声"告辞"，就叫人抬着席板，浩浩荡荡出了年家。

大门外里三层外三层的闲人听见枪响，越发认定院中有虎。此时见官兵搭出板来，里头鼓鼓囊囊，似个大畜牲模样，还有截尾巴毛乎乎的。城里人没见过虎，如何能辨真假，是以街上男女妇孺，都将这年家进虎的消息作一个稀罕事，七姑八舅传将开来。更有那会编排的，将前因后果也连缀上，说头天下晌就在老齐化门外见着此虎，不但齐化门见过，就东便门城头也有人见过。几下里七拼八凑，不出三五天，就将这老虎何等模样、何等大小、何来何往，传了个有鼻子有眼。再把年大将军是老虎转世的掌故接在一处，一传十、十传百，竟成个人人争说的新闻，连宫里太监、侍卫也有不少知道的。是以不待阿齐图奏报，皇帝就有了风闻。

皇帝辩才高明，最能讲因说果，见众人各自不解，便泰然道："你们不曾读书，怎么知道天人合一的道理。我先头用年羹尧为大将军，就曾梦见一头虎。那时候诸王大臣都说他不是满洲宗室，怕生异心，我不过一笑置之，并没说这桩缘故。现在既有老虎跃深沟攀高垒，不伤人畜，专奔他家，又叫兵丁合力击毙，可见天意如此。"内侍们听得一知半解，不过点头称圣。也有一二心思灵动之人，听见这话，就晓得皇帝心意已定，年羹尧的死期将到。

果然，又过了几天，皇帝便将廷议的本章发回，又写一道上谕，内称："朕念年羹尧青海之功，不忍加以极刑，着交步军统领阿齐图，令其自裁。年羹尧刚愎残逆之性，朕所夙知，其父兄之教，不但素不听从，而向来视其父兄有如草芥。年遐龄、年希尧，皆属忠厚安分之人，着革职，宽免其罪。一应赏赍御笔衣服等物，俱着收回。年羹尧之子甚多，唯年富居心行事，与年羹尧相类，着立斩。其余十五岁以上之子，着发遣广西云贵极边烟瘴之地充军。年羹尧之妻，系宗室之女，着遣还母家去。年羹尧及其子所有家赀，俱抄没入官。其现银百十万两，着发往西安，交与岳钟琪、图理琛，以补年羹尧川陕各项侵欺案件，其父兄族人皆免其抄没。年羹尧族中有现任候补文武官者，俱着革职。年羹尧嫡亲子孙，将来长至十五岁者，皆陆续照例发遣，永不许赦回，亦不许为官。有匿养年羹尧之子孙者，以党附叛逆例治罪。着内阁明白记载。"

刑部监狱沿用前明锦衣卫北镇抚司监所，地在衙署西南。因为国家承平，人口日增，刑名狱政也愈发繁冗，以致监舍拥挤，额定关押二十人的监舍，在押者常有四五十人。不过，为着"刑不上大夫"的古礼，做官之人即便获罪，也不必在那腌臜牢房里受苦，而是另住外监板房，不但屋子明亮干净，只要本家银钱足备，就是读书写字、吃酒吃肉，也与在外不差什么。哪怕未经定案，只要与司狱、禁卒的好处到了，那些亲友往来、书信串供的事，虽然有干禁例，终归屡禁不止。

不过年羹尧绝与旁人不同，他是天字第一号的钦犯，刑部上下再不敢由着俗例凑合。自部里得了他押解到京的实信，在部当家的汉尚书励廷仪就提起心来，早早唤来一满一汉两个年富力强、老练精干的司狱，责成专委，严加晓谕，告以结案之际必得重赏、若见纰漏提头来见的话，先断了他们借机发财的念想。二司狱诺诺叩头，领命回到监中，当即挑了八个识文断字、手眼利索的狱卒排班照应。是以年羹尧一经押到，狱中已是万事俱备、严阵以待。二司狱办过文书，就将他引到收拾一新的板房里。等一应交代完毕，就见年羹尧从随身行李内取出一大锭银子放在桌上，说道："你们为我担的干系大，这是辛苦钱，打壶酒喝。"

二司狱都是广见世面的伶俐人，一路上极为客气，公爷长大帅短叫个不停，及见年羹尧拿出银子，却又将嘴一咧，嘿嘿笑道："咱们兄弟都敬重公爷的威名，断不是那起子势利眼。您一应吃喝需用，我们尽能担待。只是亲友探访、寄送书信这一类事——咳，都是妻儿老小一大家子人，您老赏下再多，卑职们也不敢应承。"

"好！这位老弟是个痛快人！"年羹尧叫他说得大笑，自将银子收起来，拍拍他的肩膀道，"我没有求你的事。既不敢应，也不要紧，等案子有了着落，咱们一并会账。"

"那卑职先替兄弟们谢赏！"二司狱点头哈腰又陪着说笑了一阵，就留下两名狱卒在此照应，自到堂上回报不提。

一连月余，刑部奉着旨意，隔三差五就要年羹尧过堂。凡要说要辩的，他早在先头的折子里辩过，再听堂上背书一样再问他的话，不过挨次又说一遍。只是每过一堂，他就要请审官代奏，许自己面见天子，一陈冤枉。

转眼天至酷寒，不但圣颜从不曾见，就连奉旨的堂讯也越来越少。年羹尧心里渐渐没了底，不知这样安静日子是何征兆。又过了十来天，一日晚间，汉司狱忽然给他送来一身麻衣，说上头交代，宫里贵妃娘娘殁了，里头递了这件衣裳出来，我们堂官让交给公爷。年羹尧闻听此言，真真五内欲焚，跌坐炕上寒战许久，方大哭出声道："我这不孝不悌败家累亲的罪，来世也不能赎了！"

相交月余，司狱已经摸清了他的秉性，晓得他是个傲极了的人，心里全没个怕字。譬如上堂见着三法司大人，回到监中，就要逐个评点嘲笑。平日里又好给他们讲古，说这明朝的锦衣卫大狱里，关押过多少名臣烈士，不定自己就和阳明先生踩了一片土，同杨椒山共过一轮月。这会儿见他如此伤心失态，司狱心里诧异，又怕他自戕，遂不肯离去，欠坐一旁劝道："我自伺候公爷，不曾见您难过，怎么听见娘娘的事，就这样悲恸起来？想是自幼的情分好，或是娘娘要在，您的案子就有指望？"

"手足关情不假，更恨我一个读书的丈夫，不但不及小妹的见识，反倒累她抱屈而死，我还算是个人么！"年羹尧一面说，那扑扑簌簌的眼泪，又沿腮双淌下来。司狱虽不知内情，也叫他哭得唏嘘，正不知作何开解，就听远处咣咣当当的声响。又有狱卒带酒嚷道："真他娘的晦气！又赶着老子当班抬死人！"

司狱出门看时，就见后头虎头深牢里，一个狱卒掌灯，两个狱卒连拖带拽，弄出一具裹着破席子的尸首来，尸身上镣铐未去，又逢夜静更深，故而响动甚大。几个人都是半醉，走路也不稳当，满嘴里骂骂咧咧，隔着老远就能听见。司狱截在当道，迎头断喝。三人见是现管，立时吓得酒醒，将尸首随地一扔，一齐趴在地上。为首的先打了两个酒嗝儿，想想这确乎不是女监，方觍脸笑道："给老爷磕头。"

"半夜聚饮，又偷抬尸首，你们好大的狗胆！人是怎么死的？是你们讨钱不着，治死的不是？"司狱在官场上是杂佐微员，于监中几百狱卒而言，却如天神一般。他先站住打个官腔，就捏着鼻子，用靴子钩住裹席的破烂处，去掀看人脸，待晓得不是要紧犯人，就放下五分心来；再命狱卒将席子打开，灯火掌近，说要验伤。几个狱卒闻言变色，为首的上前挡住，哈腰强笑道："您老说哪儿的话，是受刑的旧伤，加上天冷，冻死的。伤处腌臜得紧，您老正在本命年上，可看不得晦气东西。"说着话就往腰间伸手，摸出两串钱来献上。

"呸！"司狱正不想看，听他一说，顺势就作罢了，只抬脚踢了一下狱卒的屁股，骂道，"赶紧拖出去，明儿上账！"

几个人听他发话放行，忙应一声，拖着尸首就走。司狱将两串钱颠在手里，哼着小调正往回走，就见年羹尧换了孝衣站在板房门口，大月亮底下，泛着惨白的淡光，着实吓了他一跳。还未及说话，就听年羹尧沉声道："好歹一条性命，钱拿着不怕咬手？"

"叫公爷笑话。"司狱脸一红，将钱揣好了，进门盘腿坐在炭盆边的席子上，啧啧道，"刑部大牢里的死鬼天天有，我凑东借西捐了这个苦缺，就想行善，也行不过来。咱只说大将军您见惯了杀人，不觉这是个稀罕。别说，我原也伺候过几位翰林出身的老爷，夜里听见这样响动，都吓得不敢合眼。"

"何止战场上见杀人，就做个寻常地方官，也晓得你们管牢的都是活阎王。"年羹尧坐在炕上，目光幽暗想着心事，听这话不免"嗫"地嗤笑，边箍着脑袋，有一搭无一搭问道，"死的人是谁？什么罪？"

"是个半大小子，也没有三亲六故，投了口外一伙响马盗，做些放风守门的勾当，叫当地团保拿住。也奇了，这小子人不大，可真能扛刑。那一伙十几个都供说认得他，偏他不认，硬说自己不是把风的伙盗，是个路过看热闹的。好，这一路从县到省，再到部里，为他一个人，白审了多少回！押来那天是我当班，就看他身上没一处好皮肉，可肉烂嘴不烂，把承审的司官老爷气个没辙。得，今儿人死如灯灭，也省了大家的事。"司狱是个老行家，又会描摹，把个心事重重的年羹尧听得也入了神，末了又感叹道，"可惜，年轻轻不走正道，若去投军，定是个不怕死的。"

"瞧您说的，扛刑不招，还不是怕死，哪能跟从军的好汉子比。"

"倒也不是这样说。慷慨赴死易，忍辱负重难，难就难在一个熬字上。大丈夫上战场，若能顷刻就死，倒是个快意事。譬如我，要是去年西宁守城，叫番兵一炮轰死，倒落个生荣死哀，俎豆千秋，何至于今天这样煎熬，又何至于败家累室如此——"他说着，又想起自家的处境，竟与个不知其名的响马盗生出些莫名的同情，遂从怀中掏出一小锭银子，递给司狱道，"你才得的钱，就给他落个好发送，我再与你几两银子补上。"

这边司狱谢过出门，年羹尧就独个穿着丧服躺下，辗转几回睡不着觉。不但睡不着，眼睛里还仿佛倒了水一般，一注一注的眼泪扑簌而下。不知道过了多久，就听外头四更梆响，他到底又坐起来，点了灯铺开纸笔，思忖半晌写道：

"臣年羹尧谨奏。臣今日一万分知道自己的罪了。若是主子天恩怜臣悔罪，求主子饶了臣。臣年纪不老，留下这一个犬马慢慢地给主子效力；若是主子必欲执法，臣的罪过不论哪一条哪一件皆可以问死罪而有余，臣如何回奏得来。除了竭诚恳求主子，臣再无一线之生路。伏地哀鸣，望主子施恩，臣实不胜呜咽。谨冒死奏闻。"

第六十三章 死别

这一道乞恩折上去没几天，就有位上官来狱里传话，却不是带他面圣，而是转监——另解到步军统领衙门的监狱看押。按理说，步军衙门所管狱讼，多是内城的笞杖轻罪，凡是徒流以上的重犯要犯，都要转到刑部监押，这反其道而行之的事，还真不曾听说。年羹尧心里纳罕，可来人却不肯多话，只一迭声催他收拾东西。刑部的满汉两司狱并一干狱卒，虽不敢从年羹尧处得财，可承他的豪爽，听了不少戎马逸事、天下奇闻，这会儿说走就走，又不知凶吉，心里竟十分难舍，趁那上官出去，俱都纳头拜道："您老这一去，必定遇难呈祥。日后东山再起，别忘了咱们里里外外伺候过公爷！"

"多谢诸位的好话！"年羹尧见众人热肠，心中也自感激，挨次作了个罗圈儿揖，又取出几件稀罕值钱的随身之物，分别相赠。待再要说几句临别的话，就见押送官员去而复来，只好止住不说，随同离了刑部监所。

等到了步军衙门监狱，已是天将日暮，四下里黑蒙蒙的，道路也看不清爽。这里看牢的人倒很客气，和押送的人交接完毕，就由着他进内歇息。步军衙门不设犯官专用的板房，只有略干净的单间，供些使了大钱的犯人使用。因此牢内的摆设简陋，四壁黢黑不说，气味也颇不堪，只一盏老旧的油灯，泛出萤虫之光，与墙脚炭火盆里的火光相应，总算添些活气。

年羹尧此生所到寒冷的地方极多，不说早先在川西深山里剿匪，就上年隆冬困守西宁，一场大雪下过，也足能让人冻掉了耳朵。可他此时所感的寒气，却是川藏、青海再不曾经历的，是一股阴寒直摄心口，把个热腾腾的心浸透了，拧成一个结，又顺着那结摅出来，泛到全身的汗毛孔里。他失魂落魄地退到散着臭棉花味的炕边，强坐下去，却不敢细看昏灯之下的情状。只好闭上眼，半蜷身子面壁躺下，合衣囫囵睡去。

一时蒙蒙眬眬的，就想起自己殿试文章写得不好，名次落在三甲倒数，原本要等着吏部领凭，到哪个边远小县去做县官。不想御前领训之日，跪在末排的他高出旁人一头多去，先帝见他模样英武不似文士，就点着问了姓名，待晓得是湖北巡抚年遐龄之子，又不免多谈了两句。他自幼胆大，又仰慕先帝的才略，当即一问一答，当殿讨论起来。先帝听这少年进士纵论博引，不但不以为忤，反而称赏有加，特旨将他选作翰林，留京任职。他得这一番异数，自然得意非常，回到家洋洋大言，逢人就说自己御前的际遇。年遐龄听见这话，不但不夸他的聪明，反令他跪在近前，骂他初入仕途就狂诞若此，日后家门之祸，必由今始。他当日听这一骂，嘴上不敢回言，心里着实不服。岂料老父远见若此，竟能一语成谶。

想至此，他头脑中又尽是老父的模样，须发皆白，衰弱不堪，两手在眼前摩挲，仿佛失明一般。旁站的年希尧独个垂泣不能劝解，下头椅子上坐着自己夫人，白衣白裙，抱着儿女痛哭。一众兵丁将老屋重重围住，呼喝之声不绝于耳。后又见一伙混沌全无面目之人蜂拥而入，拖前掖后，要将父兄妻小带去。老父哭声戛止，未待来人上前，就"啊"的一声，闭目昏死过去。

噩梦陡然惊醒，年羹尧豁开二目，所见仍是这间昏暗监房。他原有心悸之症，这会儿一阵阵绞痛欲死，手脚也抽麻不住。强撑了小半个时辰，才喘过这口气来。待要勉强躺下，那梦却挥之不去，一个"死"字颠来倒去弥散心头。眼看天光渐亮，他才咬牙自骂道："大丈夫畏惧如此，何以为人。"说罢竭力静下心来，合目假寐。不大工夫，就听外头门锁响动，随即有两个狱卒进来推他，道："快起来，外头有钦差传旨！"

待出了房门，就又见步军衙门四名校尉，带着几个干净体面书吏、番役站在当地，也不说话，只是接了人，默默领着出来。一时穿房绕室，就觉守卫之人愈多，气氛也愈肃杀起来。年羹尧一路跟行，很快就到步军衙门正堂，只见廊下三法司和步军衙门的文武官员足有二十来人，俱公服严整，分班而立。见他们前来，堂前一名佩刀的校尉便跨前一步，高声道："大人有话，人犯既到，即刻进去！"

一进门，就见大堂正面一张长案，上设香烛，供着黄匣上谕。两旁各摆三张椅子，分坐刑部、都察院、大理寺满汉六位正堂。见他进来，六堂对视一眼，俱整衣起立，法海一声"亮工"狠憋着没有叫出声来，到底别过头去。就听身旁刑部满尚书塞尔图清了清嗓子，上前擎起谕旨，闷声道："有旨，年羹尧跪听。"随后就从匣子里取出折本，将群臣与他所列的九十二款大罪一一历数。念了近两刻钟，方换作皇帝谕旨，扬声道："朕览三法司会审之折本，并九卿议奏，特念年羹尧青海之功，不忍加以极刑，着交至步军统领衙门，令其自裁。"

塞尔图一句话说得寡淡少味，然听到年羹尧耳朵里，却是一道飞自天外夺命符。他大半年贬谪、数十天牢狱，无日无夜不想到这一步绝路，可终究不敢深信。此时亲耳听见人说，更是如同梦境。看看堂上站立诸公，个个面目熟稔，又模糊不清。左手边法海半转了身子，不肯同他直视；右手边的蔡珽却是冷眉冷眼嘴角倾着，显出嘲讽的笑意。他未等塞尔图的后话，就一用力站起身来，戴着脚镣向前两步，下意识要夺谕旨来看。两旁衙役慌得紧赶上来，将他重新按跪在地。塞尔图叫他吓了一跳，忙将谕旨合好了，仍旧奉至案上，边锁眉斥道："你是做过大臣的人，该知道好歹，九十二款大罪，论死也是应当，怎么如此无礼！"

"我既没叛心又没反行，小人欲加之罪，何患无辞！"年羹尧如今病骨嶙峋，叫两个精壮汉子按着，虽竭力仰身，又如何能抗得住，只是勉强抬起头来，僵着脖子大叫。塞尔图见状急得搓手，却听一旁蔡珽怒道："你已到了上路的时辰，不过稍等阿军门的回话。"说着朝下头番役们一摆手，厉声道，"带他空屋子候着！"年羹尧也不理会他，转将两只血红的眼睛直怔怔看向法海，喊道："渊若兄！知道家父妻小的着落么？"

"放心，放心——"法海站在一旁，本来满心悲怆不欲说话，待见蔡珽发威，就又激起他的火来。上前两步斥退衙役，却不敢径直安慰老友，只好含糊答复。正不可开交之际，就见外头校尉来报，说年羹尧之兄年希尧已带家人来到，现在二门外跪求，请大人准他们兄弟道别。

一听年希尧来，屋内众人都是一愣。刑部的塞尔图名义上是个主持，却见都察院法海、蔡珽两个剑拔弩张，都是他惹不起的，一时就不敢说话，只"哦"了一声，就低头嗅起鼻烟来。蔡珽才叫法海驳了，心中正自气恼，遂拍案怒道："你们混账！家里人来收尸，这会子回什么！若是请恩要见，你去问他，他做官几十年的人，听见过这个规矩么！"

法海暗骂一句"没人心的东西"，瞪眼止住来人，高声道："国法上也没有必不准看一条。这里众目睽睽，难道还怕串供？你去！请了年大爷来！"及见那人惶惑不知所措，又气得一拂袖道："待我去请。"说罢大步要往外走。

刑部汉尚书励廷仪与年羹尧两榜同年，终究有些香火情分；又因本部是三法司之首，要是法、蔡两个当堂失态，他们的麻烦着实不小。眼见满尚书塞尔图没有主意，他不免站出来，上前拉住法海劝说几句，复命随带的书吏，将年希尧请上堂来。不一时，就见年希尧白布衣帽，年兴、年寿二子粗麻斩衰，都是哭不住声，踉跄而来。众大臣并官吏等见此情状，各自嗟叹不语。只有蔡珽气哼哼的，独自捻着胡子，踱到院子里仰头看天。

年羹尧一见兄、子来到，这一腔离愁，就是块生铁，也早化成了冰水。他先谢过法海、励廷仪的厚情。却见法海掩面叹道："原该叫你们兄弟另找一处叙话，实在你的事不同一般，只好将就将就。"年羹尧含泪点头，转身一扑，抓住其兄衣襟道："我昨夜做了个父亲欠安的怪梦，他老人家现在怎么样了？"

年氏兄弟宦海分离已有四年光景，其间无论年羹尧蒙殊宠、掌大兵、拜上公，名扬天下，或是遭申斥、贬官爵、入囹圄，身败名裂，都不曾见上一面。岂料今日一见，竟成永诀。年希尧素性敦厚，这会儿听见弟说话，却发疯似的大怒起来，上前揪住领口，将他狠狠一搡，大哭道："娘娘薨逝，富哥儿问斩，一家子妻离子散，把父亲的眼睛也哭坏了，你竟有脸来问！"说着挥手就打。年羹尧跪在当地一声不吭，任其打骂而已。

到底法海将他兄弟分开，又拉住年希尧劝道："到了这步田地，抱怨他有何用。听他交代几句话，转给老世伯与县君，也不枉进来一趟！"

"叫陶庵先生笑话了。"年希尧一面哽咽告罪，一面走过去，见弟衣冠不整，以头抵地，自也把持不住，扑前抱住哭作一团。好容易收住了泪，年羹尧就命二子将伯父搀定，自己长跪泣道："小弟有三句话请兄长听，有三个头请兄长受。一是小弟不孝通天，一切父亲养老送终大事，只有全托兄长。请兄长受我一个头，日后尽孝，算个双份儿。"说罢一个响头磕在地上，再仰脸时，额上就见了青紫。

年希尧叫两个侄子掖着，也不能去扶，只好连声道："这是自然。"

"小弟十几个儿女，只好全做兄长的拖累。弟妇虽回娘家，到底我们夫妻一场，也求多接济她些！"

"这也不用你说。"年希尧见他磕这个头时，指甲扒住地缝，抠得全是污血，声音断续不能连缀，遂一把挣开二侄，就要上前拉住。却被他就势抓住双臂，呜咽道："我不听父兄教训，才有今天，如今阖家叫我连累，我有什么面目为人。蒙兄长不弃，冒险看我，我也只能磕一个头，求结来生未了因罢！"待要再叩首时，身前的年希尧已是肝胆俱裂，哆嗦着哭倒在地。

"马公爷、阿大人传圣旨来了，请各位大人出迎！"两兄弟正痛极诀别，就见外头一声高喊。众人忙整衣冠，依次下阶肃立。就见领侍卫内大臣马尔赛手捧上谕在先，步军统领阿齐图遍身戎装在侧，后跟四名侍卫，由外而内，正容前来。众人阶下迎着，簇拥二人进了大堂。马尔赛居中站立正要宣旨，却被阿齐图一眼瞧见年家三个伯侄，遂皱眉向自己衙门的人道："这是什么地方，竟放了不相干的人来？"

"这不是贵衙门的事，是渊若兄说，临死见见家里人，不干禁例。"蔡珽一直在院子里散步，听见阿齐图发怒，不免冷笑着搭话。阿齐图既与允祥结亲，对法海自然格外卖些情面，故而转嗔为笑，单冲着他道："老先生说得不错。可这道旨意要紧，只说让年羹尧听，没有别人。"

年希尧没有法子，只得一步三回头，洒泪而去。马尔赛见他们走远，又清了清嗓子，朗声道："奉上谕，年羹尧跪听！"

"罪臣恭聆圣训。"

"尔亦系读书之人，历观史书所载，曾有悖逆不法，如尔之甚者乎？自古不法之臣有之，然当未曾败露之先，尚皆假饰勉强，伪守臣节，如尔之公行不法，全无忌惮，古来曾有其人乎？朕待尔之恩，如天高地厚，且待尔父兄，及尔子，并尔阖家之恩，俱不啻天高地厚。尔扪心自思，朕之恩尚忍负乎——"

马尔赛本来认的汉字不多，句读费力，幸而谕旨的字画圆大，才能勉强顺读下去。无奈这上谕实在冗长，中间杂七杂八的，又说起当年青海战事，年羹尧怎样迟延不进、怎样结党营私、怎样挟嫌报复之类，听得人头也阃胀起来。待至将完，才将话锋陡然一转，又道：

"即就廷臣所议，九十二条之内，尔应服极刑及立斩者，共三十余条，朕览之不禁堕泪。朕统御万方，必赏罚公明，方足以治天下，若如尔之悖逆不臣至此，而朕枉法宽宥，则何以彰国家之宪典，服天下之人心乎？即尔苟活人世，自思负恩悖逆至此，尚可以对天地鬼神，觍颜与世人相见乎？今宽尔殊死之罪，令尔自裁，又赦尔父兄子孙伯叔等多人死罪，此皆朕委曲矜全莫大之恩，尔非草木，虽死亦当感涕也！"

又要人死，又要人心感涕，法海跪在一旁听着，想起家兄鄂伦岱流徙时，皇帝如出一辙的话，不免心中唏嘘。等再抬起头时，就见一个侍卫带了三名差役，分捧鸩酒、匕首、白绫，缓步走到左次间空屋子里去。

年羹尧到此时节，反而镇定下来，先叩头谢过圣恩，再朝众大臣一揖，复转过脸来，向法海笑道："才给家兄磕了头，未及与家父叩头道别，现请渊若兄代受，等往我家送赙礼做道场时，劳兄转达。"说罢上前扶定了法海，自己又退回几步，长跪拜了三拜。

法海泪如滂沱，勉强等他拜完，便上前执手痛哭。一旁别人也还罢了，唯有蔡珽顶不耐烦，又忌惮法海强横，遂绷着脸嗤道："亮工自诩英雄豪杰，怎么也这样怕死？啰里啰唆的，叫我们如何缴旨。"说着回头一摆手道，"还磨蹭什么，快请大将军进内！"

"你也算一个读书人，偏长了狼心狗肺！"法海这半日下来，早给蔡珽气炸了肺，不过时悲时嗟，不曾腾出工夫计较。直至此言一出，他一股邪火直冲囟门，呼一下站起身来，箭步迈至蔡珽跟前，手起拳落，正打在左面颊上。

他这一拳下去，众官哪里回得过神来，倒是年羹尧上前抱住，才将他拖到别处。蔡珽一行吃痛，气得目眦欲裂，捂着伤处就要上前。亏得阿齐图见机甚快，挺身挡在二人中间，边喋喋劝道："先办差，先办差。"

他这一拦，大伙儿也都警醒过来，纷纷上前拉劝。实因如今蔡珽风头太劲，所以这一干人等，倒是拉住挨打的人多，去劝打人的人少。

年羹尧深感老友的义气，可事到如今，也只好把万难报答之情压在舌头底下，不过朝法海紧抱一抱拳，就站起来，转身向那侍卫道："劳驾带路，我去领皇上的天恩。"

第六十四章

饮鸩

　　空屋子里只有一张半旧的条案，三样什物放在上头，都用黄绫子覆盖。年羹尧揭开绫子时，因为手抖得厉害，险些将鸩酒洒了小半杯出来。人生苦短，哪个不是恋生畏死，只是年羹尧要面皮的人，经蔡珽"怕死"的话一激，才不肯过于拖延。他是为将之人，看这三样东西，头一想自然是匕首。然则刀柄冰凉碍手，刚一碰上，浑身就打了一个冷战。他身后跟着步军衙门的仵作，因为亲戚里有从军之人，对年羹尧颇为仰慕，这会儿不免小声提醒："公爷手抖，只怕用刀不便。"

　　年羹尧听他这么一说，就想起当年征战时，自己有个勇猛的亲兵，率先拼入敌阵，叫番兵用利刃割在喉咙上，却不曾立死，回身又砍了一个人才倒下去。待背回本营让军医诊治，才知道他的食管已断，气管未断，直折磨了一整夜光景，才气绝而亡。想至此，年羹尧的畏惧陡然升腾上来，暗道此法断不可行，到时候疼痛受苦不说，岂不叫蔡珽辈耻笑？是以将手缩了回来，再往一旁去看白绫、鸩酒。复听仵作低语："盏里配的烈性烧酒，最助药力。"

　　"多谢！"年羹尧一言已毕，待仵作抬头再要说时，就吓得"啊"了一声，只见他一仰脖颈，早将鸩酒囫囵吞下。不到一盏茶工夫，便觉脸色发青，站立不稳，先是瘫坐在地，继而缩着身子抖若筛糠。仵作们惯经此事，都拿手捂起耳朵，怕听忒过惊心的惨叫。可到底未曾闻着一声。几个人面面相觑叹息一番，上前试过气息，验过伤处，就往外间报了人犯气绝的话。励廷仪是监过刑的，听里头动静轻微，又见来人身上无血，便诧异地指指房梁，权作询问之意。

"回大人，是喝药死的。"仵作摇摇头，呈上空酒杯来。励尚书瞥了一眼，就忙摆手说"知道了"，待仵作走开，又喃喃自语道："怎么没有声响？"一旁法海掩面大恸，并不肯同众人进内看验，单命人告诉了年希尧，叫他有个预备。

里边一切料理停当，外头才叫了年家伯侄进来。年希尧两股战战不能动弹，不过倚在墙壁上，命侄儿家人进去。直等年兴哭报"都收拾了"，他才挪步向内，只看了一眼白毡垫上的逝者，就赶紧闭上眼睛，哽着喉咙许久，说出"回家"两个字来。

年宅头进院内停着两口棺材，一口为年羹尧，另一口为次日要受斩决之刑的年富。伯侄三人没回来前，全家都悄无声息各忙各的。年遐龄自接了一子一孙赐死的旨意，就痰涌心窍昏厥过去；至今时迷时醒，大夫不敢离身。年希尧夫人带着一众仆妇家人，都在上房伺候。至于西院年羹尧房内，夫人早已哭得泪尽，不过躺在炕上，有气无力指示丫头收拾东西，一待圣命，就要被赶回娘家住去。等到四进院逐次传进"大老爷回来"的信儿，年羹尧夫人一骨碌从床上滚到地下，蓬头垢面几步冲了出来。年希尧也顾不得礼，一壁里自己挡住尸身，冲年兴兄弟大声嚷嚷："快拉着你太太别看！"可年兴兄弟都是庶出，对嫡母并不十分敢拦。眼看夫人扒开人群就要过来，倒是小姐从身后将她抱住。

"休我也是有旨休的，又不是我们两口儿不好！"夫人边说边挣，一意要看尸身。年希尧本来口拙，此际更无以对，不过陪着掩面而已。倒是小姐尚能把持，抹泪向夫人道："您别误会了大老爷，原为我父亲不是好死的，怕您看了伤心！"夫人禁不住跌在女儿怀里，将身子哭得软了。年希尧满头大汗安顿了弟媳、老父，再去前奔后跑，料理报丧发送诸事。

这边年家凄风惨雨不提，单说皇帝听了诸臣复旨，情态倒很安详，只是感慨了几句臣不密则失身的淡话，就了结了这桩事。他看蔡珽面带愠怒，腮下又见红肿，不免生疑，想是年羹尧临死发威，逞强与他撕捋，遂另外叫住他细问。蔡珽经马尔赛等人百般解劝，央求他息事宁人；可叫皇帝这一问，到底忍耐不住，就将法海如何飞扬跋扈，如何纵容逆臣，如何欺压同僚，前后种种，一一诉说，越说越见苦楚，不由放声痛哭。又道自己因蒙圣眷殊恩，常常招人嫉妒，不能自处于朝列之中。法海本是年羹尧一党，至今尚敢公然包庇，在场大臣不将他同声申饬拦阻，反而怕他的气焰来拦自己，人心畏强若此，皇上不

477

可不察。

他这里哀哀诉苦，上头皇帝反而噗嗤笑出声来，边叫人递过帕子给蔡珽擦脸，边摆手笑道："法海和年羹尧早就要好，可说是一党，倒有些冤枉。他们佟家人的毛病令尊不曾告诉你？就是结党，也只要人家来攀他，他再不肯凑合旁人。"待见蔡珽实在委屈难堪，又皱眉怒道，"可这当众殴打大臣，也忒混账了，纯学了他父兄习气，屡教不改！"边说着就要命人叫法海问话。倒是蔡珽有些气短，踌躇道："只恐怡亲王怪臣小气。"

"赈济的事你们各自为公，都没有不是。"皇帝一阵大笑，走下来抚其背道，"法海虽是王子的老师，可王子也拿他没办法，你大可不必疑心。"及见蔡珽支吾不能回言，又笑道，"你兼差最多，遭忌也难免。我看步军衙门呈进的抄没单，年羹尧在南城还有一所宅子，里头家什物件齐全，是早年皇父赏给他的。听说你在京的房子窄小，不如搬一搬，难为你一年的辛苦。"

蔡珽听了皇帝的铺排，顿觉腮上一拳挨得很值，忙叩头谢恩，唏嘘泣下，半晌又搜肠刮肚道："年羹尧虽死，到底他的根基不小，这几天肯到他家上祭吊唁的，自然是死党无疑，似该提防着些。"

"人死如灯灭，祭又祭不活，随他们罢。"皇帝听他说得恳切，不过笑一笑，就命他跪安去了。

这一天虽是年羹尧的死期，却不碍着旁人各办各事。金水桥畔九卿议所内，陈仪正对着吏、户、工部各堂侃侃而谈，将他们一路巡视卫、淀、永定、子牙四河的情形，并清淤、疏浚、筑坝、建闸诸事，一一指图陈说，请于滦县、蓟州、文安、霸州等处兴办水利营田，以防水患，兼济民生。允祥年前赶回京来，虽有各样杂事，到底最上心的，还是他亲自操办的这件旷世大工。今见部臣均称钦服，心里十分欢喜。谈笑风生定过奏稿，领首说句"诸公请便"，就带着侍从人等先离了议所。

天是个大晴天，却飘着几朵小雪花，十分清爽宜人。因为新春将至，大伙儿心绪也都甚好，天街上来往之人脸上都带着笑纹儿，见着熟人各自问候，少不了一句"拜早年"的吉祥话。允祥很爱雪，随意紧了紧身上的狐裘，就离开廊子走到雪地里，赏着景往造办处值房踱去，要看过年进奉的节礼如何。

他一路往西走到右翼门，就叫身后的人声喊住。回头一看，正是尹继善从南边赶来。他已经做了皇帝跟前的起居注官，这会儿忙里偷闲跑出来，及到跟前，喘了两口粗气才打千儿道："还当王爷在议政处，不想这么早就下来了。"

允祥见他跑得额角渍汗，知道有急事，却不肯露出声色，反笑话他道："明儿要当宰相，也这么一阵风似的跑？你整日价见张衡臣四平八稳好气度，怎么不学他呢？"

尹继善赧然一笑，半背过身用手帕揩了揩额角，又凑前低声道："才三法司奏复年亮工的事，说陶庵先生早间竟和蔡尚书动了手。皇上刚叫蔡若璞独对，这会子又召回陶庵先生去。我怕老先生吃亏，所以借空来回王爷。要等旨意下来，就难转圜了。"

允祥听见"动手"两个字，先在雪地里气得打跌，恨道："我料他就有这一出！"转一思量，又向尹继善苦笑，"皇上已嫌我忒迁就他，再去讲情，恐怕适得其反。他这个脾气，也该吃些苦头。"

"可万一真降下罪——"

"不至于，好歹有我的薄面。你进去罢，等老先生挨完了骂，请他到我值房说话。"允祥见尹继善作难，自己反笑起来，将他肩头一按，说道，"他们有年纪了，国家大事托在后辈，你须有自奋之心才是。"

允祥回到值房才坐定了，就听窗外厚底官靴的声响，知道必是自己的恩师无疑。才站起来要往前迎，就见法海满面愁容低头进来，再细看时，瞳仁中尚有血丝，眼角处隐有泪痕。允祥先让了座，又命人奉上茶果，而后略带埋怨道："不是我派先生的不是，蔡若璞到底同列大臣，破了脸，以后怎么共事？皇上责备您，实在不算冤屈。"

"也没有过于责难，只说了几句习气难改，下不为例。"法海怔怔的，并无畏惧愤懑之意，只是一味叹息。允祥只好安慰他道："先生重情义，想必还为亮工难过，赶明儿多送些赙仪，也不枉朋友一场。"

"宗人府参奏十四阿哥在大将军任上亏空军需帑银的事，阿哥知道么？"

"我说不知道，先生必定不信。"

"皇上才召我去，说要依宗人府所参，将十四阿哥的郡王革去，降为贝子，你一定也知道了？"

允祥见他抬头盯着自己，心里一阵叫苦，将脸一侧，看着墙边的自鸣钟道："圣心默定的事，多说也没有益处。"

法海喝了黄连汤似的，满嘴里都是苦味，站起来走到门前，又回身低沉道："有些话你虽难答，可我憋在心里也实在煎熬。如今亮工没了，我们佟家也是朝不保夕，再往后，就该到各位王子头上了不是？"

允祥叫他一句话噎到南墙，字斟句酌半晌，才说了句"皇上化家为国之心久矣"，就见法海一拱手，挑起门帘大步而去。

他这一走，倒叫允祥心里空落落的，随着门开风入，身上也打了个寒战，搓着手就地转了两圈，不知该做些什么。可他终归是个大忙人，空了没半刻钟，就又有人来禀道："礼部来人请王爷示下，说朝鲜国朝贺新年的使臣已经到京，在北会同馆住着，说想先给王爷请安，替他们国王问好。"

允祥虽不管礼部，却奉有特旨，专管朝鲜、琉球等国来使之事。北会同馆就在东华门外金鱼胡同，和他的府邸南北相邻，使节先拜亦属常情。是以他点点头，有一搭没一搭问道："他们来得倒早，今年的进贺使是谁？"

"正使是密昌君李橶，副使名叫权赫。"

且说李氏朝鲜自明以来，世为中国藩属。满洲入关前，为廓清海上，曾经两次逼迫李氏约定城下之盟，称臣纳贡迄于今日。不过朝鲜敦崇儒教，仰慕故明，虽说名义上服顺清室，心里倒有十分的不服，对满洲君臣常以胡虏称之，巴不得他们早日亡国才好。

此番正副二使离国以前，曾与国王及群臣议论，又一路听些略知清国密事的人说：当今胡皇十分暴虐，不但将半朝的大臣罢官抄家，就连他的亲兄弟，并王公、外戚、勋旧世家，也罢斥的罢斥、革爵的革爵、幽禁的幽禁、发遣的发遣，闹得人心惶惶、众叛亲离。又说新君肆意株连不为别的，都是他在先帝宾天之际，巧取了十四阿哥的皇位，名不正言不顺，令朝野不能心服的缘故。二使臣将这些话听在耳朵里，心中就存下鄙薄之见，只道这胡虏之邦果然不成体统，等到了燕京，必得细听细问，小心从事才好。

使臣由辽东进京，要住本国的会同馆。顺治、康熙年间，朝鲜国的馆舍本在玉带河以西，人称玉河馆。后来俄罗斯通使，因看这个地方好，便兀自占去。朝鲜国小势单，只好另辟一馆居住。可新馆地小，不敷使团居住，所以今上即位后，又找了金鱼胡同一处大臣的旧宅，权作他们的使馆。

李橶头天抵京，第二天就听说年羹尧被赐死的消息，一时大为惊讶。康熙四十八年，年羹尧曾以副使职衔到朝鲜去，和自己有一面之缘。后听闻他封疆拜帅，建立大功，怎么不过一年就要处死？不想清国皇帝刻忌好杀、倒行逆施，竟到如此地步！遂向久居燕京的本国通译金是瑜道："像胡皇这样做法，他国中一定民不堪命，不日就要有鼎革之事？"

金是瑜汉文极通，又长于医道，和北京的宫廷达官、三教九流多有来往，听密昌君动问，便解说道："国中传说清国之事，多是贿买所得的流言闲话，有些不错，有些也未尽实。今皇帝即位以后，京畿先大旱，次大风，今年又有大水，虽三年未见丰稔，可城乡倒还安静。我亲见改元时粮价腾贵，近京小民有断炊之忧，倒难得皇帝发赈又多，修理城垣又快，建造普济堂救护老弱妇孺又众，四乡流民都称其便。先皇帝在时，待贵胄官民无不仁爱有德，然官仗其势，总能欺民。今皇帝严于上而宽于下，宗室勋贵畏惧奉法，官吏们也不敢肆意而行。可见皇帝虽是胡人，倒未必没有民心。"

李橄细细玩味他这话一番，虽在半信半疑之间，到底不似才来时成见深重。他先在馆中安顿歇息两日，就借着尚未演礼觐见之便，到城内外的街市上随意游逛几回。目之所及，确乎有些政通人和景象。

其时正值岁末，从腊月初一起，大街小巷里卖杂果大小吃食的就渐渐多起来，什么核桃、柿饼、枣栗干、菱角米，都是小贩拿筐装着，肩上挑挑儿，沿街叫卖。又有肥野鸭、关东鱼、腌腊肉、铁雀儿等北货鲜品挨次上来，渐渐聚集成市。到初十开外，各家又都张罗挂门神、贴倒酉，多换些金银箔锞子，并金银小梅花海棠元宝，预备过年打发小孩子的玩意儿。那太液池、玉带河里，每天叮叮咣咣又凿起冰来，成车运到冰窖胡同的冰窖里存放，以备来年夏季解暑之用。待至小年前后，便是官署封印，学生散馆。忙了一年的官吏都停下公事，张罗着送灶、扫尘、写春联斗方、置新衣年货。等到除夕之夜，交子十分，则是凤箫声动，玉壶光转，宝炬争辉，玉珂競响，帝京辇下，夜作鱼龙之舞。次日平明，则又见肩舆簌簌，车马辚辚，正是百官趋朝，同贺新禧景象。

主要历史人物简表

康熙帝：名玄烨，清入关第二代君主，康熙六十一年十一月十三日仓猝驾崩于畅春园，年69岁。

胤禛：皇四子，封雍亲王，于其父驾崩之日即帝位，年号雍正，在位十三年病逝。出场年龄45岁。

胤祉：后改名允祉，皇三子，封诚亲王，皇位主要竞争者，雍正八年革爵圈禁于景山永安亭，雍正十年病逝于禁所。出场年龄46岁。

胤禩：后改名允禩，皇八子，封廉亲王，皇位主要竞争者，雍正四年黜宗室，改名阿其那，幽死京中禁所。出场年龄42岁。

胤禟：后改名允禟，皇九子，封贝子，胤禩党核心成员，雍正初年派往西宁军前，雍正四年黜宗室，改名塞思黑，幽死于保定直隶总督衙门。出场年龄40岁。

胤祥：皇十三子，封怡亲王，由太子党转为雍正帝首要支持者，雍正八年病逝，是清朝入关后第一位铁帽子王。出场年龄36岁。

胤祯：后改名允禵，皇十四子，雍正帝同母弟，胤禩党、皇位主要竞争者，封郡王，雍正四年幽禁景山寿皇殿，乾隆年间病逝。出场年龄34岁。

年羹尧：字亮工，汉军镶白旗人，康熙三十九年进士，雍正初年任抚远大将军平定青海叛乱，雍正三年十二月以九十二款大罪赐自尽。出场年龄43岁。

隆科多：佟佳氏，满洲镶黄旗人，康熙帝驾崩时受顾命，雍正初年权倾朝野，雍正五年以四十一款大罪永远禁锢，次年死于禁所。出场年龄约55岁。

蔡珽：字若璞，汉军正白旗人，康熙三十六年进士，雍正二年经年羹尧参奏拟斩，年案发后免罪，身兼多项要职，雍正五年定罪十八款，拟斩监候，乾隆元年获释。出场年龄约50岁。

年贵妃：湖广巡抚年遐龄女，年羹尧妹，汉军镶白旗人，先为雍亲王侧妃，雍正改元后封为贵妃，雍正三年底晋封皇贵妃，随即病逝。出场年龄约 30 岁。

张廷玉：字衡臣，安徽桐城人，胤禛业师、大学士张英子，康熙三十九年进士，雍正帝即位后专司草诏的最亲信汉臣，官至大学士、军机大臣。出场年龄 50 岁。

法海：佟佳氏，字渊若，满洲镶黄旗人，康熙三十三年进士，胤祥、胤禛业师，后以阿附允禵、年羹尧获罪发遣，乾隆年间病逝。出场年龄 51 岁。

伊都立：伊尔根觉罗氏，字学庭，满洲正黄旗人，大学士伊桑阿子，康熙三十八年举人，胤祥姻亲，雍正年间官至总督。出场年龄 36 岁。

鄂尔泰：西林觉罗氏，字毅庵，满洲镶蓝旗人，康熙三十八年举人，雍正朝三大总督之一，主持西南地区改土归流，官至大学士、军机大臣。出场年龄 43 岁。

其他历史人物简表（按出场顺序）

张伯行：号敬庵，河南仪封人，康熙年间理学名臣，出场时任户部侍郎、仓场总督，年龄70岁。

马齐：富察氏，满洲镶黄旗人，历仕顺康雍乾四朝，任大学士三十年。出场年龄70岁。

胤祴：后改名为允祴，皇十子，封敦郡王，胤禩党边缘成员，雍正二年革爵圈禁，乾隆年间病逝。出场年龄39岁。

魏珠：康熙晚年总管太监，与胤禩、胤禟交好，雍正即位后欲将其处死未果，乾隆年间病逝。出场年龄约40岁。

陈梦雷：号省斋，福建闽县人，随胤祉编纂《古今图书集成》，雍正即位后被流放黑龙江，乾隆年间死于戍所。出场年龄72岁。

周昌言：陈梦雷介绍给胤祉的术士，为其拜斗祈福、诅咒对手，此事成为胤祉的重要罪状。

阿齐图：博尔济吉特氏，满洲正黄旗人，康熙末年侍卫，雍正三年接替隆科多任九门提督。出场年龄约40岁。

刘声芳：江苏淮安人，康熙帝南巡时带回宫中的名医，官至太医院使，雍正年间加尚书衔，是清代御医中政治地位最高者。出场年龄约65岁。

胤祐：后改名为允祐，皇七子，封淳亲王，跛足，雍正八年病逝。出场年龄42岁。

胤祹：后改名为允祹，皇十二子，雍正时屡有蹉跌，乾隆年间晋履亲王，高龄病逝。出场年龄36岁。

佟贵妃：佟佳氏，康熙帝孝懿皇后及隆科多亲妹，康熙末年后宫地位最高者，雍正帝继位后尊为皇贵妃。出场年龄54岁。

胤礼：后改名为允礼，皇十七子，初为胤禩党边缘人物，后为雍正帝效力，封果亲王。出场年龄25岁。

鄂伦岱：佟佳氏，法海长兄、隆科多堂兄，胤禩党"党首"，雍正三年革爵发往奉天居住，四年处死。出场年龄约 60 岁。

德妃：乌雅氏，内务府包衣旗人，康熙帝重要嫔妃，胤禛、胤祯生母，雍正元年五月病逝，谥孝恭仁皇后。出场年龄 64 岁。

宜妃：郭络罗氏，内务府包衣旗人，康熙帝宠妃，胤祺、胤禟生母，与雍正帝不睦，雍正十一年病逝。出场年龄 62 岁。

哲布尊丹巴呼图克图：名罗桑丹贝坚赞，蒙古喀尔喀部人，康熙二十七年噶尔丹进攻喀尔喀部时，曾劝说部众归顺清廷，与康熙帝私交甚密，雍正元年在京圆寂。出场年龄 88 岁。

拉锡：图伯特氏，蒙古正白旗人，康熙年间奉命探访黄河源头，与和硕特蒙古各部关系密切，官至领侍卫内大臣。出场年龄约 50 岁。

李卫：江苏丰县人，捐纳户部员外郎，后为雍正朝三大总督之一。出场年龄 35 岁。

孙查济：那木都鲁氏，满洲镶红旗人，康熙末年任户部尚书，雍正二年革职。出场年龄约 65 岁。

田从典：字克五，山西阳城人，康熙二十七年进士，官至大学士。出场年龄 72 岁。

田文镜：字抑光，汉军正蓝旗人，以监生入仕，雍正朝三大总督之一。出场年龄 61 岁。

德音：满洲人，康熙末年任山西巡抚，雍正元年以匿灾不胜巡抚之任，改调京职。出场年龄约 50 岁。

延信：宗室、肃亲王豪格孙，康熙五十七年以平逆将军率军入藏，雍正朝晋封贝勒，五年以结党允禵、偏袒年羹尧等罪名夺爵幽禁，次年死于禁所。出场年龄 49 岁。

罗卜藏丹津：青海和硕特部首领，康熙末年协助清军入藏，雍正初年发动叛乱，后逃亡准噶尔部避难，乾隆二十年清军讨伐准噶尔部时投降。出场年龄 40 岁。

察罕丹津：罗卜藏丹津族侄，雍正初年因抵制罗卜藏丹津叛乱受到清廷奖赏，成为青海前旗首任札萨克亲王。

郭络罗氏：安亲王岳乐外孙女，康熙三十七年嫁胤禩为妻，雍正四年以"暴戾不仁，欺侮其夫"罪名休回外家。出场年龄 41 岁。

诺敏：纳拉氏，满洲正蓝旗人，雍正初年经隆科多举荐升任山西巡抚，因提议施行耗羡归公倍受赏识，雍正三年中风归旗。出场年龄约 45 岁。

李维钧：浙江嘉兴人，贡生入仕，雍正初年由年羹尧举荐为直隶巡抚，提议在全国范围内施行摊丁入地赋税改革，雍正四年以党附年羹尧拟斩监候，病死狱中。出场年龄约 60 岁。

朱轼：号可亭，江西高安人，康熙三十三年进士，居官廉洁有政声，雍正朝大学士，乾隆帝师。出场年龄 58 岁。

布兰泰：拜都氏，满洲正白旗人，康熙末年户部司官，后官至巡抚。出场年龄约 40 岁。

范时绎：汉军镶黄旗人，范文程之孙，雍正初年任马兰峪总兵，官至两江总督、户部尚书。

萧永藻：字采之，汉军镶白旗人，康熙朝大学士，雍正帝即位后令其守护景陵，雍正五年以阿谀允禵夺官。出场年龄 79 岁。

赵国麟：字仁圃，山东泰安人，康熙四十八年进士，为官清峻有贤名，后官至大学士。出场年龄 50 岁。

李张氏：原系仆妇，李维钧夺之为妾，令与年羹尧管家魏之耀认作义父女，后扶为正妻。出场年龄约 30 岁。

胡期恒：字元方，湖广武陵人，父献徵与年遐龄为旧友，年党核心人物，雍正三年下狱，乾隆年间获释。出场年龄 52 岁。

史贻直：号铁崖，江苏溧阳人，康熙三十九年进士，官至大学士。出场年龄 41 岁。

蒋廷锡：字西君，江苏常熟人，康熙三十八年举人，雍正朝地位荣宠仅次于张廷玉的汉大臣，清前期著名花鸟画家。出场年龄 54 岁。

年熙：年羹尧长子，雍正初年任监察御史，次年过继隆科多为子，旋病死。出场年龄 25 岁左右。

阿尔松阿：钮祜禄氏，满洲镶黄旗人，康熙帝孝昭仁皇后侄，胤禩党核心成员，雍正初年任刑部尚书，后革职发往盛京，雍正四年处死。出场年龄 31 岁。

励廷仪：号南湖，直隶静海人，康熙三十九年进士，久官刑部尚书。出场年龄 54 岁。

马尔赛：马佳氏，满洲正黄旗人，名臣图海孙，官至领侍卫内大臣、大学士，雍正九年授抚远大将军征准噶尔，后以贻误军机处斩。

汪景祺：字无已，浙江钱塘人，康熙五十三年举人，年羹尧幕友，著有《西征堂随笔》，雍正四年以大逆不道枭首示众。出场年龄 51 岁。

黄喜林：康熙末四川绿营将领，年羹尧平叛罗卜藏丹津时任西宁总兵官，雍正四年病逝。

苏努：宗室、努尔哈赤长子褚英孙，胤禩党核心成员，举家信奉天主教，雍正二年革爵黜宗籍。出场年龄 76 岁。

勒什亨：苏努第六子，康熙末年任领侍卫内大臣，皈依天主教，雍正元年随允禩发往西宁，四年解京禁锢。

乌尔陈：苏努第十二子，皈依天主教，与其兄一同发往西宁，后解京禁锢。

穆景远：葡萄牙籍耶稣会士，积极参与清宫储位斗争，随允禩到西宁发展教徒、修建教堂，后被押回北京监禁。

年希尧：字允恭，年羹尧长兄，雍正三年因弟罪革职，四年起复内务府总管、景德镇御窑厂监督，官至都察院左都御史，乾隆元年因事革职。出场年龄 53 岁。

桑成鼎：江苏沛县人，因继父为年府管事孙七，一度改孙姓，名宏远，年希尧伴读，捐官后复姓，更今名，官至湖北按察使，年羹尧案发后革职拿问。

岳钟琪：字东美，四川成都人，随年羹尧平定青海叛乱，与之决裂后任川陕总督，七年以宁远大将军征准噶尔部坐失战机，革职下狱，乾隆年间复起。出场年龄 38 岁。

魏之耀：年羹尧乳母之子，随军办事，得副将职衔。

达鼐：蒙古正白旗人，初任侍卫，与岳钟琪一同出击罗卜藏丹津，首任西宁办事大臣。

吴正安：康熙末年四川绿营将领，年羹尧平定青海时任总兵官，升任銮仪使，五年革退。

良妃：卫氏，内务府辛者库人，康熙帝嫔妃，胤禩生母，康熙五十年病重后拒绝服药而死，年 49 岁。

保泰：康熙帝亲侄，第二代裕亲王，与胤禩党交好，雍正二年以国丧期间在家唱戏革爵，雍正八年病逝。出场年龄 42 岁。

蒋兴仁：汉军镶红旗人，以贡生入仕，雍正二年任重庆知府时被巡抚蔡珽凌辱自戕。出场年龄约 60 岁。

程如丝：汉军正白旗人，经蔡珽保举升至四川按察使，雍正六年以贪残不法论死，部文到前自缢而亡。

杨宗仁：汉军正白旗人，雍正初任湖广总督，雍正帝称赞其"廉洁如冰，耿介如石"。出场年龄 63 岁。

年夫人：年羹尧继室，英亲王阿济格曾孙女，雍正初年封为县君，年羹尧赐死后令回母家居住。出场年龄约 35 岁。

四儿：初为隆科多岳父之妾，后为其婴幸并夺主母之诰封，由此产生严重家内矛盾，加速隆科多败亡。出场年龄约 35 岁。

刘裕铎：字辅仁，顺天人，雍乾时期名医，被雍正帝称为“京中第一好医官”，清代馆修医术《医宗金鉴》编纂者。出场年龄约 40 岁。

海望：乌雅氏，满洲正黄旗人，德妃族侄，雍正朝内廷造办处事务主要负责人，官至尚书。

高成龄：字笙三，直隶沧州人，康熙三十五年举人，为官“天下治行第一”，任山西布政使时与巡抚诺敏共同奏请施行耗羡归公，雍正六年受诺敏亏空案连累革职。出场年龄 56 岁。

沈近思：字位山，浙江仁和人，康熙三十九年进士，雍正初年以吏部郎中超擢侍郎，以敢于直谏名重一时。出场年龄 53 岁。

金鉷：字震方，汉军镶白旗人，官至广西巡抚。出场年龄 46 岁。

胤禄：后改名为允禄，皇十六子，康熙年间与胤禛关系较好，雍正初封为庄亲王。出场年龄 29 岁。

弘时：雍正帝第三子，雍正三年以放纵不谨过继允禩为子，随其黜宗籍，雍正五年抑郁而终。出场年龄 20 岁。

弘历：雍正帝第四子，雍正十一年封宝亲王，十三年即皇帝位，年号乾隆。出场年龄 13 岁。

弘昼：雍正帝第五子，雍正十一年封和亲王，乾隆三十五年病逝。出场年龄 13 岁。

福惠：雍正帝第八子，母贵妃年氏，雍正六年夭亡。出场年龄 3 岁。

年兴：年羹尧第四子，雍正初年任侍卫，后革职发往云贵烟瘴之地。出场年龄约 20 岁。

齐妃：李氏，内务府包衣旗人，先为雍亲王侧妃，胤禛即位后封为齐妃，弘时生母。出场年龄约 45 岁。

弘旺：胤禩独子，雍正四年随父黜宗籍，改名菩萨保，发往热河充军。出场年龄 17 岁。

弘旸：胤禟第五子，雍正四年随父黜宗籍。出场年龄 16 岁。

年遐龄：汉军镶白旗人，年羹尧之父，康熙年间以笔帖式累官至湖北巡抚，年羹尧获罪后未被牵连，雍正五年病逝。出场年龄 81 岁。

张起麟：雍正朝总管太监，乾隆帝称其“效力最久之人”。

仓津：博尔济吉特氏，蒙古翁牛特部杜楞郡王，康熙四十五年尚和硕温恪公主，即胤祥同母妹，雍正五年因事夺爵。出场年龄约

38 岁。

　　荣宪公主：康熙帝第三女，胤祉同母姊，康熙三十年下嫁巴林部乌尔衮，雍正六年病逝。出场年龄 51 岁。

　　尹继善：章佳氏，字元长、号望山，满洲镶黄旗人，雍正元年进士，官至大学士、军机大臣。出场年龄 28 岁。

　　赵国瑛：汉军旗人，雍正初任直隶三屯营副将，后升任总兵。

　　十四福晋：完颜氏，满洲镶红旗人，胤祯嫡妃，雍正二年病逝于景陵。

　　噶达浑：卫氏，内务府辛者库人，胤禩母舅，雍正年间曾任内务府总管。

　　三泰：石氏，汉军正白旗人，仕至协办大学士。

　　王景灏：汉军镶黄旗人，以监生入仕，雍正二年经年羹尧保举为四川巡抚，年氏案发后革职。

　　胤礽：后改名为允礽，康熙朝皇太子，两次立而复废，幽禁咸安宫，雍正二年冬病逝，追封理密亲王。出场年龄 51 岁。

　　弘晳：胤礽次子，雍正帝即位后封为理郡王，乾隆四年以心怀异志黜宗籍，幽禁至死。出场年龄 30 岁。

　　揆叙：叶赫那拉氏，满洲镶黄旗人，权臣明珠次子，官至都察院左都御史，因一废太子后谋立胤禩为储，为雍正帝记恨，康熙五十六年病逝。

　　阿灵阿：钮祜禄氏，满洲镶黄旗人，康熙帝孝昭仁皇后弟，官至领侍卫内大臣，与鄂伦岱并称胤禩一党"党首"，康熙五十五年病逝。

　　金南瑛：雍正初年任会考府司员，后外放陕西驿传道，由年羹尧参罢，此事为年案导火索之一。

　　金启勋：汉军正白旗人，年羹尧亲信，雍正初年历任西安知府、河东盐运使，年羹尧案发后革职拿问。

　　查嗣庭：字润木，浙江海宁人，康熙四十五年进士，雍正初任内阁学士兼礼部侍郎，雍正四年以谄事隆科多下狱，在狱中自杀。出场年龄 61 岁。

　　吴隆元：号易斋，浙江归安人，康熙三十三年进士，雍正二年为金都御史，雍正帝责其阿谀隆科多、年羹尧。

　　何天培：蒙古正白旗人，雍正初年署江苏巡抚，六年以阿附隆科多、年羹尧下狱，乾隆改元获释。

　　张廷璐：字宝臣，安徽桐城人，张廷玉三弟，康熙五十七年榜眼，雍正元年督学河南，以罢考事革职，后起复，官至侍郎。出场年龄49岁。

黄振国：直隶武清人，康熙四十八年进士，雍正二年任河南信阳知州，巡抚田文镜参其挟势娄赃，狂妄不法，奉旨正法。

马会伯：甘肃宁夏人，康熙三十九年武状元，雍正七年以兵部尚书办理西路军需。

石文倬：汉军正白旗人，年羹尧案发后任陕西巡抚，雍正五年以承审程如丝案错误停俸回京。

图里琛：阿颜觉罗氏，字瑶圃，满洲正黄旗人，两度奉使俄罗斯，官至侍郎。出场年龄58岁。

年富：年羹尧次子，为其父经营河东盐场，后经刑部定拟斩立决，随父而死。出场年龄约22岁。

查弼纳：完颜氏，满洲正黄旗人，官至吏部尚书，雍正九年从征准噶尔部，战死和通泊。出场年龄43岁。

福敏：富察氏，字龙翰，满洲镶白旗人，康熙三十六年进士，弘历、弘昼业师。出场年龄52岁。

张瑞：怡亲王府总管太监，造办处档案中多见其名。

胡年氏：年遐龄之女，嫁苏州织造胡凤翚，雍正四年夫妻二人在织造衙署中自缢。出场年龄约45岁。

常明：朝鲜裔，内务府包衣下人，雍正年间任内务府大臣，颇受信用。

孙七：年遐龄旧仆，桑成鼎继父。

白哥：允裪侍女，曾劝其戒酒、向皇帝认罪，后自缢身亡。

马起云：胤禩亲信太监，其主被黜后，发遣云贵广西等地，途中散布关于雍正帝得位不正言论。

鄂夫人：喜塔拉氏，满洲镶蓝旗人，湖广总督迈柱女，鄂尔泰继室夫人。出场年龄约30岁。

鄂弥达：鄂济氏，满洲正白旗人，乾隆年间官至协办大学士。

年小姐：年羹尧之女，订婚衍圣公孔毓圻第四子孔传镛，年羹尧案发后遭孔府退婚。

高其倬：字章之，汉军镶黄旗人，康熙三十三年进士，官至总督、尚书。出场年龄49岁。

蔡琬：字季玉，蔡珽妹，高其倬继室，史称其博极群书，兼通政治，有诗集传世。出场年龄30岁。

怡亲王福晋：兆佳氏，满洲正黄旗人，胤祥嫡妃。出场年龄39岁。

皇后：乌拉那拉氏，满洲正黄旗人，胤禛潜邸嫡妃，雍正九年病逝，谥号孝敬宪皇后。出场年龄45岁。

傅鼐：字阁峰，满洲镶白旗人，胤禛潜邸最信用之人，官至尚书。

陈仪：字子翙，直隶文安人，康熙五十四年进士，精于治水，主持雍正年间直隶水利营田工程。出场年龄约55岁。

胡什屯：胤裸王府长史。

李延禧：内务府包衣旗人，雍正初年任内务府大臣。

塞尔图，富察氏，满洲镶红旗人，雍正二年至五年任刑部尚书。